SV

nicht auf, und vielleicht ging die auch gar nicht mehr auf. Das eine Lid hing ihr wie ein gelähmtes Vögelchen auf der Wange, während das andere so weit aufgerissen war und dabei ein großes, starrendes Auge freigab, daß man sich fragte, ob es sich, auch beim Schlafen, überhaupt je schließen ließ. Sie erinnerte Gesù (vielleicht *war* sie es ja) an die französische Diva, die sich in den zwanziger Jahren als erste in Europa einem Facelifting unterzogen hatte und infolgedessen seitdem mit einem offenen Auge schlafen mußte. Die Pariser Boulevardblätter überboten sich an hämischer Schadenfreude, doch die Sängerin rettete ihre Ehre mit den Worten: »Was kümmert es den Arc de Triomphe, wenn ein Hund ihn anpinkelt?«

Liberace/Lift your face gab sich familiär, eher schon tuntig freundschaftlich gegenüber den anwesenden Gästen, als verkehre er hier seit Jahren. Er legte einem schmuddeligen, etwa dreißigjährigen Mann die Hand in den Nacken und fragte mit einem Augenzwinkern zum Wirt hin: »*Gianni, hai fatto buona Pasqua con il coniglio?*«

Gianni verschluckte sich an seinem Wein, prustete, versprühte feine Tropfen, brachte erst das verdrießlichste Grinsen hervor, das Gesù je gesehen hatte, und daraufhin ein verlegenes Lächeln bei der Erinnerung an das »Kaninchen« zu »Ostern«. Er stampfte auf: »Per Dio!« Alle lachten, doch Gesù sollte auf ewig verborgen bleiben, was während dieses Osterfests mit Giannis Kaninchen schiefgelaufen war. Seitdem, nun bereits ein halbes Jahr, steckte ihm dieser Satz im Kopf inklusive des schmierigen amerikanischen Akzents dieses Tastenheinis ...

»*Gianni, hai fatto buona Pasqua con il coniglio?*«

... als gäbe er ihm ein Rätsel auf, das weit jenseits der eigentlichen Geschichte lag. Manchmal war plötzlich ein Bild da, und dann nahm das Kaninchen die Gestalt dieses dürren amerikanischen Reffs an, mit abgezogenem Silberfell.

Der Schutzüberzug

Montag, 4. Oktober 1976
(Albert Egberts)

FACULTAS SACRAE THEOLOGIAE IN
UNIVERSITATE NOVIOMAGENSI

Ornatissim*um*
EGBERTS, Albertum Hubertum Norbertum
natum in pago Geldrop d. XXX m. aprilis a. MCML
examine rite absoluto,

candidat*um* declarat

Datum NOVIOMAGI
d. *IV* m. *octobris* a. MCMLX*VI*

»Menschenskinder, Mama, siehst du das? Da steht neunzehnhundertsechsund*sechzig* anstatt sechsundsiebzig! Da, schau ... Die hätten hinter die vorgedruckten römischen Ziffern noch ein X schreiben müssen. Nach dem, was hier steht, bin ich das reinste Wunderkind. Curriculum vitae: Vordiplom mit sechzehn ... Weiß der Himmel, vielleicht kann ich mir diesen Fehler noch mal zunutze machen.«

Albert kam sich gleich viel weniger als Schmarotzer vor, weil er erst mit sechsundzwanzig mit dem Hauptstudium begann.

»Mach bloß keine Sachen«, sagte seine Mutter, die wieder auf den hin und her schwenkenden Scheibenwischer schaute. »Ein Wunderkind bist du für mich sowieso.«

Er staunte noch immer über die Kraft, mit der diese sanftmütige Frau in gefahrenbeschwörender Heftigkeit Worte ausstoßen konnte. Das Zeugnis, unterschrieben von Montuur und »Heißer Sand«-Klosser, las Albert erst nach Verlassen der Aula im Daf seines Vaters. Sie fuhren über die Waalbrücke, die kein Ende zu nehmen schien.

A. F. Th. van der Heijden
Der Gerichtshof der Barmherzigkeit

Roman

Aus dem Niederländischen
von Helga van Beuningen

Suhrkamp Verlag

Titel der Originalausgabe:
Het Hof van Barmhartigheid
Dieses Buch ist Band 3.1 des Romanzyklus:
De tandeloze tijd.

Die zahnlose Zeit
ist ein großer, vielbändiger Romanzyklus, ein Welttheater, dessen einzelne Teile dank ihrer Akteure aufeinander Bezug nehmen, aber zugleich – wie andere große Zyklen der Literatur – vollkommen selbständig und in beliebiger Reihenfolge gelesen werden können.

Die Übersetzung wurde durch ein Arbeitsstipendium des Deutschen Übersetzerfonds gefördert.

Erste Auflage 2003

Satz: Jung Crossmedia, Lahnau
Druck: Nomos Verlagsgesellschaft, Baden-Baden
Printed in Germany
ISBN 3-518-41287-6

1 2 3 4 5 6 – 08 07 06 05 04 03

Für Minchen, Totò und ihre Engelsgeduld

Nothing can be more disagreeable than that heap of dirt and mud and ditches and reeds, which they here call a country, except the silly collection of shells, and clipped evergreens which they call a garden.

David Hume in einem Reisebericht
über die Niederlande

Prolog

Die Sumpfmöse

Mittwoch, 23. Juli 1980
(Gesù Porporà)

Wenn Europa, wie es manchmal heißt, das Kap Asiens ist, dann ist Holland Europas Fotze – ich sag's euch.

Europa, das Kap Asiens. Nicht übel. Wirklich nicht schlecht. Von wem war das noch gleich? Ich hab es irgendwo gelesen. Irgend so ein europäischer Intellektueller natürlich, die sprühen ja nur so vor Selbsthaß. Wahre Künstler der Selbstverleugnung. Trampeln sich auf den Füßen rum, hocken sich auf der Pelle, und *deshalb* ist ihr Kontinent zu klein, ist nichts weiter als die Landzunge eines größeren. »La bêtise n'est pas mon fort«, fügte er bescheiden hinzu, das weiß ich noch, als der Applaus kam und das masochistische Gelächter. Wird also wohl ein Franzmann gewesen sein oder dieser Oscar, auf seine alten Tage hin, auf dem Kontinent. Na, wenn Europa wirklich das Kap Asiens ist, bin ich gar nicht mal so fern der Heimat. Das einzige Problem ist, ich kann nicht zurück.

Die Niederlande die Vagina Europas ... das ist von mir, Finger weg! Ich weiß Bescheid. Ich bin dort gewesen. »Was immer zu Boden blickt und nie die Sonne sieht«, sagt man bei uns in Neapel. Das erste Mal habe ich diesen Ausdruck auf neapolitanisch gehört, als Junge, bei der *tombolella* in der Vico detto Fico, in dieser kleinen Kneipe von La Tattamella. *Chella ca guarda sempe 'nterra e nun vede 'o sole*, Kosename für die Sechs beim Lottospiel, nie vergessen, wenn ich auch nicht weiß, was die Zahl sechs mit einer Vulva gemein hat. Oh, der Einfallsreichtum der Menschen, der Neapolitaner insbesondere, wenn es um die Benennung des weiblichen Geschlechtsorgans geht. Dieser Holländer, der Verräter, *questo Alberto*, der hatte eine ganze Enzyklopädie von solchen Wörtern zusammengestellt. Die schönsten hat er mir übersetzt. Nicht schlecht. Hier in Thailand haben sie zweifellos ihre eigenen Wortschöpfungen, aber da blicke ich noch nicht durch. Interessiert mich auch nicht so. Ein namenloses Tor, wenn man mich fragt, Hauptsache, sie werfen da Kinder raus, aus dieser *figa di mandorla*, ihrer Mandelpflaume.

Wenn ich aufschreiben müßte, wie ich hier gelandet bin ... wenn das alles in ein Buch sollte – also, kein Problem. Mit den Niederlanden hat alles angefangen, der Triumph und das Pech, folglich würde meine Geschichte dort beginnen. Aus der Zeit von Padre Borrelli weiß ich noch gut, wie der Lateinlehrer uns immer eingebleut hat, der Anfang von *De Bello Gallico* sei »so genau wie eine Landkarte« gezeichnet. Einzig und allein mit Sprache.

»Die ersten Seiten«, hat er immer gesagt und ist dabei vor Ehrfurcht fast zerflossen, »sind geographisch exakt in der Darstellung des eroberten Gebiets. *Gallia est omnis divisa in partes tres ...*«

Und der ganze Rest natürlich. Landkarte runterschnurren, nannten wir das. Zeichnen im Chor. Erzieher sind Zauberer.

Australien ein Eselkopf. Afrika der Kopf eines Maultiers. Spanien ein Stierkopf mit abgebrochenen Hörnern ... Ich kann auch nichts dafür. Es wird wohl daher kommen, weil ich aus diesem zehenkrümmenden hochhackigen Stiefel namens Italien gekrochen bin. Einfach eine Laus, die es gut hatte in diesem Schaft, im Geruch von Schweiß und Schuhwichse, in dem beengten, stickigen Raum zwischen dem gefütterten Leder und dem behaarten Schienbein des Apennins. Ein hart arbeitender Parasit, nicht mehr und nicht weniger. Seit man mich gezwungen hat, den Stiefel zu verlassen, kreuz und quer in der Welt herumzugondeln und regelmäßig in einen Atlas zu schauen, entdecke ich Figuren in Länderumrissen, wie ein Kind Tiere in Wolken erkennt. Was wiederum zeigt, wie nahe ich Kindern stehe ...

Nord- und Südamerika übereinander: eine zugezogene Tüte oder manchmal, aber das hängt von meiner Stimmung ab, eine Sanduhr, die zu lange in der Sonne gestanden hat ... Frankreich, äußerster Punkt des Kaps von Asien: ein General de Gaulle en profil, mitsamt Uniformkragen. Skandinavien:

ein verknautschtes, schwer hängendes Trumm von einem Penis, mit Finnland als Hodensack und einem Nachtlicht in der Prostata... Bei den Niederlanden, die sich dort irgendwo klammheimlich verkrochen haben, immer in den Sumpf schauen und nie die Sonne sehen, ist die Sache schon etwas komplizierter. Um hier die richtige Form zu erkennen, muß man die Augen weit aufmachen und überdurchschnittlich bewandert sein in der Anatomie der Frau. Von Berufs wegen kenne ich mich da bestens aus. Die Quartieri von Neapel waren meine Universität. Kein Gynäkologe kann mir etwas erzählen.

Ich will mich jetzt also mal genauso unsterblich machen wie Julius Caesar und zu Beginn meiner Geschichte mit wenigen Strichen eine Karte des Landes skizzieren, in dem sich das ganze Elend abgespielt hat. Selbst wem der Weltatlas genauso vertraut ist wie die Sexualenzyklopädie, wird die Übereinstimmung nicht sofort ins Auge springen, aber die Niederlande lassen sich geographisch noch am ehesten mit einem stilisierten Schnitt durch das weibliche Geschlechtsorgan vergleichen – von der Seite gesehen. Professore Porporà hält eine Vorlesung über die Anatomie von Europa und, wegen Personalmangel, auch gleich noch über die Geographie der Frau. Zutritt nach Einschreibung.

Erst als ich eines Tages einen zufällig auf dem Kopf stehenden Sexualatlas unbeabsichtigt beim Querschnitt durch Vulva und Gebärmutter aufschlug, ging mir auf, wie ich *meinen* Ort der Handlung »so genau wie eine Landkarte« beschreiben könnte. Die imaginäre Frau, deren Inneres mir in der Abbildung gezeigt wurde, lag also sozusagen mit den Beinen nach oben.

»Hoch das Bein!« hat Hitler gerufen. Auch wieder so eine *porcheria tedesca*, aber ich habe es meinen Mädchen in den Quartieri oft genug leise zugerufen. Geschäft ist Geschäft.

Zur Sicherheit habe ich auch noch den Weltatlas zu Rate gezogen... die Karte der Niederlande... und, verdammt. Na ja, die beiden Abbildungen deckten sich natürlich nicht ganz genau. Ein bißchen Phantasie mußte man schon aufbringen, um im bizarren Verlauf der holländischen Küsten und Grenzen eine stilisierte Vagina zu erkennen, okay, aber wer es einmal gesehen hat, den läßt es nicht mehr los. Und was sah ich? Keine x-beliebige ... sondern die einer alten Hexe.

Die Niederlande so obszön darzustellen, daß man sie nie mehr mit anderen Augen betrachten kann ... *das* wäre eine süße oder, besser gesagt, eine salzige Rache. Also los. Das IJsselmeer, die einstige Zuidersee, heute ein zur Hälfte leergepumptes Binnengewässer ... die mit trockenen Warzen besetzte Scheide einer alten Hure. Eine gepunktete Linie von Wattinseln, die die Lage der großen Schamlippen angibt, mit dem Watt selbst als den kleinen, die mal verborgen bleiben und dann wieder wie schwellender Schlick an der Oberfläche erscheinen ... Sogar der struppige Strandhafer an der Außenseite der ganzen Chose spricht Bände. Ich sag's euch! Von Salz und Seewind ausgelaugtes Schamhaar, das sich ganz hinten vom Anus an Rottumeroog vorbei entlang den Wattinseln bis zum eingefallenen Bauch von Nord- und Südholland fortsetzt ... und, struppig und farblos, bis zum Nabel von Seeland weiterläuft. Es ist eine krause Warze, dieser seeländische Nabel, und durch einen Strang von Flüssen mit der Gebärmutter verbunden: Südlimburg. Von der Form her hält sich auch dieser südlichste Teil der Niederlande noch an die Beschreibung in dem Sexualhandbuch. »Birnenförmig«. Allerdings eine verschrumpelte Birne ... unfruchtbar ... eingefallen bis auf ein paar ausgemergelte Hügel ... damit müssen sie sich begnügen.

Ich kenne die Topographie des weiblichen Körpers wie meine Westentasche. Selbst dieses am leichtesten erregbare, schnell alarmierte Organ der Frau, die Klitoris, fehlt den Niederlanden nicht. Das Wattengebiet ist eindeutig darauf zugeschnitten: die nördliche Spitze Nordhollands. Den Helder mit seiner Marinebasis ist der Ort, an dem alle Nerven zusammenlaufen. Vollgestopft mit Radar ...

Diese Spitze Nordhollands sehe ich immer als klassisches Wachhäuschen vor mir, aus dem jeden Moment ein bewaffneter Marinesoldat treten kann. Das hängt mit einer Geschichte zusammen, die *questo Alberto* mir mal erzählt hat, *questo stronzo*, kurz bevor ich durch sein Zutun aus Neapel verschwinden mußte. Der Vater seiner Liebsten hatte sich, während er vor der Marinekaserne in Den Helder Wache schob, aus Eifersucht eine Kugel in den Kopf gejagt. Irgend so 'ne Geschichte. Nachts natürlich. Raucht seine letzte Zigarette, zieht sich zurück in seinen Sarkophag, drückt ab ... Wie es einen Mann im Mond gibt, so ist dieser Gehörnte der Mann in der Spitze der holländischen Klitoris.

Die letzte *La Repubblica*, die ich hier in die Finger bekam, trug die Schlagzeile: UNA DIGA PER SALVARE VENEZIA. Es ging tatsächlich um einen holländischen Deich, den niederländische Ingenieure anlegen sollten, um Venedig vom offenen Meer abzuschließen. Wird wohl wieder nichts werden, denn im selben Artikel wurde erwähnt ... schön beiläufig, darin sind unsere italienischen Journalisten gut ... daß ein paar Milliarden Lire, dazu bestimmt, Venedigs Kopf über Wasser zu halten, in einem Zug zwischen Rom und Triest verschüttgegangen sind. Vielleicht ganz gut so. Wenn Niederländer einen Deich bauen, ist er gleich ziemlich hoch. Das Ding würde den Venezianern die Sicht auf das offene Meer versperren. Die schönste Stadt der Welt – ja, noch schöner als Neapel – würde wie ein Polderdorf im Schatten dieses Ungetüms verkümmern. Keine aufleuchtenden Kuppeln mehr bei Sonnenaufgang ... Nein, soll Venedig doch mit offenen Fahrrinnen in seiner eigenen Lagune untergehen.

Die Holländer dagegen haben ihren Abschlußdeich, dieses künstlich angebrachte Hymen, durch das die niederländische Hure wieder zur Jungfrau wurde. Eine feste Haut aus Basalt und Asphalt, um vergessen zu machen, welche Schätze auf diesem Weg hereingeschleppt worden sind. Es hat etwas Rührendes, so ein künstlich eingefügtes Jungfernhäutchen ... eine unschuldige Teerose hinter dem Ohr eines Strichmädchens ... Jungfräulichkeit auf die alten Tage.

O Königreich der Niederlande! Dampfender Morast! Sumpfige Möse! Schlammiges Loch, blubbernd von üblen Gasen ...! Stinkend wie eine Fischbude im Sommer um fünf

Uhr nachmittags...! Wer darin versinkt, ist für immer verloren: »Curl up inside her, and die.«

O holländische Jungfrau! Grobknochiger alter Wagengaul! Schwere, müde, altersschwache Mähre...! Ach, mir bricht das Herz, wenn ich sehe, wie sie sich im Morgennebel mühsam und frierend von einer matschigen Wiese erhebt und ein unendlich trauriges Schnauben von sich gibt: einen in tiefster Tiefe ausgestoßenen Seufzer, der die schlaffen Gummilippen schlackern läßt... Atem aus ihren Nüstern, der in der Morgenkälte zu Dampfwolken kondensiert... Tränen steigen mir in die Augen, wenn ich sehe, wie sie die feuchte Mähne schüttelt und dann wieder den Kopf hängen läßt und geifert... und ich muß an Padre Borrellis blinden Küster denken, dessen Hand bereits vor der Ehe auf Abwege geraten war und der beim Nachhausekommen entsetzt ausrief: »... als ob dir ein Pferd aus der Hand frißt!«

Ich war dort, ich weiß, wovon ich rede.

Wie viele Fußabdrücke ich in dem Schlick hinterlassen habe... in diesem weichtierartigen Zeugs, wenn ich dort, in dem sumpfigen Flußdelta, über meine Kinder verhandelte? Lasset die Kinder zu mir kommen, und ich werde sie senden in alle Welt... Schwierige, kleinliche Geschäftspartner, vor allem beim Preis, diese Holländer, dieses Sumpfvieh... Ich bin durch ihre Polder geirrt, ihre Modderfalten, auf der Suche nach dem richtigen kinderlosen Reihenhaus. Nichts ist so schwer, wie einer Jungfrau ein Kind zu verkaufen...

Die meisten Kinder brachte ich nach Amsterdam, anatomisch ungefähr die Stelle, wo, über das IJ, die Harnröhre in die Vagina mündet, aber auch anderswo in der Randstad Holland, diesem sich immer mehr verhärtenden Schambein der Sumpfmöse, drehte ich kinderlosen Ehepaaren ein Kind an.

So – nachdem ich, ohne mich rühmen zu wollen, Caesar in verbaler Kartographie auszustechen versucht habe, wird es Zeit, wieder an die Arbeit zu gehen. Kein Vergnügen, hier, in diesem brütendheißen Drecksloch. Goldenes Dreieck nennen sie es, aber ich sehe nichts als grünes Gewucher und braunen Schlamm ... Sogar der Halsschmuck der Longnecks ist nicht aus echtem Gold. Los, nicht länger getrödelt. Lasset die Kinder zu mir kommen. Erst die lebenden, jetzt die toten, was macht das schon. Geschäft ist Geschäft, und damit basta.

Der Thronwechsel

Mittwoch, 30. April 1980
(Albert Egberts)

Als sei das eine Folge des anderen, rutschte der alte Mann genau in dem Moment von seinem Stuhl zu Boden, als Albert nach dem Betreten des Lokals die Tür hinter sich zufallen ließ. Auch die drei Genevertrinker an der Theke mußten es so empfinden, denn sie schauten alle gleichzeitig von ihren sehr hohen Hockern in die dämmrige Tiefe des Gangs, wo der Greis lag, und von dort zu Albert – fast anklagend. Der Alte war ungefähr in der Haltung liegengeblieben, in der er am Tisch gesessen hatte: den Kopf auf den knittrigen Händen, die Form des Stuhls noch in den kurzen Beinen. Bei seinem Fall hatte er den Kunstperser ein Stück weit mitgezogen, ein Schnapsglas war zerbrochen, ein Bierfilz rollte bis vor Alberts Füße und blieb dort, ebenso anklagend, liegen. Die blondierte Frau hinter der Theke beugte sich so weit wie möglich über das Spülbecken und sagte: »Da liechter, der Onkel Arie.«

»Schön liechen lassen«, sagte einer der Männer.

»Das bleibt übrig, wenn man jemand ausnimmt«, sagte ein anderer. »Ein leerer Sack.«

»Finger weg«, sagte der dritte, als Albert sich bückte, um dem Alten aufzuhelfen. »Der gehört uns.«

Und der erste wieder: »Ehrlich gewonnen beim Skat. Wir müssen ihn nur noch aufteilen.«

Lachend wandten sie sich wieder der Theke und ihrem Genever zu.

»Steigen Sie ruhig rüber«, sagte die Frau zu Albert, der sich immer noch etwas linkisch über den schlafenden (oder bewußtlosen) Greis beugte. Warum auch nicht, dachte er und stieg über den Mann; heute nacht habe ich schließlich schon einen gestrandeten Invaliden in seiner Karre nach Hause geschoben, das soll ja kein Dauerzustand werden. Durch die

Erinnerung spürte Albert wieder den Schmerz und die Steifheit im Oberarm, wo der Hund des Gelähmten ihn gebissen hatte.

Er setzte sich an die Stirnseite der Theke und bestellte, um nicht noch mehr aus dem Rahmen zu fallen, einen jungen Genever. Ihm war nicht nach Alkohol. Der Schnaps auf das Methadon würde Übelkeit verursachen. Er war hier reingegangen, um nachzudenken, um sich ein wenig Aufschub zu gönnen auf dem Weg zu der Krankenschwester in ihrem Zimmer mit Chemietoilette über den *Kunstgebißreparaturen* am Overtoom. Er wußte nicht mehr, ob er sich bei ihr für die Ohrfeige vom Morgen entschuldigen oder ob er diese vielmehr als ihren verdienten Lohn rechtfertigen wollte. Als er den Kampfschauplatz in der Innenstadt verlassen hatte, mit großen Umwegen, um den Brandherden auszuweichen, war er sich seiner Sache noch sicher gewesen, doch der träge Zickzackkurs durch den Jordaan und Amsterdam-West gab ihm bereits zu denken. Schließlich hatte er sich diese Kneipe in der Jan Pieter Heijestraat ausgesucht, um mit sich zu Rate zu gehen. Vom Geburtstag der Königin beziehungsweise den Krönungsfeierlichkeiten war hier nichts zu merken, höchstens daß die drei Männer an einem normalen Werktag in einem Warenlager oder auf einem Baugerüst gestanden hätten. Vor dem Fenster waren so viele hoch aufgeschossene Fettpflanzen und dazwischen zwei abblätternde Gipsschäferhunde plaziert, daß der ansonsten nur durch rosa und grüne Neonröhren erleuchtete Raum dämmrig war. Über der Theke hatte man eine Art Pergola angebracht mit einer Überfülle an Plastiktraubenbüscheln, die im Kunstlicht merkwürdig echt wirkten. Es lief keine Musik, so daß bei jedem Herumgehen der Geneverflasche die Luftblasen, die sich in das Getränk bohrten, deutlich zu hören waren. Bevor das durch Alberts Eintreten verursachte Schweigen zu peinlich wurde, beugte sich der mittlere Mann wieder zu dem gefallenen Onkel Arie.

»Ja, Alter, is auch besser, wennste tot liegenbleibst. Heut ham wer den dreißigsten April, und er hat schon seine ganze Rente für Mai auffen Kopp gehaun.«

»Ich würd gern der Tante Ko ihr Gesicht sehn.«

»Vor allem, wennse hört, dasser auch noch sein' Korpus mit allem Drum und Dran verspielt hat.«

»Den kanner schon nich mehr der Wissenschaft vermachen. Der gehört uns.«

»Na, viel Leben is nich mehr drin. Ich bin heilfroh, dassich dem seine halbe Rente in der Tasch hab. Isser nich schon abgenibbelt?«

Einer der drei rutschte von seinem Hocker und kniete sich neben den alten Mann. Quasi-fachmännisch legte er zwei Finger an dessen Hals. »Ich spür nix. Nelly, gib mal 'nen Spiegel.«

Die Frau an der Theke, die das natürlich schon öfter erlebt hatte, hängte mit gelangweiltem Lächeln den Beefeater-Gin-Spiegel von der Wand ab und reichte ihn dem Mann. Der rückte den Kopf des Alten am Kinn zurecht und schob den Spiegel darunter. Albert sah ein rundes, bleiches Gesicht, rostig vor lauter Pigmentflecken. Der Mund stand offen.

»Atmen, verdammich. Nicht sabbern.«

Onkel Arie entrang sich ein Ächzen.

»Leben tut er noch.«

»Hat nix zu sagen«, meinte ein anderer an der Theke. »Kann auch die angestaute Luft sein. Ein Toter kann stöhnen, wennden anners hinlegst.«

»Un furzen«, ergänzte sein Nachbar. »'s is nich so, daß da von jetz auf nachher die Luft raus is.«

»Wir wollns aber genau wissen«, sagte der Mann mit dem Spiegel. »Besser, wir bahren ihn schon mal auf. Los, Jungs, zum Billard. Wir machen maln kleinen Jux.«

Zu dritt trugen sie den Alten tiefer ins Lokal hinein, wo in noch trüberem Schummerlicht der Billardtisch stand. »Bißchen gepflegt musser schon liegen, Jungs. Auf.« Sehr sorgsam legten sie Onkel Arie in die Mitte des grünen Tuchs, mit gestreckten Beinen und über der Brust gekreuzten Händen, die sich fast unmerklich mit jedem Atemzug hoben und senkten.

»Herrschaften, das geht aber wirklich nicht«, protestierte die Frau an der Theke kicherig.

»Mecker nich rum, Nelly. Besorg uns lieber ein sauberes Laken.«

»Und die hübschen Armleuchter von letztem Weihnachten, haste die noch? Dann holse.«

»Mann, wenn ihr euch mal was innen Kopp gesetzt habt...« Sie öffnete eine Tür, hinter der eine Treppe nach oben führte, und machte sich, den stattlichen wollbehosten Hintern schwenkend, auf den Weg. Währenddessen versuchten zwei der Männer, Onkel Aries breite Finger ineinanderzuflechten. Nelly kam mit einem zusammengefalteten Betttuch und zwei Doublékerzenständern zurück.

»Hier. Wenns Beschwerden gibt – ich hab nix damit zu tun.«

Das Tuch wurde wie ein Leichenhemd um den Alten drapiert, bis zum Kinn, aber so, daß die gefalteten Hände obendrauf lagen. Die Männer benahmen sich wie Lausbuben, stießen sich ständig gegenseitig mit dem Ellbogen an und waren sich scheinbar des Grauenhaften ihres Rituals nicht bewußt.

»Gib mal zwei Kerzen, Nel.«

»Da, aber daß mir keine Wachsflecken aufs Billard kommen! Verstanden?«

Die Armleuchter wurden auf Bierfilze links und rechts des bleichen Gesichts auf das Billardtuch gestellt. Die Flammen reckten sich, noch flackernd, und warfen einen leblos machenden Schein auf das Gesicht des Alten.

»Da schau her. Is das nich'n schöner Toter? Liechter nich schön da?«

»Un jetz auffe Knie. Wir mussen beten für dem seine Seel' und Seligkeit.«

Zwei der Männer knieten sich links und rechts vom Billardtisch hin, der dritte dort, wo jetzt das Kopfende war. Mit gesenkten Häuptern und gefalteten Händen, wie Betengelchen, begannen sie zu murmeln. Es klang wie »Barbarber, barbarber...« Nelly hielt sich den Bauch vor Lachen.

»Kinners, hört auf. Das geht zu weit. Schluß jetzt!«

Albert sah sich das an und wandte erst wieder den Blick von der Szene, als er hörte, wie die Tür aufging. Auf der Matte stand eine alte Frau mit Kopftuch. Sie ließ ihre kurzsichtigen Augen über die Theke und die Tische schweifen. »Wo is Arie?« rief sie.

Prompt ertönte es brutal und schlagfertig von hinten: »Der is tot.« (*Dout* eher, mit diesem hingerotzten Amsterdamer »ou«.)

Albert sah, was das alte Frauchen inzwischen sehen mußte, nachdem sich ihre altersschwachen Augen etwas besser an das Dämmerlicht im Lokal gewöhnt hatten. Wie bei einer sonnigen Heidelandschaft, über die ein strammer Wind eine Wolke nach der anderen jagt, zeigten sich auf ihrem Gesicht die einzelnen Stadien der Wahrheit. »Der is dout.« Die Szene, die sich nun rund um den Billardtisch vor ihren Augen auftat, deckte sich genau mit diesen Worten. Sie ähnelte der Radierung einer Totenwache in einem Buch aus dem 19. Jahrhundert. Für sie war es kurzzeitig die Wahrheit, und diese Wahrheit würde für den Rest ihres Lebens lauten: Ihr Arie war in diesem Moment gestorben. Gleich darauf spiegelte ihr Gesicht eine ganz andere Wahrheit wider: Das konnte nicht sein! Die Hände an die Wangen gedrückt, eilte das alte Frauchen auf den Billardtisch zu, wo die Betengel sich mit Tränen in den Augen vor Lachen erhoben. Albert warf ein Zweieinhalbguldenstück auf die Theke und verließ schnell das Lokal. Nicht schnell genug, denn er hatte noch gesehen, wie die Frau das Laken von ihrem Mann zu ziehen begann und dabei einen Armleuchter umstieß. Eine silbrig glänzende Wachsspur auf grasgrünem Tuch haftete auch draußen noch auf seiner Netzhaut.

Spielzeug bekommen, damit spielen, ja, aber am schönsten war es doch, die lange geliebten Sachen für 'nen Appel und ein Ei auf der Straße zu verkaufen, am liebsten am Geburtstag der Königin. Albert mochte nicht einmal auf die alten Decken treten, auf denen die ramponierten Autos, die Puppen, die Jugendbücher zum Verkauf ausgelegt waren; er ging sorgfältig um sie herum, während er das Angebot flüchtig mit dem Blick abtastete, ob etwas nach seinem Geschmack darunter war. Hier, im Westen von Amsterdam, in der Jan Pieter Heijestraat, hatten die Kinder nicht viel Kundschaft; wahrscheinlich wußten sie noch nicht, wieviel im Vondelpark oder im Umkreis des Leidseplein los war, oder vielleicht wollten ihre Eltern sie nicht so weit von zu Hause fortlassen. Sie saßen gottergeben auf der Sonnenseite der Straße, über die von Zeit zu Zeit ein Schatten von der Größe einer Wolke strich. An den Ecken war es so windig, daß manchmal Spielzeug von einer hochwehenden Decke kullerte.

Albert fühlte, wie seine Wut auf Schwester Cox wieder hochkam. Er wurde heute dreißig, und schon zum dreißigsten Mal ging sein Geburtstag in einem größeren Fest unter. In einer sentimentalen Anwandlung, die ihn sofort angewidert hatte, hatte er sich der Krankenschwester gegenüber einmal darüber beklagt: »Ich habe eigentlich nie Geburtstag gehabt.« Und sie, die gute Seele, hatte sich sogleich ans Rechnen gemacht, so daß sie ihm bereits ein halbes Jahr später, am 21. September 1977, berichten konnte, er werde tags darauf den Geburtstag seines Lebens feiern. Seinen zehntausendsten Lebenstag, genau an der Grenze zwischen Sommer und Herbst in seinem achtundzwanzigsten Lebensjahr. Und er, der sentimentale Narr, hatte das Resultat ihrer verliebten Rechnerei als Geschenk angenommen. Er hatte es in jener Nacht gefeiert, und es war seine Schneenacht geworden, seine Schneenacht im September. Erst als er unverrückbar festgefroren war in jener Nacht, hatte er aus einer Art wehmütiger Langeweile heraus mit angefeuchtetem Finger den Kalender durchgeblättert ... Die blöde Kuh hatte ihn in sein Unglück gerechnet. Grimmig steuerte Albert auf die Schoolstraat zu, wo an der Ecke Overtoom *Kunstgebißreparaturen* zu finden war, mit grinsenden, makellos rosa-weißen Prothesen im Schaufenster. Wenn's nicht anders ging, würde er sie mit dem Kopf in die Chemietoilette drücken. Er würde sie so lange in das blaue Zeugs beißen lassen, bis auch sie eine gute Kundin der Werkstatt im Erdgeschoß war.

An der Zickzackroute ließ sich noch immer sein Zögern ablesen. Anstatt von der Jan Pieter Heije schnurstracks zum

Overtoom zu gehen, bog er, wieder einer Tischdecke voll grellfarbenem Spielzeug ausweichend, in die Brederodestraat. Hier mußte er zusehen, wie er mit einem großen Schritt über den Kinderladen kam, denn ein Ausweichen auf die Fahrbahn wurde ihm durch ein gerade in die Straße hineinfahrendes Auto unmöglich gemacht. Der Wagen, dessen Rückscheibe zersplittert, aber noch nicht geborsten war, stoppte fast im selben Moment, so daß Albert glaubte, man wolle ihn nach dem Weg fragen. Heraus stiegen zwei Männer, von denen einer der auf der Rückbank sitzenden Frau die Tür aufhielt.

»Bitte sehr, Els.« Und als sie hinter sich greifen wollte, fügte der Mann hinzu: »Laß nur, ich nehm den Koffer schon, Hennie ... äh ... Els.«

Durch das erste Els glaubte Albert, der in der Frau Hennie Avezaath erkannt zu haben meinte, er irre sich, aber als der galante Mann sich versprach, war er sich sicher. Natürlich, man hatte ihr einen anderen Namen gegeben, und der war ihr noch nicht auf den Leib geschrieben. Sie war gealtert, viel schneller als die sieben Jahre, die er sie nicht gesehen hatte. Albert bemerkte es sofort, obwohl er damals nicht viel mehr als ihren Rücken und ihren Hinterkopf kennengelernt hatte. Sie mußte jetzt siebenundvierzig sein, nein, achtundvierzig war sie gerade geworden. Er wußte ihr Geburtsdatum noch, wie er alle ihre Lebensdaten nennen könnte. Sie war die Frau aus dem Glashaus, über die alles bekannt war, abgesehen von diesem einen großen Geheimnis, das sie vor den Augen der Welt zu verbergen verstanden hatte. Sie setzte sich, obwohl die schmale Brederodestraat zu dieser späten Nachmittagsstunde bereits ganz im Schatten lag, eine Sonnenbrille auf und blickte zu den Fenstern hinauf, auf die der andere Mann zeigte.

»Da, Mevrouw Korstanje. Im zweiten Stock. Da werden Sie wohnen.«

Albert begriff. Sie mußte anläßlich des Thronwechsels vorzeitig entlassen worden sein. Obwohl – so viel früher nun auch wieder nicht, wenn man bedachte, daß von den zwölf

Jahren, zu denen sie verurteilt worden war, mittlerweile acht vergangen waren. Wie dem auch sei, zwei Herren von der Bewährungshilfe hatten sie am Tor des Bijlmer-Gefängnisses abgeholt, um sie zu einer geheimen Adresse zu bringen. Der eine, der sie geduzt hatte, war vielleicht ein Vertreter der Strafanstalt, dem Augenaufschlag nach zu urteilen möglicherweise ein Geistlicher.

Els Korstanje, ehedem Hennie Avezaath. Albert schämte sich, daß er, schlicht und einfach weil er in diese Straße gebogen war, als erster auf den Saum ihrer neuen Identität getreten war und so die nackte alte enthüllt hatte. Als er sah, wie sich die Frau scheu umblickte, hockte er sich schnell vor einer karierten Decke hin, auf der, fein säuberlich auf die Wollkaros verteilt, Dinky Toys zum Verkauf aufgebaut waren. Er täuschte Interesse an einem winzigen Tankwagen vor und spitzte die Ohren nach dem, was die Frau und die beiden Männer miteinander redeten. Hennie Avezaath sagte etwas von dem »zugemauerten Haus« neben dem ihrigen und etwas von »Ratten«, die dort wohl zu finden seien. Der Mann, der sie mit »Sie« angesprochen hatte, wischte ihre Besorgnis lachend mit einer kurzen Geschichte über eine Steuerverordnung vom Ende des letzten Jahrhunderts weg, die die Größe der Fensterflächen zur Bemessungsgrundlage machte. Albert hörte nur mit halbem Ohr zu. Dinky Toys in die Hand nehmend und wieder zurückstellend, schaute er aus den Augenwinkeln zu der Frau hinüber. Sie war größer, als er sie in Erinnerung hatte, und magerer, doch letzteres war keine Sinnestäuschung, das war die Folge des Gefängnisaufenthalts. In dem Kleid, das genauso formlos war wie die Kleider, die sie im Gerichtssaal getragen hatte, zeichneten sich kaum mehr Brüste ab, so daß Albert sich diese nur wie die einer sehr alten Frau vorstellen konnte: flach und ausgereckt wie Gummiwärmflaschen. Das glatte pfeffer-und-salz-farbene Haar, das unter den Lampen des Arnheimer Gerichtshofs bei einer bestimmten Kopfdrehung bisweilen einen rötlichen Schimmer angenommen hatte, war künstlich gelockt, doch die Locken hatten sich zum großen Teil schon wieder ausgehängt. Ihre ausgeprägte Kieferpartie, an der Gerichtsreporter ihre psychologische Phantasie ausgetobt hatten, wurde durch die inzwischen leicht erschlafften Wangen gemildert. Die Hände und Finger, deren »schwach entwickelte Muskulatur« bei einer Untersuchung festgestellt worden war, wirkten durch ihre noch stärkere Knöchrigkeit ganz besonders lang und ließen dadurch eher an die Klavierstunden denken, die sie als Mädchen genossen hatte, als an den späteren Mord durch Erwürgen.

Albert sah, wie der Mann, der von der Bewährungshilfe sein mußte, Hennie Avezaath feierlich und zugleich linkisch einen Schlüsselring überreichte.

»Mevrouw Korstanje, hiermit übergebe ich Ihnen die Wohnung... Nein, bitte nach Ihnen.«

Sie öffnete die Tür, und die drei verschwanden nach oben.

Vor Jahren hatte diese unscheinbare Frau sein ganzes Denken und Fühlen mit Beschlag belegt, monatelang. Wie vertraut er mit ihr gewesen war... vertraut vor allem mit ihrem Schicksal. Noch nie zuvor war er so tief in die Seele eines anderen Menschen gekrochen, will sagen, zu Beginn war seine Hand, die Hand eines Vatermörders, unter ihre Röcke gedrungen, um sie die Handlungen verrichten zu lassen, die er sie, angesteckt durch die allgemeine Hysterie des Volksgerichts, gern verrichten lassen wollte – um es nicht selbst tun zu müssen. Später, als er, beschämt über das ungezügelte Mitheulen mit den Wölfen im Walde, wieder zu Sinnen kam, hatte er sich wie ein Fötus in ihrer Seele eingenistet und alle ihre Regungen mitempfunden. Selten hatte Albert jemanden besser kennengelernt. Und jetzt, da er ihr in der Freiheit begegnete, konnte er sie nicht einmal als alter Bekannter begrüßen. Sie kannte ihn nicht.

Er hatte immer hinter ihr gesessen, und sie hatte sich höchstens einmal flüchtig umgedreht und dabei nichts gesehen außer einer passiv anklagenden Menschenmenge.

Albert ließ einen kleinen Rettungswagen, sehr löchrig im Lack, über seine Handfläche fahren. Die Räder drehten sich noch reibungslos.

»Die Dinky Toys kosten fünfzig Cent pro Stück«, sagte der kleine Junge auf seiner Decke. »Und drei kosten einen Gulden.« Die Kinder hatten offensichtlich keine große Lust mehr. Sie hockten hier wahrscheinlich schon seit neun Uhr morgens. Albert gab dem kleinen Kerl einen Gulden.

»Ich such mir in aller Ruhe noch zwei andere aus, ja?«

»Wenn es sehr lange dauert, gilt das nicht mehr: drei für einen Gulden. Nur, wenn Sie sie gleich nehmen.«

Plötzlich wurde die Aufmerksamkeit des Jungen und seines Freundes (oder Bruders) abgelenkt. Hinter sich hörte Albert das Geräusch von zerbrechendem Glas, allerdings nicht so hell, wie wenn eine Flasche auf dem Pflaster zerspringt; es war eher ein dumpfes Knistern. Er drehte sich um: Zwei Kinder von einer etwas weiter entfernt ausgebreiteten Decke waren bereits zu dem Auto gerannt und schauten der kleinen Splitterlawine zu, die sich ins Auto ergoß. Kurz darauf war es in der Straße wieder so still, daß man Füßegetrampel auf einer Treppe hören konnte. Die Eingangstür öffnete sich, die Bewährungshilfe- und Seelsorgetypen kamen heraus und gingen auf ihr Auto zu. Die neue Bewohnerin des Hauses blieb in der Tür stehen, verkrampft, mit bleichem, verzerrtem Gesicht. Sie warf von der Seite her einen hastigen Blick auf Albert, der Dinky Toys in der Hand wog. Der Fahrer des Autos inspizierte ebenso flüchtig die zerkrümelte Rückscheibe.

»Aber lassen Sie mich jetzt doch mal klarstellen, daß ich verantwortlich dafür bin«, rief Hennie Avezaath den beiden Männern zu. »Nicht nur für das zweite Mal, auch für das erste. So begreift doch endlich, daß es wichtig für mich ist ...«

Der Seelsorger hob fast ängstlich und abwehrend die Hände, was wie ein Abschiedsgruß aussehen sollte. »Auf Wiedersehen, Mevrouw Korstanje.« Schnell stiegen sie ein. Das Auto fuhr bereits.

Hatte Albert richtig gehört? Er hatte richtig gehört. Er begriff es nur nicht. Woher dieser Drang, ihre Taten nachträglich einzugestehen, und dann auch noch Leuten gegenüber, die das nicht im mindesten interessierte? »Nicht nur das zweite, auch das erste Mal.« Schuld und Unschuld, Schuld und Sühne ... Was war es gleich noch mal, was er Sux Cox vorhalten wollte? Eine kalendarische Fehlrechnung? Trug nicht er allein die Verantwortung dafür? Konnte eine solch einschneidende Wende in seinem Leben, wie sie ihm widerfahren war, überhaupt das Ergebnis eines kleinen Rechenfehlers sein, begangen von einem Karbolmäuschen mit astrologischen Ambitionen?

Albert sah, wie Hennie Avezaath, nachdem sie dem Auto noch einen Augenblick nachgeschaut hatte, die Tür von Mevrouw Korstanje schloß. Nein, über den *Kunstgebißreparaturen* am Overtoom hatte er nichts zu suchen. Mit seinen drei Dinky Toys in der Hand drehte er sich um – zu einer Vergangenheit weit jenseits seiner Schneenacht im September, zu seiner reglosen Anwesenheit auf der Zuhörertribüne des Gerichtshofs in Arnheim.

Der Gerichtshof der Barmherzigkeit

Tüpfellinie aus Blut

Montag, 4. Oktober 1976
(Thjum Schwantje)

Der Regen hatte die Blutspur fast ausgewischt. Jetzt, da es schon wieder seit geraumer Zeit trocken war und der Wind über den Bürgersteig blies, trat auf den Steinplatten mit ihren noch nassen Ecken die rostige Tüpfellinie erneut hervor, allerdings verwaschener als zuvor. Ein normaler Spaziergänger hätte die fahlen Punkte möglicherweise nicht einmal bemerkt, doch Thjums geübtem Blick konnten sie nicht entgehen, wenngleich er die Augen gut aufsperren mußte. Am Fuße eines Baumes auf dem Roelof Hartplein hatte er am Tag zuvor noch geglaubt, zwischen den Wurzeln, die die Gehwegplatten anhoben, auf eine wahre Orgie an Blutspritzern gestoßen zu sein. Messerstecherei. Opfer beinahe an den Stamm gespießt. Bei näherer Untersuchung stellte sich heraus, daß es der Abdruck vor kurzem zusammengefegter rotbrauner Blätter war, aus denen der Regen die Farbe gewaschen hatte.

In Nimwegen, wo höchstens mal in der Vlaamse Gas mit dem Messer zugestochen wurde, war Thjum anderen Hobbys nachgegangen, doch hier in Amsterdam folgte er seit kurzem allen möglichen Blutspuren. Es war genauso ein Zwang wie früher, wenn er sich abends rückwärts vom Fahrrad hängen ließ, um das rote Rücklicht nicht aus dem Auge zu verlieren. (»Das ist die Luft... und das ist die Lust!«) Zusammengenommen stellten die Spuren die Geheimschrift der Stadt dar und erinnerten Thjum an die unbegreiflichen durchgezogenen und gepunkteten Linien, die sich auf einem auseinandergefalteten Schnittmuster kreuzten, über das die Hand seiner Mutter mit einem klirrenden Sporn fuhr, als sie noch eine Familie zu haben glaubte. Wenn Thjum das stachlige Rädchen über seinen nackten Oberschenkel rollte, blieb einen kurzen Moment lang eine weiße Tüpfellinie auf der mattbraunen Haut zurück. Nachdem er einmal die Stacheldrahtschrammen an Alberts Waden bewundert hatte, versuchte Thjum, den Sporn in sein Fleisch zu drücken, bis es blutete, doch so scharf waren die Zacken nicht.

Die gerade und gleichmäßige Blutspur, die nun so akkurat der Rundung des Gehwegs folgend in die van Baerlestraat führte, hatte er erstmals in Höhe des Teppichgeschäfts van Duyven in der P. C. Hooftstraat bemerkt. Dort gab es so etwas wie ein Gedränge, einen Menschenauflauf, und als Thjum die Blutspritzer auf den Gehwegplatten sah, dachte er, das Opfer liege vor dem Schaufenster. Aber nein, alle schauten in die Höhe – zu dem Opfer, das erst noch fallen mußte, denn ein Bergsteiger in voller Montur kletterte gerade die steile Fassade herunter. Es war, wie sich zeigte, noch ein hartes Stück Arbeit für ihn, die nepalesische Fahne über dem Eingang anzubringen. Aus dem Geflüster der Umstehenden erfuhr Thjum, daß »der da, der Kurze, Untersetzte, der Konsul von Nepal« war. Quer über die Straße spannte sich ein Transparent mit den Worten: VAN DUYVEN NEPALMONAT 5 % RABATT. Konnte es sein, daß ein Vorgänger des Kletterers abgestürzt war, sich verletzt hatte und in Richtung van Baerlestraat weggebracht worden war? So primitiv würde es doch wohl nicht zugehen?

Außerdem war nie eindeutig auszumachen, ob man sich, wenn man einer Blutspur ohne klar erkennbaren Anfang und ohne definitives Ende folgte, auf das Opfer zubewegte oder sich von ihm entfernte. Einmal glaubte Thjum, der die Blutstropfen eine Straße lang immer zahlreicher hatte werden sehen, er müsse sich jetzt allmählich dem Hauseingang nähern, in dem der Erstochene infolge des Blutverlusts zusammengebrochen war. Aus der Ferne näherte sich eine Polizeisirene, gefolgt vom Signalhorn eines Unfallwagens; beide Autos fuhren an Thjum vorbei und stoppten erst am Anfang der Straße, ungefähr dort, wo er die ersten spärlichen Spritzer entdeckt hatte. Offenbar jemand, der seine Wunde recht und schlecht abzubinden verstanden hatte. Auch der umgekehrte Fall kam vor: Jetzt nähere ich mich der Stelle, an der das Kind mit seinem Fahrrad gestürzt ist, denn hier schlingert die Spur noch, so kurz nach dem Sturz, während der Kleine ein Stück weiter zielbewußter, kreischend, auf sein Elternhaus zugefahren ist. Falsch: Zehn Meter vor mir, wo die Blutspur fast quer über den Gehweg verläuft, liegt das Moped eines Kuriers, der gerade auf einer Trage festgeschnallt wird. (An einem Septembermorgen stieß Thjum in der Beethovenstraat auf eine frische, üppige Blutspur... den stillen, glänzenden Zeugen eines Verbrechens am hellichten Tag... Es stellte sich heraus, daß sie von einem kurz zuvor hingefallenen Kleinkind mit geplatzter Augenbraue stammte.)

Die Blutspur führte schnurgerade, wie mit dem Lineal gezogen, in die van Baerlestraat, Richtung Stedelijk Museum. Der Abstand zwischen den Tropfen war genau gleich, ungefähr einen Meter. Hier war keiner im Gehen verblutet.

Auf den Boden zu schauen habe ich in meinen ersten Wochen hier gelernt, als ich die Häuserfassaden der Innenstadt kennenlernen wollte. Die Grachtenhäuser sind so gebaut, daß sie ihre volle Schönheit erst dem offenbaren, der bereit ist, sie von der Mitte des Wassers aus zu bewundern. Wer sie von der Straße aus betrachten will, wird mit einem steifen Genick bestraft – einem »Fassadenhals«, wie jemand in meiner verflixten wortspielverliebten Familie neulich sagte. Gut, Schönheit bezahlt man in Amsterdam mit einem Genickkrampf. Als ich nach einigen Tagen meinen Wirbeln etwas Ruhe gönnte und den Kopf hängen ließ, entdeckte ich eine viel aufregendere Welt: die des Pflasters. Einen Glockengiebel senkrecht nach unten in einer Regenpfütze hängen zu sehen ist ja schon schön, noch schöner aber ist es, ein Haus völlig zerschnipselt in einer aus der Laibung auf die Straße gefallenen Fensterscheibe gespiegelt zu sehen, die mit all ihren Scherben sogar noch die ursprüngliche rechteckige Form bewahrt hat... Es gibt keine poetischeren Landschaften als jene, die der Bürgersteig zu bieten hat! Der Hundehaufen und darin, perlweiß, der hinuntergeschluckte und dann doch noch ausgeschiedene Milchzahn eines jungen Deutschen Schäferhundes...! Ein Hundehaufen mit dem makellosen

Abdruck eines großkotzigen italienischen Absatzes, die Marke in Spiegelschrift lesbar, war eine Rarität. In Hundekacke fand sich sonst meist nur der Abdruck der flüchtigen Bewegung des Ausrutschens. Ein Hundehaufen, das war die humorlose Bananenschale der siebziger Jahre...

Man konnte die Zeitungen am Lesetisch des *Café de la Paix* studieren, aufregender war es jedoch, die faszinierend unvollständige Schlagzeile einer völlig aufgeweichten Zeitung im Rinnstein zu lesen, zu versuchen, diese mit der Schuhspitze umzudrehen, um den Rest zu lesen, und dann zu sehen, wie sie, zusammen mit den Nachrichten aus aller Welt, zu einem grauen Brei zerfiel. So hatte Thjum, während er über die dünne, leicht gewellte Kruste spähte, die in Amsterdam den Sumpf bedeckt, die Stelle gefunden, wo die Strandräuber der Lust gebückt nach gerade benutzten Kondomen suchten, die die Nutten dort aus dem Fenster warfen. Diese Strandräuber erinnerten ihn an die französischen Frauen, die er an der Atlantikküste bei Ebbe zwischen den glitschigen Steinen nach Schalentieren hatte suchen sehen, die sie, in Gummistiefeln und den Kopf in den Nacken gelegt, an Ort und Stelle aus der harten Schale schlürften.

Und dann noch das Pflaster selbst... *Sous les pavés la plage*, stand im Mai '68 an den Pariser Hauswänden. »Unter dem Pflaster der Strand.« Oh ja, auch Thjum hatte dafür geschwärmt, und wie: Die Phantasie an die Macht...! Jetzt kotzte ihn das an. Die Stadt, das war ja gerade der Sieg über den Strand, und ganz gewiß über den Morast. Nun ja, wenn die in Paris einen Sumpf unter ihren Bürgersteigplatten gehabt hätten, dann hätte die mächtige Phantasie der Studenten wohl auch eine andere Richtung eingeschlagen. Hier in Amsterdam lag ebenfalls gelber Sand unter den Klinkersteinen, darunter befand sich jedoch so viel Schlamm, daß der Ofen da unten in der Tiefe ihn noch nicht mal in einer Milliarde Jahre würde trocknen können.

Thjum war das Pflaster heilig. Unkraut und Gras zwischen den Platten riefen bei ihm gleich die Vorstellung vom Urwald überwucherter Städte in Asien hervor... massive Steintempel, zerbröselt durch Baumwurzeln ... Im Gegensatz zu Albert, den er Amsterdam als »Hügellandschaft aus Brücken« hatte bezeichnen hören, betrachtete Thjum die künstliche Kruste, die man über den Sumpf gelegt hatte, als die wahre Landschaft der Stadt. Sie mußte daher auch möglichst geschlossen sein.

In Paris hatte Thjum gesehen, wie rings um ein aufzubrechendes Straßenstück ein übermannshoher Bretterzaun gezogen wurde, um Passanten und Anwohnern den Blick auf die freiliegenden Eingeweide der Stadt zu ersparen. In Amsterdam kannte man solche Zäune nicht. Ganze Straßen, ganze Plätze lagen monatelang bis hinunter zum Grundwasser offen da, von nichts anderem abgesperrt als einem dünnen rotweißen Plastikband, das haargenau so aussah wie die Sorte, die Mitglieder des Königshauses immer durchschneiden mußten, wenn irgend etwas eröffnet wurde.

Freitag nachmittags nach fünf konnte man irgendwo auf einen komplett neu gepflasterten Bürgersteig stoßen – na ja, bis auf zwei Gehwegplatten eben, die noch fehlten, als die Turmuhr fünf schlug. Pech, nicht nur für die stolpernden Wochenendspaziergänger, sondern auch für alle nach ihnen kommenden Stolperer, denn für zwei Gehwegplatten konnte die komplette Steinsetzermannschaft doch schwerlich am Montag noch einmal anrücken.

So blieben diese beiden Platten monatelang liegen als kleines Denkmal für die Arbeitsmoral beim Stadtbauamt – bis jemand sie mitnahm, um den Boden in seinem offenen Kamin damit zu verstärken, womit er obendrein der Feuerwehr einen Gefallen tat.

Das Schönste, was das Amsterdamer Pflaster Thjum bisher geboten hatte, waren neben den Puzzles aus Glasscherben, die ein Stück Wolkenhimmel in Mosaik zerlegten, die Blutspuren. Nach zwei Monaten in der Hauptstadt verstand er die städtische Schrift in roter Tinte mit ihren unregelmäßigen Zickzacklinien wie kein zweiter zu entziffern. Das verschaffte ihm eine unbehagliche Lektüre, nach der er süchtig wurde. Er setzte Fuß vor Fuß und las mit gesenktem Blick den langen Satz, bis die Geschichte zu Ende war. Unterdessen spielte er, mal abwechselnd, mal gleichzeitig, Opfer, Angreifer und Detektiv. Die Amsterdamer Straße, das war seine Schauspielschule.

Die Tüpfellinie, die sich über den Bürgersteig in der van Baerlestraat zog, begann diffuser zu werden. Manchmal lagen ein paar dicke Tropfen in einem Kranz kleinerer Spritzer dicht beieinander, und dann kam wieder eine ganze Weile nichts. Thjum wurde unruhig. Auf was würde er am Ende der Spur stoßen? Lag da jemand, wie man in Geldrop von einem Toten sagte, »mit steifen Arschbacken«? Kämpfte jemand dort hinten, in einem Hauseingang jenseits des Museumplein, einen heroischen Todeskampf?

Heroisch sterben, bah, was für ein Schwindel. Heldentum existiert nur auf den Brettern, nicht dazwischen. Neulich las ich, daß jemand »im Sterben wuchs« und »stolz und würdig verschied«. Vielleicht ist ja der händeringende Widerstand – »ich will nicht, ich will nicht« – die würdigste Form. Albert sagt immer, Todesangst sei bei ihm in erster Linie die Angst, nicht sterben zu *können*. Er fürchtet, sich nicht gehenlassen zu können. Sterben ist schwer, na klar. Aber wenn man sieht, welche Idioten, Schlappschwänze und Feiglinge schon alles gestorben sind ... in ihrem Bett, in ihrer Falle, in ihrem Lumpenhaufen ... am Straßenrand, auf einem Baum ... na, das erlaubt doch nur einen Schluß: daß Sterben ganz leicht ist. Wenn mein Nachbar es kann, kann ich es auch ...

Bei der Kreuzung am Stedelijk Museum, wo die verletzte Person offenbar – unruhig herumtapsend – gewartet hatte, bis sie die Straße überqueren konnte, ließ einen die zurückgelassene Spur an die Bilder denken, bei denen numerierte schwarze Punkte miteinander verbunden werden mußten, so daß eine noch unbekannte Figur entstand. Es war, als habe das Opfer hier vor Schmerz eine Pirouette gedreht. Wider besseres Wissen, denn er konnte sehen, daß das Blut vor dem Regenschauer zu Boden getröpfelt war, spitzte Thjum die Ohren, ob er nicht Sirenen der Polizei oder von Rettungswagen hörte.

Woher kam trotz seines Ekels vor Blut diese erregte Hoffnung auf ein echtes Opfer?

Als Kind war sein Lieblingsmärchen »Dornröschen« gewesen, doch als er später die Grimmschen Märchen noch einmal las, stellte er fest, daß er es damals mit »Schneewittchen« vermengt hatte. Haut so weiß wie Schnee, Haar so schwarz wie die Raben, und dann vor allem diese Lippen, so rot wie in den Schnee getröpfeltes Blut... so wurde in seiner Erinnerung nicht Schneewittchens Geburt, sondern die von Dornröschen angekündigt. Vielleicht kam das auch durch die Rolle, die ein paar Raben ein Jahr lang in der ausführlichen Bildergeschichte von »Dornröschen« auf der Rückseite der *Libelle* spielten, die seine Mutter jede Woche im Briefkasten hatte. Jahre später war er in Nimwegen eines Morgens früh durch fast noch jungfräulichen Schnee gegangen. Irgendwo in der Molenstraat sah er rote Flecken durch den Schnee schimmern. Als er mit seinem Fuß darin herumwühlte, legte er die Reste eines Blutbads frei. Er stand vor dem Restaurant *Kota Radja*, wo, als noch Schnee gefallen war, das chinesische Neujahrsfest gefeiert worden war. Hunderte von roten Papierhüllen und auseinandergerissenen roten Hülsen der Feuerwerkskörper waren unter vielen Schuhen in den anfangs nassen Schnee getrampelt worden, bis eine Art theatralischer Blutbrei entstand, der nur teilweise zugeschneit worden war. Für den Rest seines Lebens sollte es eine Orgie von Blut und Schnee und Todesangst bleiben, die dort gewütet hatte.

Die große Sonne aus Blut auf dem sonst fleckenlosen Gehweg des weißen Wohnviertels in Nizza, wo Thjum mit seinen Eltern die Ferien verbrachte... Nadelfeine Sonnenstrahlen, bis zu zwei Meter lang. Im Widerspruch zu diesem konzentrischen Spritzbild suchten sich zwei dicke rote Linien stufenförmig entlang den Plattenwinkeln einen Weg in den Rinnstein.

»Sieh dir nur diese Luxuswohnungen an«, hatte er seinen Vater zu seinem Bruder Gidi sagen hören, »und dann trotzdem springen... aus purer Langeweile...«

The Beanery

Montag, 4. Oktober 1976
(Flix Boezaardt)

Alle Uhren standen auf zehn nach zehn. Es war Viertel vor zwölf mittags.

»Es sieht so echt aus, Mijnheer, so wirklichkeitsgetreu... daß ich manchmal richtig Durst davon krieg. Am hellichten Tag. Glaubense mir das?«

Verdammte Pest, schon wieder ein Museumswärter, dem nach einem kleinen Schwatz zumute war. Vorhin im Rijksmuseum auch so einer... Flix studierte gerade die mollige Mopshand, mit der der dicke Gerard Bicker in dem Van-der-Helst-Gemälde seine feinen Handschuhe an die Brust drückt, als ein Wärter ihm ungefragt erzählte, daß er »den Rattenkönig da«, wie er den Porträtierten aus irgendeinem Grund nannte, »manchmal mit dem Gesicht zur Wand« drehe, wenn er genug von ihm habe. »Auf der Rückseite ist was anderes, aber das wollen die Leute nicht sehen. Sie kommen wegen dem dicken Rattenkönig. Also dreh ich ihn eben wieder um und stell mich mit dem Rücken zu ihm. Das ist halt mein Beruf.«

Beim Bicker war es ihm egal, aber jetzt, wo er – zwar schon zum ungefähr zwanzigsten Mal, heute jedoch mit völlig anderen Augen – *The Beanery* von Kienholz im Stedelijk Museum studierte, konnte er das unmotivierte Geschwätz nicht ertragen.

»Passen Sie bloß auf«, sagte Flix. »Die *haben* schon Holzköppe. Jedenfalls sofern sie Holzuhren als Köpfe haben...«

Einer der gipsernen Gäste des kleinen nachgebauten Lokals hatte als Kopf eine Uhr, die von einem Miniaturautoreifen eingefaßt war. Er hockte auf einem Barschemel neben einer Frau in gestreiftem Pulli, die an eine Hummel erinnerte. Ihr blondes Haar fiel lang und glatt bis fast zum Hintern, und so, wie sie mit dem Rücken zum Eingang des Lokals saß, schien sie die einzig »normale«, wirklichkeitsgetreue Anwesende – bis man tiefer in den staubigen Raum hineinging und ihr ins Gesicht zu blicken versuchte: das Lächeln einer Uhr mit den Zeigern auf zehn nach zehn. An einem Tisch neben der Wand schlief ein Betrunkener, in den Händen eine Tischuhr: Auch unter dem Glassturz stand die Zeit still. Hätte Dornröschens Schloß eine Kneipe gehabt, sie hätte so ausgesehen. Eine *happy hour*, in die erst nach hundert Jahren wieder Bewegung kam.

Nein, diese Uhrenköpfe, das wurde Flix zu surrealistisch ... das war eher etwas für Albert Egberts, der sich ständig mit der Zeit beschäftigte ... mal sollte sie in die Länge, mal in die Breite, na ja, mußte er selbst wissen, der Klugscheißer. Flix ging es um die in Gips gefangene Bewegung lebender Modelle, die hier nun, für alle Zeiten erstarrt, lebensgroß in einem Lokal saßen. Kienholz, das wußte Flix, arbeitete momentan in Berlin an einer neuen Ausstellung, für die sich seine Freunde bereitwillig in Gips einpacken ließen. Das war Flix alles noch zu sehr Pose. War es nicht möglich, die Emotionen selbst in Gips abzudrücken? Eine Totenmaske war ein bekanntes Phänomen, was aber wäre mit einer Maske, in der das dem Tod vorangehende Leiden eingezeichnet war? Wie zynisch von Kienholz, ausgerechnet das Gesicht, Sitz der Emotionen schlechthin, auszusparen und durch eine stehende Uhr zu ersetzen ...

»Ich sach immer zu meiner Frau: Schatz, sach ich, wenn ich nicht schnurstracks nach Hause komme, dann liegt das an meiner Arbeit im Museum. Dann hab ich wieder bei Kienholz aufpassen müssen. Und dann will ich am Ende des Tages doch noch 'ne richtige Kneipe von innen sehen. Nä? *Jan Heuvel* oder so ...«

Flix klopfte an einen der Kneipengäste. Es klang hohl, aber er wußte, daß ein Skelett darin sein mußte. Holz oder Eisen? Der Staub ließ sich nicht abreiben; er schien angeklebt. Hundert Jahre alter Staub aus Dornröschens Schloß.

»Nicht anfassen, Mijnheer. Sonst muß ich Sie auffordern, das Lokal zu verlassen.« Der Wärter lachte laut über seine eigenen Worte. »Also, für mich ist das nur staubiger Kram. Unter uns: Ich nenn es für mich *Café Dirty Dickens*. Ich war mit der Frau in London. Da ham wir was in einer Kneipe beim Waterloo getrunken. Ich dachte, komische Atmosphäre hier. So ein Schmierkram. Schwarze Staubflusen, also, dick wie Ankertrossen, Mijnheer. Tote Fledermäuse an Drähten. Katzenskelette in Vitrinen... Zeigt sich, daß Dirty Dickens nicht umsonst Dreckiger Dickens heißt. Hundertfünfzig Jahre lang nicht saubergemacht. Die Zeit is da genauso doll stillgestanden wie hier bei Mijnheer Kienholz.«

Das Gequassel des Mannes hing Flix zum Hals raus. Jeden einzelnen Kubikzentimeter dieses 220×185×675 Zentimeter großen *Beanery* wollte er kennenlernen, aber nicht mit dieser Quasselstrippe neben sich. Aus versteckten Lautsprechern drangen leise Kneipengeräusche: Stimmen und Musik. Durch das häufige Abspielen war das Band dumpf geworden, wodurch die Geräusche aus einer noch tieferen Falte der Zeit zu kommen schienen. Es machte das Objekt zu mysteriös und damit zu schön. Flix suchte nach einem viel roheren Abguß der Wirklichkeit. Kienholz, hatte er in einem Katalog gelesen, benutzte die gleichen Gipsbinden wie ein Arzt, der ein gebrochenes Handgelenk behandelt. Er packte seine Modelle komplett ein, bis auf einen schmalen Streifen an der Rückseite, so daß sie ihre steife, noch nicht ganz hart gewordene Jacke wieder ausziehen konnten. Flix hatte selbst vor einigen Jahren am Aufbau eines lehrreichen Freizeitparks für die Jugend in einem ehemaligen Kloster in ’s-Heerenberg mitgewirkt. Man hatte ihn als Wandmaler angeheuert, doch als sich herausstellte, daß er mit seinem Pinsel nicht innerhalb der vorgezeichneten Linien zu bleiben verstand, hatten sie ihn für denselben Lohn, plus Kost und Logis, für die Gipspuppen Modell stehen lassen, die die Entwicklung der Menschheit darstellen sollten. Auch verschiedene mythologische Gestalten kamen vor. Flix mußte sich von Kopf bis Fuß rasieren. Für die Härchen an Armen und Beinen benutzte er einen Ladyshave. Bevor er eingegipst wurde, schmierte man ihn mit Öl ein: So ließen sich die einzelnen Teile des weißen Panzers leichter wieder abnehmen. Doch selbst dann stellte sich heraus, daß hier und da ein vergessenes Härchen mit eingegipst worden war, das beim Abnehmen des Brustharnischs aus der Haut gerissen wurde. Vor allem an die darauf folgende kurzzeitige Wut, die ruck, zuck wieder verraucht war, erinnerte er sich genau – nicht an die Verärgerung selbst, sondern an die kurze, mal rote, mal weiße Explosion auf der Netzhaut. So stand er nun am anderen Ende der Niederlande als halbaufgerichteter Menschenaffe da sowie als Atlas mit einer riesigen Erdkugel im Nacken, und das alles für eine Handvoll Teenager auf Klassenfahrt, die das Halbdunkel mit dem nachgebildeten Sternenhimmel nur zum Randalieren benutzten. Na gut, es hatte ihm ein paar schöne, brauchbare Phantasien geliefert. Zwei vierzehnjährige Jungen, die sich hinter dem Rücken des Führers durch die Kleidung hindurch betasteten, dabei aber von Flix beobachtet wurden, der haargenau in die gipserne Hülle von Atlas paßte, unter der Erdkugel kniend, jeden Moment bereit, sie auf die Kinder zurollen zu lassen ...

Andere Gipsbinden ... elastischere ... darauf kam es an. Wenn er es schaffte, geschmeidigeres Material zu finden, dann gelänge es ihm vielleicht, die Emotionen und Bewegungen des Modells ganz direkt einzufangen.

»Mijnheer, das hab ich nich nur zum Spaß gesagt. Ich muß Sie bitten, die Puppen nicht zu berühren.«

»Ja, aber es ist so echt ... so wirklich ... man *muß* einfach dranfassen.«

»Diese Uhrenköppe machen es natürlich zur Kunst. Die machen es zu was Besonderem.«

»Die sind mir scheißegal. Das ist eher was für meinen hochgelehrten Freund Albert mit seinem Hang zum Surrealismus und zu was weiß ich was noch alles.« Und er fuhr fort, mehr mit sich selbst redend als mit dem Wärter: »Nein, diese Uhrenvisagen, die geh'n mir zu weit. Mir kommt es darauf an, die Realität so mit ihrem Abbild zu konfrontieren, daß das Abbild die Realität verdrängt. Das ist das Gelbe vom Ei. Die Wirklichkeit zu nichts weiter als einem Modell degradieren. Der reine Abguß, auf den bin ich aus. Das Modell kann dann von mir aus weggeschmissen werden. Die Realität ist tot ... es lebe die Realität! Der Bildhauer muß sich wieder wie Gott vorkommen können. Demiurg, hat Thjum neulich gesagt ... jawohl, Mijnheer, ich habe Freunde, die auf dem Gymnasium waren. Demiurg ... hab immer geglaubt, das wär ein Chirurg, der mit seinem Studium erst halb fertig ist. Gott hat diesen ganzen verdammten Krempel, den wir die Welt nennen, schließlich auch als eine Art unvollkommenen Abguß von etwas viel Schönerem gemacht ... von etwas viel Idealerem, das Ihm zur Verfügung stand. Während wir uns, so gut es eben geht, mit diesem Abguß begnügen mußten ... ohne das Original jemals zu Gesicht bekommen zu haben. Das liegt bei Gott im Tresor, und der goldene Schlüssel hängt Ihm an einer Kette um den Hals. Das Original kann ebensogut weggeworfen werden. Sehen Sie, genauso müßte auch unsere Wirklichkeit hier unten allmählich durch ihren eigenen Abguß ersetzt werden.«

»Mijnheer, ich fürchte, ich kann Ihnen nicht ganz folgen.«

»So? Na ja ... ich meine nur, es wird Zeit, sich an Gott dafür zu rächen, daß er den Bauplan für unsere Welt hat verschwinden lassen. Und jetzt ist es die Aufgabe der Kunst, Ihm den gleichen Streich zu spielen. Wir fertigen eine perfekte Kopie der Welt an, und auf das Original ... das damit kein Original mehr ist, auf das verzichten wir. Aber dann müssen wir nicht nur die Kartoffeln abgießen, sondern auch, was sie erleben, wenn das Wasser kocht. Angst und Schmerz und Leiden, Mijnheer, als unmittelbaren Abdruck im Material des Künstlers, so weit müssen wir gehen. Gipsbinden, die eignen sich am besten dafür, aber sie müssen geschmeidiger gemacht werden ... elastischer ... Ich ruf jetzt gleich in einem Sanitätsgeschäft an.«

»Das Café hat kein Telefon, Mijnheer.«

»Ich geh raus auf die Straße. Trinken Sie nachher auch einen auf meine Gesundheit ... oder auf meine Karriere, das ist noch besser ... im, wie hieß das gleich noch mal? *Jan Heuvel.*«

Während Flix in der Telefonzelle im Branchenverzeichnis blätterte, sah er mit einemmal seine Mutter vor sich – nicht wie er sie gekannt hatte oder noch kannte, sondern wie sie als Mädchen gewesen sein mußte. Wenn es geschneit hatte, spielte sie »Schnee-Engelchen«. Dabei ließ sie sich rückwärts in den dicken Schnee fallen, mit ausgebreiteten Armen, die sie dann flügelschlagend auf und ab bewegte. Wenn sie aufstand, hinterließ die kleine Maya – oder damals noch Maaike – im Schnee den Abdruck eines Engels. Es war die einzige Geschichte mit einem Hauch Phantasie, die er von seiner Mutter als Kind kannte. Aber auch dieses weiße Bild, dessen Negativ seine Mutter ja de facto war, mußte er jetzt verleugnen: Weg mit diesen Flügeln. Als Schnee-Engel verwies Maaike zu sehr auf die Welt der anderen Kunst, die im Grunde Dekor war, keine Kunst. Flix hatte das immer albern gefunden – Künstler, die, zum Beispiel wenn sie wieder mal eine neue Freundin in *Willy's Bonte Palet* aufgegabelt hatten, von ihrer »Muse« sprachen. Er wußte nicht, ob er, indem er die kleine Maya als Schnee-Engel aufleuchten ließ, seine Mutter als Muse berief oder im Gegenteil verabschiedete, und es interessierte ihn auch kaum. Sollte es sich als nötig erweisen, das Sterben eines Menschen in seinem Gipsverband einzufangen, so würde er nicht zögern (was etwas anderes war, als eine Totenmaske abzunehmen). Und sollte jemand behaupten, daß jedes Sterben einen Engel liefert – na schön, dann war er eben ein Bildhauer von Schnee-Engeln, auch gut. Wie du willst, Mama.

In der Anzeige eines Geschäfts für medizinische Instrumente in der Eerste Oosterparkstraat las er: »Studenten 10% Rabatt.« Prima, dann würde er sich eben als Medizinstudent ausgeben. Er wählte die Nummer.

Während er den Hörer von der einen in die andere Hand wechselte, suchte er grabend und grabbelnd und brummelnd, als wäre er Marlon Brando in einer Filmrolle, seine Taschen nach einem Kugelschreiber ab. Er hatte immer einen bei sich, steckte ihn aber jedesmal an einen anderen Platz. Seine Hand war über die verschiedenen Fächer und Innentaschen seiner Jacke zu einer Tasche seiner Jeans hinuntergewandert, die viel zu eng war, um eine ganze Hand hineinzustecken. So stand Flix, nach einem Schreibgerät tastend, mit den Fingern im Schritt da, als Thjum plötzlich vor der Telefonzelle stehenblieb. Mit dem ersten Blick des Wiedererkennens, wobei Flixens Hand – wie ertappt – einen kleinen Luftsprung machte, war die Erinnerung da, wie durch sein Zutun damals, zur Halbzeit der vierten Grundschulklasse, das Schreiben mit der Stahlfeder abgeschafft worden war. Was er ausgefressen hatte, wußte er nicht mehr, aber es mußte so schlimm gewesen sein, daß Lehrer Meulendijckxs ihn in einem zugeschlossenen Klassenzimmer nachsitzen ließ. Mutterseelenallein. Er konnte nicht auf die Toilette, und so hatte er, von Bank zu Bank gehend, mit erstaunlicher Muskelbeherrschung den Inhalt seiner Blase auf zwölf der achtundzwanzig halbvollen Tintenbehälter verteilt, die, mit einem Schiebedeckel verschlossen, ins Pult eingelassen waren. Als seine Missetat nach Klagen über blasse Schrift ans Tageslicht kam, bestellte der Rektor sofort, noch bevor man sich endgültig entschlossen hatte, Felix Boezaardt von der Schule zu suspendieren, für jede Klasse ein Gros Kugelschreiber. So fing die Zerstörung der Handschriften an, noch bevor sie sich richtig herausgebildet hatten. Flixens Schuld. Albert hatte es ihm nie verziehen. Erst seit Albert den Kugelschreiber gegen einen Füllfederhalter eingetauscht hatte und sah, wie sich sein Gekrakel in eine Schrift verwandelte, an der er ein gewisses Gefallen finden zu können schien, hatte Flix dazu nichts mehr von ihm zu hören bekommen.

Gipsverband

Montag, 4. Oktober 1976
(Thjum Schwantje)

Sobald das Pflaster eine zusätzliche Dimension erhielt, eine Unebenheit im Bürgersteig, wie jetzt diese besetzte Telefonzelle, begann das Leben störend an ihm zu zerren. Die makellose Blutspur war in Gefahr. Sie drohte ihm abhanden zu kommen.

Durch das fleckige Muster getrockneter Regentropfen hindurch hatte Thjum in dem Mann in der Telefonzelle, obwohl dieser nur von hinten zu sehen war, Flix erkannt, und zwar eher an dessen Haltung als an der Kleidung. Sein erster Gedanke, und der hing nicht nur mit den Blutstropfen zusammen, war: weitergehen. Flix blätterte in einem stark abgegriffenen Branchentelefonbuch, dessen gelbe Seiten zum fahlen Grau eines normalen Telefonbuchs verblichen waren. Thjum gab Flix die Chance, ihn zu bemerken, indem er ein paarmal um die Zelle herumging, hoffte jedoch, daß dieser sich lange genug in die Nummern und Anzeigen vertiefen würde, denn dann könnte er selbst ohne allzu große Gewissensbisse seinen Weg bis zu dem Hauseingang fortsetzen, der wie ein Schrein die Leiche bergen wurde. In dem Moment, in dem sich sein Blick wie in einem Reflex von der Blutspur löste und auf Flixens Rücken traf, trat Thjum auf eine lockere Gehwegplatte, wobei schlammiges Regenwasser bis über die Wade in sein Hosenbein drang. Und das ausgerechnet ihm, der jeder Platte ansehen konnte, ob sie einen Schatz oder eine Quelle bedeckte...!

Flix zu sehen hieß: sich auf schmerzliche Weise wieder an diese beschämende Erfahrung vom Juni zu erinnern, als er sich, das Gesicht in einem muffigen Kissen, von ihm hatte entjungfern lassen. Nein, diese Vereinigung von Männerkörpern, das war nichts für Thjum. Er konnte sich natürlich wie eine Art sexueller Snob weismachen, der Akt sei zu sehr eine

Imitation der Paarung von Mann und Frau, doch wenn er ganz ehrlich war... Bei Thjum ertrug diese Region da unten keine härtere Stimulierung als die durch den Duschkopf mit seinem Puschel aus warmen flüssigen Bürstenhaaren.

Jemanden in sich eindringen zu lassen, wußte er nun, bedeutete einen heißen Schmerz, der jeden Genuß verdrängte. Außerdem entstieg seinem Körper, als Flix ihn verließ, ein bitterwürziger Darmgeruch, vermischt mit dem vagen, dumpfen Geruch nach Sattelfett oder Stiefelwichse, die, so pries er sich glücklich, nicht auch noch parfümiert war. Einen Moment lang schien es, als habe der fremde Körper ihn ausschließlich zu dem Zweck in dem erniedrigenden Griff gehalten, um diesen Geruch aus seinem Inneren zutage zu fördern. Tagelang hatte Thjum sich wie aufgerissen gefühlt, vielleicht sogar wochenlang. Sosehr er nach diesem rabiaten Treffen auch darauf achtete, schien doch keine Spur von Flixens Samen ihn zu verlassen. Als ob er sich da drinnen zersetzt oder aufgelöst hätte... oder einfach für immer drinbleiben würde.

Thjum sah, wie Flix einen Viertelgulden in den Apparat warf und, fast ohne hinzusehen, eine Nummer wählte, die er mit zugekniffenen Augen und lebhaftem Lippenspiel aus dem Telefonbuch ablas.

Und dennoch war Thjum einige Wochen später, in Amsterdam, wieder mit einem Mann mitgegangen, einem verbummelten Anwalt namens Ernst. Ein ganz anderer Typ als Flix. Thjum hatte gemerkt, daß der einige Jahre ältere Mann in erster Linie neugierig war, und das verlieh Thjum Selbstbewußtsein. Es gab ihm das Gefühl der Rache an Flix, daß *er* diesmal die Spielregeln bestimmte. Auch dieses Abenteuer war im übrigen nicht ohne Erniedrigung ausgegangen: Der Anwalt hatte ihm überdeutlich klargemacht, daß es bei diesem einen Mal bleiben würde, da er sich nun sicher sei, daß es »nichts für ihn« sei.

Wieder bewegte Flix die Lippen, diesmal über der Sprechmuschel. Seine Hand suchte die Hosentaschen ab, vielleicht nach einer weiteren Münze für das nächste Gespräch – und in diesem Moment entdeckte er Thjum. An Flixens Gesicht war abzulesen, daß seine Aufmerksamkeit für das, was am anderen Ende der Leitung gesagt wurde, nachließ, während er Thjum ansah. Die Hand verschwand in einer Innentasche und förderte einen Kugelschreiber zutage. Offensichtlich um sich wieder auf das Gespräch konzentrieren zu können, machte Flix eine Vierteldrehung mit seinem Oberkörper und blickte, während er sprach, auf die gegenüberliegende Seite der van Baerlestraat. Zum Schluß notierte er etwas auf einem Eselsohr des Telefonbuchs, riß es ab und legte auf.

Als sich die Glastür öffnete, schien es plötzlich, als streiche ein Luftzug an Thjums Bein entlang, so daß sich das durchnäßte Hosenbein noch kälter anfühlte.

»Na, Schwantje, lebst du auch noch? So sagte man doch früher in Geldrop ... lebst du auch noch?«

»Ja, und immer mit leisem Vorwurf in der Stimme. Als ob es ihnen nicht recht war. Ganz so weit gehst du ja noch nicht.«

»Nein, das ist meine Menschlichkeit. Ich mißgönne einem anderen nicht, daß er lebt. Ich bin nur immer ehrlich erstaunt, daß das Leben weitergeht.«

»Sogar das Leben von so jemandem geht weiter«, sagte Thjum und deutete auf die Blutspur. »Man weiß nicht, wie weit, aber es kann noch eine ganze Weile dauern. Der Tod droht nur tröpfchenweise.«

»Ist ja wieder schick ausgedrückt, Schwantje ... Hör zu, Thjum: Hoffentlich denkst du nicht, es ist wegen dem armen Kerl, der da vor sich hin geblutet hat wie ein Stier, aber ... äh ... ich muß noch ein paar Laden anrufen, die medizinische Artikel verkaufen. Hast du vielleicht ein paar Viertelgulden für mich?«

»Ich hab nur großes Geld dabei.«

»Hätt ich mir denken können.«

»Du kannst aber bei mir telefonieren. Ich hüte gerade ein Haus in der Wouwermanstraat, 'n Stück weiter.« Schon während er das sagte, reute Thjum sein Angebot. »Aber nicht wieder so was wie beim letztenmal, okay?«

»Hör doch auf. Hatte ich schon wieder vergessen. Ich hab jetzt anderes im Sinn.«

Während sie die van Baerlestraat überquerten, spürte Thjum wegen der Sandkörner im Regenwasser, wie die Hose an seinem Unterschenkel scheuerte, noch schmerzlicher war aber, daß er die Blutspur aufgeben mußte. Ach, vielleicht war es ja nur ein Bauarbeiter mit einem halbzerquetschten Daumen vor der Tür seines Hausarztes ... den gesunden Daumen auf dem Klingelknopf ...

»Obwohl ...«, sagte Flix, schon etwas unwirscher, »ich hab gedacht: der läßt mal was von sich hören. Nach diesem schönen Sommertag, will ich mal sagen. Hat der Schreck so tief gesessen?«

»Du hast doch gesagt, ich soll damit aufhören. Was anderes ... Ist Albert schon in Amsterdam?«

»Kein Lebenszeichen. Der ist natürlich durchs Vordiplom gerasselt. Super. Dann kann ich für die volle Zimmermiete aufkommen.«

»Seine Schwester wohnt auf derselben Höhe wie ich in der Nicolaas Maes. Die wußte gestern noch nichts.«

»Durchgerasselt mit Pauken und Trompeten. Und jetzt läßt er mich hängen, da auf Wittenburg.«

»Der kommt schon noch.«

»Will ich schwer hoffen.«

Es war nicht seine übliche Ruppigkeit. Flix hatte etwas Aufgeregtes in Stimme und Haltung.

»Medizinische Instrumente ... das assoziiere ich nicht gerade mit dem Werkzeug eines Bildhauers.«

»Nein, weil du dann gleich Henry Moore mit einem Stethoskop vor einer seiner Figuren stehen siehst. ›Mal tief einatmen, gnädige Frau.‹ Weiter geht moderne Kunst für dich nicht. Und übrigens hab ich nichts von medizinischen Instrumenten gesagt, sondern von medizinischen Artikeln. Mehr sag ich nicht, sonst weiß dem Albert sein Schwager es auch gleich. Heutzutage klauen sie einem schon die Ideen, noch bevor sie ausgereift sind.«

»Hier ist es.« Thjum öffnete die Tür zu einer Parterrewohnung, die er benutzen konnte, solange der Bewohner, ein Student der Kulturanthropologie, sein Praktikum in Nigeria absolvierte. Als Gegenleistung brauchte er nur die Katze zu füttern, die Pflanzen zu versorgen und zwischen den Sachen eines anderen zu leben. An den Wänden hingen ovale Schilde und Macheten. »Das Telefon ist auf dem Flur. Schau mal, ob der Zähler auf Null steht.«

Während Thjum in der Küche mit der fremden Kaffeemaschine kämpfte und mit der Kaffee- und Wassermenge herumlaborierte, hörte er Flix telefonieren. Ausgereifte oder noch unausgereifte Ideen – Flix versuchte nicht mal, die Stimme zu dämpfen.

»Verkaufen Sie auch Gipsbinden an Privat? Gipsbinden, ja... Also, es geht um 'ne ziemliche Menge. Stellen Sie sich 'nen Wintersportler vor, der sich alles gebrochen hat, was man sich nur brechen kann... Arme, Beine, Rippen, alles. Alles im Eimer, ja. Und das... sagen wir mal... mal fünf, fürs erste. Oder sagen wir: sechs. Plus so 'ner Knickschere natürlich... nein, so 'ner Schere mit 'nem Knick drin. Wie nennt ihr die? ... Knieschere? Nein, nich nur fürs Knie... für den ganzen Körper... Ach so, die heißt so wegen dem Knie... Knick... sag ich doch... Die Lieferung bitte direkt an Ateliers 63 in Haarlem. Auf den Namen Boezaardt, Felix... mit x, ja... Die stehn für mich gerade. Und, ach ja... noch eine kurze Frage. Gibt es nur eine Art von Gipsbinden? Nein, es kommt mir nicht auf die Marke an, sondern auf die unterschiedliche Geschmeidigkeit... Elastizität... Ja, verstehe. Vielen Dank.«

In dem mit Decken, Teppichen, Wandbehängen und Kissen vollgestopften Zimmer tranken sie Kaffee aus so etwas wie kleinen Vasen ohne Henkel, so daß man das heiße Gefäß nur ganz kurz festhalten konnte und kaum Zeit hatte, einen Schluck zu nehmen.

»Gipsbinden«, sagte Thjum.

»Schwierig«, sagte Flix. »Die haben immer so ungefähr die gleiche Struktur... den gleichen Härtegrad... Für meine Arbeit brauche ich flexibleres Zeug. Es darf schon hart werden, aber es muß auch eine Bewegung festhalten können... die Drehung von 'nem Arm zum Beispiel... 'nen Hüftschwung...«

»Du kannst es der Medizinindustrie schwerlich übelnehmen, daß sie keinen Gipsverband entwickelt, der Rücksicht nimmt auf zappelnde Gliedmaßen ... In einem Bein mit einer doppelten Fraktur steckt meist nicht mehr viel Bewegung.«

»Genau. Ich will auf den Abdruck eines Beins hinaus, das gerade in dem Moment bricht.«

»Also nicht mal 'nen präventiven Verband. Einen, der den Sturz herauslockt ...«

»Langsam kapierst du was. Mehr sag ich nicht.«

»Aber Flix, du bist doch nicht auf das angewiesen, was es im Geschäft zu kaufen gibt. Warum entwickelst du nicht selbst einen besseren Gipsverband?«

»Weil ich davon nichts versteh.«

»Dann krall dir doch jemand dafür ... natürlich nicht zu grob. Einen Chemiker, der was auf dem Kasten hat ... oder notfalls jemand, der ein bißchen verrückt ist, aber so 'nen Erfindertick hat.«

»Wart mal ... mein Nachbar im Studentenwohnheim auf Wittenburg macht Versuche in einem Labor. Studiert Chemie, glaub ich ... meinst du so einen? Das Vordiplom hat er jedenfalls schon.«

»So jemand brauchst du.«

»Heut morgen hab ich beim Frühstück noch mit ihm zusammengesessen. Er wollte heute zu Hause bleiben, um für eine Prüfung zu lernen ... Tumtum, manchmal bist du Gold wert. Wir gehen jetzt gleich zu ihm, Prüfung hin oder her. Das ist unser Mann.«

»Wir ...?«

»Dann kannst du gleich sehen, wie Albert und ich da wohnen.«

Gunboat diplomacy

Montag, 4. Oktober 1976
(Gesù Porporà)

Es war ein besonderer Tag. Gesù würde seinem Vater ein Kind beschaffen. Dafür mußte er übers Wasser ... auf amerikanisches Territorium. Das ließ ihn nicht ganz unberührt, denn seit er '58 von der Erziehungsanstalt auf der Insel Procida in die Stadt zurückgekehrt war, hatte er sich nie mehr auf den Golf hinausgewagt. Nicht aus Wasserscheu oder weil er leicht seekrank würde ... nein, er gehörte in die hohen, schmalen Schluchten der Quartieri, wo selbst die Plätze zu klein waren, um ihm Furcht einzuflößen. Außerdem ... der Golf von Neapel erinnerte ihn zu sehr daran, wie er sich als Kind durchgeschlagen hatte – mit Zigarettenschmuggel –, was ihn für eineinhalb Jahre zum Inselbewohner gemacht hatte. Ein armseliges Geschäft ... heute packte er es schlauer an. Die *Stars and Stripes* wehten Gesù entgegen. Abgesehen von der italienischen Fahne war die amerikanische die einzige, bei der er das straffe Flattern im Wind bis in den Magen spürte.

Das Motorboot, das ihn am *molo* des Stazione Marittima abgeholt hatte, fuhr mehr über dem Wasser als auf oder in ihm. Der Marineinfanterist am Ruder, ein Bengel mit kurzgeschnittenem Haar, machte eine Vergnügungstour daraus und ließ das kleine Boot immer wieder hart auf die Wellen klatschen, die hier im Hafen ja keineswegs hoch und ungestüm waren. Der *USS Lyndon B. Johnson*, dem Stolz der Sechsten Flotte, konnten sie schon gar nichts anhaben: Die wartete dort vollkommen unbeweglich und souverän auf den nächsten *gunboat-diplomacy*-Gag.

Es schien, als wolle das Boot an dem Flugzeugträger vorbeifahren und lenke seinen klatschenden Bug in Richtung Procida ... Gesù blickte sich um. Der *marine* grinste mit Kiefern, die sich träge in horizontaler wie in vertikaler Richtung bewegten. Er kaute *chewing gum* in ungeniert amerikanischer Manier. Gesùs Vater hatte es '44 und '45 hier wohl nicht anders gemacht, und seine Mutter hatte sich offenbar nicht daran gestört. Vielleicht hatte sie während der Zeugung ihres Kindes einen leichten Mentholgeschmack im Mund von den einleitenden Küssen. Mochte sich der Amerikaner den Kaugummi auch solange hinter das Ohr geklebt haben, der Pfefferminzgeschmack war doch in seine Zunge gedrungen... Wenn sein Vater genauso große weiße Zähne besessen hatte wie der junge Mann hinter ihm, dessen aufklappender Mund jedesmal einen Happen Sonnenlicht verschlang, dann hatte Gesù sein Gebiß sicherlich von seiner Mutter geerbt. Bröckelig und braun und so weit auseinander wie Schachfiguren am Ende des Spiels.

Das Motorboot fuhr in weitem Bogen um die *USS Lyndon B. Johnson* herum. Bevor sie hinter dem riesigen Schiff verschwanden, warf Gesù einen Blick auf die Stadt, die sich dort in ihrer ganzen Pracht um den Hafen herumzog. Sein Neapel... es war das erste Mal in beinahe zwanzig Jahren, daß er es aus dieser Entfernung daliegen sah... fast wie ein geschlossenes Ganzes... Nein, sie lag nicht flach da, sondern hob nuttig den Arsch, die Schlampe, so daß sie vom Meer aus gut zu sehen war... Weg! Verschwunden hinter einem Eisberg aus grauem Stahl.

Keine schlechte Idee von mir, dachte er, in den Bars für das amerikanische Militär in der Via Depretis Kontakte für meinen Handel zu knüpfen... na ja, Kontakte... zunächst mal war es nicht mehr als ein vorsichtiges Sich-Informieren und Abtasten gewesen. Bis auf einmal dieser junge Seekadett aufkreuzte, der Vertraute eines hohen Offiziers... nun gut, immerhin ein Anfang. Bis dahin war Holland sein einziges ausländisches Absatzgebiet gewesen...

Der Markt in den Vereinigten Staaten müßte sich weiter für uns öffnen. Ehepaare über vierzig gelten dort als zu alt für eine Adoption. Na, dann schauen Sie doch mal bei Gesù vorbei, würde ich sagen. In Amerika gibt es auch viele gesunde und fruchtbare Ehepaare, bei denen die Frau Angst vor der Schwangerschaft und den Geburtsschmerzen hat. Bei der Kindfrau Honey in dem Film *Who's afraid of Virginia Woolf* war es so, wenn ich es richtig verstanden habe – daher nenne ich es der Einfachheit halber das Honey-Syndrom. Amerika ist zu weit entfernt, um eine direkte Verbindung aufzubauen. Vielleicht ist der Flugzeugträger ja das Tor nach Amerika.

Ich biete erstklassige Ware. Es ist mir nur ein einziges Mal passiert, daß Adoptiveltern das bereits akzeptierte und bezahlte Kind zurückgebracht haben. Nicht, daß ihm was gefehlt hätte, darum ging's nicht. Nein, dieses verwöhnte Weibsbild aus Posillipo wurde kurz nach der Adoption, mit fünfundvierzig, auf einmal schwanger von ihrem sechs Jahre jüngeren Gatten und wollte »bei näherer Überlegung doch lieber ein eigenes Kind«. Die blöde Schachtel. Achtzehn Jahre lang die Liebe praktiziert, rauslaufenden Samen mit dem Löffel wieder reingeschaufelt... von vorn, von hinten, von oben, nichts half... Schließlich flehen sie mich um ein Baby an, ich such ihnen das Beste vom Besten raus, sie bezahlen prompt, und dann legen sie es mir so ungefähr auf die Matte. Ich glaube, das Kleine hat, wenn sie es in den Armen hielt, etwas mit ihren Hormonen angestellt... so daß der Garten auf einmal fruchtbar wurde. Glaub ich. Kurz und gut, ich wollte keinen Skandal, und so hab ich das bereits verkaufte Produkt zurückgenommen. Den Kaufpreis habe ich nur zur Hälfte zurückgezahlt... ja, was haben die denn gedacht?

Mit diesem Paar ist es später total schiefgelaufen, das hat mich denn doch gefreut. Nach der Geburt ihres Balgs verlangte sie von ihrem Mann, er solle sich, da er nun an der Reihe sei, ein Opfer zu bringen, sterilisieren lassen. Der Kerl, der fast zwanzig Jahre lang uneigennützig und ohne den geringsten Ertrag seinen Samen investiert hat, trottet gefügig zur Schlachtbank der Unfruchtbarkeit, offenbar ohne sich zu fragen, warum er sich für das knappe Jahr, das *sie* vielleicht noch fruchtbar ist, für den Rest seines Lebens sterilisieren lassen muß. Es war auch kein Opfer, das sie von ihm verlangte, das kann man Gesù getrost glauben. Das Weib hat schlichtweg Rache genommen ... für die Zukunft. Sie beschloß seine Kastrierung. Entzückend.

Nicht viel später ist er mit der siebzehnjährigen Babysitterin durchgebrannt. Er hat den Krempel wieder zusammenlöten lassen, und jetzt kann das Mädchen auf ihr eigenes Kind aufpassen.

Von Berufs wegen habe ich natürlich nichts gegen eine Sterilisation, aber die muß dann schon gründlicher sein als bei meinem abgehauenen Freund aus Posillipo. Eigentlich dürfte ich das nicht sagen, aber diese ganze ausgepichte medizinische Wissenschaft, mit ihren Lötkolben von der Größe einer Büroklammer, ist eine Feindin unseres Berufs.

Mit diesen Villenbewohnern aus Posillipo habe ich öfter Probleme. Manchmal bestellt so ein reiches Biest sich ein Baby, aber keins zum Adoptieren, i wo: Die Gnädigste liefert das Sperma ihres Gemahls gleich mit. Und ich muß dann unter meinen Mädchen eine Leihmutter für sie suchen. Die ist nicht schwer zu finden, solange die Gnädigste und der gnädige Herr den doppelten Betrag zu zahlen bereit sind. Das Ärgerliche daran ist, daß so ein Weibsbild dann fast täglich in den Quartieri nach dem Rechten sieht, der jungen Leihmutter die schwer beringte Hand auf den Bauch legt, ihr prüfend in die schwellenden Brüste kneift und die Kleine auch noch zwingt, alles mögliche gesunde Zeugs zu essen. Genau wie bei diesen aufdringlichen Nachbarn in dem Film *Rosemarys Baby*, aber na ja, da hat das Mädchen ja auch ein Kind vom Teufel erwartet, genau wie mein Schnuckelchen Prosa.

Der kinderlose Offizier, der ja doch ein bißchen sein Vater war, führte ihn herum. An Deck standen die Jets so dicht gedrängt, daß die *Lyndon B.* wie ein fliegenübersäter Zuckerwürfel aussah. Gesùs Interesse war in erster Linie diplomatischer Natur.

»So auf die schnelle zähle ich hier siebzig, achtzig Flugzeuge, Sir ... Ich nehme an, daß auch noch welche in der Luft sind ... auf einem kleinen Erkundungsflug oder so ... Wie viele haben Sie insgesamt?«

Gleich ... gleich würde Gesù seinen eigenen Besitz vorzeigen und den Offizier zu einer Flottenparade entlang imaginären Wiegen zwingen. Alles auf Gottes Reißbrett entworfen.

»Hundert... knapp einhundert Kampfflugzeuge.« Der Mann machte Gesù auch auf die sieben Bomber vom Typ Intruder aufmerksam.

»Ich bin nur ein Laie, Sir, aber ich hab natürlich schon mal was von der berühmten amerikanischen Kanonenbootpolitik gehört... Mit Verlaub, wie weit geht Ihre *gunboat diplomacy*?«

»Die Sechste Flotte ist ein Kontingent von Haien. Es kommt darauf an, so lange wie möglich unsere Flossen zu zeigen... und erst dann die Zähne. Gleich 1946 haben wir die Roten in Griechenland das Fürchten gelehrt. Der Hafen von Piräus... alles grau vor lauter Haien. Ich erinnere mich noch ... irgendwann Anfang der fünfziger Jahre... da haben wir Tito zu einer Party an Bord der *USS Pearl Harbour* eingeladen. Nach ein paar Cocktails haben wir ihm ein kleines Feuerwerk geboten... nicht nur mit dem, was die *Harbour* so alles an Bord hatte, sondern auch von den Geleitschiffen. Phantastisch, wie die Eiswürfel in seinem Glas klirrten. Er wurde ganz schön bleich, aber nicht vom Alkohol, die Typen vom Balkan können nämlich ordentlich was vertragen. Sehen Sie, Mr. Purpura, es ging uns natürlich nicht um dieses *pockface* von Tito... der war uns völlig schnuppe... sondern um diesen anderen *pock-marked blockhead*, Stalin. Würden die Russen Eiswürfel in ihren Wodka tun, hätte es sogar noch im Kreml geklirrt.«

Gesù ließ sich von seinem Vater auch den Rest der schwimmenden Stadt zeigen, die die *USS Lyndon B. Johnson* war. Bars... ein Kino... ein Eissalon, in dem sie beide einen Becher Sahneeis mit Früchten löffelten, leckerer als alles, was Gesù je an italienischem Eis gekostet hatte. Mit seinen ein Meter achtundsechzig kam er sich neben dem baumlangen Offizier tatsächlich wie ein Kind vor. Später, in seiner wie ein modernes Büro eingerichteten Kammer, fragte der Mann ihn verblüffend direkt über seinen Handel aus. Gesù, der den Eindruck gewann, von einem Polizeikommissar vernommen zu werden, hielt sich bedeckt – mit dem bangen Gefühl, in eine Falle getappt zu sein. Es kam zu keinem Abschluß, doch beim Abschied sagte der Offizier freundlich, er werde über seinen Vertrauten, den Seekadetten, Kontakt aufnehmen, der oft in der *Boston Blackies American Bar* in der Via Agostino Depretis zu finden sei.

Amerika ... sein fernes Vaterland faszinierte ihn nach wie vor mit all seinen Typen, die die Welt mit einem Wort zusammenfassen und sich mit einer einzigen Handbewegung untertan machen. Im vergangenen Frühjahr hatte er schon einmal so einen kennengelernt, in Positano, wohin er für einen Deal mit irgendwelchen reichen Stinkern mußte, die aus einer plötzlichen Laune heraus so schnell wie möglich ein Kind wollten. War 'ne ziemliche Reise, auch wenn die Costa Amalfitana immer in einem Atemzug mit Neapel genannt wurde. Am gesamten Golf entlang mit einer Bummelbahn, der man, unnötig wichtigtuerisch, den Namen Circumvesuviana gegeben hatte, und dann von Sorrento mit dem Autobus über die *penisola*. Eigentlich müßte er künftig einen Gefahrenzuschlag erheben. Bei dem kleinen Busbahnhof auf dem höchsten Punkt von Positano gab es eine Kneipe, wo er sich nach der Adresse erkundigen wollte, aber diese Provinzler wußten ja nie was. Nun hatte Gesù natürlich schon mal von international berühmten Klavierkünstlern gehört, die die Neigung hatten, sich im Alter in Positano niederzulassen und nur noch diesen einen genialen Klavierlöwen der Zukunft zu unterrichten, was aber hatte dieser Liberace hier in der Kneipe zu suchen? *Liberace* oder »Liberace« – er wußte nie, ob er den Namen dieses Klavierheinis aus Kalifornien italienisch oder englisch aussprechen sollte. Spielte auch keine Rolle: Der Mann trug sowieso eine silberblonde Perücke auf dem Bollerkopp und einen Seidenschal um den Schwabbelhals, ganz zu schweigen von seiner übrigen Aufmachung. Er wurde von einer klapperdürren Frau mittleren Alters begleitet, die infolge eines mißglückten Faceliftings noch einmal zwanzig Jahre älter aussah – wahrscheinlich ebenfalls Amerikanerin, obwohl er da nur raten konnte, denn sie machte die Klappe

»Schon was anderes als die Dommelbrücke bei euch. Wenn du da mit den Vorderrädern auf der anderen Seite angelangt bist, sind die Hinterräder noch nicht auf der Brücke. Meine Jugend am Wassergraben. Damit ist's jetzt endgültig vorbei.«

Doch die riesigen Bögen der Waalbrücke hoch über ihnen hielten den Regen nicht ab. Die Scheibenwischer wurden mit so viel herabstürzendem Wasser nicht fertig. Alberts Vater preßte schlechtgelaunt die Nase an die Windschutzscheibe, um wenigstens etwas von der Straße sehen zu können, doch das hatte den gegenteiligen Effekt, denn die Scheibe beschlug von seinem Atem. Himmel und Fluß wetteiferten um das dunklere Grau. Ein Horizont war nicht zu erkennen, rechts genausowenig wie links. Die Heizung füllte den kleinen Raum mit trockener, heißer Luft, die die Kehle reizte.

Eindrucksvoll sah es aus, das Zeugnis, und Albert pries sich glücklich, daß man ihn gezwungen hatte, in diesem Sommer sein Latein aufzufrischen, sonst hätte er sich nicht mal zusammenbuchstabieren können, was er da eigentlich errungen hatte, geschweige denn, daß er seiner Mutter den Text hätte übersetzen können.

»Und dieses *pago Geldrop*«, wollte sie, in den Rückspiegel sprechend, noch wissen, »was heißt das?«

Sie erreichten gerade das andere Ufer.

»›Heidentum Geldrop‹. Ich kann's auch nicht ändern. So steht's da. In Nimwegen halten sie alles, was nicht genauso heilig ist wie das Heiligtum Nimwegen, für ein Heidentum. Ich bin froh, daß ich mich nach Amsterdam absetze.«

Seine Mutter zog den Reißverschluß ihrer Tasche auf, verteilte Dosen schwarzen Johannisbeersaft sowie Ei- und Lachsbrötchen, und so feierten sie den glücklichen Ausgang des Examens. Albert zündete für seinen Vater auf dessen Bitte eine Zigarette an, eine Handlung, deren Intimität ihm nach dem Geschehen an diesem Morgen kalte Schauer über den Rücken jagte.

Es mußte schon Stunden geregnet haben, als Albert an diesem Montag früh aufstand. Falls die Blasen Kuppeln darstellten, war jede Regenpfütze ein Modell von Rom: ein Zeichen für Bauern und Kinder, daß es den ganzen Tag gießen würde. Schon um acht Uhr knieten Albert und sein Vater einander gegenüber auf dem Wohnzimmerfußboden – jeder an einer kurzen Seite der Matratze, die auf dem Dachgepäckträger mit nach Amsterdam sollte. Um drohende Wasserschäden zu vermeiden, waren sie dabei, sie in den Schutzüberzug einzupacken, den der Mann das ganze Jahr hindurch jeden Abend, bei gutem wie bei schlechtem Wetter, um die Karosserie seines Dafs spannte. Es schmerzte Albert zu sehen, wie sorgsam sein Vater die Strippen an der Unterseite der Matratze ineinanderhakte. Viel lieber wäre er auf eigene Faust nach Nimwegen und dann weiter nach Amsterdam gefahren, ohne Hab und Gut, ohne Grund, dem Mann für irgend etwas dankbar zu sein. Die selbstverständliche Opferbereitschaft, die Hingabe, der Fleiß ... sie standen Alberts Haß und Rachegefühlen im Weg. An der Schwelle zu einem neuen Leben noch »danke« anstatt »verreck« sagen zu müssen ...!

Doch eine Ablehnung bekam Albert nicht über die Lippen.

Ausgerechnet mit *dem* Mann so verschwörerisch seine Matratze wasserdicht verpacken zu müssen, diese knapp zwei Quadratmeter, die das Podium seines neuen Lebens darstellen sollten ... vor Widerwillen war er wie gelähmt. Albert kniete seinem Vater gegenüber, rührte aber im Grunde keinen Finger. Er ließ *ihn* machen. In der Brust des Mannes dröhnte das Harmonium. Apathisch starrte Albert auf die beiden Gummistrippen, eine Art Sockenhalter, nicht ganz in der Mitte der Matratze: näher beim Sohn als beim Vater, und trotzdem griff Albert nicht zu.

»Jetzt noch die beiden«, keuchte der Mann liebevoll, »und dann kommt kein *Troppn* mehr durch. Selbst wenn wir dort sozusagen inne Gracht fahrn.«

Weil Albert, tief in schreckliche Gedanken versunken, keine Anstalten machte, die Gummibänder ineinanderzuhaken, streckte sein Vater die Arme danach aus. Dazu mußte er sich weit vorbeugen, weiter, als er eigentlich konnte, und weiter, viel weiter, als seine »geringe Lungenkapazität«, wie es beim Facharzt hieß, es erlaubte... Die Luft pfiff durch die Ruinen in seinem Brustkorb, aber es war nicht nur das... Etwas dehnte sich da drinnen mit dem Geräusch eines zerschlissenen Lederlappens, der straff gezogen wird... Fast hatten die Hände die kleinen Schnallen erreicht, als Albert ein ebenso kurzes wie eigenartiges Ächzen aus seines Vaters Kehle vernahm. Der Mann war mit einemmal vornübergesackt, die sich leicht bewegenden Finger nach den Strippen ausgestreckt, wie um sie zu sich zu winken. Kommt nur, Schätzchen. Hierher.

»Oh, *wird's* mir uff einmal schlecht...«

Die Mitteilung schien klar, nüchtern, sachlich und in fast normalem Konversationston – doch noch bevor er zum Wort »uff einmal« gekommen war, sank er schräg nach hinten an die Sitzbank, aschfahl, mit verdrehten Augen und hin und her rollendem Kopf, wozu er mit weit aufgerissenem Mund ächzte. Es war ein langgedehntes Ächzen, tonlos, halb nasal.

Genauso klar, nüchtern und sachlich, wie der Mann sein plötzliches Krankwerden gemeldet hatte, klang Alberts eigene Stimme, irgendwo in ihm: *Er stirbt... Jetzt muß ich doch noch mit dem Zug nach Nimwegen. Das Examen ist um elf. Umsteigen in Eindhoven und in Den Bosch. Wenn ich das bloß schaffe... Nicht vergessen, in der Bahnhofsgaststätte in Den Bosch ein Brötchen zu kaufen. Dieser kurze Ächzer am Anfang hörte sich fast wie Kichern an.*

Ohne auch nur einen Finger nach dem Sterbenden auszustrecken, rannte Albert auf den Flur. Am Fuße der Treppe rief er seine Mutter, die oben noch ein paar Wäschestücke für ihren Sohn bügelte.

»Ja-a...?«

»Komm schnell! Ihm ist schlecht geworden!« (*Ihm.*)

Und schon war sie unten, wo ihr Mann jetzt ächzend dalag, als hätte ihm jemand einen Mühlstein auf die Brust gewälzt. Sie nahm den totenbleichen Kopf in die Hände, sagte »Bert, Bert«, gab ihm Klapse auf die Wangen, woraufhin das Geächze etwas nachließ. Gemeinsam hievten sie ihn aufs Sofa.

Seine Augen rollten nicht mehr, waren jetzt geschlossen. Nichts bewegte sich an ihm. Sein erstarrtes Gesicht schien von Sekunde zu Sekunde bleicher zu werden. Alberts Mutter legte besorgt, liebevoll einen Arm um ihren Mann, befühlte seine Wange, versetzte ihr noch ein paar kleine Klapse. Die andere Hand suchte seine Stirn. Sie versuchte, es ihm an Bleichheit gleichzutun.

Er ist tot, dachte Albert. So sicher war er sich, daß er unwillkürlich die Nase hochzog, um es auch zu *riechen*, obgleich er erschrak, als er sich dieser Geste bewußt wurde. Ja, er ist tot. Aber ich sage nichts. Sie muß es selbst entdecken. Den Zug um sechs nach neun von Eindhoven nach Den Bosch schaffe ich nicht mehr. Alles im Eimer.

Der Tote öffnete die Augen. Draußen regnete es immer noch.

»Ich war eben mal weggetreten, nich?«

Seine Stimme klang ebenso ruhig wie bei der vorhergehenden Mitteilung. Er blickte etwas erstaunt und entrückt um sich, bis sein Blick auf die eingepackte Matratze fiel, die zuerst noch ein Fremdkörper im Raum war, nach und nach jedoch die Situation von vor seinem Tod ins Gedächtnis rief. Eine Weile schwiegen sie alle drei.

Die liebevolle Art seiner Mutter säte Zweifel in Albert. Sie haßte den Mann, ja ... mit den Lippen. »Nie wieder wird es gut zwischen Monsieur und mir.« Sie mußte ihren Haß aussprechen, weil sie Angst vor der Liebe hatte, die sie ihm trotz allem entgegenbrachte. Im übrigen, was wußte sie denn schon selbst von der Liebe zu diesem Mann? Sie *offenbarte* sich lediglich in manchen Augenblicken. Und was wußte Albert, genaugenommen, trotz allem zur Schau getragenen Haß von der Verbundenheit zwischen den beiden, die im Laufe all der Jahre entstanden war?

»Mensch, Mensch, Mensch«, sagte seine Mutter schließlich.

»Ich glaub, mir ist die Puste ausgegangen«, sagte sein Vater.

Und seine Mutter, mit großer Heftigkeit: »So kannst du nicht nach Nimwegen, ausgeschlossen! Geschweige denn den ganzen Weg bis nach Amsterdam! Dann gehen wir alle drei hops!«

»Doch, doch. Laß mich nur mal 'nen Moment ruhig sitzen.«

Auf der anderen Seite des Flusses, in der Betuwe, war auf einem Wegweiser der Name eines anderen Heidentums – oder Heiligtums – zu lesen: Lummel. Er stand auf einem kerzengeraden, strengen, anklagenden Finger (»da, da ist es passiert«), und Albert bekam einen Schock durch die abrupte Konfrontation.

»Hast du eigentlich noch mal was von dieser Milli Händel gehört?« fragte seine Mutter, die den Ortsnamen offenbar auch gelesen hatte.

Albert antwortete nicht gleich. Bei jedem sexuellen Kontakt mit einer Frau in den vergangenen viereinhalb Jahren war Milli immer für einen Moment zugegen gewesen, ihr Gesicht, ein anderer Körperteil, selbst ihr Name, dessen Buchstaben eine zusammengedrückte Ziehharmonika auf seiner Netzhaut bildeten. Schließlich fungierte jedes geglückte Eindringen, bei Marike oder Leentge oder wem auch immer, als nachträgliche Paarung mit Milli. Als Überholmanöver. Überfällige Korrektur. Die Wortwahl konnte ihm gar nicht zynisch genug sein, seit er endgültig und definitiv von ihr getrennt war. Jede Frau trug Millis Zeichen in ihrer Scheide: einen engen Dornenring. Durch ihn hindurchzugelangen, wieder und wieder, war sein einziges Bestreben in der Liebe. Doch als ihm jetzt der Name Lummel ins Gesicht geschleudert wurde, war Milli Händel nicht die erste, an die Albert dachte. Zu all dem, wovon er in den letzten Monaten Abschied genommen hatte – dem Haus und dem Leben in Nimwegen, seinem Geburtsort, gerade eben erst von der Universität –, gehörte auch dieses Lummel dort in der Ferne, oder besser gesagt: die Frau, die Lummel und die ganze Over-Betuwe für ihn verkörperte. Hennie A. Die gesamten viereinhalb Jahre seit der Nacht, in der er von Milli Händel geheilt wurde, hatte diese »einfache Hausfrau«, wie die Zeitungen sie nannten, sein Denken und

Fühlen beherrscht, ohne daß er das Rätsel, das sie aufgab, hätte lösen können.

Albert versuchte, sich Hennie A. im Frauengefängnis von Rotterdam vorzustellen, kam aber nicht weiter als bis zu dem Bild einer Gestalt in weißer Schürze, die mit gesenktem Kopf auf einer Pritsche in einer sonst kahlen, schummrigen Zelle saß. Jetzt, beim Passieren ihres Dorfes, wurde es Zeit, auch sie loszulassen. Leben Sie wohl, glücklose Dame. Für mich sind Sie von Adel. Von mittellosem Adel zwar, und das nicht nur in finanziellem Sinn, aber dennoch von Adel. Sie kennen mich nicht. Allenfalls sind unsere Blicke dann und wann kurz aufeinandergetroffen, wenn Sie im Gerichtssaal über die Schulter ins Publikum schauten, vielleicht um zu sehen, ob Ihre Kinder dort saßen. Sie waren nie da. Ich habe nicht eine Sitzung ausgelassen, aber Sie kennen mich nicht. Daher wissen Sie auch nicht, was Sie mich in all den Jahren gelehrt haben – vor allem über mich selbst. Sie waren, ohne daß Sie es wußten, eine Lehrerin für mich, so sehr sogar, daß ich manchmal glaube, Sie mußten büßen, um mir diese Weisheit beizubringen, nur deswegen. Es gibt keine Form, in der sich meine Dankbarkeit niederschlagen könnte. Leben Sie wohl.

Der Pfosten mit dem Ortsnamen lag bereits weit hinter ihnen. Albert schaute noch einmal in die Richtung, in der der Ort liegen mußte, doch sein Blick verlor sich in Regenschleiern und nassem Grün. Viereinhalb Jahre war es her... Sie hatte ihr Geheimnis ins Gefängnis mitgenommen. Die Stimmen, die darum herum laut geworden waren, existierten nur noch als Echo in der Erinnerung derer, die mutwillig falsch verstehen.

Het Wapen van Lummel (1)

Freitag, 7. April 1972
(Chor)

»Was ist denn mit dir los, Cor? So früh am Tag hab ich dich hier ja noch nie gesehen.«

»Mein Durst meldet sich meistens erst später.«

»Offiziell hab ich noch nicht mal geöffnet. Ich kann dir erst in einer guten halben Stunde was ausschenken.«

»Das kannste deiner Oma erzählen, Siem. Sehe ich da nicht den Pluggemuts oder wie heißt der noch gleich, wie ein Großfürst vor seinem Genever?«

»Plaggemars. Das ist was anderes, Cor. Das ist privat. Ich gieß ihm immer 'nen kleinen Schnaps ein, bevor er zu seinen Gärten in Arnheim muß.«

»Sonst kriegt er sie natürlich nicht zum Schweben, seine Gärten.«

»Nee, Cor, jetz mal im Ernst. Er kann's gar nicht abwarten, bis ich aufmache.«

»Ich auch nicht. Dann laß mich eben privat rein. Ich hab immerhin den ganzen Weg aus Nimwegen hinter mir, weil das hier so 'ne klasse Kneipe is.«

»Immer noch mit deinem alten Roller?«

»Roller? Menschenskind, Siem, das war zum Schluß der reinste Schrotthaufen. Ich konnt die Beinschützer mit bloßen Händen auseinanderreißen, so rostig waren die. Was sag ich da, auseinanderreißen? In Fetzen reißen. Mit bloßen Händen.«

»Seh ich, seh ich, Cor. Die Haut hängt dir ja nur so in Fetzen runter.«

»Das ist vom Bäumefällen. Autsch, verdammich, danke. Hatt ich grad 'nen Moment lang vergessen.«

»Du hast Arbeit?«

»Arbeit? Mein lieber Simon, ich hab schon so lange nicht mehr gearbeitet ... jedenfalls nicht körperlich ... daß ich kein

Fitzelchen Hornhaut mehr an den Pranken hatt. Und wenn du dann 'nen Baum umlegen mußt ... Ich hab so lang weitergemacht, bis die Blasen aufgegangen sind. Bis mir mein eigener Leichensaft in den Pfoten stand. Verdammich, die brennen vielleicht. Siem, zapf mir doch mal 'n eiskaltes Bier, damit ich die Hände dranhalten kann.«

»Ich hab noch nicht geöffnet, Cor.«

»Dann sieh's eben als Erste Hilfe an. Die kannste mir doch nicht verweigern.«

»Wenn ich dich so sehe ... und rieche, Cor ... dann hast du heute nacht schon mehr als genug gehabt. Eiskalt, aber hallo! Kein Wunder, daß du deine glühenden Pranken erst jetzt wieder spürst.«

»Das war in Nimwegen. Ich komm den ganzen Weg aus Nimwegen hierher, und du willst mir keinen zapfen.«

»Bist du mit dem Bus gekommen?«

»Bus? Daß ich nicht lache, Siem. Der Bus ist für die arbeitende Bevölkerung da. Schau mal raus. Was siehst du da?«

»Ist das deiner?«

»Das ist meiner.«

»Was isses für einer?«

»Was es für einer is, fragt er. Ein Toyota. Brandneu. Vorige Woche gekauft. 'n Auge für Autos haste nich, Siem.«

»Nicht für diese Japaner. Mit Holzhacken verdient?«

»Ha, ha, das isn guter. Nein, das mach ich zu meinem eigenen Vergnügen. Hör zu, ich hab 'ne richtig liebe Frau kennengelernt, die was für mich übrig hat. Dafür mach ich ihr manchmal was im Garten. Um mich zu revanchieren.«

»An deiner Stelle würd ich aufpassen, daß du'n nicht zu Schrott fährst. Wenn du 'ne ganze Nacht durchgemacht hast ...«

»An der Waal, da gibt's 'ne alte Schifferkneipe, die bis acht, neun Uhr morgens auf hat. Da hab ich 'ne Stunde oder so inner Ecke gehockt und geratzt. Danach war ich wieder putzmunter. Und hab gedacht: Jetzt muß ich doch mal schaun, wie's drüben in Lummel aussieht, bei Siem. Also, schlecht. Keine Schankerlaubnis.«

»Tja, weißt du, Cor, du hast hier auch noch 'ne Rechnung offen. Und keine kleine. Da draußen haste 'ne Blechkiste stehn, aber jetzt blech endlich mal deine Schulden. Dann sehn wir weiter.«

»Ich war unter anderem hier, um einen von meinen Schuldnern aufzusuchen. Aber der hat nicht aufgemacht. War vielleicht noch zu früh. Der Hund hat angeschlagen, also, da hab ich Leine gezogen. Ich probier's nachher noch mal. Siem, du bist der erste, dem ich zurückzahl. Die Scheiße is, daßde manchmal deine Schulden mit dem bezahlen mußt, was andere dir schuldig sind.«

»Na, dann komm mal rein, Cor. Durch das ganze Gequatsche ist es inzwischen fast Zeit, den Laden aufzumachen. 'n Pils gegen die warmen Pfoten?«

»Und 'nen Klaren gegen die kalten Füße. – Guten Morgen, Mijnheer Plaggemars.«

»Die Herren kennen sich?«

»Von weitem. – Mijnheer Plaggemars, darf ich Sie mal was fragen? Sie sind doch Gärtner. Bei irgend so einem reichen Stinker, nehm ich an?«

»Stadtbauamt Arnheim.«

»Macht nix, die stinken auch. Für das, was ich Sie fragen will, ist es jedenfalls egal. Gestern abend wollte ich im Garten von meiner Verlobten 'nen Baum umlegen. 'ne Kirsche. Also, ich hab mich halbtot gehackt... da, schaun Sie sich mal meine Hände an... aber das Ding fiel und fiel nicht um. Wie sich's gehört, 'ne Kerbe reingeschlagen 'n Stück überm Boden, dann 'ne Kerbe auf der anderen Seite vom Stamm, etwas näher am Boden, aber Pustekuchen... Ich hab's nicht geschafft. Die Pfoten total lädiert vor lauter Blasen, ganz zu schweigen von meim Rücken. Es war, als bekäm ich kein' einzigen Span mehr ab. Und die Kirsche steht immer noch bombenfest. Was hab ich jetzt, frag ich Sie als Experten, falsch gemacht? Ja, ich seh, daß Sie auf die Uhr schaun. Sie müssen zum Bus, ich weiß. Aber ich wollt Sie doch gern mal fragen.«

»War's ein kranker Baum?«

»Kerngesund. Stand auch schon in Blüte.«

»Warum mußte er dann umgelegt werden?«

»Tja, das ist wieder 'ne ganz andere Geschichte. Der war mir im Weg. Ich will mir ein Atelier im Souterrain von meiner Verlobten einrichten, und das Trumm nimmt mir das Licht weg.«

»Jammerschade.«

»Ja, find ich auch. Ein Maler braucht Licht.«

»Um den Baum, hab ich gemeint.«

»Kunst ist wichtiger als Natur, aber darum geht es jetzt nicht. Warum hab ich das Ding nicht umgelegt gekriegt?«

»Ich muß los. Wieviel hab ich zu zahlen, Siem, zusammen mit dem von gestern? – Was für'n Beil haben Sie benutzt?«

»Die Marke?«

»Die Größe. Die Länge vom Stiel.«

»Ungefähr so ...«

»Na ja, kein Wunder. Mit so 'nem Beilchen hack ich Späne für den Ofen. Einhändig. Logisch, daß Sie damit nicht richtig zuschlagen konnten und trotzdem Blasen haben. – Bis Montag, Siem. – Jetzt brauchen Sie bloß noch zu warten, bis der Baum von selbst stirbt. An seinen Wunden, vermute ich.«

»Täusch ich mich, Mijnheer Plaggemars, oder fuhr da grad Mevrouw Plaggemars auf dem Fahrrad vorbei? Sie hat mein Auto gestreift.«

»Wenn das unsre Hen war, dann isse aber genau in die verkehrte Richtung gefahren.«

Lob der Tratschsucht

Montag, 4. Oktober 1976
(Albert Egberts)

Hennie A.'s Verurteilung durch Presse und öffentliche Meinung ... das war so etwas wie eine höhere Form von übler Nachrede gewesen. Doch ... was bedeutete das nun eigentlich, üble Nachrede, klatschen, verleumden, diffamieren, durchhecheln? Wie oft (und wie begierig) hatte sich Albert nicht selbst daran beteiligt, hitzig, erregt, mit dieser merkwürdigen Mischung aus Erleichterung, Befreiung, Scham und Gewissensbissen hinterher? (Scham eher noch gegenüber den Mittratschern als gegenüber der durchgehechelten Person. »Wie konnte ich mich bloß so gehenlassen? Ich habe die anderen mit meinem Verhalten ermutigt ... sie haben sich von mir mitreißen lassen ...«) Und trotzdem hatte Albert sich nie ernsthaft gefragt, welcher Mechanismus hinter dieser Verunglimpferei steckte und welchem Ziel sie diente. Wo zwei oder mehr Leute beisammen waren, wurde schon bald über Dritte geklatscht, immer und überall, folglich mußte Tratsch wohl ein urmenschliches Bedürfnis stillen. Im Gegensatz zu Essen und Sex kannte Verleumdung keinen Sättigungspunkt. Im Gegenteil, Klatsch war etwas Unerschöpfliches und schien, einmal in Gang gesetzt, mit immer größerer Heftigkeit und mehr Detailaufwand betrieben zu werden, bis hin zu totaler Enthemmung und Berauschung, eine Trunkenheit, in der sich grenzenlos schwelgen ließ. Üble Nachrede war so etwas wie eine erhitzte Art der Rechtsprechung, ein Strafgericht, bei dem der Angeklagte in Abwesenheit anhand einer Beweisführung verurteilt wurde, die sich dem Einvernehmen zwischen den die Verhandlung leitenden Richtern verdankte: *Sie* gaben sich gegenseitig recht bei Fakten, die wie aufgrund einer stillschweigenden Übereinkunft stets zu mindestens drei Vierteln erfunden waren. Das gefällte Urteil erreichte den Angeklagten nie, es sei denn, ein Mitglied des Verleumdungsgerichts plauderte aus der Schule und wurde damit zu so etwas wie einem Doppeltratscher. »Was X und Y nicht alles hinter deinem Rücken über dich klatschen, Albert! So was von schofel...«

Tratschen im Auftrag, beschloß Albert diese Form zu nennen: Es war die schlimmste Form von übler Nachrede, weil hier die Verleumdung im Gesicht des Verleumdeten explodierte. Sonst erfolgte die üble Nachrede in der Regel nicht in Anwesenheit der Person, die niedergemacht wurde. Ja, sie konnte natürlich unbemerkt hinter einer Tür oder in einem Schrank in Hörweite anwesend sein, doch das änderte nichts an der Intensität der Verleumdung: Damit es sich so richtig ungehemmt klatschen ließ, mußte das Klatschopfer abwesend sein. Es gab natürlich Fälle von lautem, tendenziösem Gedankenaustausch über den Kopf eines Anwesenden hinweg, die in ihrer Groteskheit und mit ihren Halbwahrheiten zwar den Charakter von Klatsch hatten, infolge der Anwesenheit der angegriffenen Person und eines Mindestmaßes an Anstand jedoch nie mehr als enttäuschend gemäßigte oder degenerierte Formen von übler Nachrede sein konnten. Allein schon daß ein Einwand, und sei er noch so schwach, notfalls sogar ein stillschweigender, überschrien werden mußte, führte dazu, daß ein solcher Rufmordversuch notwendigerweise halbherzig und unbefriedigend blieb.

Der am häufigsten vernommene Einleitungssatz einer Tratschsitzung, von keinem Protokollführer je mitstenographiert, lautete: »Also, ich will ja nicht klatschen, aber...« Ein Charakteristikum (möglicherweise sogar eine Voraussetzung) wirklicher Verleumdung war, so hatte Albert herausgefunden, daß die Verleumdung von den Verleumdern selbst nicht als solche empfunden wurde. Man »nahm jemanden mal unter die Lupe... wurde ja auch höchste Zeit«, oder man »begutachtete jemandes Verhalten... war wirklich mal nötig« et cetera. Mehr noch, man erwies damit dem Abwesenden aus der Entfernung einen großen Dienst. »Er weiß ja selbst nicht, wie... Ihm ist es einfach nicht bewußt.«

Kein größerer Spielverderber als der miese Typ, der auf

dem Höhepunkt einer Verleumdungsorgie ausruft: »Oh, was für ein Getratsche ... Ist ja nicht mehr zum Aushalten!« Er ist der Schlimmste von allen, bereitet es ihm doch nicht weniger Vergnügen als den übrigen, während er gleichzeitig den Integeren herauskehren will. Er zieht sich den Haß aller zu, dieser Geheime, dieser Undercovermoralist, nicht nur, weil sich alle Lästermäuler auf den Finger geklopft fühlen, sondern auch weil durch seinen Ausruf das Klatschopfer plötzlich in ihrer Mitte erscheint. Man hat es außer Hörweite geglaubt, und nun stellt sich heraus, daß es der blinde Passagier des Verleumders ist, der im letzten Moment seine Hände oder, besser gesagt, seine Zunge in Unschuld waschen will.

Albert mußte zugeben: beim Tratschen atmete der Mensch auf. Er erleichterte, vielleicht sogar im wörtlichen Sinn, sein Herz. Hinter einem Schleier von Mitgefühl für das Opfer hellten sich die Gesichter auf; die Augen begannen zu leuchten. Man delektierte sich an der Verschwörung. Alle Züge des Abwesenden verzerrten sich, wurden grob durch die Mühle gedreht, bis nur noch eine Karikatur von ihm übrigblieb. Mit ihm wurde nach Belieben umgesprungen. Die Lästermäuler überboten sich gegenseitig ... sangen sich im Duett, Terzett, Quartett in einen Rausch ... führten einen rituellen Tanz auf, um sich vom bösen Genius des Besprochenen zu befreien ... So schüttelten sie jemandes allzu nachdrückliche Anwesenheit in ihrem Leben für eine Weile von sich ab. Ein Reinigungsritual. Nicht selten wurde das vernichtende Geklatsche mit dem Seufzer beendet, X sei trotz all seiner Schwächen ja irgendwie doch kein übler Kerl.

Klatschen, das war das Mittel des Schwachen, um eigenhändig Ungeheuer in die Welt zu setzen und diese dann mit dem Mund zu bekämpfen und zu bestrafen. Der Verunglimpfte wurde dabei zu einem satanischen Idealbild verzerrt, um anschließend bespuckt und beschimpft zu werden. Ein intuitiver Prozeß, weitaus befreiender als für den Leser das passive Übersichergehenlassen der Greuel in der gedruckten Literatur. Klatschen war eine primitive, mündliche Form literarischer Kunst und im Gegensatz zu deren überwiegendem Teil keine unverbindliche. Üble Nachrede als gesprochene Literatur hatte nicht das Ziel, die Welt zu verbessern, sondern geschah aus Gründen der persönlichen Selbsterhaltung – der denkbar höchsten Form des Engagements. Durch den Klatsch hielt man sich, wohlgemerkt über den Rücken eines Abwesenden hinweg und im Zusammenwirken mit allen Anwesenden, auf einen Schlag alle Menschen vom Leib. Man setzte sich in einer Art improvisiertem Theaterstück gegen all das Bedrohliche zur Wehr, das der Mitmensch verkörperte: Konkurrenz, Rivalität, Dominanz, Gefahr ... Das erforderte allerdings harte Arbeit. Zunächst einmal durfte der Abwesende durch seine Abwesenheit nicht glänzen, sondern mußte geifern, bluten, eitern, brüllen und stinken. Dazu mußten die Anwesenden ihn bis zum letzten auseinandernehmen, nach ihrem eigenen infamen Ebenbild neu erschaffen und dann verurteilen und vernichten ... Nichts weniger als ein Gesamtkunstwerk ritueller Literatur.

Für Albert war der Fall Hennie A. ein solches Beispiel geglückter kollektiver Verleumdung. Lummel und die Niederlande, die kleine und die große Gemeinschaft, hatten beide eine Abordnung ins *Wapen van Lummel* entsandt, wo es zwischen den Wortführern des Dorfes und Pressevertretern zu einem gedeihlichen Treffen kam. Das große Tratschen konnte beginnen und sich mit Hilfe der Presse landesweit verbreiten. Der Unterschied zu der kleinen, häuslichen Verleumdung bestand darin, daß die Verleumdete in diesem Fall mit ihrem neugeschaffenen Bild konfrontiert wurde und auch die entsprechende Verurteilung erfuhr. Der Gerichtshof brauchte das Volksgericht nur noch nachzuspielen und das Strafmaß zu bestätigen. Genauso wie eine Tratschgeschichte die Karikatur eines Prozesses sein konnte, war der Prozeß diesmal eine stilisierte Verleumdungsgeschichte.

Die aufgegangene Naht

Montag, 4. Oktober 1976, Frauengefängnis Rotterdam (Hennie A.)

»Das Arnheimer Gericht verdient seinen Beinamen ›Gerichtshof der Barmherzigkeit‹ doppelt und dreifach«, hatte Meester Quispel ihr seinerzeit als Antwort auf ihren Verzweiflungsbrief geschrieben. »Ihre Strafe wurde im Berufungsverfahren um drei Jahre reduziert, von fünfzehn auf zwölf Jahre, was in der Praxis auf eine um zwei Jahre vorzeitige Entlassung hinauslaufen wird. Ich habe mir als Ihr Strafverteidiger nichts vorzuwerfen. Angesichts der extrem schwierigen Umstände, der erdrückenden Beweislast, mit der sowohl Sie als auch ich konfrontiert wurden, ließ meine Verteidigung nichts zu wünschen übrig. Es war einer der schwierigsten Fälle in meiner gesamten Anwaltslaufbahn.«

Die beiden breiten, stumpfen Türme des Frauengefängnisses in Rotterdam hatten Hennie an plumpe Bäuerinnenschenkel erinnert, und zwischen ihnen war sie unter einer stolzen Abbildung des niederländischen Löwen durch das halbrunde Tor hineingeschoben worden. Für zwölf Jahre, mindestens aber acht. Vielleicht wegen ihrer endgültigen Verurteilung in höherer Instanz hatte man ihr damals eine neue Zelle zugeteilt. Dort stank es. Ein unmenschlicher Gestank, und dennoch von einem Menschen herrührend, einem entmenschlichten Wesen. Die Wärterin, bei der sie sich darüber beschwerte, sagte mit zuckersüßer Stimme: »Ja, schlimm, nicht wahr? Nicht wegzukriegen. Man könnte meinen, er ist in die Wände eingezogen. Hier hat eine Heroinsüchtige auf Entzug gesessen. Der Gestank, der dabei frei wird ... also, ich kann dir sagen. Eine Art Jauche, die aus allem quillt, aus den Achseln, aus allen Poren ... Schrecklich. Aber es vergeht mit der Zeit. Nach einem Monat oder so riechst du nichts mehr davon.«

Und weg war sie, in ihrer beruhigenden Uniform einer

diplomierten Krankenschwester. Der Geruch war im Laufe der Jahre weniger penetrant geworden, aber nie ganz verschwunden.

Vor noch nicht allzu langer Zeit hatte sich Hennie für eine andere Arbeit entschieden. Jetzt wurde sie morgens um acht ins »Nähzimmer« gebracht, einen feuchten, augenschädigend dunklen Kellergang, wo sie mit ihren Mitgefangenen an langen Tischen Flickarbeiten verrichtete. Kaputte Kleidung aus dem angrenzenden Männergefängnis. Hosen, Hemden, Jacken. Es war ein Bild, an das man sich nie gewöhnte: eine von der Welt und von allen Männern abgeschlossene Frau, in einem schummrigen Kerker in die Ärmel eines Männerjacketts oder die Beine einer Herrenhose verwickelt und, wegen des schlechten Lichts das Gesäß erhoben, halb über dem Tisch hängend. Mit einer Nadel stach sie im Zickzack durch einen Hosenschlitz, an dem der Reißverschluß kaputt war, strich mit der flachen Hand eine verdächtige Beule in dem zusammengezogenen Stoff glatt und prüfte ihre Arbeit, indem sie sich die Hose in Hüfthöhe vor den Unterleib hielt. Die Frauen waren zu weit auseinander plaziert, um die leere Männerkleidung mit geflüsterten Anzüglichkeiten füttern und füllen zu können. Sas (Saskia), die gegenüber von Hennie saß, hielt manchmal, wobei sie mit dem Zeigefinger auf die eingenähte Größe deutete, eine Hose oder eine Jacke hoch, was dann soviel bedeutete wie: Da würde ich mich mal gern dranschmiegen.

Beim ersten Mal war Hennie froh, aus ihrer stinkenden Zelle ins Nähzimmer gebracht zu werden, bis sie entdeckte, daß dort von Zeit zu Zeit ein Schwall ungefähr des gleichen Gestanks vorbeizog. An dem Kellergang lagen die Strafzellen, die auch für den Zwangsentzug heroinsüchtiger Frauen benutzt wurden. Hier roch Hennie eine frische Variante dessen, was in ihrer Zelle bereits abgestanden war, und sie wußte nicht, was sie schlimmer finden sollte. Es war schade, daß sie das Radio nicht lauter stellen durften, denn jetzt wurde ihre Arbeit vor allem vom Kreischen der Junkies mit Entzugserscheinungen begleitet. Auch das Geräusch der gegen die gepanzerten Zellentüren ballernden Köpfe blieb den Näherinnen nicht erspart. Eine fast unmögliche Aufgabe, die Fummelarbeit mit feinen Nadeln neben der eingesperrten Gewalt dieser Stinktiere in Not.

Es gab Tage, nicht notwendigerweise Freitage, an denen während der Arbeit die Geschehnisse jenes Unglückstags im Jahr 1972 durch sie hindurchzogen, immer parallel zu den Stunden, in denen sie sich zugetragen hatten. Dann war es, als dränge ihr sogar das ins Nähzimmer fallende indirekte, gebrochene Licht die Vorfälle des Vormittags, des Nachmittags und des Abends jenes siebten Aprils auf.

Freitagmorgen, 7. April 1972

Sie hatte es nicht gesehen. Da war nichts zu sehen gewesen. Gewohnheitsgetreu, ohne weiter darüber nachzudenken, zog Hennie die Haustür hinter sich zu, schloß sie ab und warf den Ring, an dem die beiden Sicherheitsschlüssel hingen, durch den Briefschlitz. Sie fielen mit einem beruhigenden »Ploff« auf die Matte. Allein schon diese Routinehandlung bewies, daß nichts Besonderes los war, daß alles genauso war wie sonst, wie jeden Morgen, wenn sie bei ihrer Mutter kurz vorbeischaute, bevor sie zur Arbeit ging. Für Muttchen war es eine beruhigende Vorstellung, dieses Zuschließen, auf jeden Fall seit die Tür einmal, wahrscheinlich durch einen plötzlichen Windstoß, von selbst aufgegangen und gegen die Flurwand geknallt war. *Ich habe es nicht gesehen.* Warum zerrte sie dann nun, anstatt auf ihr Fahrrad zu steigen und zur Bushaltestelle zu fahren, so nervös mit beiden Händen an dem Drahthaken herum, mit dem sich die Tür, sofern sie nicht abgeschlossen war, durch den Briefschlitz öffnen ließ? Da, jetzt hatte sie ihn verbogen. Hennie legte den Haken an seinen festen Platz unter die Zwergtannen, die ihr Mann seiner Schwiegermutter in den Vorgarten gepflanzt hatte. *Ich habe gar nichts gesehen.* Warum radelte sie dann nicht wie an jedem anderen Morgen in Richtung Bushaltestelle, und wo fuhr sie statt dessen hin? Blöd, sie war automatisch zur alten Polizeiwache gefahren, die in Zukunft anders genutzt werden sollte. Bei Muttchen um die Ecke wurde eine neue gebaut, mit mehr Garagenplätzen; bis zur Fertigstellung hatte die Polizei von Lummel Unterschlupf im Rathaus gefunden. Die alte Polizeiwache sah anklagend aus. Beim letzten Mal, als sie hiergewesen war, hatte sie sich über einen Mann beschwert, der sie erpreßte. Man hatte sich die verwickelte Geschichte geduldig angehört und sie auch sonst zuvorkommend behandelt. Warum ging dann trotzdem eine so große Bedrohung von dem Gebäude aus, leer, wie es war? Es hatte das Gesicht von Polizeiobermeister de Caluwe. Vor sieben Jahren hatte er sie hier vernommen und sie dazu gebracht, Dinge zu sagen, die sie beinahe für immer vom Gedenken an ihren Vater abgeschnitten hatten.

Hennie konnte dem Gebäude nicht länger in die leeren Augen blicken. Sie wandte ihm den Rücken zu und radelte, den Kopf tief über den Lenker gebeugt, auf dem Bürgersteig hastig davon. In der Dorpsstraat überfuhr sie um ein Haar den Apotheker, der gerade die Straße auf dem Weg zu seinem Geschäft überquerte.

»So eilig, Mevrouw Plaggemars?«

»Nein, nur dumm von mir.«

Einen Fuß auf der Erde, schaute sie von der Straße aus, auf ihrem Fahrrad sitzend, eine ganze Weile zum vom Schloßgraben umschlossenen Rathaus, das in einem kleinen Park lag, in den das erste Sonnenlicht lange Schatten warf. An nichts war ersichtlich, daß dort auch die Polizei von Lummel untergebracht war. Und doch war sie hier erst vor kurzem gewesen, um den Mietbetrug anzuzeigen. Hennie hatte vorgeführt, wie sie im Postamt zunächst vierzehn Gulden auf einem Überweisungsformular eingetragen hatte, um später auf dem abgestempelten Beleg zwei Nullen anzufügen, so daß sie beweisen konnte, daß die Mietschulden ihrer Mutter, die sich auf eintausendvierhundert Gulden summiert hatten, beglichen worden waren. Sie war von den Polizisten glimpflich behandelt worden.

Hennie spreizte die Finger ihrer rechten Hand, um zu kontrollieren, ob dazwischen keine Schmutzreste geblieben waren. Nichts. Sie konnte sich nicht erinnern, sich je in Muttchens kleiner Küche die Hände gewaschen zu haben. Es war schlichtweg nichts vorgefallen, bei dem Schmutz im Spiel gewesen war. *Ich habe es nicht gesehen.* Sie würde die diensthabenden Beamten lediglich bitten, mal kurz nachzuschauen, denn Muttchen hatte heute morgen nicht aufgemacht. Das sei zwar schon öfter vorgekommen, wenn sie spät zu Bett gegangen sei und verschlafen habe, aber trotzdem ... zur Sicherheit ... Beim Absteigen sah Hennie dunkle Flecken vorn an ihrer braunen Wildlederjacke. Was war das? Schwer zu erkennen, weil das Kleidungsstück von sich aus schon dunkel war. De Caluwe tat noch immer Dienst bei der Polizei in Lummel. Er würde so lange auf sie einreden und sie demütigen, bis sie ausrufen würde: »Nein, es ist keine Schuhcreme.« Genauso wie sie damals, nach der Obduktion der Leiche ihres Vaters, de Caluwe angeschrien hatte: »Ja, es war Gift.«

Hennie sah zum Rathaus hinüber, wo alles in tiefer Ruhe zu liegen schien. Dort hatte sie geheiratet, und dort hatte ihr Mann alle fünf Kinder eintragen lassen. Doch jetzt war da auch eine kleine Ecke für ihr Unglück eingerichtet. Sie sprang wieder auf ihr Rad und fuhr vom verräterischen Rathaus weg, zurück in die Dorpsstraat. Wozu sollte sie sich der Polizei ausliefern? Schließlich war nichts passiert. Hennie radelte am *Wapen van Lummel* vorbei, machte im Vorbeifahren mit ihrer Handbremse einen Kratzer in den Lack eines dort parkenden Autos und bog nach links auf den Kirchenvorplatz. Sie drehte unentschlossen eine Runde um die drei Bronzeponys und fuhr dann zum Friedhof, wo ihr Vater mit so viel Pflanzenschutzmittel in den Knochen lag, daß nicht einmal Unkraut auf seinem Grab wachsen wollte. Sie suchte nach seinem Kreuz, doch ihr Blick wurde von einer Stelle angezogen, an der noch frische Blumen und Kränze lagen, und wieder geriet sie in Panik. *Es ist nichts passiert.* Hennie stellte sich auf die Pedale und fuhr sehr schnell vom Platz. Sie bog nach links und fuhr die Dorpsstraat weiter entlang bis zur Schnellstraße und der Grenze von Lummel, kehrte dort wieder um, atemlos. Sie fuhr straßauf, straßab, sehr schnell, was ihr das Gefühl gab, das Bild, das nicht stimmte, abzuschütteln. Es *konnte* ja auch nicht stimmen, denn es war nichts vorgefallen in Muttchens Haus. Alles beim alten.

Als sie den Deich hinauffuhr, weigerten sich ihre Beine auf einmal, weiter in die Pedale zu treten. Hennie stieg ab und schob, in Schlangenlinien, das Rad hinauf. Ein paarmal berührte ein Pedal unsanft ihren Unterschenkel, und sie sah, daß dadurch eine Naht an ihrem Hosenbein aufgegangen war. *So kann ich nicht zur Arbeit.* Das Fahrrad schiebend, machte sie sich auf den Weg nach Hause.

Hennie war erstaunt, ihren ältesten Sohn noch daheim anzutreffen, der sich seinerseits wunderte, seine Mutter so früh zurückkehren zu sehen.

»Muß Mama nicht zur Arbeit?«

»Erzähl du mal erst, was du hier immer noch treibst. Los, du kommst zu spät zur Schule.«

»Ich hab die beiden ersten Stunden frei.« Er machte einen leicht ertappten Eindruck. Oder war es Verärgerung darüber, daß seine Mutter so unerwartet nach Hause kam?

»Ach, das höre ich jetzt aber zum erstenmal.«

»Ich hab's Mama bestimmt schon zehnmal erzählt. Und, Mama, muß Mama heute nicht in Nimwegen putzen?«

»Beim Fahren ist mir eine Naht an der Hose aufgegangen. Da, schau ... So kann ich mich doch nicht in Nimwegen sehen lassen, oder? Da würd ich mich ja lächerlich machen.«

»Aber Mama hat doch noch so 'ne Hose. Mama kann doch eine andere anziehen, oder?«

»Ich bin schon zu spät dran.«

»Mama kann doch einen Bus später fahren? Besser als gar nicht.«

Es war nicht ganz klar, ob sein Drängen von der Besorgnis um die Haushaltskasse oder um die beiden alten Jungfern in Nimwegen herrührte oder ob es mit seinem beinahe geglückten Versuch zu schwänzen zusammenhing. Hennie wußte so oder so nichts zu entgegnen. Alles hatte, soweit irgend möglich, so zu sein wie an anderen Tagen, sonst würde sich das scheußliche Bild wieder bemerkbar machen, und das mußte ja gerade aus der Welt geschafft werden.

»Was für ein kluger Junge du bist. Mama geht sich jetzt umziehen.«

Hennie wechselte die Hose, sicherheitshalber auch den Pulli, und zog beim Weggehen eine andere Jacke an, diesmal aus Kunstleder, dunkelblau. Sie verabschiedete sich von ihrem Sohn – »Dann genieß deine Freistunden mal schön« – und radelte ohne Umwege zur Bushaltestelle, wo sie wie üblich ihr Fahrrad an der Rückseite des Wartehäuschens abschloß. Sie bekam sogar noch den 86er um Viertel nach neun.

Im Bus war alles wie sonst, die Leute wie in dem Bus Viertel vor neun, den sie verpaßt hatte, ihre Stimmen, ihre Gerüche, alles gleich, und das hatte etwas Beruhigendes. Auch draußen war alles ganz vertraut, vielleicht zu vertraut: Es erinnerte sie zu sehr an ihre Eltern, an deren Unfähigkeit, die Gärtnerei mit Erfolg zu betreiben. Auf beiden Seiten der Straße Gewächshäuser. Bei einigen waren die Scheiben von innen mit grauweißem Segeltuch abgedeckt, bei anderen hingen silbrige Gardinchen davor, und bei wieder anderen war das Glas nachlässig mit weißem Kalk bestrichen, alles, um allzu grelles Sonnenlicht zu filtern. So verhangen, hatten sie etwas Geheimnisvolles, fand Hennie. Sie erinnerten sie an die Mattglasüberdachung einer Pariser Einkaufspassage, die sie besichtigt hatte, als sie mit Muttchen und ihrer Schwester für einen Tag mit einem Reisebus hingefahren war: fünf Stunden hin, fünf Stunden zurück und knapp fünf Stunden dort. Bei abgedeckten Scheiben an den sonnigen Tagen hatte Hennie immer am liebsten im Gewächshaus gearbeitet und sich dabei angenehm unbeobachtet gefühlt; den Rest des Jahres verbrachte sie buchstäblich im Glashaus, mißtrauisch beäugt von den übrigen Dorfbewohnern, ganz besonders, nachdem sie freigesprochen worden war. Da draußen gab es zuviel Glas, das Bilder zurückwarf ... Hennie heftete den Blick starr auf das Wort VERBANDSKASTEN unter dem roten Lämpchen. Genauso wie an den meisten anderen Morgen hatte

Muttchen ihr aufgemacht, sie hatten ein paar beruhigende Floskeln gewechselt, und das war's. Oder nein, so wie immer eine Kleinigkeit anders ist als an vorhergehenden Tagen. Hennie hatte ihrer Mutter eine Flasche Fa-Duschgel mitgebracht und sie, noch in ihrer grünen Verpackung, auf den Eßtisch gestellt. »... mit der wilden Frische von Limonen.«

Sie traute sich wieder hinauszuschauen, wo mittlerweile keine Gewächshäuser mehr zu sehen waren. Ponys schon noch, die sich auf den Wiesen mit ihren molligen Leibern aneinanderdrängten, die Augen unter der Mähne verborgen. Auch ihr Anblick war Hennie heute nicht uneingeschränkt angenehm. Vielleicht hatte damit ja alles begonnen, die allmähliche Verstoßung, mit dem Verkauf des Ponys, das sie als Mädchen auf dem Jahrmarkt gewonnen hatte. Das Pony galt als heiliges Tier in Lummel, damit trieb man keinen Kuhhandel. Wer ein Pony, das er dank einer glücklichen Schicksalsfügung bekommen hatte, zu Geld machte, konnte kein echter Lummeler sein und taugte auch sonst nicht. So war das.

Über dem Horizont wölbte sich halbrund, noch in viel Nebel eingehüllt, die Waalbrücke, um beim nächsten Schwenk des Busses wieder zu verschwinden. Sie tauchte erneut auf, mal schräg links vor einem, mal schräg rechts, und war dann wieder eine halbe Minute außer Sicht, bis sie sich plötzlich wie ein Maul auftat und sie genau darauf zufuhren. Jetzt waren es die roten Buchstaben von VERBANDSKASTEN, die Hennie nervös machten. Sie konzentrierte sich auf die Stadt rechts, auf der anderen Flußseite, in der Mitte der Turm der Sint Stevenskerk.

Eine Haut aus Schrumpffolie

Montag, 4. Oktober 1976
(Albert Egberts)

»Albert, ich hab dich was gefragt. Hast du noch mal irgendwas von Milli Händel gehört?«

»Ja, daß sie seit ungefähr zwei Jahren Milli van Gendt heißt und daß sie in dem Kaff da zusammen mit ihrem Mann eine Rechtsberatungsstelle aufgemacht hat. Da können die Gärtner sich ihr Recht holen.«

»Und ... hat sie auch schon Kinder?«

»Tja, weißt du ... Ihr Mann, dieser langweilige Trottel, ist ein dermaßen furztrockener Typ ... ich frage mich, ob er ihr je was anderes als eine Puderwolke reinpustet. So einer kann nur stauben. Ich bezweifle, ob das jemals Kinder gibt.«

Alberts Mutter sprach nicht länger mit dem Rückspiegel. Sie drehte sich so weit wie möglich zu ihrem Sohn um, in dessen Schoß der Kopf der Hündin lag.

»Mensch, du bist aber grob. So über seine große Liebe zu sprechen ...«

»Ich hab nicht von ihr gesprochen. Sondern über ihren ihr gesetzlich angetrauten Staubpilz.«

»... sei ehrlich, Albert: Sie war deine große Liebe. Sie und keine andere. Du hättest dich mehr ins Zeug legen müssen. Jetzt hast du deine Chance verspielt. Und zwar gründlich.«

Es war das erste Mal, daß seine Mutter sich in diesem Sinne über Milli Händel ausließ. Höchstwahrscheinlich war sie die einzige lebende Person, die über den Verwandtschaftsgrad zwischen der jungen Juristin und ihrem Sohn Bescheid wußte. Aber auch wenn Milli nur seine Cousine war, eine altbekannte Tatsache, reichte das Alberts Mutter nicht schon aus, seine Beziehung zu Milli zu verurteilen? Wie sollte er dieses »dich mehr ins Zeug legen« mit der heftigen Reaktion seiner Mutter in Einklang bringen, als sie seinerzeit von seiner Begegnung mit Milli gehört hatte? Oder tarnte sie mit ihrer Suggestion der »großen Liebe« lediglich ihre Erleichterung über das, was sich jetzt, Gott sei gelobt, endgültig erledigt zu haben schien?

»Oh, ich besuch sie mal... wenn ich einen Rechtsanwalt brauche.«

Was bedeuteten ihre plötzliche Blässe und Panik?

»Junge, sieh dich nur vor in der Großstadt! Was suchst du bloß um Himmels willen in diesem stinkigen Amsterdam?«

Sein Vater, Nase an der Windschutzscheibe, gab ein Brummen von sich.

»Das Experiment«, antwortete Albert feierlich. »Ich werde mit meinem eigenen Leben experimentieren.«

»Experimentieren?« wiederholte seine Mutter. »Junge, benimm dich normal...«

Dann bist du schon verrückt genug. Eine Wahrheit, an der nicht zu rütteln war, die unumstößlich wie ein Fels in der Brandung stand oder... ja, genau, wie die Kuh da im Regen. Der Inbegriff von holländischer Ländlichkeit und Nüchternheit. Obwohl, so 'ne Kuh... was für ein Mysterium! Allein schon durch ihre vier Mägen ein Fabeltier, und sonst auf jeden Fall durch diesen obszönen Dudelsack, der sich über einem Zinkeimer am schönsten zum Klingen bringen ließ. Wer als Kind mal sein Ohr an den Bauch einer Kuh gelegt hatte, wußte, daß der weiß und rotbraun und kackgrün gefleckte Tarnanzug dazu diente, eine geheime Fabrik zu verbergen, eine Fabrik, in der es vor lauter Rätseln nur so blubberte und brodelte. Folglich gab es keine undurchsichtigere Wahrheit als die kuhige. Aber dann:

NORMAL = VERRÜCKT GENUG

Eine Formel, so einsichtig wie Glas und so klar wie Kloßbrühe.

Warum entging uns das Mysterium meistenteils? Es lag vor uns, zum Greifen nah, und wir ließen es uns durch die Finger schlüpfen... Genau darum: weil es immer da war, in vertrauter, zu vertrauter Gestalt. Vertrautheit, das mußte der größte Feind des Mysteriösen sein. Andererseits... nicht gleich in

Panik geraten... vielleicht fungierte diese Vertrautheit ja als notwendige Schutzschicht um das Mysterium.

»Wer sich normal benimmt, Mama, benimmt sich in der Tat schon verrückt genug. Seine normalsten Handlungen spotten noch jeder Beschreibung.«

Das Problem lag darin, daß Gewohnheit und Vertrautheit eine zu harte Schicht oder Kruste um den anfänglich so mystischen Gegenstand oder Vorfall bilden konnten. Kesselstein des Mysteriums!

Hier hatte er die heilige Kuh bei den Hörnern. Eine Aufgabe wartete auf ihn, dort, in seinem neuen Leben. Er, Albert Egberts, übernahm hiermit, in seines Vaters Daffodil, die heilige Aufgabe... nein, jetzt mal ganz sorgfältig formulieren... die harte Kruste der Vertrautheit, die sich am Mysterium der Wirklichkeit angesetzt hatte, abzuschlagen. Genau, das war's. Er würde dem Geheimnis wieder auf die Spur kommen, es neu entdecken, enthüllen – für sich selbst und für andere. Keine Kleinigkeit. Den Asphalt lüften, den Dschungel darunter zeigen.

Ja, er mußte vorsichtig zu Werke gehen. Sich nicht gleich die Zähne an den dicksten Kesselsteinschichten ausbeißen. Die meisten Dinge waren ja vielleicht nur – nicht oder kaum sichtbar – von einer dünnen, durchsichtigen *Haut* der Alltäglichkeit überzogen. Einer Art Schrumpffolie, wie man sie immer öfter bei neuen Büchern in der Buchhandlung sah: Sie wurden dadurch geschützt, doch ihr Inhalt war nicht länger zugänglich. Die Folie machte sie zu undurchdringbaren, geruchlosen Backsteinen. So war die Wirklichkeit ein eingeschweißtes Buch, das auf Albert Egberts scharfe Nägel wartete.

Er mußte den Dingen ihren ursprünglichen Geruch und Geschmack, ihre Farbe und Form zurückgeben, indem er nachwies, daß dies alles unverzichtbar war, wodurch es dann anerkannt und legalisiert wurde. Zugleich mußte er Gegenstände und Geschehen aus einem besonderen, überraschenden Blickwinkel zeigen, in einem eigenartigen Licht zur Schau stellen, so lange, bis sie etwas kapierten, die Leute.

Aber wie? Konnte sein Hauptstudiumsplan in Philosophie ihm den Weg weisen? Einen Plan, der diesen Namen verdiente, hatte er nicht, außer daß er sich auf irgendein Thema innerhalb der Ästhetik spezialisieren wollte, auch wenn er bei diesem Begriff immer als erstes das Aushängeschild eines Stehlampengeschäfts an der Weteringschans vor sich sah, das ihm bei einem früheren Amsterdam-Besuch aufgefallen war:

ÄSTHETIK

Oder sollte er Thjums Appell Gehör schenken und es mit dem Schreiben versuchen? Leicht gesagt, Thjum, aber in welcher Sparte? Es kam, egal wie, darauf an, die Nüchternheit der Welt nicht beruhigend zu bestätigen, sondern zu jedermanns Beunruhigung zu beseitigen. Eine Bresche zu schlagen, Löcher zu bohren, Risse zu reißen in die höckerige Kruste der Banalität. Natürlich, er könnte die alltäglichsten Dinge in magische und poetische Begriffe einfangen und so verwandeln. Er könnte mysteriöse und komplexe Dinge in ihrer Bedeutung schmälern, bis sie in ihrer Normalität fast erstickten, und zwar indem er sie in den denkbar nüchternsten Worten wiedergab. Aber war das genug? Albert wollte der Wirklichkeit die Haut gerben. Diese Haut war mehr als das Pergament, das seine Beschimpfungen aufsaugen konnte, sie war ein Trommelfell, das ihnen noch mehr Resonanz verlieh. Ja, er müßte auf die zur Normalität verkommenen Dinge nicht nur mahnend einreden, sondern regelrecht auf sie einschimpfen und so mit der Kraft seiner Flüche und Beleidigungen ihren Nüchternheitsmantel zum Platzen bringen. Nicht in Harmonie mit der Umwelt leben, sondern in Rage. Albert mußte sich bis an die Zähne bewaffnen, die angeblich so urholländischen Windmühlen *waren* drohende Krieger auf dem Deich. Es gab keinen größeren Realisten als Kafka, der sich über das »Gewöhnliche« der Wirklichkeit einfach hinwegsetzte und statt dessen aufschrieb, was er sah und empfand, und sonst gar nichts. Eine glückliche Ausnahme; ansonsten hockten wir alle viel zu dicht mit der Nase an dieser Wirklichkeit. Sie stellte ein Rätsel dar, das uns unendlich vertraut geworden war, weil wir – bis zum Gähnen – so lange darauf gestarrt hatten, bis die Vertrautheit sich in einen blinden Fleck verwandelt hatte. *Gelöst* hatten wir es dadurch nicht, das Rätsel. Es war ein Lernprozeß. Wir mußten lernen, durch die hermetisch verschlossene Realität hindurchzuschauen. Das Fenster finden, die brüchige Stelle aufdecken, die Bresche schlagen…

Wie Franz von Assisi, dessen Todestag heute war, für die Tiere eintrat, mußte Albert für die gewöhnlichen Dinge eintreten und ihnen ihre Seele zurückgeben. Dazu mußte er die Existenz dieser Seele erst einmal aufzeigen, »beweisen«… Wie eine Herde mußte er die Dinge durch die Wüste der Normalität führen – in das fremde Land, in das sie gehörten.

Während Albert so nicht nur sich selbst, sondern »allem, was der Fall ist«, heilige Eide schwor, glaubte er, durch das Brummen des Motors und das spritzende Regenwasser hindurch ein hohes, eher singendes denn gellendes Geräusch zu hören, wie von einer Kreissäge, die glatt durchs Holz schnitt. Es war die Radkappe, die sich beim Unfall aus Robbys Autowrack löste und am darauffolgenden Tag, unversehrt und glänzend, von Albert am Straßenrand gefunden wurde. Der silberne Diskus war ihm von Robby selbst, im Augenblick von dessen Tod, zugeworfen worden: Das Ding wollte etwas von Albert und rollte so in großer Geschwindigkeit mit ihm nach Amsterdam. Er begriff die Botschaft. Die Radkappe würde der erste Gegenstand sein, der von Albert mit dem Gütezeichen einer Seele bedacht würde, egal, wie oft er sie würde polieren müssen, ehe es soweit war. Sie anhauchen, mit dem Ärmel darüberfahren, so lange, bis das Ding selbst einen Atem hatte…

Zuallererst einmal mußte er seinen neuen Erkenntnissen, seiner Aufgabe entsprechend leben. Alkoholkatern gewiß nicht aus dem Weg gehen. Sie schlugen eine Bresche in die Realität, die Angstvision schob sich über das beruhigend Sichtbare. Die Nachwirkungen von zuviel Alkohol nahmen den Dingen im wörtlichsten Sinne den Glanz. Gegenstände wurden so angsterregend, wie sie es tatsächlich, ohne daß man es wußte, waren. Wenn er ihnen auf diese Weise, notfalls unter Opferung seiner Gesundheit, ihre eigene Stimme wiedergeben und diese Stimme für andere zum Klingen bringen könnte, bräuchte sich auf die Dauer niemand mehr vollaufen zu lassen. Nicht daß es den Schmerz des anderen lindern würde, im Gegenteil, ausgenommen den »Schmerz im Portemonnaie«.

Albert stand nicht allein. Sein Kompagnon war der Tod, der *jedes* Leben zu etwas Exotischem machte, auch das allerbanalste.

Der erwürgte Putzlappen

Montag, 4. Oktober 1976, Frauengefängnis Rotterdam (Hennie A.)

»Ich habe es nicht gesehen.« Mit diesem kleinen Satz, der nachdrücklichsten Lüge, die sie sich einreden konnte, war jedes Geschehen, dessen Zeugin sie geworden war, aus ihrer Erinnerung auszumerzen. Es war ihre Formel für Selbsthypnose.

Während der Schlacht um Arnheim wurde ihr Elternhaus von den Deutschen beschlagnahmt und zum Stabshauptquartier umfunktioniert. Die Familie wurde in die Kellerräume vertrieben, wo man auch verwundete Soldaten unterbrachte. Beim Anblick eines toten Offiziers kippte die zwölfjährige Hennie um. Als sie wieder zu sich kam, war die Leiche verschwunden, doch stärker als die Erinnerung an den grauenhaften Anblick war der beschwörende kleine Satz: »Ich habe es nicht gesehen.« Es war immer viel vonnöten, um sie aus diesem Zustand der Selbsthypnose herauszuholen.

Diese Worte sollten ihr schon bald erneut gute Dienste leisten. Nachdem die Deutschen aus dem Haus vertrieben worden waren, richtete sich eine halbe Kompanie Kanadier darin ein. Während ihre Eltern in der Scheune arbeiteten, brachten die Soldaten ein paar junge Frauen herein, die schon seit Tagen äugelnd und kichernd das Haus umlungerten. Sie trugen verwaschene Blümchenkleider, hatten sich aber sichtlich bemüht, sich schön zu machen. Eine trug eine grauweiße Jacke, gestrickt aus Verbandsmull, eine andere hatte sich eine Art Pelerine aus Watte um die Schultern gelegt, die auch nicht mehr ganz weiß war. Sie bekamen Schokolade und ließen ein bißchen an sich herumfummeln. Hennie und ihre Schwester mußten zuschauen, wie die Soldaten den Mädchen unter den Rock griffen und schäbige, geflickte Schlüpfer herunterzogen. Marietje vom Bauer Teunissen war die erste, die von vier Kanadiern auf dem Eßtisch gekreuzigt wurde. Jeder hielt einen Arm oder ein Bein fest, während ein fünfter seine Uniform teilweise aufknöpfte und ein paar Minuten lang gegen ihren Bauch stieß. Marietje schrie nicht, gab aber hohe Kehllaute von sich wie ein Hund. Der Tisch, an dem sie all die Jahre gebetet und gegessen hatten, knarrte und quietschte. Hennie hörte, wie die ausklappbaren Teile, mit denen der Tisch verlängert werden konnte, von unten gegen die Platte schlugen. Marietje trug Schuhe ihres Bruders, unter die dicke Sohlen aus Autoreifen genagelt waren. Ihre schmuddelige Unterhose, die am Gummiband ausgefranst war, hing ihr auf der einen Seite um den Knöchel. Der Soldat, der dieses Bein festhielt, zog die Hose über den Schuh und drückte sie sich an die Nase, während er seinen Kameraden weiter ansah, der auf einmal zu stoßen aufhörte, sich auf die Zehen stellte und tief aus der Kehle heraus »Oh, darling« sagte. Als er sich abwandte und die Hose zuknöpfte, fiel Hennie auf, was für einen Wust an schwarzem Haar Marietje unten am Bauch hatte. Eine glasige Schneckenspur lief mitten hindurch.

»Ich habe es nicht gesehen ...« Hennie mußte ihren Satz noch viele Male wiederholen, denn nicht nur Marietje wurde auf den Tisch gedrückt. »... nicht gesehen ... nicht gesehen.«

Es war schwer, es nicht gesehen zu haben, denn die Tränen der Mädchen brachten an den Tag, daß diese sich die Augen mit Holzkohle geschminkt hatten. Bei Greet vom Bäcker tropfte es auf das Wattemäntelchen.

Freitagmorgen, 7. April 1972

»Wir dachten schon fast, Sie sind krank, Mevrouw Plaggemars.«

Die beiden Damen, unverheiratete alte Schwestern, mit ihrem viel zu großen Haus am Nimwegener Oranjesingel, waren erleichtert, daß ihre Putzfrau doch noch gekommen war. Obwohl das stattliche Gebäude, das einmal eine Familie mit neun Kindern inklusive mehrerer Dienstmädchen beherbergt hatte, für zwei alleinstehende Frauen kaum instandzuhalten war, hatten sich die Schwestern, da es sich um eine Erbschaft handelte, nicht davon trennen können. Hennie, die hier an drei Vormittagen in der Woche saubermachte, fand das Labyrinth der Flure, Treppen und Zimmer schrecklich, insbesondere das dunkle Holz der Geländer und Täfelungen, das ewig gebohnert werden mußte, so daß stets der traurig stimmende Geruch von Wachs im Haus hing. Freitags brauchte sie nie zu bohnern, zum Glück.

Sie wußte genau, wie weit sie den Warmwasserhahn über dem Eimer mit dem Putzmittel aufdrehen mußte, um, während dieser vollief, genug Zeit zu haben, sich eine Zigarette zu drehen. Ihr Timing wurde von der älteren der beiden Schwestern gestört, die sich gewohnheitsgemäß, aber ohne wirkliches Interesse, nach der Gesundheit von Hennies Mutter erkundigte.

»Muttchen fror. Die Heizung ging nicht.«

Noch bevor Hennie sich die Selbstgedrehte hatte anzünden können, quoll der Seifenschaum schon über den Eimerrand. Sie steckte sich die Zigarette zwischen die Lippen und bückte sich, um den Schrank unter der Spüle zu öffnen.

»Na, Mevrouw Plaggemars, ich will Sie jetzt nicht weiter von der Arbeit abhalten. Ich rufe Sie dann zum Tee.«

Der Putzlumpen, am Montag zuletzt benutzt, hatte, steif und ausgetrocknet, die Form des Auswringens behalten, mitsamt dem Abdruck ihrer schraubenden Hände. Hennie tauchte ihn in die Seifenlauge, bis er wieder schlapp und formlos war, und zündete sich dann ihre Zigarette an. Sie wischte den Küchenfußboden mit einer Heftigkeit und Gründlichkeit, als hätte er monatelang Fettspritzer und Matschfüße abbekommen, ohne je geputzt zu werden. Als der Terrazoboden glänzte, waren ihre Fingerspitzen schrumplig geworden, und die Nägel schimmerten bläulich; die Nagelhäute waren eingerissen. Hennie beschloß, für den Rest des Vormittags nicht mehr »naß« zu arbeiten. Bevor sie die Treppen saugte, zögerte sie immer, wo sie anfangen sollte, ganz oben an der obersten Treppe oder unten an der untersten. Oben im Haus anzufangen war logischer, weil der Staub, der nicht mit aufgesaugt wurde, nach unten schwebte und da immer noch beseitigt werden konnte. Der Nachteil war, und das gönnte Hennie diesen beiden sie unter Tarif bezahlenden Schreckschrauben eigentlich nicht, daß sie dabei rückwärts durch den noch zu saugenden Schmutz gehen mußte. Von unten nach oben zu arbeiten hatte zudem den Vorteil, daß sie, je höher sie kam, bei jeder beliebigen Stufe aufhören konnte, wenn es Zeit für sie wurde: Die Damen gingen nicht mehr so hoch hinauf, die pusselten hauptsächlich im Parterre und im ersten Stock herum. Am Ende fing Hennie doch gewissenhaft an der obersten Stufe der obersten Treppe an. Überall lagen die gleichen dunkelroten Läufer, die den Staub hartnäckig festhielten und ihn nach der Säuberung schnell wieder anzogen. Hennie kam nur mühsam voran, wobei heute jede einzelne Stufe sie an die mit rotem Stoff bezogenen und trotzdem harten Kniebänke früher in der Kirche erinnerte. Sie schob die fast herausgerutschten Messingstangen an ihren Platz und sah, daß sie allmählich stumpf wurden: Nächste Woche, spätestens die Woche danach, würde sie einen halben Vormittag dafür einplanen, sie zu putzen.

Von Zeit zu Zeit richtete sie sich auf, um den Staubsauger ein paar Stufen weiter unten hinzustellen, wenn der Gummischlauch ihr nicht mehr genügend Spielraum ließ. Allzu augenfällige Spuren der Saugdüse strich sie mit der flachen Hand aus dem hochflorigen Gewebe. Auf der Treppe zwischen dem zweiten und dem ersten Stock hatte Hennie ein paarmal den Motor ausgeschaltet und sich über das Geländer gebeugt: Sie meinte einen Brandgeruch, möglicherweise aus der Küche, zu riechen. Kochte der Pfeifkessel mit dem Teewasser leer? Schließlich hatte sie nachgeschaut. Der Kessel, von den Damen »Mohr« genannt, stand leer und kalt auf dem Herd, schwarzverrußt zwar, doch das kam vom jahrelangen Gebrauch. Hennie mußte sich getäuscht haben. Vielleicht hatte der warmgelaufene Staubsaugermotor, dazu ein übervoller Beutel, den Brandgeruch verursacht. Auf der Treppe ins Erdgeschoß begann Hennie sich unbehaglich zu fühlen. In einem fort mußte sie unter der Achsel hindurch nach unten, in die Eingangsdiele, schauen, wo auf dem Parkett ein überwiegend dunkelroter ovaler Teppich lag. Mitten auf dem Teppich die graue Katze der Schwestern, Poeke, die immer wieder ungehalten, mit aufgesperrtem Maul, zum Staubsauger hochschaute, ohne jedoch ihren Platz zu verlassen.

Bevor Hennie am Fuße der Treppe angekommen war, sah sie durch die Geländerstäbe hindurch die jüngere der beiden Damen in die Küche gehen, wahrscheinlich, um jetzt mit dem Tee Ernst zu machen. Hennie trug den Staubsauger durch die Küche in den ummauerten Teil des hinter dem Haus gelegenen Gartens, wo die beiden Mülltonnen standen. Sie knipste die Klammern des Gehäuses auf: übervoll, in der Tat, der Staubbeutel. Beim Leeren des Dings, möglichst tief unten in der Tonne und mit abgewandtem Kopf, wehte ihr plötzlich doch eine graue Staubwolke ins Gesicht. Sie schmeckte etwas Erdiges auf der Zunge und konnte nur noch an den Tee denken, mit dem sie den Geschmack wegspülen würde.

Die Mottenkugeln der Schande

Dienstag, 21. September 1976
(Albert Egberts)

Am dritten Dienstag im September, dem »Prinsjesdag«, waren die Entlarvung und Entmannung komplett: Gekleidet in einen zivilen Anzug, saß er in eine Ecke seines Throns gedrückt, gerade noch sichtbar für die Fernsehkameras. In der Tat nicht mehr als ein Prinz*chen*. Die goldene Uniform mit ihrem »Glanz von Tresse und Knopf« wurde nicht länger von seiner Männlichkeit ausgefüllt, sondern von den Mottenkugeln der Schande. Lediglich den Schlagsahnetupfer am Revers hatte er behalten dürfen.

So sah Albert ihn an diesem Prinsjesdag im Fernsehen, bevor er mit einer Rückfahrkarte den Zug nach Amsterdam bestieg, um sich sein neues Zimmer anzusehen, das ihm von der Studentischen Wohnungsvermittlung zugewiesen worden war. Der lange, heiße Sommer 1976 war endgültig vorbei, und dies nicht nur nach dem Kalender. Studien in Laschheit, Laxheit, Lahmheit... Alberts Sommerkurs an der Universität Geldrop war zu Ende. Er hatte einen aufschlußreichen Blick auf den kleinen Jungen werfen dürfen, der, reglos wie ein Toter, angeblich die Welt bezwang. Der aktiven Laschheit seines Vaters hatte er die eigene passive Laschheit entgegengesetzt, soviel war Albert klargeworden. Sinnlose Beschwörungsrituale, weiter nichts. Der kleine Kerl hatte tatenlos zugesehen, wie seine Mutter und Egbert Egberts zur Schlachtbank geführt wurden.

Doch von nun an würden seine Tage dahinwirbeln, und wie. Ein Sturm, der sich selbst gerade noch im Zaum zu halten verstand... Nur dieses eine Mal noch – er schwor schon jetzt, es würde das letzte sein – mußte er zurück nach Nimwegen, um sein Vordiplom abzulegen, den Passierschein für Amsterdam. Der für den Prüfungsablauf zuständige *pedel* hatte das Examen auf den vierten Oktober festgesetzt. Die Lateinklausur, die die Narbe des verpaßten Gymnasiums von neuem hatte jucken lassen, lag hinter ihm. Wer alle Leistungsnachweise erbracht hatte, so hieß es auf den Fluren der Fakultät, konnte unmöglich in der mündlichen Philosophievordiplomprüfung durchfallen, selbst wenn er ein Blackout hatte und eine Stunde lang stumm dasaß. Dennoch pries Albert sich glücklich, den angegebenen Stoff zu beherrschen. Er wollte dort niemandem Dank schuldig bleiben, und sei es nur dafür, daß die Prüfer ein Auge zudrückten, wenn er sich vergaloppierte. Albert gönnte es ihnen nicht, ihn sprachlos zu erleben. Punkt. Der Rest war eine Frage des Wiederholens und Zusammenfassens.

Gerade in den Wochen und Monaten, in denen Albert im elterlichen Nest einigermaßen zur Ruhe gekommen war und auf das vergangene Jahr zurückblickte, wurde der Gedanke, es sei dem Menschen im Grunde unmöglich, wirklich *in einen Zustand der Ordnung zu geraten*, zur Faszination, nein, Obsession für ihn. Das machte ihm angst, mehr noch als damals, als er bis zum Hals im Chaos versunken gewesen war. Dieses Unvermögen des Menschen, seine Angelegenheiten ordnungsgemäß zu regeln, war vielleicht eine vom Schöpfer, oder wie hieß dieser Lumpenhund noch gleich, absichtlich eingeführte Metapher für die Endlichkeit des Lebens. Im unzureichenden Archiv des Daseins, in dessen unvollständigen Ordnern, verriet sich diese Endlichkeit. Vielleicht war aber auch gar kein schöpferischer Lumpenhund im Spiel, vielleicht sorgte der Mensch unbewußt, aus instinktiver Selbsterhaltung, für eine Art Reserve an Unordnung, um sich gegen den Glauben an ein »ewiges Leben« auf Erden zur Wehr zu setzen. Diesen Spielraum an Ungeordnetheit nannte Albert für sich: die Ungehorsamkeit des Täglichen Lebens, die, so notwendig sie auch erscheinen mochte, einen Menschen ganz schön aus der Bahn zu werfen, ihm die Laune zu verderben und ihm, da schon geringe Unordnung zu komplettem Chaos führen konnte, sogar einen Schubs bis an den Rand der Verzweiflung und des Selbstmords zu geben vermochte. Wo lag hier das Geheimnis, der goldene Mittelweg?

Bei aller Sehnsucht nach Bewegung in seinem Leben hatte Albert sich vorgenommen, mindestens einmal ganze Ordnung zu schaffen: jetzt, am Vorabend seiner Übersiedlung nach Amsterdam, um dann aus diesem perfekten Gleichgewicht heraus sein Leben zu vergeuden. Wohnung, Finanzen, Studium, Papiere – alles mußte bis ins letzte geregelt sein. Albert setzte sogar, obwohl er nichts zu vermachen hatte, so etwas wie ein Testament auf, von dem er eine Kopie bei seinen Eltern hinterlegte. Und selbst in der Liebe sollte, bevor er alle Grenzen überschritt, dieses eine Mal alles aufs I-Tüpfelchen so sein, wie es sich gehörte. So hatte er auf eine bescheiden formulierte Kontaktanzeige in *de Volkskrant* geantwortet, die von Sportlichkeit, Humor, Theater, weiten Reisen und gegenseitiger Achtung sprach, nicht aber von dem befürchteten »guten Glas Wein am offenen Kamin«. Nun hatte letzteres auch wenig Chancen bei jemandem, der über einer Reparaturwerkstatt für Kunstgebisse am Overtoom wohnte, immerhin mit fließendem Wasser, aber Chemietoilette und einer Treppe voll sabbelnder Wartender »ohne ihr Kauwerkzeug drin«. Ja, das Mädchen hatte zurückgeschrieben. Er solle mal anrufen, dann könnten sie sich zum Essen verabreden.

»Suus ...«

Sie klang verschlafen. Es war vier Uhr nachmittags.

»Susan Cox?«

»Ja, und mit wem spreche ich?«

»Albert Egberts. Wir stehen seit kurzem in brieflichem Kontakt. Habe ich dich geweckt?«

»Ja, aber das macht nichts. Ich habe diese Woche Nachtdienst. In der Woche, in der du umziehst, arbeite ich wieder nach dem normalen Dienstplan. Kommst du dann mal zum Essen?«

»Es ist auf Wittenburg«, hatte die Telefonistin bei der Studentischen Wohnungsvermittlung erläutert. »Die Hausnummer hab ich gerade nicht parat. Es ist ganz am Ende dieser langen Straße ... da, wo's nicht mehr weitergeht ... Ein kleiner Block mit Studentenwohnungen. Dort weiß man Bescheid.«

Albert hatte die Beschreibung an Flix weitergegeben, mit dem er sich fürs erste das Zimmer teilen wollte. Ein Studentenwohnheim, das war eine böse Enttäuschung. Er einigte sich mit Flix telefonisch dahingehend, daß sie die Wohnung als Basislager betrachten und von dort aus etwas Geräumigeres suchen würden. Flix vermittelte nicht den Eindruck, daß es ihm viel ausmachte: Schließlich hatte er ja für die Wochenenden ein riesiges Haus in Den Bosch.

Wittenburg. Albert hatte es auf dem Plan gesucht. Es war die mittlere Halbinsel dessen, was in Amsterdam die Östlichen Inseln genannt wurde, ein Dreizack zwischen der Nieuwe Vaart und dem IJ. Wittenburg, Kattenburg ... allein schon die Namen beschworen die Atmosphäre herrlich verstaubter Romane aus seiner Jugend herauf wie *Ein Kind wächst heran* und *Koentje von Kattenburg*. Er würde in einem Teil der Hauptstadt wohnen, in dem die Zeit für malerischen Verfall gesorgt hatte und ansonsten stehengeblieben war.

Die Grote Wittenburgerstraat, in der sich die so ungenau angegebene Adresse befinden mußte, übertraf an diesem dritten Dienstag im September all seine Erwartungen. Hier tobte die Dickenssche Welt, das neunzehnte Jahrhundert, in plattes Amsterdamerisch übersetzt. Geborstene Glockengiebel mit hier und da zugenagelten Fenstern, neben denen die Spione bestenfalls noch aus einer einzigen Spiegelscherbe bestanden ... Ein in geblümten Stoff eingefaßter Busen, der schwer auf einer Fensterbank ruhte ... In einer Seitenstraße eine zerzauste schwarze Katze, die es sich zwischen rostigen Fahrradteilen auf einem Handwagen gemütlich zu machen versuchte, dessen Eisenfelgen abgesprungen waren und in einen nutzlosen Kringel ausliefen ... Am Ende einer anderen, kürzeren Seitenstraße, die zur Kattenburgervaart hinunterlief, eine verfallene Werft, wo eine Entenkolonie so akkurat wie eine Flotte in Reih und Glied dalag, die Boote jedoch zu Wrackholz zerfallen waren ...

Albert war hingerissen. Er pries sich glücklich. Um ein Haar hätte er, mitten auf der Straße, die Hosenbeine hochgeschoben, um der Städtischen Universität, wo man begriffen zu haben schien, daß sein Studium mehr beinhaltete als die Philosophie der Kunst, auf bloßen Knien zu danken. Amsterdam, wie es sich hier präsentierte, war mit all seinen Geschichtsepochen, in all seiner Vielförmigkeit und mit seiner Überfülle an großen und kleinen Ereignissen, vor allem kleinen, ein passendes Bild für sein »Leben in die Breite«, das er hier weiterentwickeln wollte.

Dort, wo die Straße dicht vor dem IJ an einem Gebäude der Noord- en Zuid-Hollandsche Redding-Maatschappij endete, fand Albert das kleine Studentenwohnheim. Vor nicht einmal zehn Jahren gebaut, hatte es bereits vollständig die fahle Farbe seiner Umgebung angenommen. Irgendwo da drinnen mußte sich sein Zimmer befinden, mit Aussicht auf das siebzehnte, achtzehnte und neunzehnte Jahrhundert.

»Egberts, A.?« wiederholte der Hausmeister erstaunt. »Anfang September hat sich hier schon ein Egberts, A. gemeldet. Groß. Rötlich. Brabanter Dialekt. Er hat von mir den Schlüssel zu dem Zimmer bekommen. Ich bin davon ausgegangen, das hätte seine Ordnung.«

»Ein Freund von mir. Er hat wohl der Einfachheit halber meinen Namen genannt. Ein paar Nächte pro Woche schläft er hier. Nur vorübergehend ...«

»Mir ist das egal. Hauptsache, du übernimmst die Verantwortung für das Zimmer ...«

»... und bezahlst die Miete.«

»Auch das ist mir egal. Ich zeig dir jetzt die Bude. Der rothaarige Egberts, A. ist im Augenblick nicht da. Ich hab ihn vor einer Stunde zur Tür rausgehen sehen.«

In dem Zimmer, dessen Schiebefenster geschlossen waren, *roch* es in erster Linie nach Flix. Eine blanke Matratze mit einem Schlafsack darauf, der mit geschlossenem Reißverschluß abgestreift worden war. Neben dem Bett eine dicke Rolle Zeichenpapier, anscheinend noch nicht benutzt, aber schon überall angestoßen und eingerissen. Über dem Rand des Waschbeckens, das zweifellos als Nachttopf mit Abfluß benutzt wurde, hing ein Paar nasse Socken. Auf dem Glasbord vor dem Spiegel konnte Albert nicht einmal eine Zahnbürste mit Schuhputzspuren entdecken.

Dennoch war es nicht der Anblick dieses *minimal-art*-Stillebens mit Geruchsdimension, der Albert kurzfristig wütend machte. Es war die antizipierende Anwesenheit eines Flix, der sich nach dem Duschen mit einem handtuchzipfelumwickelten Zeigefinger die Ohren trocknete und sich dabei ungefähr so verhielt wie ein naßgeregneter Hund, den Kopf schiefgelegt, die Augen zugekniffen, die Pfote schnell und unsanft in kurzen Bewegungen rauf und runter gehend, wodurch die Tropfen in der Gegend herumflogen, wobei in Flixens Fall das Klatschen des Handtuchs dem Geräusch ähnelte, mit dem die langen Hundeohren gegen den Hals schlugen.

Seine düstere Stimmung hellte sich jedoch schon bald wieder auf, als er draußen, in der Grote Wittenburgerstraat, eine alte Ziege sah, die am Türknauf eines Wohnhauses angebunden war und eine altmodische Babyrassel am Halsband trug anstatt einer Glocke ... mitten in der Großstadt ...

Tropfenübersätes Zellophan

Montag, 4. Oktober 1976
(Albert Egberts)

Noch nicht einmal ein Viertel dessen, was Albert an Sperrmüll von Nimwegen nach Geldrop geschleppt hatte, nahm er nach Amsterdam mit. Er konnte froh sein, daß das neue Zimmer nicht viel kleiner war als die Hälfte seines alten im Berg en Dalseweg. Von dieser Hälfte war noch einmal die Hälfte für Flix, was in der Praxis vielleicht sogar auf drei Viertel hinauslief, denn um Flix kam man in keinem Raum herum.

Alberts Vater hatte sich bei den Nachbarn von gegenüber einen Dachgepäckträger ausgeliehen, denn für größere Gegenstände als eine Tüte mit Brötchen war in dem Daf, der drei Erwachsene und einen Hund befördern mußte, kein Platz, oder »kein Fleck«, wie der Mann sagte. In den Bücherschrank, der rücklings auf die Matratze gelegt wurde, stellte Albert seine beiden Peddigrohrstühle, die er von der Terrasse des *Keizerskroon* geklaut hatte. Das Ganze wurde von seinem Vater, noch etwas blaß um die Nase, mit Sisalschnur festgezurrt; sie war viel, viel länger, als nötig gewesen wäre, doch der Mann knüpfte Knoten um Knoten und warf das Knäuel immer wieder über das Autodach. Die Schnur nahm und nahm kein Ende.

»Ein Bauer bindet so lange, wie er Schnur hat«, sagte er.

Um halb zehn brachen sie auf, bei strömendem Regen. Alberts Mutter saß neben seinem Vater, der fuhr. Albert saß mit den Texten, die er sich für die Prüfung noch einmal ansehen wollte, hinten drin neben der Irischen Setterhündin, die ihren Kopf in seinen Schoß gelegt hatte. Von Zeit zu Zeit erhob sich Henna auf alle viere, drehte sich auf der Rückbank einmal im Kreis, manchmal auch zweimal, und legte sich dann wieder in genau derselben Haltung hin wie ihre schlimmsten Feinde, die Katzen. Kaum waren sie an Eindhoven vorbei, drang aus der alten Hündin lautlos Gas, wie Alberts Mutter meinte, wegen eines Pansenrests vom Vortag, den Henna an diesem Morgen aufgefressen hatte.

»Von wegen Pansen. Das Viech ist einfach fertig«, sagte sein Vater, den der *Kollaps* offenbar zu Gedanken über Leben und Tod angeregt hatte. »Und es wird noch schlimmer werden.«

Wegen des Regens und der empfindlichen Bronchien des Fahrers durfte kein Fenster geöffnet werden, nicht einmal einen Spaltbreit, so daß sich der kleine Raum rasch mit einem Übelkeit erregenden Fäulnisgeruch füllte. So begann der Internationale Tag des Tiers.

»Müssen wir jetzt bis Nimwegen in diesem Gestank hokken?« fragte Alberts Mutter mit plötzlich nasaler Stimme; sie kniff sich die Nase zu.

»Lieber dieser Gestank als mit 'ner Lungenentzündung inne Kiste.«

Bevor sein Vater das Tier, um eine Ausrede für eine samstägliche Kneipentour zu haben, in der Satteltasche seines Mopeds zu einem schlachtenden Onkel gebracht hatte, sammelte Albert zweimal in der Woche in dem roten Plastikeimer aus dem Schrank unter der Spüle Gras und Klee für sein Kaninchen. Eines Tages, als er zu der saftigen Wiese hinter der Schule ging, drang aus dem Eimer, den er am Henkel hin und her schlenkerte, ein intensiver Scheißegeruch, ohne daß auch nur eine Spur von Exkrementen zu sehen gewesen wäre. Blitzsauber, der Eimer, wie alles, was seiner Mutter in die Finger fiel. Auch gefüllt gab er noch diesen Kotgestank von sich, was um so erstaunlicher war, als Albert durch das Wühlen im Klee einen Anfall von Heuschnupfen bekommen und jetzt mit einer zugeschwollenen, völlig verschleimten Nase zu kämpfen hatte. Seine Mutter, noch voller Haß wegen »Monsieurs« letztem Wochenendbesäufnis, hatte sofort eine Erklärung, als Albert zu Hause sein Befremden über den hartnäckigen Geruch äußerte, der keine Quelle zu haben schien.

»Ja, ja. Darin hat deinem Vater seine verschissene Hose geweicht. Der hat sich nämlich mit seinem Suffkopp in die Bux geschissen. Einfach alles laufen lassen. Ja, Junge, *das* ist dein Vater.«

Nicht die Inkontinenz im Suff war das Verblüffende, sondern der Umstand, daß die vollgeschissene Hose von der Frau eingeweicht worden war, anstatt daß sie das verschmutzte Kleidungsstück in eine Zeitung gewickelt, das Päckchen dem versoffenen Hosenscheißer in die Hände gedrückt und es ihn an einem geheimen Ort hätte wegwerfen lassen, wie man es in noch früheren Zeiten mit abgetriebenen Föten machte. Dieser versaute Eimer stand für die fast erpresserische Unterwürfigkeit, Plackerei und Hartnäckigkeit, mit der Alberts Mutter DEM PROBLEM zu Leibe rückte. Wenn eine kleine Unsauberkeit von der Größe einer Briefmarke auswaschbar war, dann mußte eine Verfehlung in Kuhfladengröße es auch sein. Beschmutzte, aber noch nicht restlos zerschlissene Unterwäsche wegzuwerfen, das bedeutete: DAS PROBLEM erst richtig anzuerkennen.

Albert traute sich nicht, seinem Kaninchen das verunreinigte Gras anzubieten. Vom letzten Pflücken war noch etwas übrig, und mehr erwies sich nicht als nötig, denn bevor der Vorrat aufgebraucht war, wurde das Tier geschlachtet. Weit weg von zu Hause leerte Albert den Eimer und trug ihn danach mit gestrecktem Arm zum Schrank unter der Spüle zurück. Verrückt, daß man sich, hatte man erst mal Gewißheit über die Herkunft eines bestimmten Gestanks, davor hütete, ihn noch einmal zu riechen.

Um fünf vor elf parkte Alberts Vater den Daffodil am Bijleveldsingel in Nimwegen. Unter zwei Regenschirmen, von denen einer sofort umklappte, rannten sie zu dritt zwischen den Rom-Modellen zum Aulagebäude. Vor dem Eingang schien Thomas von Aquin sich zum Schutz vor dem Regen noch tiefer in seine Kutte verkrochen zu haben.

Bereits in der Eingangshalle wurde Albert vom Examensstoff abgelenkt und in einen Strudel fleischlicher Visionen gesogen. Da stand Marike de Swart, die sich sehr bemühte, so zu tun, als vertiefe sie sich in die Mitteilungen am Anschlagbrett. Sie trug, nicht aufrecht, sondern herabhängend, einen unförmig großen Blumenstrauß, dessen Kelche den Boden berührten. Einige Blütenblätter waren schon abgefallen, weiße und rosafarbene. Das Einwickelpapier des Floristen war, wie Marikes Kleider, völlig durchnäßt und hing nur noch in Fetzen um das tropfenübersäte Zellophan.

Es hatte keinen Sinn zu versuchen, unbemerkt an ihr vorbeizuschlüpfen: Alberts Eltern würden sie von früheren Begegnungen her erkennen, Marike würde sich die Aussicht auf eine ausführliche Begrüßung nicht entgehen lassen (das ist auch *meine* Familie), und zu dritt würden sie, sich gegenseitig Mut machend und in allen Punkten recht gebend, auf das Ende der Prüfung warten. Im übrigen, da drehte sie sich auch schon um, wobei sie bei Alberts Anblick den Strauß ungeschickt hinter ihrem langen Rock verbarg, so daß dieser noch mehr Blütenblätter an die braune Kokosmatte verlor.

»Ich dachte, es ist schon um halb elf«, sagte sie mit dieser Röte im Gesicht, von der man nie wußte, ob man sie als Zeichen von Gesundheit oder vielmehr als etwas ganz Ungesundes, etwas aus dem vorigen Jahrhundert betrachten mußte. »Hab den Wisch natürlich wieder nicht richtig gelesen...«

Sogar jetzt, während irgendwo da oben drei gelehrte Männer sich anschickten, ihn zu befragen, *mußte* Albert sich vorstellen, wie Marike sich mit bis zu den gespreizten Knien hochgeschobenem Rock hinlegen würde und wie dieser Rock zwischen ihren Schenkeln den weitgefächerten Blumenstrauß festhalten würde, dessen Stiele alle in *eine* Richtung zeigten, und wie er zwischen den weißen und rosa Kelchen, nicht mit der Hand, sondern mit dem Kopf, mit den Augen, der Nase, dem Mund auf die Suche nach dem weißen Schmetterling gehen würde, der ihr Slip war, und nach dem betauten rosa Schmetterling darunter, und wie er erst trunken werden müßte von dem süßen Duft der Blumen, um das Salzige ihrer Möse riechen und schmecken zu dürfen... Jetzt reicht's, Egberts. Seine Eltern gingen lächelnd auf sie zu.

»Ach herrje, Marike, das ist ja lange her«, sagte Alberts Mutter. »Alles in Ordnung?«

»Soweit ja«, sagte Marike.

Mit der freien Hand zog sie Albert am Ärmel in die Richtung des Anschlagbretts. Er roch ihre Haare, die regennaß an ihren glühenden Wangen klebten. Die Sprossen, die der zu Ende gegangene Sommer auf ihr Näschen gestempelt hatte, mußten vom Herbst erst noch wegradiert werden. Hier stand das Mädchen, das vier Sommermonate lang seine unsichtbare Lebensgefährtin gewesen war. Eine Fee mit Sommersprossen, die infolge ihres leichten Sprachfehlers nie etwas anderes als eine Spree mit Fommerfrossen für ihn sein konnte. Sie hatte ihn dort in Geldrop fast keinen Tag in Ruhe gelassen, immer wieder seine Konzentration beim Lernen gestört, hatte, ohne die Hand anzulegen, in den ungelegensten Augenblicken des Tages Erektionen erzeugt...

»Ich finde es hundsgemein von dir, daß du so sang- und klanglos abhaust. Die ganze Zeit hab ich nicht gewußt, wo du steckst. Hättest ja auch in Jugoslawien sein können... bei dieser Leentge, oder was weiß ich... Für'n Kärtchen hat's wohl nicht gereicht. Nicht *ein* Anruf, nichts, gar nichts.«

Sein Blick fiel auf ein Mitteilungsblatt dicht über ihrem Kopf.

> MÜNDLICHE VORDIPLOMPRÜFUNG IN PHILOSOPHIE VON: *Herrn A. H. N. Egberts am Montag, dem 4. Oktober 1976, um 11.00 Uhr. Prüfer: Prof. Dr. J. Klosser / Dr. J. G. M. Montuur / Drs. H. A. G. Woonstee*

So konnte er nicht vor seinen Prüfern erscheinen. Um den salzigen Geschmack der Begierde aus seinem Mund zu vertreiben, versuchte Albert, sich auf Ticks und Macken von Marike zu konzentrieren, die seiner Lust im Wege gestanden, ja, sie manchmal sogar völlig torpediert hatten. Es nutzte nichts: Die Bilder, die salziges Wasser um seine Zunge spülen ließen, erwiesen sich als stärker. Wie zum Beispiel die durchsichtige Strumpfhose, die sie einmal über ihre Nacktheit angezogen hatte... das straffe Nylongewebe, das Schamhaar und Falten platt drückte und bis zur Unkenntlichkeit verformte... und ja, Triumph, Triumph, da war endlich die Äußerung, die damals seine Lust erstickt hatte und ihn auch jetzt wieder von unreinem Verlangen läuterte.

»Meine Oma mag keine Strumpfhosen. Jedesmal wenn ich einen Wind lasse, sagt sie, fliegt mein Pantoffel in den Ofen.«

Das mit dem Ofen war nicht übel, aber daß sie selbst, mekkernd, kehlig lachend, so einen Spaß daran hatte, trieb ihm alles Blut aus dem Unterleib, und jetzt, als er sich daran erinnerte, wieder, im übrigen auch aus dem Gesicht. Albert war bereit für seine Prüfung. Doch so leicht ließ Marike ihn nicht gehen.

»... überhaupt nichts. Daß du nach Amsterdam gehst, hab ich, wohlgemerkt, im *Tempelier* von Floor erfahren müssen. Hunds-, hunds- und noch mal *hunds*gemein find ich das. So.«

Der schwere Blumenstrauß wanderte in die andere Hand und verlor noch mehr Blätter.

»Hör zu«, sagte sie auf einmal entschlossen. »Ich fahr nachher mit dir nach Amsterdam. Wenn ich dich schon mal zu fassen kriege, mußt du dran glauben. Meine Sachen hol ich später.«

Aus dem Augenwinkel sah Albert den für den Prüfungsablauf zuständigen *pedel* durch die Halle näher kommen. Der Mann blieb in respektvoller Entfernung stehen.

»Was erzählst du da? Ich geh ja gar nicht nach Amsterdam.«

»Ach nee? Ich hab euch aber kommen sehen, Freundchen, mit all deinen Sachen auf dem Dach. Oh ja. Oder hast du geglaubt, ich bin blind? Sei doch mal vernünftig, Albert. Du bist jetzt sechsundzwanzig. Du kannst doch nicht bis in alle Ewigkeit nur in Kneipen rumhängen und dich mit Eintagsfreundinnen zufriedengeben ...! So langsam sieht man, daß du älter wirst. Schau doch nur in den Spiegel. Gerade jetzt, wo du so braun bist, sind die Krähenfüße gut zu sehen. Hast du wirklich geglaubt, du kannst in Amsterdam wieder allen möglichen Gänsen den Kopf verdrehen? Das ist irgendwann mal zu Ende. Ihre Pläsierchen *bleiben* nicht scharf auf dich. Wenn du mich fragst ...«

Zögernd trat der Prüfungsfritze ein paar Schritte auf Albert zu und verbeugte sich mit schräg geneigtem Kopf.

»Entschuldigen Sie, daß ich unterbreche. Sind Sie Herr Egberts?«

»Ja.«

»Darf ich Sie darauf aufmerksam machen, daß es schon nach elf ist? Sie werden erwartet.«

»Oh. Wo?«

»Hier, zwei Treppen höher. Und dann die Tür genau vor Ihrer Nase.«

»Danke schön.«

Albert ging zur Treppe und machte sich auf den Weg. Sofort hörte er schnelle Schritte hinter sich. Marike drängte sich zwischen ihn und das Geländer.

»Jetzt sei doch endlich mal vernünftig«, begann sie wieder. »Wenn du mich fragst, bist du jetzt wirklich soweit, mit jemand zusammenzuleben. Du bist jetzt sechsundzwanzig, ich zweiundzwanzig. Was kann uns noch passieren?«

»Aufeinanderhocken ... Die Vorstellung allein schon.«

»Aber so probier's doch wenigstens mal, du Sturkopp!« Sie stolperte über eine Stufe, die später leicht wiederzufinden sein würde, war sie doch durch eine größere Anzahl Blütenblätter markiert als der Rest der Treppe. »Du hast es ja noch nie probiert ...!«

»Allein schon die Vorstellung!«

Albert war an der zweiten Treppe angelangt und sah, als er über das Geländer hinunterschaute, seine Eltern, die bestürzt nach oben starrten. Er machte eine beruhigende Gebärde. Marike ließ nicht locker.

»Du kannst mich doch nicht einfach in Nimwegen sitzenlassen! Du wirst mich doch wohl nicht einfach wegwerfen wie ein Stück Dreck? Denk mal an all die Sonntage, an denen ich dich wieder in Gnaden aufgenommen habe, mit deinen schrecklichen Katern ... wenn du samstags abends und die ganze Nacht lang andere angebaggert hast und dann doch abgeblitzt bist ... dann hast du doch auch gewußt, wo du mich finden konntest, oder? Und jeden Sonntag hast du geschworen, daß du mit keiner je so weit gegangen bist wie mit mir, im übertragenen Sinn natürlich. Ganze Nachmittage lang waren wir zugange, bis ... bis es dunkel wurde und ... und wir Hunger bekamen, und ... Oder hast du das vielleicht vergessen?«

Die Blumen raschelten am Geländer entlang.

»Das kann doch nicht vorbei sein!« Sie schrie jetzt fast. »Das kann, das *kann* einfach nicht vorbei sein...! Ich hab dich von all deinen Ängsten befreit. Bei mir hast du sozusagen deinen Grundwehrdienst abgeleistet. Wenn irgend jemand ein Recht auf dich hat, dann ich!«

Plötzlich, als ende die Treppe genau dort, stand Albert mit Marike in einem großen Raum, in dem drei Herren an einem langen Tisch saßen. Sie kamen ihm bekannt vor. Nachdem er noch einmal genau hingeschaut hatte, erkannte er – von links nach rechts – die Dozenten für mittelalterliche Philosophie, für Naturphilosophie und für Erkenntnistheorie und Metaphysik. Marike war in Tränen aufgelöst, und der Blumenstrauß sah von Sekunde zu Sekunde lächerlicher aus.

»Na, na, Mejuffrouw«, beschwichtigte Professor Klosser (Erkenntnistheorie und Metaphysik) mit ungebrochenem Volendamer Akzent. »So schlimm ist es nicht. Mijnheer Egberts und wir werden uns schon einig werden.«

»Es wird kein Kreuzverhör...«, sagte Dr. Montuur, der Naturphilosoph.

»... mit mittelalterlichen Foltermethoden«, ergänzte Drs. Woonstee, der Mediävist. »Nein, wirklich nicht. Davon kann keine Rede sein.«

Er hatte pfiffige Äuglein hinter kaum gewölbten Brillengläsern.

Marike schien untröstlich.

»Das Schwierigste ist ja schon geschafft«, versuchte Professor Klosser es noch einmal.

Sie verließ den Raum wild schluchzend, und auf dem Teppich blieb eine Spur weißer und rosafarbener Blütenblätter zurück.

Ein halbes Salzloses

Montag, 4. Oktober 1976, Frauengefängnis Rotterdam (Hennie A.)

Hennies Jugend war durchdrungen gewesen von Obstgerüchen. Seitdem die Gärtnerei zugemacht worden war, hatte sie noch nie ein so starkes Heimweh nach diesem Geruch gehabt wie jetzt im Gefängnis, wo sie kaum je einen Apfel zum Mittagessen bekam. Ja, Erdbeeren gab es manchmal, von Ende Juni an, wenn sie durch ihre Überfülle billig waren... aber gerade Erdbeeren bekam Hennie nicht hinunter. Sie rochen nach dem Tod ihres Vaters.

In der Mittagszeit widmete sie sich zum überwiegenden Teil dem großen Laster ihrer Mädchenjahre: dem Lesen.

Die Protestanten lasen zumindest ihre Bibel noch selbst, bei Tisch, doch die Einwohnerschaft von Lummel bestand in erster Linie aus Katholiken, und die überließen sogar das Lesen dieses einen Buches ihrem Pfarrer. Über den Büchern zu hocken bedeutete, »sich um den Verstand zu lesen«. Für welche würdigere Sache der Verstand bewahrt werden müsse, wurde nicht dazugesagt. Von diesem »Sich-um-den-Verstand-Lesen« ging für Hennie etwas Betörendes aus, etwas Verbotenes und Verführerisches, das ihr bei jedem Gang zur Bibliothek Bauchschmerzen bereitete. Sie wollte wissen, wie sich das anfühlte, der Verlust des Verstandes beim Lesen, und so las sie alles, was ihr nur unter die Finger kam. Es begann mit einer Serie »Heiligenleben«, deren sechsundzwanzig Bände sie hintereinanderweg verschlang, eine Leseerfahrung, an die später kein anderes Buch mehr heranreichte.

Schon als das früh aufgeschossene Mädchen noch nicht einmal in der Pubertät war, hieß sie die Komische Hennie, weil sie Bücher las. Für die Bewohner von Lummel waren es hinterher ebenso viele Beweise ihrer Schuld. Nur eine Hexe las Bücher. Es waren Zauberdinge.

Heute fand Hennie während der Mittagspause keinen Zugang zu dem entliehenen Roman. Neben ihrem Teller mit der grauen Brotscheibe blieb das Buch von 1972 aufgeschlagen liegen.

Freitagmittag, 7. April 1972

Als sie mit dem 86er von Viertel nach zwölf aus Nimwegen zurück war, erinnerte sie sich von der Busfahrt nur an eine liegengelassene Handwalze neben einem plattgedrückten Stück Erde hinter dem Kirchturm von Lent. Keine Weide mit Ponys, kein Gewächshaus hatten auf beunruhigende Weise ihre Aufmerksamkeit auf sich gezogen. Sie war erst aufgeschreckt, als sie mitten auf dem Land eine riesige Bahnhofsuhr hatte stehen sehen, deren Zeiger, übereinanderliegend, genau zwölf Uhr anzeigten. Das stimmte nicht, so früh konnte es nicht mehr sein... Ihre Augen, weit geöffnet, hatten eine große, glänzende Waage auf einem Stapel leerer Auktionskisten wahrgenommen. Die Nadel zeigte senkrecht nach oben.

An ihrem Fahrrad bei der Bushaltestelle war der hintere Reifen platt. War das heute morgen schon so gewesen? Sie hatte schnell fahren müssen, um den 86er von Viertel nach neun noch zu bekommen, und war vielleicht unachtsam durch Glasscherben gefahren. Einen platten Vorderreifen konnte sie selbst mühelos reparieren, wenn sie zuerst das Rad aus der Gabel nahm, mit dem hinteren Reifen würde sie ihren Mann behelligen müssen. Morgen war Samstag: Vielleicht würde er vormittags Zeit dafür haben; nachmittags mußte er zu einem Freundschaftsspiel der Jugendfußballmannschaft nach Gendt, deren Trainer er war. Bevor sie sich mit dem Fahrrad an der Hand auf den Nachhauseweg machte, zündete sich Hennie die Zigarette an, die sie sich schon im Bus gedreht hatte. Ständig war irgend etwas Trübes in ihr, das immer wieder aufzuwölken drohte wie Tinte in Wasser, das sie aber durch tiefes Inhalieren stets wieder zurückzudrängen verstand. Ihre Tage? Nein, soweit war es noch nicht, das konnte es nicht sein.

Hennie brachte das Rad sofort in den Schuppen hinter dem Haus. Die Kinder, gerade zurück aus der Schule zum Mittagsbrot, spielten im Garten. Das kleine Mädchen kam auf sie zugelaufen. Ihr ältester Sohn stand etwas bedripst mit seinem Freund Caspar abseits und wirkte schon wieder ertappt.

»Noch hier, Pieter? Ich dachte, du machst deine Hausaufgaben bei Oma.«

Um dem Trubel seiner kleineren Geschwister zu entgehen, erledigte Pieter seine Hausaufgaben oft in Muttchens ruhiger Altenwohnung. Auch sonst fehlte es ihm dort an nichts.

»Caspar ist zufällig vorbeigekommen.«

»Hast du ihr dann eben Bescheid gesagt?«

»Nein, Caspar war auf einmal da.«

»Ist Oma hiergewesen?«

»Ich hab sie nicht gesehen. Ich war mit Caspar im Garten.«

An den Vormittagen, an denen Hennie in Nimwegen putzte, machte sich Muttchen – so war es stillschweigend vereinbart – meist ein wenig nützlich bei ihr. Sie nahm die Kinder in Empfang, schmierte ihnen ein Butterbrot, wusch das herumstehende Geschirr ab und schälte die Kartoffeln für das Abendessen. Das schmutzige Geschirr stand noch da, und auch der Kartoffelkorb mit dem sauberen Messer war unangerührt, keine Schale weit und breit. Merkwürdig, sie würde gleich mal fragen gehen. Manchmal kam Muttchen erst etwas später am Nachmittag, um ihren Teil der Hausarbeit bei ihrer Tochter zu erledigen, wirklich beunruhigend war es also nicht. Hennie rief die Kinder zum Essen herein. Auch Caspar bekam ein Butterbrot. Pieter und er brauchten nicht wieder in die Schule. Sie verschwanden in Pieters Zimmer, angeblich, um Hausaufgaben zu machen, doch Hennie glaubte nicht mehr so recht daran: Sie hatten noch ein ganzes Wochenende vor sich, obwohl morgen und vielleicht auch am Sonntag ein Fußballspiel anstand.

Hennie schickte die Kleinen in die Schule, räumte den Tisch ab, nahm sich den Abwasch vor und lauschte unterdessen, ob auf dem Kies Muttchens Schritte schon zu hören waren. Als sie fertig war, beschloß sie, mal bei ihrer Mutter nachzusehen. Es war gleich um die Ecke. Auf dem Weg von der Bushaltestelle nach Hause kaufte Hennie beim Bäcker in der Dorpsstraat immer ein halbes Salzloses für Muttchen. Durch den Platten hatte sie das heute völlig vergessen. Das holte sie jetzt zu Fuß nach. Viel Kundschaft beim Bäcker: Freitags abends aßen viele ihren Fisch nicht mit Kartoffeln, sondern mit Brot. Rückständiges Popendorf, sagte sie bei sich.

Hennie mußte lange warten, bis sie an der Reihe war, und hielt währenddessen den Blick unverwandt auf ein halbes Kastenbrot gerichtet, auf dem eine Oblate mit dem Wort SALZLOS klebte. Es lag etwas abseits auf einem Holzbord und war wahrscheinlich das einzige salzlose Brot, das der Bäcker noch hatte. Als Hennie drankam, hoffte sie, die Frau hinter der Theke würde sagen: »Wenn das für Ihre Mutter ist, die hat selbst schon eins gekauft.«

»Ein halbes Salzloses, bitte.«

»Ihre Mutter hat Glück. Es ist das letzte. Geht es ihr gesundheitlich wieder etwas besser?«

»Es geht so. Sie hat vor langer Zeit eine Nierenbeckenentzündung gehabt. Die ist eigentlich nie ganz weggegangen. Sie wird sich immer schonen müssen. Und immer salzlos essen müssen.«

»Geschnitten?«

»Sie schneidet es selbst, danke schön.«

Mit dem in weißes Papier eingeschlagenen halben Brot, das sie von Zeit zu Zeit an ihre Nase hielt, ging Hennie langsam (aber sich nicht wohl in ihrer Haut fühlend) in Richtung der Straße, in der Muttchen wohnte. Nach dem Gespräch mit der Bäckersfrau sah sie immerzu vor sich, wie Muttchen an diesem Morgen Salz aus einem kleinen Fäßchen auf ihr weichgekochtes Ei gestreut hatte. Nicht nur einmal, sondern immer wieder, nach jedem Bissen, den sie mit dem Eierlöffel aus der Schale genommen hatte. Bildete sie sich das nur ein? Bei einer früheren Nachbarin hatte sich Hennie eines Tages plötzlich, ohne irgendeinen Anlaß, gefragt, ob sie eigentlich rauche. Als die Frage erst einmal da war, sah sie die Frau mit einer Zigarette vor sich, und zwar nicht einfach rauchend, sondern, als hinge ihr Leben davon ab, eine an der anderen anzündend. Wie hatte Hennie das in der Zeit, als sie die Frau fast täglich sah, entgehen können? Als sie sich wieder einmal begegneten und zu einem kleinen Schwatz stehenblieben, machte Hennies ehemalige Nachbarin einfach keine Anstalten, sich eine Zigarette anzuzünden.

»Hast du aufgehört zu rauchen?«

»Kind, ich hab doch nie geraucht. Mein ganzes Leben lang nicht.«

Besaß Muttchen überhaupt ein Salzfäßchen?

Auf ihr Klingeln hin wurde nicht geöffnet. Während des letzten Wegstücks, auf der Sonnenseite der Straße, war alles in Hennie wieder klares Wasser geworden. Nun zogen die Tintenwolken von neuem auf, wanden sich träge und Übelkeit erregend um ihren Magen, schlugen ihr aufs Herz, verdüsterten ihren Blick. Muttchen. Manchmal hielt sie diese Mittagsnickerchen, sehr tief, wenn sie keine allzu gute Nacht gehabt hatte. Hennie tastete unter den Zwergtannen und fand den Eisenhaken. Sie klemmte sich das Brot unter die rechte Achsel, hielt mit dem rechten Daumen die Klappe des Briefschlitzes hoch und steckte mit der anderen Hand den Draht hindurch. Sie fand keinen Halt für das gebogene Ende, das sonst doch immer so perfekt um den Griff des Türschiebers paßte. Hennie zog das Ding wieder heraus und sah, daß es verbogen war: Jemand hatte den Bogen am Ende weiter gemacht, wodurch der Haken insgesamt kürzer geworden war. So gut es ging, bog Hennie mit ihren nicht besonders starken Händen den Draht wieder in den ursprünglichen Zustand. Jetzt paßte er um den Griff. Hennie zog. Die Tür blieb geschlossen. Da fiel es ihr wieder ein: Weil Muttchen es für sicherer hielt, hatte Hennie beim Weggehen die Haustür abgeschlossen und dann die Schlüssel durch den Briefschlitz geworfen.

Bei der Nachbarin machte man ihr auf ihr Klingeln hin auf.

»Haben Sie meine Mutter heute schon gesehen?«

»Nein, Hennie, jetzt, wo du's sagst.«

»Irgendwas gehört hier nebenan? Irgendwas bemerkt?«

»Jetzt, wo du's sagst – gar nichts.«

»Vielleicht hat meine Schwester sie abgeholt...«

»Ich hab nichts gesehen, Hennie. Nichts und niemand.«

»Bei der Gemeinde haben sie einen Reserveschlüssel. Den hol ich jetzt.«

Der Sohn der Nachbarin war hinter seiner Mutter aufgetaucht. Er sagte: »Selber mit 'nem Nachschlüssel rummurksen? Ich würde zur Polizei gehen. Man weiß ja nicht, was man vorfindet.«

Heißer Sand

Montag, 4. Oktober 1976
(Albert Egberts)

Wenn Albert in irgendein Wohnzimmer trat oder in einen anderen Raum, in dem Menschen versammelt waren, dann sah er, wie den Anwesenden der Tod auf den Knien saß. Hier, im Prüfungsraum des Aulagebäudes, war es nicht anders. Professor Klosser, Dr. Montuur, Drs. Woonstee, alle hatten den Tod auf dem Schoß. Es machte den Raum voller.

Sie wußten sich keinen rechten Rat mit dem Tod, die Menschen. Ihre Arme waren zu kurz, um ihn ganz zu umfassen. Vielleicht wurde er deshalb so oft als Skelett dargestellt, der Tod: um ihm eine umarmbare Taille zu geben. Als ob das etwas helfen würde... Sie kamen nicht herum. Wenn jemand aufstand, setzte er oder sie den Tod solange in den Sessel oder schleppte ihn auf dem Rücken in die Küche mit, ließ sich von ihm zur Toilette ziehen. Immer ein unbeholfenes Herumhantieren. Gleichgültig, wie sie den Tod trugen, ihn sich auf den Arm setzten oder aufs Knie, an den Hals drückten oder zwischen die Beine – immer würde er ein Hindernis darstellen, was man an ihrer Haltung sah, an unerwarteten kleinen Gebärden... Der Tod war nicht nur ein Skelett: Er hatte einen großen, weichen Körper, der sich manchmal wie eine Wolke anfühlte, dann allerdings wie eine fledermausgraue Kumulonimbus. Das war das Leben: ein energieraubendes Sichabschleppen mit dem Tod. Ein Kampf war es selten, denn so etwas wie »Todeskampf« meinte Albert gerade nicht. Ein Geschleife, Geschleppe, Gezerre, Geschiebe, das war es. Ein Geacker, um ihn beim Schlafittchen zu packen und weiterzuschleppen wie einen Sack Kartoffeln. Die einzige und wahre Sisyphusarbeit.

Mit einem Gefühl, als sei er noch immer von Hennas ranzigem Gestank eingehüllt, nahm Albert vor dem Prüfungsausschuß Platz. Ihm gegenüber, in seinem ewigen blauen

Kammgarnanzug mit schuppenübersäten Schultern, der Älteste der drei: Professor Klosser, Nimwegens Autorität auf dem Gebiet von Kant und Hegel. Der Mann sah aus wie Bauer Koekoek, bis auf die Brille genau, und auch er sprach mit Akzent, obschon nicht Ostniederländisch, sondern Westfriesisch. Nur ein kleines silbernes Kreuz am Revers erinnerte daran, daß er Priester war.

Rechts von ihm thronte Dr. Montuur, Naturphilosophie, erklärter und aufgeklärter van Melsenianer, ein Mann mit ausgesprochen griesgrämigen Gesichtszügen und gelblicher Hautfarbe.

Zu Professor Klossers Linken saß, mit Pfeife und Schubertbrille, Drs. Woonstee, Geschichte der mittelalterlichen Philosophie. Erst sechsunddreißig und schon völlig grau, obwohl er ansonsten kerngesund aussah mit seinem olivfarbenen Teint, durch den ein starker, leicht überpudert wirkender Bartwuchs schimmerte. Beim Casting für den Film *Tod in Venedig* hätte er eine gute Chance gehabt, besaß er doch eine frappierende Ähnlichkeit mit dem jungen Nietzsche, allerdings ohne Schnurrbart.

Drs. Henri Woonstee als Jüngstem der Gesellschaft kam die Ehre zu, Albert die erste Frage stellen zu dürfen. Er beschränkte sich auf die politischen Schriften des Marsilius von Padua, die Alberts schönen Sommer verpestet hatten. So mechanisch, wie Albert den Stoff auswendig gelernt hatte, kam nun die Antwort; sie wurde für richtig befunden. Aschenbach (verdammt, es war tatsächlich Puder, ein Tupfer davon zierte auch sein Ohrläppchen) lag noch eine Frage auf den Lippen, vielleicht zur Hierarchie der Himmel bei Thomas von Aquin, doch der Vorsitzende Klosser entzog ihm das Wort. Seine Zeit war um.

Nun war die Reihe an dem van Melsenianer. Bei den Fragen über die geometrischen Theorien Lobatschewskis und Riemanns tauchten wieder die Umrisse des euklidischen Gefahrendreiecks aus Alberts Kindheit auf, und er antwortete geistesabwesend. Dr. Montuur fragte auch noch nach der aristotelischen Stoff-Form-Lehre, wie sie Meister van Melsen in seiner *Philosophy of Nature* dargelegt und kommentiert hatte.

Eine heulende Marike vor der Tür ... die wartenden Eltern unten in der Halle ... draußen der Daffodil mit seinem armseligen Hausrat auf dem Dach, der ihn nach Amsterdam bringen sollte (ob den Namensgebern klar war, daß eine *daffodil* auch als Grabblume Verwendung fand und als Symbol des Todes vorkam?) ... und hier saß er, sechsundzwanzig Jahre alt, und legte sein Vordiplom ab. Während er mechanisch antwortete, kam Albert der verrückte Frühling dieses Jahres wieder in den Sinn: die Auswechslung der Reliquie, die fatale Fete, die weggeschickte Jugoslawin ... und an Leentge denkend, hörte er sich plötzlich anstatt »Hylemorphismus« »Hylemorphi*nismus*« sagen.

Am Tisch wurde wohlwollend geschmunzelt. Professor Klosser nutzte die günstige Gelegenheit, dem Kollegen Montuur das Wort zu entziehen und jetzt selbst Fragen zu stellen.

»Wenn jemand, Mijnheer Egberts«, begann er und kratzte sich dabei am Kopf (es war nicht einfach ein unüberlegtes Kopfkratzen, nein, er nahm äußerst präzise eine Schuppenprobe, woraufhin er die fettige weiße Substanz unter seinen Fingernägeln eingehend begutachtete), »wenn jemand sich selbst Morphin verabreicht, bis er, sagen wir mal, abhängig ist und nicht mehr ohne auskommt, schadet er sich dann nur selbst? Ist er, anders ausgedrückt, nur sich selbst gegenüber verantwortlich? Oder gibt es noch andere Instanzen?«

Süffisant lachend lehnte er sich zurück und schob sich seine besabberte Zigarre wieder zwischen die Lippen. Albert wußte, was Professor Klosser hören wollte. In der Langeweile des Priesterseminars und später des Klosters hatten sie sich, Popel drehend, der Philosophie gewidmet, um später, als Dozenten an der Katholischen Universität Nimwegen, jede rationale und vitale Philosophie an sich zu reißen und zu christianisieren. Mit eigenen Meinungen bei den Studenten wurde nicht gerechnet, und von den behandelten Philosophen mußte bei Klausuren und Prüfungen die offiziell anerkannte, verchristlichte Version wiedergekäut werden.

»Meiner Meinung nach, Herr Professor, ist so jemand... nur sich selbst gegenüber verantwortlich.«

»Nein«, sagte Professor Klosser höchst entschieden. »Er sündigt... und zwar gegen *die Menschlichkeit in jeder Person*, wie Immanuel Kant es nennt. Man hat kein Recht, so etwas Kostbares in sich selbst zu schädigen oder zu zerstören. Man beleidigt auf diese Weise die gesamte Menschheit... *in sich*.«

»Ja, aber, Herr Professor... Sie haben mich doch nach *meiner* Meinung gefragt, nicht nach der von Kant!«

Der Kantianer lächelte noch immer fein, begütigend. Nun kam, unvermeidlich, das Beispiel mit den Fliegen.

»Angenommen«, hob er an und freute sich sichtlich schon im voraus diebisch über den Clou, »angenommen, du kommst spätabends nach Hause in dein Studentenwohnheim. Es regnet, wie jetzt, nur noch viel stärker. Wie aus Eimern. Und was siehst du? Da liegt ein Kommilitone stern-hagel-voll, *sit venia verbo*, in der Gosse. Was machst du? Zuvor noch dies... Ein Stück entfernt tanzt ein kleiner Fliegenschwarm im Regen. Sie sind völlig verzweifelt über den strömenden Regen, die Fliegen. Du zögerst keinen Moment. Du nimmst den pudelnassen Jungen auf den Buckel. Du trägst ihn die ganzen Treppen hinauf. In dein Zimmer. Du träufelst ihm etwas Kognak ein, reibst ihn trocken, keine Mühe ist dir zuviel. Warum hast du ihn und nicht die Fliegen gerettet?«

Wieder wußte Albert genau, was der Mann, der sich erneut höchst zufrieden mit sich selbst zurücklehnte, hören wollte. Was so ein betrunkener Student den ratlosen Fliegen voraushatte, war die Kantsche »Menschlichkeit« in seiner Person. Bei Professor Klosser verstrich kein Studienjahr, ohne daß er mindestens dreimal die Fliegen ihren wahnsinnigen Regentanz aufführen ließ. Jeder wußte mit der Zeit, was er zu antworten hatte, falls er seine Abschlußklausur bestehen wollte. Zum Beispiel nicht, daß es eine doch stark homoerotisch gefärbte Geschichte von einem Studenten sei, der sich an einem ohnmächtigen, willenlosen Opfer vergreift.

»Meiner Meinung nach, Herr Professor, kann von einer

Wahl keine Rede sein. Fliegen haben vom Regen nichts zu befürchten. Außerdem sieht man sie bei einem ordentlichen Schauer selten draußen herumtanzen, *sit venia verbo*.«

Noch lächelte Professor Klosser äußerst leutselig, wenngleich er schon etwas zu nachdrücklich an seiner Zigarre herumnuckelte. Die Kollegen rutschten unruhig auf ihren Stühlen herum. Professor Klosser wechselte rasch zur Erkenntnistheorie. Realismus versus Idealismus in der Philosophie. Albert dachte an Flix mit seiner ewigen Verherrlichung des Realismus in der Kunst und ließ gegenüber der Prüfungskommission keinen Zweifel darüber, daß er seinen Kopf als Zauberlaterne betrachte, die die Wirklichkeit projiziere. Mit seinem Tod würde nicht nur die Laterna magica erlöschen, sondern auch die gesamte Wirklichkeit, inklusive aller Menschen, die ihren Kopf als Zauberlaterne betrachteten.

Bei den Zauberlaternen ihm gegenüber gingen drei Paar Augenbrauen in die Höhe.

Nun wollte Professor Klosser wissen, aufgrund welchen Kriteriums man einem Kunstwerk Ewigkeitswert zubillige. Selbstverständlich führte er zunächst selbst umständlich ein Beispiel an.

»Vor fünfzehn Jahren machte hierzulande eine junge Sängerin namens Anneke Grönloh Furore. Zweifellos erinnern Sie sich an ihre Lieder.«

»Bitte verzeihen Sie, Herr Professor...«

»Ja, ja«, wedelte er den Einwurf beiseite. »Wer erinnert sich nicht an *Paradiso mit dem Palmenstrand*? Und *Surabaja, meine Gedanken sind immer bei dir*? Und *Wenn wir Hochzeit feiern, Cimeroni, Cimero-ho-ni*? Und *Heißer Sand und ein verlorenes Land...*?«

Weil Albert noch immer nicht reagierte, sang ihm der Professor den Refrain vor.

Heißer Sand
Und ein verlorenes Land,
Und ein Leben in Gefahr

Albert schüttelte den Kopf, zuckte die Achseln. Der Professor sang auch noch eine ganze Strophe.

Im Hafen
Von Marseille
Tanzt deine Nina
Jetzt für Geld

Singend erhob sich Professor Klosser und legte, mit den Fingern schnalzend, die Arme locker auf den Hüften des Todes, einen kleinen Steptanz hin.

Nur die Wellen
Singen leise
Was von Tino
Jeder weiß

»Wie kommt es denn«, fragte er, außer Atem vom Herumwirbeln, »daß sie ... nach fünfzehn Jahren ... passé ist, und ... und daß jemand wie ... wie Mozart auch ... auch nach zweihundert Jahren noch ...«

»... noch täglich, und den ganzen Tag über, gespielt wird, meinen Sie?«

»Genau.«

Professor Klosser hatte mit so viel Feuer gesungen und getanzt, daß Albert sich fragte, ob er Anneke nicht mehr liebe als Wolfgang Amadeus. Und er stimmte dem Professor zu: Auch für Albert gab es keine Metaphysik ohne heißen Sand. Und diese Ansammlung von Fliegen im Regen, war dies kein Bild, eines De Chirico würdig?

Der Professor setzte sich wieder und summte noch etwas aus dem Œuvre von Anneke Grönloh (»*Und als Rocco / ward gefunden / hat man dir die / Unschuld nicht geglaubt*«). Er beharrte nicht länger auf einer Antwort, sondern sprang, wie gewöhnlich, vom erkenntnistheoretischen Hölzchen auf das metaphysische Stöckchen. Nachdem er seinen Kollegen Professor »Weißer Sonntag« Versteegen OSA in flatternder Kutte über dem Keizer Karelplein hatte herumfliegen lassen (»Ist das nun eine *connection of ideas* im Sinne von Hume?«

Ob Albert es »vor sich« sehe, fragte er auch noch. Und ob er es vor sich sah! Deutlicher, als ihm lieb war. So fledermausartig flatterte Professor Ordo Sancti Augustini schon seit Jahren um Albert herum – als sein Gläubiger), kam Professor Klosser zu Heidegger.

»Martin Heidegger hat den Künstler als denjenigen bezeichnet, der den Kampf ums Dasein am besten darstellen kann. Er illustriert das anhand des Gemäldes *Ein Paar Bauernschuhe* von Vincent van Gogh ... warten Sie mal, ich zitiere die Passage ... zwar nur in meiner eigenen Stegreifübersetzung, aber immerhin ... Hier ist es. ›In dem Schuhzeug ist der verschwiegene Zuruf der Erde zugegen. Durch dieses Schuhwerk fährt das klaglose Bangen um das sichere Brot ... die wortlose Freude um das wiederholte Überwinden der Not ...‹ He, das reimt sich ja. ›... das Leben beim Näherkommen einer Geburt ... das Zittern vor der allgegenwärtigen Drohung des Todes. Zur Erde gehört dieses Zeug, und in der Welt der Bäuerin ist es behütet.‹ Großartig. Da wundert es einen nicht mehr, daß Heidegger sich immer mehr zu einem Dichter entwickelt hat.«

Albert erinnerte sich an die Vorlesung, in der diese ollen Schuhe auch schon zur Sprache gekommen waren, und an Thjums Kommentar zu Heidegger-Klossers Gefasel.

»Wenn ich auch was dazu sagen darf, Herr Professor ... Van Gogh hat sich in der Borinage das Gesicht zwar mit Kohlenstaub eingerieben, aber hat ihn das zu einem Grubenarbeiter gemacht? Zu einem Kenner des Erdinneren? Künstler stehen doch gerade *außerhalb* von allem, oder ...?«

»Das kommt gleich.«

Aber es kam nicht. Professor Klosser war zu sehr damit beschäftigt, Albert, und auch Montuur und Woonstee, einen schon sehr speziellen Blick quer durch diese Bauernschuhe in die Tiefe der Erde zu gönnen. Einen Blick durch Heideggers Brille, wohlgemerkt, die eine sehr spezielle Brille war. Ein Monokel, durch das ein zusammengekniffenes, sich zusammenziehendes und dann wieder vorquellendes Auge über dem Hosenbund und zwischen den Lederhosenträgern in die

Eingeweide der Erde schaute. Es zwinkerte, dieses Auge ... es blinzelte ob der großen Dunkelheit. Ein bedächtig schauendes Auge, mit kleinen Fältchen, wenngleich nicht vom Lachen. Ein verborgenes Auge, das nur verstohlene Blicke werfen konnte. Ein kurzsichtiges Auge, myop, ein Auge voll Scheiße. Ein Pisse untersuchendes Auge. Genau in die Kloake blickte es ... in das Gedärm der Erde ...

Ein Auge, das sich an die Finsternis im Lande der Blinden zu gewöhnen versuchte.

Ein Auge, das nicht schielen konnte, weil das andere Auge fehlte. Ein Auge, eingestellt aufs Schlüssellochlauern. Denn dieses Monokel, diese halbe Brille ohne Glas, diese Klobrille ... war ein großes Schlüsselloch.

Alle vier hatten den Tod von den Knien geschubst und sich erhoben. Der Professor, der Doktor, der Doktorandus und der Kandidatus, alle beugten sie sich, einander beiseite drängend, möglichst weit vor, das eine Auge ganz und das andere beinahe zugekniffen, und lugten mit Heidegger durch das Schlüsselloch ins Innere der Erde.

Lügen in Farbe

Montag, 4. Oktober 1976, Frauengefängnis Rotterdam (Hennie A.)

Vom achten bis zwölften Lebensjahr ging Hennie bei den Nonnen zur Schule, wo die dem religiösen Wahn verfallene Schwester Arnolda tagaus, tagein mit Hölle und ewiger Verdammnis drohte. Zu Beginn der Fastenzeit bekamen Hennie und ihre Klassenkameradinnen ein großes Bild, das sie bunt anmalen durften: vierzig kleine Felder mit Abbildungen, die sich auf die Osterzeit bezogen, für jeden Fastentag eines. Es durfte aber nur dann ausgemalt werden, wenn die Schülerin an dem betreffenden Morgen in der Frühmesse gewesen war. Sinn der Sache war, daß an Karfreitag ein lückenloses, farbiges Bild entstanden war. Zur Belohnung durfte es dann umgedreht werden: Auf der anderen Seite war eine strahlende Zeichnung der Glocken, die aus Rom zurückkehrten, eine Lust, sich mit den Buntstiften daran auszutoben.

Hennie ging nur ab und an in die Kirche, malte aber alle Felder aus. Ihre Lüge in Farbe zu sehen... ergab einen Geschmack von Süße und angenehmem Schmerz, wie bei Honigkuchen, wenn der Kandis in einem plombierten Backenzahn versinkt. Noch süßer fühlte sich das Anmalen der Osterglocken an, die sie schon gar nicht verdiente. Hölle und Verdammnis würden ihr zuteil, aber oh, wie herrlich verdorben schmeckte die Täuschung. Es war wie Bauchschmerzen, die nachließen, wenn man die Knie dicht an den Leib zog, doch, leise nagend, weiterhin spürbar waren.

Freitagnachmittag, 7. April 1972

Zur Polizei... Ihr Fahrrad hatte einen Platten. Sie würde Pieter hinschicken, es gab wichtigere Dinge als Hausaufgaben. Den Eisenhaken, der an ihren nervösen Fingern Wunder wirkte, immer noch in der Hand, rief sie am Fuße der Treppe seinen Namen. Lachend kam er mit Caspar oben auf den Flur geschlurrt.

»Habt ihr eure Fahrräder hier?«

»Wo denn sonst?«

»Dann fahrt schnell zur Polizeiwache. Sagt, daß sie kommen sollen. Muttchen... Oma macht einfach nicht auf.«

Ohne noch etwas zu sagen oder zu fragen, rannten die Jungen die Treppe hinunter in den Garten, und einen Moment später sah Hennie sie über den Gehweg fahren und, den Hintern aus dem Sattel gehoben, hart auf der Straße aufkommen, woraufhin sie mit einem Grinsen, das ihr gar nicht gefiel, schlingernd davonradelten. Langsam ging Hennie zu der niedrigen Häuserreihe mit den Altenwohnungen zurück. Am Haus ihrer Mutter legte sie eine Hand gekrümmt ans Fenster und versuchte, durch die dünne Gardine hineinzuschauen. Undeutliche Umrisse des Mobiliars, ansonsten war es zu dunkel, um etwas zu erkennen. Sie blieb so lange stehen und schaute ihr eigenes Spiegelbild in der großen Scheibe an, bis sie hinter sich – eine plötzliche Explosion von Chrom im Sonnenlicht – die Jungen auf ihren Rädern an der Bordsteinkante stoppen sah. Ganz in der Nähe schlug eine Autotür zu.

»Mama, sie kommen schon«, rief Pieter atemlos.

»Sie sind zu zweit«, fügte Caspar hinzu.

Sie stellten ihre Räder ab, indem sie ein Pedal in der niedrigsten Position gegen den Bordstein klemmten. Wie konnten die Männer von der Reichspolizei so entspannt daherschlendern? Den einen, den Leiter der hiesigen Polizeiwache, kannte sie, das war van de Vijver. Er gab ihr die Hand. Der andere stellte sich als de Wael vor, wahrscheinlich ein gewöhnlicher Wachtmeister.

»Hier wohnt Ihre Mutter, wenn ich die Jungs richtig verstanden habe«, sagte van de Vijver ruhig. »Und sie macht nicht auf.«

»Sie macht nicht auf, nein.«

»Sie wissen genau, daß sie zu Hause ist?« fragte de Wael.

»Sie muß zu Hause sein. Muttchen ist immer entweder hier oder bei mir. Und bei uns ist sie nicht.«

»Sie haben sie den ganzen Tag nicht gesehen?« fragte der Dienststellenleiter.

»Nein, das heißt...«

»Und Sie haben keinen Schlüssel?«

»Ich mach die Haustür immer mit dem Ding hier auf.« Hennie zeigte ihm das verformte Stück Draht. »Aber das geht jetzt nicht. Die Tür ist abgeschlossen.«

»Hm. Wir schauen erst mal hinten nach.«

Hennie ging mit den beiden Polizisten durch einen Gang zwischen Hauswand und Hecke um den kleinen Häuserblock. Die Jungen, jetzt mit ernsteren Gesichtern, folgten in respektvoller Entfernung.

»Was ist hinter dieser Tür?« fragte van de Vijver Hennie.

»Der Abstellraum«, antwortete Hennie. »Grobküche, sagt Muttchen immer.«

Über der verschlossenen Tür stand ein Kippfenster auf. Die Polizisten verwandelten sich in Schulbuben. Der größere, van de Vijver, verschränkte die Hände mit den Handflächen nach oben in Höhe seines Hosenschlitzes, und der andere, schmächtige stellte den Fuß auf diesen Tritt. Hennie sah, wie Caspar mit unterdrücktem Lachen Pieter anstieß, der sich beim Anblick dieses vertrauten Akrobatentricks auf die Lippe biß. De Wael stieß sich mit dem anderen Fuß von den Steinplatten ab, federte hoch und griff nach dem Rahmen des schmalen Kippfensters. Der Dienststellenleiter, mit gebeugten Knien und zitternden Armen, hatte Mühe, seinen Wachtmeister zu halten. De Wael langte mit dem rechten Arm so weit wie möglich durch das offene Fenster nach innen. Einen halben Arm hatten sie ausgeschickt, das Haus nach Spuren von Muttchen abzusuchen. Nun mußten sie nur noch auf die Rückkehr dieses Stücks Arms warten, und alles wäre klar.

»Da ist ein Riegelschloß«, ächzte de Wael. »Aber es ist nicht zugeschoben.«

Er zog den Arm zurück und ließ sich auf die Steinplatten herunter. Van de Vijver klopfte sich die Hände ab.

»Mevrouw Plaggemars«, sagte der Dienststellenleiter, »Sie wohnen hier ganz in der Nähe. Könnten Sie mir von zu Hause einen Hammer und einen großen Nagel holen?«

Hennie erschrak. Das erbetene Werkzeug, aus hartem Eisen, stand für etwas Unheilvolles, Endgültiges. Mit einem Hammer und einem Nagel auf Muttchens Haus loszugehen – das konnte nie mehr gut werden.

»Natürlich«, sagte sie so ruhig wie möglich, und zu den Jungen: »Und ihr kommt mit. Für euch gibt's hier nichts zu lernen.«

Hennie schob Pieter und seinen Freund Caspar durch den kleinen Gang vor sich her zur Straße. Kurz darauf fuhren sie, langsam und bedrückt, auf ihren Rädern an ihr vorbei. In ihrem Schuppen entdeckte Hennie, daß sie den Türhaken noch immer bei sich trug, der mittlerweile zu etwas völlig Unkenntlichem verbogen war. Sie ließ ihn auf der kleinen Werkbank liegen, nachdem sie einen Tischlerhammer und einen noch glänzenden neuen Nagel aus der Werkzeugkiste hervorgekramt hatte. Es waren die heidnischen Attribute, mit denen die Nonnen früher aus jeder Religionsstunde eine Zimmererlektion gemacht hatten. Einen Gottlosen erkannte man an dem Hammer und den Nägeln, mit denen er jederzeit bereit war, Christus ans Kreuz zu nageln. Schwester Arnolda, noch tiefer in ihrem schwarzen Schleier verkrochen als die anderen Nonnen, hatte sogar mal einen schweren Schmiedehammer auf den Holzfußboden vor die Klasse geworfen, mit einem Dröhnen, das allen Mädchen einen Schauer über den Rücken gejagt hatte. »So muß es geklungen haben, Kinder, nach getaner Arbeit, als sie genug Nägel eingeschlagen hatten.«

Mit dem Hammer und dem Nagel machte van de Vijver irgend etwas nicht klar Erkennbares am Fenster der Hausvorderseite. Der Wachtmeister versperrte Hennie, die immerhin ganz nah im Vorgarten stand, die Sicht auf den Hergang. Nicht so sehr die Hammerschläge als vielmehr die Erschütterungen, die das Spiegelbild in der Scheibe verzerrten, schnürten ihr die Kehle zu. Wie sie das bewerkstelligt hatten, war ihr nicht klar, jedenfalls schwang mit einemmal der schmale, vertikale Teil des Wohnzimmerfensters mit gelöstem Basküleverschluß nach außen. Van de Vijver schob eine Topfpflanze auf der Fensterbank beiseite und stieg hinein. Als Hennie ebenfalls einen Fuß auf die Fensterbank setzen wollte, packte de Wael sie am Arm.

»Lassen Sie erst mal meinen Vorgesetzten die Sache in Augenschein nehmen.«

»Aber ... vielleicht braucht Muttchen mich.«

»Immer mit der Ruhe.« Er hielt sie weiter am Arm fest, der zitterte, genauso wie der Rest ihres Körpers.

Hennie folgte mit den Ohren den behutsamen Schritten des Dienststellenleiters, die anfangs vom Teppichboden im Wohnzimmer gedämpft wurden und sich dann auf den Küchenfliesen verstärkten. Sie konnte ihn auch wieder aus der Küche hinausgehen hören, in den Abstellraum, wo eine Kokosmatte lag. Er blieb lange weg. Hennie, die Ohren bis zum äußersten gespitzt, meinte van de Vijver gedämpft reden zu hören. Natürlich mit Muttchen. Warum war ihre Stimme nicht zu hören? Sie sprach natürlich viel leiser als der Polizist. Auf einmal wußte Hennie es: Muttchen hatte auf dem Spitzboden herumgekramt und stand nun oben an der Treppe, die in den Abstellraum führte, einigermaßen erschrocken dem nur entfernt bekannten Mann in Uniform Rede und Antwort.

»Hab ich mich vielleicht erschreckt. Wie sind Sie hier reingekommen?«

»Durchs Fenster.«

»Einfach ein Fenster eingeschlagen? Das ist doch ...«

»Ihre Tochter hat sich Sorgen gemacht.«

»Sie hätte doch klingeln können.«

»Sie haben offenbar nichts gehört.«

»Ich werd langsam taub, glaub ich.«

Wieder hörte Hennie die Schritte des Dienststellenleiters auf dem Küchenfußboden, deutlich erregter als soeben. Blitzartig sah sie die Küche vor sich, die beigen Fliesen, den vierflammigen Gaskocher auf dem Kühlschrank und darauf den alten, verwitterten kleinen Stieltopf, der schon zur Küchenausstattung gehört hatte, als sie noch ein Mädchen war.

In einer noch nicht einmal einen Zentimeter hohen Wasserpfütze lag ein Ei, kalt; das Gas war offenbar ausgedreht worden, bevor das Wasser völlig verkocht war. Die kleine Pfütze im Ausguß, die nie ganz verschwand, war hellrosa, wie dünne Limonade – sah sie. Hennie bekam Angst. Etwas kam durchs Wohnzimmer angeraschelt. Die Gardine wurde beiseite gezogen. Van de Vijver, mit angeekelter Miene, die wahrscheinlich ernst oder neutral sein sollte.

»Ist Muttchen da?«

Er antwortete nicht sofort, kletterte erst über das Fenstersims in den Vorgarten. Fast wäre Hennie, nachdem der Wachtmeister sie losgelassen hatte, durchs Fenster hineingesprungen. Van de Vijver hielt sie zurück.

»Ich muß zu Muttchen.«

»Sie können nicht zu ihr.«

»Ich will sie sehen.« Hennie versuchte sich aus dem Griff des Beamten zu lösen.

»Das geht nicht. Ihrer Mutter ist etwas zugestoßen.«

»Dann sagen Sie doch, *was*, Mann!«

»Etwas Ernstes. Ich weiß nicht, was.«

»Ist sie verletzt?«

»Ja, sehr.«

»Aber dann braucht sie doch Hilfe ...!«

»Ich fürchte, hier kommt jede Hilfe zu spät. Mevrouw Plaggemars, machen Sie sich auf das Schlimmste gefaßt.«

»Ist Muttchen tot?«

»Nach meiner Einschätzung: ja.«

»Das kann doch nicht sein. Das *kann* einfach nicht sein. Nach meiner Einschätzung, nach meiner Einschätzung ... Lassen Sie mich doch mal schauen.«

»Nein, das scheint mir keine gute ... ich geh gern selbst noch mal, wenn Sie möchten.«

Van de Vijver stieg wieder durch das Fenster ins Wohnzimmer. De Wael hatte Hennies Arm von seinem Vorgesetzten übernommen und hielt ihn fest im Griff.

»Sehen Sie gut nach«, rief Hennie van de Vijver nach. »Sie ist bestimmt nur verletzt. Wir müssen ihr helfen.«

Diesmal blieb der Mann lange weg.

»Siehste wohl, er ist bei Muttchen. Sie lebt. Er hilft ihr.«

Bei seiner Rückkehr sprang van de Vijver nicht gleich in den Vorgarten zurück. Er hielt die Gardine zur Seite, die sich wie von selbst theatralisch um ihn drapierte, und setzte sich mit dem einen Oberschenkel auf die Fensterbank. Er rückte die Topfpflanze noch ein Stück beiseite und schüttelte den Kopf.

»Sie müssen sich wirklich auf das Schlimmste gefaßt machen. Ich habe Ihrer Mutter den Puls gefühlt. Es ist kein Pulsschlag mehr zu spüren. Ihr Körper ist schon ganz kalt. Meiner Überzeugung nach ist sie tot.«

Hennie begann zu schreien. »Ich will zu Muttchen! Ich will sie selber sehen!« Und gleich darauf, etwas ruhiger, aber aschfahl: »Was ist denn mit ihr passiert? Was hat sie?«

»Können Sie mir sagen, wo die Treppe in der Grobküche hinführt?«

»Zum Spitzboden.«

»Sie liegt unten an der Treppe. Vielleicht ist sie gestürzt. Sie hat eine große Kopfwunde.«

Hennie begann zu weinen. Da war es wieder, das Bild, das sie schon den ganzen Tag über mit einer solchen Kraft verdrängt hatte, mit der eine Mutter einen Lastwagen vorn hochhebt, damit ihr Kind nicht vom Rad zerquetscht wird. Die Betäubung wirkte nicht mehr. Ihre Zunge tastete nicht mehr an einen gefühllosen Gaumen, als wäre es der eines anderen, sondern rührte direkt in der offenen Wunde, wo der Zahn gesteckt hatte. Sie brauchte Muttchen nicht mehr zu sehen, sie hatte sie schon gesehen, in ihrem Blute badend am Fuße der Spitzbodentreppe. Sie hatte zusammen mit ihr gebadet, und danach hatte sie alles weggewischt, nicht nur außen, sondern auch innen. So gründlich, daß ... Und jetzt war es wieder da. Sie *hatte* es gesehen.

Van de Vijver kam heraus. Er sagte: »Ich muß jetzt die erforderlichen Schritte einleiten. Die Sache muß untersucht werden. Es scheint mir am besten, wenn Sie jetzt nach Hause gehen und dort warten.« Der Dienststellenleiter wandte sich an den Wachtmeister: »Mijnheer de Wael, begleiten Sie Mevrouw Plaggemars nach Hause.«

Hennie wollte sich schon gehorsam umdrehen, als sich die Gardine vor dem offenen Fenster erneut bewegte und Pasje, Muttchens kleiner Hund, heraussprang. An seinem hellblauen Halsband war die dazugehörige hellblaue Leine befestigt, was ihr am Morgen nicht aufgefallen war. Wo hatte Pasje sich versteckt, als der Dienststellenleiter zweimal im Haus gewesen war? Das Hündchen sprang an Hennie hoch, die sich sofort hinhockte. Sie faßte nach seinen Vorderpfoten und ließ sie sogleich wieder los: Sie hatte das geronnene Blut zwischen den Krallen und Zehengliedern gesehen. Hennie nahm seinen Kopf zwischen beide Hände, und Tränen tropften auf seine Schnauze. Pasje leckte sie mit seiner langen, geschmeidigen Zunge weg.

Als Hennie sich mit der Hundeleine in der Hand aufrichtete, flatterte ein Stück Papier unter ihrer Achsel hervor. Es war das Einwickelpapier des halben Brotes, das sie noch immer unter den Arm geklemmt hielt und das durch ihre Verkrampftheit inzwischen völlig platt gedrückt war. Sie nahm es in die Hand: Auf der Oblate war nur noch SALZ zu lesen. De Wael legte ihr die Hand auf den Rücken. Erst als sie sich umdrehte, sah Hennie, daß auf dem Bürgersteig lauter Nachbarn standen. Sie machten ihr Platz, aber niemand sagte etwas. Kein Wort des Trostes, nicht einmal die kleinste Geste des Mitgefühls. Mürrisch sahen sie sie an, und einige wandten ihre Aufmerksamkeit dem Hündchen zu, das aufgedreht neben ihr her trippelte.

»Hatten Sie jetzt eigentlich Ihre Mutter heute schon mal gesehen oder nicht?« fragte der Wachtmeister in einem Ton, als sagte er nur irgend etwas zur Ablenkung.

»Wie meinen Sie das?« Es klang zerstreut.

»Na ja, Mijnheer van de Vijver hatte Sie danach gefragt, aber Sie bekamen ja kaum die Chance, ihm eine Antwort zu geben.«

»Ich geh jeden Morgen um halb neun schnell mal nachsehen, wie es Muttchen geht. Heute morgen auch.«

»Hat sie da auch schon nicht aufgemacht?«

»Doch … doch. Sie hat mir selbst aufgemacht.«

»Da war also noch nichts los?«

»Nein, Muttchen hat nur so gefroren. Die Heizung war defekt.«

Minarett

Montag, 4. Oktober 1976
(Thjum Schwantje, Flix Boezaardt)

»Und, Tumtum«, sagte Flix gedehnt, »is dem Jungchen sein Ärmchen wieder ganz heil?«

Nach einem kurzen Besuch bei dem Chemiestudenten, der sich Gedanken über den Gipsverband machen wollte, hatte Flix Thjum in sein Zimmer geschoben, wo sie jetzt nebeneinander auf dem einzigen Möbelstück saßen: einem Einzelbett ohne Füße. Sie nahmen abwechselnd einen Schluck aus einer Halbliterflasche Bier.

»Ja, ganz. Hab keinen Gipsverband gebraucht.«

»Aber doch wohl so 'n Tragetuch?«

»In erster Linie, um in der Kneipe aufzufallen.«

»Noch Narben? Laß mal sehn...«

Er schien wirklich besorgt, der Scheinheilige. Er nahm Thjums Hand, schob brüsk den Pulloverärmel hoch und drehte genauso unsanft die Innenseite des Arms nach oben. Flix fuhr mit der Fingerspitze, will sagen: mit einem bröckeligen Nagel, über die violettroten Kerben, die das zertrümmerte Glas der Reliquienvitrine im Fleisch hinterlassen hatte. Wochenlang hatten die Narben nicht mehr gejuckt, auch bei schwüler Spätsommerwärme nicht, doch jetzt, unter Flixens Berührung, begannen sie heftig zu kribbeln. Thjum versuchte seinen Arm zurückzuziehen. Vergeblich: Flix hielt die Hand eisern fest.

»Tolle Striemen«, sagte er. »Man macht sich nicht ungestraft mit den Schuhen eines Heiligen aus dem Staub.«

Mit grünschwarzem Trauerrand fuhr der Nagel über eine lange rote Furche bis über den Ellbogen und noch höher, über die weiche Stelle, an der manche Männer ihre »Muskelpakete« tragen.

»Irgendwie läuft's mir kalt den Rücken runter von diesen Narben«, sagte Flix. »Sie sind wie der Abdruck vonnem zerknitterten Bettuch ... aber einer, der nie mehr weggeht. Ewiger Stempel verblichener Liebe.«

Flix fuhr mit zwei Fingern unter das elastische Bündchen des hochgeschobenen Ärmels und krabbelte sanft in Thjums Achselhaaren. Thjum spürte, wie sein Geschlecht, das unter Flixens Streicheln langsam anschwoll, ein baumwollenes Hindernis überwand und sich reckte.

Ich will nicht, daß er in mich reinkommt, nein. Ich muß ihn sehen können. Am liebsten würde ich zuschauen, wenn er mit seinem Mordsglied rumhantiert, so wie er das ganz nebenbei, leider nur sehr kurz, getan hat, als ich im Juni bei ihm war. Routiniert schien er mit dieser Schüttelbewegung Weichheit und Härte seines Apparats zu kontrollieren, und ich wünschte, er hätte damit weitergemacht, anstatt ihn mit dieser widerlichen Salbe zu beschmieren, wodurch er vor Selbstgefälligkeit so ulkig zu glänzen begann. Ich will dem Schaukeln der schweren Eier in ihrer elastischen Haut zuschauen. Wenn er seine Hand nur lange genug gewähren läßt, bilden sie von allein die beiden Kammern eines fast zerspringenden Herzens, das beängstigend heftig, aber doch regelmäßig schlägt. Der Herzschlag nach dem Hürdenlauf. Ich würde meine Hand gern zwischen seine Schenkel schieben, um zu spüren, wie die Hoden in ihrem faltigen, kühlen Beutel nachdrücklich gegen die Handfläche klatschen. Die Verdikkung dort, wo die Erektion sich unter der Haut bis zum Anus fortzusetzen scheint, würde ich gern mit den Fingerspitzen streicheln und kneten, weil seine Hand nun mal nicht überall sein kann. Und wenn ich merke, daß sein Samen im Anmarsch ist, schließe ich meine Hand wie eine Schale um seinen sich schüttelnden Sack – nicht um ihn zu behindern, nein, sondern vielmehr ganz sanft, so daß ich die Haare wie Spinnenbeine in meiner Handfläche kribbeln fühle.

Für die Handarbeit benützte Flix meist das Wort »abrebeln«. »Das is so 'n verdammt schönes Wort ... ich brauch's bloß innen Mund nehmen, schon is die halbe Arbeit getan ... Es nur vor mir sehn, in nicht zu großen Neonbuchstaben, und schon tut es Wunder.«

Wie oft hatte Albert nicht schon von Thjums Begegnung mit Flix auf dem Eis eines zugefrorenen Moortümpels gesprochen, wo es auf Schlittschuhen beinahe zu einer Art Hahnenkampf gekommen war? Jetzt erinnerte sich Thjum, wie er im darauffolgenden Sommer Flix aus ebendiesem Moortümpel hatte auftauchen sehen, der von Schwimmern »Schnurrbartbad« genannt wurde wegen des feinen Schlamms, der auf der dünn behaarten Oberlippe zurückblieb. Es war das erste Mal, daß auch in dem zarten rötlichen Flaum unter Flixens Nase ein schwarzer Schnurrbart hängengeblieben war. So hatte Thjum miterlebt, wie Flix durch Untertauchen vom Knaben zum Mann wurde, was ihm eine Art gerührter Ehrfurcht eingeflößt hatte.

Daß Flix per Kaiserschnitt auf die Welt gekommen war, verlieh ihm in seiner Kindheit und Jugend eine Art primitiven Adel, und das nicht nur wegen des Namens des Eingriffs. Er war nicht als Ausscheidung durch eine vorhandene Körperöffnung gepreßt, sondern mit silbernen Instrumenten »geholt« worden. Mochte er auch auf dem Wege über eine Vagina gezeugt worden sein, als reifer Fötus hatte er diesen Weg nicht zu nehmen brauchen. In gewisser Weise war seine Geburt eine jungfräuliche: Man hatte seine Mutter dafür erst öffnen müssen. Es bestand wohl ein Zusammenhang zwischen der widernatürlichen Art und Weise, in der er auf die Welt gekommen war, und seinem widernatürlichen Verlangen nach einer anderen als der fruchtbaren Körperöffnung. Zu welch einer teuflischen Matrone seine Mutter sich später auch entwickelt hatte, bis zur Geburt ihres Felix war sie ein jungfräulicher Schnee-Engel gewesen.

»Flix... Flix, ich sag's dir noch mal: Was damals bei dir in Den Bosch passiert ist, ist nichts für mich. Gib dir also keine Mühe.«

»Na hör mal! Ich hab dir doch schon gesagt, daß ich überhaupt nichts in der Richtung vorhab. Seh ich etwa so geil aus? Ich wollt dich nur ein bißchen streicheln, weil du so weit von deiner Mama weg bist, innem Zimmer mit fremden Sachen.

Als höchstes der Gefühle wollt ich dich bitten, mir mal vorzumachen, wie du dir da, inmitten vom Krempel vonnem anneren, die Einsamkeit vertreibst. Is schon gut.«

Das Gummiband im einen Bein von Thjummis Unterhose war ausgeleiert und hing schlaff durch, jedenfalls soweit es nicht von seinem steifen Glied gehalten wurde.

Ein Schatten, ein Vermuten.

Genau dort schob sich Flix hinein. Unter dem Baumwollstoff legte er sein Geschlecht an das von Thjum. Es dauerte einen Moment, bevor Thjum die Hände unter den oberen Gummi seines Slips gleiten ließ und die beiden glühenden, vom Umfang und Relief her so verschiedenen Organe fast schmerzhaft aneinanderdrückte. In der Geborgenheit dieses kleinen Zelts, das Gestänge Thjums Finger, begann Flix jetzt, sich sanft, aber nachdrücklich zu bewegen. Sein Glied raspelte wie eine grobe Feile über Thjummis Glied, aber dieser lockerte seinen Griff nicht. Obwohl Flix es war, der sich bewegte, ergoß der andere seinen Samen früher. In der warmklebrigen Höhle von Thjums gefalteten Händen legte Flix jetzt heftiger los, um nicht zu lange hinterherzuhinken.

Wie so oft, rief Thjum bei Flix das Bild eines Mädchens wach. Als Thjum seine Hände herauszog und Flix die durch die vibrierenden Fäden ihres vermischten Samens verbundenen Finger sah, mußte er an flinke Mädchenfinger denken, die aus einer Wollschnur zarte Figuren zwischen den Händen weben konnten. Ein Segelschiff... eine Tasse mit Untertasse... Die schlanken Hände schlugen eine Kapriole in der Luft, drehten das Hudelding herum, Nägel hakten sich in Wollschlingen ein... und schon spannte sich ein kurzer Eiffelturm zwischen den Fingern. Das Gebilde zwischen Thjums Händen, die das kleinst vorstellbare Liebesnest gebildet hatten, war abstrakter. Wer aus diesen glasigen Linien und ihren Querverbindungen schlau wurde, dachte Flix, könnte daraus haargenau ablesen, wie ihrer beider Schicksalswege verlaufen würden... parallel... einander kreuzend... auseinandergehend...

Am Anfang war das Wort, auch hier. Das Wort war eher da

als der Samen. Das bedeutete, daß Sprache schneller war als Sperma, in dem die Samenzellen doch bereits eine schwindelerregende Geschwindigkeit entfalteten. Es gab mehr als ein Wort dafür; das erste, das Flix gehört hatte, und zwar aus dem Mund des hinter ihm sitzenden Den Turk in der Schule, war »Kark«. Diesen Begriff – in dem für ihn etwas von *Karn* und *Quark* mitschwang, also ein Molkereiwort – hatte er danach nie wieder von irgend jemandem gehört, so daß es durchaus eine Erfindung dieses lahmarschigen Den Turk sein konnte. Später lernte Flix noch das Wort »Wichse« kennen (mit dem Verb »wichsen« für onanieren), das auch von anderen benutzt wurde, doch nie mehr würde irgend etwas diesem frühesten »Kark« gleichkommen. Selbst später drückte es für ihn genau aus, was Sperma für ihn bedeutete, den Geschmack, den Geruch, die Farbe, die Plötzlichkeit seines Erscheinens... (Eines Tages schwoll ihm der Kamm, und nicht nur dieser, als er auf das Wort »Karkant« stieß und herausfand, daß es eine alte Bezeichnung für eine Halskette aus Edelsteinen war. Das genau war es, eine gerissene Perlenschnur, die einem plötzlich in den Schoß geworfen wurde.)

Den Turk, mit seinem heißen Atem zwischen Flixens Schulterblättern, hatte ihm auch erklärt, was Präser waren. Der Kark mußte in einem Präser deponiert werden, der sich in einem Mädchen befand, das sich ihrerseits tief drinnen in einem Wald aufhielt. Es war also eine ganze Hindernisstrecke zu bewältigen, ehe man die geheime Flüssigkeit, die sich im eigenen Körper sammelte, in eine Frau gießen konnte, worauf ihr das Zeugs auch wieder abgenommen werden mußte. Der Präser blieb – obligatorischer Programmpunkt – im Wald. Durch Den Turks Beschreibung stellte Flix sich einen finsteren Tann vor, gesprenkelt, übersät mit einer Art verwelkter Schneeglöckchen, aus denen ein verdorbener, säuerlicher Geruch aufstieg.

Oh, wenn er dieses Laborgenie von nebenan erst einmal soweit hatte, daß er elastische Gipsbinden liefern konnte... Flix würde Thjum komplett darin verpacken, bis auf den bewußten Spalt, und ihn dann der Liebe unterwerfen. Viel, viel langsamer als sonst – winden würde er sich, Thjum, würde Schlangenbewegungen machen ... immer mühsamer ... bis das Liebesspiel im hartgewordenen Gips erstarrt war und auf ewig sichtbar bleiben würde.

Samen ... In Hülle und Fülle gab es ihn auf der Welt, doch er zeigte sich selten. Er verbarg sich, obgleich er immer und überall kurz vor dem Losschießen stand. Einmal vergossen, verschwand er schnell. Vielleicht gehörte dies zu den wesentlichsten Merkmalen des menschlichen Samens: daß er, wie auch immer, verschwand. Glühende Wärme, eine flitzflinke Beweglichkeit, das leuchtende Weiß einer plötzlich auftauchenden Braut ... und das alles, um schnell und fast ungesehen wieder zu verschwinden. Fiel er auf Staub oder Sand, rollte er sich sofort wie ein kleiner Igel zusammen, mit so vielen feinen Körnern an der Außenseite, daß er wie in Schmirgelpapier eingehüllt schien. In Unterwäsche, Taschentuch, Bettlaken aus Baumwolle und Leinen hinterließ er lediglich Dürre, bestenfalls ein Gefühl widerspenstiger Wäschestärke, wie das denkbar kleinste Modell von Wüstenhügeln oder Pulverschneehaufen, in die der Wind Ecken und Kanten geblasen hat. Sperma wurde rasch unsichtbar; nur für den, der einen Blick dafür hatte, hinterließ es seinen jahrhundertealten, federleichten Fußabdruck.

Man konnte Jakob fragen. Er masturbierte, und das abrupte Hochschießen des Samens war wie die flüchtige Erscheinung eines wolkenartigen Engels, der schon wieder verschwunden war, noch bevor er seinen ungläubigen Nachbarn darauf hatte aufmerksam machen können.

Nabelschau, seine Lieblingsbeschäftigung, durfte auch bei Thjum nicht zu wörtlich genommen werden. Mitunter eine ganze Stunde lang konnte er mit gesenktem Blick Aug in Auge mit der länglichen Pupille in dem fleischfarbenen irislosen Augapfel dasitzen, den er nach Belieben hervortreten und sich wieder schließen ließ. Er wußte, daß ihm in jedem gewünschten Moment, vom Auge ausgestoßen wie ein Splitter, der heftig begehrte, kleine perlmuttfarbene Spiegel entgegengeschleudert werden konnte, die weiße Variante des schwarzen Spiegels der Mystiker. Da er aber auch wußte, daß es wegen der Geschwindigkeit, mit der der Spiegel zersprang, unmöglich war, sich darin zu spiegeln, zögerte er das Werfen dieses kürzesten aller Blicke immer wieder hinaus. Seine Hand kam zur Ruhe, das Auge erstarrte, und der Spiegel sank scharf wie eine Rasierklinge in sein blutunterlaufenes Fleisch zurück.

Es war eine Entscheidung fürs Leben, und Thjum war sich jetzt sicher: Er mochte nicht penetriert werden. Er zog den Duschkopf vor mit seinen tausend spitzen, warmen Fingern, weich und hart zugleich, die ihn dort stimulierten. Sie drangen nur im übertragenen Sinn in ihn ein, bis ihm der Genuß ein dickes Gefühl im Hals besorgte und er da vorn in Brand stand. Pochfeuer nannte er das, weil die Lust pochend aus seiner Haut kroch, dröhnend wie aufflammender Kopfschmerz nach dem Bücken. Tausend spitze Finger droschen und stachen auf diesen verborgenen Nabel ein und verstanden es auf diesem wundersamen Umweg, den Orgasmus auf das Zweifache der normalen Dauer zu dehnen.

Wie aber sollte er das alles in Flixens Gehirnkasten kriegen?

Zunächst einmal brauchte er Flix noch von gar nichts abzuhalten. Einen Moment lang fürchtete Thjum, brutal überwältigt zu werden, nachdem Flix seinen besudelten Slip hinuntergestreift hatte, doch diesmal legte Flix sein schon wieder gekrümmtes, mit Adern umwundenes Glied heiß und zärtlich in Thjums vom Anus zu den Hoden laufende Furche. Ihre steifen Organe lagen hintereinander und bildeten zusammen einen gespannten Bogen. Flixens Hand streichelte die Vorderseite von Thjums Körper. Von unten nach oben ging das ohne Hindernis, doch von oben nach unten zerriß der Widerhaken aus hartem Fleisch jede fließend begonnene Streichelbewegung.

»Wie ein großer Stachel«, sagte Flix.

»Ja«, sagte Thjum, »deine Hand berührt mich fast nicht, so daß es sich anfühlt, als ob ich ein Kleid aus Gaze anhab ... und dann bleibt dieser dünne Stoff auf einmal an einem Nagel hängen.«

»Am Stacheldraht«, sagte Flix.

Das Kleid-Bild bewirkte, daß eine Erinnerung ihn wie ein Taumel überkam. Eines Abends, es wurde bereits dunkel, als er und Albert den Berg en Dalseweg zu den Lichtern der Nimwegener Innenstadt hinunterfuhren, war eine Frau mit wehenden Haaren und flatterndem Kleid aus dem Gebüsch geschossen. Sie sprang bei Thjum auf den Gepäckträger und fragte mit Männerstimme: »Fahrt ihr auch ins *Tempelier*, Jungs?«

Sie erkannten in ihm Das Kleid wieder, einen jungen Mann mit polangem Haar, der behauptete, nicht aus einem transvestitischen Bedürfnis heraus ein Kleid zu tragen, sondern aus Gesundheitsgründen: Eine Hose sei etwas durch und durch Widernatürliches, das die freie Zirkulation der Lebenssäfte unterbinde. Im *Tempelier* hatte er Albert und Thjum für einen der nächsten Abende zu einem makrobiotischen Essen eingeladen, um sie von ihrer »Fleischabhängigkeit zu heilen«. Und so saßen sie ihm zur vereinbarten Zeit in einem kleinen makrobiotischen Restaurant am Graafseweg gegenüber. Der Typ hatte für diese Gelegenheit sein Haar mit Hilfe zweier Eßstäbchen aufgesteckt, die er jeden Moment herausziehen konnte, um sich über den ungeschälten Reis mit Sojakroketten herzumachen. Er trug ein seidenes Kleid mit tiefem Dekolleté, hatte allerdings keinen Versuch unternommen, die Abnäher auszustopfen, so daß jedermann freie Sicht auf seine mickrigen Teeniebrustwarzen mit zwei schwarzen Härchen links und drei rechts hatte. Anstatt zu essen, nuckelte Das Kleid an einem langen Baumwollstreifen, den er, zu einer Kugel aufgewickelt, in der hohlen Hand hielt. Nach einiger Zeit hatte Thjum den Eindruck, die kleine Kugel schrumpfe, während der Junge weiternuckelte, bis zwischen seinen Fingern nur noch ein fransiges kleines Stoffstück blieb, das ebenfalls rasch in seinem Mund verschwand. Befanden sich die Meter um Meter Baumwolle jetzt in seiner Mundhöhle? Die leichten Würggeräusche, mit denen Das Kleid den Stoffstreifen wieder hervorzuziehen begann, als ribbele er eine Strickarbeit auf, deuteten auf einen tiefergelegenen Aufbewahrungsort hin. Naß und schleimig, wie er war, wickelte er den Stoff wieder zu einer klebrigfeuchten Kugel auf.

»Es ist ein guter Brauch, vor jeder Mahlzeit den Magen zu reinigen.«

Reis, Kroketten, rote Bete ... alles schmeckte Thjum von diesem Moment an nach saurem Lappen, sogar der Apfelkuchen, der sonst nur den Geschmack von feuchter Pappe gehabt hätte. Hinzu kam die Angst, Das Kleid könnte das Ritual mit dem Babynuckeltuch nach dem Essen wiederholen ... Nach dieser Erfahrung wurden Albert und Thjum erst recht überzeugte Fleischfresser, mit einem ordentlichen Kredit beim Direktor von Big-B-Oss.

Und dennoch hatte das flatternde Kleid mit seiner sanft federnden Landung auf seinem Gepäckträger bei Thjum etwas in Gang gesetzt. Er wollte wissen, wie sich der Orgasmus einer Frau anfühlte, oder besser: Er wollte ihn sich zu eigen machen. Dazu erfand Thjum das Spiel Die Rechte Soll Nicht Wissen, Was Die Linke Tut. Er tauchte die Spitze seines linken Zeigefingers in die Antischrundenhandcreme seiner Stiefmutter und bedachte sich selbst mit einem Mädchenorgan. Am besten war es, wenn dieses leicht gereizt war und ein wenig juckte. Wenn die eine Hand vom Tun und Treiben der anderen auch nichts wußte, spürte sie doch deren ungestüme Nähe.

»Ach, wenn er doch nur so an mich dächte, wie ich jetzt an ihn denke.«

»Wenn ihre Gedanken doch nur auf die gleiche Weise bei mir wären, wie meine bei ihr sind ...«

So befriedigten der Junge und das Mädchen sich zwar in Einsamkeit, waren in Gedanken aber beieinander. Thjum ging sogar so weit, die Hygiene zu vernachlässigen, um an der bewußten Stelle ein überempfindliches Mädchen sein zu können. Er fing das fingerschnelle Spiel der Frau in einem Spiegel ein, und der Mann stellte dem dann seine überwältigende Antwort entgegen. Irgendwo tief in seinem Unterleib trafen die beiden so unterschiedlichen Orgasmen aufeinander, prallten zusammen, ergänzten einander in Heftigkeit ...

Es war, lange zurückliegend in seiner Nimwegener Zeit, bereits die Phantasie des Schauspielers, die ihn den in die Länge gezogenen, durch das Streicheln der linken Hand verstärkten Höhepunkt in zwei füreinander unerreichbare und gefühlsmäßig nicht nachvollziehbare Orgasmen aufspalten ließ. Ein komplettes Liebesduett für getrennt Liebende, das er mit seinem eigenen gespaltenen Körper vor sich selbst aufführte. Er war alles in einer Person: Schauspieler, Schauspielerin, Regisseur, Souffleur, Zuschauer ...

Hinterher konnte er selbst feststellen: Der Orgasmus des Mädchens hinterließ im Gegensatz zu dem des Jungen keine andere Spur als ein rasch trocknendes Glitzern.

Um das Jucken an dieser Stelle zu erzwingen, zögerte Thjum das Baden und Duschen immer länger hinaus. Wenn Albert sagte: »Thjum, du stinkst allmählich«, antwortete dieser: »Ich arbeite an einem Mädchen« oder: »Ich spüre ein wunderbares Mädchen kommen.« Manchmal kam er ihm zuvor, indem er die Nase unter seinen Pullover steckte: »Ich rieche Mädchenfleisch ...«

Für die männliche Hälfte seines Paares dachte sich Thjum das Wort Minarett als Diminutiv von *minnaar*, Liebhaber, aus. Ein ranker kleiner Turm, zuckend wie eine Luftspiegelung in der Hitze der Wüste. Ein kläglicher Ruf ging von ihm aus. Die Oase war nah, blieb aber verborgen.

Zu guter Letzt bekam Boezaardt doch noch, was er wollte.

Gar ... Das war das erniedrigende Wort, das Thjum die ganze Zeit vor den Augen tanzte, während er den Abdruck von Flixens Fingern auf seinem schmalen Hintern brennen fühlte. Flix hatte Thjum ... na ja, geschlagen war zuviel gesagt – mit kurzen, verhaltenen Klapsen gepatscht hatte er ihn, bis die Arschbacken »gar« genug waren, um von allein, entspannt, auseinanderzufallen. Flix hatte er das widerwärtige Wort nie benutzen hören, aber es ging ihm nicht mehr aus dem Kopf. Es drückte genau Flixens unsanfte Vorbereitungsweise seines Fleisches aus. Die Tataren legten sich ihr Steak unter den Sattel.

In dem Zimmer des Studentenwohnheims hing nun ein ähnlicher Geruch wie in der Parterrewohnung in der Wouwermanstraat, wo die Katze schon seit Monaten gegen Herrchens Reise nach Nigeria protestierte. Der zähe Schweiß auf Flixens weißer, rötlicher Haut roch nach frischer Katzenpisse. Wie beim vorigen Mal war auch der Geruch wieder da, für den Thjum sich schämte.

»Willst du dich nicht waschen?« fragte er Flix.

»Nachher... heute abend. Ich find's geil, ihn noch 'ne Weile bei mir zu behalten.«

Festgepinnt an Flix, war Thjum, um den anderen rauszubefördern, gezwungen gewesen, den weißen Spiegel hinauszuschleudern. Wieder hatte er keinen Blick in ihn werfen können, bevor er zu Bruch ging. Reste davon hingen – in den denkbar kleinsten Scherben: wie Zuckerkörner – in den Härchen um sein Handgelenk, wo sie eine kleine Kette bildeten. Bei jeder Armbewegung rutschte der Bund über dieses Armband aus verzuckertem Sperma, so daß die kristallenen Kettenglieder schmerzhaft an den Haarwurzeln zogen...

Dieses Bild nachher Albert erzählen, notierte er sich im Geiste.

Ra-and-Stad

Montag, 4. Oktober 1976
(Albert Egberts)

Es regnete und stürmte wie vor fünf Jahren, als Albert mit Thjum auf dessen Puch von Amsterdam, wo es ihnen nicht gelungen war, »zwei Puppen mit 'ner eigenen Wohnung aufzureißen«, nach Geldrop zurückgefahren war. Es war der gleiche Regen und der gleiche Wind, mit dem einzigen Unterschied, daß die Jungs beides damals im Rücken hatten und es diesmal von vorn kam, so daß das kleine Auto manchmal ins Schlingern geriet. In gewisser Weise war der Unterschied gar kein Unterschied: Damals jagten Wind und Regen Albert aus der Stadt hinaus, jetzt setzten die Witterungsverhältnisse alles daran, ihm den Weg nach Amsterdam zu verwehren.

Über ihren Köpfen ein fortwährendes Knattern und Krachen. Der Wind heulte durch das Korbgeflecht von Alberts Stühlen. Die Hülle, die sich teilweise von der Matratze losgerissen hatte, wirkte wie ein Bremsfallschirm. Zischend überholende Lastwagen pusteten den Daf mit ihrem gewaltigen Luftsog fast von der Straße. Der Regen kam von oben und von der Seite. Alberts Herz wurde schwer beim Gedanken an all das Unbekannte, das ihm bevorstand, wozu auch beitrug, daß die Brötchen seiner Mutter ihm wie Steine im Magen lagen.

Sie fuhren auf der A12 von Arnheim nach Utrecht. Alberts Vater war ganz aus dem Häuschen ob der Tatsache, daß sein Sohn jetzt Kandidat der Philosophie war. An seiner unangemessenen Aufregung (Albert fragte sich manchmal bang, ob sie heil ankommen würden) zeigte sich erst, wie sehr der Mann all die Jahre im Grunde an Alberts Leistungen als Student gezweifelt hatte. Dritten gegenüber gab er immer, selbst in Anwesenheit seines Sohnes, schwer mit dessen Studienergebnissen an, selbst wenn diese lange ausblieben (doch das tat er möglicherweise nur, um nicht über sich selbst sprechen zu müssen).

»Das heißt also, jetzt könnte er eventuell unterrichten?« fragte er immer wieder, in seiner gewohnten indirekten Manier.

Albert antwortete ihm über seine Mutter.

All die Jahre seit seinem Abitur hatte Albert sich nach jedem Wochenendbesuch sonntags abends von seinem Vater nach Eindhoven zum Bahnhof bringen lassen. Zwei Tage lang hatten sie kaum miteinander gesprochen, dann aber, in der Abgeschlossenheit seines kleinen Autos, begann der Mann lebhaft auf seinen Sohn einzureden. Die Wand, die sich dabei ganz von allein zwischen sie schob, hatte zur Folge, daß nichts von dem, was der Senior so aufgeregt zu erzählen hatte, den Junior erreichte. Nur eine Stimme war da, keine Worte. Manchmal, wenn Albert das Absurde und Peinliche der Situation bewußt wurde, strengte er sich bis zum äußersten an, aus dem Krächzen irgend etwas von Bedeutung herauszudestillieren. Länger als eine halbe Minute gelang es ihm nie, ihm zuzuhören. Es schien, als sickere seine Aufmerksamkeit durch so etwas wie ein Loch in seinem Hinterkopf weg. Albert war oft am Rand der Verzweiflung. *So hör doch zu, du Arsch. Er spricht mit dir. Er bemüht sich.* Aber nein, die Wand erwies sich als stärker als sein krampfhaftes Mitleid. Nicht einzureißen.

Merkwürdigerweise bezogen sich die wenigen Monologfetzen des Mannes, die Albert im Laufe der Jahre in Erinnerung zu behalten vermochte, alle auf seine Mutter. »'s is 'ne Gute... nur'n bißchen emotional, weißt du... aber sie meint's gut.« Als wollte er dem muffligen Sohn noch im letzten Augenblick ein möglichst vorteilhaftes Bild von ihr aufs Herz drücken. Da, nimm das hier mit, laß das andere daheim, das übernehm ich schon.

Warum wurde er auf diesem sieben Kilometer langen Weg auf einmal so gesprächig? Weil es seine letzte Chance war? Hatte er das ganze Wochenende über im Wohnzimmer gesessen und sich nach einem richtigen Gespräch gesehnt? Oder *traute* sich der Mann erst jetzt, weil er seine Aufmerksamkeit auf die Straße richten mußte und er sich außerdem die Flüchtigkeit der Situation zunutze machen konnte?

Atemlos dahinstolpernde kurze Sätze, in fast beschwörender Wiederholung ausgesprochen. Er achtete immer darauf, irgend etwas in der Hand zu haben: eine Zigarette, ein Taschentuch oder einen Lederlappen, auch wenn es nichts zu putzen gab.

Als sie gerade an Doorn vorbeifuhren, tat es einen schrecklichen Schlag aufs Dach. Alberts Vater fuhr auf den Standstreifen, und sie stiegen aus. Der entliehene Dachgepäckträger war vorne rechts eingeknickt. Der gebrochene Fuß hatte einen ordentlichen Kratzer in den Lack gemacht. Der gesamte Hausrat neigte sich beängstigend nach rechts. Zusammen mit seinem Vater inspizierte Albert die Ladung. Auf der Matratze lag mit der offenen Seite nach oben der kleine Bücherschrank, in den Albert eine beachtliche Menge Steine gepackt hatte, um zu gegebener Zeit – ein paar Bretter waren auch dabei – einen zweiten Bücherschrank daraus zu bauen.

»Kein Wunder«, sagte sein Vater mit zusammengebissenen Zähnen, als er den Inhalt sah. »Beim Bau nehmen sie für so was Lastwagen.«

Nach der Euphorie über das Vordiplom war der Mann mit einemmal sehr verstimmt. Bei Wind und Wetter begann Albert, die Steine auszuladen und auf dem Randstreifen aufzustapeln, was eine ganz nette Mauer ergab. Unter den abgebrochenen Fuß, mit dem der Gepäckträger nun auf dem Autodach ruhte, schob sein Vater ein Stück Gummi, damit kein weiterer Schaden entstehen konnte, doch der Kram hing nach wie vor schief. Weil er sich mit dieser labilen Last nicht schneller zu fahren traute, blieb er die ganze restliche Fahrt über unterhalb der Mindestgeschwindigkeit. Bis Amsterdam sollte ein erregtes Hupkonzert den Umzug begleiten.

Das kleine Auto kurvte um Städte und Dörfer, die sich auf Namen auf Wegweisern reduzierten. Ansonsten bestanden die Niederlande aus aufgeweichtem Grün, altem, stumpfem Spinatgrün, das sich ermattet nach dem Braunwerden, Gelbwerden und nach der Erde sehnte.

Albert mußte an August Schwantjes kalifornischen Freund

Kirschenbaum denken, der ihn im Sommer '75 in Berg en Dal besucht hatte und eines Tages von Mevrouw Schwantje-Stultiëns, in Begleitung von Albert und Thjum, in ihrem Auto nach Den Haag gefahren worden war, wo der Amerikaner eine Kunstauktion besuchen wollte. Nachdem er ein paar unbekannte alte Meister erstanden hatte, wollte er in der Randstad Holland herumgefahren werden, beziehungsweise: »in Randstad«, denn er sprach es wie einen Städtenamen aus. Thjums Stiefmutter fuhr über Wassenaar nach Leiden, einen Gefallen, den sie Baruch D. Kirschenbaum (»D. stands for Dollar«) nur allzugern erwies nach allem, was sich in Berg en Dal in dem Gartenhäuschen hinter dem Swimmingpool abgespielt hatte.

Thjum versuchte den Gast von dem traurigen, verstädterten Gebiet abzulenken, indem er das Thema Fußball anschnitt.

»Für uns in den States ist das völlig unbegreiflich«, legte Kirschenbaum los. »Ein Ball... eine Kugel... das ist größtmöglicher Inhalt bei kleinstmöglicher Oberfläche. Amerikaner wissen das. Die haben davor heiligen Respekt. Die berühren so ein Ding nicht mit dem Fuß. *Entweder* mit der Hand *oder* mit einem Stück Holz. Aber dagegen treten, das tun sie nicht.«

»Moment mal, Mister Baruch«, protestierte Mevrouw Schwantje. »Ich hab Amerikaner aber eindeutig gegen einen Ball treten sehen. Was ist mit Rugby?«

»Das ist ein eiförmiger Ball. Das ist etwas ganz anderes. Um diesen Inhalt zu umspannen, braucht man relativ gesehen viel mehr Oberfläche. Unwirtschaftlich ist es auch: Es ist mehr Leder notwendig. Nein, ich bleibe dabei, den Amerikanern ist die Kugelform heilig. Dagegen tritt man nicht einfach mit der Schuhspitze.«

»Amerika war ja auch auf die Kugelform angewiesen, um entdeckt zu werden«, wagte Albert einzuwerfen.

»Das Problem bei der Erde ist, daß sie zwischen der Kugel- und der Kürbisform schwankt. Nein, nur der Himmel ist perfekt kugelförmig. Daher auch diese Ehrfurcht.«

Mit einem Ruck wandte Baruch D. Kirschenbaum seinen schwarzgrauen Bart dem Fenster zu.

»*Is all this stuff 'round here Rà-ànd-Stad?*«

Thjum bejahte. Während eines Gesprächs bei Tisch hatte Kirschenbaum vermutlich so etwas aufgeschnappt wie »Die Randstad Holland ist ungefähr genauso groß wie ganz Los Angeles« und daraus geschlossen, daß die größte Stadt der Niederlande ebenso unermeßlich war wie die Stadt, in der er wohnte. Der Mann schaute eine Weile fasziniert auf die vorbeigleitende Landschaft mit der eingestreuten Bebauung, während er beifällige Zisch- und Schnalzlaute in seinen Bart schickte.

»*How nice*, wie *you guys* die einzelnen Stadtteile durch diese ländliche, parkartige Anlage voneinander trennt, *with cows in it and everything... Splendid!* So viel Grün habe ich in einer Metropole noch nie auf einem Haufen gesehen. In L. A. ist das jedenfalls anders.«

Also, in einer derart abwechslungsreichen Stadt wollte er unbedingt ansässig sein, zumal seine ganze Liebe ohnehin der niederländischen Malerei galt.

Mittlerweile wohnte er, wie Albert wußte – »schön nah bei meinem Freund August« – im Stadtteil Den Haag und gewöhnte sich allmählich an die Idee, daß das größere Ganze, die Metropole Randstad, begrenzt durch Nordsee, Wattenmeer, IJsselmeer und Neue Maas, noch im Bau begriffen war, was übrigens auf Kosten der »parkartigen Anlage« ging. In seinem Viertel widmete sich Kirschenbaum seiner Kunstsammlung, seinem Wagenpark und dem, was sein Wahlspruch suggerierte: *the best pain in the ass is shampain in the ass*.

Auf dem Weg wohin befand sich Albert – in eine Stadt oder zu einer Vorstellung dieser Stadt? Die Vorstellung beruhte in erster Linie auf den paar Malen, die er als fünf-, sechs-, siebenjähriges Kind zusammen mit seinem Großvater bei dessen Schwestern zu Besuch gewesen war, hauptsächlich, so kam es ihm im nachhinein vor, um deren Gefallsucht zu befriedigen. Es waren die Jahre '55, '56, '57, und es war immer Sommer. Wenn sie es in der beengten Etagenwohnung an der Wittenkade nicht mehr aushielten, nahm Opa Albert mit auf stundenlange Spaziergänge kreuz und quer durch die Amsterdamer Innenstadt. So war seine Vorstellung von einer Hügellandschaft aus Brücken entstanden und von perückentragenden Häusern, die sich narzißtisch über das Wasser beugten, eine Vorstellung, an der er Thjum vor einigen Monaten hatte teilhaben lassen. Sie waren im Begriff – Thjum wohnte bereits da –, in eine Vision aus seiner Kindheit umzuziehen.

Bei einem dieser endlosen Stadtspaziergänge hatte ihn sein Großvater auf einen Giebelstein aufmerksam gemacht, eingelassen in die Backsteinfront eines Hauses, dem die Perücke abgenommen worden war und das mit Pfählen gestützt werden mußte. In dem Relief waren zwei Männer in einem kleinen Boot zu erkennen mit einem Hund zwischen sich.

»Das sind die Gründer von Amsterdam«, sagte Opa. »Zwei Mannsbilder in einem Boot, und dazu noch dieser Hund. Sie haben diese Stelle gefunden. Sie waren als erste da. Sozusagen der Romulus und Remus von Amsterdam. Nur haben sie keine sieben Hügel vorgefunden, sondern einen pitschnassen Sumpf. Dieser Stein da, der müßte im Grunde das Wappen von Amsterdam sein. Aber das Haus geht jetzt schon an Krücken. Das wird nix mehr.«

Von Romulus und Remus (Re*b*us, sagten sie in der Schule) hatte Albert schon gehört, allerdings hatte der Hund keinerlei Ähnlichkeit mit einem Wolf. Ob Opa damit meinte, die beiden seien von Fischen aufgezogen worden? Oder von Sumpfgeistern?

An diesem Morgen hatte Albert, sieben Jahre alt, auf der Kostverlorenvaart unter dem Küchenfenster seiner Großtante Cisca etwas beobachtet, bei dem er sich jetzt überlegte: Könnte das das *neue* Wappen von Amsterdam sein? Drei große Jungen in einem Boot, mit einem abgebrochenen Stock, nein, einem kaputten Ruder ... nein, einem ...

Drei hoch aufgeschossene Jungen in einem kleinen Boot,

mit einem abgebrochenen Paddel, die auf der Kostverlorenvaart herumdümpelten – das war in all den Jahren *sein* Wappen von Amsterdam geblieben. Zu dieser Zusammenfassung einer Stadt war er jetzt unterwegs.

Das suggestive Trommeln des Regens auf dem Auto, das links und rechts zischend aufstiebende Wasser – es wurde höchste Zeit für Albert, seinem Vater eine Pinkelpause vorzuschlagen. *Ich piß Farbe und Feuer.* Da war er wieder, der rätselhafte Spruch seines Großvaters. Kaum hatten sie dem Wappen von Amsterdam den Rücken zugewandt, da war Opa in einem öffentlichen Pissoir verschwunden, wo eine Zeitlang nur seine Schuhe und Hosenaufschläge zu sehen waren.

»Ich piß Farbe und Feuer, wußtest du das?« sagte er, als er wieder ins volle Sonnenlicht trat. »Denk mal gut drüber nach ...«

Er hatte das schon einmal gesagt, aber da war es Winter gewesen und eisekalt in dem hinter dem Haus gelegenen Klo, so daß Albert dieses »Feuer« als Hinweis auf den Dampf aufgefaßt hatte, der wie Rauch vom Urin aufstieg. Jetzt, im sommerlichen Amsterdam, konnte davon keine Rede sein. Opa sagte nicht, was seiner üblichen Zurückhaltung eher entsprochen hätte, »ich pinkel«, sondern: »Ich piß«, und dieses Wort stand in schönstem Einklang mit dem Feuerwerk, das er seiner Behauptung nach entzündete, was immer es genau sein mochte.

Het Wapen van Lummel (2)

Freitag, 7. April 1972
(Chor)

»Die alte Mevrouw Avezaath hat sich umgebracht. Ich komm grad von da. Nein, kein Pils, Siem. Was Stärkeres.«

»Umgebracht ... wie denn?«

»Sieht so aus, als hätt sie sich erhängt. An der Lampe im Wohnzimmer. 'n alten Klaren, ja.«

»Das ist doch ... Also schon wieder einer in der Familie. Da wimmelt's ja nur so von Selbstmördern.«

»Na ja, bisher waren's ja nur die Avezaaths, die sich umgebracht haben. Einer nach dem anderen. Schon im vorigen Jahrhundert, oder noch länger zurück. Gift, Strick, Schrot, Wasser, Zug, Gas ... alles. Egal was. Der letzte in der Reihe war der olle Pieter. Auch schon wieder zehn Jahre her. Pflanzenschutzmittel. Schaum auffen Lippen. Wurde ja mal wieder Zeit. Na gut, diesmal keine echte Avezaath. Sie is 'ne de Roos, nicht wahr?«

»Eine de Roos, ja. Stientje. Früher ein ganz nettes Ding. Ansonsten war sie nicht auf Rosen gebettet. Du sagst das jetzt so sicher, Cas, daß Pieter Avezaath sich umgebracht hat. Aber wir ham doch nicht vergessen, wie's war? Ich kann mir vorstellen, daß so 'ne alte Frau ... ich mein, mit so 'ner Familie ...«

»Moment mal, dafür hat man sie doch freigesprochen, oder?«

»Freigesprochen, ja. Wegen Mangels an Beweisen. Was nicht heißt, daß sie es nicht getan hat. Die Leiche war ja schon drei Jahre alt, als sie endlich auf die Idee kamen, sie wieder auszubuddeln. War 'n harter Brocken für Helmerhorst. – He, Willem, setz dich zu uns. Du siehst ja elend aus, Mensch. Wieder der Magen?«

»Wie kommst du da drauf? Ja, mir dreht sich der Magen um. Himmelherrgottnochmal, ich komm gerade von der alten Avezaath. Das muß vielleicht ein Blutbad gewesen sein! Kommt doch auf einmal ihr Hund in den Garten gerannt... von oben bis unten voller Blut. Pfoten, Kopf, alles. Das Viech hat natürlich an seinem Frauchen geschnüffelt. Frauchen bewegt sich nicht mehr. Hopst um Frauchen rum, damit sie ihn endlich beachtet. Stupst sie mit der Schnauze an. Wedelt mit dem Schwanz. Frauchen rührt sich nicht. Hops, auf den Bauch, auf den Rücken im Blut.«

»He, Willem, jetzt mach mal 'nen Punkt. Wir haben hier grad gehört, daß die Alte sich aufgehängt hat. An der Lampe im Wohnzimmer. Gibt's denn dann so viel Blut? Oder hat ihr das Lampenkabel die Kehle durchschnitten? Ja, dann kann ich mir vorstellen, daß das Blut innem Sturzbach runterkommt...«

»Aufgehängt? Nee, nee, die ist von der Dachbodentreppe runtergeknallt. Genau mit dem Kopp auf die Kokosmatte. In zwei Teile gespalten, der Schädel. Kannste schon keinen Bruch mehr nennen. Genau in zwei Teile. Zwei Hälften, und alles, was drin war, raus. Ja, warum sie jetzt auf einmal unbedingt dem Pieter sein' Sonntagsanzug vom Boden holen mußte, das können wir sie nicht mehr fragen. Er hing auf 'nem Bügel, und oben an der Treppe ist sie auf 'n Hosenbein getreten. So hat der olle Pieter seine Witwe doch noch mit in den Tod gerissen. Das ist vielleicht was...«

»Denkst du, was ich denke?«

»Und denkst du, was ich denke?«

»Ich denke schon.«

»Dann denken wir beide das gleiche.«

»Gut gedacht.«

Der Tunnel

Montag, 4. Oktober 1976
(Albert Egberts)

Gegen drei erreichten sie endlich die Utrechtsebrug. Langsam, fast feierlich rollten sie über den Fluß in die Stadt. Trotz Wind und Regen machte die Amstel einen ruhigen Eindruck. Es war kaum zu erkennen, in welche Richtung sie floß. In der Nähe der Brücke lagen ein paar Hausboote, und ein Stück weiter, zur Rechten, wo in einer Biegung ein Kanal einmündete, sah Albert eine weiße Zugbrücke. Sonst erinnerte einstweilen nichts an seine Vision von Amsterdam. Aus der Richtung, in der die Innenstadt liegen mußte, näherte sich ein ganz normaler Lastkahn, flach wie ein Teller. Die Mietshäuser auf der anderen Seite unterschieden sich in nichts von denen in Eindhoven.

»Und jetzt?« fragte Alberts Vater, als sie am anderen Ende der Brücke vor einer Ampel warteten.

»Ja, was jetzt?« gab seine Mutter nach hinten durch.

»Ich weiß nur, daß das Viertel Wittenburg heißt und bei Kattenburg liegt. Die Östlichen Inseln. Da bin ich damals auf Anweisung des Fahrers aus dem Bus ausgestiegen. Wir müssen irgendwo eine Karte kaufen.«

Sie fuhren weiter die Rijnstraat entlang.

»Ach wo«, sagte seine Mutter mit ihrem letzten Rest an Autorität. »Ich weiß, wo das ist. In West. In Oud-West. Wo meine Tanten gewohnt haben. Ich bin früher oft genug dagewesen. Und du, Albert... du doch auch... als du klein warst. Da gibt's die Wittenkade... die Catskade... und so weiter. In der Gegend muß es sein. Hundertprozentig.«

Na ja, es konnten ja durchaus die Östlichen Inseln von Amsterdam-West sein. Sie fragten einen Fahrradfahrer in der van Woustraat nach dem »Witten- und Kattenviertel« in Oud-West. Er riet ihnen, an der Singelgracht links abzubiegen und dann die Stadhouderskade und die Nassaukade bis zum Haarlemmerpoort hinunterzufahren. Da in der Nähe müsse es sein.

Flüchtige Blicke in Seitenstraßen lehrten Albert, daß an vielen Stellen Häuser abgerissen wurden. Kam er überhaupt noch rechtzeitig? Er war noch nicht mal richtig eingetroffen, da rissen sie ihm schon die Stadt unter dem Hintern weg.

Das Haarlemmerpoort, an das er sich undeutlich von früher erinnerte, als er mit seinem Großvater durchgegangen war, machte wieder viel gut. Der Arc de Triomphe von Amsterdam. Gerade kam eine auffällig herausgeputzte Person aus einer Tür in einem der Pfeiler heraus. Oder war es eine zum Leben erwachte Figur, die aus einer Nische des Bauwerks trat? Das Wesen war in einen langen Umhang gehüllt, hatte eine gestreifte Strumpfhose an und trug einen weit ausladenden, pergamentenen Lampenschirm mit Fransen gegen den Regen, alles mit glitzernden Pailletten besetzt. Er oder sie – oder es – ging dicht am Daffodil vorbei, wobei der Umhang, der aus einem spröden Material bestehen mußte, geräuschvoll an der Motorhaube entlangscheuerte. Alberts Vater öffnete die Tür und fragte nach dem Weg.

»Ask the wind. Ask the rain. Don't ask me.«

Eine Männerstimme. Er verbarg sein Gesicht hinter einem aluminiumumrandeten Speichenschutz, den er von einem Fahrrad abgerissen haben mußte und jetzt als Fächer benutzte. Er setzte seinen Weg fort, kopfschüttelnd beobachtet von einem Mann mit dickem Bauch, der gern bereit war, der verirrten Familie Auskunft zu erteilen.

»Der wohnt *in* dem Tor. Mitten in all dem Plastikmüll und den Spiegelscherben, die er sich an die Wände geklebt hat... Wittenburg, haben Sie gesagt? Kattenburg? Das sind doch diese Inseln, nicht? Die gehören noch zum Zentrum. Aber das liegt genau in der entgegengesetzten Richtung von hier. Am besten fahren Sie jetzt die Haarlemmer Houttuinen lang und dann die Prins Hendrikkade... da können Sie sich gar nicht verirren... bis zum Schiffahrtsmuseum. Ein großes gelbes Gebäude. So 'n Riesentrumm. Könnse nich verfehlen. Schiffahrtsmuseum, ja. Und da liegen Kattenburg und Wittenburg friedlich und warten auf Sie. Und Oostenburg auch noch, falls Sie da Lust drauf ham. Sie sollten übrigens auf Ihren Kram aufpassen, der seilt sich gleich ab.«

Vor dem Hauptbahnhof entkam ihr Auto nur knapp einer heranstürmenden Straßenbahn. Alberts Vater hatte die Vorfahrt nicht beachtet. Das Geräusch, wie von einem Rammbock, mit dem die Bahn wenige Zentimeter vor dem Daf stehenblieb, klang Albert anfangs nach 400 Gulden Blechschaden und seinem Vater nicht weniger. Das empörte Klingeln schrillte *im* Auto, *in* ihren Köpfen, wo es für den Rest des Tages weitergellen sollte.

»Mann, paß doch auf. Du bringst uns noch alle um.«

»Ich hatte doch Vorfahrt, oder? Ich kam von rechts.«

Als der von Wasser umgebene gelbe Koloß sich zeigte, ordnete sich der Mann schon vorsorglich ein. Seine Manöver führten ihn automatisch nach links, doch diese Spur bog stärker als erwartet ab und besaß Ähnlichkeit mit einer Rutschbahn: Bevor sie wußten, wie ihnen geschah, glitten sie auf ein dunkles Loch zu. Darüber war eine Art Vordach, das der gitterbewehrten Tür einer scharfgemachten Falle glich. So unvermutet kam die Tunnelöffnung auf sie zu und so stark war die jahrmarktähnliche Suggestion einer Falle, daß Albert sich automatisch ruckartig umsah, ob die Tür tatsächlich zuschlagen würde. Seine Mutter stieß einen Schrei aus. Kurz bevor sie im Dunkel verschwanden, bemerkte Albert links oben, hinter einer niedrigen Mauer oder einem Geländer, ein paar Schiffe – schaukelnd, woraus er schloß, daß sie tatsächlich im Wasser lagen. Mit diesem Bild vor Augen und dem wütenden Gebimmel der Linie 2 noch im Kopf, tauchte er ins Dunkel ein. Alles war ganz von allein gegangen. So als hätte der Tunnel wie ein riesiger Staubsaugerschlauch den kleinen Daf – zusammen mit einem ganzen Strom anderer Autos – angesaugt. Ein Zurück gab es nicht. Sie fuhren unter einem mäßig beleuchteten Gewölbe.

»Ach du liebes bißchen!« sagte Alberts Vater, als er die Sprache wiedergefunden hatte, und seine Mutter rief: »Jesses Maria ...!«

»Sieht so aus, als wär's der IJtunnel«, sagte Albert. »Wir haben uns zu früh eingeordnet. Jetzt müssen wir nach Amsterdam-Noord und da umdrehen.«

»Unter dem ganzen Wasser durch?« rief seine Mutter und griff sich an die Kehle, als drohe sie zu ersticken. »Und dann wieder denselben Weg zurück? Ach du großer Gott ...«

»Keine Sorge, Mama. Für die Luftzufuhr haben sie ein paar große Trichter eingesetzt. Wenn wir Glück haben, sind sie nicht durch Vogelnester verstopft.«

Sie hatten kaum Zeit, einen Blick auf Amsterdam-Noord zu werfen, doch was Albert so auf die schnelle davon sah, war derart dörflich und trostlos, daß er sofort beschloß, nie wieder dorthin zurückzukehren. Für *den* Mist war er nicht in die Hauptstadt gekommen. Die Bebauung machte den Eindruck einer Collage der deprimierendsten Viertel, die er aus Geldrop, Eindhoven und Nimwegen kannte. Die Atmosphäre erinnerte an manchen Stellen noch am meisten an das Arbeitergetto Tivoli, in dem er geboren war. Nein, hier wollte er seine Wiedergeburt nicht erleben ... Im übrigen fuhren sie bereits wieder auf den IJtunnel zu, dem echten Amsterdam entgegen.

»Nich so slim«, sagte sein Vater beschwichtigend, hörbar erleichtert.

Slim, schlau, klug ... Aus seinem Mund war es eines der Wörter, die Albert unweigerlich verwirrten. »Is ja nich so slim.« Für ihn hörte sich das in erster Linie wie eine Selbstbezichtigung an, war jedoch immer als Selbstrechtfertigung gemeint, denn das Wort »slim« mußte auf dialektalen Schleichwegen vom deutschen *schlimm* abgeleitet worden sein. Im Grunde sagte er also: »Es ist nicht so schlimm.« Für Albert hatte sich dieses »Is ja nich so slim« zu einer Art Leib- und Magenspruch seines Vater entwickelt, wobei das Wort »slim« als Scharnier zwischen ihren beiden Welten diente, oder vielleicht sollte er sagen: als kreiselnde Münze, die noch nicht auf Kopf oder Zahl gefallen war.

»Nee, nee, das is alles nicht so slim«, wiederholte er, als das Tageslicht am Ende des Tunnels von neuem auftauchte, das alltägliche Licht der Innenstadt. »Hätte slimmer sein können.«

»Jetzt darf er sich aber nicht noch mal zu früh einordnen«, sagte Albert zu seiner Mutter.

»Dann sag du ihm, wie er fahren muß«, erwiderte sie, schon wieder in Panik.

Albert sah die Oosterkerk, die Bake seines neuen Lebens, und sagte: »Mama, jetzt darf er aber auch nicht *zu* lang mit dem Einordnen warten.«

»Altje, nach links.«

Sofort warf er das Steuer herum. Der Verkehrsstrom nahm den Daffodil auf, und ... wieder glitten sie auf die Tunnelöffnung zu.

»Gottverdummich«, so variierte Alberts Vater einen beliebten Fluch. Und: »Dieses Arschloch (*Arschoch*) mit seim Amsterdam. Ich fahr jetzt nach Haus.«

Allmählich wurde es beklemmend in dem kleinen Auto. Sein Vater saß krumm wie ein Flitzebogen über dem Lenkrad. Seine Mutter hatte die Hände vors Gesicht geschlagen. Henna, unruhig wegen der erneuten Fahrt durch den Geistertunnel der Gruselattraktionen, begann alarmiert zu gasen. Albert hatte eine trockene Kehle, aber der Johannisbeersaft war alle.

Worauf hatten sie sich bloß eingelassen? Um endlich zu leben, war Albert aus dem provinziellen Nimwegen weggegangen. Er wollte nach Amsterdam, wollte sich verlieren in einem Delta winkliger Grachten, und wo war er gelandet? Beim Ursprung seines Stillstands: in Geldrop ... an der Dommel ... in seinem Elternhaus ... Und jetzt, da er nach diesem beschämenden Umweg endlich in der Hauptstadt eintraf, hatte er seine Alten immer noch nicht abgeschüttelt, auf dem Weg nach Noord, dem Tivoli von Amsterdam. Sie saßen, wie die Kletten aneinanderklebend, in einem blechernen Daf, nicht imstande, sich voneinander zu lösen. Jeder atmete die verbrauchte Luft des anderen ein, und gemeinsam schnupperten sie Hennas lautlose Furzer. Des anderen Leben zu verlangsamen: ihre größte Heldentat.

Ich hätte, verdammt noch mal, würdig einen Möbelwagen vorfahren lassen, mich notfalls dafür in Schulden stürzen müssen. Ich hätte, so gut es eben ging, meinen Eltern das Kostgeld erstatten müssen, um dann hochnäsig und endgültig Abschied von ihnen zu nehmen, anstatt mich bis zur letzten Minute ihren Gefälligkeiten auszusetzen. Durch meine Halbherzigkeit waren wir jetzt schon zum zweitenmal in diesen Tunnel eingetaucht, jeder von uns bis zum äußersten angespannt. Sämtliche Voraussetzungen für einen beklagenswerten Verkehrsunfall waren gegeben. Ich brauchte meine Einbildungskraft kaum zu mobilisieren, um all den wertlosen Plunder, der auf dem Autodach mitreiste, im spärlichen Tunnellicht über die Fahrbahn verstreut zu sehen.

»Wenn ein Mädchen 'ne kalte Zunge hat, heißt das, daß sie Angst hat?« wurde ich in der zweiten Klasse der Höheren Bürgerschule eines Montagmorgens von meinem anderthalb Jahre älteren Banknachbarn gefragt.

»Angst wovor?«

»Na, daß ihre Alten plötzlich nach Hause kommen. Es war Sonntag, und sie hatte *Bähßn*.«

Bähßn ... Zum erstenmal erfaßte ich die Bedeutung dieses so oft gehörten mysteriösen Wortes. Es wurde vorzugsweise im Flüsterton weitergegeben, wobei die Lippen mit einem Geräusch an der Ohrmuschel schnarrten, wie ihn das Ding selbst machte: raschelnd, kratzend, scharrend. *Bähßn*, Besen. Geflüstert wurde jedoch nicht so sehr der Name eines Haushaltsgegenstands als vielmehr die Ankündigung einer Situation. »Flix und Govert haben am Samstag nachmittag *Bähßn*. Du kommst doch, gell?«

Der Gegenstand selbst, der Besen, war bei »*Bähßn*« gerade der große Abwesende. Vielleicht wurde er in früheren Zeiten, wenn die Eltern das Haus verlassen hatten, aus dem Fenster gestreckt, zum Zeichen, daß »für alles Jungvolk« die Tür offenstand. Anfangs dachte ich, der Besen bedeute: »Wohnung elternfrei gefegt, hereinspaziert!«, doch seit ich einmal miterlebt hatte, wie zwei gastfreie Schwestern, die ihre Eltern vorzeitig um die Ecke biegen sahen, alles blitzschnell wieder in

Ordnung brachten und alle zur Hintertür hinausjagten, vermutete ich, daß das Ding, anstatt aus dem Fenster gestreckt zu werden, während des gesamten »*Bähßn*« bereitstehen mußte – für den Fall, daß.

Es war auch nicht auszuschließen, daß es um die schlüpfrige Nebenbedeutung von Besen ging, wie zum Beispiel in dem »Lied vom Schornsteinfeger«, denn bei »*Bähßn*« drehte sich alles, und zwar in immer enger werdenden Bahnen, um das Eine.

Von meinem ersten *Bähßn*, bei Flix und Govertje Boezaardt, ist mir noch am deutlichsten in Erinnerung meine Enttäuschung über die Zungentemperatur ihrer Kusine Francine: nicht kalt, sondern mindestens mundwarm. Ernüchternd, dieses offensichtliche Fehlen von Angst. Doch bange, kalte, zungengefrierende *Bähßns* standen noch genug bevor – wie dieses eine Mal bei mir, als alle eher beschämt als brav schon früh am Abend nach Hause gingen, muffig, schweigsam, ohne Abschied und offenbar tief beeindruckt von dem Weinglas, das die Runde gemacht hatte, nachdem Flix für alle Jungen und Mädchen, die noch nie mit menschlichem Samen in Berührung gekommen waren, eine doppelte Portion seines Spermas hineingespritzt hatte. Auch nachdem alle gegangen waren, zögerte sich die anfangs so gefürchtete Heimkehr meiner Eltern weiter und weiter hinaus. Wir hätten den Besen ruhig im Schrank lassen können, meine Schwester und ich. Mitternacht war schon vorbei, da erschien meine Mutter – allein. Mit fast graziöser Gebärde zog sie ihr ramponiertes Sommerkleid ein Stück hoch und zeigte uns, sich auf die Lippen beißend, ihre aufgeschürften Knie, die durch die scharfkantigen Steinchen, auf denen sie bei ihrem Sturz gelandet war, aussahen wie Rosinenbrötchen, die nach dem Herauspicken der Rosinen die schwarzroten Abdrücke im fahlen Teig behalten haben. Mein Vater, der das Moped gelenkt hatte, lag noch in der Unfallstation, um mal wieder genäht zu werden, und würde uns am nächsten Tag wohl wieder seine Maske aus Drachenblut zuwenden.

Auf der Spüle stand noch, mittlerweile mit Wasser gefüllt,

das Weinglas, in dem sich ganz sacht Flixens Enthüllung bewegte, so träge wie der Rochen in dem Tiefseefilm, den wir im Fernsehen gesehen hatten. Ehrlich gesagt, war es ein ganz neues Gewissen, das mich da unter dem zerrissenen Saum des Sommerkleids meiner Mutter hart und direkt anschaute.

Die Schlinge

Montag, 4. Oktober 1976
(Albert Egberts)

Albert war sich keineswegs sicher, daß sie nicht auch noch ein drittes Mal in dieses schwarze Loch gesogen würden. Als sie sich vom Hauptbahnhof her dem gefährlichen Punkt von neuem näherten, hielt er wohlweislich den Mund, und sein Vater war diesmal so schlau, sich überhaupt nicht einzuordnen. Nur so gelang es ihnen, am Tunnel vorbeizukommen.

Kurz dahinter führte die Straße über eine breite Brücke nach links und am Schiffahrtsmuseum vorbei. An der Ampel erklärte eine alte Frau ihnen, mit ihrem Bambusspazierstock die Richtung zeigend, mit leicht indonesischem Akzent, wo die Grote Wittenburgerstraat lag.

»Dort gibt es zwei Kirchen, die eine reformiert, die andere katholisch. Die reformierte können Sie von hier aus sehen … Sie liegen dicht beieinander, mit nur einer Straße dazwischen. So, und diese Straße, bitte sehr, das ist die Grote Wittenburgerstraat, wo früher mal die Witheyn-Werft lag … ach, das ist vorbei, vorbei … Alles machen sie kaputt. Als ob's noch nicht genug wär, daß die Züge die Oosterkerk kaputtgedonnert haben.«

So grummelte sie immer noch, als die Ampeln schon wieder auf Grün gesprungen waren und der Daffodil in Richtung Oosterkerk losgefahren war, wo nicht nur kein Zug, sondern auch kein Bahngleis zu sehen war.

In der ersten Klasse war eines Tages eine Vertreterin für den erkrankten Niederländischlehrer erschienen, eine Frau mit einem hinterhältigen harten Bäuchlein in engem Rock, das ihr schon bald den Spitznamen Die Ewig Schwangere eintrug. In ihrer zweiten Unterrichtsstunde sprach sie von Wahlsprüchen, von denen »eigentlich jeder Mensch einen haben müßte«. So kannte sie einen Mann (»bestimmt den von ihrem Bäuchlein«), dessen Wahlspruch lautete: *Es kommt immer anders, als man denkt.* Von all ihren Bemühungen war dies das einzige, das Albert behalten hatte: nicht, daß die Dinge sich »immer anders« entwickelten, soviel wußte er sogar in der ersten Klasse schon, sondern daß man sich damit per Wahlspruch fatalistisch, vielleicht auch eine Spur aufmüpfig oder wehmütig abfinden konnte. Er würde ihr dafür ewig dankbar sein und hoffte, daß sie nicht kinderlos gestorben war, obwohl: *Es kommt immer anders, als man denkt.* Nie hielt sich etwas an die Vorstellung, die ein Mensch sich davon gemacht hatte, sei es im Guten oder im Bösen. Meist enttäuschte die Wirklichkeit natürlich, hin und wieder jedoch übertraf sie die kühnsten Erwartungen. Nie allerdings entsprach sie der Vorstellung, diese häßliche alte Schreckschraube, die sich – Bäuchlein hin, Bäuchlein her – immer gleich blieb.

Wider besseres Wissen klopfte unser Herz weiter erwartungsvoll, stapelten wir eine phantastische Vorstellung auf die andere, fleißige Ameisen des Geistes, die wir waren. Wo ein Esel längst aufgegeben hätte, stieß ein Mensch sich, in Phantasmagorien versunken, stets von neuem an der harten Realität. Und auch wenn sie weich war: Man fiel doch immer wieder auf beziehungsweise in sie rein, wie in die Kotze eines Besoffenen. Wir täten besser daran, bei zugezogenen Gardinen zu Hause zu bleiben und die Welt draußen Welt sein zu lassen. Aber nein, eigensinnig, wie wir waren...

Wittenburg stellte in dieser Hinsicht etwas Besonderes dar. Es enttäuschte Alberts Erwartung zutiefst, und zugleich übertraf es sämtliche Vorstellungen. Ein absolutes Unikum, dieses Wittenburg. Albert wußte folglich auch nicht, ob er lachen oder weinen sollte, als er es wiedersah – wenngleich er eher zu letzterem neigte als zu ersterem.

An der Einmündung der Grote Wittenburgerstraat befanden sich noch immer diese beiden Kirchen. Die Oosterkerk der Reformierten Gemeinde, rechts, war von Baugerüsten umschlossen, an denen ein großes Schild mit den Worten »AUSSER BETRIEB« hing sowie eine Übersicht über die

Gottesdienste, die vorläufig an einer anderen Adresse stattfanden. »Die Züge haben die Oosterkerk kaputtgedonnert.« Aus nichts war zu ersehen, ob die Kirche restauriert oder abgerissen werden sollte.

Schief wie eine Trauerweide stand zu Füßen der Kirche eine Litfaßsäule vom Typ Pfefferstreuer, mit schuppiger Rinde, in der sämtliche archäologischen Schichten der Werbung sichtbar waren, bis etwa in die dreißiger Jahre. Im Vorbeifahren glaubte Albert durch ein sternförmiges Loch in einem alten Philips-Plakat sogar den Rest eines deutschen Anwerbeplakats für Arbeitskräfte im Ruhrgebiet zu erkennen. Ein strahlender Blondschopf: *Er lacht: Er arbeitet für Hitler.*

Sie bogen in die Straße ein.

An der Kirche zur Linken, der katholischen St. Anna, die, von der Brücke aus betrachtet, hinter einer alten Brauerei verborgen gelegen hatte, war fast alles bunte Glas aus dem Blei geschlagen (oder geworfen) worden. Quer durch sie hindurch konnte man die Neubaublocks von Kattenburg sehen. Albert schaute lieber wieder schnell nach vorn, wo, zumindest einem an der Oosterkerk angebrachten Schild zufolge, die Grote Wittenburgerstraat sich erstreckte. Sie wirkte eher wie eine *Fläche*, zur Rechten begrenzt von einer Reihe zugenagelter Häuser. Links waren Bulldozer und Bagger dabei, den Schutt der niedergerissenen Gebäude wegzuschaffen. Losgetrommelt vom Regen oder vielmehr aufgestoben, da es im Moment nicht regnete, trieb dicht über dem Pflaster, oder was davon übrig war, ein feiner pudriger Nebel, durch den gelbbehelmte Abbrucharbeiter wateten. Einige trugen auch gelbe Regenanzüge.

»Siehst du, Mama? Genau wie die Totengräber, die Onkel Egbert unter die Erde geschafft haben.«

»Die schwarzen waren sicher alle weg«, sagte Alberts Mutter.

Sein Vater brummte zustimmend.

Gründe gab's im übrigen genug, die Straße mit einem Friedhof zu vergleichen. Wie unregelmäßige Reihen noch zu beseitigender Grabsteine standen ein Stück weiter links die wenigen übriggebliebenen Häuser: gepunktete Linien, die in groben Zügen angaben, wo früher die Nebenstraßen verlaufen waren. Ihre Seitenfassaden trugen Spuren der Häuser, von denen sie bis vor kurzem flankiert und gestützt worden waren. Fetzen von Blümchentapeten, geflieste Flächen, der Abdruck einer Treppe, die im Nichts endete … Komplette Bühnenkulissen. Es sah aus, als sei nur eine *Dimension* der Wohnungen weggebrochen. Über den Dächern spielten die Möwen Geier.

Hier, am Anfang der Straße, war auf der linken Seite alles bereits eingeebnet – bis auf dieses eine unvermeidliche, von Stützen gehaltene Haus, desser letzter Bewohner sich wahrscheinlich mit alten Ankerketten an die Wand gekettet hatte, weil es nicht nur sein eigenes Geburtshaus war, sondern auch das seines Vaters und Großvaters.

Die Grote Wittenburgerstraat, oder was von ihr übrig war, zog sich hin, soweit das Auge reichte, doch wegen des Staubnebels reichte das Auge nicht bis zum Ende der Straße. Weil sie immer wieder rückwärts stoßenden Baggern und anderen Maschinen ausweichen mußten, fuhr der Daffodil langsam wie der Begleitwagen eines Trauerzugs durch den Nebel, der sich als grauer Puder auf der nassen Karosserie niederschlug. Die Nase am immer undurchsichtigeren Seitenfenster, hielt Albert, so gut es eben ging, Ausschau und kontrollierte die Nummern der übriggebliebenen Häuser.

… 39 … 57 … 61 … … 115 …

Seine eigene Hausnummer war ihm noch immer nicht offiziell mitgeteilt worden, und von seinem letzten Besuch – genaugenommen in einer anderen Straße – war sie ihm nicht mehr in Erinnerung. »Ganz am Ende von dieser langen Straße« hatte die Mitarbeiterin der Studentischen Wohnungsvermittlung mit dem gelangweilten Stimmchen einer Ansagerin bei Woolworth gesagt, während sie wahrscheinlich die gespaltenen Spitzen einer abgestorbenen Haarlocke untersuchte. »Am äußersten Zipfel der Insel. Nicht zu verfehlen. Viel Glück, tschüs.«

Ich komme, wie auch immer, unwiderruflich zu spät. Sie reißen mein Viertel ab, noch bevor ich hier eine Nacht habe schlafen können.

Im Auto fiel kein Wort. Alberts Eltern schauten starr auf den Abrißnebel vor sich, in dem sie ihren Sohn würden zurücklassen müssen, als Findelkind ausgesetzt zwischen Ruinen. Doch je weiter sie in der Straße vordrangen, um so weniger wurde abgerissen. Der Lärm der Bulldozer ließ nach, und der Nebel aus feinem Staub schien sich langsam zu lichten. Sie passierten ungehindert die Fabrik PROOST PAPIER, wo das Material hergestellt wurde, das Albert mit seinen die Wirklichkeit schönenden Bildern würde füllen müssen. Ein Stück weiter war zumindest die *Illusion* einer Straße erhalten geblieben. Hier standen noch kurze Häuserreihen, baufällig, aber intakt und mit Gardinen an den Fenstern. Und genau dort, wo noch ein kleines Stück bewohnter Welt zu existieren schien ... endete die Straße.

Zunächst gab es noch so etwas wie eine Kreuzung, die zur Linken wie zur Rechten ebenfalls nicht weiterzuführen schien. Erst im allerletzten Moment, als er schon bremste, um nicht an der Fassade der NOORD- & ZUID-HOLLANDSCHE REDDING MAATSCHAPPIJ zu enden, merkte Alberts Vater, daß die Grote Wittenburgerstraat, die durch das nahezu fensterlose Gebäude in ihrem Lauf aufgehalten wurde, doch noch einen Ausgang um neunzig Grad nach rechts hatte – eine Ecke, um die der Mann automatisch bog. Unmittelbar danach gab es wieder als einzige Möglichkeit einen Winkel von neunzig Grad nach rechts und danach einen weiteren, ebenfalls nach rechts, woraufhin die Straße, die offensichtlich geglaubt hatte, ihrem Schicksal zu entrinnen, doch noch endete. Sie stach sich selbst in den Schwanz. Ein würdiger, ehrenvoller Skorpionenselbstmord. Wenige Meter ging die Grote Wittenburgerstraat (der Stachel, der über dem Hinterleib lag) noch weiter, nur um vom Geländer entlang der Kattenburgervaart endgültig gestoppt zu werden. Mausetot lag sie nun zusammengerollt im Schlamm zwischen dem Schutt.

Als sie in der Sackgasse der Derde Wittenburgerdwarsstraat standen, hatten sie nicht sofort gemerkt, daß der Daf soeben die Grote Wittenburgerstraat gekreuzt hatte. Für Alberts Gefühl waren sie lediglich in mehrere aufeinanderfolgende Seitenstraßen eingebogen, bis sie vom Kanal aufgehalten wurden. Brummelnd über die Schulter zurückblickend, setzte Alberts Vater bis zur Kreuzung zurück. Tatsächlich, da war sie ja, die Grote Wittenburgerstraat. Gerade noch lesbar stand der Name auf dem staubüberpuderten Schild.

»Noord- en Zuid-Hollandsche Redding-Maatschappij«, las Alberts Mutter. »Was gibt's hier denn noch zu retten? Die Gegend hier ist rettungslos verloren. Und wir dazu.«

Wieder bogen sie zwei-, drei-, viermal nach rechts. Die Kette der kleinen Seitenstraßen führte unweigerlich zur Hauptstraße zurück. Die Mutter, die einfach nicht glauben mochte, daß sie ihrem geliebten Sohn in diesem Elendsviertel adieu würde sagen müssen, wahrscheinlich für immer, flehte den Vater an, noch einmal um die nächste Ecke zu biegen und dabei ganz genau zu schauen, ob es nicht doch noch eine andere Seitenstraße gebe. Er tat es, und mehr als das. Er bog um sämtliche Ecken. Unvermeidlich kamen sie wieder am selben Punkt heraus. Sie drängelte weiter – oh, alles nur aus Gutherzigkeit –, und das bescherte ihnen die nächste Runde.

Und die übernächste.

So lange, bis ihr Tränen in den Augen standen und kein Zweifel mehr möglich war: Die Grote Wittenburgerstraat war die sackigste Sackgasse, die man sich denken konnte.

Unterdessen lernten sie die Gegend hier ganz gut kennen. In dem Karree, das von den Seitenstraßen gebildet wurde, stand so etwas wie eine hohe Mietskaserne. Während sie diese ein ums andere Mal umkreisten, hatte Albert reichlich Gelegenheit, an den Fassaden hochzuschauen. Was er da sah, kam ihm immer vertrauter vor – nicht so sehr von seinem letzten Besuch, als er nur Augen für die Dickensschen Szenen und Durchblicke weiter vorn in der Straße gehabt hatte und kaum für das Gebäude mit den Studentenbuden, sondern von dem, was er aus Nimwegen so gut kannte: Hoogeveldt, Galgenveld ... Kahle Zimmer mit lediglich einem Plakat (*Atomwaffen raus!*) an der Decke. Dunkle Zimmer, vollgestellt mit Aralien. Mädchenzimmer mit gestrickten Halbgardinen ... Natürlich fehlte auch die hochglanzpolierte Fahrradfelge nicht, und darin ein Häkelgebilde aus violettem und orangem Stopfgarn, das die Hiroshima-Bombe darstellte oder einfach auch nur einen Fallschirmspringer. (Es bewegte sich im Luftzug und hing so dicht am Fenster, daß die Felge manchmal gegen die Scheibe tickte, als wolle da jemand was von einem.) Und da gab es tatsächlich auch den gefütterten Morgenmantel, der auf dem Kleiderbügel an der Gardinenstange hing, so daß es schien, als habe sich jemand aufgehängt – was niemanden wirklich überraschte, am wenigsten die Nachbarn von gegenüber. (Die Aufdeckung einer solchen optischen Täuschung versetzte Albert jedesmal wohl oder übel einen Stich der Enttäuschung ins Genick.)

Kein Zweifel: In diesem mietskasernenähnlichen Gebäude mußte sich sein Zimmer befinden. In der Zwischenzeit hatte sich ein völlig neues Stadtpanorama darum herum entfaltet. Albert tröstete seine Mutter, so gut es eben ging. Durch das ganze Im-Kreis-Herumgefahre hatte sich die Grote Wittenburgerstraat in ihrer wahren Gestalt gezeigt: der eines Galgens. Sie lag nicht zwischen den anderen Straßen der Stadt, sondern hing senkrecht nach unten, mit der Schlinge auf dem Grunde des IJ. Ein Stück versunkener Stadt. Und mitten in der Schlinge, die kaum merklich im Fluß mitschaukelte, würde Albert sein Unterwasserdasein führen.

Sein Vater parkte den Daf vor der Tür mit den Klingelschildern. Sie stiegen aus, bange vor dem, was sie noch erwarten mochte. Albert überprüfte seine Siebensachen, die sich so zur Seite neigten, daß das kleine Auto schief an der Bordsteinkante hing. Die Sisalschnur, die alles zusammenhielt, ächzte leise: Durch den Regen war sie geschrumpft und hatte so ihren Griff auf Alberts Hab und Gut verstärkt. Ein Glück bei allem Unglück. Da sich der Regen solchermaßen als sein Verbündeter erwiesen hatte, hütete sich Albert davor, zu fluchen, als dunkle Punkte auf der Staubschicht der Karosserie ankündigten, daß er wieder zu fallen begann.

»Studenten sind Schweine, hat der Architekt wohl gedacht«, sagte Albert zu seiner Mutter, »das heißt, jeder Kubikmillimeter, um den ich ihre Bude größer mache als einen Schweinestall, ist ein Tropfen reinster Nächstenliebe.«

Doch Mama krempelte bereits die Ärmel hoch, nachdem sie den Eimer voll eigener Putzmittel neben dem Bett mit der kahlen Matratze abgestellt hatte, auf dem wie beim letztenmal – nur diesmal nicht wie eine abgestreifte Haut, sondern flach ausgebreitet – ein Schlafsack lag. Der ausgeblichene Stoff war auffällig übersät mit frischen feuchten Flecken. Auf dem nicht bezogenen Kopfkissen lag ein rotes elastisches Haarband, das er als das von Thjum erkannte. Während seine Mutter Wasser in den Eimer laufen ließ, legte Albert den Schlafsack zusammen, die Flecken nach innen. Viel nutzte es nicht, denn die Matratze wies noch mehr Flecken auf, obwohl die Sudelei hier wenigstens eingetrocknet war.

»Wenn Papa und du jetzt mal irgendwo einen Kaffee trinken geht«, sagte seine Mutter und zog sich Gummihandschuhe über, »dann mach ich hier in der Zwischenzeit eine Vorzeigewohnung draus.«

In einem Café an einer der Parkalleen aßen Albert und sein Vater ein mit gekochter Leber belegtes Brötchen »mit Speckstückskes«. Hinter dem Fenster zogen graue Straßenbahnen vorbei, dazwischen ab und an eine gelbe, genau in dem Gelbton des idealen Bleistifts. Es regnete nicht mehr. Den harten Leberrand zwischen Daumen und Zeigefinger, von dem er nicht wußte, wo er ihn lassen sollte, versuchte der Mann, ein vertrauliches Gespräch zu beginnen.

»Ja, also, in so 'ner Stadt ... will ich mal sagen ... bestimmte Typen, nicht wahr ...«

Er kriegte es nicht hin. Es war zu spät. Ihre Vertrautheit war nie über die Textaufgaben hinausgegangen.

»Wenn ein Bauer mit seinem Traktor 16 km pro Stunde fährt, und er bricht morgens um sieben Uhr von seinem Hof in A. zum 58 km entfernt gelegenen Bauernverband in B. auf, wo er 23 Säcke Kunstdünger abholen soll, um sie zu seinem Rhabarberfeld in C. zu bringen (Entfernung von B. nach C. 57 km; von C. nach A. 2 km), um wieviel Uhr … wenn man berücksichtigt, daß er 1/4 Stunde Verspätung hat durch eine die Straße überquerende Kuh und daß der Traktor von B. nach C. wegen des Gewichts der Säcke lediglich 15 km pro Stunde schafft … wie schwer …, angenommen daß …«

Alberts mangelnde Konzentrationsfähigkeit in der Schule zeigte sich in erster Linie bei diesen Rechenaufgaben, die er in der obersten Klasse auch als Hausaufgaben gestellt bekam. Obwohl es sich hier nicht um bewußte Rache handelte, war es gut und richtig, daß er, wenn er nicht weiterwußte, damit zu seinem Vater ging, dem Verursacher des Konzentrationsmangels. Oft bis nach Mitternacht saßen sie, beide immer verzweifelter, über den Aufgaben. Nie wurde eine gelöst. Textaufgaben waren schon nicht seines Vaters Stärke gewesen, als er den Kurs bei den Freundlichen Lehrern besuchte.

»Was er hier mit doppelter Entfernung meint … das weiß ich wirklich nicht.«

Das Kopfschütteln half ihm nicht weiter. »Er« war mehr als der Verfasser der Rechenaufgabe, der »er« seines trübsinnigen Gebrummels mußte ein regelrechter Gegner sein, jemand, der ihm ein Bein stellte, ihn vor seinem eigenen Sohn hereinlegte.

»Er sagt … schau mal … aber das ist doch nicht möglich … also, hier macht er ’nen Fehler, der Doofkopp.«

Albert war immer stärker geneigt, den »er« der Rechenaufgabe gemeinsam mit seinem Vater auffliegen zu lassen oder zumindest anzuschwärzen, auch noch am nächsten Tag, wenn er mit leeren Händen vor dem Lehrer stand. Alles besser, als »ihm« die Ehre zu gönnen, seinen Vater als Schwachkopf bloßzustellen.

Hier saßen sie nun, fünfzehn Jahre später und noch immer nicht weiter.

»Ich will ja nur sagen … bei bestimmten Typen muß man aufpassen, in so ’ner Stadt. Ich laß mir jetzt mal die Rechnung bringen … oder will er … will Albert … ich meine, willst du noch ein Brötchen? Nein? Noch 'nen Kaffee? Auch nicht? Na, dann schaun wir mal, wie weit Mama mit ihrer Putzerei ist.«

Bei ihrer Rückkehr nach Wittenburg standen alle Maschinen still. Es war sechs, und die Uhr an der Oosterkerk schlug zwölfmal. Alberts Mutter wrang gerade den letzten Schmutz aus dem Putzlappen. Schwarze Drecksbrühe.

»Besser wird's nicht«, sagte sie.

Albert bestand darauf, sein Umzugsgut ganz allein die Treppen hinaufzutragen, auch wenn er bei jedem Gang nach unten Flix wegen dessen Abwesenheit verfluchte. Uns die Flecken lassen und sich dann verkrümeln … Was machte Thjums Mädchenschmuck eigentlich auf dem Kissen? »Kleine Mädchen werden größer«, hatte Flix im Sommer über Thjums Besuch in Den Bosch gesagt. »Der Junge steht auf soft … aber ein Kopfkissen dämpft 'ne Menge …« Verdammt noch mal, es war also nicht bei diesem einen Mal Mitte Juni geblieben …

Sie filmen alles

Freitag, 7. April 1972
(Hennie A.)

Selbst durch alle trübenden Tränen hindurch sah Hennie, daß der Nachbar und die Nachbarin, in deren Haus sie geflüchtet war, einander vielsagende Blicke zuwarfen. Sehr mechanisch wurden ein paar Trostworte gesprochen (»Ja, heul dich nur richtig aus, Mädel«, »Vielleicht ist es besser so, sie war ja nicht mehr so gut beieinander«), doch Hennie spürte, daß es den Nachbarn lieber gewesen wäre, wenn sie nicht länger bliebe. Aus Bemerkungen von Leuten, die kamen und gingen, konnte sie schließen, daß hier in der Gegend, vor allem in Muttchens Straße, mögliche Zeugen befragt wurden. Zeugen eines Geräuschs – der Sturz von der Bodentreppe, ein Schrei – dachte Hennie anfangs noch, Zeugen des Unfalls, der Muttchen zugestoßen war, doch je weiter der Nachmittag voranschritt, desto häufiger hörte sie flüstern, man gehe von einem Verbrechen aus. »Es scheint so, daß die Kripo dem Täter auf den Fersen ist.«

Ihr ältester Sohn, Pieter, kam und erzählte, daß zwei Männer – »von der Kripo, glaub ich« – im Schuppen herumgeschnüffelt und den Drahthaken mitgenommen hätten. Sie seien im Moment dabei, ihn »an der Oma ihrer Tür« auszuprobieren, aber es gelinge ihnen nicht, das Schloß damit zu öffnen. Diese Mitteilung machte die Nachbarn noch nervöser.

»Na klar, daß es nicht geht«, sagte Hennie zwischen Schluchzern, »solange die Tür zugesperrt ist.«

»Sie haben die Schlüssel auf der Matte gefunden. Der Haken ist einfach zu kurz, um die Tür damit aufzukriegen.«

»Ach ja, jetzt weiß ich's wieder. Ich hab ihn vorhin vor lauter Nervosität verbogen. Sag ihnen das mal.«

Wieder kam Pieter ins Wohnzimmer der Nachbarn, diesmal, um zu berichten, daß die Polizei »den Müllsack mitgenommen« habe.

»Holt die Polizei mittlerweile auch den Müll ab?« sagte Hennie. »Es wird ja immer bunter, seit sie da im Rathaus sitzen.«

Ihr Sarkasmus konnte die plötzlich einsetzende Angst allerdings nicht mehr unterdrücken. Hennie begann am ganzen Leib zu zittern. Die Zigarette, die sie sich gerade drehte, mußte sie halbgerollt in den Tabakbeutel zurücklegen.

»Ich hab die ganze Zeit das Gefühl, daß *ich* jetzt dran bin.«

Der Nachbar und die Nachbarin schwiegen. Ein paar von Hennies anderen Kindern, gerade von der Schule zurück, kamen herein. »Mama, was ist mit Oma? Ist Oma gefallen?«

Hennie ging mit ihnen nach Hause, wo kurz darauf auch ihr Mann eintraf. Sein Gesicht war düster, er sagte nichts. Er ging zum tiefsten Punkt des Gartens, von wo aus Muttchens Haus sichtbar war. Als Hennie ihn entlang der getrockneten Wäsche zurückkommen sah, war sein Gesicht noch finsterer.

»Da kommt deine Schwester«, sagte er. Drinnen fing er an, die Kartoffeln zu schälen, die seine Schwiegermutter sonst immer schälte.

Auch die Schwestern sprachen kaum miteinander. Sie schauten voneinander weg, als schämten sie sich. Hennie sagte nur: »Ich werde den Gedanken einfach nicht los, daß ich jetzt dran bin. Ich bin die Älteste.«

Niemand fragte sie, was sie damit meine. Von Zeit zu Zeit zitterte sie, dann legte sie ihre Zigarette weg. Manchmal heulte sie laut. Bei Tisch, an dem sich auch ihr Schwager eingefunden hatte, wurde ebenfalls geschwiegen. Hennie stand auf, ohne ihr Essen angerührt zu haben, um die Wäsche abzunehmen. In der Grobküche wischte sie mit einem nassen Tuch die Nappajacke sauber, die sie am Morgen gegen eine andere gewechselt hatte. Es war leichter, als sie gedacht hatte. Sie spülte den Lappen, so gut es ging, aus und legte ihn in einen Eimer mit warmer Seifenlauge. Trotz ihrer Panik wegen des mitgenommenen Müllsacks hatte sie keinen Moment lang das Gefühl, etwas anderes zu tun als eine Hausarbeit.

Nach dem Essen gingen Hennies Schwester und Schwager im *Wapen van Lummel* Kaffee trinken, wahrscheinlich, um der bedrückenden Stimmung zu entrinnen. Auch ihr Mann hielt es zu Hause nicht aus. Er lud die drei ältesten Kinder ins Auto und fuhr mit ihnen herum, als erstes nach Gendt, um im Hinblick auf das morgige Fußballspiel zu schauen, in welchem Zustand der Platz war. Hennie brachte die beiden Kleinen ins Bett.

»Schätzchen, versprecht ihr mir, daß ihr noch ein Gebet für Oma sagt? Und dann schön schlafen, ja?«

Unten versuchte Hennie, sich auf den Fernseher zu konzentrieren, bis ihr Mann und die Kinder zurückkämen. Als sie wieder da waren, zeigten sie sich etwas gesprächiger.

»Wie sah's in Gendt aus?«

»Ein Scheißplatz. Lauter Hubbel und Knubbel. Sieht aus, als ob die Maulwürfe unter dem Gras Fußball gespielt hätten.«

»Die haben keinen Sinn dafür.«

»In Gendt haben sie für nix Sinn. Schon gar nicht für den Gartenbau.«

Pieter, der mit Caspar noch schnell mal auf die Straße gegangen war, erzählte atemlos, daß sie »bei Oma einen Film drehen«.

»Woher weißt du das?«

»Lauter Lampen. Drinnen laufen sie überall mit der Kamera rum. Sie filmen alles.«

»Polizisten?«

»Glaub schon. Sie haben aber keine Uniform an. Zwei von ihnen sind auch zu Mevrouw van de Kerkhof rübergegangen, von gegenüber.«

Mevrouw van de Kerkhof, die gerade ihre Matte ausgeklopft hatte, als Hennie an diesem Morgen gegen halb neun mit dem Fahrrad an der Hand zu Muttchen gegangen war. Sie hatten sich gegrüßt, Mevrouw van de Kerkhof wie immer distanziert, Hennie folglich betont herzlich. Was die Polizei sie wohl zu fragen hatte? Ob Hennie zur selben Zeit zu ihrer Mutter (und damit zur Arbeit) gegangen war wie sonst?

Es ging auf neun zu. Hennie und ihr Mann schauten oben,

am Fenster, zu Muttchens Haus, aus dem grelles weißes Licht auf den Bürgersteig und die dort versammelten Leute fiel.

»Sieh dir das an«, sagte Hennie, schon wieder mit brüchiger Stimme. »Und das zu einer Zeit, in der Muttchen immer so gern ihr Dämmerstündchen gehalten hat.«

Ihr Mann legte unbeholfen den Arm um sie, was er sonst fast nie tat. Hennie hakte ihre Finger in seine an ihrer Schulter herunterhängende Hand ein.

»Sieh mal einer an, da ist auch der Bürgermeister«, sagte Wim. »Und der andere da... nein, dieser Aufgedunsene, ist das nicht Dr. Helmerhorst, für den sie damals deinen Vater wieder ausgegraben haben?«

»Den hab ich damals nicht gesehen.«

»Der ist auch nicht schöner geworden. Von dem ganzen Leichengeschnippel hat er allmählich selbst Ähnlichkeit mit einem Kadaver, der zu lange im Wasser gelegen hat. Findest du nicht?«

»Ich darf gar nicht dran denken, daß er jetzt anfängt, in Muttchen rumzustochern.«

»Noch mehr Polizei. Das nimmt ja kein Ende. Muttchen hat noch nie so viel Besuch gehabt.«

»Ist das ein Leichenwagen?«

»Ja, ich denke, sie bringen Muttchen irgendwohin zur Obduktion.«

»Warum ist dieser Dr. Helmerhorst dann hier?«

»Der wollte wohl sehen, wie sie dalag.«

»Oh nein, sieh dir das an, Wim! Die schleppen Muttchen ja einfach in einem alten Laken raus!«

»Nein, das sieht nur so aus, wegen dem grellen Licht. Das ist ein Leichensack. Das weißt du doch noch von den Nachrichten im Fernsehen über Vietnam. *Bodybags*... Das wird in so 'nem Fall wohl Vorschrift sein.«

»Nein, sieh dir das bloß mal an! Die Scheißkerle kippen Muttchen einfach wie 'n Stück Dreck in den Sarg! Ist das überhaupt ein Sarg? Das ist doch nichts anderes als 'ne Kiste! Erst schlägt irgend so eine Bestie Muttchen den Schädel ein, und jetzt lassen diese Bestien sie in eine Umzugskiste aus rohem Holz plumpsen! Die sind ja um keinen Deut besser als der Mörder! Die nehmen nicht mal ein bißchen Holzwolle ...«

»Ruhig, ruhig, Hen. Davon merkt sie nichts mehr. Fang bloß nicht wieder zu heulen an.«

»Ich hätte mich besser um Muttchen kümmern müssen.«

»Mensch Mädel, du hast doch getan, was du konntest. Vor allem in letzter Zeit.«

Formel für die Maximale Pfennigabsatzspannung

Montag, 4. Oktober 1976
(Albert Egberts)

Was erwartete Albert vom Leben in der Hauptstadt? Zumindest eine hypernervöse Lebensweise à la Paris oder New York. Aus Telefonzellen anrufen, die an jeder Straßenecke standen. Extrem sichtbar für jeden Passanten und zugleich für niemanden hörbar, komplizierte Verabredungen in schwer zu findenden Kneipen treffen. Von der Straßenbahn ins Taxi... vom Taxi in die Straßenbahn... Einer Frau auf der Straße folgen und dabei den Blick in den Schienen laufen lassen, die von ihrem Po über die Waden zu den Pumps führten, und wieder zurück, mitsamt Weichen... Endlich Ernst machen mit der Suche nach der exakten Formel zur Berechnung der Maximalen Pfennigabsatzspannung bei dem & dem Hüftumfang und der & der Beinlänge und der & der Brustweite... Teilnehmen am Leben in einer Stadt, in der sich die Verhältnisse in jeder Sekunde verschoben... sich von einer Sekunde zur nächsten in eine geringfügig andere Ordnung fügten... Eine Stadt, in die man keine zweimal steigen konnte. Die Stadt Panta Rhei, die sich keinen Moment gleichblieb... Ein Abbild der Welt selbst, allerdings zusammengepfercht in wenige Quadratkilometer...

Fürs erste, nachdem Albert dem Daf, der die demolierte Straße hinunterfuhr, nachgewinkt hatte, fühlte er sich traurig wie ein kleiner Junge, der schon Heimweh verspürt, wenn seine Eltern noch nicht einmal außer Sichtweite sind.

Wir sind eingesperrt in ein Leben zwischen Geburt und Tod, darüber sind sich die meisten einig. Wie Ratten in der Falle. Kein Entkommen möglich. Und doch ist das menschliche Dasein auch wieder so eingerichtet, daß uns die bittere *Illusion* zu entkommen aufgedrängt wird. Als hätten wir alles selbst in der Hand. Könnten uns zum Beispiel selbst eine Krankheit zufügen. Selbstmord begehen, sofort oder auf Raten ... Als ob das auf einen letztendlich freien Willen hindeutete! Sich umbringen, das wird auch nur von diesem eingesperrten Leben diktiert.

Am Anfang – Entfaltung! Freiheit! – sieht das Leben ja noch nach was aus, aber in Wirklichkeit wird unsere Gefängniszelle immer kleiner, dunkler, erdrückender, feuchter, trübseliger, muffiger, denn unsere Tage schwinden dahin durch Krankheit, Depression und Erkenntnis. Die Loslösung vom Elternhaus ist nichts weiter als eine Metapher für die totale Freiheit, die uns niemals vergönnt sein wird. *Jede* Loslösung, *jeder* Freiheitsakt ist eine solche Metapher – eine Metapher für nichts.

In der Zelle, die unser endliches Leben ist, als zu enger Schale um uns, taumeln wir durch das All und die Ewigkeit wie durch eine unbewegte See. Je bewußter wir uns unserer Endlichkeit werden, um so enger schließt sich der äußere Panzer um uns, ohne daß wir unsere Hülle sprengen: Sterben im Geschirr, das werden wir.

Unsere Todesangst ist eine paradoxe Kombination aus Klaustrophobie und Agoraphobie. Der Tod ist Vorbehaltsklausel und Gefängniswärter in einer Person. Der Tod ist unsere Zelle, der wir durch ebendiesen Tod entfliehen können. Wir sind das Objekt einer Folterung, die uns erniedrigt und unsere Freiheit mit Füßen tritt; wir flehen, an dieser Folter zugrunde gehen zu dürfen, auf daß die Erniedrigung ein Ende habe.

Eine Weile blickte er auf seine kümmerlichen Siebensachen, konnte sich aber nicht aufraffen, sie einzuräumen. In der Gemeinschaftsküche traf er Patrick Gossaert, einen Vierundzwanzigjährigen, der Italienisch und Kunstgeschichte studierte. Er lag in schmachtender Pose, mit auf den Lidern lastendem *ennui*, auf einem zerschlissenen Sofa zwischen Kühlschrank und Gasherd. Zu einer Hose, die aus einer Art feinerem Segeltuch angefertigt zu sein schien, farblich zwischen Beige und Altrosa, trug er eine kurze Jacke aus hellgelbem Nappa. Wie Albert hatte er helle Augen zu dunkelbraunem Haar, wenngleich Albert nicht nah genug bei ihm stand, um zu erkennen, ob sie grün waren wie die seinen oder aber blau oder grau.

»Ist das nicht schwer, zwei Studiengänge? Ich hab zwar versucht, Jura neben Philosophie zu machen, aber ...«

»Italienisch mach ich mit links. Das ist meine zweite Sprache. Meine Mutter ist ... war Italienerin. Ich hab auch schon auf italienisch geschrieben. Kleine Novellen ...«

»Veröffentlicht?«

Patrick winkte ab. »In *Incontri*. So 'n Blättchen des Studiengangs Italienisch in den Niederlanden. Übrigens unter Pseudonym. Patrizio Canaponi. Der Mädchenname meiner Mutter. Aber damit hab ich jetzt nichts mehr am Hut. Nicht mit dem Pseudonym, sondern mit diesem italienischen Gestümper ...«

»Ja?«

»Tja, mein Freund, sieht natürlich alles toll aus, in dieser Sprache. Sätze, wie auf Hochglanz poliert. Aber gerade deswegen. Ich war zu schnell zufrieden. Und wenn ich es jetzt noch mal durchlese ... Es schmeckt eigentlich nach nichts, höchstens nach einem parfümierten, schwachalkoholischen Drink wie *Aperol*. Niederländisch eignet sich doch besser dazu, eine Geschichte zu erzählen. Nicht nur, weil es meine erste Sprache ist – mein Vater ist ... war Niederländer, ich bin hier aufgewachsen –, es ist auch auf weniger störende Weise wohlklingend. Viel spröder. Kantiger. Es packt besser zu, sozusagen.«

»Und ... schon was veröffentlicht auf niederländisch?«

»Nee, Mensch, was glaubst du denn? Die Umstellung hat mir richtiggehend die Augen geöffnet. Jetzt, wo ich weniger auf die Satzkonstruktion achten muß, zeigt sich, daß mir der Stoff fehlt. Ich kann zwar schreiben ... ich krieg das sogar, in aller Bescheidenheit gesagt, sehr gut hin ... aber mein Leben ist immer so verdammt ereignislos gewesen, daß ich eigentlich nichts habe, worüber ich schreiben könnte. Das heißt, ich bin ein Schriftsteller auf der Suche nach Material. Nach Rohmaterial, dem ich Farbe verleihen kann. Dem ich meinen eigenen Stil geben kann. Ich bin ein Bettler mit Blattgold in der Brieftasche, der um Steine bettelt. So sieht's aus mit mir.«

»Ich würd sagen, hier in der Straße brauchst du sie doch nur aufzuheben, die Steine. Übrigens: gut, daß wir uns kennenlernen. Ich hab das umgekehrte Problem. Stoff genug, aber keinen Stil. Vielleicht können wir einen kleinen Tauschhandel einfädeln... Oder wolltest du es auch noch mal mit der Übersetzerei versuchen?«

»Da bin ich nicht weiter gekommen, als einen meiner italienischen Versuche ins Niederländische zu übersetzen: ›Bruno Tirlantino o le nozze della principessa Ann‹.«

»Die Hochzeit der englischen Prinzessin Ann?«

»Ja, ich war damals in Oxford, mit einer amerikanischen Freundin. Wir wohnten bei diesem Tirlantino, eigentlich Tolentino. Ein Dichter. Adelig. Er war zu der Hochzeitsfeier eingeladen. Wir sahen ihn im Fernsehen mit all seinen Familienjuwelen und einem Riesengrinsen auf dem Gesicht vom Kokain. Ich muß schon sagen, ich fand, daß sein Freund Simon Pringle – Fringle in meiner Geschichte – ein viel größerer Dichter war.«

Südlich der Wahrheit

Montag, 4. Oktober 1976
(Gesù Porporà)

Der Platz auf dem Monte Echia war zugeparkt mit kleinen Autos, in erster Linie Fiats, die fast alle mit Zeitungspapier zugeklebt waren. Einige federten oder schaukelten sanft im Dämmerlicht des warmen Spätsommerabends. Gesù Porporà, auf dem Weg in die Quartieri, blieb stehen und schaute lächelnd zu.

Ha! Sieh doch nur, wie sie schaukeln, meine Wiegen... Wenn die Nachrichten aus aller Welt, wie es manchmal heißt, auf die Rückseite der Anzeigen gedruckt werden, dann haben wir es hier mit einer unsichtbaren Rückseite der Weltnachrichten zu tun. Man findet sie über ganz Neapel verstreut, diese verhängten Wagenparks. Alles mobile Abteilungen meiner Fabrik. Hier werden die Halbfabrikate erzeugt... meine künftige Handelsware... mein Kapital... Jeder zugeklebte Fiat ist eine Schablone für meine Produkte. In Amsterdam, habe ich gehört, werden parkende Autos auch immer mehr zu Einkommensquellen... für Süchtige. Es ist noch gar nicht so lange her, vielleicht fünf Jahre, da konnte man dort im Chinesenviertel für wenig Geld einen Würfel Opium kriegen. Bis die großen Jungs in Hongkong dem 'nen Riegel vorschoben und mit teurem Heroin nach Amsterdam kamen. Nein, der Handel mit hartem Rauschgift, das wäre nichts für mich. Nicht einmal die Camorra macht sich damit die Hände schmutzig. Ich... ich glaube an das Leben. Ungewollt gezeugtem Leben gebe ich ein Dasein, das Perspektiven hat. Gegen ein ordentliches Entgelt, zugegeben, doch nichts ist umsonst, und ich muß auch essen, um am Leben zu bleiben.

Aus einem der Autos drang ein kurzes, trockenes Hupen.

Gesù kratzte sich unter seiner rotwollenen Fischermütze und grinste. Bist du das, Schätzchen, oder ist dein *fidanzato* gerade mit hochgerecktem Hintern an die Hupe gestoßen?

Völlig egal, ob du oben bist oder er ... für mich ist das Musik in den Ohren. Hab schon wieder genug Zeit vertan hier, an meiner Arbeitsstätte. Sie kommen bestens klar miteinander ... Und jetzt weiter zur nächsten Produktionsstufe, wo die Mädchen meistens allein sind. Als erstes bei meinem Schnuckelchen Prosa vorbeischauen beziehungsweise dem Skarabäus, wie ich sie in letzter Zeit nenne.

»*Lo Scarabeo ...?*«

Ja, das ist der Vorteil des vielen Lesens, früher, bei Padre Borrelli. Der Bücherwurm, so hieß ich da, und nicht nur, weil ich so dünn war. Ich hab es ihr erklärt.

»Der heilige Käfer, von dem man im alten Ägypten glaubte, er würde sich vermehren, ohne sich zu paaren. So ein Käfer bist du jetzt für mich, meine kleine Prosa.«

Heute abend will ich ein für allemal feststellen, ob sie noch Jungfrau ist, das Schätzchen. Sie behauptet, schwanger vom Teufel zu sein ... Wie pack ich das an? Als Soldat hab ich mal mit meinen Kameraden, darunter ein Medizinstudent, auf dem Friedhof eines Nonnenklosters frische Gräber geöffnet, um zu schauen, ob die Schwestern bis zu ihrem Tod Jungfrauen geblieben waren. Der Student nahm die Obduktion mit Hilfe zweier auf die richtige Länge abgebrochener Ästchen vor. Suor Angelica (1933-1965) war's jedenfalls nicht mehr. Bei Prosa kann ich doch schlecht mit zwei Stöckchen ... oder mit dem Finger ... bah, nein. Angenommen, es ist wirklich vom Teufel. Du ziehst die Hand zurück, und die Finger sind weggefressen wie bei einem Leprakranken. Dann kann ich in Zukunft auf die Straße mit 'ner Glocke um den Hals ...

An einigen Straßenecken in den Quartieri brannten bereits Feuer in rostigen, rußgeschwärzten Tonnen. Alte Männer wärmten sich die Hände daran, aus Gewohnheit, denn es war ein milder Abend. Gesù ging an einer dicken Frau vorbei, die breitbeinig auf einem Klappstuhl saß. Sie griff sich in den Ausschnitt und hielt Gesù ein paar Päckchen Zigaretten hin. Schmuggelware.

»Gutes Zeug, Imperatore ...!«

»Danke höflichst, Signora Zizzachiona, aber Schmuggeln lehne ich ab.«

Prosa war fünfzehn. Ihre Mutter zeigte dem Imperatore das Schlafzimmer der Kinder.

»Wie viele schlafen in diesem Bett?«

»Vier ... manchmal fünf.«

»Nur Mädchen?«

»Aber, Imperatore«, sagte sie strafend, »ich habe doch auch noch zwei Söhne ...«

Gesù fragte, ob er einen Moment mit dem kleinen Skarabäus allein sein könne. Er stellte dem Mädchen die Frage noch einmal.

»Ich bin mit keinem Mann zusammengewesen«, sagte Prosa entschieden.

»In welcher Gestalt ist dir der Teufel dann erschienen? Bestimmt nicht als Taube ... Hast du vielleicht schwesterliche Gefühle für ihn gehegt?«

Gesù ging zur Mutter zurück.

»Außerdem ist es ein großes Bett«, sagte diese. »Das größte im ganzen Viertel.«

Gesù sagte: »Inzuchtprodukte kann ich meinen Kunden nicht andrehen.«

»*Cola mena a Ciccio e Ciccio 'a mena a Cola*«, sagte die Frau und hielt ihm achselzuckend die nach oben gedrehten Handflächen hin, in denen sich die schmutzgefüllten Linien schwarz abzeichneten. Cola gibt Ciccio die Schuld, und Ciccio Cola.

»Na gut, vielleicht sagt der *dottore* ja, daß alles in Ordnung ist. Keine Anomalien und so ... In dem Fall geben wir einen anderen als Vater an. Ach ja, ob es in einer Organisation gut läuft, hängt vom entschlossenen Handeln des Chefs ab. Dafür gibt es im Neapolitanischen einen schönen Ausdruck ...«

»*Comm' 'e lo sbirro accusì è lo funicello.*«

»Mit Ihnen kann man reden.«

Gesù machte sich nicht länger Sorgen. Er schaute noch einmal ins Schlafzimmer, wo die hochschwangere Prosa auf dem

Rand des großen Bettes saß, die kleinen bleichen Hände auf dem Bauch gefaltet.

»*Duorme, zetella*«, sagte er zärtlich, »*ca 'a sciorta veglia.*«

Was für ein Moppelchen, dachte er. Sie sieht wirklich aus wie ein großer schwarzer Käfer.

Gesù setzte seine *passeggiata* fort. Schlaf gut, mein Mädelchen, und vertrau dem Schicksal. Ach, in gewisser Weise bin ich der Beschützer dieser Mädchen, der Zuhälter. Ich beschütze sie vor der Aggression ihrer eigenen Brüder, deren Rache für die verletzte Ehre ihrer Schwester sich häufig gegen das Mädchen selbst wendet.

»Bello juoco dura poco«, hielt Gesù reuigen Mädchen immer vor. Ein schönes Spiel währt nur kurz ... Es war ein vielgehörter Seufzer bei der *tombolella*, doch Gesù übertrug ihn auf das verbotene Liebesspiel, bisweilen mit dem rätselhaften Zusatz: »*Zitto chi sape 'o juoco*!« Wer das Spiel kennt, hält den Mund ...

Heute habe ich in *La Tribuna* gelesen, daß die reichen Länder südamerikanische Kinder nicht nur zur Bereicherung ihres Familienlebens adoptieren, sondern auch um sie bei satanischen Ritualen einzusetzen. Also, so was machen wir nicht. Wir haben unseren Ehrenkodex. Wir produzieren Familien. Wir befördern Unfruchtbare zu Eltern. Außerdem verkaufen wir nur an Leute mit gutem Einkommen, damit die Kinder eine bessere Zukunft haben als hier in den *bassifondi*. Wenn sie hierbleiben, wachsen sie zu *scugnizzi* heran. Bestenfalls landen sie im Heim für verwahrloste Kinder, wo sie für den Nachfolger von Padre Borrelli Schrott sammeln müssen.

Tja ... und wieder andere reiche italienische Stinker bringen Kapital ins Ausland und machen damit endlos Gewinne. Ich bringe arme italienische Kinder ins Ausland ... gegen einmalige Vergütung. Ich gebe ihnen einen Tritt in die volle Windel und schicke sie dem italienischen Kapital hinterher, auf das sie ein Recht haben. Ich, Gesù, werfe Fische vom Trockenen zurück in ihr Element.

Kein schlechter Beruf. *Femmene e danaro hanno 'a passa' pe' una mano*, sagte man hier in Neapel. Frauen und Geld, das muß durch ein und dieselbe Hand gehen. Gesù hatte diesem Ausdruck eine eigene Bedeutung gegeben. Er hatte hart arbeiten müssen, um es so weit zu bringen. Mit neun hatte er genug davon, immer nur zuzusehen, wie seine Mutter sich von ihrem Liebhaber vermöbeln ließ. Es war ein Film, den er bestimmt schon hundertmal gesehen hatte ... der ihn zu langweilen begann ... Er lief von zu Hause weg, buchstäblich auf nackten Füßen. Um an Essen zu kommen, half er den Fischern, geschmuggelte Zigaretten an Land zu bringen. Auf einer Kiste sitzend, verkaufte er sie auf der Piazza Garibaldi, vor dem Bahnhof ... schachtel-, stangen-, stückweise ... Er schlief auf dem Gitterrost einer im Keller gelegenen Bäckerei. Frühmorgens wurde er vom Duft frischgebackenen Brotes geweckt, wobei er oft nicht einmal das Geld hatte, sich ein Brötchen zu kaufen. Sein Frühstück bestand dann daraus, das Wasser runterzuschlucken, das ihm überreichlich im Mund zusammengelaufen war, denn seine Drüsen funktionierten tipptopp.

Aus Kirchen zu stehlen, das war natürlich ein Fehler ... Mit elf wurde Gesù in die Besserungsanstalt auf der Insel Procida gesteckt. Es war eine harte Schule, die ihm alle Lust auf kleine Diebstähle nahm. Es mußte würdigere Wege geben, zu Geld zu kommen ... sich seinen Unterhalt zu verdienen ... Nach seiner Entlassung aus der Anstalt fing ihn Padre Borrelli von der Casa dello Scugnizzo auf, und das veränderte sein Leben noch gründlicher, als es sein Von-zu-Hause-Weglaufen getan hatte. Als Gesù bei seiner Mutter gelebt hatte, gab es so wenig Schulen in seinem Viertel, daß er nur zweimal in der Woche Unterricht hatte, und das jeweils anderthalb Stunden. Rechnen hatte er bereits auf der Straße gelernt, beim Verteilen der Beute, nun aber eröffnete Don Borrelli ihm die Welt der Bücher und der Ideen. Um sein Auffangheim weiter betreiben zu können, schickte der Priester seine Jungen auch zur Arbeit. Kippen aufsammeln für eine kleine Tabakfabrik – für Gesù waren es die gerauchten Zigaretten, die er früher geschmuggelt hatte. Fünfhundert Lire pro Kilo Kippen. Und o weh, wenn viele Filterzigarettenstummel darunter waren ...

dann zogen sie einem seelenruhig hundert Lire vom Verdienst ab...

Die praktischste und unauffälligste Art und Weise, ein Baby zu transportieren, war, wie Gesù fand, immer noch der Katzenreisekorb. Eines seiner Lieblingsbücher in der Zeit bei Don Borrelli war *Anime morte* von Gogol gewesen. So wie Tschitschikow es mit seinen toten Seelen machte, nämlich ihre früheren Taten visionär heraufzubeschwören, machte es Gesù mit seinen Babys, nur daß es in diesem Fall um das visionäre Heraufbeschwören ihrer künftigen Lebensumstände ging.

»In Holland steht ein Haus, und in diesem Haus... wirst du wohnen. Eines Tages wartet ein freundlicher Herr draußen vor der Schule auf dich. Starke Scheinwerfer werden auf dich gerichtet werden. Mit einer Schwester, die du noch nie gesehen hast, mußt du Vater und Mutter spielen. Am schlimmsten ist noch das grelle Licht... Ständig ist ein surrendes Auge auf dich gerichtet. Und dann wird deine Seele, eine Abbildung deines kleinen Körpers in Licht, in tausend dunkle Kabuffs befördert, wo du nicht mehr ins Scheinwerferlicht blinzelst, sondern den Männern zuzwinkerst, die da im Dunkeln mit runtergelassener Hose sitzen wie auf dem Klo. Es sind dieselben Männer, die deinen Altersgenossen in den Parks begehrliche Blicke zuwerfen, ohne sich ihnen allerdings zu nähern. Und du, du wirst...«

Das Kind im Katzenkorb begann zu schreien.

»Nicht weinen, nicht klagen, mein Kleiner. Onkel Gesù hat dich vor dem ungelöschten Kalk gerettet. Ohne mich hättest du das Leben nie erblickt, und jede Form von Leben ist besser als das, was dir ohne mein Eingreifen geblüht hätte...«

Seit Jahren führte Gesù Krieg gegen die Engelmacherinnen der Quartieri. »Mein Schwert gegen ihre Stricknadel«, sagte er immer. Eine Abtreiberin in der Nähe seiner jungen Liebespaare, das war so etwas wie Nachtfrost zu Frühlingsbeginn, wenn die Obstbäume ausschlagen. Eine Schande, diese manchmal viel zu späten Abtreibungen bei jungen Mädchen ... nach vierundzwanzig Wochen noch ... lebende Föten, die eben mal »beseitigt« wurden ... Eine große Hilfe in seinem Kampf gegen die Engelmacherinnen waren seine guten Beziehungen zu einigen Priestern in den einzelnen Pfarreien der Quartieri. Don Aurelio, sein Beichtvater, mit dem er auch befreundet war, hatte einmal während der Absolution gesagt, auf jeder Handlung, die ein Mädchen vor der Abtreibung bewahre, *müsse* einfach Gottes Segen ruhen. Gesù schützte die Kirche vor Abtreibungen, und die Kirche schützte Gesùs Handel – nicht zuletzt durch die Wahrung des Beichtgeheimnisses. Er empfand es nicht als Strafe, sich sonntags morgens in dieser oder jener Kirche blicken zu lassen. Don Aurelio trug noch die lange Soutane mit den unzähligen Schweinezitzen, die der Wölbung seines Bauches folgten, und das hatte etwas Vertrauenerweckendes, genauso wie der schwarze flache Hut, der Gesù an seinen alten Lehrmeister Padre Borrelli erinnerte.

»So, mein Kleiner, gleich sind wir bei La Tattamella ... Dort wartet eine super Amme auf uns. Die Brüste so voll ... daß ich manchmal Angst habe, sie kippt gleich vornüber.«

Das schönste Bild, das Gesù sich von dem Abend bewahrt hatte, war die junge Frau, die mit ihrem hochschwangeren Bauch vor dem Trichter eines alten Grammophons stand, aus dem *Core'n'grata* in der uralten Version von Caruso schallte. Musik für das Baby, das war heilsam ... Ein Bruder mußte den Apparat mit der Kurbel immer wieder von neuem aufziehen, um die Schellackplatte am Drehen zu halten. *Core'n'grata*. Von überall her kamen immer mehr Familienangehörige und Nachbarn, die mitsangen, indem sie nur die Lippen bewegten und die Hand auf ihr Herz legten. Das Baby mußte schließlich von Carusos reiner Stimme in die Welt gelockt werden ... und diese durfte durch den widerborstigen Gesang von Familie und Straßenvolk nicht unrein gemacht werden ... Das Mädchen streckte den Bauch so weit vor, daß er die runde Öffnung des Grammophontrichters nahezu verschloß. Caruso klang erstickt, das *Core'n'grata* war nur noch für das Baby da, flirrte durch die Gebärmutterwand direkt zu ihm ... Die Umstehenden rangen nach Atem.

Gesù liebte seine Mädchen.

Nein, an diesem Ende der Linie ist alles okay. Alles unter Kontrolle. Aber wenn ich an das andere Ende denke, wird mir angst und bang. Die Niederlande sind mein wichtigster Absatzmarkt, und ich habe schon seit Wochen nichts mehr gehört. Ja, ich weiß: Dieser Student aus Amsterdam hat seine offiziellen Kurierdienste nach Mailand und Rom eingestellt, so daß jetzt auch die übrigen Kontakte zum Erliegen gekommen sind. Hoffentlich hält er die Klappe ... ich werde ihn zu finden wissen. Hier gutes Geld zu verdienen und mich dann von einem Tag auf den anderen hängenzulassen ... Muß morgen mal die Geheimnummer in Amsterdam anrufen: ob es schon Ersatz gibt. Scheiße ist, daß sie die Kuriere meist über Zeitarbeitsbüros besorgen. Da hat man wenig Kontinuität.

Der Polizeiobermeister

Freitag, 7. April 1972
(Hennie A.)

Gegen zehn, als auch die älteren Kinder im Bett waren, fuhr ein Polizeiwagen vor. Hennies Mann öffnete.

»Wir würden Ihre Frau gern mal eben ins Rathaus mitnehmen für ein paar kurze Fragen.«

»Hen...«

Sie hatte es schon gehört. Nicht diese »kurzen Fragen« hatte harmlos geklungen, sondern das Rathaus anstelle der Polizeiwache gab dem Ansuchen etwas Beruhigendes. Hennie zog ihren Mantel an. Der Beamte, der geklingelt hatte, bat sie, auf der Rückbank Platz zu nehmen; dann wandte er sich noch kurz in leisem Ton an ihren Mann. Hennie trat auf den Bürgersteig. Die Autotüren standen offen; auf der Rückbank saßen zwei Polizeibeamte und unterhielten sich. Sie sahen sie nicht. Hennie blieb, jetzt ziemlich ruhig, geduldig stehen und wartete auf weitere Anweisungen.

»... na, Dr. Helmerhorst hatte genug gesehen«, sagte der eine Beamte zum anderen, »und gab uns einen Wink, Hugo und mir, daß wir sie in den Leichensack tun konnten. Gut, Huug und ich legen sie erst mal gerade hin, auf den Rücken. Also, ich sag dir, dabei *kam* vielleicht ein Gestank frei. Ein Wahnsinnsblubberfurz, und dann ist das ganze Gas raus, das sich da angesammelt hatte. Der reinste Sumpf, sag ich dir. Als hätte sie da schon seit Tagen gelegen. Ich dachte, mich haut's um. – Oh, pardon.«

Der Polizist hatte Hennie bemerkt und stieg aus, wobei er die Tür noch etwas weiter öffnete, damit sie einsteigen konnte. Bevor sie saß, war auch der andere Polizist verschwunden; das Geräusch der zuschlagenden Tür hing noch im Wagen.

»Was macht ihr jetzt?« fragte Hennie, bevor auch die andere Tür zuschlug.

»Schnell mal 'ne kleine Hausdurchsuchung. Gleich vorbei.«

Er sagte es so achtlos, daß es Hennie nicht in Panik versetzte. Eine *kleine Hausdurchsuchung*, während sie im *Rathaus* war, kein Grund zur Unruhe also. Beunruhigender war, daß der Sumpfgeruch, den der eine Beamte mit einem Kollegen bei Muttchen freigesetzt hatte, noch im Wagen zu hängen schien. Sie glaubte ihn zu riechen. Vielleicht war der Geruch in seine Uniform gedrungen, die ihn wiederum an die Innenverkleidung des Streifenwagens abgegeben hatte.

Der Polizist, der geklingelt hatte, setzte sich wieder hinter das Steuer. Die Haustür schloß sich.

»So, Mevrouwtje, ich habe den Auftrag, Sie nach Alt-Lummel zu bringen.«

Sie fuhren über den Kirchenvorplatz zum Rathaus. Als sie die Dorpsstraat kreuzten, versuchte Hennie, ins *Wapen van Lummel* hineinzuschauen, vielleicht, um einen kurzen Blick auf ihre Schwester und ihren Schwager zu erhaschen. Sie konnte nur erkennen, daß es sehr voll war, voller, als sie die Kneipe je gesehen hatte.

Da lag das kleine alte Schloß inmitten seines teichartigen Schloßgrabens. Die erleuchteten Fenster spiegelten sich matt in dem mit Entengrütze bedeckten Wasser. Der Polizeibeamte half ihr beim Aussteigen und begleitete sie über die Brücke. Drinnen hatte das Gebäude kaum mehr Ähnlichkeit mit einem Schloß, mit einer Polizeiwache aber schon gar keine.

»Hier müssen wir 'nen Moment warten.«

Sie warteten vor einer grauweißen Tür, hinter der bekannte Stimmen zu hören waren: von ihrer Schwester, ihrem Schwager ... wem aber gehörte diese dritte, autoritäre Stimme, die die – praktisch nicht zu verstehenden – Fragen stellte? Noch ohne sie zu erkennen, drückte die Stimme sie schon nieder. Großes Unbehagen. Wachsende Angst. Mit einemmal besorgt, ängstlich, argwöhnisch, fragte sie den Beamten: »Warum ist meine Schwester mit ihrem Mann da ... und ich nicht?«

»Oh, Ihren Mann holen wir schon noch, machen Sie sich keine Sorgen. Er ist jetzt bei der Hausdurchsuchung dabei.«

Mit roten Augen kam Hennies Schwester heraus, gefolgt von ihrem Mann. Alle vermieden, einander anzusehen. Nun war Hennie an der Reihe. Sanft schob der Polizist sie zur Tür. Drinnen herrschte jetzt Schweigen, doch die bekannte unbekannte Stimme fraß in ihr weiter. Es war die wichtigste Stimme, die je in ihrem Leben ertönt war, so etwas wie ihre Schicksalsstimme. Sie mußte sich tief im Echobrunnen ihrer Seele verselbständigt, von ihrem Besitzer losgeschrien haben, sonst war nicht zu verstehen, warum nicht sofort ein Name und ein Gesicht dazu gehörten.

Polizeiobermeister de Caluwe, hinter einem Stahlschreibtisch militärisch streng thronend, schien in diesen sieben Jahren kaum älter geworden zu sein. Höchstens war die Gesichtshaut mit den starren, sauren Falten inzwischen um einen Ton gelber. Leberflecke auf der knochigen Stirn hatte er schon damals gehabt, ebenso die schmalen bläulichen Lippen, die, wenn sie sich öffneten, reichlich gut durchblutetes Mundfleisch freigaben. Der Hemdkragen hing noch immer einige Nummern zu groß um den mageren, faltigen Hals, und Hennie erkannte auch die preußischblaue Krawatte wieder: Sie hatte ihn nie mit einer anderen gesehen. Nein, die Konfrontation mit dem Mann hinter der Stimme konnte sie nicht stärker aus dem Gleichgewicht bringen, als es der Klang bereits getan hatte. Trotzdem wußte Hennie in dem Moment, als sie ihn definitiv wiedererkannte, wie alles enden würde ... sie fühlte es ... *roch* es ... Nicht wie vor sieben Jahren, nein, schlimmer, viel schlimmer. Noch bevor ein Wort gesprochen war, spürte Hennie, wie sie in die alte, ausgeleierte Rille rutschte. Sie erwartete jeden Moment dieselben Fragen aus diesem aufklappenden Mund, auf die sie dann, mit allen – und schwererwiegenden – Konsequenzen, dieselben Antworten geben würde. De Caluwe brachte sie dazu, alles zu sagen.

Er begann quasi-zerstreut, ein wenig väterlich-müde.

»Na, Hennie, da sind wir ja wieder.«

All die Jahre hatte Hennie nicht an den Polizeiobermeister

gedacht, auch nicht an ihn zu denken *brauchen*, so sehr war der Mann akustisch in ihr präsent gewesen. Sie war auf einem großen Umweg zu der Person aus Fleisch und Blut zurückgekehrt, oder, besser gesagt, sie hatte sich auf einem langen, vergeblichen Umweg zu ihm zurückführen lassen. Vergeblich, so schien es ihr, all die Jahre des Arbeitens, Sich-Abquälens, Gebärens. Hier stand sie, sieben Jahre älter, inzwischen vierzig, vor dem Mann, der das alles zunichte machen konnte. Machen würde. Diesmal würde sie nicht davonkommen. Polizeiobermeister de Caluwe war in gewisser Weise die einzige Person auf Erden, die vorbehaltlos an sie glaubte. Er war durchs Feuer gegangen und würde es wieder tun, um ihr Schicksal nach seiner Überzeugung zu gestalten.

»Erst der Vater, jetzt die Mutter. Schön, Hennie, wir machen Fortschritte. Keine halben Sachen, könnte man sagen. Wir mußten nur abwarten.«

»Nein, nicht Sie ... Sie dürfen mir keine Fragen stellen. Ich will jemand anders. Lassen Sie bitte jemand anders kommen.«

»Kommt nicht in Frage. Wer noch nicht überzeugt war, den werde ich jetzt überzeugen. Und diesmal werde ich dich nicht mehr mit Samthandschuhen anfassen. Ich werde dafür sorgen, daß du deine Kinder nie wieder siehst. Jetzt bist du dran, Hennie.«

Irgendwann hatte de Caluwe zur Unterstreichung eines Wortes oder eines Satzes mit der Faust auf den Tisch geschlagen. Es spielte keine Rolle, bei welchem Wort oder Satz. In seiner Stimme steckte eine hämmernde Faust, die nie zur Ruhe kam.

Happy Holland Hotel

Montag, 4. Oktober 1976
(Albert Egberts)

Happy Holland Hotel. Höchst verführerisch hatte es in diesem Sommer auf der Rückseite ihrer Briefe nach Geldrop gestanden, und Albert stellte sich dabei ein weiß verputztes Gebäude vor mit Pilastern zu beiden Seiten des Haupteingangs und einem roten Baldachin auf Messingstangen bis zur Bordsteinkante. Zwischen den Kübelpalmen ein Portier, von Kopf bis Fuß ein »Glanz von Tresse und Knopf«. Nachdem Alberts Schwester die ganze Zeit von Arbeitslosenunterstützung gelebt hatte, hatte sie jetzt eine volle Stelle als Englischlehrerin an einem Amsterdamer Lyzeum gefunden. Im Juli war sie mit ihrem Kunstmaler oder Fotografen oder beidem (»oder keinem von beiden, wirst du wohl sagen«, wie Vincent van Gogh einmal über ein ähnliches Doppeltalent an seinen Bruder geschrieben hatte) von Arnheim in die Hauptstadt umgezogen und hatte ihr Domizil im Happy Holland Hotel in der Nicolaas Maesstraat aufgeschlagen. Mariëtte – oder Spokie, wie der Künstler sie nannte – ging es offensichtlich gut.

»Linie 24 vom Hauptbahnhof bis zum Roelof Hartplein«, hatte sie ihrem Bruder geschrieben. »Dann zu Fuß weiter bis zur Nic. Maes.«

Das einzige, worin sich das Happy Holland Hotel von seinen ebenfalls backsteingrauen Nachbarn unterschied, war ein großes rosa Herz an der Vorderseite, und darauf in viel zu schwungvollen Buchstaben der Name. Mariëtte, die gerade jemanden verabschiedete, begrüßte Albert nicht nur so, als hätte sie ihn schon erwartet, sondern sogar wie jemanden, der leicht in Verzug ist, weil er fünfzehn oder zwanzig Minuten zu spät erscheint. Um ihren Mund spielte ein spöttisches und verzeihendes »Na, da bist du ja endlich ...«

»Albert, das ist Streepje, ein Kollege von der Schule. Streepje: Albert, mein älterer Bruder.«

»Ah, dann sind Sie also der Philosoph. Mit einem Hammer, wie ich hoffe. Baartscheer, angenehm.«

Der Mann, Albert schätzte ihn auf Anfang Dreißig, sprach jedes Wort langsam, sorgfältig und nachdrücklich aus, mit einer Stimme, die die meisten als affektiert bezeichnen würden, auf die das Bild der »heißen Kartoffel im Mund« aber wiederum auch nicht zutraf.

»Streepje gibt Gemeinschaftskunde, das heißt, es interessiert ihn.«

Er hatte ein großes, dunkel angelaufenes Gesicht, von dem man nicht gleich wußte, ob man es als rund oder quadratisch bezeichnen sollte; es war vor allem massig, mit prononcierter Kieferpartie, das Ganze auf einem kurzen, breiten Hals. Aufgrund des blutvollen Gesichts nahm sich das blonde, peinlich akkurat gescheitelte Haar besonders hell aus. Hinter den stark spiegelnden Gläsern seiner Metallbrille schmale, helle Augen. Er hatte breite Schultern, gerade eben noch keinen Bauch, obwohl deutlich war, daß sich der Reißverschluß seiner rotbraunen Lederjacke nicht mehr bequem schließen ließ. Der Mann kam Albert bekannt vor, aber eher so, wie jemand, den man noch nie zuvor gesehen hat, einen an ein vertrautes Gesicht erinnern kann.

»Die brutzeln sich wieder was zurecht im Souterrain«, sagte Mariëtte in Anspielung auf den fettgetränkten Qualm, der sie durch die offene Haustür erreichte. »Da gibt's kaum Lüftung. Es hat da auch schon ein paarmal gebrannt. Das Haus voller Rauch...«

Aus einem Fenster im zweiten Stock schallte schon die ganze Zeit arabische Musik, die jetzt lauter aufgedreht wurde. Baartscheer schob die Hände in die Hosentaschen und schaute mit spöttischem Lächeln die Hauswand hinauf. Dann legte er los.

»Also, außer dir und... Polle, Pelle, Pingo... sorry, ich kann mir seinen Namen einfach nicht merken...«

»Pol. Oder Polly.«

»... außer dir und Polly wohnen hier also ausschließlich Ägypter?«

In seine Brillengläser fiel Laternenlicht, während sein Blick noch höher kletterte und Spott sich in Verachtung verwandelte.

»Nur ägyptische Studenten, ja. Jedenfalls, die meisten von ihnen studieren.«

»Nur gut, daß du nicht *wirklich* Jüdin bist, obwohl ich das von deinem Äußeren her einen Moment lang geglaubt hatte.«

»Nur gut, daß ... Wieso?«

»Oh, nichts. Laß nur. Ich hatte vergessen, daß du dich nicht für Politik interessierst.«

»Also, Streep ... ich geh jetzt mit Albert rein. Bis morgen.«

»Wieso immer dieses ewige Streep ... Streepje ... wenn ich fragen darf?« sagte Albert.

»Frag deine Schwester.«

»Weißt du noch, Albert, wie mein Lieblingsbuch früher hieß? *Marie Streepje Anneke*. Die Heldin wurde so genannt, weil sie diesen Bindestrich in ihrem Namen hatte. Manchmal auch nur ›Streepje‹. Darum nenne ich meinen Gemeinschaftskundekollegen auch so, der heißt nämlich Arend Streepje Jan. Außerdem haßt er seinen vollen Vornamen ... Wie war das noch gleich, Streepje?«

»Tja, also, ich wohne in einem Arbeiterviertel, in der Pijp, und da gibt's öfter mal Probleme mit so einem Doppelnamen. Vor allem in den Kneipen dort, in die ich regelmäßig gehe. Auf die Rechnung lasse ich einfach Jan schreiben. Damit vermeide ich eine Menge Aggressionen, denn ein Doppelname, das ist eher was für die Concertgebouw-Gegend, nicht wahr?«

Fast wörtlich dieselbe Erklärung hatte er Albert und Thjum vor fünf Jahren gegeben, im Juni '71, nach dem verregneten Pink-Floyd-Konzert im Amsterdamse Bos. Nun, da der Name gefallen war (nicht *Geerten*-Jan, wie Thjum sich zu erinnern glaubte, sondern Arend-Jan), fiel es Albert nicht mehr schwer, in der massigen, gepflegten Person vor sich den mageren Hippie mit langem Haar, Glitzerweste und türkisfarbener Hose von damals wiederzuerkennen. Obwohl er noch den Batikkittel aus Indien trug, in dem er zwei Monate lang herumgereist war, mußte er damals schon im Begriff gewesen sein, seine alte Haut abzustreifen. Arend-Jan Bartscheer hatten vor allem die Armen dort enttäuscht. Er war kaum in den Genuß des Luxus gekommen, den Bettlern ein Almosen zuzuwerfen.

»Okay, beim ersten Mal gibst du ihnen ein paar Münzen. Am nächsten Tag wollen sie schon einen Schein ... in der Woche darauf einen Stuhl, und das Ende vom Lied ist, daß sie dich, ohne mit der Wimper zu zucken, fragen, ob du ihnen nicht die Reparatur ihres Dachs bezahlst, weil die Monsunzeit bevorsteht. Erzähl du mir was von den Verdammten dieser Erde.«

»... und während er seine Socken mit der Großezehmethode des Ehemanns auszog, dessen Eheleben ständig an Vergewaltigung grenzt, spannte sich der mit absorbierendem Frotteestoff gefütterte Schritt ihres Slips feucht über dem Rücken seiner sich rhythmisch bewegenden Hand ...«

Verstohlen, während seine Schwester ihm Kaffee eingoß, las Albert die letzten Zeilen, die sie – direkt in die elektrische Schreibmaschine – übersetzt hatte. Das Bewunderungswürdigste an Mariëtte war ihre natürliche Energie, die sie fast beiläufig einsetzte. Nach dem Unterricht schwang sie sich zu Hause sofort hinter die Schreibmaschine, aber nicht, um krumm und verspannt an der Übersetzung weiterzuarbeiten – nein: Mit Tee und Schokoladenkuchen und etwas später am Nachmittag einem doppelten Klaren mit Eis neben sich tippte sie von Zeit zu Zeit achtlos einen Absatz runter, korrigierte zwischendurch einen Stapel Klassenarbeiten, und das alles, während sie deutlich sichtbar an andere Dinge dachte – oder vielleicht auch an gar nichts, wie eine Katze.

Polle oder Pelle oder Pingo las, im Bett liegend, einen Comic, als Albert das Zimmer betrat. Beim Kaffee erzählte er mißmutig, wie er versuche, doch noch in den Genuß einer Förderung für bildende Künstler zu kommen, indem er seine alten Fotos in vier Teile zerschnitt und diese neu anordnete, so daß sie als bildende Kunst durchgehen konnten. Seine größte Sorge galt jedoch dem hohen Preis der benötigten Aluminiumrahmen.

Mochte das Haus auch nicht mehr als Hotel in Betrieb sein, für dieses eine kleine Zimmer bezahlten sie mit 600 Gulden pro Monat doch einen Hotelpreis. Auf dem kleinen Kühlschrank in der Ecke stand ein vierflammiger Gaskocher mit einer Dunstabzugshaubenattrappe darüber – eine Kombination, die »die Küche« genannt wurde. Albert begriff, daß sein eigener Sprachgebrauch noch nicht auf Amsterdam eingestellt war.

Lügen wie ein Andachtsbild

Montag, 4. Oktober 1976, Frauengefängnis Rotterdam (Hennie A.)

In ihrer Zelle dachte Hennie noch oft an die nachbestellte Sauciere, die wohl nie abgeholt worden sein dürfte, obwohl sie bereits bezahlt war. Sie nahm ständig größere Ausmaße an, das Format eines Wettkampfpokals, in den der Inhalt von einem Dutzend Magnumflaschen Champagner paßte. Eine Soßenschüssel für eine Großfamilie. Muttchens letzte Geste gegenüber ihrer älteren Tochter. Vielleicht stand sie noch irgendwo bei Miro im Regal, von den Hausfrauen für zu groß befunden, ein Monstrum für jeden Tisch. Seltsam, daß dieser kleine Beweis ihrer gegenseitigen Liebe jetzt neben den Edelstahlschüsseln zum Ladenhüter verkam und der Kassenzettel, der zugleich Gutschein war, sich zu einem Beweisstück ausgewachsen hatte, das sie hier in diese Zelle gebracht hatte. Nie eingelöst.

Freitagabend, 7. April 1972

»Eine Nachbarin deiner Mutter ist die letzte, abgesehen von dir natürlich, die sie lebend gesehen hat. Und zwar, Hennie, als deine Mutter dir heute morgen zwischen Viertel nach acht und halb neun die Tür aufgemacht hat. Zwischen neun und halb zehn hat ein anderer Zeuge dich wieder herauskommen sehen. Jetzt erzähl mir doch mal ganz genau, Hennie, was in dem Zeitraum zwischen dir und deiner Mutter vorgefallen ist.«

Hennie schüttelte den Kopf.

»Was, schüttelst du schon wieder den Kopf? Dabei haben wir noch nicht mal angefangen.«

»Sie kann nicht gesehen haben, daß Muttchen mir aufgemacht hat. Ich hab geklingelt, aber Muttchen kam nicht. Da hab ich die Tür mit dem Haken geöffnet, der unter den Sträuchern lag. Durch den Briefschlitz …«

»Wir haben noch nicht mal angefangen, und schon lügst du. Diesen sogenannten Türhaken haben wir geprüft. Er ist zu kurz, um das Schloß damit zu öffnen. Viel zu kurz. Es ist ein ganz normales Stück Draht, das zu nichts nütze ist.«

»Vor lauter Aufregung hab ich ihn …«

Ein Polizeibeamter kam ins Zimmer und flüsterte de Caluwe etwas ins Ohr, woraufhin dieser ungeduldig nickte. Es dauerte lang. Der Gesichtsausdruck des Polizeiobermeisters wechselte von Irritation zu einer Art grimmigem Triumph. »Ja, bringen Sie's her«, sagte er schließlich.

Der Beamte verständigte einen Kollegen, der wortlos eine Plastiktüte vor de Caluwe hinlegte und wieder ging. Der Mann betrachtete den Inhalt kurz, mit zusammengekniffenen Augen, und schob die Tüte dann zur anderen Seite des Schreibtischs.

»Was ist das, Hennie?«

Es erinnerte an die Verpackung, wie man sie beim Schlachter bekam, als zusätzliche Schutzschicht um das Papier, in das Suppenfleisch oder geschnittenes Herz für die Katze eingewickelt war. Entfernte man sie, blieb manchmal ein blutbefleckter Kassenzettel darin zurück. Ein solcher lag auch in dieser Tüte, mit einem fast geschlossenen Rand aus dunkel gewordenem Blut. MIRO war in blauer Tinte über die Zahlenreihe gestempelt, und darüber stand deutlich lesbar in einer runden, weiblichen Schrift: *Roni Sauciere*.

»Na, Hennie, was haben wir denn da?«

»Einen Kassenzettel.«

»So weit war ich auch schon. Wo kommt er her?«

»Von Miro …«

»… dem bekannten Haushaltswarengeschäft. Ja, das hatte ich auch schon gelesen, Hennie. Wir üben uns in Geduld. Aber wo hat der Polizeibeamte, der eben hier war, ihn her?«

So, wie er da hinter knittrigem Plastik lag, mit seinem Trauerrand aus Blut, verwandelte sich der Kassenzettel, als Hennie sich jetzt plötzlich an seine Herkunft erinnerte, in ein Andachtsbild anläßlich der Beerdigung ihrer Mutter.

»Von Muttchen. Aus Muttchens Haus.«

»Bist du dir sicher? Und wie ist dieser Zettel in Muttchens Haus gekommen?«

»Gestern abend waren wir alle zusammen in Nimwegen. Langer Donnerstag. Ich hatte im letzten Monat Geburtstag, und Muttchen wollte mir noch was schenken. Ich meine … an meinem Geburtstag hatte sie mir Geld zugesteckt. Viel zuviel, viel zu gutherzig, so war sie eben. Aber eigentlich mochte sie das mit dem Geld nicht, also …«

»He, Moment mal, Hennie, das ist ja interessant. Du hast dir von deiner Mutter Geld geben lassen? Beträchtliche Beträge? Kein Wunder, daß sie Mietschulden bei der Gemeinde hatte. Kein Wunder, daß … aber dazu kommen wir noch. Außer diesem Geld wollte sie dir also noch etwas schenken. Erzähl weiter.«

»Schüsseln für auf den Tisch. Aus Edelstahl. Nur die Soßenschüssel fiel ein bißchen klein aus für so 'ne große Familie wie unsre. Größere hatten sie nicht von dieser Marke. Die Verkäuferin hat dann eine große Schüssel für uns bestellt. Muttchen gab mir Geld, damit ich die Schüsseln bezahlen konnte. Auch schon für die Sauciere, dann brauchten wir die nur noch abzuholen. Die Verkäuferin hat den Markennamen auf den Kassenzettel geschrieben. *Roni.* Und ein kleines Kreuz neben den Betrag für die Soßenschüssel. Ich hab Muttchen dann zusammen mit dem Wechselgeld den Zettel gegeben.«

»Also so, Hennie, ist dieser Kassenzettel ins Haus deiner Mutter gekommen?«

»Ja.«

»Warum war er dann, blutverschmiert, in der Tasche von deiner Lederjacke? Der Jacke, Hennie, die du heute morgen anhattest, als du zu Muttchen gingst. Der Jacke, die du danach bei dir zu Hause ausgezogen hast und von der du das Blut abgewischt hast, Hennie, ohne auf die kleineren Spritzer zu achten. Der Jacke, Hennie, die jetzt bereits auf dem Weg ins Labor ist, um von klugen Köpfen untersucht zu werden...«

»Ich weiß es wieder. Der Parkplatz. Dumm von mir.«

»Befinden wir uns jetzt plötzlich auf einem Parkplatz, Hennie?«

»Der Parkplatz auf dem Dach des Einkaufszentrums in der Molenstraat. Dort stand unser Auto. Bevor wir einstiegen, hat Muttchen mir den Kassenzettel gegeben. Dann konnte ich selbst mal, wenn ich sowieso zur Arbeit nach Nimwegen mußte, die Soßenschüssel abholen. Bezahlt war sie ja schon. Der Zettel war der Beweis. Ich habe ihn, ohne weiter nachzudenken, in die Tasche meiner Nappajacke gesteckt.«

»Der Kassenzettel als Beweis. Ein wahres Wort, Hennie. Ein wahres Wort. Wir haben gerade erst angefangen, und du kommst mir schon jetzt mit zwei unterschiedlichen Versionen, die sich widersprechen wie Tag und Nacht.«

Es klopfte. »Kann ich Mevrouw Plaggemars mal kurz mitnehmen für ein paar Haarproben und so?« Offenbar jemand vom Kriminaltechnischen Dienst. Durch eine kurze Kopfbewegung gab de Caluwe zu erkennen, daß Hennie mitgehen könne.

Mit der gleichen Sachlichkeit und Selbstverständlichkeit, als handele es sich um einen Besuch beim Friseur oder bei der Pediküre, wurden bei Hennie Haar- und Fingernagelproben genommen. Die Haare wurden zum Teil abgeschnitten und zum Teil ausgezogen. Auch die Wurzeln konnten offenbar von Bedeutung sein. Das Ausziehen, und das war das Erniedrigende daran, erfolgte in der Manier von Schulkindern: Man nahm ein Haar fest zwischen Daumen und Zeigefinger und klopfte dann mit den Knöcheln der anderen Hand auf den Schädel, so daß die in die Irre geführte Person dieses Klopfen spürte und nicht das Ausreißen des Haars. Es war auch eine Äffin zugegen, um Flöhe bei ihr zu suchen, allerdings nach Art der Menschen: Mit einer ins Auge geklemmten Lupe suchte sie Hennies Kopfhaut ab, wahrscheinlich nach Spuren von Gegengewalt, wie zum Beispiel kleine Wunden oder bereits früher vom Opfer ausgerissene Haare. Trotzdem genierte sie sich, und zwar zu ihrer eigenen Überraschung, am meisten wegen ihrer Schuppen: Wann hatte sie sich zuletzt die Haare mit dem Antischuppenshampoo gewaschen, das sie mit einem Rezept vom Hausarzt in der Apotheke hatte holen müssen? Es war so stark, dieses medizinische Shampoo, daß sie es nur alle vierzehn Tage benutzen durfte, und selbst dann hinterließ es, wenn man es zu fanatisch einmassierte, gereizte Stellen auf der Kopfhaut, auf denen sich manchmal Schorf bildete.

Die Haar- und Nagelproben wurden in zylinderförmigen Döschen aus undurchsichtigem Plastik gesammelt, auf die beschriebene Etiketten geklebt wurden.

»Sie werden jetzt gleich mit dem Dienstwagen zur Polizeidienststelle in Nimwegen gebracht.«

Als Hennie bewußt wurde, daß sie offiziell des Mordes oder Totschlags an Muttchen verdächtigt wurde, schrie sie genauso unsinnig wie damals, als Kripobeamte ihr die Vergiftung ihres Vaters in die Schuhe schieben wollten. Es war der Schrei um den zweifachen Verlust: den Verlust eines geliebten Wesens und die Konfrontation mit der angeblichen Schuld an diesem Verlust. Das Andachtsbild in der Plastiktüte war Zeichen einer doppelten Trauer: über das Verschwinden von Muttchens Leben, um das sie sich so liebevoll gekümmert hatte, und über das bevorstehende Abrutschen ihres eigenen Lebens.

»Ich will meinen Mann sehen. Ich will meinen Mann sprechen.«

Sie bekam nicht einmal eine Antwort.

Im Auto Richtung Nimwegen trat das Gegenteil dessen ein, was sich morgens im Bus auf dem Weg dorthin abgespielt hatte. Was mit Muttchen passiert war, verschwand damals in all seiner Grauenhaftigkeit hinter der ruhigen Realität der Fahrt und der Landschaft. Jetzt drang durch die erdrückende Aufdringlichkeit des Verdachts und der Festnahme nichts von der Autofahrt und der draußen vorüberziehenden Nacht zu ihr durch, nur, daß der Wagen sie zu einem unabwendbaren Schicksal brachte.

Die schwarze Mitra des Wahnsinns

Der Blaue Gang

Mittwoch, 6. Oktober 1976, Frauengefängnis Rotterdam (Hennie A.)

Auf dem Ring wurde über den Blauen Gang geredet, wie in Romanen, die in den Häusern der Aristokratie spielten, voller Ehrfurcht über das Blaue Zimmer gesprochen wurde, das dem Grünen, dem Roten und sogar dem Goldenen Zimmer bei weitem vorzuziehen sei. Der Blaue Gang lag außerhalb des Rings. Dort saß immer nur eine Handvoll Frauen: die Elite. Sie hatten Privilegien, zu viele, als daß man sie alle aufzählen könnte. Vom täglichen Duschen bis zum gemütlichen Wohnzimmer mit Fernseher. An den Wochenenden sahen sie dort, außer nachts, ihre Zelle nicht mal von innen. Der Blaue Gang war ein abgeschiedener Teil des Gefängnisses, wie er in Italien Mafiabossen vergönnt war.

Nur von einem Privileg durfte kein Gebrauch gemacht werden. Es war der einzige Ort im gesamten Frauengefängnis, an dem man durch die Fenster nach draußen sehen konnte: auf den Innenhof. Doch die Fenster, hier nicht ganz aus Mattglas, saßen hoch in der Gangwand, und einen kurzen Blick auf den Innenhof konnte nur werfen, wer sich auf die alten gußeisernen Heizkörper stellte. Das aber war verboten. Jedem Neuzugang gegenüber pries die Direktorin höchstpersönlich die besonderen Annehmlichkeiten des Blauen Gangs, die Vorzüge, die Privilegien, und das alles in einem Ton, als sei es ganz selbstverständlich. Zum Schluß kam sie dann, vor verhaltener Theatralität fast bebend, auf das einzige Privileg zu sprechen, das nur *potentiell* ein Privileg war. Die Aussicht.

»Die Aussicht ist hier einzigartig. Genau auf den Innenhof, wo oft richtiger Trubel herrscht. Wie auf einem Fischmarkt. Ich würde sagen, genießen Sie es. Aber um hinauszuschauen, dürfen Sie sich nicht auf die Heizkörper stellen. Auf gar keinen Fall, hören Sie? Das ist strengstens verboten. Wer auf der

Heizung erwischt wird, fliegt sofort wieder in den Ring. Die Entscheidung liegt bei Ihnen.«

Durch die Versuchung der Aussicht war die Fluktuation auf dem Blauen Gang sehr hoch. Nach dem einmaligen Hall des Radiators, auf den zwei Frauenfüße kraftvoll gestellt wurden, erwartete die Übertreterin erneut der Eiserne Ring mit seinen ewig hallenden Treppen und dem unablässigen Geklirre von Schlüsselbunden.

Über das Stehen auf einem Stuhl sagte die Anstaltsordnung nichts. Das war noch nie mit dem Ausstoß aus der schicken Suite, dem Blauen Gang, bestraft worden. Bei sonnigem Wetter stellten sich die Frauen eine nach der anderen auf einen Stuhl, den sie unter das Fenster geschoben hatten. Dessen Sitzfläche lag wesentlich niedriger als die obere Kante des Heizkörpers, und folglich konnten sie von dieser Position aus auch nicht auf den Innenhof schauen. Immerhin war für diejenige, die auf dem Stuhl stand, ein Teil des blauen Himmels sichtbar. Es war das Höchste, an dem man sich dort ungestraft erfreuen durfte. So war der Blaue Gang zu seinem Namen gekommen.

Seit Hennie dort im Spätsommer eine Zelle zugewiesen worden war, hatte sie die Aussicht ein einziges Mal genießen dürfen – mit Wissen einer Aufseherin. Auf dem Blauen Gang saß gerade seit ein paar Wochen eine junge Frau (die Mörderin ihres untreuen Liebhabers), die aufgrund von Beschwerden nach einer entsprechenden Untersuchung erfahren hatte, daß sie an einer unheilbaren Krebsart litt. Innerhalb von wenigen Tagen wurde ihre vorzeitige Entlassung beschlossen. Die Aufseherin hatte die drei übriggebliebenen Frauen ermutigt – »nur dieses eine Mal, ganz ausnahmsweise« –, auf die Heizkörper zu klettern, um zu sehen, wie die Frau über den Innenhof ging. Sie selbst hatte sich ebenfalls auf einen Radiator gestellt. Hennie hielt sich, um das Gleichgewicht nicht zu verlieren, an den senkrecht über die Wand laufenden Heizungsrohren fest, die auch im September eigentlich zu heiß dafür waren. Was sie sah, hatte keine Ähnlichkeit mit dem lebendigen »Fischmarkt«, den die Direktorin in dem Innenhof erblicken wollte. Im Fischgrätmuster verlegtes Pflaster, das schon, einige Rechtecke mit NP (Nicht parken) beschriftet, und auch sonst kein Auto weit und breit.

»Schaut mal, da geht sie«, sagte die Aufseherin. »Zum Tor.«

Es hätte auch ein Kind sein können, das da ging, so zerbrechlich wirkte sie, eine gehäkelte Tasche mit kleinen Gegenständen in der Hand. Für Hennies Ohren hatte die Aufseherin gesagt: »Zum Tor des Todes.« Nicht: »der Freiheit.«

Sonnabend, 8. April 1972

Nachdem in der Polizeidienststelle in Nimwegen ein Arzt Hennie etwas beruhigt hatte, wurde sie in eine Zelle gebracht, vor der, auf Stühlen zu beiden Seiten der Tür, bereits zwei Beamte Wache schoben. In der Zelle brannte grelles Licht. Es stand lediglich ein Bett im Raum. Bevor sich die Tür schloß, verlangte Hennie noch einmal nach ihrem Mann.

»Dieser Bitte können wir nicht entsprechen. Kontakt mit Ihrem Mann ist in diesem Stadium der Untersuchung nicht gestattet.«

»Dann lassen Sie in Gottes Namen einen Geistlichen oder so kommen. Ich halte es sonst nicht aus.«

»Wir werden sehen, was wir für Sie tun können.«

Niemand kam, ihr Mann nicht und auch kein als Geistlicher verkleideter Mann. Die Nacht brachte Hennie schlaflos im Bett unter dem grellen Neonlicht zu. Sie hörte an den Stimmen und dem Stühlegescharre, wie die Wachhunde vor ihrer Tür von zwei anderen abgelöst wurden. Am Abend zuvor hatte Wim, als ihre Angst noch nicht weiter reichte als bis zu einer schlaflosen Nacht in ihrem *eigenen* Haus, noch schnell ein paar Schlaftabletten für sie beim Hausarzt geholt, der auch eine kleine Apotheke betrieb. Wo war die Durchdrückpackung hingeraten? Mit geschlossenen Augen suchte Hennie das Haus in Lummel ab, das ganze Erdgeschoß, das ganze Obergeschoß, jedes Eckchen, als könnte das vorgestellte Auffinden der Tabletten an der Stelle, wo ihr Mann sie hingelegt hatte, ihr den erlösenden Schlaf verschaffen. Das rechteckige Ding wurde zu einer heißbegehrten Art Schmuck, der im indirekten Licht der Schirmlampen schimmerte – ja, da lagen sie, die Tabletten, silbrig leuchtend wie Fischaugen. Wim hatte den Streifen neben ihre Stickarbeit auf das Büfett gelegt, wahrscheinlich in der Annahme, sie werde nach dem Einnehmen einer Tablette sticken wollen, bis ihr die Augen von allein zufielen. Hennie sah das Stilleben so deutlich vor sich, daß sie die Hand danach ausstreckte: Sie konnte es nicht erreichen.

Am frühen Morgen des Sonnabends, des achten April, wurde Hennie erneut überführt, diesmal zur Polizeidienststelle nach Arnheim. Warum hatte man sie nicht gleich dorthin gebracht? Warum dieser Umweg über das Nimwegener Mariënburg, wo sie nichts anderes zu tun gehabt hatte, als, zwei dumpf brummelnde Polizisten vor der Tür, die Nacht irgendwie herumzubringen? Welche Verfolger sollten auf diese Weise abgeschüttelt werden?

Nachdem man in Arnheim erkennungsdienstliche Fotos und Fingerabdrücke gemacht hatte, wurde Hennie einer Leibesvisitation unterzogen, von Kopf bis Fuß, innen und außen, wobei den strikten Anweisungen zufolge zwei Beamte wachsam zugegen sein mußten. Es waren zwei junge Männer aus Lummel, die Hennie noch aus der Zeit kannte, als sie auf der Straße Fußball spielten und so selber der Polizei die Stirn zu bieten hatten. Hennie fühlte, wie sie in das Glashaus von vor sieben Jahren zurückgekehrt war. Von den Blicken der beiden ging dieselbe Kälte aus wie von den Instrumenten des Arztes.

»Ziehen Sie bitte auch den Schlüpfer aus, bevor Sie sich hinlegen.«

Warum hatte man ihr heute morgen nicht die Gelegenheit gegeben, sich zu waschen und frische Wäsche anzuziehen? Als Frau hatte sie eine gewisse Geschicklichkeit darin erlangt, einen nicht mehr ganz sauberen Slip blitzschnell, bei möglichst wenig geöffneten Schenkeln auszuziehen. Wie aber sollte sie das in diesem ernüchternden Licht unter den Blikken von drei Paar wachen Männeraugen hinkriegen?

Nach der Untersuchung hielt einer der Beamten Hennie den ebenfalls mit Plastik umkleideten Türhaken aus Draht hin. Alles, was sie in den letzten Tagen berührt hatte, kam gezwungenermaßen in Quarantäne, wurde steril abgesondert von anderen Gegenständen und durfte kein eigenes Geräusch mehr hervorbringen, ausgenommen das Geknister seiner uneigentlichen Verpackung.

»Ist dies der Gegenstand, mit dem Sie versucht haben, die Haustür Ihrer Mutter zu öffnen?«

»Mit so einem Haken habe ich gestern morgen ihre Tür aufgemacht, ja. Ich weiß aber nicht, ob es der hier war. Er hat sich später, im Lauf des Tages, verbogen. Dann hat er nicht mehr gepaßt.«

Es erschien ein stellvertretender Staatsanwalt, jedenfalls ein Polizeibeamter mit dieser Funktion, van Schoorl. Es gelang ihm nicht, Hennie mehr zu entlocken als die immer wieder gleiche Erklärung. »Wenn ihr mich verdächtigt, daß ich meine Mutter ermordet habe, dann kann ich euch schon jetzt sagen, daß ich es nicht war. Das ist nicht nur eine falsche Beschuldigung, sondern auch eine große Beleidigung. Ich hab sehr an meiner Mutter gehangen. Ich habe jeden Morgen bei ihr vorbeigeschaut, also auch gestern. Ich weiß nicht, wer sie umgebracht hat. Ich jedenfalls nicht.«

»Sie werden jetzt weiter verhört von den Herren de Caluwe und van de Vijver.«

»Oh, bitte. Ich komm nicht gegen de Caluwe an. Er schafft es, daß ich Dinge sage, die ich nicht sagen will. Und die Dinge, die ich sagen will, fegt er beiseite. Kann ich nicht jemand anders bekommen?«

»Im Augenblick nicht. Sie werden fair behandelt.«

»Mir ist noch immer kein Anwalt zugewiesen worden.«

»Ihnen steht auf jeden Fall ein Anwalt zu.«

Die chaotischen Kalender der Geilheit und des Todes

Mittwoch, 6. Oktober 1976
(Albert Egberts)

Die chaotischen Kalender der Geilheit und des Todes … Alles ist vorhanden im Leben, alles, um uns glücklich zu machen, jedenfalls um unsere Triebe zu befriedigen und uns in Trab zu halten, doch das Problem ist: Zeit und Ort. Mit Dingen kann man keine Verabredung treffen.

Frauen gibt's genug, nur, wo sind sie (und wo ist diese eine Brauchbare), wenn die richtige, die absolute Geilheit zuschlägt? Und wo bleibt die Geilheit, wenn die eine brauchbare Frau vorbeikommt?

Die geile Vision bleibt in der Luft hängen. Uneingelöst.

Wo sind alle Todesursachen in den Momenten, da wir wirklich sterben wollen? Warum sind wir nicht der zum Tode Verurteilte, so daß ein anderer es für uns tun kann, wenn wir selbst zu feige sind? Warum ereilt der Tod den Mann in einem Moment, in dem der gar nicht sterben *will*? Welche Energieverschwendung! Welche Mißverständnisse! Welch unnötiger Kummer! Wunsch und Ausführung – hier gilt kein Gesetz der kommunizierenden Röhren.

Dies ist die Welt: ein Mann, der sich in einem feuchten Urwald verirrt hat und sich nach einer Fläche, offen wie eine Wüste, sehnt; und ein Mann, der sich in der Wüste verirrt hat und sich nach dem Schutz eines Urwaldes sehnt; mit dem, was sie ungewollt im Überfluß haben, ist kein Tauschhandel möglich.

Um sieben waren sie zum Essen verabredet, aber es war noch nicht einmal zehn vor. Um nicht zu früh zu kommen, war Albert zu Fuß vom Leidseplein bis ganz ans Ende des Overtoom gegangen – in aller Gemütsruhe, soweit man das von einem sagen kann, der dieser Begegnung mit soviel Spannung entgegensah. Auf sein Klingeln wurde nicht geöffnet. Vielleicht hatte sie bis sechs Uhr arbeiten müssen und machte jetzt Besorgungen in einem noch geöffneten Laden in der Nähe. Um sich nicht deutlich als Wartender zu erkennen zu geben, vertiefte sich Albert in die Auslage des im Erdgeschoß gelegenen Geschäfts. Viel war hier nicht zu sehen, denn an dem großen Fenster hing eine braune Gardine, die den Blick in das Ladeninnere verwehrte, wo kein Licht brannte. Nur über der Fensterbank gab es eine undefinierbare Lichtquelle, und hier waren Prothesen auf spiegelnden Würfeln ausgestellt: ganze und halbe künstliche Gebisse mit bonbonrosa Zahnfleisch und Gaumen. Hier wollte er nicht von dem unbekannten Mädchen angetroffen werden. Gleich um die Ecke, in der Schoolstraat, befand sich ein weiteres Schaufenster der Kunstgebißreparaturwerkstatt, mit noch abstoßenderen Prothesen, deren Talmisilber und Talmigold auf die Edelmetalle verwiesen, die drinnen im Tresor aufbewahrt wurden.

Albert überquerte die Nebenstraße zu der Kneipe an der anderen Ecke. Dort war nur noch Platz an einem großen Tisch, an dem sich drei etwa gleichaltrige Männer um eine Frau scharten, die sichtlich kein Problem mit ihrem Gewicht hatte: Sie trug ein Kleid voller Rüschen und mit allerlei balkonartigen Vorbauten, auf die ihre goldblond gefärbte Frisur noch zusätzliche Aufmerksamkeit lenken zu wollen schien. Vor ihr stand eine weiße, mit Fettflecken übersäte Gebäckschachtel, deren Deckel sie von Zeit zu Zeit abnahm, um achtlos eine Krokette herauszunehmen. Zwischen den einzelnen Bissen, bei denen sie die Lippen geschickt zurückstülpte, damit die Farbe keinen Schaden litt, pustete sie ungeduldig auf die heiße Füllung. Als die Frau Alberts Blicke sah, schob sie ihm die Schachtel mit aufgeklapptem Deckel zu. Es lag gut und gern noch ein Dutzend Kroketten drin.

»Nein, vielen Dank. Ich soll gleich bei jemand essen, und ich möchte meine Gastgeberin mit großem Appetit überraschen.«

Sie gab ein hohes Lachen von sich. Albert bezahlte seinen

Tomatensaft (etwas Stärkeres hatte er sich nicht zu bestellen getraut, weil er nicht wußte, was noch von ihm erwartet wurde) und ging wieder zu KUNSTGEBISSREPARATUREN hinüber. Es war Viertel nach sieben, als er erneut klingelte. Er hörte ein Seil klappern, und die Tür sprang auf. Zu dieser Stunde saßen keine Kunden »ohne Kauwerkzeuge drin« auf der Treppe. Oben stand im spärlichen Licht einer Schwachstromlampe eine junge Frau in der Tür, deren Gesicht zu dreiviertel aus Schatten bestand.

»Susan? Albert ...«

»Susan ist nicht zu Hause.«

»Ach? Komisch. Ich war um sieben Uhr zum Essen eingeladen.«

»Sie ist nicht da.«

»Soll ich es später noch mal versuchen?«

»Wie du willst, aber ... Ja, weißt du das denn nicht? Suus ist momentan nicht ganz ... Sie ist völlig durch den Wind. Schon seit Wochen.«

»Ich probier's in einer Stunde noch mal.«

»Wie du willst. Ich kann nichts versprechen.«

»Der hat nix zu fressen gekriegt«, sagte die dicke Frau, als Albert die Kneipe wieder betrat und sich auf denselben Platz setzte. Sie schob ihm die Schachtel zu, die mittlerweile noch fettdurchtränkter war. »Da, Junge, nimm dir 'ne Krokette. Tut dir gut.«

»Nein, vielen Dank. Das Essen ist etwas später. Ich hab mich in der Zeit geirrt.«

»Du bist noch nicht an ihre Launen gewöhnt. Kommt schon noch.«

Sie hatte Durst bekommen von ihren Kroketten und war nun dabei, systematisch die verschiedenen Erfrischungsgetränke, die es hier gab, zu testen, wobei sie jede Marke eingehend und äußerst ernsthaft mit den drei Männern ihrer Gesellschaft durchdiskutierte. Sie stand auf Schweppes, schwankte jedoch noch zwischen Tonic und Bitter Lemon. Schließlich fiel ihre Wahl, nachdem sie sechs Flaschen der verschiedensten Sorten zur Probe geleert hatte, auf das Bitter

Lemon von Schweppes, von dem weitere vier in der kurzen Zeit dran glauben mußten, die Albert noch blieb. Am liebsten wäre er bei der Frau hier in der Kneipe sitzen geblieben. Er verstand jetzt, was die drei Männer so faszinierte, die nicht von ihrer Seite wichen. Noch nie hatte er jemanden gesehen, der sich so freudig und hingebungsvoll vollstopfte. Damit hielt sie eine unerklärliche Glut im Gange, in der man sich wohl fühlte.

Wie sich herausstellte, gab es oben im Flur genau gegenüber der anderen noch eine Tür, über der jetzt auch eine Fahrradlampe brannte. Albert konnte auf halber Höhe der obersten Treppe, wo er stehengeblieben war, gerade noch sehen, wie ihr Licht sich durch die Geländerstäbe ins Dunkel bohrte. Während er hinaufstieg, machte sich in seinem Rükken, schräg da oben, etwas Unbehagliches bemerkbar. Er drehte sich abrupt um. Über dem Geländer hing, mit wirrem Haar, eine andere junge Frau. Sie sahen sich eine ganze Weile an, vielleicht eine halbe Minute, während deren Albert das Gefühl überkam, sein Gesicht nehme den gleichen verwilderten Ausdruck an wie das ihre. Lag es an der Schwachstromlampe, daß ihre aufgerissenen Augen wie aus braunem Glas wirkten, wie die eines Teddybärs und genauso starr? Der Mund stand halb offen. Es wollte einfach keine Bewegung in sie kommen, und einen Moment lang dachte Albert, man habe sie da erwürgt liegenlassen.

»Susan Cox?«

»Jetzt paßt es wirklich nicht«, erklang es gehetzt und fast menschlich.

Albert floh zurück in die Kneipe. Eine Krokette ... notfalls eine kalte ... Der große Tisch stand verlassen da. Die leere Gebäckschachtel lag, von starken Händen zu einer Art Sahnebonbon gedreht, quer über einem Bakelitaschenbecher.

Rostflecken

Mittwoch, 6. Oktober 1976, Frauengefängnis Rotterdam (Hennie A.)

Als Hennie um Viertel nach neun nach der Freizeit in ihre Zelle zurückkehrte, tat ihr der Rücken weh von dem harten Bürostuhl, auf dem sie hatte sitzen müssen: Die Korbsessel wurden den ganzen Abend von den härtesten Weibern des Rings besetzt gehalten. Seit sie auf dem Blauen Gang wohnte, konnte sie schon gar kein Anrecht mehr darauf geltend machen ... in den Augen dieser Dragoner schwamm sie dort im Luxus ... Gegen zehn öffnete sich ihre Zellentür noch einmal. Schließerinnen forderten die Schere zurück, die sie bei ihrer Handarbeit im Freizeitraum benutzt hatte und die noch in ihrer Schürzentasche steckte. »Das nächste Mal draußen vor die Tür legen.« Danach war sie wieder allein mit ihrer Vergangenheit, bis zum nächsten Morgen. Sie hatte freien Zugang dazu, konnte ungehindert darin herumspazieren, doch wie in einem Museum durfte sie nichts berühren, geschweige denn an die richtige Stelle rücken – eine Stelle, die nur sie kannte. Die Vergangenheit gehörte nicht mehr ihr, andere hatten sie konfisziert, mit Etiketten versehen und neu geordnet.

Sonnabend, 8. April 1972

»Na schön, Hennie ...« De Caluwe blätterte in den Papieren, die vor ihm lagen. Protokolle, vermutete Hennie. Noch mehr Aussagen von Leuten aus ihrer Umgebung. Jahrelang hatten sie sie schweigend beobachtet, wenn sie in ihrem Gewächshaus, ihrem Glashaus arbeitete. Jetzt durften sie endlich den Mund auftun. Nachbarn, Mitmenschen existierten, sofern sie etwas über sie aussagen konnten. Und sie existierte nur dank dieser Aussagen. Außerhalb von ihnen nicht.

»Na schön, Hennie, wie du willst. Wir geben dir die Gelegenheit, alles noch einmal von vorn zu erzählen. Und zwar wahrheitsgetreu.« Er sprach quasi-väterlich, mit gespielter Geduld. »Fangen wir ganz von vorn an. Gestern morgen hast du gegen halb neun die eheliche Wohnung verlassen, um zur Arbeit zu fahren. Stimmt das?«

»Ja, etwas später als sonst.«

»Dann erklär doch mal, warum. Um wieviel Uhr hast du das Haus sonst verlassen?«

»Also ... so um acht, Viertel nach acht. Am liebsten war es mir, wenn ich den Halb-neun-Uhr-Bus nach Nimwegen schaffte. Dann war ich noch dicke vor neun bei meiner Putzstelle. Der Bus Viertel vor neun ging auch noch, dann kam ich zehn Minuten zu spät, aber das machte nichts. Gestern morgen ging ich etwas später von zu Hause weg, weil mein Mann ausschlafen konnte. Er brauchte erst eine Stunde später bei seiner Arbeit zu sein als gewöhnlich.«

»Erklär das mal, Hennie.«

»Normalerweise geht er um sieben Uhr aus dem Haus zum Parkpflegedienst von Arnheim. Da fängt er um halb acht an. Meist ein paar Minuten früher, und die Minuten werden gesammelt. So hatte mein Mann sich eine ganze Stunde zusammengespart. Die wollte er gestern nehmen. Das ging ohne Probleme, weil die Kollegen, die jeden Tag mit ihm mitfahren, sich alle drei einen Tag frei genommen hatten, um angeln zu gehen. Er ist also um acht Uhr weggefahren. Gegen acht.«

»Fährt er dann direkt nach Arnheim?«

»Ja, das heißt, er holt erst diese drei Kollegen ab.«

»Wo?«

»Mein Gott, da fragen Sie mich was. Irgendwo bei der Kirche, wo sie bei Regen im Trockenen stehen können.«

»Nicht im *Wapen van Lummel*?«

»Kann sein, das liegt ja am selben Platz.«

»In der Kneipe oder draußen?«

»Draußen natürlich. *Het Wapen* ist um die Zeit noch zu.«

»Ja, stimmt. Sie dürfen erst um halb neun aufmachen. Und trotzdem trinken die Kollegen von deinem Mann dort, während sie auf ihn warten, jeden Morgen gegen sieben einen Schnaps. Manchmal zwei oder drei. Dein Mann genehmigt sich ab und an auch einen, bevor sie nach Arnheim weiterfahren. Verbotenerweise. Die Hintertür, verstehst du? Der Wirt ist dann ja schon da und macht sauber.«

»Das wußte ich nicht. Das hat er mir nie erzählt. Komisch finde ich das schon, er ist nämlich kein Trinker.«

»Darauf kommen wir gleich zurück, Hennie. Jetzt erst mal zu deinem Aufbruch gestern morgen.«

»Nachdem mein Mann weg war, habe ich die Kinder für die Schule fertiggemacht. Gleich darauf habe ich das Haus verlassen, so zwischen Viertel nach acht und halb neun.«

»Auf dem Fahrrad?«

»Nein, zu Fuß, das Fahrrad hab ich geschoben.«

»Denn, Hennie, denn ...«

»... ich schau immer erst bei Muttchen ... bei meiner Mutter vorbei.«

»Immer? Seit wann?«

»Meine Mutter hat ... hatte ein schwaches Herz. Sie hatte einen Schrittmacher, und den hat ihr Körper eines Tages abgestoßen. Sie kam nicht mehr aus dem Bett raus. Seitdem habe ich jeden Tag bei ihr vorbeigeschaut. Morgens sowieso. Um zu kontrollieren, ob alles in Ordnung war.«

»Gestern morgen also auch. Fahrrad an der Hand, denn es ist gleich um die Ecke. Ist dir unterwegs irgend etwas aufgefallen, Hennie?«

»Nein, nichts Besonderes.«

»Jemanden gegrüßt?«

»Ja, die Nachbarin von gegenüber, Mevrouw van de Kerkhof. Die klopfte gerade ihre Matten aus. Sonst hab ich auf dem kurzen Weg niemand gesehen.«

»Schön. Jetzt stehen wir also vor Muttchens Tür. Was machst du?«

»Manchmal sah sie mich schon kommen. Dann hat sie die Tür aufgemacht, während ich das Rad abstellte. Ich war später dran als sonst, also dachte ich: Muttchen hat nach mir Ausschau gehalten, ich bin nicht gekommen, also ist sie wieder nach hinten gegangen. Der Strick zum Öffnen hing nicht aus dem Briefschlitz. Ich hab geklingelt. Nichts. Ich hab durch den Briefschlitz gerufen: Hu-uh, wo bist du? Dann habe ich, was ich öfter mache, wenn Muttchen auf der Toilette sitzt, die Tür mit einem Haken geöffnet, der immer unter den kleinen Bäumen liegt.«

»Mit diesem Haken...« Dienststellenleiter van de Vijver hob den verbogenen Draht hoch.

»Ja.«

»Unmöglich. Gemeinsam mit Wachtmeister de Wael habe ich gestern feststellen können, daß dieser Haken zu kurz ist, um das Schloß zu öffnen.«

»Am Morgen war er noch lang genug«, sagte Hennie. »Ich hab ihn mittags, als Muttchen noch immer nicht aufmachte, vor lauter Nervosität verbogen.«

»Gut«, sagte de Caluwe schon etwas grimmiger. »Gehen wir mal davon aus, daß Hennie mit Hilfe dieses Hakens reingekommen ist. Wo hat Hennie Muttchen angetroffen?«

Lag es an dem grimmigeren Ton oder an diesem »Hennie«, das sie zu einer nicht anwesenden Person degradierte, daß sie das eigenhändige Öffnen der Tür am liebsten zurückgenommen hätte? *Wo hat Hennie...* Der Polizeiobermeister hatte laut zu denken begonnen, nun wurden Hennie Fragen *über* Hennie gestellt, und das würde so weitergehen. Es würde so hypnotisierend werden, daß Hennie gemeinsam mit de Caluwe die Verrichtungen einer zweiten Hennie untersuchen würde, einer zweiten Hennie, die zur Marionette des Polizeiobermeisters geworden war und über die Hennie alle Fragen beantworten würde, wahrheitsgemäß, das heißt: gemäß dem, was sie vor sich sah. Gut, wenn sie nun schon mal mit diesem Haken drinnen war, wenn Muttchen ihr nicht geöffnet hatte, dann würde sie dafür sorgen, daß »Hennie« ihre Mutter drinnen antraf und daß sonst nichts los war.

»Muttchen war nicht in der Stube. Ihr Frühstück stand noch auf dem Tisch, unangerührt. Das Radio lief, also konnte sie nicht weit weg sein. Ich dachte: Sie ist mit dem Hund raus. Normalerweise hat sie das nicht gemacht, wenn sie mich erwartete, aber … na ja, ich war spät dran. Ich nehme Muttchens Duschgel, das am Abend vorher zwischen meine Einkäufe geraten war, aus der Tasche und stell es auf den Tisch. In dem Moment kommt Pasje reingerannt. Freut sich. Springt. Wedelt mit dem Schwanz. Ich geh in die Küche. Die Fenster waren beschlagen, das kam von dem Topf mit einem Ei, der auf dem Herd stand. Das Wasser war schon fast ganz verkocht, und das, wo Muttchen nur weiche Eier mochte. Dreieinhalb Minuten in kochendem Wasser. Ich mach mir also Sorgen und rufe: Hu-uh, Muttchen, wo bist du? Große Erleichterung. ›Hier, Kind, ich häng die Wäsche auf.‹ Stand sie oben an der Dachbodentreppe. ›Ich hab dich nicht gehört.‹ Ich sag: Dein Ei kocht sich hier zu Tode, das ist jetzt bestimmt schon schwarz. Stellt sich raus, daß sie's glatt vergessen hatte. ›Ach‹, sagt sie, ›ich hatte gar keinen Appetit mehr auf mein Frühstück. Es ist zu kalt, um stillzusitzen. Die Heizung geht nicht.‹ Da sah ich, daß sie ihren Morgenmantel anhatte. Ich faß an den Heizkörper. Tatsächlich, lauwarm. Ich sag: Wenn es so bleibt, dann ruf ich heute nachmittag bei der Gemeinde an. Ich hab noch ihr Bett gemacht und ihr dann tschüs gesagt. Soll ich dein Ei vom Feuer nehmen? ›Ja, gut, mein Kind. Und sei so lieb und schließ die Tür zu und wirf die Schlüssel durch den Briefschlitz.‹ Das hab ich getan.«

»Dann ist mir nicht ganz klar«, sagte der Dienststellenleiter, »warum du Wachtmeister de Wael erzählt hast, daß deine Mutter dir selbst aufgemacht hat.«

»Wann hab ich ihm das gesagt?«

»Gestern nachmittag, als er dich nach Hause gebracht hat.« Wie de Caluwe, hatte auch van de Vijver begonnen, sie einfach zu duzen.

Hennie schüttelte den Kopf. »Daran kann ich mich nicht erinnern. Ich war da so durcheinander …«

»Gut, Hennie war durcheinander«, schaltete sich de Caluwe wieder ein. »Aber die Nachbarin von gegenüber, die, die Matten ausgeklopft hat, war nicht durcheinander. Die hat mit eigenen Augen gesehen, daß Muttchen Hennie die Tür aufgemacht hat. Mehr noch, sie ist die letzte außer Hennie, die die alte Mevrouw Avezaath lebend gesehen hat. Sie klopft ihre Matten regelmäßig aus, das heißt, die Staubwolken haben ihr wohl nicht die Sicht versperrt.«

Wieder schüttelte Hennie den Kopf, konnte aber nicht mehr antworten. Wie gern hätte sie es gesehen, wenn Mevrouw van de Kerkhof die gestrige Lüge bestätigt hätte: Ja, Muttchen hat die Tür selbst aufgemacht. Aber Hennie hatte ihre Lüge, von der sie nicht mehr wußte, daß es eine war, bereits widerrufen, und jetzt gab es kein Zurück. Es hatte kein Muttchen mehr gegeben, die ihr die Tür hätte öffnen können, und daher hatte Hennie sie erneut zum Leben erwecken müssen, oben an der Dachbodentreppe, bereit zum Sturz.

»Tür auf, Tür zu, das kriegen wir schon noch raus«, sagte de Caluwe. »Tatsache ist, und Hennie bestätigt das ja selbst, daß die Mutter noch lebte, als die Tochter das Haus betrat. Tatsache ist, und das bestätigt der Leichenfund, daß die Mutter tot ist. Jetzt mal der Reihe nach, Hennie. Du hast also die Haustür zugeschlossen und den Schlüssel durch den Briefschlitz geworfen. Und weiter?«

»Ich bin aufs Fahrrad gestiegen und zur Bushaltestelle gefahren.«

»Zu welcher Bushaltestelle?« fragte van de Vijver, der Lummel wie seine Westentasche kannte.

»Zu der am Rathaus. Da steig ich immer ein. Das Fahrrad stelle ich abgeschlossen ans Wartehäuschen.«

»Um wieviel Uhr bist du gefahren?« Noch immer van de Vijver, aufgeregt über bekanntes Gelände trabend.

»Um Viertel vor neun. Wie ich schon sagte, ich war spät dran ... und dann noch Muttchen ...«

»Welchen Bus hast du genommen?«

»Den 86er, glaube ich.«

»Den 86er, in der Tat. Aber das ist auch das einzige, was stimmt. Nach Aussagen des Busfahrers und einiger Fahrgäste war es der 86er von Viertel *nach* neun.«

»Ich bin doch ...«

»Direkt zur Haltestelle gefahren, Hennie?« warf de Caluwe ein. »Wolltest du das sagen? Dann will ich dich mal eines

Besseren belehren. Im *Wapen van Lummel* haben zwei oder drei Zeugen dich in die andere Richtung radeln sehen. Darunter dein Mann, Hennie.«

»Wim? Wie ist das denn möglich? Der war doch um halb neun in Arnheim bei der Arbeit!«

»Vielleicht, Hennie, hatte er ein paar Minuten mehr zusammengespart, als du dachtest, und ist ein bißchen länger in der Kneipe sitzen geblieben. Was weißt du schon. Ein Gast machte deinen Mann darauf aufmerksam, daß Hennie da draußen vorbeiradelte. Der Wirt hat es auch gesehen. ›Wenn das Hennie ist‹, hat dein Mann noch gesagt, ›dann fährt Hennie glatt in die falsche Richtung.‹«

Sie machte eine mutlose Handbewegung. »Ach ja, natürlich, die Naht kam ja auch noch dazwischen.«

»Die Naht, Hennie?«

»Ja, beim Radeln ging mir eine Hosennaht auf. Ich fuhr nach Hause, um eine andere Hose anzuziehen.«

»Nur eine andere Hose, Hennie, oder auch eine andere Jacke?«

»An meiner Jacke war doch nichts aufgegangen, oder?«

»Nein, aber vielleicht waren Flecken drauf. Blutspritzer, um nur eine Möglichkeit zu nennen.«

»Von was für einer Jacke sprecht ihr eigentlich?«

»Von deiner kurzen Nappalederjacke, Hennie, die du anhattest, als du bei Muttchen vor der Tür standst. Jedenfalls nach Aussage der Nachbarin von gegenüber.«

»Nein, das stimmt nicht, ich hatte eine etwas längere Jacke aus Kunstleder an. Dunkelblau. Wie ein Jackett geschnitten. Die ich auch anhatte, als ich hierherkam.«

»Wie kommen dann diese Blutspritzer auf die kurze Nappajacke?«

»Blutspritzer? Ich dachte, das sind Rostflecken. Die hab ich, so gut es ging, abgewischt.«

»Wann, Hennie?«

»Als ich gestern mittag aus Nimwegen zurückkam. Sie hing im Schuppen. Muttchen hatte sie da ... Ich glaubte, daß Muttchen sie da hingehängt hatte. Sie wollte einen Knopf annähen. Ich hatte die Jacke am Donnerstag bei ihr gelassen. Als ich die Flasche mit dem Duschgel bei ihr auf den Tisch stellte, sah ich, daß sie noch über der Lehne vom Rauchersessel hing. Ich hab noch gedacht: Die setzt sich hier nachher hin und nimmt sich die Flickarbeiten vor.«

»Und, Hennie, und ... war der Knopf wieder dran, als du die Jacke im Schuppen hängen sahst?«

»Ja, bombenfest. Darum dachte ich ja: Muttchen hat sie da hingehängt.«

»Fandst du das nicht merkwürdig, Hennie? Den Knopf annähen, die Jacke zurückbringen, aber dann *nicht* wie sonst das Geschirr spülen und die Kartoffeln schälen.«

»Ja, das fand ich schon merkwürdig, doch. Genauso wie diese Rostflecken. Muttchen war immer so pingelig. Und besonders bei Sachen, die jemand anders gehörten.«

»Noch merkwürdiger, wenn du bedenkst, Hennie, daß sogar der Kassenzettel in deiner Jackentasche einen Rostrand abbekommen hat. Der Kassenzettel für Edelstahlschüsseln mit Deckel und eine Edelstahlsauciere ... von Rost angegriffen. Es gibt schon sonderbare Dinge auf der Welt, nicht wahr, Hennie?«

»Dieser Kassenzettel ist mir entgangen. Ich hab nicht in die Taschen gegriffen.«

»Hältst du es für möglich, Hennie, daß jemand anders die rostige Jacke in deinen Schuppen gehängt hat?«

»Ja, jetzt schon.«

»Der Mörder, der schnell noch einen Knopf angenäht hat. Siehst du ihn vor dir, Hennie? Er leckt am Nähgarn und kriegt den Faden gleich beim ersten Mal durchs Nadelöhr. Ohne zitternde Finger. Ohne zu blinzeln.«

Hennie senkte den Kopf, schloß die Augen. Der Polizeiobermeister war sogar imstande, einen Mörder vor ihr geistiges Auge zu zaubern, der, die Lesebrille auf der Nasenspitze, ganz akkurat einen Knopf an eine blutbespritzte Jacke näht.

»Und was hattest du zu zerreißen, Hennie?« fragte de Caluwe plötzlich scharf.

»Zerreißen ...«

»Ja, zerreißen. Jetzt stell dich nicht dumm. Am Freitagabend, bevor man dich abgeholt hat, hast du Papiere zerrissen. Im Schlafzimmer. Ich habe Zeugen. Wenn du nicht willst, daß jemand sieht, wie du wichtige Papiere zerreißt, dann darfst du dich dazu nicht ans Fenster stellen.«

»Aber was für Papiere denn?«

»Das weißt du am besten, Hennie. Papiere. Beweisstücke vielleicht. Sag mal ehrlich, waren es womöglich Papiere, die etwas über deine Betrügereien aussagen konnten? Nein, fang jetzt nicht wieder zu heulen an. Ich möchte eine Antwort.«

Heulen, ja, das war das richtige Wort. Was konnte sie anderes tun, als wie ein Tier zu heulen? Nachdem ihr Mann an dem Abend die drei Ältesten auf eine kleine Tour mit dem Auto mitgenommen hatte, hatte Hennie die beiden Kleinen ins Bett gebracht und ihnen erzählt, daß Oma tot sei. Ihre kleine Tochter sagte, das wisse sie schon. »Ich hab ein Bild für Oma gemalt. Das liegt da.« Hennie hatte das Bild in ihr Schlafzimmer getragen, um es am Fenster zu betrachten. Da hatte sie geheult, wie sie jetzt heulte. *Sarg für Oma*, stand darunter. Ohne zu wissen, was sie tat, vielleicht in einer ohnmächtigen Gebärde, um etwas ungeschehen zu machen, hatte sie das Bild mit dem Sarg zerrissen. Als ihr Schluchzen nachließ, erzählte Hennie de Caluwe, um welches Papier es sich handelte.

»Das kannst du deiner Großmutter erzählen, Hennie. Mißbrauchst du jetzt auch schon deine Kinder, um deine Lügengeschichten dran aufzuhängen? Ich habe ein Protokoll mit Zeugenaussagen, und da steht drin, daß du Papiere aus dem Schrank genommen hast. Die hast du am Fenster gelesen und danach zerrissen.«

»Wie können die nur sagen, ich hätte Papiere aus dem Schrank genommen?«

»Hennie, du standst vor einem offenen Schlafzimmerschrank. Das haben Leute gesehen, die keine Tomaten auf den Augen haben. Darüber brauchen wir nicht weiter zu diskutieren. Gib zu, es waren Unterlagen über deine Unterschlagungen.«

»*Sarg für Oma*, stand darunter.«

»Ja, Geldsarg vielleicht. Sag mal, hatten diese Papiere etwas mit den Mietrückständen deiner Mutter zu tun? Mit dem Betrug von damals?«

»Den Betrug hab ich selber angezeigt. Bei Mijnheer van de Vijver.«

Der Genannte nickte, allerdings schwerfällig, unwillig, als hätte er ihr das Geständnis lieber hier, im Zuge einer verbalen Folter gemeinsam mit de Caluwe, abgerungen. De Caluwe schlug wieder mit der Faust auf den Tisch.

»Trotzdem will ich noch einmal alles über diese Mietgeschichte von Hennie hören. Solange Hennie Dokumente unterschlägt, indem sie sie zerreißt, frage ich mich, was noch alles ans Tageslicht kommen kann. Wie um Himmels willen ist es nur möglich, Hennie, daß sich die Mietschulden deiner Mutter auf eintausendachthundert Gulden angehäuft hatten?«

»Eintausendvierhundert«, korrigierte van de Vijver.

Hennie schüttelte den Kopf. »Ich weiß es nicht. Ich hab es nicht genau verfolgt. Plötzlich kam Muttchen zu mir ... vor zwei Wochen ungefähr ... völlig in Panik, Muttchen ... und sagt: ›Hen, es ist wieder soweit. Ich hink mit der Miete hinterher.‹ Zuerst dachte ich, ich greif ihr mal kurz unter die Arme, aber als ich hörte, wieviel es war ... und wieviel Mahnungen sie schon von der Gemeinde bekommen hatte ... Na ja, nach einer Weile stellte sich raus, daß auch der Gerichtsvollzieher schon dagewesen war. Der hatte gedroht, den Hausrat zu pfänden.«

»Das war nicht das erste Mal, nicht wahr«, sagte van de Vijver, »daß deine Mutter so hohe Mietschulden hatte?«

»Ja, vor einem halben Jahr auch schon mal«, bestätigte Hennie. »Weniger als jetzt. Etwa achthundert Gulden.«

»Hat es damals mit dem Betrug geklappt?« fragte de Caluwe in schneidendem Ton. »Wie hat Hennie das hingekriegt?«

Hennie schloß die Augen, schüttelte wieder den Kopf. »Redet doch nicht so mit mir. Damals haben wir uns gütlich mit der Gemeinde geeinigt. Ihre Rente wurde einbehalten, bis die Schulden abbezahlt waren.«

»Und Muttchen hat in dieser Zeit von Luft und Liebe gelebt?«

»Wir sind eingesprungen. Wo Essen für sieben ist, ist auch welches für acht.«

»Wenn es so einfach für Muttchen war, sich über Wasser zu halten, sogar als sie bereits unter Vormundschaft stand, dann frag ich mich doch, Hennie, wo das Geld für die Miete geblieben ist. Mußte sie vielleicht noch andere Schulden bezahlen?«

»Nicht daß ich wüßte. Ich hab sie mal gefragt. Muttchen sagte, sie wüßte es auch nicht. Dann zog sie ihre mageren Schultern hoch und sagte: ›Du paßt einen Moment nicht auf, Hen, und schon ist es weg.‹ Dabei hat sie so unglücklich geguckt, daß ich nicht weitergefragt habe. Die Liebe. Ich denke, sie war manchmal einfach zu großzügig. Es ist ihr einfach so durch die Finger gelaufen.«

»Wie zum Beispiel bei Hennies Geburtstag. Erst Geld geschenkt, der Himmel weiß, wieviel, und dann noch einen kompletten Satz Edelstahlgeschirr obendrauf. Da fragt man sich doch wirklich, wo es herkommt. Aber sag mal, Hennie, dieses Geld, war das wirklich für deinen Geburtstag? Oder hat Muttchen dir regelmäßig, sprich monatlich, ein nettes Sümmchen gegeben?«

»Nur ab und zu ... bei besonderen Anlässen ...«

»Oder, Hennie, ist dieses *Geben* nicht der richtige Ausdruck? Hatte Muttchen denn überhaupt eine Wahl? War es nicht eher so, daß du Geld von ihr verlangt hast?«

»Nein, nein, sagt das ...«

»Komm, komm, Hennie, deine Eltern haben in puncto Geld immer unter deiner Fuchtel gestanden. Wenn es schlecht lief mit der Gärtnerei, dann würdest du das schon wieder deichseln. Die Liste der Betrügereien war irgendwann unübersehbar geworden. Du hast die Leute immer tiefer reingeritten. Über deinen Vater wollen wir jetzt gar nicht sprechen. Nach seinem Tod hast du einfach weitergemacht mit deinen Betrügereien und Bescheißereien. Bis zum heutigen

Tag. Selbst deinen eigenen Mann läßt du nicht an deine Buchhaltung ran, die in deinem Fall, Hennie, schon höchst eigenwillig ist. Es wäre doch sehr naiv von uns, anzunehmen, daß du ausgerechnet deine Mutter mit deinen finanziellen Machenschaften verschont hast. Sie hat nur allzu folgsam mitgespielt, nicht wahr, Hennie? Aber sie durfte nicht zuviel Probleme machen, nicht wahr? Sie mußte schon für sich selbst sorgen und nicht zum Beispiel zuviel Mietschulden auflaufen lassen, denn dann könnte ja alles rauskommen. So ist es doch, Hennie?«

Hennies Kopf war müde vom Nein-Schütteln. »Ich wollte Muttchen die Schande ersparen, daß ihr Hausrat unter den Hammer kommt.«

»Ach ja, und wie genau wolltest du Muttchen vor dieser Schande bewahren?«

»Das weiß Mijnheer van de Vijver alles. Auf der Post hab ich vierzehn Gulden an den Gerichtsvollzieher überwiesen. Ich hatte den Betrag auf dem Quittungsabschnitt so eingetragen ... wie soll ich das sagen ... na ja, daß noch Platz für zwei Nullen blieb. Die zwei Nullen habe ich auf dem abgestempelten Beleg nachträglich dazugeschrieben und das Ganze dann an den Gerichtsvollzieher geschickt. Per Expreß.«

»Per Expreß, sieh mal einer an. Auf diese Weise hatte der Gerichtsvollzieher seine vierzehnhundert Gulden früher im Haus als die vierzehn, die ihm nach der plötzlichen Inflation geblieben waren. Sehr schlau, Hennie. Aber welche Schande glaubtest du denn mit diesen beiden läppischen Nullen zu tilgen?«

»Es hat immerhin ein paar Tage Galgenfrist gebracht.«

»Sehr gut, Hennie. Galgenfrist. Ein wahres Wort. Je nachdem, was für einen Galgen du meinst. Wie lange vor Muttchens Tod bist du mit hängenden Ohren zur Polizei gegangen?«

Hennie gab keine Antwort, fand aber noch die Kraft zu einem kurzen Kopfschütteln. Van de Vijver antwortete für sie: »Anfang der Woche. Montag oder Dienstag. Ein paar Tage, bevor die alte Mevrouw Avezaath tot aufgefunden wurde.«

»Für heute reicht es«, sagte de Caluwe.

»Wann bekomme ich denn nun endlich einen Anwalt?« fragte Hennie.

»Wir arbeiten dran«, wußte van de Vijver. »Ein gewisser Meester Aquino, wenn ich mich nicht irre. Er schaut heute abend bei dir vorbei.«

»Ich wäre so gern auf Muttchens Beerdigung dabei.«

»Wie stellst du dir das vor, Hennie? Du erscheinst, und der ganze Friedhof leert sich. Falls die Leute sich nicht auf dich stürzen. Nein, Hennie, das erscheint mir ausgeschlossen.«

»Darf ich dann wenigstens noch Abschied von ihr nehmen? Ich meine, ohne daß jemand dabei ist...«

»Wir tun für dich, was nur irgend möglich ist. An uns soll's nicht liegen, Hennie.«

Unter dem IJ

Sonntag, 17. Oktober 1976
(Albert Egberts)

Seine Hämorrhoiden, stellten die nicht die sichtbaren Zeichen seiner Schwerfälligkeit, seines Stillstandes dar? Keinerlei Bewegung, und doch blutete er. Dieser hellrote Rorschachschmetterling auf dem grauen Toilettenpapier, an dem war alles ablesbar. Als lasse ihn die einzige Bewegung, die *nicht* aufzuhalten war, jedenfalls nicht auf Dauer, der Drang in seinen Därmen, bluten ... stoße seinen Körper wund ... Sogar gegen diese eine Bewegung hatte sein lascher Leib noch Barrikaden errichtet. Seine Trägheit hatte ihn mit Dornen gekrönt. Er saß darauf wie ein König, dem die Krone abhanden gekommen ist, der aber zu faul ist, sich von seinem Thron zu erheben.

»Was die in Nimwegen in Philosophie als Vordiplom durchgehen lassen«, sagte Professor Palinx bereits bei der ersten Begegnung höhnisch, »braucht für uns nicht unbedingt gültig zu sein.«

Albert hatte sich in Palinx' Zimmer begeben, um gemeinsam mit ihm das Programm für sein Hauptstudium festzulegen, mit dem Schwerpunkt: Kunstphilosophie. Der Federfuchser fragte ihn mokant über seine Dozenten in Nimwegen aus. Aus seiner wissenschaftlichen Verachtung für den Kollegen Klosser machte er kein Hehl. »Der publiziert nicht, das ist das ganze Problem.«

Palinx händigte Albert eine Liste mit Büchern aus, die er lesen solle.

»Eine weitere Schwierigkeit, Mijnheer Egberts, ist, daß in Nimwegen Ästhetik nicht gelehrt wird. Sie müssen sich also erst mal gründlich für ein Colloquium doctum einlesen, das ich als notwendige Ergänzung zu Ihrem Nimwegener Vordiplom betrachte. Lassen Sie sich einen Termin bei meiner Sekretärin geben, wenn Sie soweit sind.«

Die Folge war, daß Albert nun, da sich sein mühsam erkämpftes Examen als so wenig wert erwies, gar nichts für sein Studium tat, sondern nur pro forma ein paar Vorlesungen besuchte. Belesenheit – und das dazugehörige Schuldgefühl: nicht *alles* gelesen zu haben ... Warum sollte er sich nicht als jemanden betrachten, der sich in einen entlegenen Winkel der Kultur verirrt hatte, in dem zu viele Bücher ungeordnet herumlagen und einen hoffärtig zum Lesen zwingen wollten? Waren die alten Griechen zwangsläufig weniger »belesen« als die Palinxe, weil es in der hellenistischen Kultur weniger Bücher gegeben hatte als jetzt im neunten Stockwerk des Roeter-Gebäudes? Die Lektüre durfte durchaus etwas Willkürliches haben, da in keinem Werk die absolute Wahrheit zu finden war. Lesen diente in erster Linie dazu, den Verstand zu schärfen und zu trainieren, und dabei fungierte das Buch als würdiger oder nicht würdiger Gegner, als Sparringspartner. Nur der überhebliche Bildungsprotz meinte, kein einziges »großes« Werk dürfe ungelesen bleiben. Dünkel des Snobs: mit jedem Buch bedeutender zu werden ... Nein, es war besser, in einer zu sehr belebten Metropole wolkenkratzender Bücherschränke umherzuirren. Ein antikes steinernes Stadtzentrum, vollgemeißelt mit Zeichen, und darum herum die Außenbezirke aus Tontafeln, Papyrusrollen ... ganze Heerlager aus Pergament ... ein Abbruchviertel säuregeschädigten Papiers ... Zuviel von allem. Brachliegender Papierbrei. Irrgärten von Œuvres ... Ein architektonischer Flickenteppich. Warum sollte man nach der ersten Verblüffung nicht die angemessene Gleichgültigkeit gegenüber so vielen Paperback-Elendsvierteln zeigen?

Nicht nur Blätter fielen in diesem Herbst, sondern auch Häuser. Im Laufe der Wochen wurde nun die andere Straßenhälfte dem Erdboden gleichgemacht. Das 19.-Jahrhundert-Straßenleben, die Scherze, das Gelächter, die Rufe – alles erstickte und löste sich in dem wirbelnden Abbruchnebel auf. Nur dieses eine abgestützte Haus mit dem an die Wand geketteten Mann, das verrammelte Gebäude der Noord- & Zuid-Hollandsche Redding-Maatschappij *und* natürlich der häßliche Block mit den Studentenwohnungen blieben stehen. Albert fand den Anblick der kahlgeschlagenen Halbinsel so scheußlich, daß er sich nach seinen Vorlesungen so lange wie möglich in der Innenstadt herumtrieb, oft bis tief in die Nacht (er wohnte in Kneipen), und sich anschließend mit dem Taxi nach Hause bringen ließ.

»Grote Wittenburgerstraat.«

Schon wenn der Fahrer dieses Ziel hörte, blickte er in der Regel argwöhnisch zur Seite, welches Gesocks er da in seinen Wagen gelassen hatte. Kein Taxi brachte ihn weiter als bis zum Anfang der einstigen Straße.

»Seh'n Sie zu, wie Sie heimkommen, Meister. Ohne mich. Wenn Ihr Haus wirklich in dieser Wildnis liegt, dann kommen Sie auch zu Fuß hin. Ich *hab* hier schon mal einen aufn Dez gekriegt. Besten Dank.«

Und so schleppte sich Albert in tiefster Nacht durch die verlassene Straße, die keine Straße mehr war. In dem einsamen Haus mit den Stützen brannte immer ein schwaches Licht, freilich ohne daß er je einen Bewohner zu Gesicht bekommen hätte. Thjum, Sproß aus dem wortspielverliebten Geschlecht der Schwantjes, bezeichnete das Gebäude als »Grieselgriebs«, was wohl auf den abgeknabberten Zustand zurückzuführen war, die Reste der noch daranhängenden angrenzenden Häuser. An einem sonnigen Herbsttag stellte Albert, nachdem er spät aus den Federn gekrochen war, fest, daß auch der Griebs verschwunden war. Er hatte offenbar so tief geschlafen, daß er weder Bagger noch Bulldozer gehört hatte, keine Abrißbirne, keinen -hammer, nicht einmal das Rasseln von Ketten...

Albert wohnte noch immer, eher archäologisch als topographisch, *unter* dem IJ, allerdings mit dem Unterschied, daß keine Rede mehr von einem »Stückchen versunkener Stadt« sein konnte, es sei denn, man wollte das Studentenheim als solches bezeichnen. Sogar die Schlinge existierte nur noch als Farbschattierung im Pflaster. Das Sonnenlicht drang nicht länger in diesen Teil der Stadt vor; sogar bei klarem Wetter schien hier ein mattgelber Dunst zu hängen. Nur der kleine

Turm der Oosterkerk fing, mit all seinem Kupfer den Nebel aus Sand, Schutt und Staub überragend, manchmal noch ein wenig Sonne ein. Die Uhr gab die Zeit exakt an, und ihre Eigenart, zu jeder vollen Stunde zwölfmal zu schlagen, hatten sie auf die Nachtstunden reduziert, so daß es auf Wittenburg bis zum Morgengrauen Mitternacht blieb.

Bekannte, die ihn zum erstenmal besuchen wollten, waren mit jedem Schritt, der sie von der Oosterkerk wegführte, fester überzeugt, daß sie sich in der Adresse geirrt hatten, und kehrten um, so daß eigentlich nie jemand vorbeikam – außer Thjum. Albert war mittlerweile klar, warum man diesen Block mit Studentenbuden vor acht Jahren an diesem unglücklichen Fleck errichtet hatte: Der Grund und Boden war dort auf einmal so billig. Seine Wohneinheit nahm das gesamte dritte Stockwerk ein und zählte außer ihm zehn bis fünfzehn Personen: Die genaue Anzahl ließ sich nie exakt feststellen. Ob es sich bei allen um Studenten handelte, war zu bezweifeln. Albert kümmerte sich nicht darum, solange sie Flix als zusätzlichen Bewohner seines Zimmers duldeten – wenngleich er manchmal dachte, es käme ihm durchaus gelegen, wenn sie diesen wegen unerlaubten Wohnens oder schlechten Benehmens auf die Straße setzten.

In dem zweieinhalb mal dreieinhalb Meter kleinen Zimmer standen jetzt zwei Einzelbetten, ein Tisch mit einem zu niedrigen Küchenstuhl, die gestohlenen Peddigrohrsessel aus *De Keizerskroon* in Nimwegen, der kleine Bücherschrank, eine Kaffeekanne und eine Teekanne. Kein Fernseher, kein Radio, keine Stereoanlage. Der größte Teil des Sperrmülls lagerte noch bei Alberts Eltern. Außer der Teekanne hatte Flix nichts zur Einrichtung beigesteuert. Er besuchte in unregelmäßigen Abständen »Ateliers 63« in Haarlem und verbrachte lange Wochenenden in seinem Haus in Den Bosch, um ein Auge auf seine kleinen Gauner zu haben. Hin und wieder fuhr Thjum mit, der dieses Haus voller ganzer und halber Kleinkrimineller inspirierend fand. »Ich sehe erst jetzt, was für eine unnütze, brave Jugend ich gehabt habe«, sagte er einmal nach einem Besuch.

Flix kam oft erst spätabends aus Haarlem zurück. Wenn er nicht allzu schlechte Laune hatte, breitete er seine Skizzen für Gipspuppen auf dem Fußboden aus und legte dann mit einem Fanatismus, der Albert manchmal kalte Schauer über den Rücken jagte, seine ureigensten Anschauungen über den Realismus in der Kunst dar. Meist ließ Albert ihn einfach quasseln, aber nicht immer konnte er seine Verärgerung für sich behalten, und dann gab es unweigerlich Krach. In einem Artikel, den Albert mit Patricks Hilfe für die Weihnachtsausgabe von *Nederland op Zondag* geschrieben hatte – das Honorar in Höhe von 250 Gulden teilten sie brüderlich –, hieß es: »Mit aller Hitzigkeit unserer im Käfig verbrachten Jugend schleichen wir manchmal fauchend und knurrend umeinander, nur einen Stuhl zwischen uns. Beim einzigen Mal, bei dem F. bisher wirklich auf mich losgegangen ist, drang mir sein kräftiges Gebiß durch den dicken Pullover in die Brust. Das ist nun schon mehrere Wochen her, aber noch immer stülpt sich in Höhe des Brustbeins die heilende Wunde aus der Haut heraus, wie eine Art dritter Brustwarze: das Stigma der Wohnungsnot. Bei einer späteren Gelegenheit konnte ich mich rächen. Nach einem unerwarteten Ausholen meinerseits knallte F. frontal gegen die Wand. Daß jetzt Blut an unserer Zellenwand klebt – sei's drum; schlimmer ist, daß beim Aufprall der Knorpel, der seine Nase zusammenhielt, sich vom Schädel löste, so daß sich jetzt durch einfaches Handanlegen die früher so stolze Gurke glattstreichen, dem Rest seines Antlitzes angleichen läßt. (...) Ach, wir schlagen uns schon durch. Aber zu lange darf es wiederum auch nicht dauern. Jeder Biologiestudent kann Ihnen heutzutage erzählen, daß ein Fisch, der zu lange in einem durch eine Glasplatte abgetrennten Teil eines Aquariums auf engstem Raum gehalten worden ist, nach der Entfernung dieses Hindernisses *nicht* in den freigewordenen Teil schwimmen wird. Im Gegenteil: Lange Zeit noch wird sich der Fisch an ebendieser Stelle, der imaginären Platte, die Nase stoßen und kehrtmachen. Oh, und dann vermag ein solcher Fisch noch ›was ich nicht vermag: Sich zu erheben/

aus eig'ner Kraft und abzusinken/durch Schwellen des Ertrinkens.‹«

Diese Achterberg-Zeilen am Ende, als Verweis auf ihr Leben auf dem Grunde des IJ, waren zugegebenermaßen ein Einfall von Patrick. Auch das Bild von der »dritten Brustwarze« stammte von ihm: In Wirklichkeit war die Wunde weniger plastisch. Sie wurde Albert beigebracht, nachdem er an Flixens haßerregend gräßlicher Manier, sich nach dem Duschen abzutrocknen, herumgemeckert hatte. Das Gerubbel des harten Handtuchs auf seiner Haut ... so rhythmisch, als sei er mit Schmirgelpapier zugange ... Die Rauferei hatte zumindest den Vorteil, daß Flix seine Ohren nicht mehr nach Art eines Hundes – unter großem Geschlacker – trocknen konnte.

Ach, in dem Typ steckte auch Poesie. Als Albert eines Morgens aufwachte, sah er, wie Flix im Schneidersitz auf seinem Bett saß und Dutzende von rosa Umschlägen aneinanderklebte, bis eine meterlange Schlange entstanden war, die er, nachdem er sie mit Aftershave besprenkelt hatte, an Palast Soestdijk adressierte.

»Glaubst du, daß so was ankommt?«

»Ich kleb genug Briefmarken drauf. Sie sind verpflichtet, es zuzustellen.«

»Was hast du denn auf einmal mit Ihrer Majestät? Schon mal lieb Kind machen im Hinblick auf königliche Kunstförderung? Oder vermißt du einfach deine Oma?«

»Thjummi hat 'nen Job als Postsortierer. Nachts. Ich schau zu, daß von Zeit zu Zeit etwas total Verrücktes durch seine Hände geht.«

Flix begleitete ihn an diesem Morgen zur Bushaltestelle, so daß Albert unterwegs Zeuge wurde, wie sein Freund eine meterlange rosa Papierschlange in den Schlitz mit der Aufschrift ÜBRIGE BESTIMMUNGSORTE gleiten ließ, und zwar so, daß sie sich im Innern des noch so gut wie leeren Briefkastens zusammenrollen konnte.

Hier eine Gracht zugeschüttet ... dort ein Haus abgerissen ... Auf manchen Wegen durch die Stadt legte Albert in

Gedanken in einem fort Grabkränze nieder. Nur an der Keizersgracht, wo er sein Gedächtnis trainierte, indem er sich bei jeder Hausnummer das entsprechende Stück aus dem Köchel-Verzeichnis vergegenwärtigte, erklang ununterbrochen Mozarts majestätische Musik, denn es kam natürlich darauf an, die Komposition soweit wie möglich aus der Erinnerung zum Klingen zu bringen. Tat man das oft genug, wurde der Eindruck immer stärker, daß die Häuser nach dem Vorbild des betreffenden Musikstücks gebaut waren.

Wie es den Bäumen in Amsterdam erging, wurde ihm ebenfalls schnell klar. Latten, aus bereits toten Bäumen angefertigt, gab es genug; die Stadtverwaltung ging verschwenderisch damit um. Wenn die Kanalisation entlang der Gracht wieder einmal erneuert werden mußte, war das erste, woran man dachte, die Verletzbarkeit der Bäume. Der Stamm jedes Baumes am Grachtrand erhielt als Schutz vor einer möglichen Beschädigung durch Bagger und sonstiges Gerät eine sorgfältige Ummantelung aus senkrechten Latten. Später stellte sich dann heraus, daß ihre Wurzeln so mit den alten, zu ersetzenden Rohrleitungen verwachsen waren, daß die Bäume, um sie von ihrem Leiden zu erlösen, besser gefällt werden sollten. Um die Entscheidung dazu schneller durchzusetzen, wurden sie, obwohl sie die ganze Zeit über in Watte ... ähm, in Latten verpackt waren, für schwerkrank und dem Tode geweiht erklärt.

Albert suchte in Amsterdam die Doppelbewegung von Bäumen am Meer: sich unentwegt im Wind hin und her wiegend und gleichzeitig, für das bloße Auge nicht wahrnehmbar, aus der Erde aufsteigend. Heftigkeit und Ruhe. Leidenschaft und Sicherheit. Bewegung an der Oberfläche und Bewegung im Verborgenen. Von der Erde hochgeschoben, hinein in den Wind, der Ohrfeigen verabreicht.

Alles in allem war er in einem relativ ruhigen Amsterdam gelandet, wo die Militärpolizei gerade fünfzehnhundert illegale Spielhöllenchinesen in den Zug nach Hause gesetzt hatte. Man konnte sich wieder unbesorgt auf die Straße wagen, zumindest im Bantammer-Viertel.

Bereuen, bedauern

Sonntag, 17. Oktober 1976, Frauengefängnis Rotterdam (Hennie A.)

Kurz nach dem Begräbnis ihrer Mutter wurde Hennie A. im Frauengefängnis von Rotterdam lebendig begraben. »Ich kam mit Muttchen zusammen in die Kiste«, schrieb sie später an eine Freundin, die sie im Untersuchungsgefängnis in Arnheim kennengelernt hatte, als sie dort Mitte der sechziger Jahre auf ihren vorhergehenden Prozeß wartete.

Als Kind hatte Hennie ihren Vater am meisten geliebt, eine Liebe, die sie nach seinem Tod auf ihre Mutter richtete. Der Tod ihrer Eltern war wie der Tod jedes geliebten Menschen: schrecklich und unfaßlich. Nun sah sie sich auch noch dem Alptraum jedes Menschen ausgesetzt, der seine Eltern liebt: der Beschuldigung, ihren Tod, ob vorsätzlich oder nicht, herbeigeführt zu haben. Offene Trauer, wie zum Beispiel der Wunsch, die Mutter noch einmal sehen zu dürfen, konnte ihr nur als Heuchelei ausgelegt werden. So wurde ihr auch noch das Recht auf Trauer versagt. An die Stelle einer Trauerzeit trat die Vorbereitung auf einen Prozeß.

»Du solltest deine Energie besser auf etwas anderes richten«, hatte sie mal von jemandem zu hören bekommen. Sie hatte sich vorzustellen versucht, wie das wäre: die Übertragung von Kraft, die für die eine Sache benötigt wurde, in eine Kraft, die auf eine andere gelenkt wurde. Etwas Ähnliches, nur unendlich viel schrecklicher, widerfuhr ihr jetzt: das Gewicht ihrer Trauer in die Energie umsetzen zu müssen, die nötig war, um sich gegen den Vorwurf des Totschlags zu verteidigen ... Totschlag am Vater und nun an der Mutter.

Von ganz tief unten kam die zaghafte Stimme des zu schnell in die Höhe geschossenen Mädchens wieder hoch, das unglücklich über ihre Figur war: »Immer ich. Wenn etwas kaputt ist ... oder verschwunden ... dann wende dich an Hennie. Die war's.«

Das Tonbandgerät war etwas Neues. Während der Dienststellenleiter – und derzeitige Protokollant – van de Vijver das Ding zum Laufen zu bringen versuchte, tigerte de Caluwe mit finsterer Miene, die Hände in den Taschen, im kahlen Vernehmungszimmer auf und ab. Von Zeit zu Zeit blieb er abrupt stehen, ließ dann, den Blick auf Hennie gerichtet, den Unterkiefer herunterfallen, um im folgenden mit einem hundeartigen Kehlgeräusch wieder hinunterzuschlucken, was er hatte sagen wollen: Er hatte offenbar vor, die Vernehmung erst zu beginnen, wenn das Gerät aufnahmebereit war. Van de Vijver hatte Probleme, den grünen Bandanfang so um die leere Spule zu wickeln, daß das Band nach Einschalten des Recorders straff am Aufnahmekopf vorbeitransportiert wurde. Immer wieder sprang es ab.

»Du mußt das grüne Ende hier durch diesen Spalt in der Spule ziehen, Bert«, sagte de Caluwe barsch, ungeduldig, »und dann die Spule ein paarmal von Hand drehen.«

Van de Vijver tat, wie ihm gesagt worden war. Ein zerknautschtes grünes Ende ragte aus der Spule heraus, und das Band lief. De Caluwe stellte das rechteckige Mikrofon, das sich auf einem kleinen Ständer zurücklehnte, in die Mitte des Tisches und nahm Hennie gegenüber Platz. Van de Vijver blieb stehen und sah auf das Gerät hinunter, die sich schnell drehende leere Spule, die sich langsam drehende volle. Für Hennie stellte das Ding in diesem Moment eine größere Bedrohung dar als de Caluwe selbst. Er würde sie dazu bringen, Aussagen zu machen, die sie nicht machen wollte, und das Gerät würde sie auch noch registrieren und danach reproduzieren. Hennie dachte an ihren Vater, der in seinen letzten Jahren genau so ein Tonbandgerät gehabt hatte; nur schien damals, was jetzt altmodisch wirkte, noch eine Ankündigung moderner Zeiten zu sein. Er wußte nicht recht, was er damit anfangen sollte, Bänder mit Musik besaß er nicht, und darum versteckte er das Mikrofon unter dem Tisch, wenn das Wohnzimmer voll von Besuchern war. Früher oder später merkten die Leute das und machten dann den Mund nicht mehr auf, während sich das Band gierig, mit einer Art Zischeln, weiterhin nach Kräften bemühte, jeden Laut, ein Hüsteln hier und ein bißchen Füßegescharre da, aufzunehmen. Kinder hatten weniger Probleme damit. Er ließ sie in der Schule gelernte Lieder vor dem Mikrofon singen und spielte sie dann wieder ab – endlos. Sein ältester Enkel, damals vier, hatte seine ersten Lieder noch draufgesungen und wieder abgehört – ein wenig ängstlich, wie Hennie sich erinnerte. Es war festgehalten und hatte sich doch verflüchtigt, war aus der Welt verschwunden, denn das Gerät war nie abbezahlt und nach Vaters Tod mitsamt den Bändern abgeholt worden, wie so viele seiner Sachen, die ihm nie richtig gehört hatten.

»Halb neun, Sonntag morgen, neunter April 1972«, begann de Caluwe mit dem Gesicht zum Mikrofon. »Also... was für einen Tag haben wir heute, Hennie?«

Sie wußte nicht, ob es, zum Beispiel, ein kalter oder ein warmer Tag war, jedenfalls fröstelte sie. Die zweite Nacht hintereinander hatte sie weniger als eine Stunde geschlafen. Sie hatte die Art von Kopfschmerzen, die sie an Regenpfützen mit Blasen erinnerte, von denen es immer hieß, sie deuteten darauf hin, daß es den ganzen Tag weiterregnen würde. Jeder Stich verursachte eine solche Blase in ihrem Kopf, und jede Blase sagte ihr, daß der Schmerz den ganzen Tag anhalten würde.

»Haben Sie nicht erst ein Aspirin für mich?«

»Na, hör mal, jetzt auch noch Forderungen stellen«, zischte de Caluwe. »Siehst du das Band da, Hennie? Das läuft... voller Ungeduld. Das kann es fast nicht erwarten, vollgesprochen zu werden. Vorzugsweise mit der Wahrheit und nichts als der Wahrheit. Hörst du, Hennie? Wenn du dich jetzt erst mal eine Weile an einem Gespräch beteiligst, das uns weiterbringt, dann lassen wir dir auch ein Aspirin kommen. Verstanden?«

Es waren nicht nur die Kopfschmerzen. Sie hatte an diesem Morgen buchstäblich nicht mehr als anderthalb Bissen Brot hinunterbekommen. An die Stelle des Hungers war ein schales Gefühl von Übelkeit getreten. Hennie fühlte sich zu schwach, um auf ihrer Bitte zu beharren. Sie nickte.

»Na schön«, fuhr de Caluwe mit grimmiger Geduld fort, »Hennie spielt also die Stumme. Dann werden wir Hennie mal sagen, was für ein Tag heute ist. Ein eigens ausgeknobelter Tag, um der Wahrheit zum Sieg zu verhelfen. Im Namen der Königin. Mit der Bitte an Hennie, dazu beizutragen.«

»Bekomme ich dann erst ein Aspirin?«

»Gleich, haben wir gesagt.« Van de Vijver gab sich Mühe, seine Stimme wie die de Caluwes klingen zu lassen, was ihm noch nicht ganz gelang. Vielleicht als Reaktion darauf schlug de Caluwe nun einen väterlichen Ton an, allerdings den eines Vaters, dessen Hand jeden Moment aus erzieherischen Gründen ausrutschen kann.

»Hennie, jetzt hör mir mal zu. Im Gerichtslabor haben sie auf deiner Nappajacke jede Menge Blutspritzer von deiner Mutter gefunden. Blut, keinen Rost. Blut, das durch die Adern deiner Mutter geflossen ist. Und nicht nur auf deiner Jacke, sondern auch auf den Schuhen, die du anhattest. Große Flecken. Wir wollen mal davon ausgehen, daß die Jacke, wie du behauptest, mit einem lockeren Knopf bei deiner Mutter hing. Um in Ordnung gebracht zu werden. Gut, ein Unbekannter hat deiner Mutter auf den Kopf geschlagen, und dabei ist Blut auf die Jacke gespritzt. Vielleicht ja sogar, während sie diesen Knopf annähte... Siehst du, wie kooperativ wir sind und uns in dich hineinversetzen? In deine Phantasien, Hennie? Alles gut und schön... aber wie erklärst du dir dann, daß ebendieses Blut auch auf deine Schuhe geraten ist?«

Hennie sagte nichts, blickte vor sich auf den Tisch.

»Schon kapiert«, ergänzte van de Vijver, noch immer stehend, mit de Caluwes Stimme. »Die Schuhe befanden sich auch bei der alten Mevrouw Avezaathzur zur Reparatur. Die hatte da ein komplettes Nähstudio plus Schuhreparaturwerkstatt. An einem Schuh war die Sohle etwas locker. Am anderen fehlte der Absatz. Mutter hat alles repariert.«

»Nein, viel besser«, sagte de Caluwe, der sich wahrscheinlich erinnerte, wie schlagfertig er am Tag zuvor gewesen war.

»Nachdem der Unbekannte Muttchen niedergeschlagen hat, hat er nicht nur in aller Seelenruhe einen Knopf angenäht, sondern sich auch noch schnell die Schuhe vorgenommen. Mit einem Hammer und ganz feinen Nägeln. Und danach hat er die Jacke bei Hennie in den Schuppen gehängt und die Schuhe darunter gestellt. Schuster, bleib bei deinem Leisten, würden wir dem Mörder gern zurufen. Also, komm schon, Hennie, ohne Quatsch: Wie sind die Flecken auf deine Schuhe gekommen?«

»Mein Sohn hatte vorige Woche Nasenbluten. Er war auf dem Gartenweg hingefallen. Ich hab ihn aufgehoben. Und dabei ...«

»Es war aber das Blut der alten Mevrouw Avezaath«, sagte van de Vijver.

Groß wie die Lettern einer Zeitungsschlagzeile zogen die Wörter »Blutgruppe« und »Gene« an Hennies Auge vorbei. Verzweifelt sagte sie: »Es ist doch ihr Enkel ...«

»Ja, ja ..., Hennie«, höhnte de Caluwe. »Dann hat die Nachbarin bestimmt auch eine Doppelgängerin von Hennie bei Muttchen reingehen sehen.«

»Ich hab nie abgestritten, daß ich bei ihr war. Aber jemand anders muß Muttchen umgebracht haben.«

»Wir haben die Jacke, die Schuhe ... und es wird noch mehr untersucht. Hieb- und stichfeste Beweise. Willst du im Ernst behaupten, daß dich da jemand reingeritten hat? Daß jemand alle Verdachtsmomente auf dich hat lenken wollen?«

»Das muß ja schon fast so sein ...« Hennie konnte nur noch flüstern.

»Warum hat derjenige dann deine Schuhe und die Jacke mit Blut bespritzt«, mischte van de Vijver sich wieder ein, »aber nicht die Mordwaffe zurückgelassen?«

»Ja, die Chance hat der Täter nicht genutzt«, sagte de Caluwe. »Jemand, der den Verdacht auf dich hätte lenken wollen, hätte doch zumindest die Waffe dalassen können. Bei der Leiche oder bei dir im Schuppen, Hennie. Sie ist aber bisher nicht gefunden worden.«

»Ich hab sie auch nicht verschwinden lassen. Ich weiß nicht

mal, womit Muttchen erschlagen worden ist. Ja, es wird wohl ein harter Gegenstand gewesen sein ...«

»Das kann man wohl sagen, Hennie. Weißt du, wieviel Blutspritzer man gezählt hat? Nein, sie sind noch am Zählen, so viele sind es. Hunderte allein schon auf deiner Jacke. Ohne einen harten Gegenstand schafft man das nicht.«

»Also dann sag uns jetzt mal, was es war«, sagte van de Vijver, wobei er einen Stuhl zum Tisch zog und sich setzte, »und wo du es gelassen hast.«

In Kriminalfilmen war es oft ein großer Schraubenschlüssel, mit dem dem Opfer der verhängnisvolle Schlag versetzt wurde. Hennie stellte sich einen Engländer vor, größer als der allergrößte Schlüssel aus Wims schwarzem Etui, größer, als sie je einen in Wirklichkeit gesehen hatte, und zu groß, um selbst die größte Mutter damit festziehen zu können. Funkelnagelneu, glänzend, unbesudelt lag er irgendwo offen am Straßenrand. Alle machten einen Bogen um ihn. Hunde, die man, Hennies Geruch in der Nase, losgeschickt hatte, schnüffelten an allem herum, nur nicht an dem schweren Stahlstück, das auffällig die Sonne reflektierte, an dem es aber nichts Interessantes zu riechen gab.

»Woher soll ich das wissen? Ich hab Muttchen nicht geschlagen. Schlagen, ich weiß nicht mal, was das ist. Nicht mal meinen eigenen Kindern hab ich je einen Klaps gegeben.«

»Wenn du's nicht getan hast, Hennie, warum hast du dann am Freitag nachmittag wiederholt gesagt: ›Ich habe so eine Vermutung, daß ich jetzt dran bin.‹ Da hatte noch niemand mit dem Finger auf dich gezeigt. Und trotzdem hattest du die Vermutung, daß du jetzt bald dran wärst.«

»Hab ich das gesagt?«

»Erst bei den Nachbarn, später zu deiner Schwester. Das hat dich sehr beschäftigt.«

»Ja, ich hab gesagt, daß ich Angst hab, jetzt selbst an der Reihe zu sein. An der Reihe, ermordet zu werden, meine ich. Oder einfach, zu sterben, als nächste in der Reihe.«

»Du versuchst schon wieder, dich mit Glanz und Gloria rauszureden.«

»Ich *hab* Muttchen nicht getötet.«

»Ach, Hennie, jetzt hör doch auf. Noch am Donnerstag abend, dem Abend, bevor Muttchen gefunden wurde, hast du gesagt: ›Bereuen werd ich den Tag, an dem Muttchen nicht mehr ist.‹ Zu Hause, Hennie. Dein Sohn hat das bezeugt. ›Mama hat gesagt: Bereuen werd ich den Tag von Omas Tod.‹ Was kann das anderes bedeuten, als daß dir das Unheil schon schwante?«

Hennie ließ den Kopf hängen und konnte ihn nur schütteln. Was für einen Sinn hatte es noch, Worte herauszupressen, wenn Worte auf so schreckliche Weise falsch verstanden werden konnten? Nein, sie nahm es ihrem Sohn nicht übel. Es war kein Verrat.

»Es kann schon sein, daß ich ›bereuen‹ gesagt hab. Ich hab aber ›bedauern‹ gemeint. Ich kann auch einfach ›bedauern‹ gesagt haben, und mein Sohn hat ›bereuen‹ daraus gemacht. Wir benutzen dieses Wort immer falsch. Mein Mann, meine Kinder, ich, wir alle. In dem Moment, wo ich's sag, weiß ich, es stimmt nicht. Andererseits ist bedauern vielleicht auch eine Art Strafe. Dann ist es doch noch so etwas Ähnliches wie bereuen.«

»Hennie, das war einfach ein ganz gewöhnlicher Versprecher von jemandem, der etwas sehr Schlimmes im Schilde führte.«

»Ich weiß es nicht mehr. Ich hab den Tag von Muttchens Tod schon jetzt bereuen müssen. Doppelt und dreifach.«

Sie sah es ein. Es war die Pflicht der Polizei, bis zum Äußersten zu gehen. In hoffnungsvollen Momenten sah sie die eigene Situation vervielfacht an verschiedenen Stellen in Arnheim, Nimwegen, Lummel und vielleicht noch anderswo in der Over-Betuwe. Zwei Beamte, die sich mit einer Verdächtigen befaßten, die sie möglicherweise wieder würden laufenlassen müssen. In anderen Phasen des Verhörs sah sie sich an diesem ruhigen Sonntagmorgen, an dem die Menschen in Wohnzimmern und Kirchen zusammenkamen, als einzige Verdächtige, die allein schon wegen ihrer Einmaligkeit keine Verdächtige mehr war, sondern eine Verurteilte. An de Caluwe sollte es nicht scheitern. Für ihn war sie die Mörderin ihres Vaters und, schlimmer noch, eine, die ihrer Strafe entgangen war. Ohne auch nur mit einem Wort auf ihren Vater einzugehen, brauchte er sie nur dazu zu bringen, den Mord an ihrer Mutter zu gestehen, um sie, rückwirkend, stillschweigend auch für den Mord an ihrem Vater zu verurteilen. Die Allgemeinheit würde diese zusätzliche Verurteilung sofort übernehmen, allerdings alles andere als stillschweigend.

Das Tonbandgerät rechts von ihr auf dem Tisch hypnotisierte Hennie. Anfangs hatte die sich schnell drehende leere Spule, die die träge volle hinter sich her schleppte, sie nervös gemacht und unter Druck gesetzt; jetzt, nach einer Phase des Gleichgewichts zwischen den beiden halbvollen Spulen, war es die leerwerdende linke, die sie unter Druck setzte. Sie hatte das Gefühl, daß dieser absorbierende Kasten sie noch drängender als de Caluwe selbst zu einem Geständnis zwingen könnte.

Der Wendepunkt

Sonntag, 17. Oktober 1976, Frauengefängnis Rotterdam (Hennie A.)

Daß Hennie die eine Hälfte eines Zwillingspärchens war, dessen andere Hälfte zwei Stunden nach der Geburt gestorben war, fand man in Utrecht hochinteressant. Sie wurde von den dortigen Psychiatern zu diesem Punkt so intensiv ausgequetscht, daß sie die gestorbene Zwillingshälfte nach und nach als ihre eigene dunkle Seite zu betrachten begann.

Konnte es sein, daß sie, ohne sich dessen bewußt zu sein, in unbewachten Momenten im Namen dieser verstorbenen Hälfte *operierte*, mit der sie ja immerhin monatelang im Bauch ihrer Mutter zusammengewesen war? War durch die Durchtrennung dieser zarten Blutsbande etwas in Unordnung geraten? Hatte sich ein nicht begründbarer schlechter Charakterzug in ihr entwickelt? Dann war sie in gewisser Weise doch verhext...

Monatelang sollte sie sich mit dieser in ihr selbst aufgekommenen »Theorie« quälen. Dem Gefühl, von einer rachlustigen Hälfte *gesteuert* zu werden. Und dann, als Gipfelpunkt: das gruselige Gefühl, zwei Stunden nach der eigenen Geburt von der verstorbenen Schwester den Auftrag angenommen zu haben, *ihrer beider Eltern zu ermorden*! So verrückt machte sie sich unter dem Einfluß dieses psychiatrischen Hokuspokus...

Sonntag, 9. April 1972

Nachdem Hennie während einer Pause zwischen den Verhören in ihre Zelle zurückgebracht worden war, drückte sie, die Tür war noch nicht mal eine Minute zugefallen, auf den Klingelknopf.

»Ich möchte den Staatsanwalt sprechen. Ich will... ich

kann mit de Caluwe nicht mehr reden. Bei ihm krieg ich kein Wort mehr raus. Vor dem Staatsanwalt werde ich eine wichtige Aussage machen. Nein, nicht wieder abschließen, die Tür. Holt mich hier raus. Ich halt's nicht mehr aus in der Zelle.«

Der Aufseher führte sie durch Korridore und Türen, bis sie wieder in dem kleinen Vernehmungsraum war, den kurz darauf, gestärkt durch ihr Lunchpaket, van de Vijver und de Caluwe betraten. Mit Gewalt entwand sich ihr ein zweiter Körper, ziehend, tretend, würgend: der Weinkrampf, der nicht länger warten konnte und jetzt wortlos für sie Partei ergriff. Er streifte sie ab, bis sie schlaff wie ein ausgewrungener Spüllappen auf ihren Stuhl fiel und er heulend die Arbeit übernahm. Doch der Weinkrampf vermochte die beiden Beamten nicht zu erweichen oder zu einer anderen Verhörmethode zu veranlassen, im Gegenteil. Sie sahen sich gegenseitig mit einem Blick an, der soviel bedeutete wie: Sie ist mürbe, sie ist weich, jetzt oder nie. De Caluwe kümmerte sich diesmal selbst um das Tonbandgerät. Er drehte die Spulen um, so daß nun das zerknautschte rote Ende des Bandes in die Höhe ragte und raschelnd seine Runden drehte. Dann nahm er das Mikrofon in die Hand.

»Noch immer Sonntag, der neunte April 1972. Inzwischen Nachmittag. Viertel vor drei. Dienststellenleiter van de Vijver und Polizeiobermeister de Caluwe vernehmen Hennie Plaggemars, geborene Avezaath, aus Lummel.«

In der ersten halben Stunde sollte das Band außer Hennies hysterischem Geschluchze nur de Caluwes im Stakkatoton wiederholte Fragen aufnehmen, begleitet von seinen Faustschlägen.

»Wie kommt das Blut auf deine Jacke, Hennie? ... Hennie! Sag uns, wie das ganze Blut auf diese Schuhe geraten ist!«

»Wo hast du die Waffe versteckt? Hast du sie ins Wasser geworfen? Hennie? Sprich!«

Solange sie nicht in der Lage war zu antworten, dachten die beiden Herren laut für sie. Sie faßten das Geschehen, wie sie es sahen, so oft zusammen, bis es nichts mehr bedeutete; bis es aufflatterte von Muttchens Haus und als alpartiges Traumgebilde vor dem klaren Morgenhimmel jenes siebenten Aprils über dem Dach hängenblieb. In gewisser Weise hatte diese Verfremdung einen beruhigenden Effekt. Durch die monoton geleierte Aufzählung sang die Tat, als deren Hauptakteurin Hennie im Verdacht stand, sich von ihr los. Das befreiende Gefühl, das sich daraufhin einstellte, dämpfte ihren Weinkrampf. Die Schluchzer, die mit ihrem Körper getan hatten, was sie wollten, verloren an Kraft und ließen sich unterdrükken. Vor allem de Caluwe hatte sie in seiner despotischen Art so weit gebracht, daß sie auf sich blickte wie auf eine Dritte, und diese Dritte hatte manchmal tatsächlich einen »harten, stumpfen Gegenstand« gegen die eigene Mutter erhoben. Sie hatte sich gezwungen gefühlt, die Spuren dieser Tat, die sie nur vor ihrem geistigen Auge gesehen hatte, zu tilgen; vor lauter Holpern und Stolpern war sie in Widersprüche verfallen. Jetzt, durch die abstumpfende Wiederholung dessen, was die beiden Männer als Tatsachen betrachteten, wurde Hennie immun gegen das dadurch heraufbeschworene Bild; es wurde ihr etwas klar, und nun sah sie sogar, was sie so krampfhaft verdrängt hatte.

»Grauenhaft, was ich gesehen habe.«

Weil sie lange geweint hatte, ihr Rachen noch völlig verschleimt war, das Schluchzen ihrer Stimme die Kraft genommen hatte, klangen die Worte schwach und irgendwie ängstlich piepsend. De Caluwe und van de Vijver fuhren hoch. Es hätte ihr freier Sonntag sein können: Vielleicht ließ sich ja durch ein frühzeitiges Geständnis noch ein Teil davon retten.

»Was denn, Hennie? Was ist das Grauenhafte, das du getan hast...?«

»Gesehen... ich habe etwas so Grauenhaftes gesehen. So grauenhaft.«

»Dann sag doch, was du gesehen hast, Hennie! Sprich! Wo hast du was gesehen?«

»Bei Muttchen... so grauenhaft.«

»Was war bei Muttchen zu sehen? Na, Hennie? Was war dieses schrecklich Grauenhafte bei Muttchen? Blut...?«

»Ja, auch Blut ...«

»Und was sonst noch? Sag schon, Hennie! Da war noch etwas Grauenhaftes, nicht?«

Oft hatte sie auf den Wiesen rund um Lummel die Kühe beobachtet, wie sie in endloser Wiederholung ihre Zunge um ein Grasbüschel schlangen und es dann (ein kurzes, trockenes Geräusch) abrissen; man sah nie genau, wie sie es machten. Es war eine große graurosa Zunge, die gebogen herausglitt, und sie hätte gern mal gefühlt, wie es wäre, wenn sie sich um ihre Hand schlänge. Eines Tages, kurz vor Weihnachten, hatte Hennie in der Auslage beim Schlachter auf einer riesigen ovalen Schale einen Fleischklumpen von der Größe eines stattlichen Ferkels liegen sehen. Er hatte eine ungesunde Farbe. An den groben Papillen und der plumpen Krümmung hatte sie erkannt, daß es sich um eine Rinderzunge handelte. Das Abstoßende daran war der Teil, bei weitem der größere, den man bei einer lebenden Kuh nie zu Gesicht bekam. Diese Zunge sah sie nun vor sich, in einer ovalen rosafarbenen Pfütze und umgeben von Büscheln künstlicher Petersilie. Dazu spürte sie, wie ihre vom Weinen rauhe und geschwollene Zunge sie fast erstickte.

»Hennie, jetzt sag schon! So kann es nicht weitergehen.«

»Wenn ich die Augen zumache, seh ich's.«

»Deine Augen sind doch schon zu. Von dem ganzen sinnlosen Geheule, Hennie. Sag uns jetzt, was du da Grauenhaftes siehst. Los, Hennie!«

»Diese widerliche Zunge ...«

»Was, liederliche Zunge? Von wem?«

»Widerlich ... eine widerliche Zunge. Einfach ekelhaft.«

»Wem gehört diese ekelhafte Zunge? Hast du eine eklige Zunge? Möchtest du ein Glas Wasser? Nein, das hier ist besser ... aber sprich weiter, hörst du?«

De Caluwe zog eine halbe Pfefferminzrolle aus der Jackentasche und hielt sie Hennie hin. Sie schüttelte den Kopf.

»Muttchen hatte so 'ne widerliche Zunge ... ein scheußlicher Anblick.«

»Muttchen? Wo denn, Hennie? Wann? Was war mit Muttchens Zunge? War sie belegt? Hatte es was mit ihrer Krankheit zu tun?«

»Von ganz nah ... eine eklige Zunge. Als ich auf ihr lag ...«

»Als du auf ihr lagst ... Aber wann denn, Hennie? Wann lagst du auf Muttchen und hast gesehen, daß ihre Zunge eklig war? Als kleines Mädchen? Hast du dich für Muttchen und ihre schmierige Zunge geschämt?«

»Nein, am Freitag, als ich auf ihr lag ... im Blut.«

»Jetzt wieder das Blut. Wir sind wieder beim Blut. Blut von wem?«

»Von Muttchen. Ich lag auf ihr. In ihrem Blut. Ich hab diese eklige Zunge ganz aus der Nähe gesehen.«

»Jetzt mal ganz ruhig, Hennie. Beruhige dich. Warum erzählst du nicht einfach in aller Ruhe, was zu sehen war ... was passiert ist?«

Die rechte Spule wurde voller. Das ausgefranste rote Ende strich bei jeder Umdrehung zischelnd an einem vorstehenden Teil des Recordergehäuses entlang. Mit der Zeit wurde ein Flüsterstimmchen daraus, das ihre Aufmerksamkeit erheischte: »Pscht ... pscht!« Mal schien es ihr zu widersprechen, mal ihr etwas vorsagen zu wollen, doch was es war, verstand Hennie nicht. Sie schüttelte noch einmal den Kopf.

»Möchtest du vielleicht ein Aspirin? Soll ich nach einem Aspirin klingeln?«

»Das ist nicht mehr nötig. Ich habe nach dem Staatsanwalt verlangt.«

»Warum willst du uns deine Geschichte nicht erzählen?«

»Ihr sagt immer nur, daß ich mir alles ausdenke. Egal, was ich sage. Ich möchte dem Staatsanwalt einfach erzählen, was passiert ist. Und dann müssen sie halt sehen, was sie mit mir machen.«

»Hennie, wir haben einen Vorschlag zur Güte. Wir rufen den Staatsanwalt an. Ob er kommt. Und solange er noch nicht da ist, reden wir weiter.«

De Caluwe ging zum Telefon, wählte eine Nummer und führte mit abgewandtem Kopf und leiser Stimme ein kurzes Gespräch.

»Hennie, ruhig jetzt. Der Staatsanwalt ist unterwegs, zusammen mit einem Stellvertreter. Es soll dir an nichts fehlen. Du bekommst reichlich Gelegenheit, deine Geschichte zu erzählen. Und bis dahin, sozusagen zum Aufwärmen, reden wir noch ein bißchen weiter.«

»Ja, Hennie«, schaltete sich van de Vijver ein, »noch mal zurück zu Muttchens merkwürdiger Zunge... Du hast gesagt, daß du sie gesehen hast, als du auf ihr lagst, in ihrem Blut. Wo war Muttchen da?«

»Wo ihr sie gefunden habt. Im Abstellraum. Unten an der Dachbodentreppe.«

»Wie kamst du dahin?«

»Wie ich schon tausendmal gesagt hab. Ich hab die Tür mit einem Haken aufgemacht. Ich erzähl euch die ganze Geschichte nicht noch mal. Nur dem Staatsanwalt...«

»Moment! Moment! Hennie! Du hast am Anfang gesagt, daß Muttchen, dein Muttchen oben an der Treppe stand, wo sie die Wäsche aufgehängt hat. Bleibst du noch immer dabei?«

»Als ich in den Abstellraum kam, lag Muttchen unten an der Treppe. In einer großen Blutlache. Es war grauenhaft...«

»Und die Zunge, Hennie, diese liederliche Zunge... hast du die auch gleich gesehen?«

»Nein, erst als ich wieder zu mir kam.«

»Erst als du ganz nah zu Muttchen kamst, meinst du?«

»Als ich zu mir kam. Ich war umgekippt. Auf Muttchen drauf. Ich kann das nicht mehr vergessen...«

»Was kannst du nicht mehr vergessen, Hennie?«

»Das Gesicht von Muttchen... mit dieser Zunge...«

»Du meinst, Hennie, das Gesicht von Muttchen, die keine Luft bekam? Das Gesicht von Muttchen, die... erstickte, Hennie? Das Gesicht von Muttchen, die... starb, Hennie?«

»Sie *starb* nicht!«

»So, sie starb nicht? Sie wollte einfach nicht sterben? Hatte sie da die Zunge noch nicht so weit rausgestreckt? Kam das erst später? Zuerst nur die Zungenspitze...?«

»Nein! Nein!«

»Das Eklige mit dieser Zunge kam erst später, nicht wahr, Hennie? Als sie endlich doch sterben wollte, nicht?«

»Nein, sie *starb* nicht …«

»Und wo hattest du deine Hände, Hennie?«

»So hab ich …«

»Oh, du nahmst ihre Hand …«

»Ja.«

»… als alles vorbei war …«

»Ich nahm ihre Hand. So. Und die Hand fiel runter … in die Blutlache.«

Nach jedem Sieg, den er errungen zu haben schien, bot de Caluwe Hennie feierlich ein großes Pfefferminz an, als hätte er in diesem Ritual, dessen Geheimnis nur er kannte, die Wandlung vollzogen und ließe Hennie nun zur Kommunion gehen.

Ein goldenes Sieb

Sonntag, 17. Oktober 1976
(Patrick Gossaert)

Albert, der hat natürlich nur Spaß gemacht, mit diesem Tauschhandel von Stoff und Stil, aber er hat unbestreitbar schöne Geschichten zu erzählen. Bei einigen seiner Erinnerungen habe ich das Gefühl, daß sie bei mir, ohne daß ich mich eigens anstrenge, durch ein goldenes Sieb geschüttet werden und als fix und fertige Novelle wieder herauskommen. Zum Beispiel die Geschichte von diesen beiden Brüdern, seinem Vater und seinem Onkel, die mit einer Hacke abwechselnd an dem gefrorenen Grab ihrer Eltern herumhackten, nur, um einen Topf mit weißen Blumen einzupflanzen. Dieser Onkel hatte, fast zwanzig Jahre später noch, eine Kugel im Kopf, von der Ostfront. Hab ich das jetzt richtig verstanden, daß der Mann dreißig Jahre danach von der Kugel getroffen wurde und daran starb? Und daß Albert vielleicht der Sohn seines Onkels ist? So ist die Geschichte jedenfalls durch mein Sieb gesickert. Ich sah Albert mit einem Topf – nein, keinem Topf, einem Strauß – weißer, nein, gelber Blumen am Grab seines eigentlichen Vaters stehen, des Ostfrontkämpfers. Der Grabstein hatte Form und Aussehen eines Flipperautomaten. Ich hörte die Stimmen des Vaters *und* des Sohnes. (»War *and* peace?« »Yes, Radar, Tolstoy was very flexible.«) Während Albert die Geschichte erzählte, hörte ich mit Hilfe meiner als Dolmetscherin und Übersetzerin fungierenden Muse synchron den Dialog, der eigentlich ein Monolog ist. Ich brauche nur die Augen zu schließen, und schon höre ich ihre Stimmen durch das Geticker und Geklingel des Flipperautomaten hindurch.

Uff! Muß natürlich gut aufpassen. Die Trümmerbrocken liegen hier bis zur Straßenmitte. Autsch ... das gibt garantiert einen blauen Zeh. Soll ich meinen Mut zusammennehmen und Albert fragen, ob ich die Geschichte aufschreiben darf, halt auf meine Weise? Als ich ihm das mit dem Sieb erzählte, sah er nichts Goldenes vor sich. Er müsse an das Apfelmussieb seiner Mutter denken, sagte er. Eine Halbkugel aus feinem Gittergewebe, an der sich ein Stiel zum Anfassen befand. In das Sieb konnte man eine Art Mühle mit rotierenden Messern einsetzen, um die gekochten Äpfel fein zu mahlen. Er erinnerte sich, wie er als Kind immer sehnlichst gehofft hatte, allerdings ohne diese Hoffnung je auszusprechen, seine Mutter werde in diesem Gerät Apfelmus machen, doch sie zermanschte die gekochten Äpfel immer hartnäckig mit einer Gabel. »War aber lecker, das Mus, immer dunkelbraun vor lauter Zimt.« Das Sieb benutzte sie, wobei die geheimnisvolle Mühle in der Küchenschublade liegenblieb, ausschließlich dazu, kleine Portionen Pommes frites über der Bratpfanne abtropfen zu lassen, denn eine richtige Friteuse hatten sie wiederum *nicht*.

»Schau, Patrizio, das ist mein Gold. Golden Delicious.«

Der Knabe ist einfach anders gestrickt als ich.

In dem abgerissenen Teil der Grote Wittenburgerstraat hatte man ein Podium aufgebaut, auf dem an diesem Sonntag, einem göttlichen spätsommerlichen Tag, Schriftsteller und Dichter ihre Stimme erklingen lassen sollten. Neben großen Namen waren auch weniger bekannte eingeladen, und zu seiner Überraschung durfte auch Patrick Gossaert, will sagen: Patrizio Canaponi, antreten, obwohl er noch nichts in Buchform veröffentlicht hatte. Vielleicht weil die Veranstaltung zur Hälfte eine flämische Angelegenheit war (in der Nes wurde noch an einer belgischen Kulturfrittenbude gearbeitet, inklusive Abtropfsiebe und so), hatte man direkt neben dem Podium eine Art Behelfskneipe eingerichtet, wo es, direkt proportional zum erlahmenden Interesse an den literarischen Größen, die sich – deklamierend und rezitierend – zwei Meter höher völlig verausgabten, im Laufe des Nachmittags immer voller und lauter geworden war. Hunde und Kinder rannten bellend und schreiend um die Bühne.

Am Rande des Geländes saß mit dem Rücken zum Publikum der alte Schriftsteller, blickte auf die Wüstenei der halbzertrümmerten Straßen und trank dazu einen Becher Kaffee. In ehrerbietiger Entfernung saßen auf derselben niedrigen Mauer zwei junge Männer, in denen Patrick Organisatoren der Veranstaltung erkannte. Keiner sprach. Fast abgeklärt sah der Schriftsteller auf die Abbrucharbeiten, die im Moment ruhten, obwohl die schief und schepp zwischen umgestoßenen Mauern, zersplitterten Balken und verbogenem Eisen stehenden Bulldozer und Bagger den Eindruck vermittelten, vor höchstens fünf Minuten im Stich gelassen worden zu sein. Patrick stieg über eine heimtückische innere Schwelle und *sah* sich auf den Mann zugehen.

»Sie haben entdeckt, daß Gott sich selbst in einem mit alten Fahrradreifen übersäten Hintergarten offenbaren kann. Ich kann mir vorstellen, daß Gott Sie auch hier zu finden weiß, in diesem Trümmerhaufen ...«

Einer der Organisatoren beeilte sich, den alten und den jungen Schriftsteller miteinander bekannt zu machen, wobei die neckende Erwiderung, die Patrick erwartet hatte, ihn wie ein Dolchstoß traf.

»Ach ja, Mijnheer Canaponi, ja, ich habe viel von Ihnen ge ... ähm ... ich meine: *über* Sie gelesen.«

Spott und Ironie funkelten auch noch in seinen Augen, als er fortfuhr: »Oh, ich halte das für außerordentlich inspirierend. Ich habe immer eine Vorliebe für Arbeitszimmer mit dieser Art von Aussicht gehabt. Und immer nach Norden. In Hochhausvierteln werde ich verrückt. Bijlmer zum Beispiel ... Da gehe ich nicht mehr hin. Wenn man dort jemanden aufsuchen muß ... lebensgefährlich. Man steht da und zählt die Hausnummern ab: 348, 346, 344, 342 ... weiß nicht, wohin. Kein Mensch weit und breit. Lange Galerien und eine rauschende Stille. Nichts hört man. Ja, wie der Abzug einer Pistole gespannt wird. Das ist das einzige Geräusch, das man da noch hört. Denn das ist die Folge vom Hochhausbau: Jede Etage, die obendrauf kommt, bedeutet eine Zunahme der Kriminalität um 12½ %. Das ist ein Gesetz.«

»Na, wollen wir mal sagen: eine kühne These.«

Mit erhobenem Zeigefinger: »Nein, das ist ein *Gesetz*.«

Als jemand von der Organisation dem Schriftsteller Bescheid sagte, daß er an der Reihe sei, urinierte er – »gegen die Nervosität« – laut plätschernd an einen Bûll Dauzerre. Danach nahm er, ebenfalls »gegen die Nervosität«, eine Tablette, die als »Hibbelpille« bezeichnet wurde, und sagte, nachdem er sich zum Schluß auch noch eine Zigarette angezündet hatte: »Wie lautete noch gleich, Mijnheer Capriccio, wie hieß noch gleich diese Redensart, diese alte Weisheit? Ach ja... Was ein Schwanz ist für die Witwe, ist 'ne North State für die Nerven.«

Patrick wünschte ihm alles Gute für seinen Auftritt. Der Meister verbeugte sich tief und gönnte seinem jüngeren Kollegen einen Blick auf seinen »schönen Kopf mit Haar«, wie er ihn selbst gern nannte, das heißt, auf seinen sich leicht (für sein Alter aber noch sehr moderat) lichtenden Schädel. Als während der Lesung ein Hund von der getragenen, leicht schnarrenden Stimme des Schriftstellers nervös wurde und hysterisch zu bellen begann, legte dieser sein Manuskript beiseite und bellte mit großem Imitationstalent minutenlang ins Mikrofon zurück, eine Nummer, die er mit den Worten abbrach: »Man muß rechtzeitig aufhören können, sonst wird's langweilig.«

Später, es war inzwischen dämmrig geworden, wurde sein Auftritt erneut gestört, diesmal durch eine tieffliegende Linienmaschine der Alitalia. Es war ein rührender Anblick, das Publikum reglos auf den ebenso reglosen Schriftsteller schauen zu sehen, der den Blick ergeben gen Himmel richtete. Als das Flugzeug schon fast nicht mehr zu hören war, stand er, versonnen, immer noch so da, bis er mit einem »Gott behüte alle See- und Luftfahrer« wieder zu lesen begann. In diesem Moment wußte Patrick, daß er es wagen würde: Nicht seine Erzählung »Bruno Tirlantino« würde er lesen, nein, er würde überhaupt nichts vom Papier ablesen, sondern eine Geschichte improvisieren, die Albert ihm von einem Marinesoldaten erzählt hatte, der sich während der Wache in den Kopf geschossen hatte, und zwar anhand eines Gedichtes dieses Schriftstellers dort, das vor Jahren als illustriertes Poem aus dem Schaufenster einer Buchhandlung entfernt worden war. So würde sein Vortrag gleichzeitig als Hommage an den Meister ausgelegt werden können.

»Im Zug auf dem Weg nach Den Helder hatte Jimmy etwas erlebt... einen scheinbar unbedeutenden Vorfall, der ihn immer noch verfolgte. Nach dem Umsteigen in Den Bosch fand er einen Platz schräg gegenüber einem düsteren Burschen, der eindeutig etwas im Bier zu ertränken versuchte. Der Mann, ein nervöser Bauer in städtischem Anzug, fühlte sich nicht wohl in seiner Haut. Seine Augen waren nicht die eines Bauern. Sie sahen Jimmy immer wieder kurz an, obwohl sie ihm ausweichen zu wollen schienen – was schwierig war, denn da die Lichter brannten, sah sich jeder von allen Seiten gespiegelt, und der Zug fuhr wie ein Zimmer durch den Abend. Unter den Blicken des Mannes fühlte Jimmy seine Uniform am Leib brennen. Ihm kamen Zwangsvorstellungen darüber, wie er mit dem anderen im Rotlichtviertel von Amsterdam herumstreifte und einen draufmachte, wo dieser ihm, krank vor Bewunderung, jede schöne Nutte, die er haben wollte, bezahlen und sich selbst damit begnügen würde, zuzuschauen. Bereits nach zwei Stationen erlöste der Marinesoldat sich selbst und sein Gegenüber von ihrem Leiden: Er stieg aus. Als er am Fenster des Abteils vorbeiging, sah er, daß der Mann auf dem Tischchen – die Bierflaschen waren verschwunden – Papier und Schreibzeug bereitlegte. Was Jimmy wunderte, war das für einen Zug ziemlich ungewöhnliche Schreibgerät: Federhalter mit Stahlfeder, Tintenfaß...«

Gegen Ende der Lesung waren nur wenige Zuhörer übriggeblieben. In einem alleinstehenden Haus, das noch besetzt war oder in dem Drogenhändler eingezogen waren, brannte eine Kerze oder eine Petroleumlampe. Ansonsten war alles in der näheren Umgebung dunkel. Nur weiter hinten in der Straße, im Zentrum des »Galgens«, wie Albert es nannte, brannte elektrisches Licht hinter den Fenstern.

Um Punkt neun Uhr war das Festival zu Ende. Die Uhr der Oosterkerk ließ wie zu jeder vollen Stunde in der Nacht zwölf Schläge ertönen.

Die wilde Frische von Limonen

Sonntag, 17. Oktober 1976, Frauengefängnis Rotterdam (Hennie A.)

Die psychiatrische Untersuchung hatte ans Tageslicht gefördert, daß Hennie von ihrer Mutter die Angst vor Gewittern übernommen hatte. Wenn es donnerte und blitzte, durfte Hennie sich nicht einmal in der Nähe eines geschlossenen Fensters aufhalten, geschweige denn, man hätte ihr erlaubt, ein offenstehendes Fenster zu schließen: Allein schon die Berührung mit dem Basküleverschluß konnte tödlich sein. Alle Stecker wurden aus den Dosen gezogen, nicht nur der vom Radio, sondern auch bei den anderen elektrischen Geräten, sogar bei den Stehlampen. Eines Tages hörte Mevrouw Avezaath, wie ein Mitarbeiter der Gemüseauktionshalle beiläufig die Bemerkung fallenließ, bei Unwetter sei man »in einem Auto noch etwas sicherer als zu Hause«. Später überlegte Hennie sich, daß der Mann ein *fahrendes* Auto gemeint haben mußte, doch zu diesem Zeitpunkt war bereits viel Unheil angerichtet. Seit dieser Bemerkung trieb die Mutter ihre beiden Töchter bei den leisesten Anzeichen eines Gewitters in den kleinen Lkw, mit dem ihr Mann Obst und Gemüse zur Auktion brachte. Ängstlich saßen sie zu dritt in der Fahrerkabine, auf die der Regen drosch, der Donner dröhnte und in die der Blitz hineinfuhr.

Auch Mutters Angst vor Wasser hatte sich auf Hennie übertragen. Mevrouw Avezaath hatte sich eines warmen Tages von einer Nachbarin verleiten lassen, im Schwimmbad ins Becken zu gehen. Es war der nur achtzig Zentimeter tiefe Teil, doch Hennies Mutter hatte gespürt, wie das Wasser, das ihr bis zur Taille reichte, sie hinunterzuziehen versuchte. Hennie sah ihre Mutter mit trockener Bademütze dicht neben der Treppe inmitten johlender Kinder im unschuldig blauen Wasser stehen und hörte, wie sie um Hilfe rief. Seitdem versetzte allein schon der Anblick von offenem Wasser die Frau in Panik. »Es saugt«, rief sie dann. »Es saugt... komm her.« Eisern umklammerte sie die Handgelenke ihrer Töchter und zog sie mit, weg vom Sog des Wassers, wobei die Mutter sich krümmte und gegen den Boden stemmte, als müsse sie gegen strammen Wind ankämpfen.

Wenn Hennie, als sie schon etwas größer war, ihre Mutter nach der Schule fragte, ob sie mit ihren Freundinnen ins Schwimmbad dürfe, brach bei der Frau eine derartige Hysterie aus, daß Hennie den Mädchen, die auf ihren Fahrrädern am Gartentor warteten, mit roten Augen sagen mußte, sie dürfe nicht mit.

Am schlimmsten war es, wenn beide Ängste zusammentrafen. Wetterleuchten über offenem Wasser. Der Blitz fuhr dann kerzengerade und scharf wie ein Glasschneider über die Wasserfläche, um jeden, der sich in die Nähe des Ufers wagte, in zwei Teile zu spalten.

Weil es die ganze Nacht vor dem Mord geregnet hatte, wollte der Psychiater wissen, ob sich ein Gewitter bemerkbar gemacht habe. Hennie konnte sich an keines erinnern, obwohl sie doch immer davon wach wurde und dann zumindest den Fernseherstecker herauszog, damit das Haus nicht in Flammen aufging. »Anfang April gibt es selten Gewitter«, sagte Hennie achselzuckend.

Das Wetteramt in De Bilt widersprach dem nicht, konnte aber auf Nachfrage berichten, daß es in der bewußten Nacht in der Provinz Gelderland tatsächlich örtliche Gewitter gegeben hatte. Eine weitere Frage brachte zutage, daß bei der Polizei in Nimwegen auffallend viele Meldungen über Alarmanlagen eingetroffen waren, die in Geschäften losgegangen waren und in lediglich zwei Fällen auf Einbrüche, ansonsten aber auf von Donner ausgelöste Vibrationen zurückzuführen waren.

»Nimwegen liegt ein ganzes Stück von uns entfernt«, meinte Hennie. »Ja, jetzt, wo Sie's sagen... es hat am verkaufsoffenen Abend geregnet. Aber von einem Gewitter hab ich nichts gemerkt, auch nachts in Lummel nicht. Ich weiß schon, warum ihr euch so darein verbeißt... Ich bin natürlich, als es zu wetterleuchten begann, schlafwandelnd zu Muttchen gegangen … um wie ein Blitz aus heiterem Himmel auf sie einzuschlagen. Oder?«

Sonntag, 9. April 1972

Kam es daher, weil sie nicht mehr damit gerechnet hatte, daß die gewünschte Person noch erscheinen würde? Jedenfalls mußte Hennie schrecklich weinen, als der Staatsanwalt ins Zimmer trat und sich vorstellte. »Warmenhoven.«

»Helfen Sie mir doch, bitte … Ich werde es einfach nicht los! Lassen Sie mich nicht in die Zelle zurückbringen!«

Es drang kaum zu ihr durch, daß ihr noch eine zweite Person vorgestellt wurde, Mejuffrouw Rikken, stellvertretende Staatsanwältin. Sie bot Hennie eine Zigarette an und schien dabei, dem Zittern ihrer Finger nach zu urteilen, noch nervöser als Hennie zu sein.

»Sie wollten uns Ihre Geschichte erzählen«, sagte Warmenhoven mit ruhiger Stimme. »Deswegen sind wir hier. Lassen Sie sich ruhig Zeit, Mevrouw Plaggemars.«

»Könnten die beiden Herren dann mal kurz raus? Ich kann nicht … na ja, es ist so schwer, mit so vielen Leuten gleichzeitig zu sprechen.«

De Caluwe und van de Vijver brauchten nicht erst überredet zu werden. Ihre Gesten, senkrecht erhobene Handflächen, zeigten an, daß es keiner weiteren Überzeugungskünste bedürfe. Sie verließen den Raum. Hennie spürte, wie sie ruhig wurde, und zwar weniger durch die Zigarette als wegen der sich hinter ihnen schließenden Tür. Warmenhoven ergriff das Wort; seine Stellvertreterin sollte während des gesamten Gesprächs schweigen.

»Fangen Sie doch einfach ganz von vorn an.«

»Ich weiß aber nicht, wo ich anfangen soll. Ich meine … man kann immer noch weiter vorn anfangen.«

Hennie fühlte sich erschöpft, gleichzeitig aber hatte sie den Eindruck, diese Erschöpfung sei lediglich auf die Anwesenheit von de Caluwe zurückzuführen. Warm, nein, heiß stieg ein fanatisches Bedürfnis in ihr auf, dem Staatsanwalt alles bis ins kleinste Detail zu erzählen. Jetzt war es noch möglich. Bald würde die Wahrheit, *ihre* Wahrheit, so oft wiederholt werden müssen, daß sich schließlich eine Glocke darüber stülpe, eine Glocke aus Glas. Sie würde die Glaskugel immer wieder von neuem schütteln müssen, bis ein und dieselben Fakten als stets ein und derselbe Schnee auf die Bühne fiele.

»Wann haben Sie Ihre Mutter das letzte Mal lebend gesehen? Fangen Sie damit an.«

Wenn Meester Warmenhoven davon ausgegangen wäre, daß sie Muttchen am Freitagmorgen zum letztenmal lebend gesehen hatte, bevor sie sie ermordete, hätte er ihr diese Frage dann auch so locker gestellt? Seine Beiläufigkeit beruhigte sie.

»Das war am Donnerstag, spätabends, so gegen halb elf. Wir hatten in Nimwegen Besorgungen gemacht, Muttchen und ich. Mein Mann hatte uns gefahren. Es war verkaufsoffener Abend. Muttchen hatte Schüsseln für mich gekauft, und um uns zu revanchieren, holten wir Gebäck, für später, zu Hause. Ich denke, gegen neun waren wir wieder in Lummel. Also, Kaffee gekocht, Gebäck hingestellt, auch für die älteren Kinder. Nach dem Kaffee hat Muttchen noch ein Gläschen Martini getrunken, und ... na, das war's wohl, glaub ich. Dann wollte Muttchen so langsam nach Hause. Meist hab ich sie begleitet, aber diesmal wollte ich meine Einkäufe auspakken, also habe ich meinen Ältesten mitgeschickt. Um ihr die Tasche zu tragen. Ungefähr zehn Minuten später kam sie noch einmal vorbei, mit Pasje, ihrem Hund. Nichts Ungewöhnliches. Sie sah, daß ich meine neuen Schüsseln abwusch, und darum wollte sie nicht, daß ich sie nach Hause brachte. ›Ich hab doch einen guten Wachhund dabei.‹ Da muß es so ungefähr halb elf gewesen sein. Ich weiß noch, daß ich dachte ... Muttchen war noch nicht um die Ecke, ich hörte Pasje bellen ... daß ich dachte: Verflixt, jetzt hab ich vergessen, ihr die Flasche Duschgel mitzugeben. Ich hatte in Nimwegen nämlich eine Flasche Fa für sie gekauft. Ihr gefiel diese Werbung so gut: ›*Mit der wilden Frische von Limonen*‹. Ich dachte: Die bring ich ihr dann eben morgen vorbei. Das hab ich auch getan.«

»Sie haben nichts Besonderes an Ihrer Mutter bemerkt an dem Abend?«

»Ich nicht, nein. Mein Mann hat gesagt, daß es mit Muttchen seiner Meinung nach in letzter Zeit bös bergab ging. ›Sie ist nicht mehr so fit‹, hat er gesagt. Mein Ältester, der auch noch bei uns saß, fand das auch. Ich will so was nie sehen. Ich hab gesagt, ich würde den Tag bedauern, an dem Muttchen nicht mehr da wäre. Es ist auch möglich, daß ich ›bereuen‹ gesagt hab. Wir verwechseln diese beiden Wörter immer. Nix Besonderes.«

»Und jetzt der nächste Morgen, als Sie ihr die Flasche gebracht haben.«

»Vielleicht ist es für Sie interessant zu wissen, daß wir alle eine ganze Stunde später aufgestanden sind als sonst unter der Woche. Mein Mann hatte auf seiner Stechkarte Minuten zusammengespart, und deshalb brauchte er erst gegen acht weg anstatt so um sieben rum. Ich war natürlich schön bei ihm im Bett liegengeblieben, so daß ich viel zu spät dran war. Ich hab schnell die Kinder für die Schule fertiggemacht. Außer den Ältesten ... da war irgendwas. Freistunden oder so. Ich selbst bin so um halb neun rum aus dem Haus gegangen. Fahrrad an der Hand, genau wie sonst, nur später. Muttchen wohnt um die Ecke. Ich geklingelt. Sie machte nicht auf. Ich hab noch versucht, durchs Wohnzimmerfenster reinzuschauen, aber ich konnte nichts sehen. Noch mal geklingelt. Nix. Das ist schon öfter vorgekommen, dann saß sie zum Beispiel auf dem Klo. Ich hab noch durch den Briefschlitz gerufen. Keine Antwort. Nur Pasje ist wild an der Tür hochgesprungen. Ich hab ihn durch die Mattglasscheibe gesehen. Er bellte ...«

»Und dann haben Sie die Tür durch den Briefschlitz mit einem Haken geöffnet?«

Warum brachte diese ruhig gestellte Frage sie erneut zum Heulen? Weil die darin eingeschlossene Handlung den Weg zur Hölle frei machte? Oder ganz einfach, weil der Fragesteller ihr nicht schon von vornherein widersprach?

»Ja, und als sie auf war, ist Pasje an mir hochgesprungen. Ich sah, daß er Blut an den Pfoten hatte und auch an der Seite. Ich hab noch gedacht: Er ist schon draußen gewesen, ist von einem anderen Hund gebissen worden. Ich hab das Tier weggeschubst. Ich wollte nicht, daß er mich schmutzig macht, ich mußte ja zur Arbeit. Ich bin ins Wohnzimmer gegangen und hab derweil schon mal das Fa aus der Tasche geholt. Muttchen war nicht im Zimmer, aber ich hab Dinge gesehen... Dinge gehört... so daß, ja, wie soll ich das erklären?... daß ich mir keine Sorgen machte. Ihr Teller mit dem Frühstück stand auf dem Tisch. Daneben Zeitschriften. Das Radio lief leise, und aus der Küche kam das Geräusch von einem Ei in kochendem Wasser.«

Damals nicht, aber jetzt, da sie das Geräusch irgendwie anders, als Wissende, noch einmal hörte, jetzt verwandelte sich dieses dumpfe Getrommel in etwas anderes. Als sie ein ansonsten läppisches Buch las, hatte Hennie der Ausdruck »Hufschlag des Todes« fasziniert. »Der Hufschlag des Todes kam näher« oder so etwas Ähnliches. Für sie würde dieser Hufschlag nie mehr anders klingen als ein Ei, das, sich in kochendem Wasser drehend, auf den Boden eines Stieltopfs trommelt.

»Ich stellte die, wie heißt es noch gleich, die *wilde Frische von Limonen* auf den Tisch. Ich wollte gerade rufen ›Muttchen, wo bist du?‹, da sah ich hinter dem Rauchersessel... nein, zuerst auf dem Fischglas. Blutspritzer. Ich schau automatisch zum Fischglas, weil die Goldfische immer so schön angeschwommen kommen und mit der Nase ans Glas stoßen. Ich seh, sie sind schon gefüttert... auf dem Wasser schwimmt noch ein bißchen Futter... und dann seh ich das Blut. So fein, die Spritzer, daß es insgesamt wie ein Blümchenmuster ausgeschaut hat. Und dann diese bleichen Fische dahinter... Gleich danach hab ich auch die Spritzer, viel größere, auf der Tapete gesehen. Hinter dem Rauchersessel. Muttchen hat da nie gesessen. Bis zu dem Moment dachte ich, daß Muttchen vielleicht auf dem Boden die Wäsche aufhängt. Jetzt dachte ich gar nichts mehr. Ich bin in die Küche gerannt. Es ist verrückt, aber ... als erstes fiel mir auf, daß die Fenster beschlagen waren. Der Topf, ging es mir durch den Kopf ... der steht schon zu lange auf dem Feuer ... Dann sah ich Muttchen daliegen. Blutüberströmt ...«

»Wo genau lag Ihre Mutter?«

»In dem Abstellraum hinter der Küche. Genau an der Holztreppe, die zum Dachboden hochgeht. Pasje war schon zu ihr hingerannt. Schaut mich so fragend an ... winselt ... Sie liegt in einer großen Blutlache auf der Matte. An der einen Seite von ihrem Kopf ist ein großer Blutpfropf. Sieht aus, als wenn ein Teil von ihrem Kopf komplett weggeschlagen ist.«

»Und Sie, was haben Sie getan?«

»Ich schrie los ... ja, was macht man da? Ich bin auf sie zugerannt. Das nächste, woran ich mich erinnere, ist, daß ich auf Muttchen lag.«

»Sie waren auf sie gefallen?«

»Ich denke, ich hab mich über sie gebeugt und bin dann umgekippt. Ich weiß nicht, wie lang das gedauert hat ... nur kurz, denke ich ... aber als ich wieder zu mir kam, da lag ich auf Muttchen.«

»Haben Sie quer auf ihr gelegen? Oder längs?«

»Das weiß ich nicht genau. Ich weiß nur, daß ich mit dem Gesicht ganz nah an ihrem dran war und daß ich diese grauenhafte Zunge aus ihrem Mund raushängen sah. Wenn ich bloß daran denke ...«

»War die Zunge Ihnen schon aufgefallen, bevor Sie, na ja, in Ohnmacht gefallen sind?«

»Nein, nur das Blut. Da war so viel Blut ...«

»Und als Sie wieder zu sich kamen, erinnern Sie sich, ob Sie Blutspuren an ihrem Hals gesehen haben? Streifen ... Händeabdrücke zum Beispiel?«

»Ich habe nichts bemerkt. Da war so viel Blut ... Meine linke Hand lag mit der Handfläche nach unten in der Blutlache rings um Muttchen. Das Blut war schon ganz dickflüssig geworden. Ich mußte meine Hand richtig rausziehen, also vielleicht ... ja, das fällt mir jetzt ein ... vielleicht hat es auch etwas länger gedauert, bevor ich wieder zu mir kam. Vielleicht war das Blut noch flüssig, als ich hinfiel. Jedenfalls, als ich mich wieder aufrappelte, war es schon halb geronnen. Es saß angebacken zwischen meinen Fingern. Ich kniete neben Muttchen. Ich hab nach ihrer Hand gegriffen, aber als ich fühlte, wie kalt sie war, hab ich sie schnell wieder losgelassen. Als ich sah, wie schlaff und schwer sie runterfiel, da ist mir erst richtig klargeworden, daß Muttchen tot war. Da hab ich gebrochen.«

Dieses Detail erzählte sie jetzt zum erstenmal, aber auch auf diesem Bild lag gleich ein merkwürdiges Licht. Die Handlung wurde verlangsamt und schien eine neue Bedeutung zu erlangen. So wie Hennie sich neben Muttchens totem Körper knien sah, mit vom Würgen zuckenden Schultern, kam es ihr vor, als *bete* sie heftig. Es war eine primitive Art von Gebet, die sie entfernt an die schmerzerfüllten Gesten von Klageweibern erinnerte oder, wie sie es im Fernsehen gesehen hatte, an die schaukelnden Oberkörper vor der Jerusalemer Klagemauer. Als hätte sie vorausgeahnt, daß man sie von der offiziellen Trauer, die mit dem Aufbahren begann, ausschließen würde, warf Hennie sich auf die Knie ins frische Blut ihrer Mutter, um deren Tod zu beklagen, bevor der Leichnam gewaschen wurde und Schminke und eine Glasplatte eine unnahbare Puppe aus ihm gemacht hatten.

Mejuffrouw Rikken bot ihr erneut eine Zigarette an und hielt ihr die Feuerzeugflamme hin. Hennie inhalierte tief. Für einen Moment verzog sich der Schmerz aus ihrem Kopf. Lange her, daß sie Zigaretten aus einer Schachtel geraucht hatte.

»Und nachdem Sie gebrochen hatten, was haben Sie dann gemacht?«

»Alles automatisch. Ich sah, daß Pasje an der Küchentür zum Garten stand und mit seiner Schnauze dagegen drückte, so daß sie ein Stück aufging. Sie mußte also angelehnt gewesen sein. Irgendwie hatte ich noch immer das Bild von Pasje vor Augen, wie er sich draußen gerauft hatte ... ja, mittlerweile hätte ich es besser wissen müssen. Ich denke, ich fing schon an, diese ganze grauenhafte Geschichte mit Muttchen von mir zu schieben, während sie da noch lag ... Ich schieß also auf die Tür zu und zieh sie zu. Ohne nachzudenken, dreh ich den Schlüssel rum. Als ich an Muttchen vorbeiging, zurück in die Küche, da mußte ich wieder brechen. So ein bitterer Schaum kam auf meine Lippen. Ich nahm ein Papiertaschentuch aus meiner Jackentasche, und dabei zog ich noch etwas raus. Etwas Weißes. Es flatterte auf den Boden, ins Blut. Ich hob's auf, gedankenlos, und steckte es wieder in die Tasche. Ein Stück Papier. Ich hab es später wiedergesehen. Da war ein dunkler Blutrand drum rum. Es war der Kassenzettel von den Schüsseln.«

»Ist es nicht etwas merkwürdig, wenn ich das so sagen darf, Mevrouw Plaggemars, daß sich dieser Kassenzettel bei Ihnen befand? Ich glaubte verstanden zu haben, daß es sich um ein Geburtstagsgeschenk Ihrer Mutter handelte. Nun weiß ich, daß manche Leute absichtlich das Preisschild dranlassen ... aber auch noch den Kassenzettel mit dazuzutun, also, das erscheint mir ...«

»Es war gleichzeitig ein Gutschein. Ich sollte noch eine Soßenschale bekommen. Muttchen hatte sie schon bezahlt. Darum hat sie mir den Zettel gegeben. Damit ich die bestellte Sauciere selber bei Miro abholen kann.«

»Gedankenlos« hatte sie den Zettel aus Muttchens Blut gefischt. Aber dachte man nicht, egal wie, *bei allem* nach, selbst im Schlaf? Vielleicht war das ja ihre überlegteste Handlung gewesen, die sogar etwas Feierliches hatte, dieses Aufheben des Gutscheins: Erst in dem Moment hatte sie Muttchens letztes Geschenk, das sich die liebe Altsche bei all ihren Schulden nicht mal leisten konnte, ans Herz gedrückt.

»Sie haben danach niemanden verständigt ...«

»Ich hab in der Küche das Gas unter dem Topf mit dem Ei ausgedreht. Das Wasser war schon fast ganz verkocht. Ich hab noch gedacht: Das ist jetzt grün oder schwarz. Da hab ich das Blut am Schalter vom Gasherd gesehen. Blut von meiner Hand, Muttchens Blut. Ich hab mir an der Spüle die Hände gewaschen. Auch da hab ich wieder gebrochen ...«

»Sie sind nicht auf die Idee gekommen, Hilfe zu rufen?«

»Ich bin zur Polizeiwache gefahren. Erst zur alten, ich war nämlich so durcheinander, daß ich mich vertan hab. Dann zum Rathaus, wo sie zur Zeit untergebracht sind. Dort hab ich das Blut an meinen Kleidern bemerkt. Es war viel eher eine logische Schlußfolgerung: Ich muß Blut an meinen Kleidern haben, das geht gar nicht anders, ich hab ja längelang auf Muttchen gelegen. Es waren dunkle Kleider. Lederjacke, Hose, Schuhe ... alles dunkel. Und als ich richtig hingeschaut hab, da hab ich die Flecken und Spritzer gesehen. Diese Schlußfolgerung, die war schon bei der alten Polizeiwache da. Vor sieben Jahren hat de Caluwe mich dort verhört. Im Zusammenhang mit dem Tod meines Vaters. Der hatte Schluß gemacht, aber de Caluwe war sich ganz sicher, daß ich ihn ermordet hatte. Er sagte: ›Jemand wie du sollte die eigenen Kinder nicht großziehen dürfen. Ich werde dafür sorgen, daß das auch nicht geschieht.‹ Ich hörte ihn das wieder sagen. Ich dachte: Wenn sie das Blut von Muttchen auf meinen Kleidern sehen, dann verdächtigen sie mich wieder. Dann nehmen sie mir meine Kinder für immer weg. Und da, ja, dann hab ich dumme Dinge gemacht. Nach Hause zurückgefahren, andere Kleider angezogen ... Das Verrückte daran ist, daß ich schon auf der Fahrt ... zur Polizeiwache, meine ich, oder sogar noch früher, bei Muttchen im Haus ... daß ich da schon angefangen habe, die ganze Sache von mir zu schieben. Sie existierte nicht. Ich hatte es nicht gesehen. Fertig, aus. Später, im Bus nach Nimwegen, und noch später, bei meiner Arbeit, da war alles so schrecklich *normal* ... wie soll ich das sagen? Das mit Muttchen, das konnte einfach nicht passiert sein. Das war etwas aus einer anderen Welt. Hier war eine Welt, wo wir Staub wischten, einen kleinen Plausch hielten ... aber es gab auch noch eine andere Welt, woanders, und das war die Welt unserer Sorgen.«

»Erklären Sie das mal näher.«

»Na ja, ganz einfach, wir machen uns alle die schrecklichsten Sorgen. Wir stellen uns vor, was mit den Kindern passieren kann. Muttchen fürchtete oft, ich und meine Schwester würden ertrinken. Ich sehe meine Kinder ... na ja, irgendwas anderes. Auch über Muttchen, wegen ihrer schlechten Gesundheit, hab ich mir immerzu Sorgen gemacht. Was jetzt mit ihr passiert ist, war vielleicht das Schlimmste, was ich mir vorstellen konnte. Alles Dinge, die es nur in der Welt der Sorgen gibt. Jedenfalls, solange sie nicht wirklich passieren, und das kommt nicht so oft vor. Mir fiel es überhaupt nicht schwer, dieses Bild von Muttchen in einer Blutlache in die Welt unserer Sorgen zu schieben. Jedenfalls nicht, solange ich da in Nimwegen die Treppe saugte.«

»Dann ist am Freitagmorgen durch diese Welt der Besorgtheit also auch eine Mevrouw Plaggemars gefahren, die vor sich sah, wie sie ihre Kinder verliert?«

Auf einen Schlag hatte Hennie keine Stimme mehr. Sie nickte nur und fühlte sich hundemüde.

Sonntag, 17. Oktober 1976, Frauengefängnis Rotterdam

Da es immer im Zusammenhang mit schweren Regenfällen auftrat, hatten die Psychiater in Utrecht auch großes Interesse daran gezeigt, daß sie bis zum Alter von sieben, acht Jahren ins Bett gemacht hatte. Wie hatten ihre Eltern darauf reagiert ... sie gedemütigt? Nein, das heißt ... manchmal. Wie sollte sie je erklären, was es bedeutete, beim Erscheinen ihrer Mutter im Schlafzimmer mit einem tiefen, altjüngferlichen Seufzer die Decke aufzuschlagen und ihr wortlos den bereits halb getrockneten Pinkelfleck zu zeigen. Sie konnte sich nur dadurch gegen ihr Gemecker verteidigen, daß sie einen Ausdruck abgrundtiefer Traurigkeit auf ihr Gesicht zauberte. Hennie senkte die Stimme und sagte: »Es ist wieder soweit, Mama. Ich dachte, es wäre vorbei.«

Weil sie alle geglaubt hatten, es sei vorbei mit dem Bettnässen, hatte Hennie eine neue Matratze bekommen mit einem Überzug aus roten und blauen Schottenkaros. Von diesem Muster hatte sich ein großes ovales Fragment auf dem Laken abgezeichnet, so klar, als wäre es ein echter Farbdruck. Später hing das Laken zum Trocknen an der Leine. Das schottisch karierte Oval erinnerte Hennie an Farbbilder, in der Schule sehr beliebt, die man, indem man sie naß machte, in weißes Papier einziehen lassen konnte. Danach bestellten die Eltern aus einem Versandhauskatalog eine Art komplizierter Windel für sie, die mit Drähten an einen Transformator angeschlossen war. Beim Hervorquellen des ersten Tropfens bekam sie einen leichten elektrischen Schlag, gerade ausreichend, um sie zu wecken. So rief Hennie unter ihrer Decke das Gewitter auf sich herab.

Bewölkter Gaumen

Mittwoch, 20. Oktober 1976
(Albert Egberts)

Holland ist ein Traum, Monsieur, ein Traum aus Gold und Rauch, bei Tag eher rauchig, bei Nacht eher golden, und Tag und Nacht ist dieser Traum von Lohengrins bevölkert, gleich jenen Gestalten dort drüben, die versonnen auf ihren schwarzen Fahrrädern mit den hohen Lenkstangen vorüberhuschen – Trauerschwäne, die ohne Rast noch Ruh im ganzen Land den Kanälen entlang die Meere umkreisen. Sie träumen, den Kopf in ihren kupfrigen Nebelschwaden verborgen, sie ziehen ihre Kreise: wie Schlafwandler beten sie im goldenen Weihrauch des Dunsts und sind nicht mehr hier.

Albert Camus, *Der Fall*
in der Übersetzung von Guido G. Meister

Der Onkelboerensteeg war, wie er es später des Kontrasts wegen nennen sollte, eine *massive* Gasse. Auf beiden Seiten dicke blinde Mauern, an die er sich hartnäckig als schwarz geteert erinnern wollte. Die einzige Zierde waren die Enden der Anker, mit denen die Häuserbalken an den Seitenwänden befestigt waren. Am Ende der dunklen Gasse, kurz bevor sie in den Kloveniersburgwal mündete, lag goldenes Licht auf dem alten Pflaster. Nein, nicht das Sonnenlicht dieses frühen Herbsttages, das zwar bereits die Häuserfassaden auf der anderen Grachtseite überflutete, aber noch nicht bis hierher drang. Dort hockte ein Mädchen (oder eine junge Frau) mit langem, offenem Haar, das nicht einfach blond war, sondern einen Ockerton hatte. Es hing bis auf die Klinkersteine herab und bildete so eine Art Fliegenvorhang, durch den junge Kätzchen rannten und sprangen. Von Zeit zu Zeit klammerte sich eines mit den Pfötchen darin fest, die dann vorsichtig, Kralle um Kralle, von beringten Fingern gelöst wurden; manchmal blieb ein goldblondes Haar mit einer großen Schleife darin hängen.

Wegen des schönen Wetters war Albert zu Fuß von Wittenburg aufgebrochen, um im Oudemanhuispoort seine allwöchentliche Vorlesung zu besuchen. Er verlangsamte seinen Schritt, um keine der Katzen zu treten, die um die Frau herumwuselten, nicht nur kleine, sondern auch ihre Mütter, eine ganze Kolonie, alle fahl und verwahrlost. Die meisten drängten sich in dem vom herabhängenden Haar gebildeten Zelt, in das manchmal ein kokett in die Höhe stehender Schwanz einen senkrechten Riß schlug. Albert konnte das Gesicht der Frau nicht sehen. Sie trug über ihren Jeans eine ärmellose Bluse, und Albert fragte sich, ob die Gänsehaut auf ihren Armen von der Kühle in der Gasse verursacht wurde oder, zum Beispiel, von den raspelnden Papillen einer Katzenzunge.

Das Verlangsamen seines Schritts sollte sich zu einem Auf-der-Stelle-Treten wandeln. Er schaute auf den rosablonden Scheitel hinunter, der nicht gerade, sondern wellenförmig verlief, und selbst das nicht gleichmäßig. Albert stellte sich vor, wie sie sich vor dem Spiegel frisiert hatte, nicht – wie jetzt – mit allem Haar vor dem Gesicht, um dann mit der Spitze des Kamms kerzengerade und messerscharf einen Scheitel zu ziehen, sondern sich selbst anschauend, während sie links und rechts mehr oder weniger aufs Geratewohl das Haar nach unten kämmte. Weil noch keine Sonne in die Gasse schien, konnte Albert keinen spürbaren Schatten auf sie geworfen haben. Trotzdem bemerkte er, daß sie sich, so schleichend leise er sich auch genähert hatte, nicht länger allein fühlte mit der Katzenkolonie. Wie in einem Saugreflex zwängte ein junges Kätzchen das Köpfchen in ihre unbedeckte Achselhöhle, die zwar rasiert war, in der die Haare jedoch als weißgoldene Sprenkel wiederkehrten.

»Wenn ich die rasierte Achselhöhle einer Frau sehe, suche ich den Himmel.«

Welcher Schriftsteller hatte das gesagt oder geschrieben? Nein, kein Schriftsteller – Salvador Dalí. Jedenfalls war es negativ gemeint. (Er rasierte sich an dem Tag, nachdem er Gala zum erstenmal begegnet war, die Achselhöhlen und färbte sie dazu noch blau, aber nur, um ihr den Hof zu machen.) Albert sah, wie in der rasierten Achselhöhle einer Frau der Himmel auch wiederkehren konnte, und zwar in Gestalt eines Nadelkissens mit den allerfeinsten Nadeln.

Das Katzenköpfchen verschwand fast ganz in der Höhlung und machte dabei stupsende Bewegungen, wodurch auf dieser Seite eine Art Wellenschlag in ihrer Brust entstand, die eindeutig nicht von einem BH gehalten wurde. Bei dem Anblick, den sie so bot, konnte das Mädchen den Vorbeigehenden nicht länger ignorieren. Leise kichernd zog sie das Kätzchen unter dem Arm hervor, das erstaunt aus verschleierten Äuglein blinzelte und sich aus Protest mit vier gespreizten Pfötchen zugleich in ihrer Bluse festkrallte. Das erste Pfötchen, das das Mädchen liebevoll, Kralle um Kralle, aus dem Stoff löste, holte sofort, nachdem es frei war, nach ihrem Gesicht aus. In einem Ruck sprang das Mädchen auf, so daß das Kätzchen mit einem kurzen Geräusch zerreißender Kunstseide von ihr weggeschleudert wurde und, als wüßte es durchaus, was es verbrochen hatte, nach dem Aufkommen in federleichten Sprüngen davonhüpfte. Die Umhängetasche des Mädchens schwang um ihren Oberkörper. Auch die anderen Katzen stoben von der Stelle, an der sich ihr ockerfarbenes Zelt plötzlich in die Lüfte erhoben hatte, und blieben in sicherer Entfernung sitzen, als warteten sie ab, was jetzt passieren würde.

Albert dachte daran, daß das Mädchen (es war tatsächlich erst ein Mädchen) im allerletzten Moment seine Anwesenheit in der feuchtkalten schwarzen Gasse bemerkt und sich erschreckt hatte, weil er möglicherweise etwas von ihr wollte.

»Ich tu nichts«, sagte Albert.

»Nein, nein, das ist es nicht.« Sie zwinkerte heftig. »Sie hat mich erwischt, glaube ich, die Kleine. Sie hat mich gekratzt. Am Auge.«

Ihn ärgerte dieses selbstverständliche »sie« für eine Katze, ohne daß klar war, ob es sich um eine Kätzin oder einen Kater handelte. An winzigen Winkelrissen konnte er sehen, wo das Tier an ihr gehangen hatte. Die Bluse mit ihrer unregelmäßigen Stepplinie um die Ärmelöffnungen schien ihm Marke

Eigenbau. Es machte ihn auf süße Weise traurig, wenn die selbstgemachten Kleider eines Mädchens kaputtgingen, wie damals, als er Marike, die hinten bei ihm auf dem Fahrrad herumquengelte, einen Klaps geben wollte und dabei zusammen mit ihr hinfiel, wobei sich ihr selbstgenähtes Sommerkleid in einen nicht zu reparierenden Fetzen verwandelte – eine schöne Gelegenheit übrigens, um wieder mal gemeinsam 'ne Runde zu heulen.

»'tschuldigung, äh, aber könnten Sie ...«

Den Kopf ruckartig bewegend wie ein Vogel, versuchte das Mädchen, in alle Richtungen zu schauen, wobei sie die Augen verdrehte, wahrscheinlich in dem Versuch, ihr Sehvermögen zu testen. Sie machte ein ängstliches Gesicht.

»... könnten Sie ... könntest du mal eben schauen, ob da was zu sehen ist ... ob sie mich da erwischt hat?«

»Natürlich.«

Sie legte den Kopf in den Nacken und strich mit beiden Händen gleichzeitig ihr Haar über die Schultern.

»Es ist das linke Auge.«

Albert hob die Hände, aber als finde sie es zu intim, daß er sie auch noch berührte, kam sie ihm zuvor und zog selbst die Lider auseinander – allerdings erst, nachdem ihrer beider Hände heftig zusammengestoßen waren. Daß Albert schon als kleiner Junge das Fratzenschneiden bei Kindern nicht ausstehen konnte, lag daran, daß dabei das untere Lid heruntergezogen wurde, das an der Innenseite ein feuchtes Rot von obszöner Klarheit zeigte. Jetzt, da beide Lider zurückgezogen waren, nach oben und nach unten, lag noch mehr von diesem Rot frei. Die feuchten Wimpern zitterten, und dazwischen schwamm in der eigenen Tränenflüssigkeit unwirklich groß der Augapfel, jedes kleine Äderchen peinlich sichtbar wie in einem surrealistischen Gemälde. Ihm war, als sei er aus zu großer Nähe Zeuge von so etwas Geheimen wie dem Gebären eines Reptilieneis, so daß er Mühe hatte, sich auf das Suchen nach Wunden zu konzentrieren.

»Ist da was zu sehen?«

Direkt neben der Iris war ein blutroter Punkt. Er hätte

schwören können, daß er sich unter einem Vergrößerungsglas als rautenförmig entpuppen würde.

»Das Scheusal hat dich erwischt. Aber nur im Weißen.«

»Oh, so ein Frechdachs. Ich werde jetzt doch nicht blind?«

»Um dein Augenlicht brauchst du keine Angst zu haben. Aber vor einer Infektion. Da kann Dreck reingekommen sein.«

»Huch, und jetzt?« Sie kicherte nervös und hörte schnell wieder damit auf. »Oh, pardon. *Mann*, wie witzig.«

»Im Binnengasthuis gibt's eine Ambulanz. Vielleicht kannst du's da mal eben untersuchen lassen.«

»Binnengasthuis ... Ja, sorry, aber verwöhnte Gänschen aus Amsterdam-Zuid, wie ich, die kennen sich in der Innenstadt meist nicht aus. Ich war neulich zum erstenmal in meinem Leben am Groenburgwal. Einfach noch nie vorher dagewesen.«

»Ich begleite dich bis dorthin. Ich muß sowieso in die Nähe. Oudemanhuispoort, zur Vorlesung ...«

Das Mädchen hockte sich noch einmal zu den Katzen hin, denen sie der Reihe nach mit einem Schnipsen von Daumen und Zeigefinger auf den Rücken tickte, woraufhin sie sich, eine nach der anderen, mit schaudernd gekrümmtem Rücken und fast senkrecht in die Höhe stehendem Schwanz erhoben und ihr wetteifernd um die Beine strichen.

»Ihr Lauselümmel.«

An der Gracht drehte sie sich noch einmal um und blickte in den Onkelboerensteeg zurück, wo die Katzen, groß und klein, aufgereiht dasaßen und ihr fragend nachschauten.

»Och, die armen Dinger können nichts dafür.«

In Höhe der Raamgracht überquerten sie die Brücke zur Sonnenseite des Kloveniersburgwal.

»Tut das Auge weh?«

»Erst hier in der Sonne. Es sticht ein bißchen. Aber das kann Einbildung sein. *Mann*, wie tragisch, schon nicht mehr normal.«

Sie gingen durch den Oudemanhuispoort, wo es nach alten Büchern roch, obwohl erst ein einziger *bouquiniste* dabei war, seine Ware auf den Brettertischen auszulegen. An dem Seitentor zum Innenhof des Universitätsgebäudes blieb das Mädchen stehen, so daß auch Albert zögernd bremste.

»Ich glaube, jetzt weiß ich es wieder. Binnengasthuis... Hier direkt um die Ecke, nicht? Dann kann ich nachher gleich weiter in mein Zeitarbeitsbüro...«

Sie streckte die Hand nicht aus, sondern in die Höhe.

»Oh, die Vorlesung fängt noch nicht an. Ich komm noch ein Stück mit. Dann kann ich dir zeigen, wo die Ambulanz ist.«

»Wie du willst«, sagte sie eine Spur zu beiläufig. »*Mann*, wie fürsorglich!«

Als sie auf der anderen Seite des Oudemanhuispoort aus dem dunklen Schacht auf die Straße traten, fiel Albert erst richtig auf, was für ein herrlicher Oktobertag es war, so einer, bei dem seine Mutter immer ausrief: »Das ist meine Jahreszeit!«

Oder lag es an der Gesellschaft der jungen Frau, daß er, vielleicht zum erstenmal seit seinem Umzug nach Amsterdam, an seine gute Alte denken mußte? Als ihm auf der Brücke über den Grimburgwal das Spätsommerlicht in die Augen fiel, *spürte* er mit einemmal, daß sie grün waren: die Augenfarbe seiner Mutter.

»Da, die Tür ist es... dort drüben... Soll ich hier auf dich warten?«

»*Mann*, wie fürsorglich.«

»Nicht der Rede wert. Vielleicht schicken sie dich mit 'ner Klappe vor dem Auge wieder weg. Und du läufst geradewegs in die Gracht...«

»*Mann*, wie tragisch. Sagt ein Journalist zu Golda Meir: Angenommen, Mevrouw... es wird natürlich nicht vorkommen, aber trotzdem: *Angenommen*, einer Ihrer Minister, um nur ein Beispiel zu nennen, wird in einen Sexskandal verwickelt... Sagt Golda Meir: Dann schlag ich ihm das andere Auge auch noch aus. *Mann*, wie witzig. Also, dann tschüs. Vielen Dank noch mal.«

Diesmal gab sie ihm die Hand.

»Paß in Zukunft besser auf mit streunenden Katzen.«

»Ja, du auch. Tschüs.«

Albert sah ihr nach, sah, wie sie durch die Tür der Ambulanz verschwand, drehte sich um und konnte plötzlich keinen Fuß mehr rühren. Wenn er jetzt wegginge, würde er sie nie mehr wiedersehen, und dann würde – was viel schlimmer war – künftig jeder Satz, der ihm in den Sinn kam, mit einem dröhnenden *»Mann...«* beginnen, so oft und so lange, bis man ihn in die Klapse bringen konnte. Er blieb stehen und sah sich um. Das Sonnenlicht sprang ihn über ein blendendes Gestrüpp von Fahrrädern an, das im Umkreis des »Hauses an den drei Grachten« die Brückengeländer überwucherte. Mit seinem Chrom und den hie und da violett oder weiß lackierten Rahmen hätte der Fahrradpark den Eindruck von Leichtigkeit und Schnelligkeit erwecken können, wie er da auf die Fahrer wartete, die jetzt noch in den Vorlesungen saßen – wäre nicht alles schwer behängt mit Schlössern und Ketten gewesen. Mit Ketten, Vorhängeschlössern, Bügelschlössern, mit allem, was einer Drahtzange oder Betonschere widerstehen konnte, waren die Räder an der Brücke festgemacht. Sofern die Hosentaschen der momentan die Hörsaalbänke drückenden Eigentümer unter dem zunehmenden Gewicht der Schlüsselbunde nicht ausrissen, drückten die Schlüssel ihnen unangenehm in die Leiste.

Ein freies Land brauchte Ketten, denn wer in einem freien Land beim Stehlen eines Fahrrads auf frischer Tat erwischt wurde, kam, *sofern* er überhaupt festgenommen wurde, sofort wieder frei. Daher war dies die Musik der freien Hauptstadt eines freien Landes: eine Kette, die über die runde Harfe aus Speichen gezogen wurde oder über die hohlen Glockenrohre eines Rahmens rasselte, am besten an einer sonst ruhigen Gracht, so daß auch das Wasser noch seinen Teil beisteuern konnte.

Nachdem Albert Camus in den fünfziger Jahren die Amsterdamer auf ihren schwarzen Rädern mit den hohen Lenkern als »Trauerschwäne« erschienen waren, waren diese Schwäne in den sechziger Jahren weiß lackiert worden und weiß geblieben. Weiße Schwäne waren vogelfrei. Der Weiße-Fahrrad-Plan der Provobewegung wurde nun schon seit zehn Jahren befolgt, so viele Vorhänge-, Schiebe- und Bügelschlösser die Leute mittlerweile auch durch ihre Speichen steckten oder um ihre Rahmen schlangen. Wer sich auf einem fremden Rad, das aufgrund eines ungeschriebenen Gesetzes auch das seine war, fortbewegen wollte, brauchte lediglich das Rätsel der Schlösser zu lösen und konnte losfahren. Wem die Kombination eines Zahlenschlosses zu kompliziert erschien, dem blieb immer noch die Drahtzange.

Nicht nur durch ihre Nacktheit waren die Menschen mißlungene Tiere; ihnen fehlten auch die organischen Verlängerungsstücke der Tiere, sah man einmal von den Paarungsorganen ab. So fungierte das Fahrrad für den Stadtbewohner vielleicht als eine Art Geweih, das nach Belieben, wenn es zur Last wurde, abgeworfen werden konnte. So wie ein Hirsch den Kopf an einem Baum scheuert, um sein Geweih loszuwerden, drückte sich der Radler an einem Brückengeländer entlang, um sich des seinen zu entledigen. Woanders konnte er ein neues nehmen, das nicht kaputt war oder einen Platten hatte.

Albert stand unschlüssig da und kam sich wie ein Idiot vor. Er versuchte, sich zu überreden, in seine Vorlesung zu gehen, auf die er sich doch gefreut hatte, weil sie im Oudemanhuispoort stattfand. Die meisten anderen Philosophieveranstaltungen fanden saft- und kraftlos im achten und neunten Stockwerk eines Hochhauses in der Roetersstraat statt, das ansonsten den exakten Wissenschaften vorbehalten war. Sein Herz verkrampfte sich bei dem Gedanken, das Mädchen könnte gleich mit ärgerlicher Miene aus dem Gebäude treten, weil er immer noch dastand wie die erstbeste Klette.

Sie blieb so lange weg, daß Albert langsam schon einen zweiten Ausgang vermutete, was ihn fast erleichterte. Da sah er, wie die Tür der Ambulanz aufging, und drehte dem Binnengasthuis den Rücken zu.

»Oh, du bist ja noch da. *Mann,* wie fürsorglich.«

Ihr Auge sah aus, als sei viel darin herumgerieben worden,

und eine Träne war bis auf halbe Höhe des linken Nasenflügels gerollt.

»Ja, also, ähm... Ich wollte dich was fragen. Du sagtest doch was von einem Zeitarbeitsbüro?«

»Ach so, also nix mit Fürsorge.«

»Auch, auch... Was haben sie gemacht?«

»Etwas reingeträufelt. *Mann,* und was für ein beißendes Zeugs.«

»Typisch Albert«, rief jemand, der auf einem Fahrrad um sie herumkurvte. »Immer Mädchen zum Weinen bringen.«

Es war Ernst, Nachname vergessen, ein Rechtsanwalt, mit dem Thjum ihn in der Woche zuvor bekannt gemacht hatte.

»Fahr weiter, du talartragender Tunichtgut«, rief Albert zurück, und obwohl das Mädchen hoch und hell auflachte, schämte er sich sofort für seine studentische Flapsigkeit.

»Stets zu Diensten«, ertönte es noch, bevor dieser Ernst nach rechts zu der studentischen Rechtsberatungsstelle vorn im Oudemanhuispoort abbog, die in erster Linie mit jugendlichen Hausbesetzern zu tun hatte.

»Ein ziemlich starkes Antibiotikum also«, sagte Albert, während er sich auf das tränende Auge konzentrierte, was ihm das Gefühl gab, zu schielen.

»Ja, aber das wolltest du doch gar nicht hören. Du wolltest etwas über das Zeitarbeitsbüro wissen.«

»Nicht erst was trinken auf den Schreck? Einen Schluck auf die Katzen vom Onkelboerensteeg? Da vorn ist ein Café. Wir bestellen einfach ein doppeltes Antibiotikum mit Eis und Zitrone und schicken die Rechnung ans Silberne Kreuz...«

Wo nahm er die Traute her? Wieder hatte er die Vision einer schummrigen Kneipe vor Augen, und draußen Sonne. Gemeinsam einen trinken auf den Schreck und die Zeit vergessen.

»*Mann,* das nenn ich Zielstrebigkeit. Na ja, auf einen guten Cappuccino hätte ich schon Lust.«

»Hier, im *Molentje*, Ecke Rokin, gibt's den besten der ganzen Stadt.«

»*Molentje*? *Duyvenee* meinst du wohl. Siehste, das weiß ich jetzt wieder.«

»Ich kann mir den Namen von dem Laden einfach nicht merken. Ich nenn ihn immer nach der kleinen Holzmühle auf dem Souvenirladen nebenan.«

»*Het Molentje* ist mir auch recht. *Mann*, das nenn ich Gefügigkeit.«

Das *Duyvenee* war ein Coffee-Shop mit viel Glas und Ausblick auf einen belebten Teil des Rokin. Sie hatten sich ans Fenster gesetzt und schauten zu, wie sich ein silberner Reisebus auf der Brücke leerte, unter der der Grimburgwal ins Wasser des Rokin mündete. Kaum aus dem Bus ausgestiegen, noch an den von der Sitzfläche feucht und klebrig gewordenen Kleidern zupfend, drängten sich die Leute schon wieder am Anleger der Sightseeingboote. Vor der hellgrauen Fassade von *Arti et Amicitiae* auf der gegenüberliegenden Straßenseite saß eine junge Königin Wilhelmina hoch zu Roß, mit Reithut.

Das Mädchen nahm ein Fläschchen aus ihrer Tasche, schraubte den Deckel ab und ließ aus der Pipette am Flaschenhals ein paar Tropfen in das von zwei Fingern ihrer freien Hand weit aufgehaltene Auge fallen. Sofort kniff sie es, grimassierend vor Schmerz, zu, wobei ein kleiner Fächer aus Tränen, vermischt mit der Medizin, sich auf ihrer Wange ausbreitete. Sie sog Luft durch die Zähne.

»*Mann*, ist das ein beißendes Zeugs. Ich bin auch viel zu leichtsinnig mit Katzen.«

Albert schüttelte den Kopf. Vor lauter Rührung verfiel er auf die falschen Worte.

»Dummes Gänschen.«

»Blöder Ochse.«

Sie lachte.

»*Mann*, wie schlagfertig«, sagte Albert.

»Und wenn man sich dann vorstellt«, sagte sie plötzlich wieder ernster, auch etwas zerstreut, »daß mit der Gänsefeder ... auf Pergament, also auf der Haut eines Ochsen ... so manches kleine Meisterwerk niedergeschrieben wurde.«

Sie hatte die Stimme gesenkt. Nur gut, daß sie in diesem

Moment ihren Cappuccino vorgesetzt bekamen – in großen Tassen, mit einer hohen Haube aus geschäumter Milch, nicht zu üppig bestreut mit Kakao aus der Streudose. Einen schmuddeligbraunen Milchschnurrbart auf der Oberlippe, begann das Mädchen jetzt ohne Punkt und Komma von ihren eigenen Katzen daheim in Amsterdam-Zuid zu erzählen, den früheren und den jetzigen, den verstorbenen und den noch lebenden.

»Aïda hab ich mal ein bißchen Zahnpasta ins Maul geschmiert. *Mann*, war das ein Schaum. Es schäumte und schäumte. Zu meinen Eltern sagte ich: ›Aïda hat die Tollwut.‹ Sie sind auch noch drauf reingefallen. *Mann*, waren die leichtgläubig.«

Albert bekam ein Krokettenbrötchen, das er zusammen mit dem Cappuccino bestellt hatte, vorgesetzt. Obwohl, wie er wußte, im *Molentje* die Kroketten immer so heiß serviert wurden, daß einem die zerlaufene Butter auf den Teller tropfte, nahm er gedankenlos, völlig in Beschlag genommen von dem Mädchen ihm gegenüber, sofort einen großen Bissen davon. Im selben Moment spürte er, wie sich eine große Blase an seinem Gaumen bildete. Mit der Zunge jonglierend, ließ er den glühendheißen Bissen durch die Mundhöhle taumeln, bis er so weit abgekühlt war, daß er ihn, ohne Schäden am Zahnfleisch zu riskieren, zu Ende kauen konnte.

»Was hast du?« fragte das Mädchen, das nun seinerseits Zeugin seiner Schmerzgrimassen wurde.

Albert versuchte, stöhnend und blasend, etwas zu sagen.

»Du hast zwar keine heiße Kartoffel im Mund, aber genauso hört es sich an. ›Bewölkter Gaumen‹, hab ich verstanden.«

Albert nickte. Das kam der Sache ziemlich nahe, also beließ er es dabei. Die Bewölkung hing immer tiefer. Während er, ohne daß noch irgend etwas von ihren Katzengeschichten zu ihm durchdrang, auf ihr sich bewegendes Gesicht blickte, von dem das Lächeln keine Sekunde verschwand, schob er das flüssigkeitsgefüllte Kissen mit der Zunge hin und her, ohne es zu durchstoßen.

»Dieser Anwalt«, sagte sie plötzlich, »war das ein Freund von dir? *Mann*, was für 'ne Neugier.«

»Ein Bekannter. Er arbeitet in einem Kollektiv in De Pijp. Sozialkanzlei. Hilft Hausbesetzern und so. Was ist daran so komisch?«

»Sorry, mußte gerade an was denken. Angenommen, ein Mann und eine Frau haben sich zum erstenmal verabredet. Sie treffen sich irgendwo, und dann kommt ein Anwalt vorbei. Wenn sie abergläubisch sind, wird's natürlich nie was mit ihnen ... Sorry, was red ich da für ein blödes Zeug.«

Albert sah sie an und liebkoste mit der Zungenspitze die neu entstandene Haut an seinem Gaumen, schob sie hoch in die wolkige Weichheit dahinter.

»*Mann*, ich red vielleicht einen Stuß. Was wolltest du denn eigentlich wissen, mit dem Zeitarbeitsbüro?«

»Hast du nicht irgendeinen kleinen Job für mich in der Schublade?«

»Kriegst du kein Stipendium?«

»Doch, aber ich habe Schulden. Bei meinen Eltern.«

»Studierst du zufällig Italienisch?«

»Nein.«

»*Mann*, so 'n Pech. Kannst du ein bißchen?«

»Drei Worte. Warum?«

»Komm doch mal vorbei, dann sehen wir weiter.«

Das Mädchen nahm ein Kärtchen aus dem vorderen Fach ihrer Tasche, gab es ihm und ging mit dem Kassenzettel, der unter der Zuckerdose gelegen hatte, damit er nicht fortwehte, zur Kasse. Alberts Zunge surfte fröhlich und übermütig auf der dahinrollenden Welle der Brandblase, bis diese auf die Klippen seiner Zähne lief, kräuselnd, ohne zu zerschellen.

Zeitarbeitsvermittlung

OMNILABOR

Damrak 20
Amsterdam

Sie kam zurück und hängte ihre Tasche um.

»Nach wem soll ich fragen, da bei Omnilabor?«

»Zwanet.«

»Zwanet. Gut.«

Sie fragte nicht nach seinem Namen. Er stellte sich auch nicht vor.

»Also, ich geh jetzt mal weiter zum Damrak. Danke noch mal fürs Mitnehmen in deinem Rettungswagen.«

»Alles Gute für dein Auge.«

»Und für deinen bewölkten Gaumen.«

Er sah ihr nach, wie sie neben den Bänken unter den Bäumen durchlief. Als sie ihre Tasche von der einen Schulter nahm und schwungvoll über die andere warf, flogen Tauben um sie herum auf. Sie neigte den Kopf ganz schnell zur Seite, weil eine Taube knapp an ihr vorbeistrich. Sie drehte sich zu Albert um, der noch am Fenster saß, und lachte, als wolle sie sagen: Ich kann mir nicht noch einen Kratzer im Auge leisten. Unwillkürlich drückte Albert seine Zunge so fest gegen den Gaumen, daß die Blase platzte und eine bitter schmeckende Flüssigkeit ihm in die Kehle rann.

Stumme Zeugen

Mittwoch, 20. Oktober 1976, Frauengefängnis Rotterdam (Hennie A.)

Als nach dem deutschen Gegenangriff die kanadischen Vergewaltiger verschwunden waren, wurde die Gärtnerfamilie in befreites Gebiet evakuiert. Hennie vergaß, verdrängte, was sie gesehen hatte, die deutschen Leichen, die von den Kanadiern aufgespießten Frauen, deren hochgeschobene Blümchenkleider, die auf halbmast hängenden Schlüpfer, und wurde für eine Weile wieder ein Mädchen, das mit anderen, unbekannten Kindern spielte. Bis sie im Winter '45 zum erstenmal ein »großes Mädchen« wurde. Anfangs behaupteten die Erwachsenen in ihrer Umgebung noch, daß es an diesem ersten Mal liege, jener abscheuliche Schmerz, der gut eine Woche anhielt. »Der Schmerz« sagten sie, aber es war ein vielfacher Schmerz; er tobte in ihrem Kopf, im Bauch, im Rücken, und beim Schmerz blieb es nicht. Erbrechen und Durchfall kamen hinzu, bis irgendwo zwischen ihrem Gedärm und dem Magen von zwei Seiten eine Art Boden erreicht war und aus allen Öffnungen nur noch schaumige Galle kam, abgesehen von jener, aus der das Blut lief. Von jedem Monat war Hennie seitdem eine volle Woche todkrank und schmerzgeplagt, und das ging all die Jahre so weiter.

»Wart nur, bis du verheiratet bist. Dann läßt es nach.«

Es ließ erst nach, als sie ihr erstes Kind erwartete. All die Monate ohne Schmerz ... Sogar die Wehen und die Geburt selbst waren nichts im Vergleich zu den allmonatlichen Schmerzen, die in Kürze wiederkehren würden. Schwangerschaft war das einzige schmerzstillende Mittel, das half, und Hennie wurde süchtig danach. Die vierzehn Monate Haft, die ihrem Freispruch in zweiter Instanz 1965 vorausgingen, waren die reinste Qual. Gut drei dieser vierzehn Monate wurde sie in ihrer Zelle gemartert. Ihr konnte von einer Sekunde zur nächsten eiskalt werden, kalt wie die Gefängnismauern, und im nächsten Moment brauchte sie dann ebendiese Mauern, um ihre glühendheiße Stirn dagegen zu legen und den reichlich fließenden Schweiß aufzufangen, bevor sie sich blitzartig über der Toilettenschüssel zusammenkrümmte, und dann blieb immer noch abzuwarten, in welcher Haltung.

Bei ihrer Menstruation im vorigen Monat hatte Hennie so viel Blut verloren, es hörte einfach nicht auf, daß sie dachte, dieses Übermaß markiere das Ende ihrer Fruchtbarkeit. Eine tagelange, unstillbare Blutorgie, um das Ende ihrer Jahre als Frau zu feiern. Bleich und erschöpft faltete sich ihr Körper um dieses Fest, das mit dem Mut der Verzweiflung in dieser unbrauchbar gewordenen Falte einfach weitertobte. Sie war nicht imstande, sich von der Bettkante zu erheben, und als eine Wärterin sie dazu zwang, weil es Zeit für den Hofgang war, konnte sie sich nur schwankend bewegen.

Im Garten gab es einen steinverkleideten Lüftungsschacht, in den die Abluft der Wäscherei mündete. Um in den Genuß des Warmen Golfstroms zu kommen, wie die unregelmäßigen heißen Luftströme von den Frauen genannt wurden, setzte sich Hennie auf diesen Auslaß. Solange die Wäscherei auf vollen Touren arbeitete, war der Auslaß ein wunderbarer Ofen, doch jetzt, zur Mittagszeit, setzte die Wärme unter ihr zeitweise aus, und dann blieb nur der sich schnell abkühlende Beton, der sie frösteln ließ – bis der Mexikanische Freund, wie der Auslaß auch genannt wurde, seinen heißen Atem wieder zwischen ihre Schenkel blies.

Der Arzt befahl ihr, im Bett zu bleiben, bis sie wieder bei Kräften sei.

»Bedeutet das, Herr Doktor, daß die fruchtbare Zeit jetzt vorbei ist?«

»Wie alt bist du?«

»Vierundvierzig.«

»Dann mußt du so langsam damit rechnen.«

Zwei Wochen lag Hennie in ihrem Zellenbett, krank und um die Frau trauernd, die dabei war, sie zu verlassen. Sie hatte einmal gelesen, jüdische Frauen hätten während des Transports in die Lager menstruiert und auch nach ihrer Ankunft noch, daß es dann aber so ungefähr mit dem Abrasieren ihres Schamhaars aufhörte – ob aufgrund der Spannung oder der Unterernährung hatte sie nicht ganz verstanden. Bei den Überlebenden, sofern sie jung genug waren, hatten die Blutungen nach der Befreiung und Wiederherstellung natürlich wieder eingesetzt. Vielleicht war es bei ihr, Hennie, ja ähnlich. Voller Verbitterung stellte sie sich vor, wie nach ihrer Freilassung im Jahr 1984, wenn sie zweiundfünfzig war, die Regel wieder in Gang käme, genau wie bei dieser älteren Frau in *Die Betrogene*, einer Erzählung von Thomas Mann, von der die Gefängnisbibliothekarin gesagt hatte, sie sei vorher noch nie ausgeliehen worden. Doch bei Rosalie von Tümmler hatte sich die Menstruation, zumindest glaubte sie das, durch ihre Leidenschaft für einen wesentlich jüngeren Mann wieder eingestellt, nicht durch die Entlassung aus dem Gefängnis. Nein, sie durfte nicht so verbittert sein, dachte sie noch verbitterter: 1984 lief ihre Strafe offiziell ab, ihrem Anwalt zufolge konnte sie jedoch damit rechnen, um das Jahr 1980 auf freien Fuß gesetzt zu werden, wenn zwei Drittel ihrer Zeit abgesessen waren.

»Kann die Tür nicht ein bißchen offenbleiben, solange ich hier liege?« fragte sie die Krankenschwester nach ein paar Tagen. »Ich brauche nicht unbedingt eine großartige Aussicht auf den Korridor. Es ist mehr die Vorstellung.«

»Ich werde es weiterleiten«, sagte die Krankenschwester.

Hennies Gesuch wurde nicht stattgegeben. Die Tür blieb den ganzen Tag verschlossen und öffnete sich nur für die Wärterin, die das Essen brachte, für die Krankenschwester und, jeden zweiten Tag, für die kleine Gruppe von Aufseherinnen, die ihr immer das gleiche Kompliment über ihre »entzückenden Gardinen« machten, in Wirklichkeit aber zu kontrollieren hatten, ob sie nicht die Gitterstäbe durchgesägt hatte. Die damit verbundene Vermutung, sie simuliere nur, um so mehr Zeit für einen Fluchtversuch zu haben, demütigte sie noch am meisten: Sie war zur Zeit sogar zu schwach, eine volle Teetasse zu halten, ohne etwas zu verschütten. Später erfuhr Hennie, daß die Gruppe jeden Tag diese Runde entlang den vergitterten Fenstern drehte, und zwar während der Arbeitszeit, wenn die Zellen leer waren.

Am Ende ihrer Krankheit wurde Hennie auf den Blauen Gang verlegt.

Dienstag, 11. April 1972

Was glaubten die eigentlich, diese Aufseher, was sie mit Monatsbinden anstellen könnte, außer die monatliche Blutung aufzufangen? Sie bat mehrmals darum, bekam sie aber nicht – ohne Begründung. Seit Freitag hatte Hennie die Pille nicht mehr geschluckt, und am Dienstag begann sie zu menstruieren. Sie hatte sich all die Tage nicht waschen dürfen, hatte keine frische Wäsche anziehen können, und jetzt zeichnete sich auch noch ein großer Blutfleck an ihrer Hose ab. So wurde sie zwischen zwei Aufsehern durch die Korridore des Untersuchungsgefängnisses in den Verhörraum geführt und dort den Blicken de Caluwes und van de Vijvers ausgesetzt. De Caluwe fing sofort von »stummen Zeugen« an.

»Im Gegensatz zu dir, Hennie, lügen stumme Zeugen nicht.«

Sie hatte das Gefühl, das Blut dringe als ungewollter Beweis, wie eine Absonderung verborgener Stigmata, durch ihre Kleider, um nachzuweisen, daß sie log. Es war ihr eigenes Blut und doch auch wieder nicht... es war Mutterblut... Blut von Muttchen... Hier, in dieser Schwitzkammer, war immer wieder über bloß erinnerliches Blut geredet worden, Blut, von dem nur noch Proben existierten, Spritzer auf ihrer Jacke, ihren Schuhen... und jetzt war es, inklusive des sich in ihrem Schoß ausbreitenden faden Geruchs, tatsächlich anwesend bei ihrer Vernehmung. Hatte sie nicht irgendwo, auf ihrer Suche nach Heiligenlegenden, gelesen, daß Jeanne d'Arc auf dem Weg zum Scheiterhaufen zu menstruieren begonnen hatte und mit einem großen roten Fleck auf dem Gefangenenkleid wie die Sonne selbst am flammenden Horizont untergegangen war?

»Apropos stumme Zeugen, Hennie ... Du hast gesagt, daß du dich, nachdem du Muttchens Leiche entdeckt hast, zwei- oder dreimal in ihrer Nähe übergeben hast. Davon sind keinerlei Spuren gefunden worden.«

»Gebrochen, hab ich gesagt.«

»Übergeben, brechen ... wo ist der Unterschied? Wollen wir wieder ein Wortspielchen draus machen, Hennie?«

»Wenn ich sage übergeben, dann meine ich damit, daß auch wirklich Erbrochenes rauskommt. Sag ich brechen, dann kann es auch dieses leere Brechen sein ...«

»Würgen meinst du?«

»Ja, würgen. Es kam nur Luft raus. Mir wurde kotzübel von dem, was ich da sah. Ich mußte brechen. Aber weil ich nicht gefrühstückt hatte, kam nichts.«

»Und warum, Hennie, konntest du beim Frühstück keinen Bissen runterkriegen?«

»Ich frühstücke nie. Ich schmiere Brote für meinen Mann und die Kinder, das ist alles.«

»Pech für dich, Hennie. Erbrochenes hätte als stummer Zeuge für dich sprechen können. Jetzt müssen wir uns mit Luft begnügen.« Aus de Caluwes Stimme war keine Spur von Bedauern herauszuhören, nur grimmiger Triumph.

»Vielleicht mit noch mehr Luft ...«, hakte van de Vijver hier ein. »Du hast dem Staatsanwalt auch gesagt, daß du, als du Muttchen so daliegen sahst, geschrien hast.«

»Ja, gekrischen hab ich.«

»Aber das hätten die Nachbarn doch hören müssen? Es sind hellhörige Wohnungen. Niemand hat etwas mitgekriegt.«

»Da kam kein Ton raus.«

»Also, wenn du kreischst, Hennie, dann ist das lautlos.«

»Man kann schreien, das ist noch ziemlich tief. Man kann kreischen, das ist schon viel höher. Aber wenn es um etwas wirklich sehr Schlimmes geht, dann kreischt man so hoch ... das spürt man dann zwar, aber man hört es nicht. Es ist zu hoch. Zu schlimm.«

»Gut«, sagte de Caluwe, »notier das mal. Hennie hat die

Luft zum Vibrieren gebracht. Schade nur, daß die Vibrationen nicht bis zu den Nachbarn gedrungen sind. Bei alledem frage ich mich: Worauf will Hennie nun eigentlich hinaus? Sie bricht. Es kommt nur Luft. Sie schreit. Es kommt kein Laut. Und so können wir noch eine Weile weitermachen. Sie schlägt Muttchen. Muttchen stirbt nicht... Hast du vielleicht nur in die Luft geschlagen, Hennie?«

»Und das Werkzeug, mit dem du zugeschlagen hast, Hennie... wo hat Hennie es versteckt? Es war ein Engländer, nicht wahr, Hennie? Hennie hat den Engländer in einen Wassergraben geworfen... rund um Lummel gibt es ja so viele Wassergräben, nicht wahr, Hennie?«

Das Wort »Engländer«, gekoppelt mit der Mordwaffe, hatte abwechselnd etwas Beruhigendes und etwas Beunruhigendes. Mal, wenn sie fast davon überzeugt war, ihrer Mutter den Schädel eingeschlagen zu haben, stand »Engländer« für »weit weg«, »unauffindbar«; wenn sie bei anderen Malen dazu tendierte, sich selbst für unschuldig zu halten, schien zusammen mit dem Verbannungsort der Waffe jenseits des Wassers auch der Mörder für immer verschwunden.

Im Verlauf der Nachforschungen wurde ein großer Engländer an einer Böschung gleich außerhalb von Lummel gefunden, doch der kam wegen seiner Neuheit und Glätte nicht in Frage: Die Obduktion der Leiche hatte ergeben, daß einige Kopfwunden ein besonderes Relief aufwiesen, was auf Scharten an der stählernen Waffe hindeutete. Im Gerichtslabor wurde sogar halb im Scherz von einem »Dumdumschlüssel« gesprochen.

Zeitarbeitsvermittlung Omnilabor

Freitag, 22. Oktober 1976
(Zwanet Vrauwdeunt)

Der Vormittag begann mit einem Anpfiff ihres Chefs, weil sie ein paar zwielichtigen Leiharbeitvermittlern die Namen einiger Betriebe genannt hatte, bei denen Personalnot herrschte.

Der Tag fängt ja gut an. Und er geht noch bis fünf. Meinen Retter aus dem Onkelboerensteeg hab ich nicht wiedergesehen. Wird wohl 'ne Ausrede gewesen sein, diese Frage nach einem Job. Er wollte bloß nicht gefühlsduselig erscheinen, mit seinem Gewarte vor der Ambulanz. Der sucht nicht nach Arbeit, das merk ich gleich. Ich hab hier Lehrgeld gezahlt.

Ein etwa dreißigjähriger Mann kam herein. »Ich hab vor langer Zeit mal was für euch gemacht. Ist bestimmt schon fünf, sechs Jahre her. Bin ich noch bei euch registriert?«

Ihre Finger trippelten durch den Karteikasten. »Donker, J.? Ja. Weißt du, wie du hier eingetragen bist? ›Ziemlich langhaarig, aber gepflegt.‹«

»Da sieht man's mal wieder. Mittlerweile hab ich 'ne halbe Glatze. Und keinen sauberen Faden mehr am Leib. Ich brauche dringend Arbeit.«

Sie telefonierte ein paarmal, bis sie etwas hatte.

»Leichte Verwaltungstätigkeit. Gleich morgen früh.«

Hinter dem Rücken des Mannes sah sie ihren »Retter aus dem Onkelboerensteeg« hereinkommen. Donker, J., trollte sich zur Fensterbank, um ein Formular auszufüllen.

»Hallo. *Mann*, und einen guten Morgen.«

»Hi. Was macht das Auge?«

»Frühnebel, aber mittags klart es auf. Ein paarmal am Tag Getröpfel. Aber deswegen kommst du doch nicht. Hör zu: Bist du bereit, Italienisch zu lernen?«

Sie hatte etwas Sachliches, was Onkelboer sichtlich mißfiel.

»Einen ganzen Kurs absolvieren, und das für einen kleinen

Zeitjob? Ich brauche das Geld *jetzt*, und um auch nur das elementarste Italienisch zu lernen, das dauert Monate. Was für eine Art von Arbeit ist es denn?«

»Eilboten, so nennen wir das. Es geht um Päckchen – wahrscheinlich Computerbänder –, die persönlich abgegeben werden müssen. Im wahrsten Sinne des Wortes ausgehändigt. In diesem Fall in Rom, auf dem Leonardo da Vinci. Allerdings: ganz unregelmäßig. Manchmal zweimal die Woche, dann wieder wochenlang nicht.«

»Mit der Bahn? Zweimal die Woche mit der Bahn nach Rom? Das ist ja ein Full-time-Job.«

»Mit dem Flieger. Hör zu. Wenn du dich im Sprachlabor der Uni für Italienisch einschreibst, kann ich hier sagen, daß diese Voraussetzung erfüllt ist. In Rom rettest du dich dann erst mal mit Englisch über die Runden. Und mit Händen und Füßen.«

Sie merkte, daß sie ihn zu überzeugen versuchte, und das gefiel ihr nicht. Statt seiner zwanzig andere.

»Wann geht's los?«

»Nächsten Monat der erste Flug. Vorher allerdings ein Gespräch mit der Firma, da wirst du auf Zuverlässigkeit hin überprüft. *Mann*, das ist vielleicht 'ne Chance! Eins zu zigtausend. Du bist verrückt, wenn du's nicht machst.«

»Ich weiß nicht...«

»Eigentlich willst du gar nicht arbeiten?«

»Nur wenn Arbeiten sich mit Leben deckt, ist es okay. Ich meine... wenn Arbeit nichts anderes als eine höhere Form von Leben ist. Das *Leben* zu Geld machen und so überleben, das ist das einzige, was es wert ist. Leben jenseits der Fron, sozusagen.«

»*Mann*, ist das eine Arbeitsmoral.« Sie griff nach einer vorgedruckten Karte. »Welchen Namen darf ich eintragen?«

»Albert.«

»Sehr erfreut, Albert. Aber ich brauche in erster Linie den Familiennamen.«

»Egberts.«

Sie schrieb es auf. »Vornamen?«

»A. H. N. – Albertus, Hubertus, Norbertus.«

»*Mann*, was für ein Latein. Geburtsdatum?«

»30. April 1950.«

Als Egberts, A. H. N., seine Adresse eintrug – Grote Wittenburgerstraat –, sah sie auf seine schreibende Hand. Die dick auf dem Rücken liegenden Adern, geschwollen durch den verkrampften Griff um den Kuli, fand sie höchst erotisch. Sie ertappte sich bei einem Tick, den sie sich abgewöhnt zu haben glaubte: ein Reiben mit der Fingerspitze über die hochgezogene Augenbraue, zu dem eine Freundin mal gemeint hatte: »Mädchen, Mädchen, wenn ich sehen könnte, was du jetzt im Geiste siehst, also, dann könnte ich meine Finger auch nicht stillhalten.«

Will de Welbum

Donnerstag, 28. Oktober 1976, Frauengefängnis Rotterdam (Hennie A.)

Hier, auf dem Blauen Gang, saß eine Frau, die zu stehlen angefangen hatte, um ihre Spielleidenschaft zu finanzieren. Hennie war süchtig nach Betrügereien gewesen. Vielleicht war es ja wie bei jeder Abhängigkeit: Man konnte das begehrte Gut aus seinem Leben verbannen, doch das Verlangen danach blieb, und damit die Sucht. Das war Hennie bewußt geworden, als ihre Mutter infolge ihrer Mietrückstände in Schwierigkeiten geraten war. Sie hatte es an der Wollust gemerkt, mit der sie die beiden Nullen hinter den Betrag von 14 Gulden setzte. Es steckte ihr noch im Blut, obwohl sie es seit Cor Costers Erpressung (Betrug versus Erpressung) nicht mehr getan hatte.

Ob es ihr auch in den Genen steckte, war eine andere Frage, jedenfalls hatte sie diese Sucht nach Betrügereien von ihrem Vater. Während der Besetzung war er der Held des Dorfes gewesen, weil er die Deutschen durch das Frisieren seiner Buchhaltung nach Strich und Faden betrogen hatte. Was auf diese Weise an Obst und Gemüse übrigblieb, verkaufte er weit unter Preis an die Leute im Dorf. Vor der Mutter, die gesundheitlich labil war und schnell die Nerven verlor, mußten diese Praktiken geheim bleiben, Hennie dagegen, seit jeher die Vertraute ihres Vaters, steckte mit im Komplott. Auch sie log, den Tod im Herzen, aber mit eiserner Stirn, den Deutschen etwas vor, sobald es sich ergab. Lügen waren stets Notlügen. Noch bevor sie zehn war, wurde Lügen ihr zur zweiten Natur. Mit Lügen und Betrügen hatte ihr Vater es zum Helden gebracht: Folglich mußte Segen darauf ruhen. Nach dem Krieg setzte er es fort, und sie ebenfalls. Manchmal wurde dabei sogar ihr Vater das Opfer. Erst stahl sie ihm kleine Beträge aus der Brieftasche und ihrer Mutter aus dem Haushaltsgeldbeutel, später entwendete sie Geld aus der

Kasse der Gärtnerei, indem sie dort liegende Papiere fälschte. Durch ihre Lügen wollte sie sich nicht nur Geld verschaffen, sie log, wenn es ihr in den Kram paßte. Hennie war sogar imstande, sich selbst etwas vorzulügen und im nachhinein auch noch von dieser Einbildung überzeugt zu sein.

Hennies Vernehmer, Richter, Psychiater hätten ihre Lügerei als entlastenden Umstand werten können: widersprüchliche Auffassungen von Schuld und Unschuld, zurückzuführen auf die Widerstandsaktionen in ihrer Jugend während des Krieges ... die Schwindelei, auf der ihres Vaters Segen ruhte ... Aber nein, das Gelüge wurde in erster Linie *gegen* sie verwandt. So achtet doch auf den Unterschied! hätte sie all den Besserwissern zurufen mögen, aber sie konnte die Worte nicht finden. Es war eine innere Feststellung, die sich nicht erklären ließ. Wenn Hennie sich selbst lügen hörte, klang es völlig glatt aus dem eigenen Mund: Eine Lüge legte sich geschmeidig über die andere, Inkonsequenzen wurden großzügig übergangen, egal, ob sie etwas abstritt oder gestand. Wenn sie die Wahrheit sagte, klang es starr, in monotoner Wiederholung stets derselben Worte, doch immerhin konsequent.

Bei ihrer Wahrheit folgte sie völlig anderen Regeln, als wenn sie log, und das wurde ihr als die x-te Lüge ausgelegt.

Dienstag, 11. April 1972

»Und was war jetzt mit diesem Erpresser, Hennie? Erst die Ehebrecherin spielen, völlig arglos, und sich dann erpressen lassen. Schöne Bescherung. Wenn es nur dabei geblieben wäre, Hennie, aber du kamst mit dieser Erpressung nicht zu Rande, nicht, und folglich hast du wieder mit deinen Betrügereien angefangen, nicht wahr? Betrug, der ewig wiederkehrende Refrain deines Lebens ...«

Arglos, in der Tat. Wie sollte sie diesen beiden aggressiven Vernehmern erklären, daß sie, zumindest zu Beginn, den Mann wirklich geliebt hatte, der sie später erpreßt hatte? Vielleicht war sie sogar, ganz zu Anfang, so in ihn verliebt gewesen, wie damals mit siebzehn, als sie dem Mann mit der Gitarre begegnet war, und später nie wieder, nicht einmal, als ihr späterer Ehemann in ihr Leben trat.

»Wir sind nicht an deinen miesen kleinen außerehelichen Abenteuern interessiert, Hennie«, sagte de Caluwe. »Nur an deren Folgen. Deinen betrügerischen Taten.«

Nicht interessiert... Warum eigentlich nicht? Sie hatten bisher nicht nur alles wissen wollen, sondern ihr sogar schamlos Dinge vorgesetzt, die nicht der Wahrheit entsprachen, ohne ihr die Gelegenheit zu geben, sie abzustreiten oder möglicherweise auch zu bestätigen. Und jetzt interessierten sich die Kriminalbeamten auf einmal nicht mehr für eine Beziehung, die eine solch wichtige Rolle in ihrem Leben gespielt hatte, zumindest insofern, als sie irgendwann einmal in Haß und Neid umgeschlagen war.

Nachdem Hennie vom Totschlag an ihrem Vater freigesprochen worden war, hatte sie weiterhin freundschaftliche Kontakte zu einer ehemaligen Mitinsassin aus der Arnheimer Haftanstalt unterhalten, der in Nimwegen ansässigen Carolien. Die Inhaftierung, überhaupt diese ganze Zeit – eine Hölle, wenn sie daran zurückdachte, doch die Freundschaften, die sie dort geschlossen hatte, pflegte sie weiter; ihnen hing der Geruch einer völlig anderen Welt an, und das galt insbesondere für Carolien. Im Sommer '68 hatte Hennie sie trotz des Hochbetriebs in der Gärtnerei einen ganzen Tag lang besucht. Sie fragten sich gegenseitig, was aus dieser »völlig anderen Lebensweise« geworden sei, zu der sie sich im Gefängnis entschlossen hatten. Es lief darauf hinaus, daß sie beide mehr lasen und die tägliche Arbeit eine weniger heilige Pflicht geworden war. Sie tauschten Titel aus, und Hennie nahm ein paar Bücher von Carolien mit nach Hause.

Hennie hatte vor dem Abendessen zu Hause sein wollen, verpaßte aber den Bus. Es war ihr nicht unangenehm. Ihr ältester Sohn würde Salate und Kroketten aus der Imbißstube holen, Mann und Kindern fehlte es an nichts, und sie selbst konnte so noch eine Weile in Caroliens Atmosphäre bleiben und schon mal in einem der entliehenen Bücher schmökern. In einem Lokal bestellte sie sich einen Kaffee und schlug *Die Bastardin* von Violette Leduc auf.

»Das erste Mal, daß ich in dieser Spelunke hier jemanden ein Buch lesen sehe.«

Hennie hatte noch nie einen so hochgewachsenen Mann gesehen, außer vielleicht den Mann mit der Gitarre. Sie hatte die Angewohnheit, es war ein persönliches Spielchen, die Anzahl der Zentimeter, um die jemand größer als einen Meter war, in Bezug zu den Jahreszahlen des zwanzigsten Jahrhunderts zu setzen, auch um zu sehen, ob jemand noch »Zukunft« hatte. Hennie selbst, mit ihren einsachtzig, hatte eindeutig Zukunft, hatte noch zwölf Jahre vor sich, doch der Kopf des Riesen an ihrem Tisch reichte fast bis an die Jahrhundertwende. Mit seiner pomadisierten Tolle aus schwarzem, blauglänzendem Haar, hoch aufgekämmt, schien er entschlossen, an das Jahr zweitausend heranzukommen.

»Ja, in Groesbeek nennen sie mich Will de Welbum, aber eigentlich heiße ich Cor.«

»Welbum...«

»Ja, wie sagt man das, Weltbaum, irgendwas in der Richtung. Groesbeekerisch. Originelle Leute dort. Und du, du bist nicht von hier?«

»Von der anderen Seite. Lummel.«

»Ach ja, Lummel. Früher kam ich oft ins *Wapen van Lummel*. Zur Zeit kaum noch. Vielleicht sollte ich da mal wieder hin. Was macht eine nette Frau wie du in Lummel? Darf ich mal raten?«

»Na?«

»Ponyzucht.«

Hennie mußte laut lachen.

»Ich habe sage und schreibe ein einziges Mal ein Pony verkauft. Noch als junges Mädchen. Ich hatte es auf dem Jahrmarkt gewonnen. Na, das hab ich zu spüren bekommen. Ein Pony verkaufen, das einem aus heiterem Himmel in den Schoß fällt? Ein Verbrechen. Ponys sind heilige Tiere in Lummel.«

»Was hättest du denn sonst damit tun sollen? Dich draufsetzen?«

»Wenigstens auf ein zweites sparen und das dazutun. So fängt man eine Ponyzucht an.«

Es war herrlich und befreiend, sich mit jemandem über diese Dinge zu unterhalten, der ihren Hintergrund nicht kannte. Für die anderen Dorfbewohner lag in dem Verkauf – sprich: dem Verrat – des Ponys ihr späteres Verbrechen bereits beschlossen. Für Will de Welbum, oder Cor, war sie nicht die Komische Hennie, auch wenn er sie beim Aufschlagen eines Buches ertappt hatte.

»Dann also die Gewächshäuser.«

»Schmerzliches Thema.«

»Haben sie dir Scheiben eingeschmissen?«

»Läuft schlecht, die Gärtnerei.«

»Oh je. Stehen deine Gewächshäuser denn im Schatten?«

»Im Schatten, ja. Kann man wohl sagen. Im Schatten einer Schuldenlast.«

»Oh je. Dann laß Will de Welbum mal machen. Ich esse kistenweise Obst. Egal was. Gib mir die Adresse, dann kauf ich in Zukunft mein Obst bei dir. Kleinvieh macht auch Mist. Überreifes Obst ist auch okay.«

In diesem Spätsommer tauchte er jede Woche auf und kaufte eine Kiste gemischtes Obst, die Hennie in dem verlassenen Haus, während ihr Mann in den Gewächshäusern arbeitete, angeblich mit ihm abrechnete. Weil ihre hastige Umarmung nie mehr Zeit in Anspruch nehmen durfte, als nötig war, das Wechselgeld hinzuzählen, gab Hennie Cor das Obst kostenlos mit. Sie kam keine Sekunde lang auf die Idee, daß sie damit den Anschein erweckte, ihn für seine Gefälligkeit zu bezahlen.

»Und wann, Hennie«, fragte de Caluwe barsch, »hat die Erpressung angefangen?«

»Als er arbeitslos wurde. Er war Anstreicher oder Fensterputzer, vielleicht wegen seiner Länge, und damit war es eines Tages vorbei. Warum, weiß ich nicht. Ach, doch, es hing irgendwie mit einem Mädcheninternat zusammen ... die Einzelheiten kenne ich nicht. Eine Leiter macht manches möglich. Es fing damit an, daß er kleine Beträge bei mir lieh. Aber ich habe natürlich nie etwas davon wiedergesehen.«

»Und dann hat Hennie ihrem Liebhaber die Tür gewiesen.«

»Ich weiß nicht, wie ich das erklären soll, aber ... diese Beziehung mit ihm, die war irgendwie notwendig für mich. Er war der einzige, der nichts von der Sache mit meinem Vater wußte. Ja, später natürlich schon, als das Getratsche anfing. Cor gab mir ein bißchen Selbstvertrauen zurück, und eines Tages entdeckte ich, daß ich meinen Mann immer noch liebte. Ich sage: ›Cor, du bist mir noch alles mögliche schuldig, doch davon reden wir jetzt nicht mehr. Ich möchte aber, daß du dich hier nicht mehr blicken läßt.‹«

»Damit hast du ihn also selbst auf die Idee gebracht, dich zu erpressen. Was sag ich da, Hennie? Eigentlich hast du ihn dazu angestiftet!«

»Wenn ihr das partout so sehen wollt ... Ja, da hat er angefangen, mich richtig zu erpressen. Er würde es meinem Mann stecken. Nicht nur die Sache mit unserem Verhältnis, sondern auch die Tatsache, daß er sich seine Dienste, wie er es nannte, von mir hatte bezahlen lassen. In natura, wie er es ausdrückte, und damit meinte er nicht meinen Körper, sondern das Obst, das mein Mann mit eigenen Händen angebaut hatte. Oh, er konnte solche Dinge so sagen, daß ... daß man Angst bekam, und dann gab man nach.«

»Ich nehme an, Hennie, daß es danach nicht mehr um Kleingeld ging. Was hast du alles anstellen müssen, um die Beträge ranzuschaffen, die er von dir verlangte?«

»Er ... Cor hatte Wind davon bekommen, daß wir den Betrieb verkaufen wollten. Kredite, Hypotheken ... es lief immer schlechter. Wir wollten uns das Ganze vom Hals schaffen. Cor sagte: ›Wenn du ein schönes neues Leben mit deinem Mann anfangen willst, dann wirst du zusehen müssen, daß für mich ein funkelnagelneuer Mercedes rausspringt.‹ Bis es soweit war, wollte er sich mit einem Taschengeld begnügen, wie er es nannte. ›So großherzig bin ich.‹«

»Und um dieses Taschengeld ranzuschaffen... nein, sieh mich an, Hennie... um ihm in seiner Großherzigkeit entgegenzukommen, hast du wieder mit deinen Betrügereien angefangen.«

»Ich hatte keine andere Wahl.«

Donnerstag, 28. Oktober 1976, Frauengefängnis Rotterdam

Nach zwei Jahren Hauswirtschaftsschule begann Hennie mit vierzehn, ihrem Vater in der Gärtnerei zu helfen. Trotz ihrer Jugend überließ er gewisse betrügerische Aktionen ganz und gar ihr. Für Hennie war das der Beweis größtmöglicher Vertrautheit zwischen ihnen.

Als sie ungefähr siebzehn war, geriet der Gärtner in Schwierigkeiten, und wahrscheinlich, um seine Tochter nicht mit hineinzuziehen, drängte er darauf, daß sie sich irgendwo außerhalb eine Arbeit suchen solle. Hennie wurde Verkäuferin in einem Nimwegener Hutgeschäft. Hier entwickelte sie erst so richtig eine Art hart-poetischen Blick auf Gegenstände, auf stille, reglose Dinge. In dem Laden war nie viel los: Vor allem die Männer schienen dem Hut nach der Besatzungszeit abgeschworen zu haben. »Die Leute haben ihren Hut im Krieg gelassen«, sagte der verbitterte Geschäftsinhaber.

Vielleicht lag es an dieser Vorstellung, der Hut sei in weniger als fünf Jahren aus der Mode gekommen, daß Hennie morgens das Gefühl hatte, eine völlig andere Welt zu betreten. Die Welt einer Art von hartem Märchen... Sie schloß die gläserne Ladentür auf, machte Licht (keine Neonröhren, sondern Lampen, die Schatten warfen), und da standen sie: etwa dreißig Holzköpfe ohne Gesicht, aber mit eleganten Hüten, schweigend. Hier ein schwarzseidenes Band an einem hellgrauen Herrenhut, dort ein grüner Federbusch wie eine Fontäne auf einem Damenhut aus Filz... kleine Kirchenhütchen, die sich bigott um die Missionssammelbüchse auf der Ladentheke drängten... Manchmal löste sich durch eine Veränderung des Lichteinfalls ein flaches Gesicht aus einem der Klötze (wie der Chef die Köpfe nannte), sonst jedoch standen sie den ganzen Tag starr und ausdruckslos um sie herum. Wenn überhaupt ein Kunde kam, dann selten, um einen Hut zu kaufen. Unter Berufung auf äußerst vage Garantieansprüche wurde Hennie dann eine abgetragene Kopfbedeckung mit dem Ansuchen übergeben, einen Fleck zu entfernen, meist die Spur eines schlecht weggeputzten Batzens Taubendreck. In der kleinen Küche hinter dem Laden hatte sie stets einen großen Kessel kochendes Wasser singend auf kleiner Flamme stehen. Sie drehte das Gas höher, hielt den Hut mit der beschmierten Seite in den Dampf und bürstete den Schmutz aus. Dabei nutzte sie die Gelegenheit, das durch die Feuchtigkeit und Wärme steif gewordene Material so gut es ging in die ursprüngliche Form zu kneten, was wenig geschäftstüchtig war: Der Kunde murmelte »wieder so gut wie neu« und ging zufrieden von dannen.

Manchmal zog Hennie aus Langeweile und um die durch die starrenden Köpfe verursachte Beklemmung zu durchbrechen hier und da lackierte Schubladen auf und baute dann Hutattribute aus längst vergangenen Zeiten, die niemand mehr haben wollte, auf der Theke auf. Ganze Büschel verblaßter Kunstfrüchte für tellerförmige Damenhüte... präparierte Tannenzapfen... wippende Vögelchen auf beweglichen Federn aus Draht, wie man sie nur noch an Weihnachtsbäumen sah... Auch Hutnadeln, oft von der Größe eines japanischen Eßstäbchens oder einer Stricknadel... Damit putzte sie die Hüte der trübsinnigen Köpfe auf, doch die Atmosphäre in dem schummrigen Geschäft wurde dadurch nur noch drückender.

Wenn Hennie sich an das Schaufenster setzte, konnte sie zwischen den Hüten die altmodischen Schneiderpuppen sehen, die zu Dekorationszwecken in dem Bekleidungsgeschäft gegenüber standen. Bis auf eine Federboa hier oder da waren sie nackt, graue Torsi auf einem Holzbein – ohne Kopf.

Als Hennie es zwischen den schweigenden Köpfen nicht länger aushielt, floh sie nach Lummel zurück, wo sie den Beamten im Rathaus vormittags Kaffee und nachmittags Tee servierte. Regelmäßig schenkte sie auch ihrem Vater eine Tasse ein, wenn dieser wieder einmal einem Gerichtsvollzieher etwas vorgaukelte. Sie drückte sich dann immer noch eine Weile im Raum herum, um zu hören, wie der Alte sich aus der Situation rettete. Von dem Geld, das Hennie im Rathaus verdiente und das ihre Eltern ihr zu behalten erlaubten, kaufte sie sich Bücher und nahm Klavierstunden. Sie hatte schon immer ein Instrument spielen wollen, aber nie gewußt, welches. Als Anfang Klavier war nie verkehrt, hatte man ihr gesagt.

Als Hennie eines Samstags abends spät mit ihrer Freundin vom Tanzen kam, fuhr in der mondhellen Nacht ein großer Mann auf einem Sportfahrrad vorbei. Auf dem Rücken hatte er eine spanische Gitarre, ohne Futteral oder Hülle. Genau in dem Augenblick, als er an den Mädchen vorbeiradelte, die gerade die Dorpsstraat überqueren wollten, fuhr er durch ein Schlagloch, wobei die Saiten tief widerhallten. Es war ein hohles Wüten von Kupfer und Holz, doch in der Stille der Nacht hörte es sich für Hennie wie eine Serenade an. Sie blieb stehen und sah dem Mann nach, der groß und breit und schwer mit krummem Rücken auf dem leichten Fahrrad saß und schlingerte, als ob er betrunken wäre. Der Gitarrenhals mit den Wirbelschrauben wies hoch über seinem Rücken zum Mond hinauf, der den Schatten des Instruments in Hennies Richtung verlängerte. Das Hallen ging in ein hohes Surren über, das nicht zur Gitarre gehörte: Es war der Dynamo, der schlecht Kontakt mit dem dünnen Reifen hielt.

Die Nacht. Der Mond. Ein fast zwei Meter großer Riese, ein kleines, bewegliches Fahrrad zwischen den breiten Schenkeln. Ein Kerl mit Kohlenschaufelhänden, gebeugt unter dem subtilen Saiteninstrument, dessen weibliche Form sich über das Pflaster streckte ... Sie wußte nicht, welchen Einfluß dies alles auf sie hatte, aber irgendwie hing alles zusammen, genauso wie die gesichtslosen Köpfe aus dem Hutladen mit den abgetakelten Schneiderpuppen von gegenüber zusammenhingen.

In der darauffolgenden Woche kündigte Hennie ihrem

Klavierlehrer und nahm in Arnheim bei einem Deutschen mit Schifferbart und Baskenmütze Gitarrenunterricht. Er hatte auch eine Dunkelkammer, in der er ein großes Schwarzweißfoto von Hennie entwickelte, wie sie Akkorde übte. Das Foto gehörte zu den wenigen Besitztümern, insgesamt nicht mehr als ein großer Umschlag voll, die ihr ins Gefängnis nachgesandt worden waren. Es hing, mit vier Stück Kaugummi festgeklebt, an der Wand und zeigte eine zwanzigjährige Hennie mit knielangem Rock und Pferdeschwanz, lang und staksig auf einem Holzhocker, den Blick ernst auf die Gitarre gerichtet, die sie anscheinend kaum zu berühren wagte. »Schade, daß du da keinen schwarzen Pulli anhattest«, sagte eine Mitgefangene, »sonst hättest du ohne weiteres auf eine Schallplattenhülle mit existentialistischen Liedern aus den fünfziger Jahren gekonnt. Hennie Lummel schante Söhr Suriehr.«

Verschossene Kostümchen

Montag, 22. November 1976
(Albert Egberts)

Ein Mann verliebt sich und tut im folgenden alles – sofern er die Geliebte an sich binden möchte –, um diese Verliebtheit abzutöten, gerade weil er sie mit aller Gewalt erhalten will.

Es ist das gleiche wie beim Alkoholrausch: Um die Euphorie nach den ersten vier Gläsern zu erhalten, trinkt man weiter, trinkt man sich in andere, gefährlichere, vulgärere Bereiche des Rausches – in die Überfülle, in Widerwillen, Aggression, in Übelkeit, Blackout und in die Ernüchterung des nächsten Tages, die Morgenmuffligkeit, die Reue, den Selbsthaß, den Aschegeschmack im Mund.

Im Falle Zwanets beschloß Albert, es anders anzugehen. Die Überfülle würde er woanders suchen.

Kurz nachdem Albert, mehr Zwanet zuliebe denn aus Geldmangel, den Kurierjob übernommen hatte, las er in der Zeitung, daß die Alitalia ihre stark veraltete Luftflotte modernisieren wolle. Die Meldung hatte ihm, der noch nie geflogen war, ein Gefühl von Sicherheit gegeben, bis er im Kleingedruckten las, daß erst »im Laufe der kommenden Jahre« die alten Maschinen durch neue ersetzt werden sollten. Es hieß auch noch, daß die Alitalia zu den sichersten Fluggesellschaften der Welt zähle, mit einer verblüffend geringen Zahl von Zwischenfällen, doch das änderte nichts daran, daß Albert in schrottreifen Rostlauben – dazu unterbezahlt, ohne Gefahrenzulage – befördert werden würde.

Sowie Albert eine Stunde übrig hatte, war er im Sprachlabor zu finden, wo er in einer mit Lochplatten ausgekleideten Stimmabgabekabine auf Band aufgenommene italienische Texte nachsprach, so lange, bis seine Ohren, rotglühend, von den Kopfhörern platt gedrückt waren. Nach einigen Wochen wagte er sich von Zeit zu Zeit an eine einfache Konversation auf italienisch mit Patrick Gossaert.

Bei seiner ersten Mission stieg er mit dem Päckchen, das er in einem Büro in der Lairessestraat abgeholt hatte, in den blauen Bus, der vom KLM-Behelfsgebäude am Museumplein zum Flughafen Schiphol fuhr. Die enttäuschend schmale Alitalia-Maschine sah außen fleckig und stumpf aus, das Grün-Weiß-Rot der italienischen Fahne wirkte matt, mit speckigen Trauerrändern. Der hydraulisch verschiebbare Rüssel, durch den die Fluggäste in die Maschine gelassen wurden, kam ihm vor wie ein moderner Schnickschnack, um, soweit irgend möglich, die Sicht auf die Mängel dieser Klapperkiste zu versperren. Trotzdem fand Albert die Rostringe um die Nieten an den Fenstereinfassungen weniger beunruhigend als die verschossenen Kostümchen der Stewardessen. Ihre Uniformen mußten mal von einem klaren Weinrot gewesen sein und damit auf die unvergleichliche Farbe toskanischer Weine, insbesondere aus der Gegend von Siena, verwiesen haben, zitierten jetzt aber nur noch das undurchsichtige Bonbonrosa eines arglistigen Trattoriawirts aus Amalfi, der zusätzlich Bodensatz und Wasser in die Karaffe gab.

Von dem, was Ende der fünfziger Jahre, als Albert noch knapp zwanzig Jahre von diesem Flug trennten, der Lehrer, der im übrigen noch nie selbst geflogen war, über die Besonderheiten des Luftverkehrs erzählt hatte, hatte er vor allem behalten, daß kurz vor dem Landeanflug Stewardessen mit Tabletts voller Bonbons und Kaugummis herumgingen, die den Druck auf die Ohren lindern sollten. Daran dachte Albert erst wieder, als er, während der Landung zu verkrampft, um auch nur zu schlucken, in Rom mit fast vollständig zugefallenen Ohren herumlief und dadurch den italienischen Auftraggeber kaum verstehen konnte, obwohl dessen Gesicht deutlich anzusehen war, daß er schrie. Von seinem eigenen, immerhin sorgfältig im Kopf präparierten Italienisch hatte er den Eindruck, es verlasse seinen Mund fast lautlos.

Auf dem Hinweg hatte er seine Flugangst unterdrückt, indem er jede Veränderung des Motorengeräuschs haargenau verfolgte, als könne er so zu große Störungen bannen. Jetzt, während er mit versiegelten Ohren zurückflog, war das unmöglich. Zwei Stunden dauernde Panik, die noch durch außergewöhnliche Turbulenzen auf der Strecke geschürt wurde, Turbulenzen, die einen glauben machten, man führe die ganze Zeit in einem schlecht gefederten Auto über eine belgische Landstraße. Das verschlimmerte sich noch, als sich, wie beim Eindringen von Seifenwasser in den Gehörgang, die zeitweilige Taubheit ein wenig löste: ein Zerspringen von Seifenblasen bei jeder Kopfbewegung, wodurch jedes Geräusch stark verzerrt, um nicht zu sagen: in etwas Halluzinierendes übersetzt, eindrang. Alles mögliche knarrte in der Flugzeugwand, Bolzen sprangen mit einem Knall ab, Leute hinter ihm schrien gedämpft, wie unter einer Glasglocke, vor Angst, und in den Bullaugen knisterte, sich gegen das völlige Zersplittern sperrend, das Glas. Aus den Lautsprechern drangen unverständlich atemlose Durchsagen, die nicht einmal mehr den Schein erwecken wollten, beruhigend zu klingen, sondern die Fluggäste nur noch auf das Schlimmste vorbereiteten. Auch jetzt dachte er, während sie durch die Wolken auf Schiphol zusanken, zu spät daran, Kau- und Schluckbewegungen zu machen. Was ihn vom blödsinnigen Applaus der Italiener erreichte, als die Maschine aufgesetzt hatte, hörte sich in seinen unzugänglichen Ohren nur angsteinflößend an. Es war eine schweigende, allenfalls flüsternde Stadt, die ihn nach seiner ersten Italienmission empfing.

Er erstattete Zwanet Bericht, noch bevor das Zeitarbeitsbüro schloß. Die Antwort mußte er ihr von den Lippen ablesen: »Was schreist du so?«

Seitdem gab Zwanet ihm Kaugummi und Bonbons mit, was immerhin bewirkte, daß sein Gehörgang nie mehr ganz blockiert war. Es blieben kleine Öffnungen, aus denen imaginärer Seifenschaum knisternd entwich, doch das begünstigte nur die akustischen Halluzinationen.

In einem derartigen Zustand wurde er eines Tages im November auf dem römischen Flughafen Leonardo da Vinci von einem Mann in Mönchskutte angesprochen, der neben einem

Getränkeautomaten stand. Die Maschine, mit der er nach Amsterdam zurückfliegen sollte, war startbereit. Alles stimmte, schien zu stimmen. Seine Kontaktperson. Die Erkennungszeichen. Der vereinbarte Kode. Zum Schluß passierte etwas, das nicht vereinbart war. Der lächelnde Mönch überreichte ihm, nachdem er das Päckchen in Empfang genommen hatte, einen dicken Umschlag, altmodisch versiegelt mit rotem Lack, und darin der Abdruck eines kleinen Cupido.

»Würden Sie das hier in Amsterdam abgeben?«

Albert warf einen flüchtigen Blick auf die Adresse. Keizersgracht. Ein ganz schöner Umweg. *Dafür* wurde er nicht bezahlt.

»Das war nicht vereinbart«, sagte er in seinem besten Italienisch. »Können Sie das nicht mit der Post schicken?«

»Nein, ich bitte Sie, diesen Umschlag persönlich abzugeben, wie Sie es mit dieser Diskette getan haben.«

»Dafür werde ich von EuroHand nicht bezahlt.« Es knackte in seinen Ohren.

»Ich bezahle es Ihnen.«

Der Mönch überreichte ihm einen zweiten Umschlag.

»In dollars, is that okay with you, mister Ecchebertse?«

»Was soll ich im Zeitarbeitsbüro sagen?«

»Nichts. Das ist eine Sache zwischen Ihnen und mir. Ich bezahle Sie dafür. Zählen Sie ruhig nach.«

»Schon gut. Ich mach's. Sie können sich auf mich verlassen. Da sind doch wohl keine Drogen drin? Oder Juwelen?«

»Does it look like a container full of drugs? Or a jewelcase? *Una lettera sola*. Don't you worry, sir. This is half the money. The rest you will receive from the people at the Keizersgracht.«

Albert fragte nicht weiter, obgleich er nicht ganz beruhigt war. Viel Geld würde es wohl nicht sein, für so einen läppischen Postbotendienst.

Im Flugzeug öffnete er den Umschlag mit den Banknoten. Hundertfünfzig Dollar. Na, und das zweimal – ein schönes Zubrot zu dem spärlichen Honorar, das das Zeitarbeitsbüro ihm zahlte.

Als Albert am frühen Abend desselben Tages die Keizersgracht entlanggging, mußte er daran denken, was ihm sein Vater einmal von einem »Kurierdienst« ganz anderer Art erzählt hatte, '49, kurz nach seiner Rückkehr aus Indonesien. Ein Kamerad aus der Armee, der mit einer unheilbaren Geschlechtskrankheit auf einer indonesischen Insel zurückbleiben mußte, hatte ihm ein Päckchen für seine Frau mitgegeben, die in Amsterdam an der Prins Hendrikkade wohnte. Völlig hilflos war er durch die ihm unbekannte Großstadt geirrt, sich jedesmal irrtümlich nach der »Frederik Hendrikkade« erkundigend. Schließlich hatte ihm jemand den Weg zur *Prins* Hendrikkade gezeigt. »Geheult hat sie, die arme Frau, *geheult*, ich kann dir sagen, mein Junge.« Albert konnte ihn sich vorstellen, hilflos, nicht weggehend, aber auch nicht tröstend.

Keizersgracht 114 A. Ein vornehmer Halsgiebel. Ein Mann, Anfang Vierzig, öffnete stirnrunzelnd die hohe grüne Tür. Albert überreichte ihm den versiegelten Umschlag.

»Ich bin in Rom gebeten worden, Ihnen diesen Brief persönlich zu überreichen.«

Das Gesicht des Mannes hellte sich auf. »Kommen Sie herein, dann können wir die finanzielle Seite erledigen. In Rom, sagten Sie? Nicht in Neapel? Merkwürdig.«

In einem hohen Wohnzimmer mit vergoldeter Engeldecke wurde er der Dame des Hauses vorgestellt. »Sie sprechen gut Niederländisch für jemanden von dort.«

»Gerda! Der Herr braucht doch kein Italiener zu sein!« Und zu Albert: »Entschuldigen Sie, aber ich möchte es jetzt unbedingt wissen.«

Er trat ans Fenster und schlitzte den Brief hastig mit einem Öffner aus Elfenbein auf, mit dem er auch das kleine Cupido-Siegel aufbrach. Seine Frau war ihm gefolgt, und gemeinsam lasen sie den Inhalt, wobei die Frau die Lippen mitbewegte. »Oh, wunderbar.« Tränen in den Augen, wandten die beiden sich wieder Albert zu. Der Mann riß sich die Lesebrille von der Nase; sie fiel an einer Schnur vor seiner Brust herunter.

»Wunderbar«, sagte der Mann.

»Wunderbar«, wiederholte die Frau.

»Leider«, sagte der Mann, »können wir Ihnen nichts darüber erzählen. Aber trotzdem möchten wir Sie gerne an unserer Freude teilhaben lassen. Darf ich Ihnen ein Glas guten Wein anbieten?«

»Ähm, ja, warum nicht.«

Der Mann verschwand in den Keller.

»Wunderbar, wunderbar«, sagte die Frau, die Ende Dreißig sein mußte, immer wieder, wobei sie sich mit beiden Händen den Kopf hielt. »Oh, ist das wunderbar.«

Ihr Mann kam mit einem Château Lafite zurück.

»Du auch?« fragte er.

»Ja, ausnahmsweise.«

»Wunderbarer Wein«, sagte Albert.

Nach zwei Schlucken traten Mann und Frau noch einmal ans Fenster, um den Brief zu lesen. Sie flüsterten. »Das ist ja schon bald.« »Ja, wunderbar.«

»Mijnheer, Sie sind unser Glücksbote. Ich schenke Ihnen noch ein Glas ein.«

Die beiden waren so aufgeregt, daß sie vergaßen, ihm den zweiten Teil seines Honorars zu zahlen. Albert, noch tief beeindruckt von ihrer freudigen Reaktion auf den Brief, traute sich nicht, danach zu fragen.

Die bronzene Wiese

Donnerstag, 13. Januar 1977
(Flix Boezaardt)

Wie jeder höhere Organismus besitzt auch Amsterdam ein Darmsystem: De Pijp. Von der Form her hat sie im übrigen nichts mit dem kotgefüllten Hirngewirr gemein, das wir selbst im Bauch tragen. Das Viertel De Pijp besteht aus einer Anzahl schmaler, man kann schon sagen: darmgrauer Straßen, die *parallel* zueinander verlaufen... von West nach Ost... von der Boerenwetering bis zur Amstel. Ausgelegte Därme also. Parallel bedeutet in diesem Fall nicht, daß sie schnurgerade sind. Wer sich irgendwo auf der Hälfte einer solchen Straße befindet, sieht keinen Anfang und kein Ende, keinen Eingang und keinen Ausgang. Durch ihre leicht gebogene Form wirken die Govert Flinck, die Eerste und die Tweede Jan Steen, die van Ostade und all die anderen Pijp-Straßen wie Fragmente einer Reihe imaginärer konzentrischer Kreise, die sich ein ganzes Stück, der eine etwas weiter als der andere, von ihrem Mittelpunkt entfernt befinden. Schau, so einer wie Albert, der einen Kopf voller Därme mit Poesie darin besitzt, wird vielleicht sagen: Im dreizehnten Jahrhundert oder sogar noch früher haben sie auf der Höhe dessen, was jetzt der Dam ist, einen Stein in ihren Sumpftümpel fallen lassen, und nach den sich konzentrisch ausbreitenden Kräuselungen haben sie grob ihren Grachtengürtel modelliert; erst Ende des neunzehnten Jahrhunderts erreichten die Kreise das Sumpfgebiet im Süden der Stadt, so daß sie dort mit dem Bauen beginnen konnten. Ein in Backstein geronnener Wellenschlag... eine in Dachziegeln erstarrte Kräuselung... nicht übel von unserem Albert, aber so schnell gebe ich mich nicht geschlagen. Ich bin noch zu sehr der Junge mit dem Zimmermannsbleistift, dem Zollstock und dem Zirkel, um alles mir nichts, dir nichts einem schönen Bild zu opfern. Wenn man sich die Karte von Amsterdam genau anschaut, sieht man, daß der imaginäre Mittelpunkt der Straßen in De Pijp irgendwo weit jenseits des IJ im Norden liegen muß, wo weiß der Himmel was für Hinterwäldler einen Stein oder einen abgehauenen Kopf in ihren Sumpftümpel geschmissen haben, vielleicht sogar noch vor dem dreizehnten Jahrhundert. Ich habe so eine Vermutung, aber darauf komme ich noch zurück, daß nur die alte Frau über uns diesen fernen nördlichen Punkt kennt. Sie ist die einzige, die den ganzen Kreis, jedenfalls den, zu dem die van Ostadestraat gehört, abgeschritten hat, aber was weiß so einer wie Albert schon davon. Schau, so ein Albert will ganz hoch hinaus, und das gelingt ihm in gewisser Weise auch, doch er steckt dabei die ganze Zeit mit dem Kopf in den Wolken, so daß er keine Hand vor Augen sieht und im Grunde blind wie ein Maulwurf ist. Bei den bodenständigeren Dingen fehlt's ihm auch. *Ich* hab ihn Anfang des Jahres an den Haaren aus dieser Bruchbude auf Wittenburg hierherschleppen müssen, sonst würde er da immer noch der Kunst zuliebe verkümmern, zusammen mit diesem Schnuckelchen Patrick. Froh, daß sie mich um Weihnachten und Neujahr herum eine Zeitlang los waren. Albert hat geglaubt, ich wär sauer, weil er mit Thjum in London war, Verlaine und Rimbaud spielen. So 'n Quatsch, als ob ich Grund hätte, sie zu beneiden inmitten dieses Haufens käsiger Gestalten auf der Insel, und dann auch noch über Weihnachten, wenn die Kneipen dort noch früher dichtmachen. Meine Mutter scheint auch besorgt aus Den Bosch angerufen haben, wo sie auf der anderen Seite vom Wasser nur meine Jungs ein und aus gehen sah, aber keinen Felix, selbst an den Feiertagen nicht.

»Nein, Tante Maya, seit ich aus London zurück bin, hab ich ihn nicht mehr gesehen, den Flix. Ich hab geglaubt, er ist für längere Zeit in Den Bosch ... Ich weiß wirklich nicht, wo er sich rumtreibt. Keinen blassen Schimmer ...«

Der Schleimi. Sogar vor *meiner* Mutter noch einen auf Bilderbuchschwiegersohn machen ... könnt ich ja fast als Antrag auffassen. Nein, Flixie saß hier in der van Ostadestraat auf der Lauer. Hatte anderes zu tun, als Weihnachtskekse zu knabbern. Von einem, der bei Ateliers 63 arbeitet, hatte ich gehört, daß die Stadt Amsterdam in De Pijp das Haus neben seinem vom Eigentümer übernommen hatte, um es zu gegebener Zeit abreißen und wiederaufbauen zu lassen. Nach dem Auszug der Bewohner aus dem zweiten Stock waren Leute von der Stadt gekommen, um die Fußböden rauszureißen, den Pott zu zerdeppern und die Tür zuzunageln.

»Ich habe den Eindruck«, hatte mein Kumpel von Ateliers 63 gesagt, »daß das nicht besonders gründlich geschehen ist. Wir haben mit einem Wasserglas an der Wand gestanden und gehorcht, aber ich fand, das war 'ne schlaffe Sache. Ich glaube, daß man da nach 'ner kleinen Aufräumaktion einziehen kann... Die Häuser auf der anderen Straßenseite, die auch der Stadt gehören, sind alle schon besetzt.«

Er hatte mir zwei Wochen lang sein Gästezimmer, das zur Straße hin liegt, zur Verfügung gestellt, und von da aus *observierte* ich, jawohl, Mijnheer. Wer da so alles ein und aus ging in Nr. 209... ob die Leute von der Stadt da noch kontrollierten... wie die Hausbesetzer in der Nachbarschaft sich verhielten, und so weiter und so fort. Gegenüber, wo sie ein altes Kloster abgerissen haben, steht eine neue katholische Kirche aus Beton, wahrscheinlich in erster Linie, um mich auf so 'ne fiese Tour an unseren tyrannischen Baupfarrer in Braakhuizen-Noord zu erinnern, denn geliebte Gläubige sieht man da höchstens 'ne Handvoll, und auch das nur sonntags morgens. Da muß man sich erst dran gewöhnen, daß in der Tür dieser Moschee ohne Minarette fünfmal am Tag ein Muezzin – ja, inzwischen weiß ich, daß der so heißt – mit sehr unholländischem Gejammer seine Glaubensgenossen zum Gebet ruft.

Zwischen Weihnachten und Silvester, als Albert und Thjum wahrscheinlich mitten unter den Katzenkadavern und aufgehängten Fledermäusen im *Dirty Harry* am Waterloo Station zu Mittag gegessen haben, haben wir uns Nr. 209 mal näher angeschaut. Quer über einem bizarren Riß in der Außenmauer klebte ein Papierstreifen, auf dem stand: *Rißmarkierung bitte nicht entfernen.* Wenn man genau hinschaute, konnte man noch zwei senkrechte Striche erkennen, die die Breite des Risses angaben. An der grauen Eingangstür, deren verwitterte Farbschicht man wie Puder abreiben konnte, stand in großen schwarzen Filzstiftbuchstaben: DER MÜLLMANN KOMMT ZWEIMAL DIE WOCHE, ABER DIE RATTEN SIND JEDE NACHT DA. Außer als Wandzeitung stellt so 'ne Haustür nix dar: Wir sind mit 'nem Dietrich reingekommen. Unten, an der schmalen Treppe, der übliche Dreck aus breiig zusammengepappten Drucksachen. So 'ne dicke Schicht, weshalb man sich ohne Mühe vorstellen konnte, daß durch den Schlitz hineingeworfene Briefe wie ein Messer senkrecht darin steckenbleiben. Das Treppenpodest vor der Wohnung im ersten Stock, keine sechzig Zentimeter im Quadrat, war nicht mehr als eine kleine Unterbrechung der steilen Treppe, die im zweiten Stock plötzlich eine scharfe Biegung nach links machte. Dort war das Podest, an dem zwei Türen lagen, etwas größer, zumindest länger. Von da führte die Treppe, auffallend gut im Lack und mit einem dikken Läufer belegt, zum dritten Stock, wo die alte Mevrouw de Hoogh-Stey wohnen soll. »Ein properes Frauchen«, hatte mein zukünftiger Nachbar noch hinzugefügt.

Er hatte eine Brechstange dabei, doch bevor er die unten an der Tür ansetzte, rückte er mit Bedingungen raus, die sich gewaschen hatten. »Hör zu, Felix, es hat natürlich 'ne Menge Palaver ... kannst ruhig sagen: Versammlungen ... bei den Umwohnenden gegeben, was diese freigewordene Etage betrifft. Wir haben beschlossen, daß ihr ... daß du und dieser Freund von dir ... wie hieß der noch mal ...?«

»Albert Egberts, Dichter und Denker.«

»... daß ihr beide die Wohnung nutzen könnt. Aber damit sind ein paar Bedingungen verbunden.«

»Wir überweisen die Miete an euch.«

»Nein, nein. Also hör mal! Nein, die Miete mußt du auf ein Konto der Stadtverwaltung überweisen und dann ganz doll hoffen, daß sie das Geld nicht sofort zurücküberweisen. Wenn sie es akzeptieren, dann hast du den Beweis, daß du hier nicht illegal wohnst.«

»Okay, aber was für Bedingungen denn sonst? Das Stück Eisen da rostet dir ja noch in der Hand weg, wenn wir uns hier noch lange weiterzoffen. Also, raus mit der Sprache, genier dich nicht.«

»Die Wohnung da« – er klopfte vorsichtig an die Tür – »ist die einzige von dieser Häuserreihe mit einer eigenen Dusche. Von Nr. 205 bis einschließlich 213 gehen alle immer ins Badehaus. Unser Vorschlag sieht so aus ... ihr installiert hier einen Durchlauferhitzer und gebt 205 bis einschließlich 213 die Gelegenheit, hier zu duschen. Die Installationskosten legen wir um, und jeder bezahlt einen Gulden für einmal Duschen, genau wie im Badehaus.«

»Wird das dann hier nicht selbst so 'ne Art Badehaus, ganztägig geöffnet, auch freitags abends?«

»In der Praxis, hab ich ausgerechnet, wird der Ansturm wohl nicht so gewaltig sein. Außerdem: In Nr. 207 gibt's kein fließendes Wasser. Eine weitere Bedingung ist also, daß sie eure Leitung durchziehen dürfen ...«

»Jetzt brich doch erst mal die Bude auf, dann sehen wir, ob's da überhaupt noch so was wie 'ne Dusche *gibt*.«

Die Tür war so gründlich zugenagelt, daß beim Aufbrechen der komplette Türpfosten zersplitterte, aber dann waren wir auch schon drin. Also, die Typen von der Stadt hatten da nur so 'n bißchen rumgeschludert. Der Fußboden war allenfalls symbolisch unbenutzbar gemacht worden: Nur vier Bretter nebeneinander waren losgestemmt. Die krummen Nägel steckten noch drin, die konnte man sofort wieder in die Querbalken reinhauen, in ihre alten rostigen Löcher. Ja, das Klo mit seinem Spülkasten von 1921 oben drüber war natürlich im Eimer. Was von dem Porzellantrichter noch übriggeblieben war, war voll mit den eigenen Scherben: Da konnte sich meinetwegen ein Fakir draufhocken – ich nicht. Neben der Toilette war in der Tat eine Duschzelle, und zwar so 'ne schmale, daß ich für sämtliche Bewohner von 205 bis einschließlich 213 nur hoffen konnte, daß sie nicht zu breitschultrig waren. Man stand da in so 'ner Art ovaler Schüssel, so groß wie die Wanne früher in der Küche. Ich drehte den Hahn auf – kalt natürlich, aber das Wasser floß, und zwar mit Schmackes.

In der Küche fanden wir eine noch funkelnagelneue Aluminiumspüle vor; die Schränke darunter waren rausgerissen, aber nur ein Knurrkopp würde da was zu sagen. Es gab einen durchgehenden Wohnraum von den Türen des hinteren Balkons bis zu den beiden Schiebefenstern an der Vorderseite; mittendrin konnte man an den Wandspuren und an der Decke sehen, wo sich der Alkoven befunden hatte, die blinde Bettnische der Amsterdamer Arbeiterviertel. In einem kleinen Nebenzimmer, das zur Straße rausging, dem Spiegelbild des Zimmers, in dem ich schon seit ungefähr zehn Tagen wohnte, hing ein schwacher Gasgeruch. Senkrecht über die Wand lief ein altes Gasrohr, ein schönes antikes Teil. Ich schnüffelte an einem Verbindungsstück, aus dem so viel Asbest quoll, daß es wie Putzwolle aussah. Es ließ sich nicht feststellen, ob das Leck dort saß, aber wahrscheinlich litt das Gewinde unter dem Druck des absackenden Hauses.

»Rißmarkierung nicht entfernen, s'il vous plaît.«

»Ich würd mir hier nicht so schnell 'ne Zigarette anstekken«, sagte mein – ja, was war er mittlerweile eigentlich: mein Vermieter?

Sonst gab's an der Wohnung nicht viel zu inventarisieren. An der Rückwand eines flachen Schranks hatte jemand einen Datumsstempel ausprobiert. In roter Farbe stand da achtmal, immer blasser: 11. Nov. 1973, und einmal, knallrot: 2. Mai 1958. Mit Spucke rieb ich ein Guckloch in die weiße Tünche, mit der man die Fensterscheiben undurchsichtig gemacht hatte, und bewunderte die Aussicht. Neben der kleinen Neubaukirche, deren Pockennarbigkeit auf Betonfraß hindeutete, lag eine kahle Fläche, wo ein Kindergarten hinkommen soll. Mittlerweile sind sie da am Rammen. Die Rißmarkierung, die noch immer nicht entfernt worden ist, hat 'ne Menge Striche dazubekommen.

Was gibt's sonst noch zu sagen? Ich hab die Federn in die Nuten eingepaßt und die Fußbodenbretter mit geliehenem Werkzeug wieder eingesetzt. Im Sperrmüll fand ich nach

Neujahr sage und schreibe zwei völlig intakte Kloschüsseln. Die mit der orangenen Blümchenbrille habe ich als Reserve, man weiß ja nie, wer mit der anderen zusammenbricht, in einen Wandschrank gestellt. Gas und Strom von den Stadtwerken anschließen zu lassen war überhaupt kein Problem; ich hab bei denen sogar einen Durchlauferhitzer gemietet.

Dadurch begann es zwar in dem kleinen Nebenzimmer stärker nach Gas zu riechen, aber es schien mir nicht lebensgefährlich. Dann bin ich nach Wittenburg zurück, um ein paar Sachen zu holen und Albert Bescheid zu sagen, daß ich eine halbe Wohnung für ihn habe. Hat er sich gefreut, der Herr? Von wegen. Seufzend und stöhnend hat er sich die Neuigkeit angehört. Wirklich jemand, der lieber da hocken bleibt, wo er hockt.

»Ich *bin* im letzten halben Jahr schon zweimal umgezogen, Flix. So kann's nicht weitergehen.«

Na ja, vielleicht hatte er in dem Moment auch ganz andere Dinge im Kopf, denn die Tür ging auf und ein Mädchen kam rein, die ich sofort als die Freundin von Thjums Bruder Gideon wiedererkannte, auch wenn mir ihr Name nicht gleich einfiel. Ich hatte sie schon mal in dem Haus am Berg en Dalseweg gesehen, und damals hing sie wie ein Klette an Gidi, da gab's nichts. Geschniegelt und gebügelt für die Fahrt nach Nimwegen stand sie in unserem Zimmer, die Jerry (so sprach Albert sie an), aber der Abschied fiel ihr nicht leicht. Albert hatte sie nicht bei sich pennen lassen, denn sie bedankte sich bei ihm für das Gästebett, und auch sonst machten sie nicht den Eindruck, daß sie was miteinander hatten, auch wenn das möglicherweise vom leicht schmollenden gnädigen Fräulein bedauert wurde. Sie sagte, daß der Frost bestimmt anhalten würde und daß Albert *unbedingt* zum Schlittschuhlaufen nach Nimwegen kommen müsse, sobald die Moortümpel zugefroren wären. Albert und Schlittschuhlaufen ... Früher das Gespött ganz Geldrops, weil er unter dem Kosenamen »Vogeltje« im Tagebuch irgendeines von ihm angebeteten Backfischs vorkam. »Vögelchen« – nicht wegen Totschlags an einem unserer gefiederten Freunde, wie mein Bruder Govert, sondern wegen der zu Herzen gehenden Art und Weise, wie er mit seinen geliehenen »Unterschraubern« über die Bronzene Wiese hüpfte, in der Hoffnung, die Damen zu becircen. Nein, dann schon lieber Thjum und ich auf Schlittschuhen, wie mit Messern gespornte Kampfhähne ... na ja.

»Sag mal, Albert, erinnerst du dich noch an diese Weide gleich außerhalb von Geldrop, die sie im Winter, wenn es zu frieren anfing, unter Wasser setzten, um eine Eisbahn draus zu machen?«

»Die Bronzene Wiese?«

»Jetzt hab ich dich. So wolltest du sie mit aller Gewalt nennen. Es war Grasland vom Baron, also hieß sie dem Baron seine Weide, ganz einfach. Aber ja, frag mal 'nen Dichter. Ich hab mir schon soviel Gelaber von dir über das Schöne an diesem Namen anhören müssen ... im Sommer eine goldene Wiese, mit all den Butterblumen, im Winter eine Wiese aus verkratzter Bronze, noch schöner ... daß ich es zum Schluß einfach nicht mehr übers Herz brachte, dich mit der Nase auf die Tatsachen zu stoßen. Schau, Albert, das ist eben der Unterschied zwischen uns: Ich bin in meinen jungen Jahren auf dem Baron seiner Weide rumgesaust, während du Schnörkel für die Ewigkeit auf der Bronzenen Wiese gedreht hast. Ungleich verteilt, die Welt.«

»Kannste wohl sagen. Also dann, gute Reise, Jerry. Grüß Gidi. Wenn es Elf-Städte-Tour-Wetter wird, komm ich bestimmt mal nach Nimwegen. Flix, der muß sowieso in die Richtung, der begleitet dich bis zur Bushaltestelle.«

Die Schlange Parathion

Donnerstag, 13. Januar 1977, Frauengefängnis Rotterdam (Hennie A.)

Das würde wohl bis an ihr Lebensende so bleiben: Wenn Hennie Erdbeeren roch, roch sie den Tod ihres Vaters.

Seit die Familie sich Anfang der sechziger Jahre auf den Erdbeeranbau unter Glas für die Marmeladenherstellung verlegt hatte, hatte Hennie großes Geschick im »trockenen« Abdrehen der Frucht entwickelt. Es kam darauf an, die Kelchblätter mit dem Blütenstiel so zwischen Zeigefinger- und Daumennagel zu nehmen, daß man in einer kurzen Drehbewegung nichts vom Fruchtfleisch herauszog. Die Stelle, an der der Stiel gesessen hatte, mußte weiß und trocken aussehen. Eine Kiste voll »Matsch« brachte bei der Auktion nun mal weniger ein. Erst in der Fabrik durfte das Ganze zu Mus verarbeitet werden.

Hier im Gefängnis, wo man kaum Obst bekam und wenn, dann nur gegen Bezahlung, konnte man ihr im Sommer nie mit geschnittenen Erdbeeren auf Brot eine Freude bereiten. Hennie brauchte sie nur zu riechen, und schon schaute sie automatisch auf ihre Fingerspitzen, als erwarte sie, daß diese sich auf der Stelle schmutzig blaurot verfärbten. Wenn die Ernte in vollem Gang war, hatte sie die Finger wochenlang nicht mehr sauber bekommen. Sie sahen aus wie unregelmäßig tätowiert, in wischfeste Stempelfarbe gedrückt. Hennie trug nicht die Erde von ihres Vaters Grab unter den Fingernägeln, sondern Spuren, die auf das Abnehmen von Fingerabdrücken hindeuteten.

Nein, Sex war es nicht, worüber in der Familie Avezaath nur getuschelt wurde, nicht die Steißlagen, die Fehlgeburten, die Mußheiraten … Flüsternd wurde ausschließlich darüber gesprochen, weshalb verhältnismäßig wenige Avezaaths in die geweihte Erde neben der Kirche gebettet wurden.

»Selbst Hand an sich gelegt.« Das waren die Worte, die in Hennies Jugend im leisesten, fast unverständlichen Ton geflüstert wurden, wenn wieder mal jemand frühzeitig verstorben war.

»Aber wie denn, Mensch?«

Die Antwort war unterschiedlich. »Den Gashahn aufgedreht.« »Aufgebammelt.« »Vor den Zug gelaufen.« »'ne Kugel durch den Kopp gejagt.« Doch mindestens dreimal hatte Hennie verstanden: »Parathion.« Damit hatte sich etwas Exotisches in ihre Selbstmörderfamilie eingeschlichen. Parathion war der Name einer Giftschlange, die die Gärtner unter ihren Onkeln und Vettern auf dem eigenen Land gefangen und in einem Deckelkorb aufbewahrt hatten, bis sie an der Reihe waren, sich umzubringen. Merkwürdig, wenn man sich überlegte, daß Onkel Bert eines Abends seine alte Schalmei aus dem Jutelappen wickeln sollte, um auf ihr, die steifen Beine zum Schneidersitz gekreuzt, vor dem aufgeklappten Korb eine Weise zu spielen, die die Schlange betören und gleichzeitig rasend machen würde. Oder daß Vetter Cas, der mindestens ein halbes Dutzend Parathions in einem Wäschekorb hielt, mir nichts, dir nichts mitten am hellichten Tag den Maschendraht wegnehmen und sich mit dem Gesicht darüber beugen würde, während er seine Mundharmonika an die Lippen setzte ... *It's a long way to Tipperary* genügte schon, um die nadelscharfen Zähne vor Gift triefen zu lassen ... Die Schlangen glitten einfach in den offenen Kragen seines grauen Overalls.

Besonders verwöhnt wurde Hennie als Kind nicht, aber besonders viel Schläge oder strenge Strafen bekam sie auch nicht. Das Schlimmste, woran sie sich erinnerte, war, daß sie von ihrer Mutter zur Strafe für eine Viertelstunde im Keller eingesperrt worden war. Dort sah sie die Hand nicht vor den Augen. Ängstlich blieb sie auf der obersten Stufe der Betontreppe stehen. Aus der Tiefe, von den Körben her, stieg der sandige Geruch von Kartoffeln auf, vermischt mit dem süßen Duft überreifer Äpfel und noch etwas ... sie wußte nicht gleich, was es war ... Zuerst glaubte sie Mäusekötel zu riechen, die, so wußte sie, wie verschwenderisch ausgestreute Schokoladenstreusel den Kellerboden bedeckten, dann aber beschloß sie, es müßten die geheimnisvollen Ausscheidungen einer Parathion sein ... Ihr Vater hielt dort eine Giftschlange für den Fall, daß Not am Mann war. Hennie hörte das Tier jetzt auch an der trockenen Wand des Weidenkorbs entlanggleiten ... sich recken ... wieder zusammenziehen ... Sie kreischte los. Ihre Mutter, erschrocken, drehte sofort den Schlüssel herum. »Was hast du denn auf einmal?«

»Spinnen ... Spinnen in meinem Haar! Spinnweben im Gesicht!«

»Och, Mama hätte das nicht tun dürfen ... Komm her.«

Ihre Mutter hatte ihr mit einem Handtuch das Gesicht abgewischt, um zu zeigen, daß keine Spinnwebe daran klebte, und kämmte ihr dann mit einem groben Kamm alles Ungeziefer aus dem Haar. Hennie, die Augen fest zugekniffen, hatte das Gefühl, daß Spinnen, Ameisen und Käfer auf ihre Schultern und auf den Fußboden fielen, doch die Schlange, die von unten her in sie eingedrungen war, blieb in unbequemer S-Form in ihrem Rumpf festgeschraubt, den Kopf schwer auf ihrem Herzen ruhend.

»Was bibberst du denn so?«

Hennie konnte ihrer Mutter nicht erklären, daß sie fühlte, wie die gespaltene Zunge der Parathion in ihren Eingeweiden kitzelte, und davon Gänsehaut bekam. Sie hatte eine Schweigepflicht gegenüber ihrem Vater, der das Recht auf seinen eigenen Tod besaß.

Als Hennie in feste Hände kam, war es vorbei mit dem Gitarrespielen. Ihr Verlobter Wim, vierter Sohn der großen Familie Plaggemars, hielt nichts vom »Rumgefummel an diesem Ding«. »Wenn du wenigstens noch, sagen wir mal, ein richtiges Lied spielen könntest ... Ich hör immer nur dasselbe. Plonk, plink, plonk. Gitarre, das ist was für Zigeuner.«

Auch zum Lesen kam sie kaum mehr, doch was sie bereits gelesen hatte, konnte man ihr nicht mehr nehmen.

Sie heiratete in Weiß, aber nicht in Lang. Hennie hatte sich ein Kleid mit gebauschtem Rock aufschwatzen lassen, darunter eine Art Petticoat, »hochmodern«. Zu spät entdeckte sie, daß ihre Beine spillerig und viel zu lang darunter hervorstaken, in Nylonstrümpfen, die zwar die richtige Länge hatten, in ihren knochigen Kniekehlen und um die Fußknöchel jedoch Falten schlugen. Sie heirateten um zehn Uhr in der Kirche und um elf Uhr im Standesamt, wonach das Brautpaar am Schloßgraben ums Rathaus fotografiert wurde. Der Fotograf, den Hennies Beine störten, bat den Bräutigam, sich aufs Gras zu setzen, so daß die Braut sich mit untergeschlagenen Beinen an ihn schmiegen konnte. »Ganz locker ... Den Hut mal eben abnehmen, wie sieht das denn aus, mit Hut im Gras!«

Das Ehepaar zog bei Hennies Eltern ein. Dort arbeiteten sie beide ganztags in der Gärtnerei. Trotz der Neuheit des Erdbeeranbaus unter Glas, an den sie sich in Lummel als erste wagten, lief der Betrieb weiterhin schlecht. Sogar die wiederholten, auch von Hennie begangenen Betrügereien änderten nichts an den Schulden, die sich immer höher auftürmten.

Als ob sie damit gewartet hätten, bis ihre älteste Tochter verheiratet war, kühlte sich nach der Hochzeit das Verhältnis zwischen ihren Eltern ab. Der Vater, der immer laut und aufgeknöpft gewesen war, ein »prima Kerl«, wurde trübsinnig und still. Die kränkelnde Mutter, die von Mann und Kindern ihrer Leiden wegen jahrelang geschont worden war, zeigte nun, daß sie von Zeit zu Zeit richtig in Wut geraten konnte, als ahne sie etwas, das man immer von ihr ferngehalten hatte. Die Geburt ihres ersten Enkelkinds, eines Jungen namens Pieter, machte sie wieder etwas milder. Während Tochter und Schwiegersohn in den Gewächshäusern arbeiteten, hütete sie den Kleinen und später auch das zweite Kind, ein Mädchen. Der alte Avezaath schlich für gewöhnlich ruhelos ums Haus herum und ließ kein Auge vom Tor, wo jeden Moment seine Gläubiger auftauchen konnten, einer nach dem anderen oder alle gleichzeitig. Er schleppte stets eine große Thermoskanne heißen Kaffee mit sich herum, eine mit Griff. Er trug sie immer bei sich, einen Becher in der anderen Hand, stellte sie aber gelegentlich auf einer kleinen Mauer oder vor der Scheune ab, wo er Schweine hielt. Hennie vermutete, daß ihr Vater irgendwo eine Flasche Kognak versteckt hatte, aus der er von Zeit zu Zeit einen Schuß in seinen Kaffee gab. Manchmal, wenn er am späten Nachmittag im Obsttreibhaus auftauchte, schien der alte Frohsinn wieder die Oberhand gewonnen zu haben. Dann scherzte er mit seinem Schwiegersohn, doch Hennie dachte sich ihr Teil.

Mit der Zeit verlor er sogar die Lust, mit seinen Betrügereien weiterzumachen. Die Unterschlagungen überließ er mit einer gelegentlichen gleichgültigen Anweisung nun definitiv seiner Tochter. Bis zu dem Tag, an dem er keinen Kognak in seinen Kaffee kippte, sondern das Gift der Parathion.

Nachdem man für Dr. Helmerhorst Vaters Leichnam exhumiert und Hennie unter Anklage gestellt hatte, zog Vetter Cas, der selbst noch kein Gift genommen hatte, eine Wahrsagerin in Arnheim zu Rate. Seine Nachbarin von gegenüber, die von dem geplanten Besuch gehört hatte, gab ihm ein Paßfoto ihres Mannes für die Hellseherin mit, die außerdem auch noch Gesundbeterin war. Dieser benehme sich nämlich in letzter Zeit »so komisch«.

Die Prophezeiung in bezug auf Hennie lautete: »Sie wird freigesprochen vom Mord an ihrem Vater, aber es wird einen zweiten Mord geben.«

Über das Foto von Cas' Nachbarn rieb die Wahrsagerin lange Zeit mit beiden Daumen. Ihre Schlußfolgerung lautete: »Es sitzt in seinem Kopf. Er hat's im Kopf.«

Die Frau hatte die Sache richtig erkannt: Noch keinen Monat später übergoß der Nachbar, der gerade sein Motorrad reparierte, die Maschine mit Benzin und zündete sie an. Kurz darauf wurde ein Hirntumor bei ihm festgestellt. Man beachte außerdem, daß Hennie tatsächlich vom Mord an ihrem Vater freigesprochen wurde und daß sich auch die dritte Prophezeiung, die vom »zweiten Mord«, bewahrheiten sollte.

»Es wird einen zweiten Mord geben«, hatte die Zauberin gesagt. Nach der Vernehmung von Vetter Cas las sich das im

Protokoll so: »... aber Hennie wird einen zweiten Mord begehen.«

Durch das jahrelange Lügen und Betrügen, um die Gärtnerei am Laufen zu halten, hatte Hennie eine Art schlüssiger Scheinlogik entwickelt, die sich auch auf andere Schuldfragen als nur die finanziellen anwenden ließ. Nun kehrte sich ihr betrügerisches Kombinationsvermögen gegen sie selbst.

In den Monaten nach Vaters Beerdigung hatte sich ein Wunder ereignet. Wovon in Hennies jungen Jahren keine Rede sein konnte, entwickelte sich jetzt: eine große Zuneigung zwischen Mutter und Tochter. Als habe der Vater ihr stets im Wege gestanden. Konnte es dann nicht sein, daß sie ihren Vater – zumindest – ins Grab *gewünscht* hatte, um Zugang zum Herzen ihrer Mutter zu erlangen? Und wenn er sterben mußte, damit diese späte Liebe aufblühen konnte, hatte sie dann als Rache für den Tod ihres Vaters... ihrer Mutter nach dem Leben getrachtet?

Der Glacéhandschuh

Montag, 31. Januar 1977
(Albert Egberts)

Nichts wies darauf hin, daß es fast so etwas wie eine Tradition werden sollte, eine immer wieder stattfindende geheime Zusammenkunft, obwohl die Zusammensetzung der Gruppe nicht immer die gleiche bleiben sollte. Im Winter '77, als Albert während einer strengen Frostperiode Marike und Gidi und ein paar andere in Nimwegen besuchte, *entstand* es einfach – aus Mondlicht auf gefrorenen Teichen, dem Rascheln von Schilfbüscheln, einem beiläufig geäußerten Vergleich zwischen Schlittschuhen und Sporen sowie dem Wort »Frostschutzmittel« für etwas, was Frauen produzieren.

Jerry, Gideons Freundin, hatte in diesem Winter unter vagen Ausreden bei Albert in Amsterdam genächtigt, im zweiten Bett seiner kleinen Studentenbude. Sie habe in ihrer Gegend in Nimwegen Ärger mit einem, der ihr »nachlaufe«, es sei also besser, für eine Weile zu verschwinden, und außerdem habe sie schon länger mal Gidis Bruder Thjum besuchen wollen, ihn aber telefonisch nicht rechtzeitig erreichen können, um sich in der Wouwermanstraat ein Gästebett zu reservieren, und außerdem … außerdem wolle sie jetzt endlich genau wissen, was damals, vor fünf Jahren, zwischen Gidi und Marike vorgefallen sei, kurz bevor Albert Marike kennengelernt habe. Albert dürfe es ihr nicht übelnehmen, wenn sie in ihm die richtige Person sehe, ihr alles zu enthüllen, denn »Gidi, der Schatz, ist im Grunde ja so verschlossen …«.

»Er geht nur in seiner Arbeit aus sich heraus. Gideon ein Schlachter … das will niemand glauben, der ihn kennenlernt. So ein zarter, sanftmütiger Junge … Nach der Schlachterfachschule hat sein Vater ihn gleich zum Aufseher der Schlachterei bei Big-B-Oss gemacht, aber als ich ihn da einmal besucht habe, lief er mit so 'ner blutbefleckten Kapuze und 'nem halben Schwein auf der Schulter herum. Er kann die Finger nicht von der praktischen Arbeit lassen, und das muß doch irgendwo tief innen drin etwas mit ihm zu tun haben, meinst du nicht, Albert? Aber daß er darüber sprechen würde ... forget it.«

Albert hatte sich, was die Affäre zwischen Gidi und Marike betraf, ziemlich bedeckt gehalten und schon gar nichts von der Abtreibung erzählt, die die Folge davon gewesen war, nicht um Gideon zu schonen, sondern weil die Geschichte ihn zu sehr an die Zeit seiner eigenen Impotenz erinnerte, nach der er sich dann prompt zurücksehnte. Er wollte keine Sehnsucht nach den Jahren der Vergangenheit, er suchte eine, die vorauswies, auf eine Zeit in naher Zukunft, wenn er sich von aller Sexualität befreit haben würde. Impotenz, das bedeutete: sich vom Unvermögen befreien zu wollen; es verriet eine obsessive Fixierung an das Sexuelle. Nun, da er vom Kapaunentum geheilt war, suchte er erneut Heilung – von seinem Geschlechtstrieb und allem, was damit zusammenhing. Nicht indem er von neuem impotent wurde, falls so etwas sich überhaupt erzwingen ließ, sondern durch ... er hatte eine vage Vorstellung, daß er es mit Übersättigung versuchen müsse.

Albert stand noch ein weiter Weg bevor. Zwischen ihm und Jerry konnte in jener Nacht nicht einmal ansatzweise von Sättigung die Rede sein. Offenbar wollten sie beide, jeder auf seine Art, Gidi treu bleiben. Nachdem sie sich den ganzen Abend lang unterhalten hatten, hatte Albert ihr sein Bett überlassen, das gerade frisch bezogen war. Er selbst kroch in Flixens muffigen Schlafsack.

»Dein Freund«, fragte Jerry ein wenig besorgt, »der kommt doch nicht plötzlich mitten in der Nacht zurück?«

»Flix? Der ist schon seit Wochen spurlos verschwunden. Ich hab nicht die leiseste Ahnung, wo er sich rumtreibt. Auch Thjum macht sich ganz schön Sorgen.«

In einer Ecke des Zimmers, knapp außerhalb von Alberts Blickfeld, zog Jerry sich bis auf das Höschen aus – er lauschte auf jedes Kleidungsstück, das sie ablegte, so leise es auch raschelte oder knisterte. Am Waschbecken fuhr sie sich kurz mit einem feuchten Waschlappen unter die Achseln, das war alles, nicht einmal die Zähne putzte sie sich. Mit kleinen Schritten kehrte sie wieder in sein Blickfeld zurück. Noch nie hatten Frauenbrüste auf Albert, dem es nie schnell genug gehen konnte, die Falte darunter kennenzulernen, eine solche Wirkung gehabt. Trotz des strengen Deckenlichts und der durch den kalten Waschlappen zusammengezogenen Brustwarzen war ihm, als könne er selbst auf diese Entfernung die Wärme ihres Busens spüren. Ein lauwarmer Luftstrom schien an seinem Gesicht vorbeizustreichen, als er zu Jerry aufblickte. Ihre Brüste, die man nicht als »fest« hätte bezeichnen können, schaukelten nicht, nicht einmal, als sie sich über das Bett beugte, um die Decke zurückzuschlagen. Sie saßen einfach und selbstverständlich an ihrem Oberkörper, und obwohl sie keinen glühenden Anblick boten, strahlten sie ihre Wärme auf Albert aus.

»Soll ich das Licht ausmachen?« fragte Jerry, noch aufrecht im Bett sitzend, und deutete auf den Lichtschalter über ihrem Kissen.

»Wenn du nichts mehr brauchst...«

»Ich glaube nicht. Gute Nacht.«

»Schlaf gut.«

Mit was für einem Blick sah sie ihn noch eine Sekunde eindringlich an, bevor sie auf den Schalter drückte? Einem bedauernden? Einem entschuldigenden? Einem ... winkenden? Das Gesicht, das in Rot und in Blau auf seiner Netzhaut weiterwogte, nahm in den nachfolgenden Sekunden mindestens zwanzig verschiedene Ausdrücke an, die einander allesamt widersprachen.

Als Albert kurz darauf von Thjum hörte, Gidi gehe »mit einem leisen Achselzucken« davon aus, daß sie miteinander geschlafen hätten, reute ihn seine Zurückhaltung.

Rund zwei Wochen danach fuhren sie zu sechst auf einem zugefrorenen Moorsee bei Groesbeek Schlittschuh – Marike, Jerry, deren rothaarige Freundin Ineke sowie eine lange, robuste Freundin von Marike, die von Gidi Die Riesin genannt wurde, dazu Albert und Gidi. Das geschrumpfte Geschlecht und die zusammengezogenen Brustwarzen, die der Frost Albert bescherte, ließen ihn ans Schwimmen in kaltem Wasser früher, im Schwimmbad De Smelen, denken. Hinterher, in der Umkleidekabine, schien sich sein Geschlecht völlig in die Bauchhöhle verkrochen zu haben. Was blieb, war ein Baiser oder Weingummi aus runzliger braunrosa Haut, deren schwache Abbilder die Brustwarzen im Zentrum der straffgezogenen Gänsehaut auf seiner Brust waren. So hatte er es am liebsten. Es war die Zeit, als noch kein Samen kam. Der Zwölfjährige wußte zwar, wie er sich durch Reiben und Ziehen zu so etwas wie einem Höhepunkt hochschaukeln konnte, doch das führte zu keiner anderen Entladung als einem sein Inneres versengenden Drang, etwas... er wußte nicht, was... rauszupissen, was auch, ohne daß er es zurückhielt, ausblieb. (Als Albert Jahre später *Warten auf Godot* kennenlernte und von seinem Französischlehrer zu hören bekam, Godot stehe möglicherweise für Gott oder Gott-der-Idiot oder für den alten Radrennfahrer Godot, der immer am Ende des Feldes lag, schwor er sich feierlich, das Stück irgendwann einmal für zwei pubertierende Jungen an der Schwelle zur Geschlechtsreife umzuschreiben: Sie warteten auf die Einlösung des sehnlichen Juckens in ihrem Fleisch, auch wenn sie nicht wußten, was dabei herauskommen würde. Sie verstanden sich darauf, die Lampe zum Glühen zu bringen, hatten aber keine Ahnung von dem Geist, der aus ihr aufsteigen würde.) Wenn er, zunächst mit Daumen und Zeigefinger, später mit der ganzen Hand, wieder Leben und Wärme in sein Fleisch knetete, während alles rundherum starr vor Kälte blieb, war der trockene Orgasmus um so brennender. So, über die Wiederbelebung seines gefühllos gewordenen Glieds, hatte er sich später den ersten Samenerguß abgerungen. Alles war weiß und kalt an ihm, sogar seine Handfläche, und da wurde mit einemmal ein glühender Drahtstrang durch ihn gezogen.

Der Anlaß, das in Amsterdam Versäumte nachzuholen, war klassisch: Jerry fuhr an den Rand, um auf einem trockenen Grasbüschel sitzend den aufgegangenen (oder aufgemachten) Schnürsenkel an ihrem Schlittschuh wieder zu binden. Albert, der die anderen nicht zu abrupt im Stich lassen wollte, glitt in einem weiten Bogen auf sie zu.

»*Tiramisù*«, sagte sie und streckte ihm die behandschuhte Hand entgegen. Er ergriff sie, inszenierte jedoch einen Sturz, in den er sie mitriß. Eiseskälte schlug ihnen von unten entgegen, wodurch Lippe und Mund und Zunge das einzig noch Warme an ihnen schien. Die übrigen vier waren um die Halbinsel gekurvt: Auf der Seite herrschte viel mehr Betrieb. Albert zog Jerry in den niedrigen Tannenwald hinein, dessen vorderste Bäume im Eis standen und zwischen denen ein Teppich aus gelben Grasbüscheln wogte. Tiefer im Wald glänzte im Licht des Vollmonds noch immer das Mattglas der gefrorenen Tümpel, doch wenn man darauf trat, zeigte sich, daß kein Wasser mehr darunter war; man hörte nur ein dumpfes Klirren von Eisscherben. Dort zog Albert seine Jacke aus, warf sie auf den unebenen Boden, woraufhin sie sich beide gleichzeitig hinknieten. Ihre Knie versanken in der spröden Ufervegetation, Atemschwaden stiegen senkrecht zu den Baumwipfeln auf – doch was nun? Sich, und sei es auch nur zum Teil, auszuziehen war hier unmöglich. Jerry trug lange, an Lappland erinnernde Beinwärmer über ihrer Strumpfhose. Seine entblößte Hand unter ihrem Rock entdeckte eine Stelle, wo die Naht der Strumpfhose aufgegangen war. Er erweiterte die Öffnung mit dem Finger, der wie von selbst von unten in Jerrys Höschen schoß und in feuchter Hitze versank. Die Berührung mit seinem bis auf den Knochen kalten Finger genau an der Stelle, wo ihre ganze Wärme sich konzentrierte, ließ sie heftig zusammenzucken.

»Ja, mach's größer.«

Sie half ihm mit ihren Fingern, die Naht weiter aufzutrennen. Er öffnete seinen Hosenschlitz und fühlte, wie die Kälte auf sein Geschlecht schlug. Jerry, die sich auf den Rücken gelegt hatte, zog ihr Höschen im Schritt beiseite.

»Schnell. Es ist *kalt*.«

Die Öffnung in dem Wollstoff war gerade groß genug. Nachdem er in ihr versunken war, schlossen ihre Kleider alles wieder ab. Nie zuvor hatte Albert das gespürt: Kälte, die aus der Erde hochstieß, Kälte, die mit der gleichen Kraft vom Himmel herabdrückte, und dazwischen, zwischen zwei Körpern, die diese Kälte bereits zu einem großen Teil aufgenommen hatten, das versengende Glühen ihrer Geschlechtsteile. Er schob seine Hände (deren linke noch behandschuht war) unter ihren Po und begann sich zu bewegen. Sie strich mit ihren Handschuhen über sein Gesicht. So gab es neben dem Gegensatz von Eiseskälte und intensiver Wärme noch einen zweiten Kontrast: ihr komplettes Bekleidetsein, das ganz und gar Verpacktsein, bis auf diese paar Quadratzentimeter. Bei jeder Rückwärtsbewegung schob sich ein eiskalter Metallring zwischen ihre Körper. Der von ihren Gesichtern ausgehende Nebel war nun diffuser. Jerry konnte ihre Beine nicht länger hochhalten und ließ die Füße mit den Schlittschuhen auf Alberts Unterschenkel fallen; die Kufen hackten ungleichmäßig in seine Waden, zogen zuweilen auch eine schmerzhafte Spur zu seinen Fußknöcheln. Seine eigenen Schlittschuhe scharrten durch Eisgrus, wo er, indem er sich abstemmte, um durch eine wollene Nahtöffnung in eine Gegenwelt der Wärme einzudringen, eine dünne Kruste zertreten hatte. Die Erinnerung würde nie aus seinem Körper verschwinden: Sein Orgasmus fühlte sich so heiß an, daß er glaubte, dort, an der Wurzel, eine große Brandblase entstehen zu spüren. Doch das Ei aus dickem Eis, das sie umschloß, schmolz nicht. Es wurde dadurch lediglich enger und unnachgiebiger.

»Und jetzt schnell nach Hause«, sagte Jerry und zog ihr Höschen wieder zurecht. »Sonst friert mein Slip noch in mir fest. Ich weiß genau, daß die Fasern dann für die nächsten hundert Jahre nicht mehr rauszukriegen sind. Noch nicht mal mit hunderttausend Pinzetten.«

Natürlich hatten die anderen, deren Schlittschuhgescharre und klirrende Stimmen sie näher kommen hörten, zumindest eine Ahnung, was da im Gange war – das zeigte sich im übrigen auf dem Rückweg schon an ihren allzu lässigen Scherzen. Die Gesellschaft wurde von Gidi eingeladen, sich bei ihm zu

Hause »aufzuwärmen«. Nur die rothaarige Ineke mit dem weißen Zopfpullover sprang ab, vielleicht weil sie ahnte, was in der Luft lag und wozu sie noch nicht bereit war.

»Eisfüße! Ei-eisfüße!« sagte Marike mit gespielt kläglicher Stimme, während sie sich auf Gidis großes Bett setzte und sich die Pelzstiefel auszog. »Eisfüße!« Alle erkannten aus einer Kindersendung im Fernsehen vor etwa fünfzehn Jahren die Klage des Schrecklichen Schneemanns: seinerzeit ein geflügeltes Wort, vielmehr ein *yell*, unter Zehnjährigen, nicht nur wenn sie kalte Füße hatten. »Eiiiisfü-hü-hüße!«

Marike zog die Beine hoch, stellte die Fersen auf den Bettrand und massierte sich die Füße, die in einer Strumpfhose steckten.

»Ich hätt' aber auch ein zusätzliches Paar Socken anziehen sollen ... Gidi, hör auf, wie sieht das aus!«

Gidi hatte ihre Wollhandschuhe vom Boden aufgehoben und war dabei, sie über ihre Zehen zu stülpen. Albert wußte sofort, daß hier ein Spiel aufgeführt wurde, ein komplizierter Tanz, der darstellen sollte, wie er sich mit Jerry in die Büsche geschlagen hatte. Er war auf der Hut, bereit, jeden daran zu hindern, Marike zu nahe zu treten.

»Früher«, sagte Gidi, »wenn ich im Winter nichts anderes bei der Hand hatte, also, dann hab ich einfach meinen Handschuh genommen. Ein ganzes Gewirr von Gängen, in dem ich mich befriedigen konnte. Meistens hab ich den Mittelfinger genommen. Nie den kleinen, der war mir zu eng.«

Er hängte noch immer, merkte Albert, den Superoffenherzigen raus – wenn auch mit etwas Ängstlichem und Bebendem im Unterton. Ein Erbe aus seiner forciert ausschweifenden Zeit. Gidi hatte sich, noch in seiner halblangen Lederjacke und mit den Schlittschuhen um den Hals, vor das Bett gekniet und richtete sich jetzt wieder auf.

»Du hast dir also selber die Hand gegeben«, sagte Albert. »Hat es das weniger sündig gemacht?«

»Oh, zeig doch mal, Gidi«, sagte Marike ein wenig quengelnd. »Heute ist richtiges Handschuhwetter.« Indem sie gleich darauf leicht gelangweilt kicherte, schien sie ihren Vorschlag entkräften zu wollen, doch Albert kannte sie gut genug, um ihr Interesse herauszuhören.

»Okay, aber das schafft Verpflichtungen.« Durch den Tonfall versuchte Gidi auf die Neckerei einzugehen, die schon keine Neckerei mehr war. »Habe ich schließlich, Milady, nicht auch Eure Füße beschuht?«

Etwas zog in ihre Gesichter, das Spott und Amüsiertheit unecht werden ließ; fast unmerklich nahmen sie einen ganz anderen Ausdruck an, dramatisch, schwül. Es war deutlich, daß das Bild des Handschuhs etwas in Gang gesetzt hatte, dem sie sich nicht mehr entziehen konnten. Unsicher zu Gidi aufblickend, rutschte Marike vom Bett auf den Fußboden.

»Also, hört mal, Leute, ihr werdet doch nicht im Ernst ...« Die tiefe Stimme Der Riesin. Sie lümmelte in einem Sessel, als habe sie es sich da zum Fernsehen bequem gemacht. »He, Leute, laßt den Quatsch.« Mit diesen Worten schien sie sich, als Älteste der Runde, von jeglicher Verantwortung freisprechen zu wollen, und genau dadurch klangen sie wie eine Ermunterung.

Marike hatte die Handschuhe an den Füßen gelassen, die jetzt, da sie auf dem Boden kniete, wie eine Art Schwimmflossen unter ihrem Rock nach hinten hervorragten. Sie zog einen von Gidis alten Glacéhandschuhen aus seiner Jackentasche. Mit flinken Bewegungen ihrer beiden Daumen ließ sie den Mittelfinger des Handschuhs verschwinden. Es war fast ein Umstülpen. Albert sah, daß Gidi hinunterschluckte, was er hatte sagen wollen, und dann mit den resoluten Gebärden eines Mannes, der pinkeln muß, seine Hose öffnete, wobei er die steife Lederjacke mit den Ellbogen links und rechts wegspreizte. Wegen seines breiten blauweißen Schals, der ihm fast bis auf die Knie hing, war vorläufig nichts zu sehen – außer für Marike, die sich bemühte, dem Glacéhandschuh seinen uneigentlichen Platz zu geben. Gidis Gesicht zeigte, daß er sich offensichtlich unwohl fühlte. Jedesmal, wenn er bei einem Anflug von Schmerz das Becken zurückzog und die Enden des Wollschals zu schwingen begannen, war für einen Moment etwas von Marikes unsanften Versuchen zu sehen, den Handschuhfinger über Gidis Steifen zu rollen, was trotz elastischer Bahnen in den Nähten sehr mühsam vonstatten ging.

Dadurch, daß Gidi sein Geschlecht entblößt hatte, schien eine zusätzliche Wärmequelle ins Zimmer gekommen zu sein, die, mehr als die Zentralheizung, das Blut in Fluß und die Fingerspitzen zum Kribbeln brachte. Albert ließ Jerry nicht aus den Augen: Sie saß auf einem Kissen mit dem Rükken am Heizkörper, die Beine angezogen, den Rock zwischen die Schenkel geklemmt – das Gesicht tiefrot unter dem geradegeschnittenen hellblonden Haar. Von Zeit zu Zeit, wenn die Hitze zu tief zwischen ihre Schulterblätter drang, schauderte sie kurz.

Als der Glacéfinger ganz gefüllt war, wurde auch der übrige Teil des Handschuhs heruntergezogen; zum Schluß schlang Marike das Riemchen um den Hodensack und schloß den Druckknopf. Ein letztes schmerzliches Grinsen: Ein Härchen oder ein Stück Haut drohte eingeklemmt zu werden. Durch den Griff des Lederriemchens zeichneten sich die Hoden im straff gespannten Skrotum deutlich ab, das glänzte und ein Gewirr violetter und blauer Äderchen enthüllte. Marike kroch rückwärts zum Bett zurück, auf das sie sich, Gidi nicht aus dem Auge lassend, mit den Ellbogen stützte. Gidi, Kinn auf der Brust, schaute auf die etwas formlose schwarze Klaue unten an seinem Bauch. Seine beiden anderen Hände hingen, mit einemmal beängstigend bleich, unentschlossen in Schulterhöhe in der Luft. Sollte er sie verstecken, so schien er sich zu fragen, damit die dritte weniger lächerlich wirkte, oder sollte er alle drei zusammenbringen? Schließlich legte er die linke Hand auf den Rücken, für seine Zuschauer nicht sichtbar, und wurde wieder zweihändig, indem er die verbliebene weiße Hand mit der schwarzen verflocht. Ein heftiges, händeringendes Beten begann. An der Stelle, an der normalerweise ein kleines Stück Männerhandgelenk zu sehen ist, preßten sich nun die glänzenden Hoden durch die Öffnung oberhalb des Riemchens, wie Brüste, die aus einem zu strammen Dekolleté quellen. Die heftige Atmung ließ den Busen wild wogen; die Dame wollte einfach nicht zur Ruhe kommen.

Als Gidi sah, wie Marike rücklings auf sein Bett rutschte, löste er seine Hand aus der Verschlingung. Durch das unwillkürliche Zucken seines Geschlechts, jetzt der Arm eines Bauchredners, winkten die leeren Finger mit doppeldeutigen Gebärden – ein lautloses Fingerschnalzen, während Gidi sich mit winzigen Schritten, damit die Hose nicht weiter hinunterrutschte, auf Marike zuschob. Sie streifte nach einem flüchtigen, fast entschuldigenden Blick zu Albert ihre Strumpfhose samt Slip hinunter, allerdings nur bis zu den Fußknöcheln: Die kecken Handschuhe ließ sie an ihrem Platz. Mit drei Händen und vier Füßen kroch Gidi über sie, denn er behielt nicht nur den Glacéhandschuh an, sondern auch die Schlittschuhe hingen ihm immer noch an den Schnürsenkeln um den Hals. Eine Kufe traf Marike voll ins Gesicht. Ihr Kopf flog mit einem Ruck zur Seite, doch sie gab keinen Mucks von sich. Sie war so naß und offen, daß der Glacéhandschuh, als Gidi sich in sie schob, kaum rieb.

Die Riesin sah spöttisch lächelnd zu. Jerry und Albert erlebten diesen Seitensprung, der wie ein bizarres Nachspielen ihrer eigenen Eskapade auf Schlittschuhen wirkte, als verdienten Lohn und nachträgliche Rechtfertigung. Jerry drückte noch immer von Zeit zu Zeit, wenn ihr die Hitze des Heizkörpers zuviel wurde, ruckartig den Rücken durch. Albert sah auch, wie sie sich flüchtig, mit einer Zupfbewegung, unter den Rock griff, wo der Winkelriß ihres kleinen Abenteuers ihr im Wege war.

Die Schlittschuhe standen plump links und rechts neben Marikes Kopf und schlugen jedesmal an ihn, wenn Gidi bei einer Rückwärtsbewegung an den zusammengeknoteten Schnürsenkeln zog. Ein Tier mit zwei Rücken und mit vielen, vielen Füßen und Händen. Albert, Jerry, Die Riesin – alle drei blickten hypnotisiert auf die schwarze Spinne, die sich dagegen aufbäumte, zwischen den beiden aufeinanderklatschenden Leibern zerquetscht zu werden.

Marike hatte eine Schramme an der Wange, die leicht zu

bluten begann. Als sie zu erkennen gab, daß das genarbte, mit Steppnähten versehene Leder ihr innen weh tat, zog Gidi sich abrupt aus ihr zurück, wobei eine Schlittschuhkufe ihr noch schnell quer über die Nase schnitt. Er blieb zwischen ihren hochgezogenen Beinen auf den Knien hocken und nahm sein Gebet wieder auf, nachdem er seine nackten Finger vorsichtig in den Genuß des von der schwarzen Hand gesammelten Schleims hatte kommen lassen. Marike richtete sich auf einem Ellbogen auf und zog den anderen Glacéhandschuh aus Gidis Jackentasche. Sie streifte ihn sich über die rechte Hand, sog ihre Wangen ein, um Speichel zu gewinnen, den sie dann auf ihre behandschuhten Fingerspitzen tropfen ließ. Sie setzte die schwarze Spinne von neuem aus, die nun selbst zerquetschte, platt drückte und wühlte. Marike hatte wahrscheinlich gar nicht bemerkt, daß dabei auch Blut aus dem tiefen Schnitt an ihrer Nase auf den Handschuh getropft war, so daß das schwarze Glacé bei seinen immer weiträumigeren Bewegungen rot abfärbte.

Mit einemmal wußte Albert, woran die falsche Hand ihn die ganze Zeit erinnert hatte: an den Bettler, der jedes halbe Jahr am Haus seiner Eltern klingelte und dann von seiner Mutter im Wohnzimmer ein Butterbrot bekam. Mit dem einzigen noch verbliebenen Finger seiner rechten Hand schob er das Brot von der Tischplatte auf den kurzen, nicht biegbaren linken Arm, der in einen schwarzledernen Handschuh mit toten Fingern auslief. Während er von dem Brot abbiß, kippelte es auf dem Fleischstecken, der nackt aus einem bis zur Schulter aufgerollten Ärmel ragte, fiel aber nie zu Boden. »Käpt'n Hook« nannte sein Bruder Freek ihn.

Gidi kam freihändig. Wie der zerschlissene Handschuh einer Vogelscheuche sich im Wind bewegt, so bewegte sich der Glacéhandschuh unter Gidis Zuckungen. Und tatsächlich, es flogen Vögel davon – nicht wirklich aufgescheucht, aber immerhin auf der Hut. Davonschießender Samen war zwar nicht zu sehen, aber für den, der einen Blick dafür hatte, diese Wolke von Vögeln, aufgescheucht von einer Geisterhand; von ihr freigelassen, so schien es. Einen Moment später geschah das gleiche bei Marikes schwarzer Hand: Plötzlich lag sie willenlos und leblos auf ihrem zuckenden Körper und bewegte sich nur deshalb, weil Marike sich bewegte.

Alberts Aufmerksamkeit wurde durch das wortlose Rufen der Riesin von dieser zweiten Vogelwolke abgelenkt. Sie lag mit geschlossenen Augen weit zurückgelehnt im Sessel, einen Arm fast bis zum Ellbogen in der Hosentasche verborgen, in der sie ein ziemliches Loch haben mußte. Jerrys Gesicht war noch röter geworden. Sie schob die Hand unter sich, aber nur, um das Kissen vom Heizkörper wegzuziehen und sich selbst auch. Auf einmal wußte Albert, was er zu tun hatte. Seine Schlittschuhe anziehen, Jerry bitten, dasselbe zu tun, und Gidi und Marike zeigen, wie gut sie, intuitiv, das Geschehen im Tannenwald nachgespielt hatten. Viel mehr als ein Nachstellen würde es nicht sein, denn er wußte, ihm würde die erdrückende Kälte des Eises und des Frostabends fehlen, wie auch der verrücktmachende Ansporn des Vollmonds. Vielleicht könnte Die Riesin als Mond fungieren.

Marike war das Blut zu beiden Seiten der Nase über die Wangen gelaufen, so daß sie aussah wie ein Indianer mit Kriegsbemalung. Wie ein hoher Militär, Finger nach Finger, entledigte Gidi sich des Handschuhs. (Heftige Rucke mit Daumen und Zeigefinger an den immer leerer werdenden Fingerspitzen, die anscheinend stets von neuem gezählt werden mußten.) Zum Schluß hielt Gidi seinen Glacéhandschuh am Mittelfinger hoch, aus dem ganz langsam der durchsichtige Faden einer Marionette zum Vorschein kam.

Albert kehrte blitzblank nach Amsterdam zurück. Frisch gewaschen und mit noch feuchtem, vorn hochgekämmtem Haar. Rosa wie ein Baby. Gut, das hatte er noch schnell erledigen müssen. Von nun an würde er *alles* ertragen, sogar längere Einsamkeit. Kurz vor Kneipenschluß würde er nicht länger schmachtend an der Theke hängen und den noch anwesenden Frauen Blicke abtrotzen. Endlich souverän...

Es war nicht verwunderlich, daß es ihm nach der Nimwegener Taufe gelang, Zwanet so mühelos an sich zu binden.

Frauen kehrten Schmachtlappen den Rücken zu. An dem Wichtigtuer mußte noch ein Rest Souveränität zu erobern sein.

Schürzenfassaden

Donnerstag, 3. Februar 1977
(Flix Boezaardt)

Albert sein Alter – »Onkel Altje«, wie Govert und ich früher sagten – hatte es mit seinem ausklappbaren Messer, das er »das Kniep« nannte, was eine ganze Menge gleichzeitig bedeutete: Schnappmesser (um sich zu verteidigen), Kneipe (wo er sich dann verteidigte), Haushaltsportemonnaie (aus dem er seine Verteidigung bestritt), Nachtriegel (der so lange nicht vorgeschoben werden durfte, bis er seine Verteidigung beendet hatte)... und noch jede Menge mehr, wie zum Beispiel »Kniep« in der Bedeutung von Klemme, Patsche, aus der er sich dann wieder herausschneiden oder -hauen oder -stechen mußte.

»Ich schneid euch alle aus dem Haus.«

Albert hat mir alle diese verschiedenen Bedeutungen enthüllt, die mit der Klinge aus dem Holzgriff herausschnappten. Mir geht es inzwischen ähnlich mit dem Namen des Viertels hier, De Pijp, der allmählich geradezu strotzt vor Vieldeutigkeit. Da ist einmal das Hohle der Pijp (der Röhre, des Rohrs) und zum anderen das Runde. Es gibt die aufrecht stehenden *pijpen*, die Häuser, und die liegenden: die Schneisen zwischen den Häusern, die Straßen. Sogar das undichte Gasrohr in dem kleinen Nebenzimmer hat eine Rolle in dem Bedeutungsgefüge.

Ja, ich weiß, daß es hier irgendwann einmal, als das Gebiet noch aus lauter sumpfigen Wiesen bestand, eine Sägemühle gab, die von den Kunden »De Pijp« genannt wurde, und daß dieser Name später als eine Art Spitzname der schmalen Govert Flinckstraat zufiel und schließlich für das ganze Viertel benutzt wurde. An den Rändern der Wassergräben, die das Gebiet durchzogen, wurde das Land parzellenweise zum Bau von Häusern für all die Arbeiter verkauft, die in die Stadt gezogen waren. So haben die Straßen noch immer den leicht gebogenen Verlauf der Gräben aus jener Zeit, während gerade das jetzt am dringlichsten fehlt: Wasser zwischen den Häuserreihen, und damit eine etwas großzügigere Breite. Das kannste vergessen, in De Pijp... »Viertel YY« (ausgesprochen »Ei, Ei«) hieß das Neubaugebiet, wahrscheinlich um die Anonymität dessen, was dort aus dem Boden gestampft worden war, noch mehr herauszustreichen. Die Huren aus der Innenstadt fanden das Viertel auch so und ließen sich in der Gegend der Ruysdaelkade nieder, wo noch gelegentlich ein Herr mit Zylinder vorbeikam. Ich habe einmal eine steife, frivol gemeinte Karikatur aus dieser Zeit gesehen, aus der zumindest hervorging, wie sehr der neue Stadtteil in dem Ruf stand, insgesamt ein Rotlichtviertel zu sein. Frau muß vor Polizeibeamten erscheinen. »Wo wohnen Sie?« »Viertel YY.« »Gute Frau, ich habe Sie nicht nach Ihrem Beruf gefragt, sondern nach Ihrer Adresse.«

Jetzt war sie sechzehn, wußt' genug,
Die Mutter schlug, wenn sie was frug,
Verkauft' sich selber, frank und frei,
Im Viertel YY.

Doch wie man es auch dreht und wendet, De Pijp ist zuallererst und zuallerletzt eine Hornpipe, Tod und Bewegung, Bewegung und Tod...

Und dann wurd' sie höchst raffiniert,
Hatt' von der Mutter profitiert...
Die starb im Armenhaus... bye-bye...
Oh, Viertel YY!

Albert, den ich nach langem Hin und Her endlich auch hierhergekriegt habe, sprach von De Pijp als von einem »in Stein erstarrten Wellenschlag« oder so was Ähnliches. Und trotzdem scheint diese ganze reglose Masse, widersprüchlich genug, zuweilen in Bewegung zu sein. Es muß mit dem Lichteinfall, mit wechselnden Lichtverhältnissen zu tun haben...

Die hohen Häuserreihen gönnen einander sozusagen das Licht in den Fenstern nicht. Sogar jetzt, wo der Frühling näher rückt, scheint die Sonne erst dann in die Straßen, wenn sie an deren westlichem Eingang untergeht. Bei Sonnenuntergang wirkt De Pijp für kurze Zeit, allenfalls eine Viertelstunde, wie ein bewohnbares Viertel – genauso sah ich neulich in einem Stück, in dem Thjum mitspielte, raffinierte Spots einer Bühnenkulisse die Illusion einer zusätzlichen Dimension geben. Tagsüber bestehen die Häuser der Pijp aus nicht viel mehr als hauchdünnen Fassaden mit ein paar Pappverschlägen dahinter. »Schürzenfassaden« wurden sie früher genannt, weil das das einzige an den Häusern war, was – in verdeckender Absicht – von einem Architekten entworfen wurde. Den Rest schusterte der Bauunternehmer irgendwie zusammen.

Schürzenfassaden... Als ich dem Wort zum ersten Mal, lange vor Amsterdam, begegnete, beschwor es ein blitzblankes Weiß bei mir herauf. Die gestärkte Schürze eines Dienstmädchens, irgendwas in der Art. Als ich aber die Fassaden, auf die es sich bezieht, mal aus der Nähe betrachten konnte, mußte ich an ganz andere Dinge denken... So durch und durch grau, daß das Laternenlicht am Abend keine Chance hat. Es kann sich nicht verbreiten. Sich selbst überlassen, bleibt es als schwere Substanz um die Laternen hängen. Auch das Licht, das in den Wohnzimmern brennt, scheint es nicht weiter zu schaffen als bis zu den Fensterrahmen; es dringt nicht nach draußen.

Nein, seit ich diese Fassaden mit eigenen Augen gesehen hatte, mußte ich mir ganz andere Schurzen vorstellen, ob ich nun wollte oder nicht. Meine Mutter redete, wahrscheinlich weil sie selbst Schiß davor hatte, in einem fort von den »Schürzenbäuchen« einiger schon etwas älterer Frauen aus der Straße. Bäuche, die – durch überhäufiges Kinderkriegen in jungen Jahren oder durch Fettverlust oder durch noch etwas ganz anderes – ausgeleiert waren, Bäuche, die jedenfalls schlaff, wie lose Haut herunterhingen. Ein natürlicher Lendenschurz. Meine Mutter machte immer die entsprechende Handbewegung dazu, wie bei einem hochgerutschten Rock, der heruntergezogen wird, bis ganz zu den Knien, entsprechend der damaligen Mode.

»Tja, Flikske, manche Frauen haben das nun mal... Möge der Herr im Himmel geben, daß es bei mir nie so weit kommt.«

Gut möglich – ich war etwa elf, als sie das erstemal damit ankam –, daß da mein Widerwille gegen Frauen begann. Auch später habe ich mir wider besseres Wissen eine erwachsene Frau nie mehr anders vorstellen können als mit so einem Lendenschurz aus ausgelaugter Haut, der ihre Weiblichkeit abschirmt. Sogar als einmal im Zusammenhang mit der Entjungferung eines Mädchens die Rede von einem Jungfernhäutchen war, sah ich nichts anderes vor mir als den gekrümmten Finger eines Jungen, der einen solchen Schürzenbauch, nun allerdings zart und durchscheinend wie ein Babyohr, bei ihr hochschob – ganz bin ich dieses Bild bis heute nicht losgeworden.

Übrigens, diese Hängelampen in der Straßenmitte sind ja nicht mal imstande, ihre eigenen Kabel zu beleuchten, so daß es aussieht, als würden sie schweben. Einsame Sterne voll müden, nutzlosen Lichts.

Ich schätze, De Pijp gehört zu den bevölkerungsreichsten Stadtteilen Westeuropas, vergleichbar den Quartieri in Neapel, wo der Müll auch direktemang aus den Fenstern auf die Straße fliegt, nur mit dem Unterschied, daß man sich in den *bassi* noch in der Öffentlichkeit die Schuhe putzen lassen kann. Na ja, es macht natürlich auch keinen Sinn, in geputzten Schuhen durch den Hundedreck zu latschen. »Das Quartier Latin kennt keine Hunde«, hat jemand mal geschrieben, und damit meinte er natürlich das Pariser Studentenviertel, »und darum kommen in Sartres Romanen auch keine Hunde vor.«

Wenn mein Kumpel jetzt mal aufhören würde, immer nur über seiner Erotik zu brüten, und sich einen Roman ausdenken würde, der in De Pijp spielt, dann muß er es schon schlau anstellen, wenn er es ohne Hunde schaffen will.

Überbevölkert ist De Pijp, aber voller noch als von Menschen und Hunden ist das Viertel von Autos, auf Schritt und Tritt stolpert man über sie. Sie parken in Doppelreihen von der Häuserflucht bis weit auf die Straße. Es ist noch etwas

Neues, noch gerade eben kein Kult, aber immer mehr Leute ziehen ihre Autos nachts am Hebebalken ihres Hauses hoch, jedenfalls die kleineren Modelle. Dort sieht man sie im Frühnebel schweben, kurz bevor sie wieder hinuntergelassen werden, um ihren Dienst zu versehen. Bei einer leichten Brise kreisen sie manchmal langsam um ihre eigene Achse, wie auf dem Drehpodest in einem Autosalon. Neulich kam es während eines ordentlichen Sturms zwischen zwei nebeneinander aufgehängten Autos, einem Fiat 500 und einem R 4, zu einem Frontalzusammenstoß – fünf Meter über der Erde. Ein Spukunfall: Die Besitzer lagen im Bett und wachten vielleicht von einer herunterfallenden Stoßstange auf. Ich schaute durch einen Vorhangspalt hinaus. Eine Radkappe rollte durch die Stille der Nacht klirrend in die kurze Seitenstraße und schaffte es, vom Wind getrieben, noch um die Ecke der Kuipersstraat. Ich schätze, sie blieb ungefähr vor der Rechtsberatungsstelle von Quispel und Konsorten liegen, ein stummer Zeuge, der seine Beschwerde vorträgt.

Ein richtiger Leser bin ich nicht, aber von Oscar Wilde habe ich nicht nur alles gelesen, was auf niederländisch erschienen ist, sondern ich weiß mittlerweile auch eine ganze Menge über den Mann selbst. Wenn er wieder mal mit so 'ner Kalenderweisheit daherkam, und es hörte sich zu wohldurchdacht an, als daß er es einfach so aus dem Ärmel hätte schütteln können, schob er, zumindest dann, wenn er seinen Zuhörern das anmerkte, schnell hinterher: »Das ist von Shaw.« Ich weiß nicht, wer Shaw war, vielleicht jemand, der manchmal, wenn er fürchtete, zu schlagfertig zu erscheinen, sagte: »Das ist von Wilde.« Jedenfalls habe ich bei Albert gemerkt, daß er sich geniert, wenn er einfach so aus der Lamäng irgendeine geschliffene Weisheit von sich gibt, ganz besonders, wenn die bei seinen Kneipenbrüdern auch noch gut ankommt.

»Der Galgen ist der umgekehrte Handspiegel von Narziß...«

Also, das hat uns glatt umgehauen. Ich hab mich nicht mehr eingekriegt. Dieser Albert.

»... wie *hm-hm* in einem Brief an, ich glaube, *hm-hm* mal bemerkt hat.«

Meistens versteht man noch »Nietzsche an Strindberg« oder so, aber diesmal brummelte er vor Verlegenheit nur irgendwas in den Bart, unser A. A. (= Aphoristischer Albert. Früher, als ich noch nicht bei Albert und Thjum studierte, dachte ich, ein Aphorismus wäre ein luststeigerndes Mittel. Ich habe Albert übrigens im Verdacht, daß er den Aphorismus bei den Damen regelmäßig als Aphrodisiakum einsetzt, ich lag also gar nicht so weit daneben. Mit so 'nem auf den Kopf gedrehten Handspiegel des Narziß kriegste doch jede rum, oder nicht? Sogar meine Drüsen begannen zu arbeiten.)

Gut, hör ich mich neulich doch, es war raus, bevor ich's gemerkt hab, zu Thjum sagen: »Ethnisch gesehen ist De Pijp ein liegender Turm zu Babel...« Ich seh ihn gucken, flüchtig, leicht besorgt, und da hab ich blitzschnell hinzugefügt: »... wie Albert neulich sagte.«

Thjum nickt erleichtert, und ich fahre fort: »Also, zum Beispiel diese kleine Neubaukirche gegenüber von uns... Ganz hin und wieder hörst du da Orgelmusik, wahrscheinlich von einer Kassette, und Gesang, nicht zu vergessen... ein paar Stimmen, einen Alt, einen Sopran, und dann auch noch einen Baß, der sich was in sein' Sonntagskragen brummt... als Chorgesang kannstes nich grad bezeichnen... und dann auch nur sonntags morgens ganz früh, da mußte schon den Wecker für stellen...«

»Was du dann auch regelmäßig tust.«

»Ich laß keine einzige Woche aus. Aber, fünfmal am Tag... oder wie es auf der Schachtel mit meinen Asthmapillen steht, fünfmal täglich... seh ich den mohammedanischen Gebetsaufrufer im Portal ebenderselben Kirche. Die Tür sperrangelweit geöffnet. Anfangs hat er die Hände an den Mund gelegt, aber seit kurzem hat er ein batteriegetriebenes Megaphon. Die Segnungen der modernen Zeit. Auch nachts. Ich werd jedesmal gegen Morgen davon wach. Moslems in langen Kleidern strömen herbei. Gelegentlich steuert ein zufällig vorbeikommender Suffkopp die zweite Stimme bei... Na ja, wenn's dieser Baartscheer ist, kann's kein Zufall sein ... der liegt da einfach auf der Lauer ... Neulich gingen vor dem Eingang zwei mit den Fäusten aufeinander los. Bin ich doch noch ein bißchen für meine geopferte Nachtruhe entschädigt worden ... Dabei hab ich gemerkt, daß diese Gewänder für kämpfende Männer nicht gerade geeignet sind, vor allem weil Moslems, das hab ich gesehen, eine Vorliebe fürs Treten haben. Jeder gezielte Tritt wurde erst zweimal vom Saum gebremst. Ich hab sie auch stolpern sehen ... reihum fielen sie auf die Schnauze ...«

»Du hast früher auch kein Bein beim Zutreten gesehen, Flixie. Nicht einmal, wenn du auf Schlittschuhen warst ... Du konntest so toll mit deinen langen Haxen zur Seite hin ausholen. Die anderen behielten zum Andenken immer 'ne blaue Hüfte davon. ›Vom Krokodilschwanz eins übergezogen gekriegt‹ hieß das dann.«

»Ja, aber bei dir hab ich mich bös zurückgehalten, Thjummi, das mußt du zugeben. Ich erkenn immer sofort, wer von Adel ist ...«

»Adel ... Du hast so was ausgestrahlt wie: mit Mädchen kämpf ich nicht. ›Paß auf‹, hast du gesagt, ›daß dir dein Tränchen nicht auch noch gefriert.‹ Ich hatte was an dem einen Tränengang, das heißt, diese Träne hing da immer ... aber nicht vor Ohnmacht oder Kummer ... Ja, nachdem du das gesagt hattest und damit die Lacher auf deiner Seite hattest, da hab ich geheult. Vor Wut. Also gut, in ethnischer Hinsicht ist De Pijp ein umgefallener Turm zu Babel. *Dixit* Albert Egberts. Bisher hab ich aber nur was von Katholen und von Muselmännern gehört ...«

»Ein Stück weiter die Straße runter hocken vierzehn Chinesen in einem Raum ohne fließendes Wasser. Sind aber ziemlich erfinderisch, die Jungs ... Die haben sich ihre eigene Sanitäranlage gebaut. Der Ablauf endet in der Dachrinne, und daraus klatschen dann von Zeit zu Zeit, wenn das Regenrohr es nicht mehr schafft, solche merkwürdigen ziegelroten Ausscheidungen auf den Bürgersteig ... Na ja, und wenn sie da liegen, kann man sie kaum noch von Hundehaufen unterscheiden, von solchen Viechern, die immer die gleichen roten Brocken kriegen... Nur der Geruch ändert sich manchmal, je nach Temperatur... oder Windrichtung... ist aber immer irgendwo in der Straße zu riechen. Und hängt natürlich auch damit zusammen, was die Brüder gegessen haben.«

»Ist es eigentlich aus Rücksicht auf mich, Flix, daß du den jüdischen Bäcker um die Ecke, in der Tweede Sweelinck, noch nicht erwähnt hast? Die sonntäglichen Käppis und Schifferbärte... die Challa und die Ingwerschnecke... da steckt doch auch babylonischer Stoff für dich drin, könnte man sagen...«

»Ich nehm nur insofern auf dich Rücksicht... Hör zu, du weißt, was für ein gleichgültiger Sack ich sein kann, aber so langsam mach ich mir doch Sorgen um die jüdischen Ladenbesitzer hier im Viertel. Dieser Arend-Jan Baartscheer... ich bin mir so gut wie sicher, daß er es ist... der veranstaltet nach Kneipenschluß auf eigene Faust Kristallnacht, indem er die Schaufensterscheiben von jüdischen Geschäften einwirft. Neulich erst beim Gemüsehändler Tabaksblatt in der Tweede van der Helst... da standen die Glasscherben senkrecht in den Sternäpfeln... Baartscheer weiß genau, wo er hin muß. Der klappert die Kneipen hier im Viertel in der Kluft der Viking-Jugend ab... hat er sich aus Deutschland kommen lassen... Er ist dabei, aber dafür muß er erst genügend Anhänger finden, eine niederländische Abteilung zu gründen. Und dabei sind die Juden eigentlich nur so 'ne Art... *nostalgische* Zielscheibe für ihn, sagt Albert, der ihn über seine Schwester kennt. Um das Andenken an seinen Vater lebendig zu halten... einer, der auch nach dem Krieg noch ein überzeugter NSB'ler war, allerdings ohne Klub, dem er hätte beitreten können... Nein, Baartscheer haßt die heutigen Juden, die Surinamer, viel mehr. So wie's bei 'nem neuen Shampoo oder Waschpulver gemacht wird, hat unser feiner Mijnheer Zellophantütchen in die Briefkästen gesteckt mit 'n bißchen Puderzucker drin... oder Meersalz... vielleicht auch Vim... was weiß ich, hab schließlich meine Zunge nicht reingesteckt. Da waren Kärtchen drangeheftet: GRATIS HEROIN-

PROBE, und so ’n Labertext, der ’ne Art verhunztes Niederländisch darstellen sollte. *Probieren geht über Studieren*... Die Art von Quatsch. Aber die Leute in der Straße, immer in Sorge um ihre Kinder, haben das nicht als Quatsch aufgefaßt. Siehst du, Thjum, so braun ist unsere Pijp schon jetzt, und damit meine ich nicht die Hautfarbe der Surinamer.«

> FREE SAMPLE!! GOOD HEROIN!!
>
> Stuff in normal Tabak streuen und Cigaret rollen. Tief inhaliren!! Kaufen bei Doelen, Kloveniersborgwal. Fragen nach STUFF.
>
> PROBIEREN GEHT ÜBER STUDIEREN!!

Massenmythomanie

Sonnabend, 15. April 1972
(Albert Egberts)

Buchstäblich mit trockener Kehle verfolgte Albert vom ersten kurzen Bericht in der Rubrik »Vermischtes« an alles über den Mordfall in Lummel. Sehr früh schon wußte er, daß er, sollte es zu einem Prozeß kommen, diesem beiwohnen würde. Was aber versuchte er mit dem Aufdröseln jeder neu ans Tageslicht geförderten Tatsache *in Wahrheit* aufzudröseln? Was sagte sie über sein eigenes Leben?

Suchte er in dieser Gartenbaulandschaft, in der die Gewächshäuser wie Steine aus geschliffenem Glas versunken lagen, die Vergangenheit und den Hintergrund von Milli Händel, die ihn kurz vor dem Mord hatte sitzenlassen? War Hennie A., wie sie in der Presse hieß, eine extreme Erscheinungsform von Milli H., eine, die den Mut gehabt hatte, sich von ihren obstanbauenden Eltern zu befreien?

Sich Hennie A. als Gärtnersfrau vorzustellen bedeutete für Albert, zu den süßduftenden Erdbeerfeldern von Mierlo zurückzukehren. Keine Gewächshäuser, nein, dafür endlose Reihen grüner Pflanzen, die nirgends an eine gläserne Wand stießen; dazwischen parallel laufende graue Furchen, wie von einem Kamm gezogen, mit hier oder da einer unerklärlichen Unregelmäßigkeit, einem kleinen Hügel oder einer kleinen Mulde. In der ersten Hälfte seiner Ferien, von Ende Juni an, verdiente sich Albert dort das Geld für die zweite Hälfte. Mitte der sechziger Jahre, er war vierzehn, fünfzehn, sechzehn. Auf Knien pflügte er durch die grau und trocken gewordene Erde, wobei er die Auktionskiste auf dem eisernen Ständer immer wieder um einen halben Meter weiterschob. Die Erdbeeren waren für die Marmeladenindustrie, das heißt, sie kamen ohne den Stiel in die Kiste, abgesehen von dem einen, der, schwarz geworden und kandiert, der Authentizität halber in jedem Glas zu finden war. Der Gärtner, der – lang und mager und in einem zu weiten Overall – wie eine Vogelscheuche aus seinen Feldern aufragte, hatte ihm gezeigt, wie er »so trocken wie irgend möglich« mit einer simplen Drehung die Frucht vom Stiel trennen konnte. »Und du mußt sie in die Kiste legen, nicht werfen.«

Immer schien die Sonne, damals. Die Früchte fühlten sich warm an, als seien sie gerade rot gegart worden. Hier und da hing eine durch und durch verfaulte dazwischen, beige mit einem Überzug aus weißem Schimmel, die beim Wegschlagen der Blätter zerstob und einen giftigen Staubgeschmack auf der Zunge hinterließ. Ganze Juni- und Julitage kroch Albert zwischen den Pflanzenreihen durch und pflückte Erdbeeren mit dieser winzigen Bewegung, als schraube er ununterbrochen rote Weihnachtsbaumlämpchen aus der Fassung. In den Streifen geschälter Haut auf dem Rücken unter dem hochgerutschten T-Shirt kerbte die Sonne die Stunden und machte einen Strich für jede für einen Gulden Pflücklohn gefüllte Kiste. Ein paar Reihen neben ihm schuftete die Tochter der Wohnwagenfamilie aus Helmond in ihrem abgetragenen hellblauen Hosenanzug, der die Spuren zermatschter Erdbeeren trug. Alberts Schulfreund Mattie, der kurz zuvor an Leukämie gestorben war, hatte bei ihr, so erzählte man sich, an der Außenmauer eines Tanzschuppens in Nuenen seine erste Erfahrung gesammelt. Nicht die Vorstellung dieser Erfahrung, sondern die beiläufige Mitteilung, daß es bei der Rückkehr ins Tanzlokal an ihm zu riechen gewesen war, hatte zur Folge, daß Albert sich, über die Pflanzen hinweg zu der Helmonderin starrend, mit einer peinlichen Erektion durch seinen Gang mühte. Und nirgends ein Gebüsch, dicht genug, um sich darin zu verkriechen und sich des kneifenden Drucks zu entledigen, so daß das Mädchen, das sich, den Hintern auf den Fersen, von Pflanze zu Pflanze bewegte, ganz von allein nach überreifen Erdbeeren zu duften begann, die manchmal den beigen Früchten und dem staubigen Schimmel nahekamen.

Albert hörte erst auf, wenn er zwanzig Kisten gefüllt hatte, und radelte dann zum Schwimmbad De Smelen. Doch so lange er auch im Chlorwasser blieb und seine Fingerspitzen schon ganz schrumplig waren, die Farbe von geronnenem Blut ging nicht weg. Erst zu Beginn des neuen Schuljahrs würden sich die Spuren des Erdbeerpflückens verloren haben.

Am frühen Morgen des 7. April, eines Freitags, hatte irgendwo auf der anderen Flußseite eine alte Frau ermordet am Fuße einer Dachbodentreppe gelegen, in einer schleimigen Blutlache ... Wie immer bei solchen Berichten überlegte Albert, was er zum Zeitpunkt des Mordes getan hatte, als müßte er sich selbst von einem Alibi überzeugen. Natürlich wußte er es noch ... wie könnte er es auch vergessen ... Er hatte an diesem Morgen, Marike in den Armen, im Souterrain gelegen, wo es noch dunkler war als an anderen Morgen, weil der Kirschbaum mit seiner vollen Krone fast ans Fenster stieß. Cor, der Verlobte seiner Vermieterin, hatte ihn am Abend zuvor im Suff wütend umgehackt ... oder besser gesagt, er hatte es versucht, mit seinem Spielzeugbeilchen, und war danach in seinem neuen Toyota verschwunden. Später fiel der Baum doch noch um. Es war, als habe sein betrunkener Vater, mit seinem »Kniep« herumfuchtelnd, endlich eine seiner schrecklichen Drohungen wahr gemacht. Albert empfand das als eine so große Befreiung, daß es ihm zum erstenmal in seinem Leben gelang, in eine Frau einzudringen. Unter dem bedrohlichen Rumgetöne seines Vaters hatte er als Junge nächtelang wach gelegen, reglos auf dem Rücken, während seine unberührte Erektion die Decke hochhielt. Daran zu fassen würde bedeuten, das größte Unheil auf das Haus herabzubeschwören. Albert konnte lediglich an dieses Bündel verhärteten Fleisches *denken*, das das Zelt hochhielt. Wie damit den Schoß einer Frau durchstechen ... Das Toben seines Vaters gegenüber der Mutter wurde in Alberts Ohren immer mehr zu einem Fluchen aus lauter Ohnmacht, weil die Frau sich ihrem Mann nicht öffnen wollte. Er drohte, mit seinem Messer ein wenig nachzuhelfen ... Der junge Albert Egberts wußte genau, daß er nie imstande sein würde, ohne Messer, lediglich mit seinem prallgespannten Fleisch, ein Mädchen aufzubrechen.

Vielleicht war er zum Zeitpunkt des Mordes für einen Moment wach gewesen. Jetzt bin ich ein Mann, sagte er sich, empfand aber nur insofern Freude, als er sich vorstellte, wie er seine neuerworbenen fleischlichen Kenntnisse bei Milli Händel anwenden würde, und auch dabei fuhr ihm der Schreck in die Glieder. Er strich mit der Hand über den Unterleib, wo die Haut sich wie Schmirgelpapier anfühlte: das getrocknete Blut Marikes, mit der er zu früh nach ihrer Abtreibung Verkehr gehabt hatte. »Ich bin ein Mann. Ich bin entjungfert.« Er war nicht länger eine engelhafte Ausnahme. Er fühlte sich betrogen.

Albert nahm sich vor, aufzustehen und Marikes Fahrrad hereinzuholen. Cor kontrollierte morgens immer, ob es dastand, und setzte dann seiner Verlobten zu, in der Hoffnung, sie würde Albert kündigen. »Daß du das zuläßt, Aaf ... allein schon den Eltern des Jungen gegenüber kannst du das doch nicht machen.«

Albert hatte Cor nicht nach Hause kommen hören. Er schlief wieder ein, ohne das Rad hereingeholt zu haben. Und die ganze Zeit über verblutete eine alte Frau am Fuße ihrer Dachbodentreppe, während ihr kleiner Hund winselnd in ovalen Kreisen um sie herumlief. Als Albert etwas später oben auf die Toilette ging, traf er seine Vermieterin, Mevrouw Bekkema, die Sherryflaschen in den Ausguß leerte. Sie hätte sie besser Albert geben sollen, denn Cor kehrte nicht zurück, an diesem Tag nicht und auch später nicht. Seine schweigenden Telefonanrufe fingen erst viel später an.

Marike wollte, daß er wieder ins Bett komme, aber draußen machten Männer vom Städtischen Gartenamt sich jetzt mit Kettensägen daran, den stolzen Kirschbaum weiter zu zerlegen. Als sie nach Hause ging, mußte sie ihr Fahrrad über ein Stück des Stamms heben, das quer über dem Plattenweg lag.

So hatte der Tag des Mordes für Albert begonnen. Erst im Verlauf der darauffolgenden Woche hatte er in *De Gelderlander* davon gelesen. Jetzt, am Samstag, waren dem Fall seitenlange Artikel in den Wochenendbeilagen gewidmet. Dabei stellte sich heraus, daß die Muttermörderin schon einmal fast wegen Mordes an ihrem Vater verurteilt worden war, ein Mord, den sie als Selbstmord hatte ausgeben wollen. Damals war sie »wegen Mangels an Beweisen« freigesprochen worden. Albert fiel auf, daß die meisten Berichterstatter, auch die der überregionalen Blätter, den Muttermord als eine Art fehlendes Beweisstück in Sachen Vatermord behandelten. Eine Frau, die beide Eltern umbrachte – es war zu schön, um wahr zu sein, und gerade deshalb war es wahr. Auch Albert wollte nur allzugern glauben, daß die Frau, indem sie ihre Mutter tötete, damit nachträglich ihre Schuld am Tode des Vaters eingestand. Nicht anders als die Journalisten und die Nimwegener in seinem Umfeld schwelgte er in der Geschichte, was in seinem Fall zweifellos auch mit seiner gerade erfolgten Heilung zusammenhing. Indem er Marike übermannte, bis sie blutete, hatte er sich von seinem tobenden Vater und seiner duldsamen Mutter befreit.

Er fragte Thjum, der ihm gegenüber am Lesetisch seufzend den Zeitungsteil mit der Mordgeschichte aufschlug. »Was glaubst du, Thjum ... hat sie ihren Alten damals auch kaltgemacht?«

»Na klar.«

»Du sagst das so bestimmt ... Sie ist damals freigesprochen worden. Wie kommen wir auf einmal dazu, so leichtfertig anzunehmen, daß ...«

»Na hör mal, Albert. Diese Chance können wir uns doch nicht entgehen lassen. Das Kind, das seine Alten einen Kopf kürzer macht ... dieses rabenschwarze Märchen steckt doch in uns allen. Wir wollen um jeden Preis, daß es mal Wirklichkeit wird ... natürlich in der Gestalt eines anderen, ist doch klar. Es ist eine Ödipusgeschichte, viel grauenvoller als die von Sophokles und Freud. Der Ödipuskomplex des Jungen und des Mädchen zugleich. Er ermordet seinen Vater, um mit seiner Mutter zu schlafen, sie tut das Umgekehrte. Die Verdächtige Hennie A. in Lummel killt sie beide, ohne daß es um Sex geht. ›Alles hat immer mit Sex zu tun‹, sagt Oscar Wilde, ›außer der Sex selbst ... der hat mit Macht zu tun.‹ Am liebsten würden wir diesen ganzen Sex beiseite lassen und sofort nach der Macht greifen. So sind wir nun mal gebaut, tut mir leid, daß ich's sagen muß. Und jetzt gibt es eine Hausfrau in der Betuwe, die tatsächlich den ganzen Firlefanz beiseite geschoben zu haben scheint... schnurstracks auf die Macht zusteuert... und das lassen wir uns nicht einfach nehmen, was denkst du denn. An Gott glauben wir nicht mehr, aber das heißt noch nicht, daß wir kein Glaubensorgan mehr haben. Im Gegenteil. Wir glauben mit einer solchen Kraft an dieses Gruselmärchen, daß es... na ja, daß es Wirklichkeit wird. Polizei, Vernehmungsbeamte, Untersuchungsrichter, Staatsanwalt... einer wie der andere... und dann die Presse, die Leute daheim, du und ich... jeder legt sich ins Zeug, damit der Mythos knallharte Wirklichkeit wird. Jeder ist trunken von einem großen und düsteren Etwas... von schwarzem, inzestuösem Blut... Wir tanzen allesamt einen Tanz, den wir nicht einstudiert haben, der aber irgendwie schon in uns war... schon in grauer Vorzeit... Der Beweis wird mit vereinten Kräften erbracht, diesmal nicht durch Berufung auf die Wahrheit, sondern durch Berufung auf den Mythos. Und nicht nur vom Justizapparat, sondern auch von der Zeitung und vom Volk... eine einzige große Verschwörung. Für mich ist diese Frau bereits verurteilt. Das gibt vielleicht ein Theater, demnächst vor Gericht. Ein mit legalen Mitteln nachgespieltes Volksgericht, ich sag's dir.«

In den darauffolgenden Wochen stürzten sich auch die Boulevardblätter auf den Fall Hennie A. Es waren Berichte voll reinster Poesie... einer Poesie, die auch von den weniger gewitzten Lesern mühelos aufgesogen und weitergesungen wurde. Alles fiel auf den richtigen Platz, will sagen... in die unterste Schublade ihrer Seele.

Thjum holte eine Erzählung von Harry Mulisch und suchte die irgendwann mal von ihm angestrichene Passage, in der der Autor das Manuskript seines »hermetischen Krimis« zerreißt. »Hier... ›Der Leser wäre der Täter. Am Ende des Buches müßte der unumstößliche Beweis erbracht werden, daß der Leser der Mörder ist. Nachdem er die letzte Seite gelesen hätte, müßte er ängstlich zum Fenster gehen und schauen, ob die Polizei bereits vor der Tür stand. Das müßte aber für jeden gelten: Mann und Frau, jung, alt, in allen Ländern, jetzt und später; irgendwie müßte sich die Situation am Ende des Buches mit jeder potentiellen Situation decken. Dieses Buch gab es jedoch bereits: das Neue Testament. Es sind die Juden nicht. Ich bin es.‹ Genau so einen hermetischen Krimi könntest du über den Fall Hennie A. schreiben...«

»Und ihn dann zerreißen?«

»Nein, aber dafür mußt du dann schon einen Schritt weiter gehen. Der Leser ist der Täter, okay, denn *jeder Leser* ist ein Elternmörder... nur muß der Autor dafür sorgen, daß der Leser seine Schuld auf irgend jemanden in dem Buch projizieren kann. Hennie A. Mit ihrer Verurteilung wird der Leser verurteilt. Er weiß, daß er der Schuldige ist, kommt aber ungestraft davon.«

Das war das erste Mal, daß sich bei Albert Zweifel meldeten... nein, nicht einmal so sehr an Hennie A.'s Schuld, sondern vielmehr an der Rechtmäßigkeit der Umstände, unter denen sie zum Schafott geführt wurde. Thjum hatte recht: In der Person der gefangenen Hexe bestraften sie die dunklen Gefühle, auf die sie in sich selbst gestoßen waren – mit Hohn und Haß und Freiheitsentzug. Insgeheim begrüßten sie ihre Taten und besangen sie, indem sie sämtliche Register des Abscheus zogen.

Der alte Avezaath war, hingestreckt vom Gift, mit dem er immer die Früchte seiner Arbeit geschützt hatte, auf seinem Bett zusammengebrochen und nicht mehr aufgestanden. Ja, ein paar Jahre danach hatte man ihn wieder ausgegraben, nur um zu untersuchen, *wie* er gefallen – oder gestoßen worden – war, und dann hatte man ihn wieder genauso tief in die Erde versenkt. Wiederum einige Jahre später fiel die Mutter am Fuße ihrer Dachbodentreppe – nicht von den Stufen, sondern unter den Schlägen und dem Würgegriff ihrer Tochter. Auch sie stand nicht mehr auf.

Albert dachte an seine eigenen fallenden Eltern. Sie waren

durch eigene Fehltritte gestolpert und gefallen, und jedesmal wieder aus eigener Kraft aufgestanden. Sooft sie auch fielen, seine Eltern, sie blieben als Schatten an seinen Fersen heften und richteten sich früher oder später wieder auf, um ihren Sohn bis fast zum Ersticken zu umschließen. Er hatte sich ihrer entledigen wollen, zu ihrem endgültigen Fall beitragen wollen, doch bevor er auch nur einen Finger hatte ausstrekken können, warfen sie sich bereits wieder vor ihm in den Staub ... und rappelten sich auf, noch ehe er den Fuß erhoben hatte, um sie zu zertreten. Es war unerträglich. Anstatt seinen Vater und seine Mutter in ihrer ganzen unerschütterlichen Größe verstoßen, in den Abgrund werfen zu können, machten sie ein ums andere Mal einen Kniefall vor ihm ... blickten flehend zu ihm auf ... wälzten sich noch ein wenig im Staub ... und schon standen sie wieder auf den Füßen, noch schwankend, blutverschmiert, lediglich noch jämmerlicher geworden, sonst nichts. So fraßen sie die Zeit und die Liebe ihres Sohnes. So lutschten sie sein Leben aus. Bis sie, von so viel Schmarotzertum gesättigt, zu Boden fielen und nicht mehr aufstanden und in ein Grab gelegt wurden, aber immer noch, wie eine schwarzgewordene Bananenschale, an den Knöcheln ihres Kindes klebten ... ein schwer mitzuschleppendes Andenken aus schwarzen Lumpen ...

Nein, dann lieber die Frau, die dem mit irdischer Kraft und überirdischer Intuition zuvorgekommen war ...!

Napoleons polnische Mätressen

Montag, 28. Februar 1977
(Flix Boezaardt)

Von Haus aus ist Thjum eigentlich ein feines Kerlchen, immer picobello gekleidet, mit frischgewaschenem und geföntem Haar, in einem Wort: ein Bilderbuchpage. Doch von Zeit zu Zeit bekommt er 'nen Rappel, und dann wäscht er sich zehn Tage lang nicht, geschweige denn, daß er saubere Klamotten anzieht. Regelmäßig kann man ihn dann, wie ein Strauchdieb maskiert, auf seinem Bett sitzen sehen, den Kragen des Pullovers bis über die Nase hochgezogen. So schnuppert der Kleine dann seinen eigenen Mief, und das findet er toll, aber, was schlimmer ist: Er will, daß auch ich es für eine Delikatesse halte. Seit er sich das zur Angewohnheit gemacht hat, nennen Albert und ich ihn unter uns »Napoleons polnische Mätresse«.

»Napoleon«, hat Albert mal erzählt, »schickte, wenn er vorhatte, seine Liebste in Polen zu besuchen, drei Wochen vorher einen Kurier mit der Botschaft zu ihr, sie dürfe sich bis zur Ankunft des großen Feldherrn nicht mehr waschen... Fand er stimulierend, diesen käsigen Körpergeruch. Das Einmachen von Lebensmitteln hat er durchgesetzt, aber die Bidets wären beinahe rausgeflogen.«

»Na ja«, hab ich gesagt, »gegen 'n bißchen Mief hab ich ja nix, aber in Napoleons Fußstapfen muß ich deswegen ja nicht gleich treten.«

Also, eines schönen Wintertags standen nicht weniger als vier oder fünf von Napoleons polnischen Mätressen bei mir auf der Matte. Ich wartete gerade auf Albert mit seinem Lieferrad voll Hausrat und hatte die Tür zum Treppenpodest schon mal aufgemacht, als sie alle zusammen auf einmal im Zimmer standen. Es können auch sechs gewesen sein. Auf diese drei Wochen aufgeschobene Intimhygiene brachten die es mit Leichtigkeit; um das zu bemerken, brauchte man noch nicht mal 'ne feine Nase. Wortführerin war eine große blonde Nachbarin, ziemlich grobschlächtig gebaut, die wir später Erik der Normanne nannten. Sie stammte aus Limburg, hatte sich aber ein dermaßen hartes G zugelegt, daß ihre Stimmbänder davon, wie deutlich zu hören war, Scharten abgekriegt hatten.

»Also, hör zu... Wir haben euch dieses Stockwerk zwar besetzen lassen, aber nur unter der Bedingung, daß wir hier duschen können. Das hat Archibald mit dir abgemacht. *Does that ring a bell?*«

Die anderen Schätzchen nickten eifrig. Ich wußte das Natürliche ihres Parfüms durchaus zu schätzen, bereute aber doch die geschlossenen Balkontüren. Aha, die schwangen jetzt also die Rasseln, um ihren Bedingungen Nachdruck zu verleihen, das ungewaschene Schenkelgeschwader aus der van Ostadestraat. Ich hatte Verständnis dafür. Ende der siebziger Jahre des zwanzigsten Jahrhunderts, und dann in den wohlhabenden Niederlanden noch in Hockposition auf dem kalten Küchenlinoleum mit einem Waschlappen, so hart wie ein Topfkratzer, zugange sein müssen... unmöglich.

»Ihr braucht dafür auch nicht *allein* zu blechen, falls ihr das gedacht hattet. Die Kosten für den Durchlauferhitzer teilen wir uns. Fürs Gas auch... monatlich.«

Ich sagte wohlweislich nichts von der undichten Gasleitung im kleinen Nebenzimmer, durch die ein Teil ihres guten Geldes verschwinden würde. Ich versprach den Frauen alles, was ihr Herzchen und ihr Pläsierchen begehrte, und konnte nur hoffen, daß sie den kahlen Raum dann schneller wieder verlassen würden, in dem vor allem die Stimme der groben Blonden unangenehm hart schallte. Natürlich war ich nur ein Laie, aber ich sah auch so, daß nichts dabei war, womit ich Albert hätte beglücken können. Also raus mit der ganzen Bagage.

»Nächste Woche ist das Ding da. Versprochen. Wenn ihr mich jetzt mal kurz entschuldigen würdet... Ich muß meinem Mitbewohner helfen, seinen Kram die Treppe raufzutragen.«

Ich merkte Albert an, daß er mich sehr großzügig fand – für meine Verhältnisse. Spontan, wie das heißt, bot ich ihm die größere Hälfte des Stockwerks an: das hintere Zimmer plus, na los, den Raum des früheren Alkovens ... dazu den Balkon, dem Herrn sollte es an nichts mangeln ... Ich selbst begnügte mich, gleichgültig die Achseln zuckend, was sorgfältig einstudiert war, um Bescheidenheit auszudrücken, mit dem bedeutend kleineren Vorderzimmer.

»Och, Albert, ich hab doch das große Atelier in Haarlem zur Verfügung ... ganz abgesehen von dem Labor, in dem ich mit meinem kleinen Chemikus nach Herzenslust rumexperimentieren kann ... auf Staatskosten, versteht sich ... Nein, du brauchst den Raum dringender als ich. Lernen ... mit Patrick zusammensitzen wegen dem großen Buch ... und dann deine goldige Zwaantje ... wenn die bei dir ist, dann dürfen die Hartfaserwände natürlich nicht auf dich runterfallen, sei ehrlich. Das Hinterzimmer sei dir von Herzen gegönnt, mein Schatz. Ich komm schon zurecht.«

Wir vereinbarten, daß ich an der Stelle, wo sich einmal Schiebetüren befunden hatten, mein Zimmer mit Holzplatten von seinem trennen sollte. Fast achtlos, und auch das haute gut hin, erhob ich noch Anspruch auf uneingeschränkten Zugang – über das Treppenpodest – zu Toilette, Dusche und Küche. Er protestierte nicht, daß ich dadurch genaugenommen mehr Privatsphäre hätte als er. Nein, Albert schien alles recht zu sein. Erst als das geregelt war, brachte ich die »wöchentliche« Duscherei zur Sprache, die ich unter dem Druck einer mörderischen sozialen Kontrolle den Bewohnern der Hausnummern 205-213 hatte zugestehen müssen. Trotz seiner hellen Augen kann er so schön dunkel gucken, der Albert, wenn er so was nachträglich erfährt. Ich beeilte mich hinzuzufügen, daß es sich »in erster Linie um Frauen« handele, und dabei erhellte sich seine Miene tatsächlich wieder etwas, vermutlich unter dem Einfluß noch vager Bilder, die sich in seinem Kopf einzustellen begannen.

Und so kam es. Albert gewöhnte sich im Laufe der Wochen so an das Bollern und Fauchen des Durchlauferhitzers, an das Wasserrauschen und -plätschern, die Dampfentwicklung in seinem Zimmer und das Geraschel von Frauen, die sich auf zu engem Raum anzogen, daß er aus dem Haus floh, sobald sein Badebetrieb kurzfristig ruhte. Aus der Kostenumlage wurde natürlich nichts. Ja, ein Junge aus der Nachbarschaft legte nach jedem Duschen einen Gulden auf den Duschwannenrand, aber nachdem Albert gesagt hatte, er solle lieber warten, bis sein Kostenanteil ausgerechnet sei, war es auch mit dieser Entschädigung vorbei. Es gab auch keinerlei Gegenleistung in Form von Saubermachen. Die Duschwanne begann glitschig zu werden, und ich hatte schon mal jemand mit einem Mordskrach hinknallen hören. Es war die Nachbarin Erik der Normanne. Möglicherweise geriet dadurch, daß sie mit ihrem vollen Körpergewicht hinschlug, die gesamte Abflußkonstruktion aus dem Lot, denn nicht viel später beschwerten sich die Leute unter uns, es tropfe stark, was um so verheerender war, als direkt unter dem Duschraum eine *pedal steel guitar* aufgebaut war. Erst durch seine fast unter Tränen vorgebrachte flehentliche Bitte, doch um Himmels willen jegliches Duschen einzustellen, erfuhr ich, daß der Nachbar aus dem ersten Stock ein leidenschaftlicher Amateurmusiker in der Sparte Country & Western war. Wenn das Wasser weiterhin tropfe, fürchte er, demnächst mitten in *Stand by your man* einen tödlichen Stromstoß verpaßt zu kriegen.

»Ich versteh dein Problem. Dolly Parton unter einem Regenschirm, das klingt nach nichts, nä?«

Ich brachte ihn wohlweislich nicht auf die Idee, seine *pedal steel guitar* an einen anderen Platz zu stellen. Es war eine gute Gelegenheit, fand Albert auch, all die duschfreudigen Nachbarinnen loszuwerden. Wir hatten beide die Nase voll davon, morgens mit dem Großzehnagel, den sowohl er als auch ich zu diesem Zweck wachsen ließen, das Vogelnest aus unterschiedlich getönten Haaren aus dem Abflußsieb zu fischen, die Hinterlassenschaft all dieser räudigen Pflaumen. Sofern dieser übermäßige Haarausfall nicht sowieso schon die Folge einer Krankheit war, mit der sie sich gegenseitig ansteckten, würde dies, falls das so weiterging, todsicher in eine Krankheit ausarten. Hier war eine Hygienenotmaßnahme am Platz.

»Die *pedal steel guitar* ist bald nur noch Schrott«, riefen wir von oben die Treppe hinunter und schlossen dann die Tür ab. Sie sind noch mit einer Petition von Haus zu Haus gerannt, um auch uns das Duschen zu untersagen, und das hatte wirklich nicht nur mit den ewig rausfliegenden Sicherungen und dem elektrischen Schlag zu tun, den der Typ von unten verpaßt bekam, gerade als er die Melodie von *Teach your children* in den Griff zu bekommen versuchte. Es waren wieder dieselben fünf oder sechs napoleonischen Mätressen, die plötzlich vor meiner Nase standen, diesmal mit einer Unterschriftenliste.

»Wozu das, ich kenn euch doch alle schon, ihr Pflaumen«, sagte ich, und damit durften sie sich dann trollen – wenn man mir so kommt, dann kann ich pißgiftig werden. Sollen sie sich doch ins Badehaus verduften.

Dopey's Elixir

Dienstag, 15. März 1977
(Albert Egberts)

Staunen ist, wie es heißt, der Ursprung aller Philosophie. Alberts bewußtes Leben begann mit einem Staunen, das er unmittelbar von seiner Mutter übernahm, als er noch im Kinderstuhl saß.

Sie hatte ihn hoch auf seinem Thron in der Wohnstube ihrer Eltern zurückgelassen und war in die Küche gegangen; sonst war niemand im Haus. Vor ihm, auf der halbrunden Ablage des Kinderstuhls, lagen zwölf Klötze, Würfel mit dem bunten Bruchstück einer größeren Abbildung auf jeder der sechs Flächen, so daß man sechs verschiedene Bilder zusammensetzen konnte. Alberts kleine Hand drehte die Klötze hin und her, doch sie waren nicht ohne weiteres zu einem harmonischen Ganzen zusammenfügbar. Zu viele Möglichkeiten, sechs, und etwas in ihm mußte sich für eine siebente entschieden haben: sich der Würfel zu entledigen, sie aus der Welt verschwinden zu lassen.

»Deine Klötze... Herzchen, wo sind deine Klötze?«

Die Verwunderung seiner Mutter, als sie aus der Küche zurückkam, war so überwältigend, da durch heftige Gesten unterstrichen, und stand ihr so eindringlich ins Gesicht geschrieben, daß Albert sie sofort übernahm. Von dem Moment an, da sie mit erhobenen Armen und verzerrter Miene vor ihm aufragte, waren die Puzzleteile tatsächlich, und so gründlich wie nur irgend möglich, aus der Welt verschwunden. Rückkehr ausgeschlossen. Über ihr Verschwinden zeigte sich der kleine Albert genauso befremdet wie seine Mutter. Beunruhigt folgte sein Blick dem ihren in jeden unwahrscheinlichen Winkel des Zimmers, ihrem Blick, der alles durchkämmte, aufzog, zerlegte.

»Ja, wo sind sie denn? Du mußt sie doch irgendwo gelassen haben...!«

Ihre weit aufgerissenen Augen schauten durch Albert hindurch, bis sich ihr erstarrtes Gesicht auf einmal entspannte und sogar so etwas wie ein Lächeln darauf zu flirren begann. »Oh du kleiner Lauselümmel . . .!« Ungeduldig schnallte sie das Ledergeschirr los, mit dem Albert im Kinderstuhl festgebunden war. Triumphierend hob sie ihn hoch, höher als notwendig, um den Aufbewahrungsort der Würfel zu enthüllen: den Topf, der in den Sitz eingelassen war. Ein Schrei machte die Befremdung komplett. Leer. Der Topf enthielt nicht einmal ein Würstchen: Albert trug eine Windel und darüber eine hellblaue Pumphose. Seine Mutter setzte ihn wieder in den Stuhl und stürzte zu Boden. Sie kniete sich hin, um so noch einmal, bis hinten an die Scheuerleiste, das Halbdunkel unter dem Büfett abtasten zu können. Albert, unangeschnallt, fiel beinahe aus dem hohen Stuhl, als er ihrem Blick folgen wollte – mehr aus einer Art unbestimmter Solidarität heraus, nicht hoffnungsvoll, hatte sich doch eine große Gewißheit im Zimmer breitgemacht: Die Klötze brauchten nicht länger gesucht zu werden, sie waren für immer verschwunden.

»Sie müssen doch irgendwo . . .« Seine Mutter, die sich von der Kokosmatte aufgerappelt hatte, sagte das nur noch der Form halber verzweifelt und händeringend. Neben der Gewißheit des Verlusts gab es nur noch ihre gemeinsame Verwunderung. Albert hätte über das Abhandenkommen der Puzzelteile heulen können, wäre da nicht dieses wunderbare Gefühl der Verschwörung gewesen. Sie beide, und ihre Verwunderung.

Weil Albert schon mal eine Handvoll bis zu den Fingerspitzen heruntergerauchter Kippen seines Vaters aus dem Aschenbecher gegessen hatte, wobei er sich schließlich durch klamme Bleichheit und einen Nikotinatem verraten hatte, öffnete seine Mutter, ratlos, mit Gewalt seinen Mund, um nach Farbspuren an der Zunge und Holzsplittern im Gaumen zu suchen. Vergeblich. Albert hatte, möglicherweise klüger geworden nach dem Konsum des Tabaks, die Klötze nicht verschlungen, er hatte sie auf andere Weise zu sich genommen, nämlich indem er sie unter die Haut brachte, die seine Kleider darstellten. Sie steckten, von außen unsichtbar, in seiner bauschigen Pumphose, deren Beine mit Wollkordeln um die molligen Schenkel zugebunden waren und die mit Hilfe kreuzweise über Brust und Rücken geführter Bänder vor dem Hinunterrutschen bewahrt wurde.

Es war nicht mehr von Bedeutung, daß die Würfel schließlich doch noch gefunden wurden. Viel wichtiger war, daß die heftige Verwunderung seiner Mutter Albert gezwungen hatte, und zwar mit denkbar größtem Erfolg, von einem Moment zum nächsten den Aufbewahrungsort zu vergessen, obwohl er sich so nahe an seinem Körper befand, daß sich die Klötze kantig in seinen Bauch drückten. Nie mehr waren Mutter und Sohn so innig miteinander verbunden gewesen wie damals, als sie ihn in ihrer keinen Widerspruch duldenden Verwunderung mitriß.

So begann Alberts Leben der Erkenntnis nicht mit einer leichten Verwunderung über irgendein Puzzle oder Rätsel, sondern mit dem *reinen* Gefühl der Befremdung, das er aus lauter Liebe von seiner Mutter übernommen hatte, einfach so, durch ihren zwingenden Gesichtsausdruck, sonst nichts. Die Probleme steckten, stiefmütterlich bedacht, in seiner Hose.

Doch allgemeiner gefragt: Wenn jemandes bewußtes Leben mit der von einem anderen übernommenen Verwunderung begann, war Verwunderung – und damit der Drang, diese Verwunderung durch Erkenntnis zu überwinden – dann nicht unsere größte Erbsünde?

Auf dem Weg zu *Dopey's Elixir*, das im Laufe der Monate ihre Stammkneipe geworden war, blieb Albert immer kurz bei einem Billardtischgeschäft schräg gegenüber der Reihe der zum Abriß bestimmten Häuser stehen, in der er sich mit Flix häuslich niedergelassen hatte. In dem schmalen Schaufenster, nicht größer als eine etwas breit ausgefallene Fensterbank, standen zwei Elefantenstoßzähne, die wie Krummschwerter aus einem Bleiständer aufragten. Daneben lagen rote, numerierte Billardkugeln, beisammengehalten von einem hölzernen Dreieck aus hochstehenden Latten. Hinter einer niedrigen Mattglasabtrennung erstreckte sich ein tiefer Raum, in dem verschiedene Arten von Billardtischen ausgestellt waren, vom altmodischen Kneipenbillard mit Eichenholzbeinen und grünem Tuch bis hin zu reißerischen Automaten für amerikanisches Billard mit Flackerlämpchen wie bei einer Jukebox. Auch tagsüber hatte Albert den Ausstellungsraum nie anders als in Dämmerlicht getaucht gesehen, was möglicherweise Absicht war, um die Atmosphäre einer Kneipe nachzuahmen.

»Wohin ich auch gehe«, sagte er an diesem Abend in der Kneipe zu Thjum, »wo immer ich meine Zelte aufschlage... in Nimwegen, im Ausland oder hier, in der Amsterdamer Pijp... überall ist irgendein Denkmal für meinen Alten errichtet.« Er erzählte Thjum von der kleinen Billardfabrik in der van Ostadestraat. »Im *De Kuster* und später im *D'n Engel* hat er immer so mit der blauen Kreide rumgesaut... die klebte nicht nur an seinen Fingerspitzen, sondern auch an seinem samstäglich weißen Kragen, als Lippenstiftvariante... daß ich mich nach all den Jahren frage, ob er sich nicht absichtlich damit vollschmierte als stillschweigende Ausrede für sein Versacken. 'ne Partie Billard gespielt, das ist alles... 's is hoch hergegangen, schau nur... Ich war am Gewinnen... da konnt' ich doch nicht einfach abhauen... Ein anderer mußte sich vielleicht mit Klopapier den roten Mundabdruck vom Blasen wegwischen, aber er... er hätte sich glatt auch noch den Schwanz mit Kreide eingerieben...!«

Roter Lippenstift oder blaue Kreide... Thjum schien an diesem Abend für beides kein Ohr zu haben, und schon gar nicht für die dafür gefundenen Worte. Er sah Albert an, als sollte dieser sich besser den Mund spülen. Was er auch tat – indem er sich ein großes Bier an der Theke holte. Thjum hatte wieder mal so eine Mädchenphase, in der er sich alles mögliche vorstellte, egal was, Hauptsache, es wies den blechernen Glanz billiger Neuheit auf. Jedenfalls war es wieder mal so ein typischer Schwantje-Schwenk... Von Zeit zu Zeit hielt Thjummi es nicht mehr aus... dann schlüpfte er mit seinen graziösen Füßchen in seine Ballettschühchen, um sich auf die

Spitzen zu stellen und eine entschlossene Drehung um 180° in bezug auf seinen bisherigen Standpunkt zu machen, egal in welcher Frage. Wahnsinn, aber nicht unelegant dargeboten. Am besten betrachtete man es von der ästhetischen Seite, dann hatte man wenigstens noch ein wenig Genuß. All diese verrückten Schwenks, all diese Halbkreise, all das Gedrehe ... Albert hatte es bis zum Verrücktwerden aus nächster Nähe miterlebt. Die Wahl der Studienfächer ... alle gut für ein halbes Jahr. Die politischen Ansichten hielten kaum länger. Die plötzliche Überzeugung, er müsse in einer Kommune leben ... nach kürzester Zeit war er wieder zurück: Sie hatten ihm sein Spielzeug wegnehmen wollen. Sogar seine Wende zur Männerliebe, auf dem Wege über Boris van Buschbasch, schien eine solche forcierte Entscheidung zu sein ... na ja, das war, wie sich herausstellte, zugegebenermaßen mehr als nur eine Laune.

Und jetzt wieder Gott. Na gut, warum nicht. Albert fand es zum Kotzen. Ein bigotter Thjum konnte ihm gestohlen bleiben, auf jeden Fall an seinem allwöchentlichen Saufabend im *Dopey's*.

»Was hält Flix davon?«

Flix kümmerte sich nicht darum ... der war unentwegt damit beschäftigt, Netze auszuwerfen, um die Wirklichkeit zu fangen ... die Schöpfung zu wiederholen, indem er sie so exakt wie möglich nachbildete ... Gott, ach Gott, das war die Konkurrenz. Ein Krämer mehr oder weniger um die Ecke, das machte Flix nichts aus, Hauptsache, niemand pfuschte ihm ins Geschäft.

»Stiller Umzug, Thjum ...! Nein, das gibt es nicht nur beim Billard, wenn keine Karambolage zustande kommt ... Heute abend wird hier Stiller Umzug abgehalten ... zur Erinnerung an das ›Wunder von Amsterdam‹. Ich weiß nicht, ob dies die richtige Stadt für dich ist, um wieder Christ zu werden. Wenn hier ein Sterbender um die letzten Sakramente bittet, füttert man ihn mit einer Asbestoblate. Wenn so eine unverdauliche Hostie ausgekotzt wird und im Kaminfeuer nicht brennen will, dann gilt das auch noch als Wunder ...«

Wer hätte es für möglich gehalten, daß Albert selbst, als er Thjum den Kopf zurechtzurücken begann, lauthals und himmelschreiend betend, bei so etwas Ähnlichem wie einem Gott landen würde?

Albert Egberts war sechs Jahre alt, als ihm in einem Traum der Herrgott zum erstenmal erschien.

Sie lagen oder saßen nebeneinander, der Patriarch und der kleine Junge, in einem Doppelbett von prosaischer Machart, das auf einer Wolke stand. Die Bilder hatten nicht gelogen: Gott zierte ein buschiger Bart vom gleichen dunklen Braun wie Seine Kutte, die Er offenbar auch im Bett zu tragen pflegte. Albert selbst war gekleidet wie der kleine Jesus, der zu einer Versammlung von Schriftgelehrten spricht: in ein hellblaues Gewand aus dünnem, glattem Stoff, der sich wie die Unterkleider seiner Mutter anfühlte.

Gott und Albert hatten Kissen in Hülle und Fülle im Rükken; Laken und Decken reichten ihnen nur bis zur Taille. Gottvater schaute, auf Seinen Ellbogen gestützt, leicht geistesabwesend von dem Jungen weg, sogar ein klein wenig erzürnt, konnte man meinen – doch das mochte an der Denkfalte zwischen Seinen Brauen liegen.

Auch die Engel, die träge zwischen den Schäfchenwolken umherflogen, mit denen das Blau durchsetzt war (ein schlichter Himmel), gehorchten gewissenhaft den Andachtsbildern; Gesichter ohne Ausdruck und schwanenweiche Flügel, die auf nicht ersichtliche Weise an den Schulterblättern befestigt waren. Ihre Bewegungen waren die ermatteter Wassertreter.

Albert ließ kein Auge von der Sonne, in die man hier durchaus schauen konnte. Er verspürte eine an Habsucht grenzende Gier nach der goldenen Scheibe mit dem gezackten Rand, konnte sich schließlich nicht länger beherrschen und streckte in tiefem Verlangen die Arme nach ihr aus. Gottvater, noch immer zerstreut, gab – über den Jungen hinwegschauend, mit fast so etwas wie Verachtung im Blick – zweien Seiner Engel ein winziges Zeichen, nicht mehr als ein lautloses Fingerschnippen. Sie flogen sofort, jedoch ohne Eile, in Richtung Sonne davon, wobei sie mit den Füßen Tretbewegungen wie auf dem Fahrrad machten. Nachdem sie die kurze Strecke zurückgelegt hatten, nahmen sie die Scheibe zwischen sich und führten sie langsam und teilnahmslos auf das Bett zu.

Albert starb fast vor Ungeduld. Je näher die Engel kamen, um so mehr wuchs seine Gier. Der Wohltäter schaute schon längst wieder in eine andere Richtung, als sei Ihm alles egal. Die Sonne ... daran verschwendete man kein Wort.

Als Albert der begehrte Gegenstand in die Arme gedrückt wurde, leuchtete die Sonne plötzlich so grell auf, daß der Junge geblendet wurde und aus einem Traum erwachte, an den er sich sein Leben lang dankbar erinnern sollte. Gott selbst, der ihm Seinen wichtigsten Himmelskörper schenkte ... Fortan trug Albert die Szene wie ein kostbares Kleinod, einen Talisman, mit sich. Obgleich er sich dann und wann fragte, ob Der Vater sich ebenso freigebig gezeigt hätte, wenn Er mit Seinen Gedanken mehr bei der Sache gewesen wäre ... Auch kam ihm das Ende des Traums – noch bevor er seinen neuen Besitz ans Herz hatte drücken können, war er ihm bereits wieder entfallen – in zunehmendem Maße als Strafe für seine Habgier vor. War er Gottes kleiner Liebling gewesen, oder hatte er es im Gegenteil gründlich bei Ihm verdorben? Vielleicht hatte Gottvater sich über die allzu materiellen Wünsche Seines kleinen Bettgenossen geärgert, der, um die Arme nach der goldenen Scheibe ausstrecken zu können, Ihm den Rücken hatte zukehren müssen ...

Während der Zeichenstunde entdeckte der achtjährige Albert Egberts, wie man, indem man mit der Fingerspitze kräftig über einige Bleistiftlinien rubbelte, die Umrisse einer Figur verschwimmen lassen konnte, ohne daß die Darstellung ganz verschwand. So, stellte er sich vor, mußte auch dieser viel zu onkelhafte Gottvater ätherischer zu machen sein. Denn wenn Gott so allsehend war, daß Er nicht nur ihn, Albert, sondern darüber hinaus auch noch Millionen von Menschen durchschauen konnte, mußte Er doch wohl von sehr nebelhafter, allesdurchdringender Erscheinung sein ...

Wenn Albert Ihn sich seitdem abends im Dunklen vorstellte, dann versuchte er, seinen inneren Blick zu trüben (Augen voller Tränen), damit die göttliche Gestalt ein wenig zerfließen konnte. Es kostete ihn große Anstrengung: Sogar in den formlosesten Wolken waren immer noch Figuren zu erkennen – vor allem, wenn man auf dem Rücken im Gras lag, der Klee trunken und der dahinjagende blaue Himmel schwindlig machte... Mit diesem sich mühsam verflüchtigenden und zugleich immer allgegenwärtigeren Gott, in dem sich noch immer etwas von dem Patriarchen mit Bart, Kutte und Sandalen verbarg, führte Albert im Bett seine einseitigen Gespräche.

In der zweiten Klasse der Grundschule mußten eines Nachmittags um vier alle Kinder nachsitzen, nicht, um hundertmal denselben Satz abzuschreiben, sondern, ohne sich zu rühren, jeder hinter seinem Platz stehend. In Alberts Klasse war auch ein Mädchen mit hellblonden Locken, fast wie Engelshaar, ein Mädchen, dessen Lieblichkeit dadurch zunichte gemacht wurde, daß sie... nein, keinen Silberblick hatte, sondern schielte. So eine mußte man links liegenlassen. »Scheelauge« war das schlimmste Schimpfwort, das man wutschäumend auch jemandem an den Kopf warf, dessen Augen völlig gerade standen, einzig und allein, um äußerste Verachtung auszudrücken. Sich mit diesem schielenden Mädchen abzugeben würde bedeuten, sich den Hohn der Klassenkameraden zuzuziehen. Jetzt, hinter seiner Bank stehend, sah der siebenjährige Albert auf den Rücken des Mädchens. Sie trug ein Kleid aus hellblauem Karostoff, und darüber verzauberte die tief hereinscheinende Herbstsonne ihren Lockenkopf in einen Strahlenkranz, in dem die Haarspitzen wie weiße Flämmchen zu züngeln schienen. Wenn sie den Kopf nach rechts wandte, sah Albert die sanfte Rundung ihrer Wange mit einer Schattierung aus weißem Flaum; ihre Augen bekam er nicht zu Gesicht. Sie war so schön, wie sie da stand, daß er sich ihr Schielen nicht mehr vorstellen konnte. Die Sonne, in die sie gezwungenermaßen schaute und die jetzt die Tannenwipfel mit ihrem rotweißen Feuer zum Knistern brachte, hatte ihre Augen auf einen Schlag geradegerichtet. Sie hielt die Schultern schuldbewußt und ängstlich ein wenig hochgezogen, und Albert wünschte, sie dürfte, notfalls als einzige, nach Hause gehen. Sie hieß Petra.

Während der Mittagspause erledigte der Junge oft Besorgungen für seine Mutter jenseits des gefährlichen Mierlosewegs in Braakhuizen-Zuid, wo »es preislich was ausmachte«. Der kürzeste Weg hätte durch die Wolstraat geführt, in der außerdem Petra wohnte, doch Albert nahm immer den Umweg durch die Tricotstraat. Nach dem Überqueren der Schnellstraße kam er an einem Christus vorbei, der zwischen Pappeln, hoch und spitz wie Kirchtürme, am Kreuz hing; über Seinem Kopf war zum Schutz gegen Regen und Vogeldreck ein kleines Dach mit richtigen Ziegeln, und trotzdem troff der Kopf vor roter Farbe. Albert radelte hier nie vorbei, ohne mit feierlicher Geste die Hand aufs Herz zu legen und zu murmeln: »Hier hängt Er.«

Auf dem Rückweg, die schwere Tasche am Lenker, mied er die Christusfigur, fuhr nun aber durch die Wolstraat. An Petras Haus wiederholte er die Geste des Hand-aufs-Herz-Legens, diesmal »Hier wohnt sie ...« murmelnd.

Obwohl er sich dunkel des Verrates bewußt war (mit einer vollen Einkaufstasche radelnd, kostete es ihn deutlich mehr Mühe, die Hand vom Lenker zu nehmen, ohne ins Schleudern zu kommen oder gar hinzufallen), blieb der Junge aus Pietät auch abends zwischen den Flanell-Laken bei dieser Reihenfolge: Er durfte erst an Petra denken, nachdem er lange genug mit Gott gesprochen hatte. Die konzentrierte Andacht, die Albert für Dessen wahre Gestalt aufzubringen vermochte, befeuerte die Phantasien in bezug auf das Mädchen, in das er aus der Ferne so vernarrt war. Obwohl Petra noch nicht einmal acht war, stellte er sie sich mühelos als zwanzigjährige junge Frau vor. Sie hatte einen blonden Pferdeschwanz, der sie ernst machte, trug einen taillierten Regenmantel, repräsentierte mit einem Wort alles, was Alberts Mutter unter »flott« verstand – auch wenn sie, was Mevrouw

Egberts nun wiederum verabscheute, doch hin und wieder »an ihrem Pulli zupfte« ... Selbst gerade erwachsen, hielt er sie am Arm, während sie vor erleuchteten Schaufenstern ihre Aussteuer zusammenphantasierten. Immer tiefer unter die Decken kriechend, hörte Albert bis ins Detail ihre kleinen Streitereien, die meist die Wahl irgendeines Haushaltsgegenstands oder das Muster eines Bettüberwurfs betrafen. Albert fand es herrlich, Petra nach einer lustigen Kabbelei nachzugeben. Verlobt zu sein war ein anhaltender Glücksgeruch ... ungefähr so, wie Flanell-Laken rochen ...

»Ach, wir sind also wieder mal beim Thema, Albert ... Multatulis altes Lied. Oh Gott, es *gibt* keinen Gott ...!«

»Nichts ist von vornherein ausgeschlossen. Aber dann mußt du schon den Mumm haben, Thjum, dem Problem wie Descartes zu Leibe zu rücken. Systematischer Zweifel ... Zweifel bis ins Mark. Ihm gelang das nur, da am Fuße der Westerkerk, wenn er den Ofen heizte, bis er rot glühte. Verfrorener Typ, dieser Descartes ...«

»Ja, und tragischerweise ist er an einer verschleppten kleinen Erkältung gestorben ... nach einem Ritt durch den Schnee mit der Königin von Schweden ...«

»Gut, dann wollen wir mal den Kanonenofen so lange schüren, bis er 'nen roten Bauch kriegt ... Draußen, im Amsterdam des siebzehnten Jahrhunderts, denkt jeder nur an seinen eigenen Gewinn ... die Glockenspiele klimpern alle Viertelstunde ... und jetzt geht's los: Zunächst einmal mußt du den Mut aufbringen, in den Spiegel über dem Kaminsims zu schauen ... Er hängt am Schornsteinmantel ... die Hitze schlägt dir vom Ofen in die Visage. Und dann die *guts* zu haben, sich selbst klarzumachen, worum es nun eigentlich in erster und letzter Instanz geht ...«

»... im Leben.«

»Nein, du Waschlappen, nicht *im* Leben ... dann bleiben wir in null Komma nix in unverbindlichem Gelaber stekken ... nein, in *deinem* Leben. In meinem. Nicht in unserem. Nicht in dem von jedermann ... Worum geht es denn nun wirklich, in *meinem* Leben? Ruhm, Reichtum, Ansehen? Ehre, Tugend... ein langes Leben? Politik... Religion... Staat, Kirche und... da hast du ihn... Gott? Alles Dinge, die sich Leute ausgedacht und lebendig gehalten haben, die so verdammt gut wissen, wie ein anderer glücklich werden muß. Im Grunde ist es ihr eigener Karren... ihr Triumphwagen... vor den sie den anderen spannen. Nicht mal als Pferd... nein, als Esel. Na schön, darüber ist unser cartesianischer Zweifel bereits hinaus. Spieß dir diesen Ofen auf den Schürhaken, Schwantje... rüttel die Asche durch den Rost... alles rotglühend... flimmernde Luft, das schärft den Blick... Jetzt geht's weiter. Halt dich fest... Einfache Fahrt, direkt zum Kern. Wo befindet sich der Kompaß, nach dem wir steuern? Na?«

»In unserem Kopf?«

»Hör bloß auf. In dem weichen Brei findet nicht mal die längste Schraube, die dickste Mutter Halt...«

»Im Herzen?«

»Ein viel zu edler Ort... Verschon mich um Himmels willen mit dieser galanten Geziertheit, ich bitte dich. Träume von Ritterlichkeit... leck mich am Arsch.«

»Dann also da... im Arsch?«

»Warm. Wir werden sehen... Laß ihn vorläufig mal kreiseln, den Kompaß. Wie steht's mit den Triebfedern?«

»Ich spür, worauf du hinauswillst, Albert... Geld, natürlich wieder.«

»Nix Geld. Du kommst auch sehr gut ohne aus, wenn du's ein bißchen clever anpackst. Stell dir die Stadt vor als großes, schwerbeladenes Schiff. Das Kielwasser ein Topf schäumendes, brodelndes Wasser... und da wirft der Koch eimerweise Abfälle rein, die noch einwandfrei eßbar sind... Die Passagiere übernehmen den Rest... hängen über der Reling und füttern die Fische... Es gibt kein größeres Glück, als frei im Seewind zu segeln und diesem reichen Schiff zu folgen... diesem weißen Palast...! Sturzflug! Wegschnappen! Erinnerst du dich noch an diese hereingeschneite Amerikanerin mit ihrer Bibel?«

»*Europe on $ 5 a day*... Hannah. Oder waren's damals schon *$ 10 a day*?«

»Hannah, ja. Aber ich meine eine andere Bibel... ein englisches Buch, wie man ohne einen Pfennig Geld in London lebt. Ein komplettes Register aller möglichen Gratisadressen... angefangen bei der Gratismahlzeit in einer anständigen Garküche bis hin zur Gratisdusche im Flughafen... Ganze Wagenladungen von Gratisproben... Alles, ohne einen Cent ausgeben zu müssen. So ein schlaues Buch könnte ich jetzt schon, nach einem knappen halben Jahr, über Amsterdam schreiben... Obwohl du diesen Fehler auf keinen Fall machen darfst. Nach Möglichkeit alles für dich behalten... Für mich ist die Stadt eine einzige große Universität, in der ich moderne Kunstgeschichte studiere, will sagen... ich kenne die Vernissage-Zeiten der Galerien... der Museen... Du beklagst dich ja nicht über die Qualität des Weins, solange der gratis ausgeschenkt wird. Die dazu angebotenen Häppchen verhindern das Aufstoßen. Beißen... kauen... Klappe halten. Für öffentliche Toiletten bin ich mir zu schade. Nein, die Toiletten der besseren Hotels mit ihren herrlichen Düften... ihren Visitenkarten in Form kleiner Handtücher... Niemand hält dich da auf, solange du das richtige Auftreten hast... das einzige, was als Gegenleistung von dir erwartet wird... Bibliotheken bieten Wärme und Obdach an kalten, regnerischen Tagen. Sogar ohne Mitgliedsausweis hast du da was zu lesen... Um dir das alles und noch hundertmal mehr unter den Nagel zu reißen, brauchst du noch nicht mal ein Kleinkrimineller zu sein... nur clever.«

»Vergiß die Frauen nicht, Albert. Die brauchen nix zu kosten... du könntest sogar an ihnen verdienen... Stell dich nur nicht so an. Du verpfändest was von deinem Gewissen, und schon bist du aus dem Schneider...«

»Jetzt kommst du aber mit einer tieferen Triebfeder als Geld. Frauen... Frauen und Alkohol, denn man muß kein Kenner des niederländischen Fußballs sein, um zu wissen, daß die beiden zusammengehören... Sie sind unverbrüchlich verbunden im Rausch... Und hier meine ich weniger den

Rausch *that provokes the desire*. Der verpufft ... verflüchtigt sich ... Nein, was davon am nächsten Tag übrigbleibt, nachdem der Rausch durch das Sieb des Schlafes gegangen ist ... Das Verlangen selbst ... nicht nach all den Kuppeln und Pfeilern, die alle zusammen die Frau vom Vorabend gebildet haben, nein, nur nach der kleinen Kapelle, über der die ganze Kathedrale errichtet ist ... Die Triebfeder meines Lebens? Ja, ja und noch mal ja. Dorthin führt, aus immer wieder anderen Richtungen, meine Suche ... wo der farblose Honig fließt ... Hörst du, wie der Ofen bollert, Thjum? Tosender Beifall ...«

»Und Macht? Ich hab noch kein Wort über Macht von dir gehört ...«

»Politische Macht ... das sprichwörtliche Staatsschiff ...! Nach dem, was ich dir gerade erzählt habe, wirst du wohl nicht vor Verwunderung aus den Latschen kippen, wenn ich dir gestehe, daß ich meinen eigenen Körper als Schiff betrachte ... Es drückt mir in den unerwartetsten Momenten das Ruder in die Hand. Völlige Willkür des Fleisches, aber ich protestiere nie. Kurzfristige Steuermannskünste eines Fliegenden Holländers ... Ich hebe das Schiff mit meinem Ruder über die Wolken ... na ja, meine Hand gehorcht eher dem Ruder als umgekehrt. Am Horizont leuchtet ganz kurz ... auch sehr grell ... der Polarstern auf, der Stern meiner Visionen ... eine strahlende Kapelle ... und darüber, du traust deinen Augen nicht, erhebt sich die Kathedrale des Alls. Darunter tun wir's nicht. Sie ist nur von kurzer Dauer, diese Vision ... dann gleitet mir das Ruder schon wieder aus der Hand ... Der ungestüme Wind wird mir aus den Segeln genommen, und ich treibe wieder steuerlos herum ... oder, noch schlimmer: liege tatenlos auf dem spiegelglatten Meer ... Um mein Schiff nicht zu vernachlässigen, muß ich mir stets aufs neue ein Ziel setzen ... immer das gleiche ... Macht? Ich lasse Macht über mich zu ... und nur allzugern, das kannst du mir glauben ...«

»Das also ist deine Kirche ...«

»In eine Kirche einzutreten in der Hoffnung ... oder der Erwartung ... daß das Leben nach dem Tode verlängert wird wie ein Kinofilm in der siebenunddreißigsten Woche ...

Thjum, das ist genau so was, wie an der Börse zu spekulieren. Es sind höchst unangenehme Menschen, die nie für eine Zeitlang auf etwas verzichten können... in diesem Fall auf die Freude im Leben... ohne Wucherzinsen zu erheben. Das Jenseits: Pfand für eine bis auf den letzten Tropfen leergesoffene Flasche. Gläubige, Thjum... du lamentierst hier über Gläubige rum? Wucherer sind das! Und dabei hab ich doch immer geglaubt, daß Jesus die eigenhändig aus dem Tempel gejagt hat...«

»Wie bezwingen wir aber sonst die Angst vor dem Tod? Sag mir doch 'ne Alternative, wenn du's so gut weißt...«

»Wer sich die Hände nicht an dieser Art Wucher und Spekuliererei schmutzig machen will, muß sein Heil woanders suchen, da führt kein Weg dran vorbei. Der wird versuchen müssen, sein Jenseits im Hier und Jetzt zu finden... in der Fülle des Lebens... Er muß diese Mauer, die der Tod ist, nicht nur bereits im Leben mal gespürt haben... sich mal den Kopp daran gestoßen haben... nein, er muß sich durch und durch vertraut mit dieser Mauer machen... hinter der, unter uns gesagt, nichts liegt... Die Mauer muß dich, den unermüdlichen Tennisball, so oft haben abprallen lassen, bis... na ja, bis du ihre ganze Härte und Unnahbarkeit verinnerlicht hast... und zwar so lange, bis du das, was angeblich hinter dieser Mauer liegt, schon bei Lebzeiten zusammenraffst... selbst auf die Gefahr eines Hexenschusses hin... So früh wie möglich, noch während der behüteten Kindheit, müßte man sich aus der Watte schälen... mit voller Wucht gegen diese Mauer knallen... und so die Bahn des Lebens ausmessen... Mal um Mal... Aufprall um Aufprall... Durch die Kraft deines eigenen Sprungs zur Seite hin entkommen... Der freie Flug, bevor man im Bogen wieder aufkommt, ist die einzige Ewigkeitserfahrung, die einem beschieden ist. Na ja, ist ja immerhin was... Ich bestell jetzt noch was, wenn's dir recht ist.«

Alberts Eltern hatten es nie sehr genau genommen mit ihrem Glauben, waren aber zu unentschlossen, um sich endgültig von ihm loszusagen. Sein Vater hatte sogar so etwas wie eine persönliche Metaphysik: »Irgendwas muß da sein ... irgendwas ... kann gar nicht anders sein.«

Die Eltern ließen ihre Kinder taufen, zur Ersten und Feierlichen Heiligen Kommunion gehen, den Blasiussegen entgegennehmen, und sie schickten sie in die Kirche. Letzteres nie mit harter Hand, denn sie selbst hielten sich mit den Jahren immer häufiger und zum Schluß ganz von ihr fern, woraufhin auch Alberts jüngerer Bruder und seine Schwester nicht mehr hingingen. Über mögliche Repressalien von seiten Gottes wurde nicht mal gesprochen.

Der dreizehnjährige Albert jedoch, der den Kontakt zu seinem abendlichen Gesprächspartner zu verlieren begann, da leiblichere Dinge anstanden, schrak zurück vor einer Welt ohne Gott und suchte Ihn um so fanatischer in der Kirche. Nicht mehr in diesem kalten, modernen Kasten in Braakhuizen-Noord, nein, vielmehr ging Albert fortan in Braakhuizen-Zuid in die St. Josephkerk, in der es noch nach Weihrauch roch und die Orgel dröhnte.

Er ging samstags abends zur Messe. Vor dem Kirchenbesuch gab er sich während der großen allwöchentlichen Duscherei anderthalb Stunden lang diversen extravaganten Spielchen hin, die zum Ziel hatten, seine Lust zu steigern, ohne es zum Orgasmus kommen zu lassen – denn besudelt durfte er nicht im Gotteshaus erscheinen. Danach versuchte er, während der Liturgie die größtmögliche Andacht aufzubringen, was ihm meist gelang, mitunter bis hin zu einer forcierten Ekstase.

Natürlich ging er eines Abends – inzwischen vierzehn Jahre alt –, fast erstickend im dampfgeschwängerten Badezimmer, doch zu weit. Nach dem Duschen fühlte er sich noch schmutziger als zuvor, auch wenn es nur ein Vogelnest aus Haaren im Abfluß war, das seine Sünde daran hinderte, aus der Welt zu verschwinden. Die Liturgie blieb eigentümlich bedeutungsleer, die Worte des Priesters klangen hohl durch dieselben akustischen Verhältnisse, die ihnen bislang einen mystischen Unterton gegeben hatten, und seine Gesten wirkten lächerlich. Als Albert sich aus der Sitzhaltung zum Offertorium hinkniete, wobei sich die Kleidungsstücke an seinem Leib verschoben und strafften, riß sich das schuldige Ding, das in seiner Unterwäsche festgeklebt gewesen war, auf schmerzhafte Weise los.

Die Leere, die Albert in der St. Josephkerk antraf, war zu überwältigend: Es wurde seine letzte Eucharistiefeier. Das brennende Gefühl, als würde ein Pflaster von einer Schürfwunde abgezogen, verband er seitdem stets mit seinem Bruch.

Der Prozeß

Dienstag, 15. März 1977, Frauengefängnis Rotterdam (Hennie A.)

Vor langer Zeit, damals während ihres Prozesses, hatte der Anwalt Hennie einen Leserbrief aus irgendeiner Nimwegener Universitätszeitung gezeigt. »Lob der Tratschsucht« war er überschrieben. Die beiden Namen, mit denen er unterzeichnet war, hatte sie nicht behalten, wohl aber den Zusatz: »Studenten der Philosophie an der KUN«. Es war ein boshafter Lobgesang auf die üble Nachrede, am Beispiel ihres Falles, der diesen beiden Philosophen zufolge in erster Linie die Folge sei von... ja, wie hatte es dagestanden... etwas von Massenhysterie und einer höheren Form des Tratsches.

Genau so, wie sie es stets empfunden hatte, die Verhöre, die Berichte in der Zeitung, die Prozeßakten: als niederträchtigen Klatsch. Allerdings keinen, den man höchstens entfernt erahnt. Der Klatsch, stark verzerrt durch die vielen Münder und Ohren, die er passiert hatte, wurde ihr direkt ins Gesicht geschleudert und erbarmungslos gegen sie verwandt. Irgendwann einmal mußte er hinter ihrem Rücken begonnen haben, denn diesem witzigen Leserbrief zufolge war eine Voraussetzung für üble Nachrede: daß derjenige, der verleumdet wurde, abwesend war. En passant wurde auch noch kurz erläutert, was der Ausspruch »über die Toten nur Gutes« eigentlich taugte. Nichts. Eine überflüssige Ermahnung. Über die Toten wurde nicht schlecht gesprochen, und zwar aus dem simplen Grund, weil von ihnen nichts Böses mehr zu befürchten war. Über Menschen zu tratschen, die der Tod unschädlich gemacht hatte, war schließlich in keiner Weise spannend. Nein, für einen guten Tratsch war es nötig, daß der Diffamierte nicht nur abwesend war, sondern auch jeden Moment zurückkehren konnte – um seinen gefürchteten, zeitweilig umstrittenen, aber unverkennbar ihm zukommenden Platz wieder einzunehmen. So ungefähr hatte es dagestanden.

Die Jungs hatten die Sache gut durchschaut. Wenn man nicht zugegen ist, wird über einen getratscht. Wenn man nicht mehr zugegen sein *kann*, wird nicht länger über einen getratscht. Dann ist man erst richtig vergessen. »Über die Toten nur Gutes« bedeutet, daß man wirklich keine Rolle mehr spielt. Nicht die geringste. Absolut keine. Null Komma null.

Alles schön und gut, meine kleinen Philosophen, aber wie ist es dann mit mir? Eurem Geschreibsel nach war ich so ungefähr die am heftigsten mit Tratsch überzogene Person der Niederlande... ins Gefängnis hat man mich hineindiffamiert... und jetzt, jetzt höre ich nichts mehr. Vier Jahre nach der Berufungsverhandlung, und die Welt schweigt wie ein Grab. Ist eine Langzeitstrafe so etwas wie der Tod? Oder noch schlimmer? Über die Gefangenen nur Gutes... Tödliches Schweigen umgibt meine Zelle.

Natürlich, die Insassen hier klatschen übereinander... wie die Toten im Jenseits es wohl auch tun. Doch das erweckt sie noch nicht zum Leben.

De mortibus nil nisi bene. Es stand auch noch mal auf lateinisch da, mein Anwalt sagte, das hieße dasselbe. Diesen Satz habe ich mir auf ein Blatt Papier abgeschrieben, das hier an meiner Pinnwand hängt. Diese mortibus, das sind meine Alten. Menschen, über die man bis über das Grab hinaus schlecht gesprochen hat. Indem gesagt wurde, daß sie durch die Mörderhand ihrer eigenen Tochter zu Tode gekommen sind. Das ist eine noch widerlichere Verleumdung als alles, was die Tochter zu hören bekam.

Montag, 26. Juni 1972, Gericht Arnheim (Hennie A., Albert Egberts)

Als Hennie die kleine Flasche Duschgel auf diesem riesigen Gerichtsaltar sah, konnte sie sich nicht mehr beherrschen, und voller Selbstmitleid begann das Stimmchen eines Mädchens, dem man Unrecht getan hatte, in ihr zu jammern. Durch das dicke, gewölbte Glas ihrer Tränen verzerrt, nahm die Plastikflasche die Ausmaße eines riesigen Fasses wohlriechender Öle an, aus dem die Düfte ihrer Liebe zu Muttchen überreich aufstiegen. Sie blickte über die Schulter, doch niemand auf der Zuhörertribüne schnupperte sichtbar ihre Unschuld ein. Sofern sie neugierig oder voller Abscheu die Mörderin angestarrt hatten, die Leute, wandten sie den Blick rasch den Richtern zu, die gerade im Gänsemarsch den Saal betraten und hüstelnd und füßescharrend Platz nahmen, ebenfalls ohne andächtig die Nase hochzuziehen.

Der Staatsanwalt sprach von Muttchens Tod, dem Tod »einer wehrlosen alten Frau, die ihrer Tochter auf Gedeih und Verderb ausgeliefert war«, und um nicht weiter zuhören zu müssen, fixierte Hennie den vertrauten kleinen Stieltopf aus ihrer Mutter Küche. Er hatte ursprünglich eine Emailschicht aus gebrochenem Weiß gehabt, die jedoch durch den langen Gebrauch gelblich geworden war, zum Boden hin sogar bräunlich von der Gasflamme. Irgendwo war das Email, als Muttchen den Topf einmal hatte fallen lassen, in Größe eines Zweieinhalbguldenstücks abgesprungen, so daß an dieser Stelle der dunkelgraue Untergrund sichtbar war. Der Topf hatte einen Ausgießer für Milch. Unterhalb des Rands verlief als Dekoration eine Doppellinie aus Goldlack, mittlerweile matt geworden. Hennie konnte von ihrem Platz aus nicht in den Topf schauen, aber sie wußte, daß sich die einst leuchtendweiße Innenseite ebenfalls braun verfärbt hatte. Als sie in die Küche gegangen war, hatte sie das Ei in dem heftig kochenden Wasser auf den Topfboden bollern hören. Wie in der kleinen Küche des Hutgeschäfts, in dem sie schlappgewordene Kopfbedeckungen mit Dampf wieder in Form brachte, waren die Fenster völlig beschlagen, woraus Hennie schloß, daß das Ei schon viel zu lange auf dem Feuer stand. Sie drehte das Gas aus. Eigenartig, wie gut die Menschen ihre Haushaltsgegenstände im Laufe der Zeit kennenlernten, mitsamt allen Schönheitsfehlern und Macken... Mit einemmal eine unerklärliche Sehnsucht nach der Zeit der Blümchentassen oder der geriffelten Milchbecher entfalten... der Keksdose mit der Abbildung des Amersfoorter Koppelpoorts... Obszön fast, Muttchens vertrauten, angeknabberten kleinen Topf hier, jedermanns Blick preisgegeben, zu sehen.

Je mehr der Staatsanwalt, der sich der Apotheose seines Plädoyers näherte, die Stimme hob, um so lauter wurden seine Worte von dem Getrommel übertönt, das Hennie aus dem Stieltopf hörte. »Der Hufschlag des Todes...« Wenn dies alles so weiterging, wenn diesem Wahnsinn Glauben geschenkt wurde... dann würde ihr für viele Jahre, vielleicht sogar lebenslänglich, nur die Erinnerung daran bleiben, wie ein Ei in sprudelnd kochendem Wasser auf dem Topfboden herumdopsen konnte. Sofern man im Gefängnis überhaupt je ein Ei bekam, an Festtagen, war es bereits gekocht, zugleich mit achtzig anderen. Das letzte Ei, das Hennie in Freiheit hatte trommeln hören, rührte leise die Totentrommel auf dem Boden dieses kleinen Topfs da.

»Laut Protokoll vom 9. April dieses Jahres haben Sie den Beamten de Caluwe und van de Vijver gegenüber zugegeben, daß Ihre Mutter, obgleich heftig blutend, noch nicht tot war in dem Moment, in dem Sie auf ihr zu liegen kamen. ›Sie starb nicht‹, haben Sie wörtlich gesagt. Die Schläge auf ihren Kopf waren offenbar nicht tödlich gewesen. Sie starb schließlich durch Erwürgen. Im selben Protokoll erwähnten Sie – abwechselnd – eine ›liederliche‹, ›widerliche‹, ›ekelhafte‹ und ›eklige‹ Zunge, die beim Opfer zum Vorschein gekommen sein soll.«

»Die Zunge war bei Muttchen schon ganz draußen. Darum fand ich sie ja so eklig. Darum fand ich den Anblick so widerlich.«

»Wie erklären Sie sich das, eine Zunge, die ganz heraushängt bei jemandem, der noch nicht tot ist? ›Sie starb nicht‹, haben Sie gesagt.«

»De Caluwe sprach von der ekligen Zunge von Muttchen, die starb. Da hab ich zu ihm gesagt: ›Muttchen starb nicht.‹ Damit meinte ich: Sie starb nicht, sie war bereits tot.«

»Jetzt machen Sie ein Wortspiel daraus.«

Albert konnte ihr Profil von seinem Platz aus gerade gut

genug sehen, um zu beobachten, wie sich nervöse Zuckungen von ihrem Mundwinkel in die Wange ausbreiteten, als eine Zusammenfassung des psychiatrischen Gutachtens verlesen wurde.

»Geboren am 14. März 1932, als spätgeborenes Kind eines Gärtnerehepaars ...«

Bisweilen verwandelte sich Hennie A. kurzzeitig in seine Mutter, wie zum Beispiel bei der Passage über das frühzeitige Wachstum. Lang und mager, wurde Hennie ganz nach hinten in die Klasse gesetzt, um anderen Schülern nicht die Sicht auf die Tafel zu versperren. Ganz hinten auf die letzte, vergessene Bank, die Knochen an der nackten Kalkwand. »Lange Bohnenstange« wurde sie genannt. Eine Zeitlang lief sie gekrümmt herum, um ihr forsches Wachstum auszugleichen, bis sie wirklich einen »krummen Buckel« bekam, wie ihre Mutter es nannte, die alles daransetzte – einen Arm um den Hals des Kindes und eine Faust zwischen den Schulterblättern –, um Hennie wieder geradezubiegen.

Albert hatte einmal eine Ölskizze von Jan Sluijters gesehen, *Staphorster Familie*. Selbst kartoffelfarben und wie aus Ton geknetet, standen die Staphorster Eltern leicht verdruckst und beschämt neben ihrer hoch aufgeschossenen Tochter. Lieber Gott, schienen sie sagen zu wollen, haben wir dieses Monstrum, dieses lange Elend, aus unseren Lenden hervorgebracht? Wenn Gottes Strafe nicht auf dem Fuße folgt, dann nach einiger Zeit, zum Beispiel indem er unsere heimlichste Sünde als Karikatur sichtbar macht. Möglicherweise haben wir den unverzeihlichen Fehler begangen, einen nagewissen Genuß zu empfinden, als wir sie zeugten. Das ist natürlich der Grund, weshalb sie so frivol aussieht mit ihrer spillerigen, langen Gestalt (die durch den schuldbewußten Knick im Rücken kaum verkürzt wird), mit ihrem Erröten, ihrem viel zu roten Umschlagtuch und ihrem himmelblauen Augenaufschlag, wo bei uns lediglich Ton zwischen den Lidern klumpt ...

Die Tochter auf dem Bild hatte Albert schmerzlich an seine Mutter als junges Mädchen erinnert, das unbegreiflicherweise voreheliche Produkt frommer Menschen. Die Eltern sollten ihr die Schande nie verzeihen, im Gegenteil, *ihr* mußte die Schande eingetrichtert werden. Woher nahm sie zum Beispiel die Unverschämtheit, die Traute, einfach weiterzuwachsen? Aus gutem Brot Scheiße zu produzieren? Sie wurde zum Sündenbock der Familie, aber genannt wurde sie »Die lange Ziege«. »Das wird wohl wieder Die Lange Ziege gewesen sein...!«

Die fleischlich sichtbar gewordene Sünde zum Sündenbock gestempelt – Sluijters hatte es in jenem inspirierten Staphorster Sommer auf seinem Skizzenkarton möglicherweise keinen Moment lang so gemeint, aber gut gesehen.

Alberts Aufmerksamkeit wurde von der Angeklagten durch jemanden abgelenkt, dessen Blick er auf sich spürte und der irgendwo rechts von ihm in derselben Reihe der Zuschauertribüne saß. Es war Cor Coster, der abgehauene Verlobte seiner Vermieterin. Sie nickten sich kurz zu.

Im Gerichtssaal wurde das Licht gedämpft, und Hennie war gezwungen, sich zusammen mit dem fernsehsüchtigen Publikum den Film anzuschauen, der in Muttchens Haus aufgenommen worden war. Die Kamera nahm denselben Weg, den Hennie genommen hatte, was ihr das Gefühl vermittelte, ihr quölle ein großes gewölbtes grünliches Objektiv aus der Stirn. Die aufschwingende Haustür... die Matte und darauf der Ring mit zwei Schlüsseln... das Wohnzimmer: Tisch (Flasche Fa, Frühstücksbrett mit Rosinenbrot, Zeitschrift), Radio mit erleuchteter Sucherskala, Nahaufnahme des Fischglases, der gemütliche Sessel (in dem Muttchen nie saß), Nahaufnahme von Blutspritzern auf der Tapete... Küche: Nahaufnahme des Stieltopfs mit dem Ei in einer Wasserpfütze, das Ei... Nahaufnahme des blutverschmierten Schalters am Gaskocher...

In dem Film wirkte das Licht in Muttchens Haus überall grünlich, wie bei Unterwasserfilmen. Auch die träge Bewegung der Kamera, die wie ein Fisch an jeder auf dem Meeresgrund vorgefundenen Muschel oder jedem Stein schnuppern zu wollen schien, erinnerte an Taucher, die ein Riff untersuchen. Als Kind war Hennie zweimal in Nimwegen in der Nachmittagsvorstellung ein und desselben Films gewesen. Sie erinnerte sich, beim zweiten Mal gehofft zu haben, daß die traurige Geschichte diesmal gut enden würde. Auch jetzt, im Gerichtssaal, hegte sie die kindliche Erwartung, die Kamera möge, nachdem sie die Küche durchquert hatte, ganz hinten im Haus, im Abstellraum, ein lebendes Muttchen antreffen ... Das Objektiv richtete sich auf die geschlossene Dachbodenluke und wanderte langsam, Stufe für Stufe, die Treppe hinunter ... Kein Muttchen. Welche Erleichterung. Dafür beschrieb die Unterwasserkamera das vollständige Oval des Riffs aus Blutkorallen ... und das war, mehr noch als der Kreidestrich, der wiederum darum gezogen war, genau die Form, in der Muttchen am Fuße der Dachbodentreppe gelegen hatte.

Die Schöße ihrer Eltern ...! Mit einemmal waren diese Worte dagewesen, mit so etwas wie einem trockenen Schluchzer, und gleichzeitig fragte sie sich, ob es von »Schoß« überhaupt eine Pluralform gab: Sie war sich sicher, sie nie gehört zu haben. Hennie war ein lebhaftes Kind, aufmüpfig und frech, doch Fremden gegenüber schlug ihr Verhalten schnell in Schüchternheit um. Dann verbarg sie gern ihr Gesicht, am liebsten in Vaters oder Mutters Schoß.

Wo waren sie nun, die Schöße ihrer Eltern, da sie sich vor den ernsten Gesichtern ihrer Richter und den gierigen Blikken der Leute auf der Zuschauertribüne verstecken wollte? Deren Antwort war ebenso simpel wie hart: Sie hatte sich selbst den Zugang zu den Schößen abgeschnitten, indem sie diese aus dem Weg geräumt hatte.

Ein tausendfüßiges Monster *oder* Getreidekörner auf einem Schachbrett

Dienstag, 15. März 1977
(Albert Egberts)

Zu einem ernsthaften Versuch, mit dem Gott seiner Jugendjahre abzurechnen, brachte Albert es erst mit sechzehn. Es reichte nicht, wie sich zeigte, »gott« fortan mit kleinem Anfangsbuchstaben zu schreiben und »Ich«, »Mich« und »Mein« mit einem großen: Um den Schöpfer zu leugnen, mußte er an die Stelle der Schöpfungsgeschichte eine eigene Kosmogonie setzen.

Mit der exaltierten Pedanterie, die zu seinem Alter gehörte, versuchte Albert, aus einer Vision, die er sich nach einer durchwachten Nacht und anderthalbtägigem Fasten entrungen hatte, die Entstehung des Universums abzuleiten. Seine Erkenntnisse formulierte er in kurzen, kühlen Sätzen, die er, als handele es sich um ein Gedicht, untereinandersetzte. Obwohl er es von vornherein darauf angelegt hatte, nirgends auf »gott« zu stoßen, kam er sich wie ein kleiner Mystiker vor. Aus reiner Liebe zu diesem Wort streute er verschwenderisch Zahlen ein.

Es war eine schnelle Abenteuerreise – das Wort »Gralssuche« kannte er noch nicht – zurück in die Zeit. Der Held, Albert Egberts, ruderte stromaufwärts durch die Geschichte, den Rücken einem unbekannten Reiseziel zugewandt. Er kam an Hitler, Napoleon, Mozart, Jesus vorbei ... und war schon bald in der Prähistorie angelangt. Nach sämtlichen Schritten zurück durch die Urwälder der Evolution – er sah, wie die Beine von Landtieren zu Flossen schrumpften und auf dem Boden keinen Halt mehr fanden – wurde Albert fast vom Mond erschlagen, der vom Himmel herabsank, um sich mit der weichgewordenen Erde zu vereinen. Ach ja, er war sechzehn.

In Wildwestausrüstung, eine Gestalt aus den Büchern der

Leihbibliothek, gelangte er an den Rand einer Wüste. Auf einem abgestorbenen Baum zeigten Geier mit reglosen Schnäbeln ihm den Weg – genau in das Herz der ausgedörrten Ebene. Er schoß mit seinem Colt auf die Vögel: Sie entpuppten sich als strohgefüllt.

Die Wüste bestand aus grobkörnigen Hügeln: Getreidebergen. Albert begann, die Körner des ersten Hügels zu zählen. Damit er sich nicht versah, warf er sie Stück für Stück über die Schulter auf einen Haufen. Es waren rund neun Trillionen: 9 223 372 036 854 775 808, sofern er sich nicht verzählt hatte. Ein poliertes Quadrat aus dunklem Holz hatte, wie sich jetzt zeigte, dem Hügel als Unterlage gedient.

Der nächste, bereits deutlich niedrigere Hügel zählte 4 611 686 018 427 387 904 Getreidekörner. Auch hier ein Quadrat als Basis, genauso groß wie das vorherige, aber von hellerem Holz.

So zählte Albert Hügel um Hügel ... Der Hals seines Banjos verzog sich in der unbarmherzigen Sonne. Obgleich die Kornhaufen immer kleiner wurden, waren die Zahlen noch zu groß, um eine Regelmäßigkeit zwischen ihnen entdecken zu können.

562 949 953 421 312 ... ... 70 368 744 177 664 ...

Unter jedem Hügel, den er nachzählte, kam ein makelloses Quadrat zum Vorschein. Im weiteren Verlauf bedeckten die Kornhaufen nicht einmal mehr ihre dunkle oder helle Fläche: Die sich schneidenden Linien liefen ohne Unterbrechung bis zu den Grenzen der Wüste ... Am Horizont des »Tieflands« zeichnete sich ein Fabrikschlot gegen den Himmel ab. Er gab keinen Rauch von sich, und als Albert richtig hinschaute, sah er, daß die Röhre alles andere als senkrecht war, sondern im Gegenteil etwas schief stand ... fast phallisch ...

Das Zählen ging immer schneller: ... 1 073 741 824 ... ... 16 777 216 ... ... 65 536 ... ... 128 ... 64 ... 16-8-4 ... Ein Turm zu Babel aus Zahlen. Auf dem vorletzten Quadrat lagen, zärtlich Seite an Seite, *zwei* Körner. Folgerichtig war auf der letzten Fläche *ein* Korn zu erwarten. Albert stieß dort jedoch nur auf die Röhre, die, sich um die eigene Achse drehend, sich der Erde immer weiter zuneigte... bis der Junge genau in die runde Öffnung blicken konnte. Nichts als Finsternis, obwohl er wußte, daß sich das allerletzte Getreidekorn dort drinnen befinden mußte. Auf Händen und Füßen kroch Albert in den dunklen Gang und suchte tastend weiter... bis er nicht mehr weiterkam. Nichts zu finden. Statt dessen war ein Klicken zu hören, gefolgt von einem Scharren von Metall auf Metall. Etwas wurde hereingeschoben, stieß an seine Schulter. Ganz in der Nähe schlug eine Klappe zu. Sein Tastsinn wollte ihm etwas mitteilen, aber er konnte es noch nicht glauben...

Eine Kugel! Eine Granate! Er befand sich im Bauch einer Kanone...!

Jetzt verstand er, was die Zahlen ihm hatten sagen wollen. Zellteilung... Ausgehend von *einer* Zelle, war er nach vierundsechzig Schritten bereits über neun Trillionen hinaus. Und dieses hier, wie eine Faust an seiner Schulter, war die erste Zelle, aus der alles andere, was ihm unterwegs begegnet war, hervorgegangen war... Eine Zelle, die nicht nur Leben in sich barg, sondern auch, und vor allem, den Tod. Der Keim alles Bestehenden war ein tödliches Projektil... Darauf war er also in seiner brennenden Neugier zugekrochen...

Jetzt begannen Räder zu knirschen, das Ungetüm geriet ins Kreisen: Alles war bereit für den Big Bang. Noch einen Augenblick, und Albert würde wie der Fliegende Mann im Zirkus abgeschossen... Mit aller Kraft, als wäre tatsächlich Sprengstoff im Spiel, arbeitete er sich aus dem Kanonenlauf heraus. Rennend suchte er den Weg zurück über die vierundsechzig Felder des Schachbretts. 32 ... 64 ... ... 512 ... ... 4096 ... Nun ging es bereits leicht bergan. 2 097 152 ... die ersten Hügel. Berge schimmerten in der Ferne. Das Zählen ging jetzt viel schneller als auf dem Hinweg. Von Zeit zu Zeit blickte Albert über die Schulter – doch er konnte so viele Zickzackhaken schlagen, wie er wollte, die Dicke Bertha schwenkte mit. Und wenn er sich noch so weit von der ersten Zelle entfernte, die Granate würde ihn zu gegebener Zeit treffen.

Da war bereits der Baum mit den ausgestopften Geiern.

Atemlos floh Albert zu dem zurück, was er für seine sichere Gegenwart hielt – um hier »als kleiner Mystiker« seine Kosmogonie zu Papier zu bringen. (*Am Anfang / war so unendlich viel NICHTS / daß es sich / zu einem kleinen Tropfen zusammenballen konnte* ...)

Was jedoch wichtiger war: Fortan würde er stets diese Mündung auf sich gerichtet wissen; ein Kreis wurde ihm in den Rücken gebrannt.

»Exeunt Kirche und Religion. Bravo, Albert. Bei Descartes geriet unterwegs auch so einiges unter die Räder ... aber er landete doch bei Gott. Tot oder lebendig ... ich möchte, daß du Gott hier zu mir bringst.«

»Der Ofen ist kurz vor dem Explodieren, Thjum ... Laß ihn nur. Notfalls bitten wir einen Schmied, einen Stahlreifen um ihn zu schmieden ... Hör zu. Auf Bahnhöfen sieht man sie: Plakate des Verbands gegen das Fluchen. Sie haben es verdammt schwer, diese Plakate ... strenge Ermahnungen in die Welt schleudern, ohne dabei auch nur den kleinsten Fluch benutzen zu dürfen ... Es steht jedermann frei, Gott anzurufen, doch dabei darf Sein Name niemals mißbraucht werden, auch nicht bei der dringenden Bitte, vom Ihm persönlich in die Verdammnis befördert zu werden. Gegen wen wird der christliche Gott von dem Verband nun eigentlich in Schutz genommen ... gegen Seine eigenen ohnmächtigen Untertanen? So wird's wohl sein, denn was jucken den Gottlosen solche Ermahnungen schon? Nicht die Bohne, oder? Außerdem ... was erreicht der Gottlose mit Fluchen? Sag selbst ... Fluchen heißt: Gott Verwünschungen ins Gesicht zu blaffen, und Der existiert ja gerade nicht für so einen gottlosen Hund ...«

»Ich merke, worauf du hinauswillst ... Ausgerechnet die Leute, die sich völlig von Gott losgesagt haben, die hört man fluchen, was das Zeug hält ...«

»... und mit wahrer Inbrunst. Ich frage mich, ob Descartes es fertiggebracht hätte, die Existenz Gottes aus den Flüchen der Sterblichen abzuleiten. Alle Logik ... alle Argumente, auf die er bei seiner monomanen Zweifelsucht stieß, bestanden irgendwie aus Sprache ... aus Zeichen ... Wörter, Buchstaben, Symbole ... sie alle fielen wie Grashalme unter der Sense seines Zweifels. René, Gevatter Hein der Syntax ... der irgendwann nur noch an seine Sense glaubte ... an den Zweifel an sich ... und von dort seine Daseinsberechtigung herleitete. Ich zweifle ... ich denke ... also bin ich. Ein Descartes, der neben der Zentralheizung philosophiert, da muß man kurz schlucken ... aber hätte ein moderner Descartes den Mut gehabt, haltzumachen beim Phänomen des Fluchens ... und es als etwas anzuerkennen, das stärker ist als Sprache ... als die Wörter und Laute, aus denen es sich zusammensetzt?«

»Du glaubst also selbst, daß Fluchen entschieden mehr ist als ein paar unflätige Worte, die man, ohne groß nachzudenken, ausspuckt ...«

»Auf jeden Fall. Für mich ist es nichts weniger als ein Gottesbeweis ... allerdings ein Beweis für welchen Gott! Einen ›Gott‹, der zu schmutzig zum Anfassen ist ... darum darf Sein Name auch nur in Anführungszeichen geschrieben werden ... Das sind die Wäscheklammern, mit denen wir Ihn zum Lüften in den Wind hängen ... Diesen heutigen Descartes, der nur ein bißchen am Knopf der Zentralheizung dreht ... dieses Individuum, das auf den Gott des siebzehnten Jahrhunderts keine Rücksicht zu nehmen braucht, würde ich gern mal ein paar Zweifel äußern hören ... laut und systematisch, ohne ein Blatt vor dem Mund ...«

»Zweifel an der Existenz Gottes?«

»Soweit waren wir doch schon ... Nein, Zweifel an der Existenz des Gottlosen ... Zweifel an der *Nicht*-Existenz Gottes. Einen Menschen kann man nicht so ohne weiteres als gottlos bezeichnen ... egal, was er selbst behauptet ... Ich würde von unserem Zentralheizungs-Descartes gern mal ausklamüsert sehen, ob es ... nachdem jeder Anschein des Gegenteils widerlegt ist ... nicht eine Art hypothetischen ›Gott‹ gibt, um den kein Sterblicher herumkommt ... nicht einmal mit einem Bogen von hier bis nach China ...«

»Das klingt ja so, als würdest du selbst steif und fest an so ein Wesen glauben ...«

»Hundertprozentig daneben, Thjum. Es geht nicht um ein Wesen ... Auch von Glauben ist hier nicht die Rede, und schon gar nicht im sakralen Sinne ...«

»Na, dann setz du dich doch mal auf den Stuhl eines Descartes des zwanzigsten Jahrhunderts neben die Zentralheizung ... laß mal hören ...«

»Das kann ich nicht. Dafür ist das, was mein Zweifel an Abbrucharbeit leistet, nicht systematisch und gründlich genug ... Als erstes hacke ich an den Fundamenten herum ... schlage dann ein Loch ins Dach ... reiße eine Mauer ein und bekomme eine Ladung Ziegel auf den Kopf ... Nein, das wird nix. Ich stelle mir vor, daß unser Descartes über eine ganze Kette von Neins ... nein, ich glaube nicht an einen christlichen Gott, nein, ich glaube nicht an Buddha, nein, ich glaube an gar keinen Gott menschlicher Machart ... daß er über eine solche Folge von Verneinungen und Widerlegungen bei meinem hypothetischen ›Gott‹ landen würde, der natürlich gar kein Gott *ist* ...«

»Dann umschreib Ihn doch. Sonst weiß ich immer noch nichts ...«

»Für Gott ... den echten, will ich mal sagen ... hat man schon jede Menge Metaphern rangeschleppt. Ein selbsttätig kreisendes Rad, um nur ein Beispiel zu nennen ... Na schön, ich würde mir meinen hypothetischen ›Gott‹ eher vorstellen ... und damit bin ich erst bei einer Seiner am wenigsten schlechten Eigenschaften ... als den lockeren Sand, in dem sich mein Fahrrad festfährt ... genau in dem Moment, wo ich es eilig habe, auch das noch ... Er ist keine Ewige Bewegung, Er bremst die Ewige Bewegung. Er ist ein Gott der Reibung ... ein Gott des Widerstands ... Sieh mal, Thjum, als ich vierzehn war, habe ich mit dem Gott meiner Jugend abgerechnet ... ich kam mir wahnsinnig souverän vor ... aber der Triumph war nicht von langer Dauer ... Ich stieß auf eine Menge Dinge, die ich *nicht* beherrschte ... die mich zu beherrschen begannen ... Am Horizont wartete auch noch so einiges auf mich... weiß Gott keine Windmühlen... sondern Hunger, Krieg und... alles und alle in den Schatten stellend... der Tod. Ich war stur, muckte oft auf, aber einer ganzen Reihe von Dingen mußte ich mich schließlich doch beugen... Mein hypothetischer ›Gott‹ ist der verhaßte Sammelbegriff für... und jetzt tu ich mal eben so, als würde ich eine Definition runterbeten... ›dasjenige, was zu unserem großen Verdruß und unserer ohnmächtigen Wut stärker ist als wir selbst‹... oder zumindest ›alles was uns, zu unserem großen Frust, Steine in den Weg legt, Knüppel zwischen die Beine wirft...‹ Das kroatische Wort für Gott, hab ich neulich in einer Zeitschrift gelesen, ist ›Bok‹... Klingt schon besser als ›Gott‹... Der Alte Bock. Klasse. Ich nenne den meinigen Den Alten Hemmschuh... das charakterisiert Ihn nicht schlecht. Er ist der große Parolibieter... der große Flügelstutzer... der Suppeversalzer. Er klebt uns den Kaugummi unter die Sohle, mit dem wir den ganzen Teppich mitreißen und alles, was auf ihm steht... alles stürzt zu Boden... In Seiner Vielseitigkeit ist Er nicht nur der Durst, sondern auch die Trunksucht... Je nachdem, ob Er unser Bewußtsein langsam oder schnell auslöschen will, besteht Er aus fünf, zwölf, fünfunddreißig, vierzig oder – Stroh-Rum-triefenden – achtzig Prozent Alkohol. Den Alkoholrausch, für den sorgen wir angeblich selbst... der stellt ein kleines Stück unseres Paradieses dar... doch ganz am Ende des erhitzten Ritts erwartet uns Der Alte Hemmschuh, um den Wein in Galle zu verwandeln. Wenn wir Ihn zu früh sehen, bekommt uns der Alkohol schlecht. Er ist der Kater, die Vergiftung, das Delirium tremens, der Rigor mortis... In der Liebe ist Er die Eifersucht... Er führt Menschen so nah zueinander, daß sie in der Umarmung ersticken... Er ist ein Contra-Gott, ein ewiger Querkopp...«

»Fürwahr kein Gott, den man aus reiner Dankbarkeit mit Gebeten überschüttet...«

»Nicht einmal einer, an den man verzweifelte Bittgebete richtet... ob's nicht schon reicht, zum Beispiel... denn allein das würde ihm schon den Anschein eines gütigen Gottes verleihen... so unerbittlich Er ansonsten auch bliebe... Nein, die angemessene Haltung gegenüber Dem Alten Hemmschuh ist nicht die der hoffnungsvollen Erwartung, sondern vielmehr des Fatalismus... Es ist ein ›Gott‹, vor dem man den Kopf beugt... nicht aus Ehrfurcht oder Demut, sondern ganz einfach deshalb, weil Sein Fuß einem im Nacken steht... Nicht nur dir oder mir, sondern auf dem schwächlichen Genick all der armen Teufel, die auch lieber die Nase hoch tragen würden... Der Alte Hemmschuh ist nie um ein Instrument zur Erniedrigung verlegen... er ist ein tausendfüßiges Monster. Zu so einem ›Gott‹ betet man nicht, zu so einem flucht man... Und damit sind wir dort angelangt, wo wir hinwollten. Fluchen ist das Beten des Ungläubigen. Ein Anti-Gebet... zischend ausgestoßen... mit Speicheltropfen, die überall herumfliegen... den Kopf unter dem schwieligen Schweißfuß des dir Überlegenen... des Dämons und Spielverderbers... unwillig bodenwärts geneigt... Um zu überleben, müssen wir Ihn in einem fort verfluchen... gegen den Sturm und die Brandung anschreien, etwas anderes bleibt uns nicht übrig. Es ist nicht nur eine Notwendigkeit, sondern stärker als wir.«

»Alles gut und schön, Albert... aber wie verhalten sich die Dinge zu deinem tausendfüßigen Monster?«

»Die Dinge...«

»Die Dinge, ja. Dieses Glas hier... dieser wacklige Tisch mit den beiden Bierfilzen unter dem zu kurzen Bein... die Spinnwebe dort, an den Blättern des alten Ventilators... Kannst sie eins nach dem anderen nehmen. Existieren die Dinge ohne Ihn... gegen Seinen Willen... und macht das, netter Begleitumstand, ihr Geheimnis aus? Oder hat dein Gott der Reibung die Dinge erschaffen, um sich uns in den Weg stellen zu können, einzig und allein aus dem Grund?«

»Nein, das trifft auf deinen Gott zu, Thjum. Der Gott der Christen, das ist der übellaunige Haustyrann, der das Glas dicht an den Tischrand stellt. Ein Kinderspiel, es von jemandem umstoßen zu lassen und dann einen Zornausbruch hinzulegen. Für die Christen ist die Welt ohne Geheimnis, denn alles ist zweifellos von ihrem Gott erschaffen. Das einzige Geheimnis besteht darin, *wie* das vor sich gegangen ist. Für mich dagegen sind die Dinge durchaus geheimnisvoll ... nur müssen sie manchmal, am besten mit dem Federwisch eines Künstlers, vom Staub der Alltäglichkeit befreit werden. Unter den uns umgebenden Dingen gibt es welche, die ich beherrsche ... die ich bedienen ... nach meinen Wünschen einsetzen ... sogar verbessern kann ... Es gibt auch welche, die mich beherrschen ... sich gegen mich verschwören ... mich bedrängen ... zu Fall bringen ... Nun, allen Dingen zusammen, die stärker sind als ich, habe ich einen Sammelnamen gegeben: ›Gott.‹ Entschieden kein Herzchen.«

»Erst«, sagte Thjum, »mußte ich – Pflichtprogramm – an Gott glauben. Dann einigte ich mich mit Freunden, unter anderem mit dir, darauf, daß es keinen Gott gibt, nie gegeben hat. Als nächstes las ich Nietzsche und bekam zu hören, daß Gott *tot* ist, also durchaus einmal existiert, inzwischen aber den Löffel abgegeben hat. Jetzt, wo ich alt genug bin, um mir von niemand mehr etwas weismachen zu lassen, und meinen eigenen Gott bestimmen kann, bekomme ich zu hören, daß ich ihn mit Schimpfwörtern und Flüchen überschütten muß.«

»Nicht deinen Gott. Bet ruhig, Thjum. Tu, was du nicht lassen kannst. Ich spreche doch von einem Sammelbegriff – mangels eines besseren: ›Gott‹ – für alles, was mir in die Quere kommt, mir Steine in den Weg legt, für alles, was stärker ist als ich. Ein negativer Gott. Das Negativ Gottes.«

»Der Teufel.«

»Nein, der Teufel ist die Ergänzung eines gütigen Gottes. Kein Teufel ohne Gott. Der Teufel ist Gottes Schatten. Ich spreche von einem Gott, der der Schatten des Menschen ist ...«

Als Albert in dieser Nacht aus *Dopey's Elixir* nach Hause ging, brannte im Schaufenster der Billardfirma nicht einmal mehr die Leuchtreklame. Nur die beiden Stoßzähne schimmerten im Dunkeln.

Nach seiner pessimistischen Rückkehr vom Schachbrett stürzte sich Albert, noch etwas bleich um die Nase, auf Nietzsche. In *Die Geburt der Tragödie*, die er sich wegen des Untertitels (*Griechentum und Pessimismus*) ausgesucht hatte, berührte ihn besonders die Passage mit Silens Antwort an König Midas.

»Elendes Eintagsgeschlecht, des Zufalls Kinder und der Mühsal, was zwingst du mich, dir zu sagen, was nicht zu hören für dich das Ersprießlichste ist? Das Allerbeste ist für dich gänzlich unerreichbar: nicht geboren zu sein, nicht zu *sein*, *nichts* zu sein. Das Zweitbeste aber ist für dich – bald zu sterben.«

Hier fand Albert die vergebliche Lösung des Schachproblems formuliert: der Urknall, die Entstehung des Kosmos, die Geschichte, die Menschheit... das alles hätte nicht geschehen dürfen, und da es nun doch geschehen war, sollte es am besten wieder rückgängig gemacht werden.

In dem Sommer nach seinem Abitur schrieb er in einem erneuten Versuch, der christlichen Mythologie seine eigene gegenüberzustellen, einen Roman mit dem Titel *Altersheim auf dem Dach der Welt*. Es sollte das Werk eines Junggenies werden, an das nichts je mehr heranreichen würde, auch nichts von seiner eigenen Hand. Nachdem es vollendet worden war, würde er, pro forma, in einer Großstadt studieren, in einem weißen Anzug an den Straßencafés vorbeiflanieren, um von allen kopfschüttelnd bewundert zu werden... Die Hauptfigur beabsichtigte, den totalen Untergang der Menschheit einzuleiten: die äußerste Konsequenz von Silens Antwort an König Midas. Albert ließ sie eine dreiteilige *Ethik* schreiben, deren Titel allein schon Bände sprachen: *Verbrecherische Elternschaft*, *Der Tag der einfältigen Kinder* und *Kollekte für ein Altersheim auf dem Dach der Welt*. Die Logik dieser ethischen Trilogie war so zwingend, daß sich das Werk als größter Diktator der Weltgeschichte entpuppen konnte – womit das Todesurteil ebendieser Weltgeschichte besiegelt war. Es gab ein von allen Nationen ratifiziertes Verbot der Fortpflanzung, bis jeder Erdenbewohner durch einen Eingriff unfruchtbar und ein derartiges Verbot nicht mehr nötig wäre. Als nötig hingegen erwiesen sich weltweite Volkszählungen, doch auch dieses Problem lösten die Schriften des Moralphilosophen. In einem Altersheim auf einer hochgelegenen Himalaya-Terrasse würden zu gegebener Zeit die letzten Exemplare der Gattung Mensch vor Alter zerbröseln.

Daß alle Verlage ihm das Manuskript zurückschickten, führte Albert nicht auf den unwahrscheinlichen Plot zurück (der Verfasser der *Ethik* als letzter Überlebender, der mit Hilfe eines Computers die zurückbleibende Erde eben mal schnell auf nuklearem Weg beseitigen würde), sondern auf die Angst aller möglichen drittklassigen Lektoren, die an ihr eigenes Leben und das ihrer Nachkommen dachten... Und trotzdem: Durch das laute Klatschen, mit dem der Papierpacken immer wieder auf der Türmatte aufschlug, erwachte Albert nach und nach aus seinem mythologischen Rausch. Bei näherer Betrachtung schrak er insbesondere vor dem zweiten Teil von Silens Antwort zurück. So bald wie möglich zu sterben... Nein, im Gegenteil, da er nun einmal da war, unwiderruflich, wollte er das *ewige* Leben.

Jahrelang übte Albert sich in dem, was er als »Leben in die Breite« bezeichnete: den Geist an möglichst vielem zugleich teilhaben zu lassen. Stand nicht fest, daß die Möglichkeiten des menschlichen Geistes unbegrenzt waren? Sein Auffassungsvermögen uneingeschränkt? Nun, dann mußte es auch möglich sein, eine sehr große Zahl – womöglich gar eine unendliche Menge – von Gedanken und Bildern gleichzeitig aufzurufen. Bis weit über die Horizonte der normalen Gedankenwelt müßten sie sich aneinanderreihen... bis ins Unendliche... Keine Aufeinanderfolge von Gedanken, sondern Gleichzeitigkeit. Nur so ließ sich die unbarmherzig »in die Länge« verstreichende Zeit unschädlich machen. Nur so ließ sich jeder Bruchteil einer Sekunde endlos in die Breite dehnen...

»Wie stellst du dir das vor?« fragte jemand interessiert.

»Ein Buch lesen, das mit jedem Satz alle anderen bereits gelesenen Bücher heraufbeschwört... Währenddessen einem

Streit unter Nachbarn lauschen, der Wort für Wort einen längst verflogenen Streit zwischen deinen Eltern hervorholt ... Jede Bezeichnung, die sie sich gegenseitig an den Kopf werfen, erzählt ihre eigene Geschichte von Haß, Neid und Enttäuschung. Und vielleicht lauschst du dabei, ohne zu stocken, im Kopf einer Ouvertüre von Bach: der Schlüssel zu wieder anderen Welten und Zeiten ... Und so ad infinitum. Bis eine normale Zeiteinheit unendlich viel breiter geworden ist, als sie lang ist. Ein Fluß, so breit wie ein Ozean ... Es kommt darauf an, so viel Zeit in der Breite zu gewinnen, daß die Längenzeit ... zum Still. Stand. Kommt. Jemand, dem es gelingt, dieses Leben in die Breite perfekt zu führen, wird unsterblich geworden sein. Voraussetzung ist lediglich, den Geist genügend zu trainieren ...«

Eines Tages mußte Albert, noch immer übend, erkennen: Dieses »Leben in die Breite« war eine irdische Variante des ewigen Lebens, das den Christen in Aussicht gestellt wurde. Er hatte es lediglich aus dem Jenseits ins Jetzt geholt, um dem Heute ein wenig Ewigkeitswert zu verleihen. »Das Reich Gottes ist mitten unter euch.« Vielleicht hatte Jesus es ursprünglich so gemeint.

Sogar als sich Zweifel regten, tröstete ihn seine theoretische Form des ewigen Lebens mitunter immer noch.

Der Erwachsene konnte sich selbst leicht weismachen, während der Pubertät für immer und ewig mit diesem kleine Bitten erfüllenden, wie ein Psychoanalytiker aufmerksam und kritisch zuhörenden Gott gebrochen zu haben – doch auch wenn Albert seine Vertrauensperson abends zwischen den Laken nicht mehr anrief, rechnete er doch weiterhin felsenfest damit, daß ihm nach jeder Folge von Mißgeschicken der Wind schon wieder den Rücken stärken würde.

Kein Würfelwurf hatte ihn gelehrt, daß der Wind nun mal nicht ständig aus ein und derselben Richtung wehen konnte ... *Wer* aber, zum Teufel, belohnte einen mit Glück? Woher kam dieses tiefe Vertrauen?

Wenngleich Albert mit Ihm gebrochen hatte, war er doch

nie zur Gegenpartei, dem Schicksal, übergelaufen. Dieses tiefe, unbegründete Vertrauen – »es wird schon wieder gut werden« – das war *Er.* Gott mochte gestorben sein, und doch existierte Er wie die Pest: in diesem Vertrauen. Es war Seine Hinterlassenschaft.

Und auch später, als Albert sich schon längst weggeworfen hatte und das »Leben in die Breite« keine Chance mehr bekam, weil das Dasein sich so erbarmungslos und banal *in die Länge* entrollte, blieb dieses Vertrauen, dessen er sich in seltenen klaren Momenten bewußt war.

Erst nachdem Albert seine Verpflichtung gegenüber dem Gott seiner Kindheit und Jugend anerkannt hatte, konnte er sich beruhigten Herzens einem spielerischen Atheismus hingeben.

Die schwarze Mitra des Wahnsinns

Dienstag, 26. April 1977
(Flix Boezaardt, Thjum Schwantje)

Ob blond, ob braun / Ich liebe alle Frau'n / Mein Herz ist groß... Wenn das nicht aus einer Operette stammen würde, hätte ich todsicher nebenan an die Tür geklopft und gesagt: »Hörst du, Albert? Sie singen deinen Wahlspruch... aus voller Brust... Wenn du aufs Treppenpodest kommst, kannst du's noch besser hören...«

Aber Operette, das ist für mich der Tod. Genauer gesagt, der pechschwarze mitraförmige Hufabdruck des Todes, so beschwingt sich die Musik für andere auch anhören mag.

Vielleicht als Entschädigung für all die Pflegefamilien, durch die ich mit meinem »psychischen Asthma« gejagt wurde, bekam ich zu meinem vierzehnten Geburtstag von meinen richtigen Eltern einen Plattenspieler. Bei der Arbeit hatte mein Vater, eine Spur mitleidig, vermute ich, einem Kollegen gegenüber die Bemerkung fallenlassen, ich hätte jetzt zwar mein eigenes tragbares Koffergrammophon, aber kaum Platten, die ich darauf spielen konnte. Eine Woche darauf erhielt ich einen ganzen Stapel EP's, wie die Singles mit zwei Titeln pro Seite damals hießen, nach Hause geliefert. Ausnahmslos *Beliebte Operettenmelodien*, wie auf den Hüllen stand. Ein Geschenk der Frau dieses Kollegen, die sich meines musikalischen Schicksals angenommen hatte. Ich natürlich stinksauer, weil Operette – das war schließlich das letzte, worauf ich zur Zeit der Rolling Stones scharf war. Die EP's hab ich folglich, sehr zum Kummer meines Alten, in die hinterste Ecke meines Schrankes zu den ausrangierten Spielsachen gepfeffert. Einen Monat später brachte mein Vater die Nachricht nach Hause, diese Frau sei ermordet worden. Ihr eigener Bruder hatte ihr, während sie beim Bügeln war, mit dem glühenden Plätteisen den Schädel eingeschlagen. Der Typ war nicht ganz richtig im Kopf. Als seine Schwester bereits am Boden lag, schlug er immer noch auf sie ein, bis ihr Blut zäh wie schäumendes Pech an dem elektrischen Bügeleisen klebte, das er danach, ohne es auszuschalten, auf die Herzgegend des weißen Oberhemdes stellte, das mit herunterhängenden Ärmeln über dem Bügelbrett hing. So hinterließ er, durch Kleidungsstück, Schutzüberzug und Holzunterlage gestempelt, seine massive Unterschrift... die schwarze Mitra des Wahnsinns... So, das reicht jetzt, Boezaardt; erzähl lieber, wie du die EP's wieder aus dem Schrank geholt und sie mit zitternden Fingern aus den Hüllen gefummelt hast und sie dann gespielt und gespielt und gespielt hast, bis...

Ob blond, ob braun
Ich liebe alle Frau'n

Ja, bis was? So lange, bis ihr Geschenk weniger unnütz geworden war? Ich ihm einen Sinn gegeben hatte? Hatte sie mir die *Beliebten Operettenmelodien* eigentlich wirklich geschenkt? Waren sie nicht eher bei mir deponiert worden, weil der Frau schon etwas schwante...? Ich weiß es nicht, wirklich nicht, was ich aber weiß, ist, daß ich mich mit dem grollenden Herzen eines Pubertierenden, einem Herzen, das lieber bei den Stones war, voll und ganz diesen blöden Operettenmelodien hingab. So lange, bis ich ihrem Opfer, wenn man es denn so nennen konnte, einen wie auch immer gearteten Sinn verliehen hatte. Ich bin ein Laie auf diesem Gebiet, das heißt, ich habe keinen blassen Schimmer, ob es unter die Rubrik Sinngebung fällt, wenn Operettenmusik einem für den Rest des Lebens den Geschmack von schwarzem Blut in den Mund und den Geruch von verbrannter Baumwolle in die Nase bringt. Nur so 'ne Idee, sozusagen.

Inzwischen, ich weiß nicht einmal mehr, wann es angefangen hat, spielt die alte Frau über uns den lieben langen Tag lang auf ihrer Musiktruhe Höhepunkte aus *Die Fledermaus* und *Der Zigeunerbaron* und aus all den anderen Operetten, deren Melodien sich mir unauslöschlich eingebrannt haben. Himmelherrgottnochmal, da könnte man wirklich langsam

Lust kriegen, ein Bügelbrett aufzustellen... Beherrsch dich, Boezaardt.

In den ersten Wochen war sie lediglich ein Geräusch für mich, Mevrouw de Hoogh-Stey – kein Körper, sondern eine Wolke aus leisem Rauschen und Rascheln, die ganz langsam über die Treppen in den dritten Stock hinaufschwebte, begleitet von einem monotonen Gemurmel. Alle vierzehn Tage hatte sie eine Hilfe (drei Stunden lang resolutes Staubsaugen und Türengeknalle), aber einkaufen tat sie noch jeden Tag selbst. Nur das Treppensteigen fiel ihr schwer. Sie nahm sich Zeit dafür, übrigens nie länger als insgesamt eine halbe Stunde, ich hab's auf dem Wecker mitverfolgt. Sie stellte ihre Tasche, in der sich nur ganz wenig befand, unter ungeheurer Kraftanstrengung auf die zweitunterste Stufe, dann den einen Fuß auf die unterste, den anderen daneben... Tasche eine Stufe höher... und so machte sie sich an den langsamen Aufstieg, oder vielleicht sollte ich sagen: an ihren täglichen Treppenhausmonolog, dessen Takt, Aufbau und Rhythmus die drei Treppen auf irgendeine geheimnisvolle Weise bildeten. Wenn sich das Gemurmel, schon etwas kurzatmiger, unserem Treppenpodest näherte, schien es deutlicher zu werden.

»... und ich hab noch zu ihm gesagt...«

Mehr verstand ich nicht.

Eines Abends, als ich gerade aus der Tür wollte, hörte ich eine dünne Stimme vom Ende der dritten Treppe, ein klein wenig heiser, sonst aber unverkennbar die Stimme eines Mädchens. Ich beugte mich über das Geländer, schaute hoch und bekam den Schreck meines Lebens... Jeder redet immer nur von Bernadettes Gemütsverfassung, nachdem ihr die Jungfrau Maria erschienen war. Niemand stellt sich je die Frage, wie es Maria zumute gewesen sein muß, als sie sich plötzlich einem ganz normalen Mädchen wie Bernadette gegenübersah. Auf dem oberen Treppenpodest stand im schwachen Licht einer Sparlampe, das sich, so schien es, durch Spinnweben hindurchkämpfen mußte, ein etwas ältliches, etwa fünfzehnjähriges Mädchen, allerdings... nicht aus unserer Zeit. Sie war klein, zart, hatte aber eine unglaubliche Menge von pfeffer-und-salz-farbenem Haar, das zu beiden Seiten eines Scheitels glatt heruntergekämmt war und ihr bis auf den ... »bis auf den Hintern fiel«, würde man heutzutage sagen, aber das paßte nicht zu der Kleinen in ihrem Nachthemd von 1903. Die Haare hingen ihr bis zur Taille herunter und bedeckten vorn, obwohl sie sich auch noch so etwas wie ein gehäkeltes Umschlagtuch umgelegt hatte, »keusch die knospenden Brüste« – das paßte schon eher. Außerdem ließen sie in ihrer schwer herabhängenden Fülle nicht mehr als ein Mauseschnäuzchen frei und eine Ahnung von apfelroten Bäckchen.

»Huhuh, Mijnheer, sind Sie das ...?« hatte sie leise gesungen, und nun folgte: »Sie sind doch der Neue von der Treppe ...? Oh, ich bin ja so froh, daß ich wieder Nachbarn habe ... Morgen werde ich vierundachtzig. Wollen Sie dann nicht mal raufkommen, damit wir uns kennenlernen ... Sie mögen doch bestimmt ein Schnäpschen ...? Ich habe auch einen Farbfernseher. Dann können wir gemeinsam gucken ... So gegen sieben, paßt Ihnen das?«

Die Stimme konnte auch krächzend und hexenhaft klingen, und dadurch hörte ich mehr, als daß ich es sah: Das Mädchen oben an der Treppe mußte die alte Mevrouw de Hoogh-Stey sein. Ich war so erleichtert, daß ich die Einladung sofort annahm. Als ich am nächsten Abend mit einer Flasche Zwarte Kip-Eierlikör und einer Sprühdose Schaumgummischlagsahne bei ihr im Wohnzimmer stand, hieß es plötzlich, sie sei neunundsiebzig geworden.

»Nächstes Jahr wird's dann spannend.«

So sollte es bleiben: Mal wurde sie »in Kürze achtundsiebzig«, ein andermal hatte sie »gerade ihren sechsundachtzigsten Geburtstag« hinter sich ... »ach ja, natürlich, da waren Sie ja dabei ...«. Wie ein spleeniger Filmstar, so schummelte sie mit ihrem Alter. Nun gut, vierundachtzig oder neunundsiebzig – trinkfest war sie. Die Eierlikörflasche verschwand, wohin sie gehörte: in ein mit grünem Filz ausgekleidetes Fach hinter den Bleiglastüren des Büfetts. Auf dem Sofatisch stand ein ganzer Liter junger Genever bereit, daneben die Zuckerdose, sowie zwei durchscheinend blaue Senfgläser, das eine mit einem Teelöffel darin. Von der Flasche Bokma, die – »das sind ja nur kleine Gläser« – alle wurde, ging gut die Hälfte auf die Rechnung von Mevrouw de Hoogh-Stey, wobei sie noch jeden Schnaps mit drei Löffeln Zucker süßte.

Aus Helmond kam sie, das traf sich gut, denn zwischen Helmond und Geldrop lag nur noch Mierlo: ein Kaff, das man vergessen konnte, wenn man der wegwerfenden Handbewegung meiner Gastgeberin glauben wollte. Nachbarn allein schon aufgrund der Herkunft, es sah wie vorherbestimmt aus. In Helmond, wo sie als Verkäuferin gearbeitet hatte, war sie ihrem späteren Mann begegnet, einem Amsterdamer, der dort »diente« wegen der erhöhten Wachsamkeit im Zusammenhang mit dem Ersten Weltkrieg.

»So hieß der Krieg damals natürlich noch nicht... er hatte noch nicht mal richtig angefangen...«

Oh, die Vorzeichen hätten nicht schlechter sein können, aber sie hatte sie nicht beachtet, dumm, wie sie war. Die Sorglosigkeit der Jugend, da gab's nichts zu beschönigen. Anfangs hatte ein Kamerad ihres späteren Gatten ihr den Kopf verdreht, doch schon bald kam durch eine geringfügig anders getönte Stelle an der Haut seines Ringfingers heraus, daß der galante Herr verheiratet war.

»Und den Ring, das war noch das Schönste, hatte er *meinem* Mann zum Aufbewahren gegeben... Ich hatte schon ein Auge auf meinen Mann geworfen, aber als das mit dem Ring herauskam... da wollte ich keinen von beiden mehr sehen.«

Nach dem Krieg bekam Mejuffrouw Stey eine Anstellung in Amsterdam, in einem Geschäft in der Kalverstraat, inklusive Kost und Logis.

»Ja, ja, ich bin ein altes Ladenfrollein.« Sie stieß mit ihrem fast leeren Glas, in dem der klirrende Löffel stand, schon etwas verwegener mit mir an. »Ein altes Ladenfrollein... deswegen kann ich auch nie die Roten wählen. Wenn jetzt im Frühjahr Wahl ist, also, dann stimm ich für van Agt... das ist auch einer aus Brabant... Den Uyl, das ist ein Mistkerl.«

Sie mochte ja recht haben, meinetwegen, aber ich wollte doch gern wissen, warum.

»Weil ich ein altes Ladenfrollein bin, sag ich doch.«

In der Kalverstraat war sie nach all den Jahren ihrem Soldaten wieder begegnet. Nicht dem verheirateten, sondern dem anderen, einem womöglich noch größeren Lumpen, dem, der den Ring aufbewahrt hatte. Und der sich auch noch herausreden wollte und Annäherungsversuche machte, mitten auf dieser vornehmen Straße … also, ich bitte Sie! Sie hatte ihren guten Ruf zu verlieren … Na ja, schön und gut, wie das Leben eben so spielt … Der Soldat, der schon lange kein Soldat mehr war, lief ihr weiter nach, und zuletzt wurde sie dann doch schwach, felsenfest überzeugt von seiner aufrichtigen Liebe.

»Und dann stand der Ehering einer Heirat nicht länger im Weg …«, tastete ich mich vor.

Zuerst wurde sie davon fröhlich, und dann, nach einem weiteren Glas Klaren, dickflüssig vom Zucker, sehr, sehr bitter. Das junge Ehepaar hatte ein paar Jahre bei seinen Eltern gewohnt. Nach der Ankunft des zweiten Kindes war die Familie in der van Ostadestraat 209 im dritten Stock gelandet. Mevrouw de Hoogh-Stey wohnte hier mittlerweile länger als ein halbes Jahrhundert, und davon gut zehn Jahre als Witwe. Ich versuchte mir vorzustellen, wie es war, gute fünfzig Jahre lang so zu tun, als bildeten diese Pappwände zusammengenommen eine Wohnung.

»Nicht, daß ich das schlimm finde, Witwe zu sein … Nein, ich bin sogar froh. Ich war richtig froh, daß er starb. War ein Hurratoter. Nichts durfte ich. Ein Tyrann war er. Stand um sechs Uhr auf und kommandierte mich den ganzen Tag herum. Nie durfte ich mir was kaufen. Jetzt kaufe ich alles. Teppichboden, Schränke, 'nen Farbfernseher, alles …«

Leer, die Flasche. Ich war froh über den kurzen Weg nach unten, obwohl mir die eine Treppe noch als ziemliches Hindernis erschien. Mevrouw de Hoogh-Stey war nichts anzumerken, obwohl der ganze Zucker, den sie dazugekippt hatte, aus ihrem kleinen Körper so was wie 'ne verlängerte Schnapsbrennerei gemacht haben mußte. Sie begleitete mich bis auf das Treppenpodest. Ich war nicht sicher, daß sie mir nicht noch weiter folgen würde.

»... und ein leichter Tod war's auch. Er hat nichts davon mitgekriegt. Ist seiner verdienten Strafe also auch noch entgangen... Übrigens, dem hat nie auch nur das Geringste gefehlt. Und dann, eines Abends, wir lagen gerade im Bett, sagt der Rumkommandierer, daß er sich nicht wohl fühlt. Ich sag: ›Ja, Mensch‹, sag ich, ›ich fühl mich schon seit 14/18 nicht wohl. Schlaf jetzt. Ich hab keine Lust, jetzt noch rauszugehen und einen Arzt zu holen. Morgen ist es wieder früh Tag‹...«

Bei ihren letzten Worten konnte ich nicht entscheiden, ob sie noch an ihren Mann oder bereits an mich gerichtet waren. Ich nutzte rasch die Gelegenheit.

»Ein Hurratoter...« hörte ich sie noch über mir murmeln. »Ein Hurratoter, wie schon gesagt. Der hat keinen Mucks mehr von sich gegeben, nur noch 'nen Pup, und das war's. Fort mit schade. Ein Hurratoter...«

Sie beugte sich ein letztes Mal über das Geländer und erhob die Stimme.

»Die meisten Menschen sterben im Bett... wußten Sie das?«

»Oder auf dem Tisch. Gute Nacht, Mevrouw de Hoogh.«

Vielleicht litt meine Großmutter an einer leichten Gleichgewichtsstörung. Wenn sie rechts ihre Tasche trug, die im übrigen nie schwer war, hielt sie den linken Arm schräg von sich gestreckt wie jemand, der einen Eimer Wasser schleppt. Weil sie mit diesem Arm steife Winkbewegungen nach hinten machte und außerdem die Handfläche nach außen gedreht hatte, nahm ich an, sie greife unentwegt nach meiner Hand, ohne sich zu trauen, mir durch Worte zu erkennen zu geben, daß sie meine Hand halten wolle. Obwohl ich mich dafür schämte – ich war zehn oder elf –, Hand in Hand mit meiner Oma zu gehen, tat ich es schließlich doch, weil ich diese flehentliche Gebärde nicht länger mit ansehen konnte. Der warme Händedruck, mit dem sie mich begrüßte, bestätigte mir, daß ich das verzweifelte Armwedeln richtig gedeutet hatte.

Eines Mittwochnachmittags mußte ich sie, nachdem sie uns in der Textielstraat besucht hatte, auf Geheiß meiner Mutter zur Bushaltestelle bringen. Nach großem Geschrei und einigen treffsicheren Schlägen (»Ich hau sie blau und grün, meine Bälger ... aber nie auf den Kopf«) war ich bereit, Oma zu begleiten. Die eineinhalb Pfund Süßigkeiten in ihrer Handtasche hatte sie bei uns gelassen, das heißt, der winkende Arm konnte kein Gleichgewichtstrick sein. Ich ging, wie um mich selbst zu quälen und sie dazu, schräg hinter ihr. Als wir schon fast am Mierloseweg angekommen waren, wo der Bus abfuhr, schob ich endlich meine Hand in die ihre.

»Na, Flixi-Bub, kommst du noch schnell zu deinem Omachen ... so groß, wie du bist ... Macht nix, hörst du?«

Das bereute ich schon sehr bald, denn auf dem kleinen Platz mit den Geschäften stand Hansje Beeren von gegenüber und unterhielt sich mit zwei Freunden. Beim Kämpfen war ich stärker als er, aber gerade deswegen durfte er mich nicht an Omas Hand ankommen sehen. Meine Gefälligkeit hatte außerdem noch zur Folge, daß meine Großmutter mir, bevor sie auf das Trittbrett stieg, ein paar Schmatzer verpaßte, die trotz des dröhnenden Busses über den ganzen Platz schallten. Als ich wieder in Richtung Textielstraat ging, folgte Hansje Beeren mir mit den beiden anderen auf dem Fuße. Seine Schuhspitzen berührten immer wieder meine Fersen, doch das konnte noch als Ungeschicklichkeit ausgelegt werden.

»Sag mal, Boezaardt ... diese häßliche alte Schachtel war doch bestimmt eure Oma?«

Er begann jetzt, gezielt gegen meine Knöchel zu treten, immer fester. Ich wagte keine Gegenwehr. Nicht weil ich Angst vor ihm hatte oder weil er Verstärkung dabeihatte, weit gefehlt. Ich glaubte irgendwie, seine Tritte zu verdienen wegen des gotteslästerlichen Alters meiner Großmutter. Hansje Beeren mußte wohl recht haben: Wie konnte er sonst seinen Haß so überzeugend zum Zischen bringen, und woher nähme er die Traute, den ihm im Kampf Überlegenen derart mutwillig zu treten? Ich bezahlte mit blauen Fersen und abgeschürften Knöcheln für die Jahre, die meine Großmutter bereits zu lange gelebt hatte. Ich erkannte meine Niederlage an.

Geh weiter, alter Depp. Wie oft habe ich in späteren Jahren so etwas gesagt, und auch noch in vollster Überzeugung? Das von der Jugend verachtete Alter... ist das ein zeitloses Phänomen oder verstärkt es sich mit jeder Generation, seit die alten Leutchen selbständiger, mächtiger, reicher, älter und grauer geworden sind? Neulich hab ich mit Thjum darüber gesprochen, vielleicht weil es ein regnerischer Tag war. Wir waren mit dem Zug unterwegs nach Schiedam zur Eröffnung der Königlichen Kunstförderungsausstellung.

»Das hat's wohl schon immer gegeben, aber noch nie so ausgeprägt wie heutzutage. Früher haben die Leute ihre alte Mutter zu sich genommen. Da wußte man wenigstens, für wen man blechte, und das Geld hat einen vielleicht nur gereut, wenn's um die biestige Schwiegermutter ging... Heute, in unserem Versorgungsstaat, bezahlen wir für die anonyme Masse, die in diesem Fall ja im wahrsten Sinne des Wortes grau ist. Allseits Gemurre, wie immer, wenn's um die Kröten geht. Aber die Verachtung des Alters sitzt tiefer. Ein merkwürdiges Phänomen, denn worum geht es im Grunde... doch um Selbstverachtung, nicht wahr? Der Traum von der Spritze und der Pille bedeutet letztlich Selbstmord. Ich denke manchmal, daß Alter eine Metapher für Selbsthaß ist, und zwar eine so starke, daß der Selbsthaß dadurch noch geschürt wird... was sag ich da, Flixie?... ins Maßlose auflodert!«

»Was ist eigentlich mit der Weisheit, die mit den Jahren kommt, oder so... hört man davon noch was? Und daß der wahre Charakter sich mit den Jahren immer deutlicher zeigt... sich sozusagen ins Gesicht gräbt? Da hört man nicht mehr viel von... Na ja, die Hitparade der beliebtesten Melodien ändert sich ständig.«

»Weiß ich nicht, Flixie. Man kann sich auch fragen, warum all das jugendliche Braun und Schwarz und Hell- und Dunkelblond... warum das, im Laufe der Jahre gewachsen und … ähm … gewaschen … sich in jedem Fall ins gleiche Silber verwandelt. Einen Standardton also.«

»Oder in eine knubblige Glatze … Na ja, auch das ist Standard.«

»Oh, Mijnheer Boezaardt …«

Ein Haus, das war für sie eine »Treppe«, und damit meinte sie die Zusammensetzung der über mehrere Stockwerke verstreuten Bewohner. »In den Jahren vor dem Krieg, als meine Jungs noch klein waren, *da* hatte ich eine schöne Treppe … so eine wunderbare Treppe …«

»Oh, Mijnheer Boezaardt, seit Sie hier mit Ihrem Bruder wohnen« (sie meinte Albert Egberts, von dem keine einzige Körperzelle die geringste Ähnlichkeit mit einer von mir aufweist, nicht einmal, wenn man sie durch fast geschlossene Augen betrachtet), »ist es wieder so eine schöne Treppe geworden … Ich freue mich jeden Tag über meine wunderschöne Treppe.«

Bei jeder Begegnung mußte ich mir dieselbe Geschichte von dem arglistig in Aufbewahrung gegebenen Ehering aus dem Ersten Weltkrieg anhören, was aber dadurch ausgeglichen wurde, daß die Geschichte von Mal zu Mal schöner wurde, detaillierter und zugleich kompakter, besser getimt und mit genau dem bißchen köstlicher Schmiere, die anfangs gefehlt hatte und jetzt die Wiederholung erträglich machte. Aus der Tatsache, daß ihre Vergeßlichkeit sozusagen noch nicht zu stumpfer Routine verkommen war, sondern etwas Ursprüngliches und Kreatives hatte, schloß ich, daß sich der feine Mehlstaub in ihrem Kopf erst vor kurzem in eine Kalkverwehung verwandelt hatte. Daß alte Leute sich nur schlecht an Ereignisse der jüngeren Zeit erinnern können, dafür aber haarscharf an Vorfälle aus ihrer frühen Jugend … die alte Leier kennen wir allmählich. Was aber sollte man davon halten, daß Mevrouw de Hoogh-Stey bei jeder Begegnung immer *genau* wußte, an welcher Stelle sie eine Geschichte, die zu erzählen sie schon zum hundertsten Mal angesetzt hatte, beim vorigen Mal umständehalber abgebrochen hatte? Exakt beim richtigen Wort, notfalls mitten in einem Satz, nahm sie den Faden wieder auf.

»Am nächsten Tag, Montag, ich wasch gerade Wäsche, da kommt mein Junge vorbei, vierzig Jahre alt. Erkundigt sich natürlich nach seinem Vater. Ich sag: Tja, mein Junge, ich hatte noch keine Zeit, nach ihm zu schauen. Ich muß die Wäsche machen. Sieh du doch mal nach. Und er kommt und kommt nicht wieder ... Als er endlich wiederkommt, sagt er: Mutter, hör zu, er is mausetot. Vater lebt nicht mehr ... Hab ich doch eine ganze Nacht neben einem Toten gelegen. Ohne was zu merken. Aber es hat mir nichts ausgemacht. Ich war nur froh. Ein Hurratoter, da bleib ich bei ... ein Hurratoter ...«

Das Vollendete war aus ihrem Gedächtnis gelöscht, das sich erst wieder beim *Un*vollendeten einschaltete.

Ein Stockwerk in diesem Haus, das wußte ich von den Leuten unter uns, kostete knapp hundert Gulden Miete. Albert und ich legten zusammen und zahlten dreimal den Betrag von 98 Gulden ein, bevor uns das ganze Quartal per Scheck zurückgeschickt wurde. Unsere Bemühungen, ehrliche und legale Mieter zu werden, wurden von der Stadtverwaltung nicht gewürdigt. So beließen wir es dabei. Währenddessen saßen wir mit diesem Scheck über dreihundert Gulden da. Albert schlug natürlich vor, das Geld sofort auf den Kopf zu hauen, aber ich meinte, wir sollten etwas Nützliches damit anfangen. Ich schlug vor, eine Morgenzeitung zu abonnieren. Er war erst damit einverstanden, nachdem sich herausgestellt hatte, daß ein ordentlicher Betrag übrigblieb, den man in die Kneipe tragen konnte.

Also, das war was Neues im Haus, eine Zeitung. Ein Druckerzeugnis, das schon frühmorgens vom Boden aufgehoben wurde, bevor es in den bereits vorhandenen Papierbrei getreten werden konnte ... Das Dozentenehepaar aus dem ersten Stock legte *de Volkskrant* manchmal ehrerbietig auf die unterste Treppenstufe, und Mevrouw de Hoogh-Stey ging noch einen Schritt weiter, wenngleich wir das nicht sofort spitzhatten. Eine Zeitlang klappte alles bestens, dann aber schien etwas mit der Zustellung schiefzulaufen. Ständig mußten wir raus in eine Telefonzelle, um die Reklamationsnummer anzurufen. Eines Tages hörten auch die Nachlieferungen auf, nachdem man festgestellt hatte, daß mit der regulären Zustellung alles in Ordnung war. Trotzdem fehlte uns regelmäßig eine Zeitung. Eines Samstagsmorgens kam ich gerade aus der Dusche, als ich *de Volkskrant*, beilagenschwer, auf die Türmatte plumpsen hörte – in zwei Portionen, denn samstags ist sie zu dick für den Briefschlitz. Kurz darauf, ich war noch dabei, mich in meine gipsverschmierte Jeans zu hieven, ging die Haustür auf, und das vertraute Gescharre, Geraschel und Gemurmel auf der Treppe begann. Ich hatte keinen Bock, mir zum x-tenmal die Geschichte vom Abgelegten Ehering & Dem Hurratoten anzuhören, also wartete ich die volle Viertelstunde, bis Mevrouw de Hoogh-Stey sich in den dritten Stock hochgearbeitet hatte, bevor ich die Zeitung holte.

Sie war verschwunden.

»Mevrouw de Hoogh, haben Sie versehentlich meine *Volkskrant* mit nach oben genommen?«

Sie schüttelte mitleidig den Kopf, da sah ich die Zeitung hinter ihr auf der Spüle liegen. Ein Zugwind wehte die Seiten auf, doch ein Briefbeschwerer in Form eines Haufens alter, grünschwarz verfärbter Kartoffeln, die sie gerade in die obersten Blätter hatte wickeln wollen, um sie wegzuwerfen oder aufzubewahren, hinderte die Zeitung daran, sich ganz in die Lüfte zu erheben.

Als ich mich eine Woche später, wieder am Samstag, erneut nach meiner verschwundenen *Volkskrant* erkundigte, brachte Mevrouw de Hoogh-Stey nach dem Öffnen der Tür schnell noch etwas an ihrer langen Steghose in Ordnung. Sie war auf störende Weise verdreht, als hätte sie sie, als ich klopfte, zu schnell hochgezogen. Steinalt war sie, mit dieser Skihose. Hinter ihr auf dem Küchenlinoleum lag die komplette *Volkskrant* ausgebreitet und raschelte im Zugwind, der die Ecken der Seiten umschlug. Der Briefbeschwerer war diesmal eine frische Wurst, so makellos geformt, daß man sich unmöglich vorstellen konnte, daß dieses verbrauchte Frauchen sie produziert hatte. Sie dampfte noch etwas – ein Dunst, den ich, damit mir nicht übel wurde, der frischen Druckerschwärze zuschrieb. Es waren schlichtweg die frischgebackenen Nachrichten aus aller Welt, die da, druckfrisch, vor sich hin dampften.

»Meine *Volkskrant*, Mevrouw.«

»Ach herrje, mein Junge, die da wird's doch wohl nicht sein...«

Sie beugte sich tief über die Behelfstoilette und drehte die Zeitung, deren Text, von ihr aus gesehen, auf dem Kopf stand, um hundertachtzig Grad, wodurch das perfekt spiralförmig gedrehte Exkrement eine Art optischer Täuschung vollführte und sich in Wellen auf einen Mittelpunkt zubewegte. Schwindelerregend, vom dabei freigesetzten Geruch ganz zu schweigen... Ihr eigenes Produkt ignorierend, versuchte Mevrouw de Hoogh-Stey mit kurzsichtig zugekniffenen Augen das Datum zu lesen.

»Meine Brille...! Ohne Brille kann ich's nicht lesen...«

»Mevrouw, ich habe nichts dagegen, wenn Sie *de Volkskrant* als Lokus benutzen... aber könnten Sie in Zukunft bitte die alten Zeitungen bei uns abholen? Die hier zum Beispiel habe ich noch nicht gelesen...«

Alte Zeitungen interessierten Mevrouw de Hoogh-Stey nicht. Bestimmt dreimal die Woche verrichtete sie ihr Bedürfnis in die frisch zugestellte Morgenzeitung. Die Samstagszeitung ließ sie nie unbenutzt, und das lag zweifellos an den vielen Beilagen, mit denen sie eine Woche lang für Stubenreinheit sorgen konnte.

Es schien Flix nichts auszumachen, daß er für seine Einsendung keine »königliche Förderung« erhalten hatte; Thjum nahm es sich mehr zu Herzen als er. In solchen Situationen sah Thjum Flix als Kind, das sich nach dem Verlieren einer Partie Monopoly nichts anmerken läßt, jeden Moment aber eine weinerliche Grimasse ziehen kann. Während der gesamten Bahnfahrt nach Schiedam quasselte Flix aufgeregt auf ihn ein: was er im dortigen Städtischen Museum zu sehen bekommen würde, wo eine Ausstellung der Einsendungen eingerichtet worden war. Kein Wort über die Bilder, die ausgezeichnet worden waren; es ging ihm ausschließlich um das einzige Exponat, das neue Wege einschlug: sein eigenes Basrelief von Gipsbinden auf Leinen.

Der Bürgermeister von Schiedam, die Amtskette umgelegt, erläuterte gerade der Königin die Komposition eines von ihr ausgezeichneten Bildes. Er hielt die Hände parallel vertikal, danach parallel horizontal.

»Sehen Sie, Majestät, wie raffiniert der Künstler hier die Harmonie geringfügig aus dem Gleichgewicht gebracht hat, indem er das dargestellte Objekt ein klein wenig geneigt hat...«

Flix hielt es nicht länger aus. Er winkte Thjum zu sich und ging dabei zwischen der Königin und dem Bild durch. Thjum versuchte ihn aufzuhalten, wobei es ihm selbst gerade noch gelang, knapp hinter ihr vorbeizuschwenken. Als Flix sich umdrehte und sah, was er da anrichtete – Julianas Schreckreaktion! –, machte er mit halb erhobenen Armen und nach vorn gestreckten Handflächen eine plump-versöhnliche Geste, als ermahne er Streithammel auf der Straße zur Ruhe (pscht! pscht!). Die Königin griff sich, erbleichend, mit halbgeöffnetem Mund an die Wange. Der Bürgermeister murmelte eine Entschuldigung. Thjum, der hinter ihr stehengeblieben war, hörte sie bestürzt sagen: »Geben Sie mir erst mal schnell einen Sherry, den Rest bringen wir nachher hinter uns.«

Hotel Polen brennt

Montag, 9. Mai 1977
(Ernst Quispel)

Ist Pessimismus als Lebenseinstellung das gleiche wie Zimperlichkeit auf dem Zahnarztstuhl, oder zeugt Pessimismus im Gegenteil von intellektuellem Mut? Das war die allesbeherrschende Frage für Quispel in diesem Frühjahr. Lehnt man in pessimistischer Haltung die Welt und das Dasein als nicht lebenswert ab, oder nimmt der Pessimist unsere Welt im Gegenteil in all ihrer Unvollkommenheit an? Pessimist und Optimist, beschloß er eines Tages, sind Zwillingsbrüder, der eine dunkel, der andere blond.

Es kam so weit, daß er die Melancholie als etwas zu betrachten begann, das ihm nicht nur anzusehen war, sondern das die Menschen darüber hinaus an ihm *riechen* konnten. Er war sich sicher, daß er starken Mundgeruch hatte, allein aufgrund seiner Schwermütigkeit. Er sprach die anderen nicht mehr direkt an, hielt sich die Hand halb über den Mund ... in einem Wort: er stank.

Seine Arbeit, mit der er durch die wochenlange wüste Trinkerei ohnehin schon im Verzug war, blieb liegen. Er vergeudete seine Energie bei dem Versuch, seine Niedergeschlagenheit zu überwinden – ohne Erfolg. Eine Art mentale Treppe führte ihn von einer Depression in die nächste: eine, die ihn im Zickzack abwärts lenkte bis dorthin, wo es nicht weiter hinunterging. Ernst hatte den Keller der Melancholie erreicht. Dort war es dunkel, feucht, und es stank. Der Keller hatte für Quispel *ein* Gutes: Weiter hinunter ging es nicht. Von hier führten Treppen nur hinauf.

Dieses innere Souterrain erreichte Ernst eines Nachts im Mai, der Nacht, an deren Ende das Hotel Polen am Rokin in Flammen aufging.

Wie so oft hatten die Mäuse ihn vom Schlaf abgehalten, doch stärker noch als sonst hielt die Schlaflosigkeit diesmal ein aussichtsloses Gegrübel für ihn bereit. Er konnte seine düsteren Gedanken dröhnen hören, als hätten sie die Schuhe angezogen, die er aufs Geratewohl ins Dunkel des Zimmers geworfen hatte, um die Mäuse zu verjagen, eine Methode, die Albert immer anwandte, der vor den kleinen Tieren so viel Angst hatte wie eine Frau. (»Gib nie alte Schuhe weg, Ernst.«) Die Geschosse waren aufgebraucht, die Mäuse raschelten unverzagt in einer Plastiktüte, in der ein halbes Rosinenbrötchen liegengeblieben war, und die immergleichen Gedanken rückten – schwärzer und schwärzer – stampfend näher.

Als gegen Morgen der Muezzin um die Ecke die Stimme erhob – »Hajo-o-ooh! Henihahih...!« –, stand Quispel auf, angewidert vom Anblick seines Zimmers, dessen Fußboden mit Schuhen übersät war, einige auf der Seite liegend, andere mit dem abgetretenen Absatz nach oben, hie und da einer keck auf dem Linoleum stehend, links und rechts einladend die Schnürsenkel herabhängend, bereit, einen Fuß zu empfangen. Alles reglos, in einer geheimen Anordnung, die ihm etwas erklären zu wollen schien. Doch die Konstellation gab ihr Geheimnis nicht preis, so daß er die Schuhe liegen ließ, anstatt sie wieder in die Einkaufstasche neben seinem Bett zu stopfen.

Im Radio die Nachricht, daß das Hotel Polen lichterloh brannte. Hotel Polen! Mit seinen »polnisch« sprechenden Kellnern, die aus einer Portion Leberwurst eine »Portion Lieberdiepiep« machten und dem Gast einen »ganzen oder halben Sünder« vorsetzten, je nachdem, ob es ihn nach einem ganzen oder halben Steak gelüstete... mit seinem Lesetisch, an dem noch Multatulis Geist saß, eine Zeitung aus dem neunzehnten Jahrhundert vor sich... Alles in dem Chaos verbrannt. Behinderte Gäste waren im Rauch erstickt, andere stürzten beim Sprung in eine Nachbargasse in den Tod. Zeugen hatten gesehen, wie ein Engländer, nachdem er sich zuvor tipptopp angekleidet hatte, mit ordentlich gepackten Koffern, einfach durch den Haupteingang, das Hotel verließ und im Vorbeigehen einem Journalisten den heiligen Eid schwor, er werde »nie wieder einen Fuß in *this bloody capital* setzen«.

Seine letzten Schritte in Amsterdam führten ihn zum Hauptbahnhof. Andere Überlebende fanden Obdach im Krasnapolsky.

Quispels Melancholie fand in dem Radiobericht sofort neue Nahrung. Es war *seine* Nachlässigkeit, die das historische Gebäude mit allem behinderten Leben darin in Flammen hatte aufgehen lassen... Ganz Polen löste sich in seiner Schwermut auf. Er legte es mit seiner Schuld in Schutt und Asche. Er war der Sünder. Nicht der halbe. Der ganze.

Ihm blieb nur noch das alte, probate Mittel zur Bekämpfung der Melancholie: Treppe runter, Tür hinter sich zuziehen, sich wie ein Sprinter von der Schwelle abdrücken und laufen... immer weiter... bis er das Schlimmste aus sich herausgestampft hatte. Nirgends haltmachen – stampfen, daß es im Kopf zu spüren war. Und weg, möglichst weit weg von der Innenstadt, wo der Brandherd lag. *Seine* Schuld...

Quispel durchquerte Amsterdam-Zuid... durchquerte Amsterdam-Oost... Keine Besserung. Er lief mit abgewandtem Kopf zum Hauptbahnhof und nahm die Fähre nach Amsterdam-Noord, denn er mußte den Rücken der Innenstadt zukehren. Es half nichts, denn in Noord hing hinter Glas die erste Ausgabe von *Het Devies*, mit einem halbseitigen Foto vom brennenden Hotel. Endlich schaute er über die Schulter zurück. Über dem Zentrum von Amsterdam stand in schwankendem Gleichgewicht dieselbe schwarze Rauchsäule wie auf dem Foto vor ihm. Jetzt wußte er es. Er mußte dorthin, damit sich seine Niedergeschlagenheit ganz aus der Nähe an dem fast zerstörten Gebäude laben konnte.

Bereits auf dem Damrak, gleich außerhalb des Hauptbahnhofs, roch er den scharfen Brandgeruch. An die Stelle der Lichterflut, die sonst auf dem Dam herrschte, war jetzt dunkler Rauch getreten, der sich knapp über dem Pflaster oder, genauer gesagt: über die Rücken der Tauben wälzte, die in dieselbe Richtung marschierten. Der Rokin war gesperrt. Unter den Neugierigen vor den Absperrgittern befand sich der unvermeidliche, immer wieder in einem anderen, zu weiten Regenmantel steckende Hysteriker, der rief: »In Amsterdam wird alles immer nur noch verrückter...! Wir sind doch nicht mehr bei Verstand...! Alles geht hier vor die Hunde...! Das hier ist erst der Anfang...!«

Es schien, als übten die Feuerwehrleute an einer Bühnenkulisse. Nur die vordere Fassade des Hotels, aus schwarzer Pappe ausgeschnitten, stand noch. Quispel blieb so lange in dem Brandgestank stehen, bis die Ruine all seine absurden Schuldgefühle ausgeräuchert hatte und seine Tränen von nichts anderem mehr hervorgerufen werden konnten als durch ebendiesen beizenden Rauch. Hinter einer kleinen Gruppe Journalisten ging er am Dam noch in den *Industrieele Groote Club*, wo der Feuerwehrkommandant eine Pressekonferenz gab, doch seine Gedanken waren schon nicht mehr beim Brand. Die Orgie der Gewissensbisse war vorbei, und an ihre Stelle trat, als bittere Nachwirkung seiner Alkoholwochen, etwas weit Grauenvolleres. Tagelang würde er kaum ein anderes Verlangen kennen, als sein Gesicht im feuchten Schoß einer Frau zu vergraben.

Der Feuerwehrkommandant begann bereits bei der ersten Frage – nach den Opfern unter den behinderten Hotelgästen – wie ein Kind zu flennen. Er mußte sich hinsetzen, sein Kopf fiel auf die Unterarme, die Schultern mit den Epauletten und Auszeichnungen zuckten. Hier hatte jemand zweifach versagt. Es ging Quispel schon nichts mehr an. In seinem Leib begann ein ganz anderes Feuer zu lodern, unlöschbar; es mußte sich allein austoben. Während die versammelte Presse ehrerbietig wartete, bis der Kommandant sich ausgeweint hatte, schlich Quispel die Marmorstufen des *Industrieele Groote Club* hinunter. Auf dem Weg über die Warmoesstraat und den Oudekerksplein gelangte er ins Rotlichtviertel. Selbst hier trieb ein dünner Rauchnebel über die Grachten, und er mußte an die zarten Nebelbänke aus Kalk und Schutt denken, die Albert Egberts in seiner Obsession für den unaufhörlichen Abriß der Stadt an den unterschiedlichsten Stellen vorbeitreiben sah, auch dort, wo weit und breit nichts abgerissen wurde. »Merk dir meine Worte, Ernst. Wo über Städten wie London und Athen und Mexico City bald permanent Smog liegt, wird über Amsterdam – nein, nicht darüber, sondern schwer herabhängend bis aufs Pflaster ... so wird Amsterdam irgendwann vollständig in Abrißnebel getaucht sein. Du wirst den Kalk auf deiner Zunge schmecken. Der Schutt wird dir zwischen den Zähnen knirschen. Und wer je die Lungen mit auf den Kopf gestellten Laubbäumen verglichen hat, muß dringend seine Bildersprache umstellen. Tannen sind's bis dahin. Weihnachtsbäume in der Mauser. So viele Asbestnadeln werden sich bis dahin in ihnen niedergelassen haben.«

Dieser Albert.

Bei den Nutten hatte Ernst nie etwas zu suchen gehabt, und schon gar nicht gegen Ende seines Katers. Die geschäftliche Transaktion würde seine Lust nur weiter anfachen, ohne sie zu löschen. Daß er jetzt trotzdem hier herumlief, den Oudezijds Achterburgwal hinauf und hinunter, eine Gasse zum Oudezijds Voorburgwal durchquerend und wieder zurück, hatte genau wie das Feuer mit *Schwelgen* zu tun. Hier boten die violett und rot erhellten Fenster keine Aussicht auf Befriedigung, vielmehr waren es ebenso viele Spiegel, die seine unstillbare Begierde zurückwarfen. Es waren auch die Vergrößerungsgläser seiner sexuellen Misere. Quispel hatte die Illusion, den Schmerz aufzusuchen, ihn hervorzulocken, würde sie früher beenden.

In zwei nebeneinanderliegenden Türen posierten eine blonde und eine schwarzhaarige Prostituierte lässig, berufsmäßig und unterhielten sich. Quispel erkannte in ihnen die beiden kleinen Nutten, die für Krelis arbeiteten, einen Kneipenwirt aus der Ferdinand Bolstraat und mickrigen kleinen Zuhälter, der nebenbei noch ein bißchen mit Koks dealte und in dieser Rolle mit der Justiz in Berührung gekommen war. Ernst hatte ihn verteidigt und dabei die Mädchen als Zeugen benannt. Resultat: Freispruch, allerdings wäre der beim nächsten Mal bestimmt nicht drin. »Mariska«, so ließ die Blonde sich nennen; vor Gericht hieß sie natürlich einfach Marijke. Der Hauptgrund, weshalb Huren es wie die Pest haßten, vor Gericht zu erscheinen: Ihre schönsten, neu ersonnenen Namen wurden ihnen wie eine Ansteckblume von den Kleidern gerissen und öffentlich zertrampelt. Wie die mit dem schwarzgefärbten Haar hieß, beruflich oder ursprünglich, fiel Quispel nicht mehr ein. Als er an den beiden vorbeiging, schauten sie ihn abtastend an, wenn auch ohne ein Anzeichen, daß sie ihn wiedererkannten.

Auf der Fußgängerbrücke über den Oudezijds stand ein etwa zwanzigjähriges Mädchen mit dem Rücken am Geländer, auf dem sie links und rechts die Arme ausgebreitet hatte – locker, zumindest mochte es so beabsichtigt sein, denn von ihrer Anwesenheit dort ging eine große Spannung aus. Sie hatte mediterrane Züge, doch das war möglicherweise nur Schein, verursacht durch die rote Kunstrose im teils aufgesteckten, teils lang herabhängenden Haar. An ihrem Kleid war eine weitere Kunstrose befestigt, eine schwarze, deren Wirkung jedoch durch einen gräulichgrünen Dufflecoat mit schottisch karierter Kapuze zunichte gemacht wurde. Sie versuchte, dem Mann, der sie anschaute, frech ins Gesicht zu sehen, doch der Blick fiel einigermaßen hilflos aus. Quispel traute sich nicht, länger stehenzubleiben, und ging langsam zur nächsten Brücke, wo es vor Männern nur so wimmelte: Von der gegenüberliegenden Seite der schmalen Gracht kehrte er zu der Brücke zurück, wo die seidenen Rosen so gut gediehen, und mußte sich dafür nochmals den Krelis-Frauen aussetzen, die ihn mit spöttischen Blicken bedachten.

Als er sich dem Mädchen erneut näherte, wandte sie ihm den Kopf mit dem gleichen versucht-frechen Blick zu.

»Wartest du auf jemanden?« fragte Ernst.

»Auffe dich vielleischt.«

Quispel schätzte ihren Akzent auf italienisch oder spanisch. Ihre Stimme klang, verglichen mit ihrer Erscheinung, ein wenig harsch, gespielt unfreundlich.

»Irgendwo was trinken?«

»Kein Zeit für das. Zimmer kann benutzt bis achte Uhre. Wenn du willst ... zwanzig Gulden mit Kondom. So ist üblich.«

»Wie heißt du?«

»Maria Angeles.«

Durch die Nennung ihres Namens machte sie das Gitterwerk der Dienstbotenbrücke spanisch. Nie mehr würde er an dieses Geländer denken können, ohne gußeiserne Rosen zwischen den Stäben zu sehen. Wie dem auch sei, eine kleine Nutte. Naturell, ohne erleuchteten Rahmen. Fast grußlos ging Ernst zur Gracht zurück, wo die Blonde und die Schwarze ihm zuriefen: »Langsam fällt's auf, Meester...«

»Ja, kaum mehr zu übersehen.«

»Den Meester gelüstet's mehr nach dieser Schlampe auf der Brücke«, höhnte Mariska.

»Die steht da unter Preis«, zischte die Dunkle. »Schön, daß sie nachher zwanzig Nägel abkriegt.«

Sie spreizte die Finger der rechten Hand, Quispel einen Blick auf ihre blaulackierten Stilette gönnend. Dieses Bild vor Augen, und dazu das von weiteren fünfzehn langen, spitzen Nägeln, ging er heimwärts. Maria Angeles. Es konnte keine gewöhnliche Nutte sein... Ach nein, Ernst... nicht das alte Lied von dem Mädchen in Not, das vorübergehend gezwungen ist, auf den Strich zu gehen, und von einem starken Mann vor weiterem Abrutschen bewahrt werden muß. Tu dir das nicht an.

Anstatt umzukehren, beschleunigte Ernst seine Schritte. Fast im Laufschritt erreichte er De Pijp, sein Haus in der Kuipersstraat. Maria Angeles. Ihr Name hatte ihm wie ein Schlüssel ein Spanien erschlossen, das er nicht aus eigener Erfahrung kannte (er war noch nie in dem Land gewesen), dessen Geruch und Geschmack ihm Albert Egberts jedoch nahegebracht hatte. Spanien am Abend. Frauen anzüglich, obszön, das blitzende Weiß ihrer Augen in zu braunen Gesichtern. Ein Zuviel an Weiß im Auge, das auf die Stellen verwies, an denen tagsüber, am Strand, die Sonne nicht hingekommen war. Ihre glühenden dunklen Körper, und dann diese milchweißen Stellen, kalt wie Eis und noch feucht vom Meer. Während Quispel die Treppe zu seiner Wohnung hinaufstieg, spürte er einen Rücken in seiner Hand brennen – bis die streichelnde Handfläche zu den kalten, sich wie totes

Fleisch anfühlenden Pobacken kam. Klimawechsel auf ausgestrecktem Körper. Feuchte Sandkörner an den Fingerspitzen. Dann die sengende Hitze eines Bauchs, gefolgt von Brüsten, so kalt, daß leichter Dampf von ihnen aufstieg, wie aus dem geöffneten Gefrierfach eines Kühlschranks ... Kondenswasser, feine Eisteilchen, ein Kristallnebel ...

Fast zerriß Ernst seine Kleider, so eilig hatte er es, unter die Dusche zu kommen, was er am Morgen nicht getan hatte. »Zimmer kann benutzt bis achte Uhre.« Trotz seiner Gehetztheit wusch er sich überall gründlich mit Seife. Die schwarzseidene Rose an ihrem Kleid ... die hatte ein wenig staubig ausgesehen. Er bekam Lust, seine Nase hineinzustekken, um herauszufinden, ob das Ding auch so roch.

In der Straßenbahn Linie 4 bemerkte Quispel, daß er es versäumt hatte, zusätzliches Geld einzustecken. Abgesehen von etwas Kleingeld befand sich lediglich ein Fünfundzwanzigguldenschein in seinem Portemonnaie. Mehr als das Mädchen verlangt hatte, aber es fragte sich, ob er sich selbst mit zwei Zehnern begnügen wollte.

Von Krelis' Nutten war die Schwarze verschwunden. An dem Fenster neben ihrer Tür, die noch offenstand, waren die Vorhänge zugezogen. Die Blonde sagte, als Ernst vorbeiging: »Sie ist nicht mehr da. Wir garantieren für nichts.«

Auf der Fußgängerbrücke waren die Rosen verblüht. Es lag mehr Rauch in der Luft als vorhin. Venedig bei Nebel. Den Brandgeruch in der Nase, durchkreuzte Quispel die ganze Umgebung. Alle Brücken suchte er auf: nirgends eine Maria Angeles.

Als er erneut an Krelis' Stall vorbeikam, stand die Dunkle wieder da. Sie hatte sich etwas Wärmeres angezogen. »Laß sie doch laufen, Meester, die kleine Rinnsteinratte. Weit unter Preis ... aber sie nimmt dich mit inne verschimmelte Bude.«

»Und dann kannste noch froh sein, wennste selber kein' Schimmel kriegst, bei so 'ner Billignutte. Komm lieber hier rein.«

»Ja, bei uns brennt der Ofen.«

Ausgerechnet bei diesen beiden Huren passierte Ernst, was

ihm bei keiner anderen Frau je passierte: Er wurde rot. Um seine Erniedrigung zu einem schüchternen Hurenbock nicht noch größer zu machen, ging er auf sie zu und spürte, wie sich ein widerwärtiges Grinsen auf seinem Gesicht breitmachte.

»Es ist so schwer, sich zu entscheiden...« Er stammelte einfach drauflos. »Zwischen euch beiden, meine ich.« Er machte es immer schlimmer. Und die Röte verlor sich dadurch auch nicht.

»Verarsch deine Schwester...«, sagte Mariska. »Wir stehn hier schon seit Jahren nebeneinander. Und nie tut sich jemand schwer mit der Entscheidung. Männer stehn auf Blond oder auf Schwarz, aber auf beides... den muß ich erst noch sehen.«

»Gut, dann bin ich eben der erste.« Ernst versuchte, die Zungenfertigkeit, die er vor etwa einer Woche noch besessen hatte, wiederzufinden. »Aber heute, Marijke, entscheide ich mich für Blond.«

Es war schrecklich. Als zöge er ihr die falschen Wimpern von den Lidern.

»Mariska«, zischte sie. »Fünfundzwanzig mit.«

Auch wer nie dort gewesen war, hätte es sich ausmalen können: ein muffiges Kabuff mit violettem Neonlicht, ein französisches Bett mit einem schmuddliggrauen Handtuch auf der Überdecke, ein offener Mülleimer, aus dem lauer Chlorgeruch stieg... Das Beste, was man von dem kleinen Raum noch sagen konnte, war, daß kein Schimmel über die Wände lief, und selbst dafür wagte Quispel nicht die Hand ins Feuer zu legen – bei diesem Licht. Jedenfalls war es hier feucht und kalt.

»Ich mach mal den Ofen an«, sagte Mariska und zog die Vorhänge zu. Sie drehte am Schalter des Butangasofens und hielt ein Streichholz über das rauschende Gitter. Ernst roch den Geruch seiner ehemaligen Studentenbude.

»Gleich mal zahlen? Dann brauchen wir nachher nicht dran denken... Fünfundzwanzig. Inklusive.«

Ernst zahlte. Im Wilden Westen mußte man unten bei der Puffmutter für seinen Dollar erst eine Münze kaufen, in die eingeprägt war: *Good for one screw.*

»Untenrum ausziehen reicht...«

Sie selbst behielt ihren Pulli auch an. Außerdem trug sie lange Strickstrümpfe, die bis zu den Leisten hochgingen, die Füße jedoch nackt ließen. In ihrer patchworkartigen Vielfarbigkeit erinnerten sie Quispel an die Kleidung von Lappenfrauen. Der schmale Streifen nackten Fleisches von Hintern und Unterleib zwischen all der Wolle, und das auch noch in Kombination mit diesen wehrlosen nackten kleinen Füßen da unten... es war das einzige, was ihn an der ganzen Situation reizen konnte.

»Leg dich schon mal hin... aufs Handtuch, bitte.«

Marijke-Mariska setzte sich mit geschlossenen Schenkeln auf die Bettkante, so daß sich das Strickwerk ihrer Strümpfe im Schamhaar, viel dunkler als das Kopfhaar, fortzusetzen schien. Jetzt kam das Schlimmste: der fade, immer wieder trübselig stimmende Geruch, der sich nach dem Entfernen der Hülle aus einem aufgerollten Kondom löste... Wehe dem Tier, das gezwungen war, mit übergezogenem Gummi zu kopulieren: Trübsal erwartete es noch vor der Paarung! Himmelherrgottnochmal, Mariska, mach die Beine auseinander... vertreib mit deinem eigenen Geruch diesen Talkumgestank... Ach nein, ausgeschlossen: Das einzige, was er riechen würde, war das Gel, mit dem sie ihre Freier einführen mußte.

»Laß mich mal ein bißchen mehr von dir sehen...«

»Wenn du noch 'nen Gelben drauflegst, können wir ein bißchen mehr ausziehen.«

»Fünfundzwanzig Gulden, das ist alles, was ich bei mir habe.«

»Dann wird's aber Zeit. Rück mal 'n Stück... Nein, kein Geküsse.«

Zwischen ihren Körpern knisterte das Kondom wie eine Regenhaube. Als dieser Vergleich sich erst einmal in Quispels Kopf eingenistet hatte, sah er nur noch zusammenfaltbare Regenhauben sich zwischen den rauhen, rissigen Fingern mittelalter Putzfrauen öffnen, die sich mit der Straßenbahn zu ihrer Arbeitsstelle begaben. Faltgirlanden aus dünnem, fahlem Plastik waren es, die auch auf dem abgearbeiteten Kopf ihre Harmonikaform behielten und an der Innenseite durch die Ausdünstung der warmen Kopfhaut und des bereits zuvor naß gewordenen Haars beschlugen.

»Hey, jetzt mußt du aber so langsam fertig werden«, warnte Mariska, ohne die berufsmäßige Beschleunigung ihres Atems zu unterbrechen. »Die Zeit ist um.«

»Noch einen Moment...«

Durch das zu heftig federnde Bett verwandelte sich das Zimmer, das nach nassen Kleidern zu stinken begann, von allein in das Abteil einer schaukelnden Straßenbahn, erfüllt vom Geraschel von Regenhauben, die ausgeschüttelt wurden.

»Wenn du 'nen Gelben drauflegst...«

Ernst versuchte die Ziehharmonikas, die seiner Männlichkeit spotteten, zu verjagen, doch dann hätte er zumindest aufhören müssen, sich zu bewegen. »Mehr hab ich nicht dabei. Laß mich noch 'nen Moment... Das ist neu für mich. Da muß ich mich erst mal reinfinden.«

»Also, hör mal... das ist aber echt nicht drin, für *das* Geld. Ich geb dir doch keine kostenlose Nachhilfe. Dafür mußt du zu meiner Kollegin hier nebenan. Die ist zuständig für erzieherische Maßnahmen...«

»Da geht sie, die Schlampe«, sagte Mariskas Nachbarin, als Quispel aus dem Haus trat. »Die Preisbrecherin des Viertels. Frißt sich an unserer Kundschaft satt.«

Auf der anderen Seite der Gracht ging Maria Angeles vorbei, Pommes aus einer Tüte essend. Ernst hielt Schritt mit ihr bis zu der Fußgängerbrücke und hoffte, der scharfe Brandgestank des Hotels Polen würde den faden Regenhaubengeruch schnell vertreiben, der ihn noch umgeben mußte.

De Strooien Boot

Freitag, 13. Mai 1977
(Albert Egberts)

Die Reihe der glücklichen Tage wurde in diesem Frühjahr *ein*mal von Arend-Jan Baartscheer unterbrochen. Eines Freitags im Mai lief Albert ihm spätnachmittags um die Zeit auf der Blauwbrug in die Arme, in der sich die Kneipen zu füllen beginnen.

»Ah, da ist ja unser Philosoph.«

Albert lehnte zwischen zwei Laternen über dem Brückengeländer und sah den Enten zu, die sich auf den Flößen mit den schwimmenden Schuppen rings um das Heuschiff von Victor IV. versammelten. Sie reihten sich schnurgerade am Rand einer dieser hölzernen Inseln auf. Albert spürte eine Hand auf seiner Schulter.

»... unser Philosoph, ja. Interessant, ja, interessant.«

Unter seiner rotbraunen Lederjacke trug Baartscheer ein schwarzes Hemd, bei dem Albert sich nichts zu denken beschloß. Er selbst besaß ebenfalls so ein schwarzes Shirt, auf das ihn lediglich in Mailand mal jemand auf der Straße angesprochen hatte. »*Per noi Italiani, signore*, ruft das unangenehme Assoziationen wach.« Seitdem trug er es nicht mehr bei seinen Kurierfahrten nach Italien. Baartscheers massiger Schädel war noch eine Spur röter als sonst. Er habe, so erzählte er, den ganzen Nachmittag in einem Straßencafé auf der Sonnenseite des Rembrandtsplein gesessen. Von Mariëtte wußte Albert bereits, daß Baartscheer wegen Fehlverhaltens vor der Klasse entlassen worden war und jetzt von Sozialhilfe lebte.

»Ja ...« Er grinste und entblößte dabei sein noch immer unglaublich makelloses Gebiß. »Sollen der Philosoph und der Arbeitslose dort drüben mal was trinken gehen?«

Baartscheer deutete auf die Kneipe *De Strooien Boot*, an der Ecke neben der Brücke.

»Mit dir immer, Streepje«, sagte Albert locker, obwohl ihm die Begegnung stank. »Blindlings.« Es fiel ihm schwer, sich einzugestehen, daß er ein wenig Angst vor dem vierschrötigen Mann mit der massiven Kieferpartie hatte, aber vielleicht war Angst nicht das richtige Wort... Jedenfalls gelang es Albert nicht, Arend »Streepje« Jan Baartscheer zu widersprechen, geschweige denn ihn anzugreifen, egal, welch widerliche Äußerungen dieser auch von sich gab. Vielleicht lag es an dieser Erregung von Übelkeit... Seine Worte schwammen in einem Gelee halbherziger Ironie, die immer übler zu riechen begann, ohne daß die Wahrheit ans Tageslicht kam.

An der Theke des *De Strooien Boot* war jetzt, am Vorabend des freien Wochenendes, ein überdrehter Trupp Büroleute eingefallen. Albert schnappte im Vorbeigehen etwas auf von »gleich mit der ganzen Korona essen gehen«.

Sie fanden einen Platz in dem einige Stufen höher gelegenen Teil der Wirtsstube. Am runden Tisch saß lediglich eine auffallend dünne, aber gutgekleidete Frau, die Unterarme auf der Tischplatte, darauf der Kopf gebeugt. Neben ihrem Ellbogen stand ein Longdrinkglas, möglicherweise mit Gin tonic, noch ganz voll, mit längst versprudelter Kohlensäure. Ihre Oberarme ragten spindeldürr aus den kurzen Puffärmeln eines gelben Pullis.

Baartscheer, der behauptete, jetzt einen großen Teil seiner Zeit aufs Lesen zu verwenden, brachte das Gespräch auf das Werk Célines. Albert, längst froh, daß es um Bücher ging, äußerte seine Bewunderung für einige von dessen Romanen. Baartscheer ritt immer wieder auf zwei Titeln herum, die Albert zwar bekannt erschienen, ihm aber nie untergekommen waren. In regelmäßigen Abständen schaute Arend-Jan voller Verachtung auf die Frau, die sich noch immer nicht gerührt hatte.

»Das Knochengestell da kenn ich«, sagte er und nickte in ihre Richtung. »Eine assimilierte Judensau, die bei mir in der Nähe wohnt.«

In dem Moment ging Albert auf, daß es sich bei den von Baartscheer erwähnten Büchern, *Les beaux draps* und *Baga-*

telles pour un massacre, um Célines antisemitische Hetzschriften handelte. Er war sich sicher, daß Baartscheer, der Schwierigkeiten mit dem Französischen hatte und schon gar mit Célines synkopischem Stil, sie nicht gelesen hatte, es aber für angebracht hielt, sie als ihm vertraute Schriften anzuführen.

Ein Mann kam die Holztreppe herauf, in der Hand einen kleinen Teller mit einer in vier Spalten geschnittenen Zitrone. Er kniete sich neben die Frau, hob ihren Kopf am Kinn hoch und schob ihr eines der Viertel zwischen die Zähne.

»Komm, Chaia, beiß mal zu. Schön tapfer sein.«

Sie gab ein schwaches unwilliges Stöhnen von sich und öffnete die Augen halb. Saft tropfte von ihrem Kinn. Beim nächsten Fruchtstück, das ihr aufgedrängt wurde, biß sie die Zähne fest zusammen.

»Muß man respektieren«, sagte Baartscheer. »Wenn ein Blechbläser in das Fruchtfleisch einer Zitrone gebissen hat, kann er die Musik vergessen. Ich bin mir also gar nicht so sicher, ob sie Ihr Horn nachher noch ...«

Der Mann reagierte nicht. Die Frau stieß die helfende Hand mit dem Kopf weg und legte die Stirn wieder auf den Tisch, nicht auf ihr Handgelenk, sondern auf die Tischplatte.

»Die richtige Nase hat sie ja«, sagte Baartscheer. »Die braucht keinen Ellbogen, um den Kopf zu stützen. Ja ...«

Ihre dünnen Arme baumelten schlaff zwischen ihren Beinen: eine Marionette in Ruhestellung. Der Mann setzte den Unterteller vor ihr ab, zuckte mit den Achseln und mischte sich wieder unter die Gesellschaft an der Theke.

»Ja ... ähm ... deine Schwester hat mal einen Onkel erwähnt, der an der Ostfront gefallen ist ... oder wenigstens beinahe ... ähm ... ja. Erzähl mir doch mal ein bißchen mehr darüber.«

Auch wenn Albert sich noch so sehr dafür haßte, er erzählte. So weit er Flix oder Thjum oder Patrick gegenüber den Mund aufreißen konnte, wenn ihm etwas nicht paßte, so folgsam erstattete er jetzt Arend-Jan Baartscheer Bericht.

»Interessant ... ja ... interessant«, wiederholte Baartscheer immer wieder mit seiner langsamen, übersorgfältig artikulierenden Stimme und schaute dabei von der Seite her auf die bewußtlose Frau, als habe sie etwas mit dem Erzählten zu tun. Nachdem Albert ihm in groben Zügen Egbert Egberts' Hauptheldentaten geschildert hatte, übrigens ohne die kleinste Anspielung auf dessen mögliche Vaterschaft, kam der nächste Mann herauf. Er besaß die Statur des »Dockarbeiters«, der ein Stück weiter auf dem Jonas Daniël Meijerplein stand. Er ließ sich auf dem freien Stuhl zwischen Baartscheer und der Frau nieder und versuchte, sie auf andere Weise zum Leben zu erwecken: Er legte ihr eine grobe Arbeiterpranke auf den dünnen Nacken.

»Chaia, Mädel... was hältst du denn von einer Frikadelle oder so? Dann hast du was im Magen... Das macht doch keinen Spaß so.«

Baartscheer sah jetzt mit unverhohlener Geringschätzung zu.

»Eine Frikadelle kann sie gut gebrauchen, ja, wenn ich mir diese Ärmchen so anseh. Nichts als Haut und Knochen. Die braucht keine Angst vor Ungeziefer zu haben... das findet nichts bei ihr... hm, ja. Ja.«

Alles mit dieser kühlen, trägen, affektierten Stimme.

Der Dockarbeiter drehte aufreizend langsam, als habe er einen steifen Nacken, den Kopf zu Baartscheer. »Ungeziefer...« Er kostete das Wort mit einem Gesicht, als läge ihm ein Mäusefell auf der Zunge. »Hast *du* da vielleicht Probleme mit, mit Ungeziefer? Wenn ich mir deinen roten Kopp so anseh, dann haste heut wie ein Sack in der Sonne gesessen... aber meiner Meinung nach haste auch Ratten, die in deim Sack sitzen.«

»Ich wollte nur sagen«, tönte Baartscheer weiter, »daß eine Frikadelle nicht verkehrt wäre. Die liegt schon, seit wir hier reinkamen, mit dem Gesicht nach unten da... und sieht sich immer denselben Bierfilz an...«

»Vielleicht find ich ja, daß das die einzig richtige Haltung für 'nen Mensch ist, mit dem Kopp vornüber auf dem Tisch. Könnte sein, weißt du, daß ich keine Ruhe geb, bevor du nicht auch mit der Nase auf 'nem Bierfilz liegst ... aber dann so, daß der was aufzunehmen hat ...«

Sie sahen einander sehr lange an, der Mann voll eiskaltem Haß, Baartscheer voller Hoffnung auf den ersten Schlag. Ich sah, wie begierig er auf ein blaues Auge war, notfalls eine gebrochene Nase – nicht aus Stolz, sondern aus einer Art wollüstigem Märtyrertum. Für ihn wäre es die klingende Münze, in die er das Wort »Judensau« umgesetzt hätte. Seine Freunde würden ihm den Siegelring küssen, weil er für ihre Überzeugung eingetreten war.

Selbst noch an diesem Punkt fragte Albert sich unbehaglich, ob er Baartscheer wohl beistehen müsse, wenn es in der nächsten Minute zu einer Schlägerei käme. Mit einem verächtlichen Schnauben stand der Kerl auf und ließ die Holzstufen unter seinem Gewicht knacken.

»Man könnte wirklich meinen«, sagte Baartscheer, »daß heutzutage bei fast allen das natürliche Organ für Ironie entfernt worden ist. Interviewer klagen manchmal über ein fehlendes Ironiezeichen an ihrer Schreibmaschine, für den Fall, daß der Befragte etwas augenzwinkernd gesagt hat ... Das gilt auch für unsere gesamte heutige Kultur ... Früher, noch kurz nach dem Krieg, haben wir diese paar beschnittenen Männer einfach übersehen ... Jetzt, wo wir uns ganze Völkerstämme an beschnittenen Frauen ins Land holen ... und das Beschneiden kleiner Mädchen einfach weitergeht ... jetzt sieht es so aus, als würden auch so viele Niederländer wie möglich Lobotomie am Kitzler der Ironie in ihrem Hirn vornehmen lassen. Jetzt fehlt bloß noch die Selbstkastration niederländischer Männer, damit die ins Land gebetenen Türken für das Bevölkerungswachstum sorgen können ...«

Albert fürchtete schon, die Verliebtheit der letzten Monate hätte ihn so abgestumpft, daß sogar sein Geruchssinn für Schlechtigkeit ausgeschaltet war. Er empfand es fast als Erleichterung, durch den schwachen Zitronenduft hindurch wieder richtigen *Haß* riechen zu können.

Solidarischer Orgasmus

Montag, 23. Mai 1977
(Albert Egberts)

Omnilabor hatte längst nicht immer Arbeit für mich, sosehr Zwanet sich bemühte. Ich versuchte es manchmal auch bei De Stuit, der studentischen Jobvermittlung, wo Jerry arbeitete, nachdem sie nach Amsterdam gezogen war, um ihr weiches Brabanter »G« zu schärfen (sie schämte sich sehr dafür und ruhte nicht eher, bis ihr Gaumen so verkratzt war wie das Eis unseres Moortümpels im Januar). Jerry verfolgte mich mit Jobs, die ich gar nicht haben wollte. Ich hatte kein Telefon, aber davon ließ sie sich nicht abhalten. Sie rief bei den Leuten unter uns an, und wenn die nicht da waren, bei den Nachbarn im Haus nebenan, und so weiter. Wenn sie im ganzen Block... notfalls im ganzen Viertel... unverrichteterdinge herumtelefoniert hatte, kam ein Aufruf per Kurier. De Stuit anrufen. Dringend. Sie wollte mich immer beschäftigt sehen, die Jerry... Im übrigen nicht zu meinem Vorteil. Sondern zu ihrem. Sie hielt die besten Jobs für die parat, die sie »meine Freunde« nannte. Mit der Fingerspitze in der Wählscheibe des Telefons spann sie ein ganzes Netz von Abhängigkeiten. Andere mußten bei ihr irgendwie in der Kreide stehen, sonst machten sie sie unsicher, und sie begann an ihren Nägeln zu kauen, was sich verheerend für jemanden auswirkte, dessen Beruf das Telefonieren war: abgeknabberte Fingerspitzen, äußerst entzündungsgefährdet, zumal bei lackierten Nägeln... Sie benutzte diese verwüstende Marke Tinta, auch Lepra genannt.

So richtig schlau wurde ich nicht, was De Stuit anbelangte, und mein Portemonnaie nicht dicker. Immer mußte alles auf die Minute fertig sein, aber seinem Geld konnte man hinterherlaufen. Nie wurde normal bezahlt: Der Auftraggeber hatte noch keine Rechnung geschickt, und falls die doch vorlag, dann war »Paul« wieder nicht da. Paul, der Bescheid wußte, der alles organisiert hatte, die ganze Transaktion, die finanzielle Seite, alles. Paul war in Urlaub und würde »frühestens« in zehn Tagen wieder da sein. Die Auszahlung könnte ... na, mal schauen, heute haben wir den dreizehnten, spätestens in zwei Wochen ... erfolgen. »Jedenfalls wenn du Glück hast.« Ein Vorschuß? Nein, das war nicht drin: Aus Sicherheitsgründen hatte Paul für die Dauer seiner Abwesenheit die Kasse geschlossen ... oder mitgenommen. »Nach Sankt Moritz ... oder wo noch gleich, Jerry?«

»Rimini. Ja, das ging nicht anders. Es hat schon mal Unregelmäßigkeiten mit der Kasse gegeben.«

Bei dem Mädchen, das einen abfertigte, wußte man nie genau, ob sie dich anschaute oder auf die große Uhr hinter dir sah (Beeilung, Trödelfritze!) – so stark schielte sie.

»Oder wart mal ...« Ein sich aufhellender Blick auf die Uhr. Möglicherweise gab es doch jemanden, der über die richtige Unterschrift verfügte und vielleicht so etwas wie einen ungedeckten Scheck ausstellen konnte. Erik. Erik ...! Der Name sprang von Mund zu Mund, zuletzt zu Jerrys: »Erik? *No way*. Der flippert gerade in der Kneipe hier gegenüber. Versuch's doch noch mal in einer halben Stunde, Albert.«

Obwohl ... es wurde Zeit, daß er wiederkam, der Erik ... er sollte für das Personal was zu essen mitbringen ... Brötchen, eine Frühlingsrolle ... wo blieb er bloß? Die schielende Sekretärin (die sich mal ein System ausgedacht hatte, wie man Minuten in Prozente umrechnen konnte, so daß wochenlang alles drunter und drüber ging) blickte mich einen Moment lang direkt an, wahrscheinlich um zu sehen, wie spät es war, und äußerte ihre Zweifel: »Rechne mal lieber mit 'ner Stunde.«

Und wenn man dann beim wütenden Verlassen des Büros jemandem um ein Haar einen Teller mit überbackenen Toasts aus der Hand stieß – »Bist du Erik?« –, stellte sich heraus, daß nicht er es war, sondern ein Abgesandter. »Nein, Erik kriegst du jetzt nicht von dem Kasten weg. Der gewinnt wie verrückt. Flippt total aus.«

Die Jobs, die Jerry mir aufhalste, waren auch nicht ohne.

Gewiß, mit dieser Blutspenderei hab ich mir eine Medaille verdient... es stellte sich heraus, daß ich reichlich sprudelnde Adern hatte... aber was ich dafür bekam, reichte kaum, um das gespendete Blut durch gute Nahrung aufzufüllen. Korrektor bei *De Telegraaf*, das war auch ein guter. So bekam ich endlich die Gelegenheit, meinen Idealen aus der Zeit des gestiefelten Marxismus freien Lauf zu lassen. In der Zeit, als man *De Telegraaf*, vom vorigen Leser zurückgelassen, nur im Zug las, mit mißbilligender Miene und ohne die Zeitung anzufassen, war mir als kennzeichnendes typographisches Merkmal aufgefallen, daß sogar die am fettesten gesetzten Schlagzeilen noch unterstrichen waren. Es waren nicht so sehr Striche, eher Peitschenhiebe, um dem Leser die vorurteilsbeladenen Großbuchstaben einzubleuen. *Ein* Blick auf die Titelseite, und schon hörte man das Pfeifen, Jaulen und Klatschen der Peitsche. Blutrote Striemen... horizontal... auf der Netzhaut. Bei jedem dieser Säbelhiebe fiel der Kopf eines Gegners.

Ich sah es als meine Aufgabe an, diese dicken schwarzen Unterstreichungen wegzukorrigieren. »Sie heben die Mitteilung in der Überschrift in gewisser Weise auf«, sagte ich zu meinem Chef. »Diese Riesenbuchstaben und der schwarze Balken darunter neutralisieren sich gegenseitig...«

Er wollte nichts davon wissen. Im Gegenteil, er hatte Pläne, noch mehr Unterstreichungen, auch in den Zwischenüberschriften und innerhalb des etwas größer gesetzten Textes, vorzunehmen. Meine Aufgabe als Korrektor lief darauf hinaus, ihn auf fehlende Striemen unter seinen schönsten Vorurteilen hinzuweisen. Wenn ich hinterher an meine Zeit bei *De Telegraaf* zurückdachte, sah ich mich selbst als Cowgirl im Schein der Monitore dastehen. Cowboyhut auf dem Kopf, Fransenkleid, Spielzeugpistole an der Hüfte. Lächelnd hielt ich mit beiden Händen zwischen Daumen und Zeigefinger eine Zeitungsseite hoch. Am anderen Ende der Korrekturpiste stand mein Chef, verkleidet als Cowboy, eine lange Peitsche in der Hand. Er ließ sie knallen, und das Ende durchschnitt sauber die Zeitung... genau in der Mitte... Auch die halbe Seite wurde mit einem sausenden Schlag halbiert und so weiter, so lange, bis ich nur noch ein Zeitungsstück von der Größe einer Briefmarke in den Fingern hielt... eine mit Zähnchen, fein und haarig wie Raupenfüße... Die Spannung auf den Tribünen zum Greifen... unentwegtes *snaredrum*-Getrommel... Ich lächelte beharrlich, wußte ich doch, daß auch dieser Peitschenhieb das Papierfitzelchen mit äußerster Präzision in zwei Teile zerschneiden würde. Bumm, machte die große Trommel... die Peitsche pfiff ihre erbarmungslose Melodie... und ich hielt dem applaudierenden Publikum zwei fast unsichtbare Papierfetzen entgegen.

Das war vielleicht ein Korrigieren! Unterstreichungen hinfetzen, bis kein Buchstabe mehr übrig war... nur noch umgefallene Ausrufezeichen. Unfehlbar, die Peitsche meines Chefs. Das mächtige Ding reichte so weit, daß es die Morgenzigarette im Mund eines Lesers halbieren konnte, und sogar ohne daß dieser es merkte. *Ssttt!* und es blieb nicht mehr als eine Kippe. Wenn er sich dann in seiner Kurzsichtigkeit vorbeugte, um die Zwischenüberschriften lesen zu können, wurde auch die Hälfte seiner Zigarette noch mal halbiert. Viel weiter als nur bis zum niederländischen Frühstückstisch reichte die Peitsche, bis in die südlichsten Winkel Spaniens und Italiens. Aus unzähligen Kiosken knallte sie einem entgegen, manchmal mit gespaltenem Ende, wie die Zunge einer Klapperschlange. Wo keine konkurrierende Zeitung mehr hinkam, pfiff diese dir noch nach... hoch und schrill... Mein Gehör begann darunter zu leiden.

Ich entdeckte, daß man sie abtasten konnte, diese Striche. Eine Art Brailleschrift für Analphabeten, Menschen, die daran gewöhnt waren, ein Kreuz an die Stelle einer Unterschrift zu setzen. Sie blieben einem an den Fingern hängen. Eine Zeitung, von der man dicke Trauerränder unter den Nägeln bekam. Die schwarze Krankheit... Druckerschwärze, hartnäckiger als Nikotinbraun, nicht wegzuwaschen. Setzerhände für den Leser, und dazu noch eine Bleivergiftung... Nein, die konnte mich mal, die Jerry, mit ihren lehrreichen Jobs. *Ihr* müßten sie mal eins mit der Peitsche überziehen.

Endgültig vorbei mit meinem Korrektorjob war es nach der Sache mit dem Känguruh. Die Werbeabteilung hatte sich ausgedacht, daß ich während eines Fußballspiels, als Känguruh verkleidet, durch das Olympische Stadion hüpfen sollte, um den Zuschauern Gratisexemplare von *De Telegraaf* zu überreichen, die ich in meinem Beutel aufbewahrte. Eine halbe Stunde vor dem Anpfiff, als ich noch nicht umgezogen war, machte sich ein total durchgeknallter Ajax-Fan mit meinem Kostüm aus dem Staub. Von Zeit zu Zeit sah man das leere Känguruh ... mal hier, mal da ... mit einem Schein von Animation über die Köpfe des Publikums springen, als fliehe es erschrocken vor dem Gejohle und Getröte. Nach dem Spiel fanden wir es zerknautscht unter einer Bank. Zerrissen und zertreten lag dort meine *Telegraaf*-Karriere. In dem Frack würde ich nie mehr nach den Pfeifen der Herren zu tanzen brauchen. Ich verließ die Volksarena ohne Vermummung, dafür erhobenen Hauptes.

In regelmäßigen Abständen kreuzte Jerry auf, um eine Gegenleistung für ihre Jobzuteilerei einzufordern, und das nicht nur bei mir. Von manchen Frauen, fand ich, hieß es viel zu voreilig, sie seien nymphoman. Bei Jerry bestand diese Gefahr nicht. Jerry war eine Nymphomanin, um das festzustellen, brauchte man keine eifersüchtige Tratschtante zu sein. Sie war eine schaurig perfekte Maschine, wenn es um Orgasmen ging. Furchterregend – obwohl ich manchmal richtig sauer war, daß ich sie nicht schon in den Jahren meines Unvermögens gekannt hatte: Auch wenn dein Fleisch nur zu drei Vierteln oder zur Hälfte inspiriert war, versagte ihr Präzisionsuhrwerk nicht. Meistens zahlte ich ihr ihre Provision in Fingern aus, die waren leicht zu zählen. Gab ich ihr einen, so flüsterte Jerry heiser und gebieterisch: »Noch einen.« Gedachte ich ihr von vornherein zwei Finger zu, dann ertönte nach einiger Zeit der Befehl: »Drei.« Notfalls forderte sie die ganze Hand, wie nach diesem Fiasko mit dem Känguruh. Schnell mal ein bißchen Fingergeklimper in einem zu beengten Raum, und schon war es passiert. Es wunderte einen fast, daß nicht irgendein mechanisches oder elektronisches Geräusch aus ihr drang, wenn sie soweit war, aber nein, sie stieß eine Art Urlaut aus ... nicht mal menschlich, einen animalischen Kehllaut, ein hohles Brechen wie bei sich paarenden Schildkröten ... Danach konnte *alles* sie befriedigen, und in immer kürzerer Zeit. Ein straff um ihre Taille geschnallter Gürtel ... »noch ein Loch enger ... noch eins« ... alles. Ich spürte, wie ihr ziemlich dünner Leib sich in nassen, lassoartigen Kreisen um meine Hand weitete. Noch eine Kräuselung, und sie war mir entflohen ... einfach von mir weggespült. Es blieb ein Rätsel, wie dieser magere Körper einen so großen glitschigglatten Hohlraum enthalten konnte.

»Wie machst du das bloß, Jerry? Wenn ich mit einem Fingerschnippen die Luft in Schwingungen bringe, dann reicht das schon, damit du vor Wonne fast ausflippst. Wie kriegst du das nur hin?«

»Oh, ich kann auch kommen, wenn ich mich auf eine andere Stelle meines Körpers konzentriere. Meine Fußsohle zum Beispiel. Meinen Nacken ... diese empfindliche Vertiefung in der Mitte. Mein Ohr ... manchmal ist es tagelang das Ohr, mal das rechte, mal das linke. Klappt immer. Und manchmal mache ich's einfach mit meinem ... na ja, was Marike ihr Pläsierchen nennt. Geht genauso gut.«

Manchmal schoß sie nach ihrem siebten oder achten Ohr oder Nacken hoch, um zwischen ihren Beinen das Bettzeug abzutasten. »Oh je, dumme Kuh. Schon wieder passiert.«

»Was?«

»Gepinkelt ... Manchmal, wenn's mich total umhaut, kommt ein bißchen Pipi mit. Und da hält Thjum den Vergleich zwischen dem Orgasmus und dem Tod für weit hergeholt ...«

»Nicht für weit hergeholt, für ein Klischee.«

»Dann eben für ein Klischee. Jedenfalls ist es tabu. Also, wenn's mich ganz schlimm erwischt ... so bei jedem zwanzigsten, dreißigsten Mal ... dann werde ich total inkontinent. Nicht wie eine hochbetagte Dame, sondern wie jemand, der stirbt. Mir braucht wirklich keiner was zu erzählen vom Orgasmus und dem Tod.«

Die Familie Schwantje litt an der Wortspielereikrankheit. So hatte ich Gidi mal was von Jerrys »solidarischem Orgasmus« murmeln hören. Ich glaubte, er stehe mal wieder auf Kriegsfuß mit Fremdwörtern, und sagte: »Meinst du solitären Orgasmus? Meiner Meinung nach ist jeder Orgasmus solitär. Bei jedem.« »Schon gut«, sagte Gidi. Es stellte sich heraus, daß er das richtige Fremdwort benutzt hatte. Jerry verstand es, solidarische Orgasmen auszulösen. Wenn *sie* Finger für mich frei hatte, hockte sie sich rittlings auf mein Bein. Spürte sie, daß mein Körper sich für den großen Wurf spannte, dann reichte ein kurzer, feuchter Ritt auf meinem Bein, damit sie genau gleichzeitig mit meinem in die Höhe schießenden Samen kam. Ritt war noch zuviel gesagt: Sie brauchte nur ein ganz kleines Stück vorzurutschen, um bereits in Höhe meines Knies ihre Zuckungen auf mich loszulassen.

»Wenn du siehst, wie's einem anderen kommt, dann machst du doch mit, oder? Du läßt einen anderen doch nicht allein ... spinnst du?«

»Ohr oder Nacken? Oder wieder das Steißbein?«

»Nein, nur durch Zuschauen. Stimulierung der Netzhaut.«

»Solidarität ist ein hohes Gut.«

»Das wollte ich auch gerade sagen.«

R. A. B. B. I. T.

Mittwoch, 25. Mai 1977
(Albert Egberts)

Der ewige Geldmangel... die sich häufenden Schulden... Omnilabor und De Stuit konnten gar nicht genug Jobs bieten. Ja, diese Kurierdienste nach Mailand und Rom waren lukrativ, vor allem die nach Rom, denn von dort aus konnte er auch die Rückflüge für seine Interessen nutzen. Aber die Aufträge kamen so unregelmäßig... es war kein Verlaß darauf. Beim vorletzten Besuch wurde Albert durch den Mönch (der diesmal wieder ganz anders gekleidet war) gebeten, beim nächsten Mal mit dem Zug nach Neapel weiterzufahren, wo er dann Anweisungen vom Chef persönlich erhalten werde, vom Boß oder *bosse*, wie der Mönch es aussprach. So lernte Albert einen unscheinbaren kleinen Mann in abgetragenen Kleidern und mit einer roten Wollmütze kennen. Gesù. Er hatte einen phantastischen Auftrag für Albert. Ein zweijähriges Kind in die Niederlande bringen. Nein, nicht im Flugzeug, das wäre zu riskant. Zu gründliche Kontrollen. Mit dem Zug, das sei besser.

»Jetzt gleich?«

»Nein, *il piccolino* muß erst noch ein paar Monate bei seiner Mutter bleiben... Zweieinhalb ist ein gutes Alter. Juli, August... paßt Ihnen das?«

Juli, August... das dauerte ihm zu lang. Er brauchte Geld. Albert fragte den Mann Gesù, ob er einen Vorschuß auf die Reise mit dem Kind bekommen könne.

»Vorschüsse, Signore Eccheberti, die gibt es nicht in diesem Beruf. Wenn Sie mit dem Kleinen in den Zug einsteigen, können Sie die Hälfte von Ihrem Honorar bekommen. Den Rest erhalten Sie dann von den Adoptiveltern.«

R. A. B. B. I. T.

Randstädtisches Büro zur Belebung von
Import und Tourismus

*sucht einen journalistischen Mitarbeiter,
der bereit ist, völlig selbständig ein Magazin
für touristische Tips und Hintergrundartikel
aufzubauen. Anforderungen ...*

Diese Anforderungen, beschloß Albert, erfüllte er unbesehen. Wo es an Dokumenten mangelte, würde er seine Zunge vorschicken. Für keine Lüge war er sich zu schade, denn genau das brauchte er: eine feste Stelle mit einem monatlichen Einkommen zwischen zwei- und dreitausend Gulden netto, das er nach Belieben über seine *Italian connection* aufstocken konnte. Diesen ängstlichen Kaninchen in Den Haag würde er schon klarmachen, daß die Zukunft der niederländischen Tourismusbranche in Italien lag. Aus dem Wirtschaftsteil von *Het Devies* hatte er vorsorglich schon mal einen Artikel ausgeschnitten, in dem die Zukunft der italienischen Lira klipp und klar und in den rosigsten Farben geschildert war. Dort stand eine beispiellose Hochkonjunktur vor der Tür ... Innerhalb weniger Jahre würde die Mehrzahl der Italiener, müde, immer wieder den Gastgeber spielen zu müssen, im Urlaub nach ganz Europa ausschwärmen. Endlich würden sie es sich leisten können, das Venedig des Nordens zu besuchen ... Amsterdam, Giethoorn ... die Lagune des Watts ... Aber, meine Herren, das alles muß vorbereitet werden ... dafür müssen Reisen unternommen werden. Ich bin Ihr Mann.

Los, nicht länger gezögert und diesen Brief geschrieben. Mit dem Studium wurde es doch nichts, solange Professor Palinx auf seiner Irrsinnsliste zu lesender Bücher und dem Colloquium doctum als Ergänzung zu Alberts Nimwegener Vordiplom bestand. In seinem Bewerbungsschreiben entwarf er nebenbei schon mal ein paar Sonderhefte der geplanten Zeitschrift, damit die Herren von Rabbit in Den Haag daraus schließen konnten, daß diese Sache ihm am Herzen lag. Zur Sicherheit ließ er Patrick Gossaert den Brief überarbeiten.

»Nicht zuviel Blattgold, Patrick. Sie suchen einen Journalisten mit Stil, aber keinen Schwülstling. Kurz und bündig.«

Vielleicht, um seinen Freund auf die Palme zu bringen, machte Patrick doch etwas viel zu Schönes daraus... die Wortwahl eine Spur zu protzig... Albert überlegte, ob er nicht besser seine eigene, etwas spröde Version in den Briefkasten werfen sollte. Schließlich entschied er sich doch für die Gossaertsche. Immer wieder las Albert den Brief, als fände er es jammerschade, ihn einzuwerfen. Er war unvergleichlich schöner als die brieflichen Bittgesuche, die Albert seinerzeit an Professor »Weißer Sonntag« Versteeghen OSA geschickt hatte, aber tja, da hatte er auch ohne Patricks stilistische Schützenhilfe auskommen müssen, und außerdem war es um weniger Geld gegangen... ein Stipendium für ein halbes Jahr, kaum der Rede wert, wenn man's im nachhinein betrachtete... Endlich, Mitte Mai, traute er sich, den Brief einzuwerfen. Postwendend wurde er zu einem Bewerbungsgespräch Ende Mai, am Vormittag des Wahltags, eingeladen. »Machen Sie sich bitte keine Sorgen wegen des Datums«, hieß es fast schalkhaft. »Es wird Ihnen noch genug Zeit bleiben, zu wählen, sofern Sie das bis dahin noch nicht getan haben sollten.«

Albert hatte noch nie gewählt und es auch dieses Mal nicht vorgehabt, doch der Brief (der ihm einen Blick in eine nie vermutete Zukunft vergönnte) änderte ihn von Grund auf, nicht zuletzt durch diesen Zusatz bezüglich der Wahl. Ja, er würde wählen gehen, von nun an stellte er sich seiner Verantwortung. Nein, er würde fortan keine krummen Dinger mehr drehen, keine schwarzen Nebenverdienste in Italien, alles Fair play – dieser Gesù konnte ihn mal. Systematisch die Zeitungen lesen, auf dem laufenden bleiben, Klamotten in die Wäscherei bringen, jeden Tag rasieren, rechtzeitig zum Friseur, Trinken aufs Wochenende beschränken, sparen für ein Auto, samstags Sport treiben... beruflich vorankommen, Gehaltserhöhung aushandeln und, verdammt, warum nicht: Zwanet einen Heiratsantrag machen. Als Folge der Antwort des Randstädtischen Büros zur Belebung von Import und Tourismus, auch wenn es sich um noch nicht mehr als eine Einladung handelte, entstand bei Albert plötzlich die Vorstellung eines Lebensplans ... einer zutiefst gewollten Ordnung, die im verborgenen auf ihn gewartet hatte, bis die wilden Jahre vorbei wären. Er war nicht nach Amsterdam gegangen, um auf gefährliche Weise mit seinem Leben zu experimentieren und daraus möglicherweise poetische Münze zu schlagen, nein, er war in die Hauptstadt geeilt, um sich dort gründlich auszutoben, gründlicher und schneller, als ihm das im provinziellen Nimwegen gelungen wäre. Genausowenig war er wegen eines bestimmten Studiengangs nach Amsterdam gewechselt, den es in Nimwegen nicht gab, das war nur Selbsttäuschung gewesen. In Amsterdam hatte er die Liebe gesucht – und gefunden, was ihm dort, in Milli Händels sterilem Zimmer und in Marike de Swarts schmuddeliger Bude, nicht gelungen war. Und jetzt, da es diese Liebe gab, mußte er für sie kämpfen ... zusehen, daß sie ihm erhalten blieb ... dafür arbeiten, auch im wörtlichen Sinn: Geld für seine Frau verdienen ... für das gemeinsame Kind ... Als allererstes würde fortan seine Tür für Jerry verschlossen bleiben, diese Intrigantin mit ihrem unverwüstlichen Weckermechanismus.

Von seinem letzten Verdienst als Korrektor bei *De Telegraaf* kleidete Albert sich völlig neu ein. Nicht zu dunkel, denn es ging auf Juni zu, aber auch kein Sommeranzug, der könnte ihm wiederum als zu frivol ausgelegt werden. Es wurde ein stilvoller Anzug, blau, mit einer *clubtie* in Bordeauxrot. Immerhin leistete er sich ein Paar hohe italienische Schuhe, mit Absätzen, die ihn fast fünf Zentimeter größer machten, denn für einen unwiderstehlichen Reporter war er seiner Ansicht nach etwas zu klein. Albert ging auf Sprungfedern. Es war zwar nicht die richtige Anspielung auf den Namen seines künftigen Arbeitgebers, doch in Gedanken bewegte er sich wie ein Hase. Ein Journalist, stets auf dem Sprung, würde er werden, die Ohren gespitzt, als Antennen. Nichts würde ihm mehr entgehen. Bei nichts würde er zu spät kommen.

Am Morgen des fünfundzwanzigsten Mai nahm Albert Anlauf und setzte mit einem Riesensprung in ein neues Leben über. Das heißt ... er hatte bereits Anlauf genommen, da fiel ihm ein, daß seine Wahlkarte in Nimwegen liegen mußte, an seiner alten Adresse im Berg en Dalseweg, bei Berendina Schwantje ... seiner unerreichbar gebliebenen Beertje ... Nein, keine verliebte Wehmut jetzt, Egberts, an der Schwelle zu einer neuen Verantwortung, Schluß, aus. Du hattest dir vorgenommen, zum ersten Mal deine Stimme abzugeben, nach all den Jahren des großen Ausweichens, das als anarchistische Lebenseinstellung herhalten mußte. Es ist jetzt zu spät, dich schnell noch im Einwohnermeldeamt von Amsterdam eintragen zu lassen, das tust du morgen, verantwortungsbewußter Bürger, der du bist. Nach dem Bewerbungsgespräch fahren wir weiter nach Nimwegen, holen dort ... nein, nicht bei Beertje, sondern bei einer brav verheirateten Berendina ... die Karte ab und erfüllen unsere Pflicht gegenüber der Demokratie. Nichts darf je wieder zu mühsam sein.

Es war noch sehr früh, doch Albert war klar, es würde ein sehr warmer Tag werden. Er würde es schwer haben in seinem neuen Anzug, der ihm schon jetzt nasse Flecken unter den Achseln bescherte. Im letzten Moment, kurz vor dem großen Sprung, stopfte er ein Bündel leichte Sommerklamotten in eine Tasche ... eine weiße Hose, ein luftiges Hemd, Espadrilles ... Es kam ihm fast wie Verrat an seinen Vorsätzen vor, diese loddrige Tasche in seiner Hand, mit einem Inhalt, der ihn auch nach Scheveningen, an den Strand, führen konnte ...

Das Randstädtische Büro zur Belebung von Import und Tourismus, der Kaninchenstall, lag schräg gegenüber vom Den Haager Hauptbahnhof. Das Jackett über der Schulter, spazierte Albert in der prallen Sonne den Bezuidenhouteweg hinunter. Trotz seiner feuchten Achselhöhlen wäre es eine Sünde, so fand er, im Schatten zu gehen. Er atmete tief die von Auspuffgasen noch nicht verpestete Luft ein. So konnte es nur am Beginn eines göttlichen Sommertags riechen, wie es nur wenige im Jahr ... in einem Jahrzehnt gab ... Albert sah das unförmige Rabbit-Gebäude beim Näherkommen größer und größer werden, während der Tag ihn davon fernhalten wollte ... nicht mit Gewalt, sondern in Gestalt einer milden Brise, die ihm schäkernd durchs Haar fuhr, ihn sanft am Jakkett zupfte, das ihm locker über den Rücken hing ... Eine gute Woche lang hatte er sich, um beim Vorstellungsgespräch einen klaren Kopf zu haben, alkoholischer Getränke enthalten, und ausgerechnet jetzt war die Luft von halluzinierendem Flüstern erfüllt, als bereite sich ein Delirium vor wie letztes Jahr in Nimwegen ... Es kam aus den Bäumen, an denen er vorbeischlenderte, und es saß auch im gedämpften Brausen des Autoverkehrs in der Ferne, doch diesmal klang es nicht beschuldigend wie damals ... sondern war ein flüsternder Singsang, der äußerst melodisch sämtliche Möglichkeiten des Tages aufzählte ... Von einem Bewerbungsgespräch erwähnte es nichts.

Eine Empfangsdame begleitete ihn im Fahrstuhl nach oben. »Die Herren konferieren noch.«

Albert war keine Minute zu früh, aber natürlich, selbstverständlich: die Herren konferierten noch ... darüber, wie lange sie ihn antichambrieren lassen wollten. Der Bewerber sollte erst mal gehörig unter den Eindruck des Gebäudes geraten, ihres geruchslosen, klimatisierten Kaninchenstalls. Er bekam Kaffee. Der Warteraum bot Ausblick auf einen parkartigen Garten mit vielen Bäumen, und das war schade, denn jetzt verlor sich sein Verlangen in ihren Wipfeln, ohne wieder zurückkehren zu wollen, um ihm bei seiner Eroberung eines neuen Lebens beizustehen. Es wartete da draußen ungeduldig auf ihn, das Verlangen, genau wie seine Tasche mit Sommerklamotten unten in der Garderobe.

Von den beiden Herren, an deren Tisch Albert gebeten wurde, hatte der ältere die unechte werbende Miene eines Handlungsreisenden und der jüngere einen leicht progressiv gemeinten, aber etwas zu akkurat gestutzten Bart. Sie rochen nach Aftershave, Nikotin und Kaffee mit zuviel Sahne.

»Sie dürfen gern wissen«, hob der Handlungsreisende an,

»daß wir Sie in erster Linie wegen des *Stils* Ihres Briefes hierhergebeten haben.«

Danke, Patrick. Mir wär's lieber gewesen, wenn du mir die Sache gleich von vornherein vermasselt hättest.

»Aus Ihrem Brief geht außerdem hervor, daß Sie in Nimwegen studiert haben. Deswegen nicht, Mijnheer, ähm ...«

»Egberts«, sagte der Bart.

»Ja, natürlich. Ich habe kurzfristig zwischen Alberts und Egberts geschwankt.«

»Albert ist der Vorname.«

»Gut, Mijnheer Alberts ... deswegen nicht, aber wir wollen nicht um den heißen Brei herumreden. Nimwegen hat den Ruf einer roten Studentenstadt. Finden Sie es sehr indiskret von uns, wenn wir Sie fragen, ob Sie dort eine marxistische Gesinnung vertraten? Sehen Sie, wir haben natürlich ein Produkt zu verkaufen ... wie Fokker ... und deshalb müssen wir schon wissen, mit wem wir es zu tun haben. Wir sitzen hier nicht nur, um Höflichkeiten auszutauschen.«

»Oh, fragen Sie ruhig. Das ist schnell beantwortet. Der Marxismus ist für mich eher eine ökonomische als eine philosophische Lehre. Ich habe damals in Nimwegen Philosophie zu studieren begonnen, weil ich mich mit Problemen befassen wollte, die tiefer sitzen als das Portemonnaie.«

Die Herren atmeten auf, doch ganz beruhigt schienen sie Albert nicht zu sein, denn nun wußten sie immer noch nicht, wo sein politisches Herz schlug. Der adrette Bart versuchte es jetzt auf die joviale Tour.

»Wir freuen uns, Mijnheer Egberts, daß Sie an diesem besonderen Tag bereit waren, hierherzukommen. Ein herrlicher Frühlingstag ... eigentlich schon ein Frühsommertag ... und dann auch noch Wahltag. Ganz nebenbei, Mijnheer Egberts, haben Sie Ihre Stimme schon abgegeben?«

Albert sah seine Wahlkarte in dem gläsernen Postkasten des Hauses am Berg en Dalseweg, aufgespießt auf ein gleißendes weißes Schwert aus Sonnenlicht, das, bis zum Griff in den steinernen Briefkastenschlitz gestoßen, weit in den Flur ragte ... bis dicht vor Beertjes rosa Ballettschuhe, die sie noch immer morgens als Pantoffelersatz trug und die jetzt auf dem runden Querholm ihres Hockers an der Frühstücksbar ruhten. Es war schon fast Mittag, und sie lief noch im Morgenrock herum; gleich würde sie ihren Bikini anziehen, um sich im Garten zu sonnen. Es klingelte. Mit diesen Schühchen konnte sie nicht anders als in Tanzschritten zur Haustür gehen. Sie tanzte durch das Sonnenschwert, das sich völlig verbog und sich, kokett den Falten ihres Morgenrocks folgend, um sie wand. Sie öffnete. Albert Egberts, um seine Wahlkarte zu holen und sich den Weg zum nächstgelegenen Wahllokal zeigen zu lassen. »Albert, was für eine Überraschung ... komm rein. Wählen kannst du noch den ganzen Tag. Wen schon im übrigen? Sollen die doch erst mal ihre Probleme lösen. Wie lange befinden sich diese armen Kinder nicht schon in Geiselhaft? Ich habe gerade frischen Grapefruitsaft gepreßt ... Oder möchtest du lieber Kaffee?«

Die Ballettschuhe mußte sie anbehalten, darauf würde er bestehen. Er wollte die wattierten Spitzen in seinen Kniekehlen spüren. Nein, erst würde er sie dort hinlegen, auf den Teppichboden vor der Frühstücksbar, so daß ... heute bin *ich* mal der Choreograph, Beertje ... daß die Spitze des Schwertes, sichtbar gemacht im auf und ab flirrenden Staub, sie spaltete. Endlich brachte ein scharfes, durchdringendes Spotlight ihr Geheimnis ans Licht: die elastische Kerbe, von Gott selbst mit desinfiziertem Fingernagel angebracht, dank deren sie in ihrer Generation von Primaballerinen zur Königin des Spagats geworden war. Beine, die sich über den glatten Fußboden schoben wie die Zeiger einer Uhr ... das eine den großen Zeiger imitierend, das andere den kleinen ... das linke schnell kreisend, das rechte langsam ... Sekundenwerk, Minutenwerk ... Alles möglich gemacht durch das verborgene Instrument, eher ein choreographischer denn ein geschlechtlicher Apparat, der jetzt enthüllt wurde. In dem schmalen Lichtbündel durfte sie einen Tanz en miniature ausführen ... ihren kleinen Schwan sterben lassen ... Danach würde Albert dafür sorgen, daß das Schwert auf seinem Rücken tanzte. Die Suggestion wäre so stark, daß er die Schneide glühen fühlte, wie sie von seinem Nacken aus von Wirbel zu Wirbel sprang, bis sie ganz unten, zwischen seinen Gesäßbacken, durchstoßen würde... die scharfe Spitze würde sein schaukelndes Skrotum streifen und versuchen, mit einzudringen, so daß er das Gefühl haben könnte, reines Licht in sie zu ergießen...

»Sie brauchen uns natürlich nicht zu sagen, *wen* Sie gewählt haben. Ich frage nur...«

»Ich wähle erst heute nachmittag.«

»Nein, im Ernst«, übernahm jetzt der Handlungsreisende wieder, »wir wollen nicht wissen, für welche Partei Sie Ihre Stimme... Schauen Sie, wir haben hier in der Abteilung zum Beispiel einen überzeugten Anhänger der D 66. Der Mann steht total auf D 66. Das führt gelegentlich zu hübschen Diskussionen im Büro... Das ist also kein Problem. Ich meine...«

An einem süßsauren Lächeln, das knapp die Umrahmung des Bartes überschritt, glaubte Albert zu merken, daß der Handlungsreisende seinen jüngeren Kollegen meinte.

»Sie haben schon geraten, welche Partei ich heute nachmittag wähle«, hörte Albert sich sagen. Trotz des Rauschens der Freiheit draußen, das deutlich zu ihm drang, klammerte sich irgend etwas in ihm weiter an dem arbeitsamen Leben fest, das er sich selbst in Aussicht gestellt hatte. Doch der Griff erschlaffte bereits, daher erzählte er den beiden Kaninchen, was sie mit ihren großen Ohren gern hören wollten. Mehr noch, sie konnten ihn so bekommen, wie sie ihn haben wollten. Ihm gegenüber wurde erleichtert aufgeatmet. Zweiköpfigen Lügendetektor an der Nase herumgeführt. Die nächste behutsame Frage.

»In Anbetracht Ihrer Nimwegener Vergangenheit, Mijnheer Alberts... und Sie haben ja gerade gesagt, daß Sie Ihr Studium dort eher aus philosophischen Erwägungen begonnen haben, als um Ihr Portemonnaie zu füttern... in Anbetracht Ihres Nimwegener Hintergrunds also, halten Sie dann ein Wort wie... wie... wie *Kommerz*...« Nach dem zweiten »wie« machte sein Mund, in dem das Wort Kommerz bereits auf der Zunge lag, die prüfende, einem nervösen Tick ähnelnde Zuckbewegung eines professionellen Weinverkosters. Die leicht eingesogenen Wangen ... die zerknittert aufeinandergepreßten Lippen, die wie bei einem am Gilles-de-la-Tourette-Syndrom Leidenden etwas sehr Schweinisches bei sich zu behalten versuchten ... der alarmiert unter dem Kinn mitzitternde Kehllappen aus gelaugtem Leder ... An seinem Gesichtsausdruck, der sich von »kritisch verzogen« zu »entspannt billigend« entwickelte, konnte Albert erkennen, daß es ein Wort aus gutem Keller war. Und als echter Weinverkoster schluckte er es nicht hinunter. Er spie es, zusammen mit seinem Speichel, dem Bewerber genau ins Gesicht.

»... wie *Kommerz*, sorry, nicht für ein schmutziges Wort?«

Albert behielt sein Gesicht unter Kontrolle, blinzelte aber unwillkürlich – eher wegen des Auftauchens dieses schmutzigen, klatschnassen Wortes, das wie ein naßgeregneter Hund an ihm hochsprang, als wegen der Tropfen, die von ihm wegflogen.

»Na ja, schmutzig, schmutzig ...« Es wurde für Albert ein zerstreutes Rückzugsgefecht, doch der Widerstand gegen sein altes Leben war bereits gebrochen. Ohne sich ernsthaft auf das Gespräch zu konzentrieren, faselte er etwas von »Kommerz und Kommerz, das sind zwei Paar Stiefel«, und wahrscheinlich weil beide Herren rauchten, führte er das unvermeidliche Beispiel des Tabaks an. »Wenn Sie wollten, daß ich Rauchwaren an den Mann bringe ... mit Hilfe von Sprüchen, einem kleinen Reim, einem Slogan ... das würde ich ablehnen. Jedenfalls so lange, wie die Bekämpfung des Lungenkrebses noch in den Kinderschuhen steckt.«

Die Herren rutschten unbehaglich auf ihren Stühlen herum, hüstelten, bei beiden fiel gleichzeitig die Zigarettenasche ab, bei dem einen auf die Kleidung, beim anderen auf die Tischplatte.

»Sehen Sie, das ist für mich wirklich *schmutziger* Kommerz. Aber Reisen ... jemandem eine Reise aufschwatzen ... das ist etwas ganz anderes.« Die Worte kamen von allein, blieben aber auch von allein wieder aus. Albert wußte nicht, was er, um Rabbit von seinen hochfliegenden Absichten zu überzeugen, noch hinzufügen sollte. Irgendwo, ganz tief unten, stellte sich eine matte Assoziation zu Tschitschikows Worten ein, im zweiten Teil von *Tote Seelen*. »Es ist zum Besten eines solchen Menschen. Wenn ich sage, daß die Welt ein Buch ist... gleichsam ein lebendes Buch, aus dem man eine Menge lernen kann... dann sage ich Ihnen beiden nichts Neues. Andere Menschen darf man da aber getrost mit der Nase drauf stoßen. Gut, am Tourismus wird auch Geld verdient, aber nicht auf eine so abstoßende Art und Weise. Außerdem... Tourismus ist eine Form von Naturheilkunde. Reisen ist das natürlichste Mittel gegen Hämorrhoiden und Sitzfleisch, *die* Leiden unserer Zeit.«

Mehr Gemeinplätze konnte er sich nicht abringen. Der mit Sitzfleisch gut bepackte Stutzbart mußte herzlich lachen. Sein Vorgesetzter fiel spärlich lächelnd mit ein, wozu er seinen Mund anusförmig zusammenzog: Er war derjenige mit den Hämorrhoiden.

»Würden Sie, Mijnheer Alberts...«

»Egberts.«

»Mijnheer Egberts, würden Sie... und dann sprechen wir vom Spätsommer, wenn der Urlaubstrubel vorbei ist... würden Sie dann mal hierherkommen und eine Probe Ihres Könnens ablegen? Dann setzen wir Sie in einem schalldichten kleinen Raum an eine Schreibmaschine und überreichen Ihnen in einem verschlossenen Umschlag einen Auftrag... um irgend etwas, na ja, etwas Charakteristisches über die Niederlande zu schreiben... die Landschaft, die Trockenlegung, den Volkscharakter, irgend so etwas... Sind Sie dazu willens? Unvorbereitet, meine ich.«

»Ich habe damit nicht das geringste Problem.«

»Schön.«

Als Datum für die abzulegende Probe wurde Freitag, der 23. September, festgesetzt. Noch vier Monate bis dahin... jede Menge Zeit, um sich in die Niederlande zu vertiefen, die Ausländer zu sehen wünschten. Das Gespräch, dessen sachlicher Teil beendet war, drehte sich noch eine Weile darum, was in einem touristischen Magazin zu schreiben opportun war und was inopportun. Oh, es sei absolut nichts dagegen einzuwenden, den ausländischen Touristen ab und an ein klein wenig auf die Schippe zu nehmen. So hatte der D 66-Bart, als er auf einem Erkundungsspaziergang durch Volendam eine Fischerfamilie nach dem Weg gefragt hatte, die in Tracht vor ihrem grünen Häuschen saß, vom Pater familias als Antwort bekommen: »*Well, I don't know, you know... we just arrived.*« So etwas könne Mijnheer Alberts getrost in einem Artikel über Fischfang auf dem IJsselmeer dem Papier anvertrauen, kein Problem. Heikler sei es schon in Reportagen über die Blumenzwiebelregion mit jeder Anspielung auf die Rolle, die die Zwiebel bei der Lebensmittelversorgung der Bevölkerung während der deutschen Besatzungszeit gespielt habe, zumal wenn diese Artikel auch noch übersetzt würden. Es wäre natürlich großartig, »vor allem mit einem Stil wie dem Ihren, Mijnheer Egberts«, als späte Rache schreiben zu können, daß die Blütengirlanden, die wir den Deutschen in Hillegom und Lisse für gutes Geld verkauften, um ihre Autos aufzuputzen, ursprünglich eine Art symbolischer Grabkränze seien. Hier, häng's auf, mach was Schönes damit... vorne, hinten, an der Seite... Hauptsache, es sieht dann wie ein Leichenwagen aus, das zieht Unglück an. Sobald die Blüten zu verwelken beginnen oder sich im Wind lösen, überschlägst *du* dich, Vater, oder stehst hochkant an einem Baum... wart aber damit, bis du über die Grenze bist, damit wir den Mist nicht auch noch wegräumen müssen. *Grüß Gott!*

So etwas könne man zwar denken, aber nicht schreiben. Verständlicherweise. Das bleibt doch unter uns, Mijnheer Alberts? Aber natürlich.

»Wenn ich an die Niederlande denke, sehe ich gelbe Züge still im endlosen Flachland stehen« – das wäre ein schöner Ausgangspunkt für einen Artikel im neu zu gründenden Tourismusmagazin. Während die Niederländer zur Wahlurne schritten, hielten in Drente bewaffnete Südmolukker seit einigen Tagen Schulkinder und Bahnreisende als Geiseln. Niemand wußte genau, was sie eigentlich wollten. In den Barakken ihrer Jugend hatten sie ihre Eltern immer vom gelobten, aber unerreichbaren eigenen Land reden hören ... von dem Kampf, in den sie für die Niederlande gezogen waren und für den sie nie eine Gegenleistung erhalten hatten ... Freier Abzug zu den Molukken, war es das, was die Geiselnehmer wollten? Aber dann würden sie den Indonesiern in die Arme laufen, und ihre freie Republik wäre von Gefängnismauern umgeben ...

Nachdem Albert in Utrecht in den Intercity Amsterdam-Nimwegen umgestiegen war, beobachtete er, wie zwei asiatisch aussehende Männer, die einen nervösen Eindruck machten, einen Geigenkasten und einen Gitarrenkoffer ins Gepäckfach legten. Er behielt sie scharf im Auge, aber sie blieben geschlossen, und der Zug wurde nirgends gestoppt.

Als sich die Flußlandschaft näherte, verspürte Albert zunehmendes Unbehagen – nicht, weil er noch damit rechnete, daß der Kasten und der Koffer etwas anderes als eine Geige und eine Gitarre enthielten. Nein, es war die Erkenntnis, wie immer in der Gegend der Betuwe, daß der Lummeler Mordfall nach wie vor so tief in ihm steckte ... vielleicht sogar für immer ... Wie früher, wenn er von Amsterdam nach Nimwegen fuhr, erklangen sie auf dieser Höhe als murrender Chor in ihm, die Stimmen des Volksgerichts, der Massenmythomanie ... Es waren Stimmen aus dem Schattenreich der Kneipe, aus einem Nebel von Zigarrenrauch aufsteigend ... Worte, die zusammen mit dem Genever auf den Zungen verdunsteten ...

Het Wapen van Lummel (3)

Dienstag, 4. Juli 1972
(Chor)

»Berufung. Die Hexe geht in Berufung. Das ist ja, als hieße es, der Teufel geht in Berufung ... weil Gott ihn fälschlich beschuldigt hat, der Teufel zu sein.«

»Kostet alles Geld. Und nur, um die Sache hinauszuzögern ... um schnell noch den Fuß in die Tür zu kriegen, und sonst wegen gar nichts. Sonst hat es doch überhaupt keinen Sinn. Also, wenn so 'n Weib es geschickt anstellt, kann sie ihren Alten mit Gift umme Ecke bringen und dann nach Hause geschickt werden. Damals lag ja 'n bißchen Zeit dazwischen. Aber diesmal hat man sie sozusagen auf frischer Tat erwischt, diesmal hilft ihr gar nichts. Diesmal ist sie dran. Und trotzdem macht sie noch Sperenzchen. Kostet alles nur Geld. Obwohl das Ergebnis schon feststeht.«

»Sie soll 'nen neuen Anwalt haben. 'n richtig guten. 'n berühmten ... Mensch, wie heißt der noch gleich. Aus'm Norden. Aus Haarlem oder der Gegend. Wie hieß der noch gleich?«

»Ja, ich weiß, wen du meinst. So 'n Dreckskerl. Der hat damals diesen Schriftsteller verteidigt, wegen Gotteslästerung. Wie heißt der gleich wieder? Dieser sogenannte Schriftsteller, dieser sogenannte Katholik, der Gott beleidigt hat. Wie war das gleich noch mal?«

»So 'ne richtig üble Geschichte. Der Kerl hatte 'nen Esel. Und dachte, daß der Gott ist, also hat er ihn ab und zu bei ihm reingesteckt. Wie der Bauer sagt: Loch is Loch ...«

»Es war keine Eselin. Der hat das Viech innen Arsch gefickt und dann hatter geglaubt, dasses mit Gott war. So hatter's auch im Fernsehen gesagt, und dann hamse'n vors Gericht geschleppt. Dabei hat sich rausgestellt, dasser's auch noch alles aufgeschrieben hat. Und da frag ich mich doch, was is das für 'n Schwein, der so einen auch noch verteidigt. Keinen Deut besser natürlich. Die treibens alle mit Tieren. Dieser Schriftsteller, hab ich gehört, hat's als junger Bursche schon mit 'nem Kaninchen gemacht. Stell dir vor! Und so einer, der so 'ne Praktiken vor'm Gericht auch noch schönredet, der is dann der Verteidiger von der Avezaath.«

»Paß bloß auf, der hat den Schriftsteller damals auch freigekriegt. Der durfte wieder zurück zu seinem Esel. Kein Problem.«

»Der hat noch mehr freigekriegt. Schwerverbrecher. Noch viel schlimmere als die Hexe Avezaath. Brauchst mir nix zu erzählen von solchen Strafverteidigern. Eine Macht haben die! Unser Freund aus Haarlem hat 'nen ganzen Laden voller Anwälte, und das sind alles seine eigenen Kinder. Macht, darum geht's in den Kreisen. Schuld spielt keine Rolle. Hauptsache, du hast genug Macht, um den Schuldigen freizuquasseln. Nein, ich bin mir gar nicht so sicher, daß unsere Hennie ihre gerechte Strafe kriegt. Ich seh sie hier in ein paar Monaten wieder frisch und frei rumradeln. Auf der Suche, wer weiß, nach dem nächsten, den sie kaltmachen kann.«

»Da sind wir aber noch vor. Ich persönlich werde niemals dulden, daß Lummel 'ne Giftfabrik wird.«

Der Gerichtshof der Barmherzigkeit

Mittwoch, 25. Mai 1977
(Albert Egberts)

Für Albert sollte Arnheim, wo der Zug planmäßig hielt, für immer die Stadt des 5. Juni 1973 bleiben, des Tages, an dem »Gerichtshof der Barmherzigkeit« als Kosename für das dortige Gericht aufkam, aber auch des Tages, an dem die Berufungsverhandlung gegen Hennie A. fortgesetzt wurde, an deren Ende zwölf Jahre Freiheitsentzug standen. Außer zum Umsteigen in den Nahverkehrszug nach Nimwegen hatte Albert nie mehr einen Fuß dorthin gesetzt. Heute brauchte er nicht einmal umzusteigen: Dies war der Intercity Amsterdam-Nimwegen. Er öffnete das Abteilfenster: die gedämpften Geräusche und milden Düfte eines Frühsommertages, die für ihn in dieser Umgebung nie mehr nach etwas anderem riechen und sich anhören konnten als nach einer vor sich hin plätschernden Orgel und einer bittersüßen Orchidee...

Dienstag, 5. Juni 1973
(Albert Egberts)

Der Präsident, Meester Amandel, ordnete seine Papiere. Für den, der ein Ohr dafür hatte, war leises Orgelspiel zu hören, und wer eine gute Nase hatte, für den begann es im Gerichtssaal zart nach Orchideen zu duften... mit einer Spur Vanille... Der sehr christliche Mr. Amandel, Vorsitzender der Strafkammer sowie, nicht zu vergessen, Vorsitzender der Berufungskommission des Zentralen Beirats für das Gefängniswesen, spielte sonntags durchaus verdienstvoll Orgel in einer Kirche in Doorwerth oder Oosterbeek und betätigte sich sonst in seiner Freizeit als leidenschaftlicher Orchideenzüchter. Seine große Liebe galt der Honigwurz und der wohlriechenden Weißen Waldhyazinthe, weil ihre Wurzeln der Form von Hoden so perfekt nahekamen.

Seine christliche Einstellung hinderte Mr. Amandel nicht daran, die in der Coornhert Liga vereinigten linken Strafrechtsreformer zu unterstützen, im Gegenteil: Sie zwang ihn dazu, mit diesen Leuten, so rot sie auch waren, gegen das gegenwärtige Strafrechtssystem in den Niederlanden zu opponieren. Auch ein Verbrecher war ein Mensch und kam damit ebensosehr für Nächstenliebe in Betracht wie irgendein x-beliebiger anderer. Mr. Amandel war ein Befürworter milder Strafen, und diese Milde war für den, der ein Ohr dafür hatte, bereits in der Suggestion von Orgelspiel zu hören, die seine Erscheinung erweckte, und für den, der seine Nase gebrauchte, an dem ihm anhaftenden Hauch von Orchideenduft zu riechen, wenngleich gesagt werden mußte, daß dies auch exakt die Ingredienzen für die richtige Atmosphäre in einer Totenhalle kurz vor der Beisetzungsfeier waren.

Die Angeklagte, bekleidet mit einem zu warmen Wollkleid, hörte sich unbewegt den Strafantrag des Generalstaatsanwalts an. Ihr neuer Anwalt, der distinguierte graue Mr. Quispel, begann sein Plädoyer mit überaus wohlgesetzten Worten. Er wußte, welch großherzigem Christen er gegenüberstand.

»Herr Präsident«, rief er theatralisch, fast schon höhnend, »ich vertraue darauf, daß Ihr Gerichtshof der Barmherzigkeit kurzen Prozeß macht mit diesem ... ich kann es nicht anders nennen ... exorbitanten Antrag des Vertreters der Staatsanwaltschaft.«

Mr. Amandel konnte ein Lächeln nicht unterdrücken. Gerichtshof der Barmherzigkeit ... bitte sehr! Genau einem solchen hatte er immer vorsitzen wollen, einem Gerichtshof ... der Barmherzigkeit! Das notierte er sich, unvermindert lächelnd, sofort. Und damit, aber das konnte noch keiner ahnen, wurde Mr. Quispel der Auctor intellectualis eines jahrelang voller Stolz zu führenden Epithetons, das bereits während der ersten Sitzung dieses Gerichtshofs der Barmherzigkeit eine karikierende Bedeutung erhalten sollte. Mr. Quispel reckte, aus dem Beifall Mut schöpfend, sein Kinn noch höher, war er doch ein Mann der Aphorismen, und die waren keineswegs erschöpft, oh nein, noch lange nicht.

»Herr Präsident, ich plädiere hier vor einem Gericht ... einem Gerichtshof, wie gesagt, der Barmherzigkeit ... das heißt in einem Saal, in dem, wie ich bereits früher erfahren habe, die Gerechtigkeit gut aufgehoben ist. Hier aufzutreten im Namen der Königin ist fast als Vergnügen zu bezeichnen.« Mr. Quispel kam dem *Rhabarber, Rhabarber* auf der Zuschauertribüne zuvor, indem er in einer abwehrenden, keinen Widerspruch duldenden Gebärde die Hand hob. »Fast, habe ich gesagt. Fast ...! Herr Präsident, wenn Sie mich fragen würden, was ich von dem hier anhängigen Fall halte, dann würde ich ihn folgendermaßen beurteilen: ein Bündel Fragezeichen, verpackt in Rätsel und mit einem Band von Geheimnissen zugeschnürt. Ist Ihnen das ausreichend obskur?«

Na, den hatten sie gefressen! Wieder konnte Mr. Amandel ein Lächeln nicht unterdrücken. Ebensowenig konnte er der Versuchung widerstehen, sich den Aphorismus unter heftigem Kopfnicken für seine Sammlung zu notieren. Mevrouw A. war die einzige im Saal, die nicht darüber lachen konnte. Wohin brachte diese hohle Rhetorik sie?

Albert hatte den Blick bereits ein paarmal über die Zuschauertribüne schweifen lassen, doch diesmal konnte er Cor Coster nirgends entdecken. Wahrscheinlich war es Langeweile gewesen, was diesen Schmarotzer seinerzeit hierhergeführt hatte, und vermutlich war sein Interesse inzwischen erloschen.

Im Gegensatz zum letzten Mal war Hennie A. sehr nervös, und von ihrer Kampflust war wenig übrig. Auch der Anwalt, der hochgerühmte Meester Quispel, schien mit seinen Gedanken nicht ganz bei der Sache. Er überging vieles unbeachtet. Mit dem psychiatrischen Gutachten, mit dem die Gegenpartei so heftig wedelte, machte er gar nichts. Die Hausfrau aus Lummel versank in Apathie, als schwane ihr bereits Böses.

Alle Dinge vom vorigen Mal und vom letztjährigen Prozeß

ließ man noch einmal Revue passieren. Gegenstände waren bereits so oft gegen das Licht gehalten worden, daß sie zu Bestandteilen eines surrealistischen Stillebens wurden. Jedesmal, wenn die Flasche Fa-Duschgel, angenehm grün, aber bereits ein wenig verblichen, da sie dem Licht zu lange ausgesetzt war, zur Sprache kam, schien sich das Publikum wie *ein* Mann erheben zu wollen, um den Werbeslogan zu brüllen: »... mit der wilden Frische von Limonen!«

Zum x-tenmal las Mr. Quispel, wahrscheinlich nur, um Zeit zu gewinnen, den Text in süffisantem Ton von der Flasche ab. Er roch daran. »... oder halten Sie auch das für eine Art Gift?«

Bei Thjums Eltern zu Hause, in Berg en Dal, hatte Albert selbst einmal Fa-Duschgel benutzt – er wußte nicht genau, warum, nur, daß er es probieren *mußte*. Vielleicht, um sich selbst zu beruhigen, um die Unschuld zu riechen. Als die Wanne zur Hälfte gefüllt war, ließ er das grüne Gel hineintropfen. Er schaute zu, wie das Zeug unter Einwirkung des kräftigen Wasserstrahls in träger Bewegung Spiralen bildete und das Badewasser sich langsam grün färbte. Ein Duft von Toilettenseife und Zitrone stieg daraus auf. Dies war das Bad, das Hennie A. ihrem Muttchen hatte bereiten wollen. Albert hockte sich in das heiße Wasser, das ihm Gänsehaut besorgte, und ließ sich dann bis zu den Achseln hineingleiten. So bildete er sich ein, in Hennie A.'s Unschuld zu baden.

Auch der kleine Stieltopf, auf dessen Boden das bollernde Ei eine bescheidene Totentrommel gerührt hatte, war wieder mit von der Partie. Das Ei selbst, das Muttchen zum Frühstück hatte essen wollen, lag nicht da, war aber ausführlich in den Prozeßakten beschrieben. »Braunes Hühnerei, mittelgroß.« »Roter Markenstempel.« »Hartgekocht, mit grünschwarzem Rand.«

Nicht umsonst wurde in den Zeitungen der Fall Hennie A. als »eine der am besten untersuchten Strafsachen der Nachkriegszeit« bezeichnet. Im Zusammenhang mit dem Ei hatte man als sachverständigen Gutachter einen Koch aus dem Nimwegener *Hotel Esplanade* hinzugezogen.

Die Angeklagte hatte behauptet, sofort nach Betreten der Küche das Gas unter dem Topf ausgedreht zu haben, obwohl noch genügend Wasser darin war. Wie konnte das Ei dann bis zur grünschwarzen Fäulnis hart gekocht worden sein?

»Ein Ei kann, auch wenn es innen noch weich ist, hart werden, nachdem das Gas ausgedreht worden ist, einzig und allein indem es im heißen Wasser liegenbleibt...«

»Kann es auf diese Weise, auch ohne Feuer, einen schwarzgrünen Rand bekommen?«

»Das hängt davon ab... wie hart es bereits war, als das Gas ausgedreht wurde.«

Dieses ganze Hin und Her, das »Berufungsverhandlung« genannt wurde, trat immer stärker an die Stelle der Wirklichkeit, wie sie sich einmal dargeboten hatte. Das ständige Wiederholen von Vermutungen – das war ihre neue Wirklichkeit. Die Wirklichkeit war nicht etwas, das existierte, sondern das zelebriert wurde wie eine Messe – hier, im Gerichtshof der Barmherzigkeit.

Am 8. Juli 1973 wurde Hennie A. zu einer Freiheitsstrafe von zwölf Jahren verurteilt. Im Frauengefängnis von Rotterdam bekam sie von ihrem Anwalt Mr. Quispel zu hören, daß dem Antrag auf Revision nicht stattgegeben worden war.

Die Hexe von Lummel verschwand aus den Medien. Die Leute hatten sich, ganz in ihrem Bann, trunken von einer schwarzen Poesie, an ihr vergriffen und gingen jetzt tief befriedigt wieder zur Tagesordnung über. Sie kehrten zu ihrem Alltagsleben zurück, wo sie ihre Träume von wieder anderen Reizen nährten. Sie waren über die Hexe hinweggewalzt. Sie hatten alle mittelalterliche Mythologie aus ihr herausgepreßt. Das Verlangen nach dem denkbar grauenhaftesten Märchen war befriedigt, und wahr war es obendrein. »Sieh dir nur das Urteil an.«

Das Publikum war voll auf seine Kosten gekommen. Es hatte Stoff für seine Geilheit bekommen.

Urban guerrilla

Mittwoch, 25. Mai 1977
(Albert Egberts, Freek Egberts)

Zwischen Arnheim und Nimwegen vertauschte ich in der Zugtoilette meinen Bewerbungsanzug gegen die Strandkluft aus der mitgenommenen Tasche, die besser zu diesem herrlichen Tag paßte. Die Sommerklamotten wurden zum erstenmal seit meinem Umzug nach Amsterdam auseinandergefaltet (die scharfen Falten vom Bügeleisen meiner Mutter waren noch drin), und ihr angenehm muffiger Geruch war der meines alten Lebens. Der Verrat am vorgenommenen neuen war jetzt auch zu *riechen*.

Durch das Schlingern des Zugs hatte eine Reihe von Reisenden seit dem letzten Putzdurchgang neben den Pott gepinkelt, so daß ich mit meinen bestrumpften Füßen, bevor ich in die Espadrilles schlüpfte, gezwungen wurde, einen Teil ihres klebrigen, halb verdunsteten Urins aufzuwischen. Um den Geruch des Verrats noch mehr zu verstärken, sollte den ganzen Tag über ein abgestandener Pissegeruch aus meinen transparenten Schuhen aufsteigen.

Beim Betreten des Bahnsteigs in Nimwegen schien ich den Gestank kurzzeitig los zu sein. In Form der Wahlplakate an den Bahnhofsmauern drängte das neue Leben sich wieder vor. Das demokratische Recht, nein, die demokratische Pflicht, meine Stimme abzugeben ... Ich widerstand der Versuchung, in den Bummelzug nach Heyendaal zu steigen und mich direktemang in die Studentenbude meines Bruders in Hoogeveldt bringen zu lassen ... dafür war immer noch Zeit. Erst galt es, die heiße Luft und den übelkeiterregenden Dieselgeruch des Stadtbusses nach Hengstdal auszuhalten, wo einige Dutzend Meter hinter der Endhaltestelle meine Wahlkarte auf mich wartete ... Das einzige Hindernis, das ich dort allenfalls noch zu nehmen hatte, war Berendina Schwantje.

Genau über dem alten Nimwegen hatten eines Tages während des Krieges ganze Bombergeschwader gleichzeitig die Scheißerei gekriegt ... Amerikaner, die es nicht mehr bis Deutschland aushielten ... Eine ganze Geschichte wegbombardiert, bis zum Mittelalter und noch weiter zurück ... Nichts war mehr davon übrig, abgesehen von ein paar nachgebauten Häuschen ohne Vergoldung. Heute jedoch schien Nimwegen, mit zusammengekniffenen Augen durch das staubige Busfenster betrachtet, im üppigen Sonnenschein sein Gold aus besseren Zeiten zurückerhalten zu haben. Wer war ich, diese optische Täuschung nicht für die Dauer eines halben Tages als Geschenk anzunehmen ...

Nachdem ich ausgestiegen war, ging ich, auf dem Weg zu Berg en Dalseweg Nr. 963, am Pegasus von Hengstdal vorbei, der trotz der Frostrisse, des Mooses und des verschwenderisch ausgeschissenen Zinkweiß der Tauben noch immer ein Wunder an sozialistischem Realismus war. Das Haus machte einen abweisenden Eindruck. Die Jalousie war heruntergelassen ... aber was Wunder, knallte die Sonne doch genau auf die vordere Hauswand. Angst vor Untreue, die mich plötzlich veranlaßte, stante pede umzukehren? Der Bus stand noch an der Haltestelle ... mit geöffneten Türen ... der Fahrer, in Hemdsärmeln und mit Sonnenbrille, las die Zeitung ... Ach nein: In Zwanet hatte ich seinerzeit sofort eine goldene Beertje erkannt ... es fühlte sich wie eine Vollendung an ... Was sprach dagegen, daß ich, neugierig auf die Vorbotin meiner Liebe, in Berendina eine dunkelblonde Zwaantje begrüßte? Es war nicht weniger als eine Reverenz an die Adresse Zwanets, die ohne den vorausweisenden Schatten der Tänzerin nie in mein Leben getreten wäre ...

Ich drückte ein paarmal auf die Klingel, doch die wogende Gestalt Berendinas erschien nicht hinter dem Bläschenglas der Tür. Seit diesem Vormittag war ich Journalist ... na ja, so gut wie zumindest ... Ich hatte mir selbst ein entschlosseneres Auftreten versprochen. Ich wollte herrschen, indem ich diente. Wenn ich bereit war, vor der Welt zu kriechen, dann lag sie mir ruck, zuck zu Füßen. Jetzt bloß nicht flüchten ... Los, nach hinten ... Beertje lag zweifellos in der hintersten

Ecke des Gartens und sonnte sich, weit außerhalb des Schattens, den das Haus auf die Hälfte des Rasens warf ...

Den Oberkörper zurückgelehnt, um auf dem steilen Hang nicht ins Rutschen zu kommen, ging ich den Garagenweg zur Rückseite des Hauses hinunter. Der Garten, den Thjum und ich völlig hatten verwildern lassen, war peinlichst gepflegt. Es war niemand zu sehen. Nicht einmal ein eilig verlassenes Gartenmöbel stand da ... keine halb ausgetrunkenen Teetassen ... Wenn sie mir wenigstens ein liegengebliebenes Badehandtuch gegönnt hätte, die Berendina, mit dem Abdruck ihres Körpers darin ... Nichts von alledem.

Ich schaute an der unnahbaren hinteren Hauswand hoch: An allen Fenstern waren die Vorhänge zugezogen. Anders als heute morgen während des Bewerbungsgesprächs konnte ich mir das Interieur nicht vorstellen. Ich sah lediglich einen ummauerten Raum vor mir, mit abgeschlossenen Türen und verhängten Fenstern, die hier und da eine Ritze Sonnenlicht durchließen ... und mitten in diesem kahlen Raum, auf dem staubigen Parkettfußboden, lag eine bedruckte Karte für A. H. N. Egberts mit der Adresse des Wahllokals ... Ich wollte eingreifen in die Welt und war abgeschnitten vom einzigen legitimen Mittel, mit dem dies möglich war: meiner Stimme.

Uns' Albert, ach ja ... Der ist garantiert nicht in Nimwegen, um mich vor dem Rausschmiß zu bewahren. Höchstens, um mir noch mal so richtig unter die Nase zu reiben, daß ich es überhaupt so weit habe kommen lassen ... so wie man einen Welpen mit der Schnauze in seine eigene Scheiße drückt, die da äußerst keck auf dem Wohnzimmerteppich liegt ... Hat 'ne hohe Meinung von Brüderschaft, uns' Albert. Erziehung des jüngeren Bruders kommt vor allem anderen ... bleibt dann noch Zeit für Zusammengehörigkeit und Kameradschaft, okay, warum nicht ... unbedingt notwendig ist es nicht ... Sieh ihn dir doch bloß mal an, wie er da in seinen piekfeinen Sommerklamotten vor mir aufragt. Reißt das Maul immer weit auf über seine Eroberungen, am liebsten frühmorgens, wenn der Kater noch als Stimulans wirkt ... ja, so nennt unser Liebesdoktor das bei seinen Gratisvorlesungen... Heute wohl nicht sein Tag, denn diese weiße Hose... kein Fleck, keine Falte zu sehen. Ich habe ihn im Verdacht, daß er nur noch dann nach Nimwegen kommt, wenn er in der Hauptstadt mit seinem großen Herzen nirgends mehr hin kann. Hier gibt's immer noch genug Marikes, bei denen er sämtlichen einleitenden Schnickschnack überspringen kann... schnurstracks aufs klatschnasse Ziel zu... eine Hygienemaßnahme, mehr nicht, und dann wie der Blitz wieder zurück nach Amsterdam... die Tagesrückfahrkarte ist noch gültig, der letzte Zug noch nicht abgefahren... waschen tun wir uns zu Hause... Oder nein, wart mal, laß mich raten... er ist heute in Nimwegen, um zu wählen. Jetzt hab ich ihn, uns' Albert, mein leuchtendes Vorbild...! Er ist gekommen, um hier seine Stimme abzugeben, weil er es in acht Monaten Amsterdam noch immer nicht fertiggebracht hat, sich nach dort umzumelden. Kann ich bei eins, denkt der Herr, dem kleinen Bruder ein' auf'n Dez geben, weil der seine Studentenbude immer noch nicht hat legalisieren lassen. Okay, stimmt ja... vor drei Jahren, als ich mit dem Studium anfing, bin ich einfach bei ihm eingezogen... 'ne Bude von knapp drei mal vier Meter... Wollt' nur vorübergehend meine Zelte aufschlagen, bis ich was bei 'ner Wirtin gefunden hätte. Denkste. Die studentische Wohnungsvermittlung hab ich nie von innen gesehen... Anschlagbrett im Eingang der Mensa? Nie eines Blickes gewürdigt. Einfach dem großen Bruder auf der Tasche liegen, so lange bis *der* Leine zieht... Nach ein paar Monaten, als mein Schlafsack schon ganz schön stank... genauso übrigens wie unsere Familienbande... ist Albert in 'ne Villa von Direktor Schwantje gezogen (so 'n unmaßgeblicher Geldsack, daß er nicht mal auf der schwarzen Liste von Solid Air steht). Den waren wir los. Oft kommt es nur darauf an, tatenlos abzuwarten, ein bißchen Trübsal zu blasen und über die Zimmernot bei den Studenten zu klagen... Bitter isses natürlich, daß ich mir nie die Mühe gemacht habe, meinen Namen auf die Warteliste setzen zu lassen. Dann hätte ich jetzt nämlich legal in dieser Bude hokken können. Der Verwalter ist inzwischen dahintergekommen, daß der offizielle Bewohner schon vor fast drei Jahren abgehauen ist ... jetzt bin ich dran ... noch zwei Monate Galgenfrist ... Gut, das spielt sich alles schriftlich ab. Bei bürokratischen Salven fließt kein Blut ... jedenfalls nicht in diesem zahmen Land ... aber gleich fängt der große Bruder an, mich zusammenzustauchen. Oh nein, mein Held und leuchtendes Vorbild wird nie zugeben, daß er selbst es bis jetzt nicht auf die Reihe gekriegt hat, Einwohner von Amsterdam zu werden. Im Gegenteil, er hat es ewig vor sich her geschoben, um mir die Gelegenheit zu geben ... denn sieh mal, Freek, das Einwohnermeldeamt von Amsterdam gibt eine Ummeldung sofort weiter an die Gemeinde, aus der man kommt, und dann, mein Lieber, dann fliegst du aus deiner Bude raus, und das will ich dir doch nicht antun ... Aber paß auf, Albert: Wenn die zwei Monate um sind, geh ich auch in die Hauptstadt. 'n Dach überm Kopf hab ich schon ... bei dir. Fangen wir einfach wieder von vorn an. Mal sehen, wer der Stärkere ist ... Ob ich mich nicht schäme? Ja, wofür denn? Mangel an Eigeninitiative ...? Daß ich nicht lache ...! Du hast es doch immer darauf angelegt, mir die Leviten zu lesen ... zu zeigen, wo's langgeht ... die Steine aus dem Weg zu räumen ... Sechs Jahre jünger als du ... ich war dein Musterschüler, was sag ich, dein *Geschöpf*! Als dein Schildknappe kenne ich meinen Platz ... hinter dir, neben dir, an deiner Schulter ... Ich schlafe auf einer bescheidenen Matte neben deinem Bett. Schau, da ist einer ... ein Tagfalter, zitronengelb ... ein Ritterfalter, auch Page genannt, wie ich ... Ja, du glaubst wohl, so wie du da stehst, daß ich wegen dem aufgeschlagenen Buch auf meinem Gesicht nicht rumschauen kann, aber ich sehe den zarten Schatten von diesem gelben Pagen ganz deutlich über meine nackte Haut flattern ... So werde ich dich in Zukunft umgaukeln, Albert, unauffällig, aber nie weit entfernt ... Ich werde dich jeden Tag daran erinnern, daß du der Boß bist und ich Euer ergebener Diener.

Woher wußte er bloß, daß ich hier, im Klostergarten des Albertinums, in der Sonne liege? Ach ja, natürlich ... der hat erst meine Mitbewohner von Flur sieben angelabert. »Freek? Ja, das ist ein Problemfall ... der läßt seinen nackten Korpus viel zu gern bewundern von Bruder Gärtner im Albertinum. Schau da doch mal nach beim Teich ... da findsten bestimmt.«

Man muß ja schon sagen, daß heute mittag, bei all den halbentblößten Körpern rings um den Teich, auffällig viel Klosterleute am Graben und Harken sind, nicht nur Bruder Gärtner. Ach nee, uns' Albert schaut ja gar nicht auf dieses hauchzarte Zitronendingelchen, das über meinem Bauch tanzt und jetzt in die Heckenrosen entfleucht ... uns' Albert, ich seh's an dem mißbilligenden Zug auf seiner Visage, uns' Albert liest, was auf dem Buchumschlag steht, der wie ein Zelt über meinem Gesicht liegt, als Schutz vor der Sonne ... *Philosophy of the Urban Guerrilla ... The Revolutionary Writings of Abraham Guillén ...* Jetzt ist der große Bruder beim Rückentext angelangt ... Ja, soviel hab ich bei Solid Air immerhin gelernt: wie man sogar mit einem Tuch um die Augen, indem man den Kopf in der richtigen Position hält und die Augenbrauen und Schläfenmuskeln richtig bewegt, durch einen ganz schmalen Streifen die Umgebung im Blick behält ... Ich lieg da, den Kopf leicht zurückgelehnt, und kann unter dem Buchrand hindurch so eben durchlinsen, um den Lehrmeister meiner Kinderjahre aus der Froschperspektive zu sehen ... Um die kleinen Buchstaben auf der Umschlagklappe entziffern zu können, muß er, bei seiner Kurzsichtigkeit ... der müßte sich mal 'n Nasenfahrrad zulegen ... zu eitel wahrscheinlich ... muß er, ach wie rührend, die Augen zusammenkneifen. *Guillén is most celebrated for having posed an alternative to Fidelista and Guevarista insurrectionary techniques: wherever possible, he believes, revolution should be waged in the cities, not in the countryside.* Ich weiß genau, daß er gerade diesen Satz liest, den ich in- und auswendig kenn, denn sein Gesichtsausdruck verwandelt sich von Mißbilligung in unverhohlene Verachtung ... gut so, Albertchen. Mit einem horizontal weggleitenden Blick mustert er mich von Kopf bis Fuß. Spott: Ich hab 'ne alte Hose von ihm an. Ich seh, wie er denkt: Jetzt hüllt Freekie sich auch noch in mein abgelegtes Fell ... So 'nen Pelz wie er hab ich nie gekriegt ... zum Glück, auch wenn das Klischee will, daß ein echter Guerrillero so behaart ist wie 'ne Kokosnuß, die erst dann Milch zu bluten beginnt, wenn sie mit einer Machete in zwei Stücke gehackt ist. Er war fünfzehn, rasierte sich gerade ... zum erstenmal, glaube ich ... mit dem Philishave von unserm Alten. Viel war's nicht, aber immerhin war bei ihm schon so was wie ein dünner Hauch von Flaumhaaren zwischen den molligen Titten zu sehen ... In Unterhosen stolzierte er, sich in die Brust werfend, damit rum, ein junger Hahn ... ein halber Hahn ... Da hab ich mal nachgesehen, ganz heimlich, wie's um mein Brusthaar stand ... und verdammt, ein früh gesprossenes Härchen ... sah ganz bleich aus vor Schreck über den vorzeitigen Durchbruch ... ein völlig farbloses Härchen aus einem Schweinshaarpinsel, mehr war's nicht ... Und trotzdem, ich die Treppe runtergerannt ins Wohnzimmer, wo großer Bruder sich gerade mit Vaters Apparat die flaumigen Spuren von Männlichkeit vom Kinn schabt. Rasiert sich gerade den Hals aus, so daß er so ganz von oben auf mich runterguckt und mit halb zugekniffenen Augen Mein Erstes Brusthaar begutachtet. Fast ohne die gleichmäßigen Bewegungen zu unterbrechen, holt er mit dem Rasierer aus ... Hat jemand so was schon mal gehört, ein Fünfzehnjähriger, der seinen sechs Jahre jüngeren Bruder kastriert? Es hat Jahre gedauert, bevor sich wieder so ein Pinselhärchen rauswagte ... Kurz und gut, diese Entmannung zu einem Zeitpunkt, als meine kleinen Eier sich kaum aus der Bauchhöhle hatten sacken lassen (und sich wahrscheinlich vor Schreck wieder in sie zurückgezogen haben) ... diese Entmannung paßte genau zu der spartanischen Schattenerziehung, die er mir klammheimlich, ohne daß unsere Alten es merkten, angedeihen ließ.

Also, die paar mickrigen Härchen in Höhe meines Brustbeins sind registriert ... jetzt verweilt sein Blick nachdenklich auf meinem Nabel ... Ja, Albert, ich weiß, ich hab einen vorstehenden Nabel ... wie der Stoffknopf im Couchpolster ... Du dagegen hast, selbstverständlich viel edler, einen *einge-*

sunkenen Nabel ... Glücksvogel! Da paßt bequem 'ne große Mandel rein ... damit bist du, um mit Archie Bunker zu sprechen, ein Gefüllter Kuchen ... oder ein Gefüllter Herr, wie dieses leckere Zeugs früher bei uns daheim hieß.

An seinem überheblichen Lächeln kann ich sehen, was er jetzt denkt, uns' Albert. Er hat es immer unserem Cousin Robby zugeschrieben, diesem unglückseligen Geschwindigkeitsfanatiker ... todsicher, um mich nicht noch mehr auf die Palme zu bringen und ihm, Robby, auch mal ein rührendes Bild aus seinen Babyjahren zu gönnen ... Während ich nackt und wehrlos auf der Überdecke des Wochenbetts auf mein Taufkleid warte, schaut sich Albertchen, gute, fast sechsjährige Fee in kurzer Hose, sein neues Brüderchen an. Und da zieh ich mich doch genau in dem Moment wie 'ne gekochte Garnele zusammen und pinkel mir selbst übern knallroten Kopp ...! Sogar in meiner Gegenwart dichtet er diese Selbsttaufe immer Robby an ... vielleicht auch weil es besser zur Souveränität dieses verunglückten Geschwindigkeitsfreaks paßt. Anderen ... Freunden, von denen ich die Geschichte dann wieder höre ... erzählt er, daß ich dabei auch noch zu plärren anfing ... und daß der nachfolgende Pinkelstrahl teilweise in meinem weit aufgerissenen Mund verschwand ... »Die Tränen, die du heulst, brauchst du schon nicht mehr zu pissen.« Das war schon damals ein Lieblingsspruch von unserem Alten. Jetzt zitiere ich Albert ... hinter seinem Rücken natürlich ... »Daß er nach dieser Selbstbesudelung zu brüllen anfing, unser Freekje, mußte ich daraus nach der Logik des Kindsvaters schließen, daß das Baby diesen erniedrigenden Urinstrom eindämmen wollte ... und zwar, indem es ihn durch die Tränendrüsen schickte?« Ja, kann ganz schön witzig sein, uns' Albert ... Worum's geht, ist, daß die Tatsache, ein jüngerer Bruder zu sein, die Verurteilung zu lebenslänglich bedeutet. So sturzbesoffen ich ihn auch schon erlebt habe, nie hab ich die Ehre gehabt, ihn nackt die Beine hochziehen und sich selbst übers Gesicht und in den Mund pinkeln zu sehen ... Und das genau ist der Unterschied. Nicht nur Geld und Gut sind ungerecht verteilt in der Welt.

Wie lange steht er da jetzt schon? Wetten, daß er gleich 'ne geistreiche Bemerkung losläßt über »close reading in der Sonne« oder was in der Richtung?

Denkste. Er schnappt sich einfach das Buch von meinem Gesicht und beginnt mit lausiger Aussprache eine angestrichene Passage vorzulesen … die letzte, die ich gelesen hab, bevor ich eingenickt bin. »*Operations should consist of scattered surprise attacks by quick and mobile units superior in arms and numbers at designated points, but avoiding barricades in order not to attract the enemy's attention at one place. The units will then attack with the greatest part of their strength the enemy's least fortified or weakest links in the city* … Ja, für so was lohnt sich close reading wirklich.«

Wenn Albert an Freek als künftigen Guerrillero dachte, sah er seinen Bruder als Sechsjährigen mit einem kleinen Holzsäbel vor sich. Den Säbel hatte das Kind sich selbst gebastelt, indem es einen entrindeten, leicht gebogenen Ast durch die Öffnung einer Miniaturtortenform aus dem Sandkasten steckte. Klein-Freek tanzte, Stechbewegungen machend, um seinen sechs Jahre älteren Bruder herum. Plötzlich schoß der Säbel vor: Die stumpfe, etwas ausgefranste Spitze traf Albert ins linke Auge, wo das Lid ein Stück weit entlang dem Augapfel zurückgestoßen wurde und sich einklemmte. Weil die Wimpern gegen den Augapfel flirrten, fühlte es sich an, als sei ihm eine Motte oder ein anderes Insekt ins Auge geflogen und versuche heftig, sich flügelschlagend zu befreien. Irgendwie wußte Albert im gleichen Atemzug mit der aufkommenden Panik ganz genau, daß nichts Lebenswichtiges getroffen war. Dennoch ließ er sich die himmlische theatralische Hysterie des Augenblicks nicht nehmen und schrie: »Er hat mich getroffen! Ich bin blind! Er hat mich geblendet …!«

Der kleine Kerl ließ wie gelähmt den Degen an seinem nackten Bein herunterhängen. Ihre Mutter kam durch die offene Küchentür ins Freie gerannt, wobei der bunte Fliegenvorhang nach allen Seiten flog. Es enttäuschte Albert bitter, daß seine stets überbesorgte Mutter jetzt so eine Ruhe an den

Tag legte und keine Sekunde lang an seine Blindheit glauben zu wollen schien. Sie ermahnte Albert, ruhig stehen zu bleiben, ging mit ihrem Gesicht ganz nah an seines heran und löste mit Daumen und Zeigefinger das eingerollte Lid. Es kam noch ein wenig Tränenflüssigkeit mit, und das war alles. Freek wurde nicht bestraft. Er durfte sogar seinen Säbel behalten.

Partei zur Abschaffung der Zeit

Mittwoch, 25. Mai 1977
(Albert Egberts)

Er hatte die einschlägigen Adressen abgeklappert, hatte die alten Bekannten ins Schlepptau genommen, und so bildete sich eine wachsende Gruppe mit Gidi und Jerry als Kern (auch sie war nach Nimwegen gekommen, um zu wählen), Der Riesin, der roten Ineke, »Lei«, der engelhaften Madelon, und natürlich Marike und Albert. In einer Kneipe verfolgten sie die Wahlergebnisse, bis sie genug hatten von den bescheiden triumphierenden Schlitzaugen des Kindmanns, der die neuen Demokraten anführte, und sie nur noch in die Kneipen reingingen, in denen kein Fernseher lief. Bruder Freek, dem bei seiner anarchistischen Gesinnung die parlamentarische Politikform schnurzegal war, hatte sich schon früher verdrückt.

»Zeit«, hatte Albert unterwegs irgendwo in einem Anflug von Bedauern über das Verrinnen dieses göttlichen Tages gesagt, »Zeit ist ein derart scharfes Skalpell, daß sie ohne direkten Schmerz durch dich hindurchschneidet. Okay, in ungelegenen Momenten spürst du den Schmerz ... das ist dann der Phantomschmerz in dem Teil, der bereits amputiert ist. Und unterdessen geht das Schneiden weiter ... im Filetiertempo ... das heißt, mit der Geschwindigkeit von Uhrzeigern. Zwei Messer ... zusammen eine unfehlbare Schere ... Sie entfernen sich voneinander, bewegen sich aber auch immer wieder aufeinander zu ... um die nächste Stunde zu zerschneiden. Aus einer Uhr schwärmen scharfe Zeiger wie kleine Klingen aus einem Taschenmesser ... nicht umsonst werden beide in der Schweiz hergestellt. Ich stürze mich in den Genever.«

»Ich schlage vor«, sagte Gidi, übermütig beschwipst, »daß wir noch heute die Paz gründen.«

»Patz?« fragte Die Riesin. »Was für einen Platz?«

»Nein, P. A. Z.«, buchstabierte Gidi. »Die Partei zur Abschaffung der Zeit. Warum nicht? Wir haben Gott doch auch abgeschafft, oder? Warum sollen wir dann nicht auch mal die Zeit *kaltstellen*? Es kommt nur darauf an, genügend Anhänger zusammenzukriegen. Heute abend ist Gründungsversammlung im *Tempelier.* Die Einladungen sind bereits versandt. Bin gespannt, wer alles kommt. Es *kann* die größte Partei des Landes werden. Endlich mal ein Club mit einem *Programm*; im Vergleich dazu haben die neuen Demokraten die Verschwommenheit eines Fettflecks auf einem Brillenglas. Aber jubelt nicht zu früh. Wir sind noch nicht soweit. Das *Wie*, zum Beispiel ... da denken wir noch drüber nach. Kommt Zeit, kommt Rat.«

Schließlich zogen sie andere Konsequenzen aus dem Verstreichen der Zeit als die Gründung einer Partei zu deren Abschaffung. Gegen Morgen landete der harte Kern der Gruppe in Madelons Zimmer, das sofort nach den Blütenzweigen zu duften begann, die sie unterwegs von Bäumen abgerissen hatten. In diesem schweren Duft – »Die reinste Geisha-Bude hier«, sagte jemand – hatte sich wieder dieses Knäuel aus halb entkleideten, halb aneinandergeschmiedeten Menschen gebildet, nur noch verwirrter als bei früheren Gelegenheiten, und das kam zweifellos vom Trinken. Die einzige, die sich nicht beteiligte, war Madelon: Sie saß im Schneidersitz mitten im Zimmer, mitten im Knäuel, und gab sich Mühe – vergeblich –, in eine neutrale Ecke des Raums zu schauen, wobei sie sich zuweilen die Haare vors Gesicht schüttelte oder Blütenblättchen von den Zweigen pflückte. Und trotzdem war sie, gerade durch ihre keusche (und doch nachsichtige) Haltung, Mittelpunkt und treibende Kraft der Gesellschaft. Von den Anwesenden wußte nur Albert, was für ein grobes und obszönes Juwel sie im Zentrum ihres Lotussitzes verbarg. Als er es, halb betrunken, einfach nicht zum dritten Mal brachte, versuchte er, Marike unter sich, Madelons genierten Blick einzufangen. Aus Verlegenheit (oder weil sie einem aufgezwungenen Rhythmus gehorchte) schaukelte sie, auf den Knöcheln sitzend, ein wenig vor und zurück, bis sie Alberts

Blick auf sich spürte. Sie hatte eine feuchte Haarsträhne im Mund, die Augen waren fast unsichtbar hinter den Brillengläsern, in denen sich das Dachfenster zu zwei blauen Scheiben verdoppelte, und dennoch drückte ihr Gesicht in diesem Moment – bis zum Relief genau – exakt das aus, was sie als einzige Frau im Raum ängstlich verborgen hielt. Während Albert so unverwandt auf das animalisch dunkle Geschlecht im Morgenlicht blickte, diese von einem durchsichtig rosafarbenen Engel hochgehaltene geschwollene Vagina, gelang es ihm, Marike zu geben, was ihr nach der Freigebigkeit seiner Vorgänger eigentlich gar nicht mehr zustand. Und Madelon sah, und er sah, daß sie es sah, daß dieser brennende Orgasmus von ihr, der sich abseits haltenden Madelon, aus ihm hervorgetrieben wurde.

So viele offene Geschlechtsorgane, die Feuchtigkeit abgesondert hatten ... den Blütenzweigen gelang es kaum, den süßen Duft im Zimmer beizubehalten.

Estückchen Huhn

Donnerstag, 16. Juni 1977
(Ernst Quispel)

Es war die alte Geschichte und weiß Gott kein Lied. Maria Angeles war an einem Strand bei Barcelona von einer Ferienliebe aus den Niederlanden geschwängert worden. Der Junge war mit ihr auf der Kirmes am Hafen Autoscooter gefahren, in denen an diesem Abend in einer Tour rüpelhafte Seeleute herumkarriolten. Irgendwie saß sie falsch in dem kleinen Auto, Knie und Oberschenkel zu dicht unter dem Lenkrad. Sie wurden immer wieder von zwei Seiten gleichzeitig bedrängt. Die kleinen Fahrzeuge hatten eine unglaubliche Kraft. Bei jedem Zusammenstoß federte das Mädchen von ihrem Platz hoch und stieß dann mit den Beinen von unten ans Lenkrad. Der unerfahrene junge Niederländer wußte sich nicht zu wehren. So ungefähr als einziger hatte er ein Mädchen neben sich, und das mußte bestraft werden. Später sollte er gestehen, daß er zuletzt nur noch auf ihre Beine schaute und bei jedem Bluterguß und jeder Hautabschürfung, die unter seinen Blicken entstand, ratloser wurde.

»Macht nichts«, rief sie jedesmal durch den Kirmeslärm. »It doesn't matter.«

Auch als die Münze aufgebraucht war, schafften sie es, umringt von Seeleuten, die in ihren Autos auf die nächste Runde warteten, nicht wegzukommen. Als es wieder losgegangen war, rammten sie noch eine ganze Weile auf Maria Angeles und ihren Niederländer ein. Endlich dem bedrohlichen Geknatter des Drahtgeflechts über ihren Köpfen entflohen, schämten sie sich beide zutiefst voreinander: sie für ihre lädierten Beine, die durch die zahlreichen Schwellungen rasch unförmig wurden, er, weil er sie vor diesen Blessuren nicht hatte behüten können. Nie würde sie sich aus ihrem Blut brennen lassen, die Erinnerung an den Schmerz in den Knien, als sie sie hochzog, um ihren Bruchpiloten zwischen den aufgeschürften, grün und blau verfärbten Beinen zu empfangen. So schmerzhaft fühlten sich die Striemen auf ihrer gespannten Haut an, daß sie von der Gewalt der Entjungferung nichts gemerkt hatte.

Nach der Geburt ihres Sohnes war sie, achtzehn Jahre alt, zu dem Jungen nach Amsterdam gefahren, der gerade zwanzig geworden war. Zwei Jahre später lebten sie wieder getrennt. Der Junge zog zu seinem Freund. Nachdem ihr kleiner Sohn ihr erzählt hatte, daß er, wenn er seinen Vater besuchte, zwischen ihm und dessen Freund schlief, brachte sie das inzwischen fast dreijährige Kind zu ihren Eltern nach Barcelona. Maria Angeles wollte Geld verdienen, um dann für immer in ihrer Heimatstadt bei ihrer Familie zu leben.

Genau zwei Wochen hielt für Quispel der Reiz der geschwollenen, abgeschürften und mit Schrammen bedeckten Beine an, auf denen er im Dunkeln mitunter die Landschaft aus Beulen und feinen Krusten unter seinen Fingerspitzen zu spüren vermeinte. In seiner kleinen Küche im Obergeschoß kochte sie für ihn und wartete, bis er um fünf Uhr nachmittags die Rechtsberatungsstelle abschloß und die Treppe heraufkam. Nachdem er ihr, als die Kirmes vorbei war, den Verdienstausfall von zwei Wochen Anschaffe zugesteckt hatte, ging sie in ihr Zimmer, irgendwo in Amsterdam-Oost, und packte ihre Koffer. Beim Abschied schenkte sie Ernst ihre Seidenrosen, die schwarzen und die roten.

»Gute Reise, Maria Angeles.«

»Viel Glück, Ernesto.«

Eine Woche später erhielt Ernst einen Brief von ihr in einem Mischmasch aus Spanisch und Niederländisch (ihre Eltern sprachen Kastilisch, nicht Katalanisch). Bei der Ankunft in Barcelona hatte Maria Angeles ihren Vater und ihre Mutter völlig aufgelöst vorgefunden. Das Kind war weg. Der junge Vater hatte die Herausgabe seines Sohnes verlangt, und die Großeltern hatten es nicht verhindern können. Um das zu vermeiden, hatte Maria Angeles den Paß des Kleinen bei sich behalten. Sie wußte folglich nicht einmal, ob Vater und Sohn die Grenze überschritten hatten oder sich noch irgendwo in

Spanien aufhielten. In Amsterdam ging niemand ans Telefon. Sie bat nicht um Hilfe, aber auch von sich aus konnte Ernst nichts unternehmen: Auf dem Umschlag stand kein Absender in Barcelona, und eine Adresse in Amsterdam hatte er auch nicht. Er wartete ab, aber es kam kein zweiter Brief. Auch sonst ließ sie nichts mehr von sich hören. Ernst fand nur irgendwo den Beginn eines Einkaufszettels in der Art von Mädchenhandschrift, die überall in der Welt gleich auszusehen schien.

tres tomates
Estückchen Huhn

Mehr stand nicht darauf. Er erinnerte sich nicht daran, während dieser beiden Wochen Huhn mit Tomate gegessen zu haben.

Irgendwann Mitte Juni hielt Quispel in der Marnixstraat ein Taxi an. Der Fahrer war in heller Aufregung. Er hatte gerade eine junge Spanierin mit einem Kind beim Polizeipräsidium abgesetzt. »Völlig durcheinander, die Frau ... Stand in der Spuistraat und fuchtelte panisch mit den Armen rum. Und gekrischen hat sie. Also, ich angehalten. Sie reißt die Tür auf, holt aber erst noch schnell ein Baby aus einem Hauseingang. Gut, den Kleinen auf die Rückbank ... wo möchten Sie hin? *Policía! Policía!* Mehr hab ich nicht aus ihr rausgekriegt. Ich also in die Marnixstraat gefahren. Die konnte nicht mal bezahlen, Mann ... Na ja, was will man da machen.«

»Wie alt war sie Ihrer Meinung nach?«

»Um die dreißig. Klein und dick. Mit 'nem Schnurrbart.«

»Und das Kind?«

»Wie ich gesagt hab ... ein Baby. Inne Decke gewickelt. Glauben Sie, daß Sie sie kennen?«

»Die Beschreibung stimmt nicht.«

Beim Bezahlen fragte Ernst: »Wieviel war die Frau Ihnen schuldig? Ich möchte gern für sie zahlen.«

»Ach, Mijnheer, nicht der Rede wert ...«

»Ich bestehe darauf.«

»Noch nich mal sechs Gulden.«
»Hier haben Sie 'nen Zehner.«

Nein, Optimismus, das war wirklich was für die Dummen. »Es kommt alles wieder in Ordnung.« Kam es nicht. Nie.

Optimismus hatte mit der Welt zu tun und ihren Strukturen. Verbesserungen. Umbrüchen. Wer sein Leben für eine »gute Sache« opferte, mußte schon ein Optimist sein, ein gefährlicher Trottel. Pessimismus, das war eine Frage der Intelligenz. Nur der Pessimist wußte, daß keine, aber auch gar keine Sache ein solches Opfer wert war. Pessimismus hatte mit dem Leben zu tun, und damit mit dem Tod, und nicht das eine im Dienste des anderen.

Neunundvierzig Wochen im Jahr war Quispel ein launischer Optimist, die restlichen drei ein überglücklicher Pessimist. So verhielt sich der alte Grieche in ihm.

Schreiben mit Sand

Freitag, 1. Juli 1977
(Albert Egberts)

Wo setzt die Vergangenheit eines Menschen ein? Bereits seit knapp zehn Jahren, ungefähr seit meinem siebzehnten, achtzehnten Lebensjahr, stelle ich mir diese Frage. Beantworten kann ich sie nur dadurch, indem ich angebe, wo meiner Meinung nach meine eigene Vergangenheit beginnt. Nicht bei den Wurzeln eines Stammbaums und genausowenig bei meiner Geburt, sondern in dem Moment, da mir zum erstenmal aufging, daß ich so etwas wie eine Vergangenheit *hatte*. Irgendwann in meinem sechsten Lebensjahr entdeckte ich, daß sich aus dem sumpfigen Brei, der hinter mir lag, aus diesem gelblichen Nebel, aus dem ich am Morgen in das »Jetzt« getreten war, scharf umrissene oder verschwommene Erinnerungen lösen konnten. »Die Erinnerung ist wie ein Hund, der sich hinlegt, wo er will«, las ich neulich in einem vorabgedruckten Romanauszug.

Daß das Gedächtnis so seine Mucken hat, war mir schon bald klar, doch ich merkte auch, daß Erinnerungen sich durch entsprechende Anstrengung wachrufen ließen. Dazu bedurfte es eines Rituals, das sich wie von selbst herausbildete. Wenn ich, im Garten spielend oder nur herumlungernd, den Drang verspürte, mich zu erleichtern, hockte ich mich in den großen Sandkasten hinter dem Schuppen, nicht, um mich zu entleeren, sondern im Gegenteil, um die Glut in meinem Gedärm festzuhalten und dadurch in einen Rausch zu geraten. Ideal war es, wenn die Sonne schien und den Sand unter meinen Füßen erwärmt hatte. Hartnäckig möchte ich mich erinnern, und da begeht mein sonst doch durch und durch niederländisches Gedächtnis natürlich einen Fehler, daß die Sonne in solchen Augenblicken *immer* schien. Ich hob das Gesicht mit geschlossenen Augen der Wärme und dem Licht entgegen und murmelte die Schlüsselworte, die die dazugehörigen

Erinnerungen hervorholen sollten. Manchmal mußte eine ganze Reihe solcher Worte heruntergebetet werden, bis eines das ganze Bild oder das ganze Ereignis erschloß. Zu jeder Erinnerung gehörte ein bestimmtes Wort (oder ein kurzer Satz), doch es wollte nicht immer gleich »passen«, und das wiederum hing mit Haltung, Druck auf den Darm, Lichteinfall und Temperatur zusammen und wahrscheinlich noch mit einer Vielzahl nicht mehr rekonstruierbarer Dinge. In einem Notizbuch, das ich jahrelang benutzte, habe ich unter der Überschrift *Schreiben mit Sand* eine Reihe solcher Schlüsselworte festgehalten. Seitdem habe ich noch einige gefunden, die mir so vertraut vorkamen, daß es mich wundert, sie je verloren zu haben. Im warmen, manchmal aber auch noch morgenkühlen Sand hockend oder kniend, flüsterte ich, die Sonne auf dem Scheitel: »Nasses Geschirrtuch.« Ich schnürte mit diesem geheimen inneren Mechanismus meine Därme zusammen – und da war das Halbdunkel im Inneren des Bäkkerwagens, erfüllt von Brot- und Kuchenduft. Man hatte mir einen Eierkuchen versprochen. Ich kontrollierte vorsorglich schon mal den Vorrat: Die Schiebetür des Wagens stand auf. Da lagen sie, die Eierkuchen, in geheimer Ordnung: aneinandergebacken, und so begriff ich endlich, warum sie nie makellos rund waren. Sie mußten erst auseinandergerissen werden. Wie um den Moment dieser Erkenntnis zu markieren, ruckte der Bäcker, ohne sich umzusehen, an der Schiebetür. Es war das vertrauteste Geräusch an jedem Morgen, schon Straßen entfernt zu hören, das sich endlos wiederholende ratternde Zugleiten dieser Tür. Diesmal verhinderte mein in den Wagen gestreckter Kopf, daß sie zufiel. Meinen Eierkuchen, der nach Rotz und Tränen schmeckte, aß ich erst am späten Vormittag, wie in einem klassischen Zahnarztcartoon mit einem nassen, kalten Geschirrtuch um den geschwollenen Kopf.

Es war eine von Erniedrigung und Schmerz getränkte Erinnerung und trotzdem wunderbar wegen der Düfte, die dem Schlag vorangingen, und dem süßen, salzigen Geschmack der zu guter Letzt erhaltenen Genugtuung.

Ich schob die Füße tiefer in den gelben Sand, wisperte das

Wort »Hundeseife«, und da floh mein Hund Bobby, der gebadet werden sollte, zum soundsovielten Mal unter den Diwan, außer Reichweite von meines Großvaters Händen, die das gefürchtete Seifenstück bereits berührt hatten. Es ging in erster Linie um das Bild eines molligen Mischlingshündchens, das von üppig eingeseiften Händen aus der Welt massiert wurde. Nicht viel mehr als ein zitterndes Knochengestell blieb übrig, das auf Drahtbeinchen winselte.

Manchmal lehnte ich mich auch mit dem Rücken an die Schuppenwand, wenn die Sonne den Backstein genügend erwärmt hatte, und schlug zudem, um das Zeug zusammenzupressen, die Beine übereinander. Ich konnte laut »Regenmantel« sagen und Bobbys Beerdigung unter dem Pfirsichbaum von neuem erleben, wo er, in einen alten Regenmantel eingewickelt, unter die Erde gebracht wurde. Ich konnte, im würzigen Geruch entweichender Darmgase, leise gurgelnd das Wort »Rrrrriemen« aus meiner Kehle steigen lassen und dann noch einmal sehen, wie mein Großvater, nachdem er angefahren worden war, kräftig festgezurrt auf einer Trage senkrecht die Treppe hinaufgetragen wurde. Auch konnte ich, weil ich durstig war, ein paarmal »Krankenhauslimonade« flüstern, so lange, bis die Sonnenflecken hinter meinen Lidern meine Schwester zum Leben erweckten, die voller Hingabe orangefarbene Limonade in ihrem Krankenhausbett trank. Ich versuchte, ihre Aufmerksamkeit zu erregen, aber sie sah mich nicht hinter der Glaswand; ich durfte nicht zu ihr. Hinter oder über mir eine Stimme: »Ja, sie muß viel trinken. Wegen ihrer Nieren.«

Mein längster Schlüsselsatz lautete: »Ich piß Farbe und Feuer.« Ein Ausspruch meines Großvaters, der häufig nach einem Toilettenbesuch fiel. Intimer hatte er sich nie ausgedrückt und sollte er sich auch nie ausdrücken, dieser sonst so verschlossene und prüde Mann. Damit gab er eine Grenze an: bis hierher und nicht weiter. Er weigerte sich trotz meines Drängens, mir zu erklären, was er damit meinte. Die einzige Erinnerung, die sich mit dem Aussprechen dieser fünf Wörter heraufbeschwören ließ, war die an meinen Großvater, der, von der Toilette zurückkehrend, wie von ungefähr bemerkte: »Ich piß Farbe und Feuer.« Danach vergrub er sich, seitlich am Tisch sitzend, wieder in seine Zeitung, und das war's dann. Dennoch bezog ich diesen Satz oft in mein Sandkastenritual ein, vielleicht eher, um sein Geheimnis zu enträtseln, als um meinen Großvater in ganzer Pracht heraufzubeschwören.

Jede Erinnerung betrachtete ich wie einen Gegenstand von allen Seiten. Ich ging um sie herum, streichelte die Außenkante, schnupperte in Höhlen und Falten und wischte mit der Zeit auch Überflüssiges weg, bis sich die Erinnerung verselbständigt hatte und wie eine Eisscholle im Gedächtnis trieb, abrufbar allein schon durch das Nennen ihres Namens. Im besten Fall erhielt ein solches von allen möglichen irrelevanten Fakten befreites Bild oder Ereignis dadurch einen Mehrwert: Es wurde eine Kurzgeschichte, die noch etwas mehr in mir freisetzte als nur die primitive Wehmut um etwas, das, so klein ich auch war, bereits für immer vorbei war. Es wird wohl, noch bevor ich in der Schule das Schreiben erlernt hatte, etwas mit der späteren Schreibmanie zu tun gehabt haben.

Eines Tages fand ich im Sandkasten einen alten, zerbrochenen Füllfederhalter mit marmoriertem Schaft. Ich schraubte die Kappe ab. In der Mitte befand sich ein kleines Glasfenster, hinter dem, wenn man am Ende des Füllers drehte, ein durchsichtiges Tintenreservoir sichtbar wurde. Anstatt Tinte war gelber Sand darin. Als Spielzeug langweilte es mich schnell, und so warf ich das kaputte Ding weg. Gleichwohl war dies mein erster Füllfederhalter, in einer Zeit, als ich noch mit Sand schrieb.

Habe ich je anders als mit losem Sand geschrieben? Es kann kein Zufall sein, daß mein einziger Romanversuch, *Altenheim auf dem Dach der Welt*, sich mit einer Wüste beschäftigte – wenngleich diese Wüste sich bei näherer Betrachtung als Ansammlung von Getreidekörnern entpuppte. Es wird Zeit, daß ich Patrick zum Schatzbewahrer meines Sandkastens ernenne.

Das zerbrochene Stechpaddel

Freitag, 1. Juli 1977
(Albert Egberts, Patrick Gossaert)

Nicht der Umstand, daß Patrick, oder Patrizio, ihn zum Essen eingeladen hatte, machte Albert so nervös, sondern daß der junge Schreiberling an der Wittenkade wohnte, genau gegenüber der Stelle, wo das Haus seiner Großtanten gestanden hatte. Vor lauter Nervosität hatte er vergessen, wie versprochen Wein zu kaufen. In der Nähe des Haarlemmerpoort bat er den Taxifahrer, ihn beim nächstgelegenen Geschäft, das abends noch auf hatte, abzusetzen. An der Ecke Wittenkade/van Limburg Stirumstraat gab es eines, vor dem sich noch ziemlich viel Volk herumtrieb.

»Ich rate Ihnen, vorsichtig zu sein«, sagte der Fahrer. »Diese Schluckspechte da warten nur darauf, daß Ihnen was aus dem Korb fällt. Pillen schlucken sie auch. Verdammt riskant.«

Albert ließ das Taxi nicht warten. Patrick wohnte ganz in der Nähe. Trotzdem merkte er, als er mit zwei Flaschen Rotwein auf die Straße trat, in jeder Hand eine, daß er die eine Flasche – mit verdrehter Hand – so festhielt, daß sie im Falle eines Falles als Schlagwaffe zu gebrauchen wäre. War seine defensive Haltung so sichtbar, daß er dadurch Aggressionen hervorrief? Kurz vor Patricks Tür kam ihm auf der Straße ein etwa fünfunddreißigjähriger Mann entgegen. Erst als der Typ ihm im Vorbeigehen urplötzlich an die Gurgel fuhr, blickte Albert in von Alkohol oder Pillen verengte Augen, Schlitze voll glitzernder Härte.

»Was haste da, huh...!« rief der Mann und begann an seinem Opfer zu zerren. Albert spürte, wie die Hand, in der er die eine Weinflasche als Schlagwaffe trug, von selbst hochging. Gleichzeitig stellte sich das Bild ein, zu was es führen würde, wenn er zuschlüge. Grüne Scherben in einer Blutlache, zu einem dunkleren Rot gemischt durch den Wein...

Blaulicht... Patricks Lasagne, die im Backofen verbrutzelte... Ohne nachzudenken, streckte er dem Angreifer eine der Flaschen hin.

»Laß das, Mann... Da, nimm 'nen Schluck Wein.«

Für einen Augenblick, aber auch nicht länger, stand der Typ wie Piksieben da. Dann beeilte er sich, die Szene mit dem Sühnopfer doch noch in einen Raubüberfall zu verwandeln. Die Flasche an die Brust drückend, kreischte er: »Verdammt noch mal, du Arschloch... her mit dem Wein! *Her* damit, sag ich...!«

Er meinte nicht den Barolo, den Albert noch in der Hand hielt. Während der Mann mit großen Schritten abzog, drehte er sich noch ein paarmal um. »Wenn ich sag: her mit dem Wein, dann mein ich verdammt noch mal: *her* mit dem Wein...!«

Albert sah ihm nach und dachte: Vielleicht ist es ja einer der drei aus diesem wracken Ruderboot von vor zwanzig Jahren... könnte sein, die waren damals so fünfzehn, sechzehn... der eifersüchtige Bursche, der hinten saß... Erst als er, im dritten Stock angelangt, Patrick die übriggebliebene Flasche überreichte und zu erklären versuchte, was mit der anderen passiert war, spürte er, wie ihm die Knie weich wurden.

»Albert, du bist ja so weiß wie das Papier, auf das ich schon den ganzen Tag starre... Setz dich. Die Geschichte kannst du mir gleich erzählen.«

Sogar durch einen vorbeiziehenden Trauerflor hindurch sah Albert, daß Patrick Klamotten trug in den Farben – nein, nicht vom Stuck italienischer Häuser, sondern von frisch verputzten Häusern in Italien, wenn die Farbe noch ganz hell ist, nicht vertieft von Sonne und Regen. Gelbe Lammlederjacke, bräunlichrosa Jeans und Hemd, so verkörperte er eine restaurierte Nebenstraße in, sagen wir mal: Murano bei Venedig.

Mit von dem Raubüberfall immer noch zitterndem Finger zeigte Albert zu den Terrassenwohnungen auf der gegenüberliegenden Seite der Kostverlorenvaart. »Schau mal, Patrick, ungefähr da haben meine Großtanten gewohnt... Wittenkade Nummer 12, in einem Haus, das vor ein paar Jahren abgerissen worden ist. Sie haben meine Tante Nel mit Gewalt herausholen müssen... als letzte des zugenagelten Blocks...«

»Hing sie so an ihrer Bruchbude?«

»Ich will mal so sagen... Sie hatte dort eine geheime Aufgabe zu erfüllen. Ohne es selbst zu wissen. Aber sie harrte halsstarrig auf ihrem Posten aus. Sie bewachte dort wie eine Art Aufseherin das apokryphe Wappen von Amsterdam.«

»Bist du sicher, Albert, daß du die Flasche Wein nicht selber getrunken hast?«

»Allein schon wenn ich das dort drüben sehe, gerate ich in einen Rausch. Trotz der abgerissenen und neu aufgebauten Häuser. Ich werd dir mal erzählen, wie die Stadt Amsterdam zu ihrem apokryphen Wappen kam. Schau, dort links, wo die alte Bebauung noch steht... so ein Haus war es. Im ersten Stock wohnte Tante Nel mit meiner Urgroßmutter, die damals schon in den Neunzigern war. Zusammen mit meinem Großvater und mit Onkel Hasje war ich einen Stock höher, bei Opas Schwester Cisca und ihrer Tochter Sjaantje, einquartiert. Ich schlief zwischen den beiden Frauen. Sechzehn war sie, Sjaantje, und später bin ich nie mehr so verliebt in irgend jemand gewesen wie damals, als ich mich an ihren bettwarmen Körper schmiegen durfte... Hier an der Wittenkade hat mein Liebesleben begonnen, aber das ist eine ganz andere Geschichte als die, die ich jetzt erzählen will... oder vielleicht auch nicht... alles greift ineinander... Also, an einem Morgen im August '56 stand ich vor dem offenen Küchenfenster und schaute auf die Gracht hinunter.«

»Lag die Küche denn zur Straße hin?«

»Darüber habe ich mich auch oft gewundert, aber so muß es gewesen sein, denn hinter mir stand Tante Cisca und briet Eier. Mit Tomaten, das weiß ich noch. Den Geruch mochte ich überhaupt nicht. Tomaten wurden bei uns daheim in Scheiben geschnitten aufs Brot gelegt und dann mit Zucker bestreut.

›Balkon‹ nannte Tante Cissie das gußeiserne Gitter vor der

schmalen Flügeltür, aber es war nicht mehr als ein Schutz vor dem Absturz ... genauso wie das Ding hier bei dir ... Trotzdem blieb ein schmaler Rand, auf dem ich so eben stehen konnte ... schau, so, aber mit Kinderfüßen ... und so fühlte ich mich gleichzeitig im Haus und draußen. Mein Balkon zur Welt. Hier gab es Dinge zu sehen, die Tantchen hinter mir entgingen.

Ich schaute nach oben. Dort, in einer Abstellkammer direkt unter dem Hebebalken, war, wie ich wußte, Onkel Hasje dabei, sein Meisterwerk zu malen ... Die Häuser an den Grachten der Innenstadt verwandelten sich durch ihren Hebebalken in anmutige Einhörner ... mit gesenktem Kopf, bereit, aufeinander loszustürmen ... Oft waren sie von einem weißen Zierstein eingefaßt ... Hier, an der Kostverlorenvaart, waren es lediglich plumpe Vorsprünge mit einer eisernen Schlinge.

Ich rieb meinen Unterleib an dem Gitter, um ein stechendes Jucken unten am Bauch zu vertreiben. Bei meinen Großeltern in Tivoli wurde auf der Toilette mit Wasser aus einem alten Pfeifkessel gespült. Rings um den Ausguß war das Email abgesprungen, so daß ein scharf gezackter Rand entstanden war. Mit heruntergelassener Hose war ich gestolpert und hatte den schweren Kessel fallen lassen ... Nicht nur, daß er auf meinen Zehen landete, die Tülle schnitt obendrein tief an der Wurzel meines Geschlechts ein. Zu der Zeit, als ich mit Opa in Amsterdam eintraf, löste sich die Borke allmählich schon wieder ... Ich vertrieb den Juckreiz mal hier, mal da ... am liebsten an den Knöpfen auf der Rückseite von Sjaantjes Nachthemd, wenn sie schlief.

Links gähnte der Doppelbogen der Brücke ... es ist noch dieselbe, sehe ich jetzt, mit einem länglichen Pfeiler in der Mitte ... Ein Giebel auf der gegenüberliegenden Seite ... also hier, wo du jetzt wohnst ... mühte sich nach Kräften, wie ein perückentragender Glockengiebel aus der Innenstadt auszusehen. Nur die Perücke fehlte, aber das war auch nichts für diese Wohngegend. Hausboote, festgemachte Schuten ... Ruderboote, Flöße ... sie alle ließen die Kostverlorenvaart schmaler erscheinen. Es war schon nicht mehr ganz früh ...

wir frühstückten spät... Auf der anderen Seite war noch Schatten, doch die Gracht selbst lag bereits zum größten Teil in der Sonne. Ich schaute nach rechts die Gracht entlang. Weiter unten gab es ein paar kleine Betriebe... Sägewerke, stellte ich mir vor... vom Wasser abgeschirmt durch Bretterzäune, die dick mit grünem und braunem Karbolineum getränkt waren...«

»Die gibt's immer noch.«

»Gut, aus dieser Richtung kam ein kleines Ruderboot angeschaukelt mit drei Männern an Bord... Jungen, als sie näher kamen... damals hielt ich sie für richtige Kerle, aber sie werden wohl nicht älter als fünfzehn, sechzehn gewesen sein... Sie waren schäbig gekleidet, und daß ich dieses Detail behalten habe, will schon was sagen, denn meine Klamotten machten damals auch nicht viel her... Einer saß vorn, ein anderer hinten... der dritte stand mitten im Boot, mit gespreizten Beinen, im Unterhemd... Sonne auf den orangeroten Schultern... An dem Boot war kaum mehr ein Fitzelchen Farbe... farblos-pittoresk, nennt Thjum das... aber der stehende Junge hantierte mit einem funkelnagelneuen Kanupaddel. Helles Holz, Blätter an beiden Enden, glänzend lackiert... Es kann die Erinnerung sein, aber meiner Meinung nach gab es damals viel mehr Bäume entlang der Gracht, und sie waren auch dichter belaubt. Diese Sonnenflecken, die durch überhängende Äste fielen, suggerierten eine höhere Fahrtgeschwindigkeit... und das kam vor allem durch das mächtige Stechpaddel, mit dem der breitschultrige Junge scheinbar so mühelos hantierte... Weil es ein Ruderboot war und kein Kanu, schlingerte das Fahrzeug ziemlich stark, vorangetrieben durch dieses doppelte Paddel, das zudem noch im Stehen gehandhabt wurde. An dem Jungen sollte es nicht liegen... Er arbeitete von den Schultern aus, nicht von den Hüften... seine Beine blieben kerzengerade gespreizt... Es gab so etwas wie einen absoluten Drehpunkt in Höhe seines Brustbeins... davon wich er nicht ab... Ein wunderbarer Anblick, wie er, mit diesem Ding wie mit Flügeln schlagend, das Netz aus Sonnenlicht und Schatten über dem Wasser zerriß. Er schaute geradeaus, das Kinn erhoben, die Brust herausgedrückt... seine eigene Galionsfigur, die sich nicht zu gut dafür war, den Blättern des Paddels mit den Augen zu folgen. Es war seine Balancierstange, mit der er sich durch die Welt bewegte... sein ganzer Stolz...

Nun beginnt das Drama. Der Junge hinten ruft etwas... ich kann nicht verstehen, was, nur, daß es nöliges Amsterdamerisch ist, das mir irgendwie angenehm in den Ohren klingt... Die Worte verwehen oder, besser gesagt... zerstreuen sich, wie die Sonnensprenkel auf dem Wasser... Die anderen beiden reagieren nicht. Das kleine Boot gleitet langsam, aber sicher auf die Brücke zu, und ich mache mir bereits Sorgen, daß sich der Paddler wird bücken müssen und so gezwungen sein wird, seinen gleichmäßigen Flügelschlag zu unterbrechen... Dazu kommt es nicht, nein, weit schlimmer... Der Junge hinten hat sich, die Hände auf die Bootsränder gestützt, halb aufgerichtet und legt nun lauthals gegen den Rücken des Paddlers los... ich kann noch immer nichts verstehen... Den vorderen Jungen interessiert es jedenfalls nicht. Er umschlingt mit dem einen Arm den Vordersteven, der andere hängt im Wasser. Auf einmal herrscht Verwirrung. Der Junge in der Mitte unterläßt abrupt das majestätische Gepaddel und dreht sich ruckartig um... Er stellt das Stechpaddel senkrecht neben sich ins Boot... Tropfen spritzen auf sein dünnes Hemd, das jetzt zur Hälfte durchsichtig wird und einen Teil seines Oberkörpers zeigt. Das Paddel ist viel länger als er selbst. Mit einem knatternden Fluch... jedenfalls klang es so... hat er sich zu dem Quengler umgedreht. Auch der Junge vorn schaut jetzt über die Schulter zurück, träge, nicht ernsthaft interessiert. Direkt unter meinem Fenster kommt das kleine Boot, heftig schaukelnd wegen des jetzt aufflammenden Streites, schräg zur Gracht zum Stillstand. Ich verstehe nichts von dem belfernden Wortgefecht, bei dem Hälse wie bei Hunden unvermittelt vorschießen. Plötzlich steckt der Junge in der Mitte sein langes Paddel schräg unter die Bank vorn im Boot und stößt den Schaft mit voller Wucht auf die hintere Bank. Das Holz biegt sich, läßt sich aber nicht ohne weiteres kleinkriegen, nicht einmal von diesen starken Armen... Der Junge hebt voller Zorn den Fuß. Im nächsten Augenblick gibt es ein kurzes Gewitter auf der Kostverlorenvaart. Zwischen den Beinen des Jungen eine weiße Explosion von Splittern... ein scharfes Krachen über dem Wasser... Das Paddel brach entzwei. Innendrin war das Holz noch weißer... Das Ding war nicht in zwei gleiche Teile zerbrochen, weit gefehlt. Der Paddler hatte noch so viel Stolz, daß er den größeren Teil behielt, etwa zwei Drittel des ursprünglichen Doppelpaddels... Das kleinere Stück gab er dem Lamentierer hinten im Boot. Um dieses wieder in Fahrt zu bekommen, mußten sie sich beide mit ihrem ramponierten Ruderwerkzeug außenbords beugen, jeder auf seiner Seite...

Das Boot schaukelte in das Dunkel der Brücke hinein, aber ich wußte, daß sie auf das Licht zuhielten... in breiteres Fahrwasser steuerten... zu den offenen Plätzen... dem grünen Park! Sie sollten dort nie ankommen. Bevor ich sie wieder auftauchen sah, hatte Tante Cissie mich vom Fenster weggezogen und vor einen Teller mit Spiegelei gepflanzt. Die Wärme des gebratenen Eis und der Pfeffer machten irgend etwas mit dem Geruch der Tomate... mein Magen revoltierte... Immer noch ist es dieser Geruch, den die drei Jungen zurückließen, nachdem ihr Paddel zerstört war...

Nachmittags nahm mein Großvater mich in die Stadt mit. Ich erinnere mich an das glatte, dick lackierte Holz der Bänke in den Straßenbahnen... So wurde ich in einem streng symmetrisch möblierten Wohnzimmer durch die Stadt befördert, die kein Ende hatte. Am Dam stiegen wir aus, und Opa zog mich an der Hand in das Labyrinth der Gassen und schmalen Grachten. Irgendwo machte er mich auf einen Giebelstein aufmerksam. Zwei Männer, ziemlich tolpatschig in einem Boot sitzend, einen Hund zwischen sich. ›Schau, Albert‹, sagte er, ›das sind die Entdecker der Stelle, an der Amsterdam entstehen sollte. Sie sind die Gründer, sozusagen. Der Hund bellte, und sie sagten zueinander: Hier... hier bauen wir einen Damm... hier, und nirgendwo sonst. Und so geschah es. Für mich, Albert, ist dieser Stein das eigentliche Wappen von

Amsterdam. Später wirst du das alles verstehen.‹ Wappen … ich sah kein Wappen. Oder konnte Wappen auch etwas anderes bedeuten? Dann hatte ich am Vormittag ein viel besseres Wappen von Amsterdam gesehen. Drei Jungen in einem Boot … und ein gebrochenes Paddel mit einer so scharfen Bruchkante, daß man damit leicht jemanden niederstechen konnte … Ich gönnte Opa sein Wappen von Amsterdam. Ich hatte seit kurzem mein eigenes und schwieg darüber.«

Albert schaute schweigend zur Brücke, als hätte er dort gerade das wegen des Streits schaukelnde Boot verschwinden, seitlich davongleiten sehen. Auch jetzt, nach all den Jahren, wollte es auf der anderen Seite nicht wieder zum Vorschein kommen. Alles, die ganze Geschichte, hatte ich durch mein goldenes Sieb rieseln fühlen. Es war so scharf gespannt gewesen, mein Sieb, daß es einen Moment lang nachschwirrte, wie eine Harfe, wenn die Finger des Spielenden noch gekrümmt neben den Saiten in der Luft verharren … Ich sah Alberts Gesicht an, daß auch er es hörte. Meine Hand befand sich bereits auf dem Weg zu seiner Schulter, doch ich zog sie im letzten Moment zurück.

»Überlaß mir leihweise die Rohfassung dieses Wappens, Albert … dann mache ich einen Schild daraus. Ich stilisiere das Drama ein wenig … lege ein bißchen Blattgold auf … Diesen Jungen stelle ich stolz wie einen Löwen aufrecht in das Boot, das zerbrochene Paddel in der Pranke. Sein Zorn züngelt ihm in roten Flammen aus dem Maul … Ich werde dich nicht enttäuschen. Es wird wirklich Zeit, daß das apokryphe Wappen von Amsterdam der Welt kundgetan wird …«

Albert, die weißen Splitter noch im Blick, drehte sich zerstreut lächelnd um und legte mir doch tatsächlich die Hand auf die Schulter. »Mach mit diesem Holzstück, was du für richtig hältst, Patrick. Streich es ruhig golden an … Aber wart bis nach dem Essen damit, ich hab nämlich Hunger.«

»Trotzdem schade um den Wein …«

»Och, jetzt hockt da irgendwo an der Gracht ein armer Schluckspecht und pult den Korken mit den Fingernägeln aus der Flasche.«

Die Schlafstadt

Montag, 8. August 1977
(Albert Egberts)

Die Zahl der im Laufe der Jahre in den Amsterdamer Hafen eingelaufenen Seeschiffe ... ihre Fracht und die Mengen geladener und gelöschter Güter ... Holz, Getreide, Öle, Erze, Kohle, Stückgut ... alles kontrolliert und auf einer Skala in Millionen Tonnen dargestellt. Die Zahl der anwesenden Schüler beim Ganztagsunterricht, aufgeteilt in m/w. Registrierte Arbeitslose nach Dauer der Erwerbslosigkeit ... Der Polizei zur Kenntnis gekommene Verbrechen ... Verkehrsunfälle im Jahr 1976, »am Sonntag, Montag bis einschließlich Freitag sowie Sonnabend pro Stunde in Prozenten der Gesamtunfallzahl an diesen Tagen« ... Preisindexzahlen des Familienkonsums in Amsterdam ... Durchschnittliche Verweildauer der Gäste in Beherbergungseinrichtungen ... Ansässige Zuwanderer im Jahr 1976 pro Stadtteil nach fünf Herkunftskategorien (in Prozent) ... Abgegebene gültige Stimmen ... Museumsbesuch ... Brände ... Das Statistische Amt der Stadt Amsterdam war in der ersten Hälfte des Jahres 1977 so beschäftigt damit gewesen, all diese unentbehrlichen Daten zu beziffern und graphisch darzustellen, daß man erst im Sommer auf den Gedanken kam, das Verkehrsverhalten der Menschen im Stadtteil Bijlmermeer zu erforschen, will sagen: vor und nach der für den Herbst geplanten Inbetriebnahme der U-Bahn. Flugs wurden mehrere Zeitarbeitbüros eingeschaltet, die die benötigten Befrager beschaffen sollten. Auch Omnilabor war daran beteiligt. Die Kurierdienste nach Italien lagen so gut wie brach. Auf seinem letzten Flug, im Juni nach Rom, hatte Albert auf dem Leonardo da Vinci über einen Mittelsmann (wieder einen Kuttenträger) von Gesù den definitiven Auftrag erhalten, in Neapel einen kleinen Adoptivjungen abzuholen. Doch das war erst für August geplant: Jetzt war Mitte Juli, und er saß ohne Geld da. Wie üblich fühlte Zwanet erst bei ihm vor: Brummelnd, wie Zwanet es gern hörte, nahm er den Interviewjob an. Albert sollte in den Hochhäusern von Bijlmermeer von Tür zu Tür gehen und die Leute fragen, ob sie an diesem Tag die Wohnung verlassen hatten: Falls ja, welches Verkehrsmittel hatten sie benutzt, den Bus oder ein eigenes Fortbewegungsmittel. Die entscheidende Frage lautete: »Wird die Einführung der U-Bahn die Art und Weise verändern, wie Sie sich fortbewegen?«

Es war weniger schlimm als befürchtet. Bijlmermeer war eine Schlafstadt, die meisten Leute hatten sich bereits in aller Frühe zur Arbeit begeben, so daß die meisten Türen für Albert geschlossen blieben. Falls ihm jemand öffnete, war es in der Regel eine Frau, und so lernte Albert die doppeldeutige Poesie eines Frage- und Antwortspiels über Fortbewegung und Beförderungsmittel mit jemandem kennen, der den ganzen Tag nicht vor die Tür kam, es sei denn zum Einkaufen im Supermarkt. In allen Küchen und L-förmigen Wohnzimmern führte er, bei einer Tasse Kaffee, einer Tasse Tee, das gleiche Gespräch, das er kodiert auf einem Formular festhielt. Es war weniger, daß er verneinende Antworten notierte, vielmehr bot er der daheim hockenden Hausfrau ein breites Spektrum möglicher Bewegungsformen ... per Bus, per Zug, per Taxi ... die ganze Welt tat sich in seinen Fingern vor ihr auf, sämtliche Himmelsrichtungen. Alles Möglichkeiten und Richtungen, denen sie sich verschloß. Im Auftrag des Statistischen Amtes der Stadt Amsterdam zwang er die Frau zu dem Eingeständnis, daß sie noch nie Gebrauch davon gemacht hatte. Durch diese Hervorhebung des Bewegungsaspekts begann in dem standardisierten Gespräch zuweilen etwas zu wogen oder zu vibrieren ... Verlangen oder Scham ... und die Frau verspürte die Neigung, ihren zu Ende gehenden Vormittag schöner darzustellen oder sich für ihr Müßigsein zu entschuldigen. Dann und wann, insgesamt jedoch oft genug, entpuppte sich das Verlesen der Fragen und das Ankreuzen der Antworten als Annäherungsgespräch, Gebalze in Kodeform, Geschäker im Multiple-choice-Verfahren. Dann schob sich eine ganz andere Welt der Fortbewegung und der Mobilität in den Vordergrund, eine Reise von Zimmer zu Zimmer. Albert lernte den Geruch des nicht gemachten Ehebetts kennen, die Eigenarten von Frauen, die erwarten, den ganzen Tag allein zu bleiben ... Es schien ein perverses Geschenk von Zwanet, die ihm mit weitausholender Geste die gesamte Schlafstadt samt den in ihr zurückgebliebenen Frauen dargeboten hatte.

Nicht alle Frauen antworteten so obrigkeitshörig und doppeldeutig auf Alberts Fragen. Eine sagte bei jeder Frage: »Sie studieren Medizin ...«

»Nein, Philosophie. Aber jetzt mache ich hier eine Umfrage, also ...«

»Ach wo, Sie studieren Medizin. Das seh ich doch. Sie sind eindeutig der Typ eines Mediziners. Geben Sie's doch zu.«

»Okay, ich studiere Medizin. Wenn Sie ...«

»Hab ich's nicht gesagt?«

Nun, da er sich als Medizinstudent entpuppt hatte, zog sie ihn ins Vertrauen.

»Ich werde nachts fotografiert.«

»Nachts ... Aber doch hoffentlich mit Blitzlicht?«

»Blitzlicht, aber natürlich ...! Hier hüpfen manchmal solche Lichtpünktchen im Wohnzimmer herum. Meine Katze stürzt sich darauf, als wär's ein Wollknäuel ... Sehen Sie, ich wohne hier am Rande des Polders. Aber da gibt's nicht nur Gänse und Frösche ... Ich sehe da nachts manchmal merkwürdige Lichter. Man fotografiert mich.«

Was die Innenstadt und die alten Stadtteile für Zwanets Vater, den Schädlingsbekämpfer, bedeuteten, wurde Bijlmermeer binnen weniger Wochen für Albert: eine Art Koralle der menschlichen Psyche. Er drang hier ein mit einer papiernen Ausrede voll gepunkteter Linien.

Dann und wann traf Albert die gesamte Familie an. Ihrem Akzent konnte er anhören, in welchem Stadtteil sie ihre beengte Wohnung mit den kreuzweise gerafften Gardinen verlassen hatten. Im Jordaan oder Oud-West. Mit dem Mut der Verzweiflung lobten sie die großzügige Wohnung hier in 't Fleerde oder auf Ganzenhoef, wobei Albert sah, wie sie vor lauter Agoraphobie in sich zusammenkrochen, sobald sie aus dem Fenster auf die Modellbäumchen blickten. Sie starben vor Heimweh nach kleinen Gäßchen, die kürzer waren als ihr L-förmiges Wohnzimmer, nach Galerien, so dicht vis-à-vis, daß man den Nachbarn die Hand schütteln konnte.

»Werden Sie für den Weg, den Sie in Frage 8 angegeben haben, in Zukunft die U-Bahn Ost benutzen, falls das möglich ist ... die Kosten einer solchen Fahrt im Moment noch außer Betracht gelassen?«

»Ihre Frage erweckt den Anschein, als ob ich frei wählen könnte ... Ich werde wohl müssen! Durch dieses Ding da verschwindet eine ganze Reihe von Buslinien, darunter auch meine. Die ist mir sehr ans Herz gewachsen. Wenn Sie bedenken, daß ich wegen der U-Bahn aus meiner alten Wohngegend verjagt worden bin ... aus der Sint-Antoniesbree ... und jetzt sitzt mir dieses Scheißding schon wieder auf den Fersen. Was will die Stadt eigentlich rauskriegen mit dieser Befragung?«

»Wie erwünscht oder unerwünscht ... wie notwendig oder überflüssig dieses ... äh ... Ding ist.«

»Dann sollen sie doch erst mal untersuchen, wie notwendig oder überflüssig diese Umfrage ist. Schauen Sie mal, da ... zwischen den beiden Hochhäusern ... da ist es wieder, das kostspielige Ding, das die Stadt sich in den Kopf gesetzt hat. Hoch zu Roß. Sehen Sie's? Seit Wochen schon am Probefahren. Und das geht noch mindestens zwei Monate so weiter. Und jetzt kommen Sie daher und wollen rausfinden, wie erwünscht oder unerwünscht dieses Aluminiummonster ist ...!«

Und tatsächlich, da glitt es dahin, noch ohne Fahrgäste, auf hohen Betonpfeilern, autoritär und silbrigglänzend im Sonnenlicht ... ein heller Wasserschwall auf einem Aquädukt ...

Leben entlang der Meßlatte

Donnerstag, 11. August 1977
(Albert Egberts)

Ernst Quispel hatte sich als Kind so von den parfümierten Komplimenten seiner Tanten becircen lassen – »Ist er nicht ein kleiner Cherub?« –, daß ihm seine Veranlagung zur Korpulenz erst bewußt wurde, als in der ersten Klasse des Gymnasiums während der Englischstunde das Wort *fat* fiel und der Junge vor ihm sich grinsend zu ihm umdrehte. Es war ein fipsiges Kerlchen, mager, mit solch dünnen Beinen, daß sogar das strammste elastische Material keinen Halt daran fand, weshalb er ständig mit heruntergerutschten Kniestrümpfen herumlief, obwohl seine Mutter sich sehr bemühte, ihn tipptopp zu kleiden. (Sogar seine kurze Hose war aus Terlenka, mit unverwüstlicher Bügelfalte.) Er trug eine Brille mit einer für einen Jungen viel zu zierlichen, fast weiblichen Fassung, zweifellos dazu bestimmt, die Aufmerksamkeit von den plumpen Gläsern abzulenken, die allgemein »Marmeladenglasböden« genannt wurden und in seinem Fall die Augen auch tatsächlich wie samtblaue, kandierte Heidelbeeren aussehen ließen. Jantje – niemand kam auf die Idee, ihn Jan zu nennen – grinste so breit, wie es seine dünnen Lippen nur zuließen, wobei das Deckenlicht des Klassenraums seine Zahnspange, die ausnahmsweise *nicht* durch ein darin hängengebliebenes Petersilienblättchen an ein silbernes Diadem mit einer grünen Feder erinnerte, aufblitzen ließ.

»Schau nach vorn, Vlacq … du jämmerlicher Zahnstocher«, sagte der Englischlehrer, der etwas von dem stillschweigenden Hohn mitbekommen hatte.

»So ist es, Albert«, sagte Ernst. »So ist es immer gewesen, und so wird es immer sein. Egal, wie gräßlich der andere auch aussieht – wenn du das Unglück hast, dicker zu werden als er, bist du absolut vogelfrei für seinen Spott und Hohn und Haß … und das, wohlgemerkt, mit Billigung aller anderen.

Fettleibigkeit ist keine Behinderung wie andere körperliche Mängel, sondern eine Freveltat. Der Übeltäter hat in augenfälliger Weise aus der Zuckerdose genascht und muß dafür bestraft werden. Nicht wie heute üblich... schließlich ist es auch kein Verbrechen unserer Zeit, sondern eher eines aus dem Mittelalter, das dementsprechend geahndet werden muß... das heißt: öffentlich. Sein dicker Kopf und die molligen Hände ragen aus den Öffnungen des Prangers heraus, und so nimmt er die höhnischen Seitenhiebe entgegen.«

»Was ist es denn deiner Meinung nach?«

»Alter, mittelalterlicher Haß aus einer Zeit, in der der Bauch und der dicke Kopf Statussymbole waren und hohle Augen nur bei denen zu finden waren, die nichts zu fressen hatten.«

»Heute ist Schlankheit ein Statussymbol... ein Privileg der Wohlhabenden, die oft viel dafür opfern... auch Geld... Wenn sich heute noch jemand fett frißt, kommt er hundertprozentig aus der untersten Schicht.«

»Spielt keine Rolle, Albert. Der Haß ist geblieben und hat sich, diesem einmütigen Abscheu nach zu urteilen, im kollektiven Unterbewußtsein eingenistet. Heute ist es nicht mehr der Neid auf den materiellen Wohlstand, der aus der Erscheinung des Dicken spricht, heute geht es um den Zerrspiegel, den er uns vorhält... Früher griffen meine Hände nach dem Aufwachen immer sofort nach meinem Geschlecht. Nicht, um zu kontrollieren, ob es womöglich in irgendeinem *Vagina-dentata*-Alptraum dran glauben mußte, sondern vielmehr als erste Liebkosung des Tages. Heute führt ihr erster Weg zum Bauch. Jeden Morgen stellen meine Hände... ich schicke sie als Kundschafter aus dem Halbschlaf voraus... völlig eigenständig fest, daß der Feind, die verhaßte Wampe, noch da ist. Aus einer Art Ungläubigkeit oder vielleicht auch aus Heimweh graben sie nach der Statur des Jünglings, der da begraben liegt, eingeschnürt in neue Schichten und Jahresringe...«

»Von deinem Fett kannst du alles sagen, Ernst, aber nicht, daß es deinen Redefluß nicht in Gang setzt.«

»Vielleicht ist es ja der Speichelfluß des Hungrigen, wer weiß. Im übrigen bin ich alles andere als ein starker Esser, daran kann es nicht liegen. Und trinken tue ich höchstens drei Wochen im Jahr, immer in einer Zeit, in der ich unerklärlicherweise abnehme. Sei's drum. Aber faszinierend bleibt der Haß, den man mit seiner Fettschicht beim anderen weckt. Er tut im Grunde das gleiche wie ich morgens im Bett: Er gräbt, in diesem Fall mit den Augen, nach der ursprünglichen Person, die in diesem aufgequollenen Körper versunken ist... in diesem Fettsumpf... Sie ist unauffindbar, nur noch erkennbar als Karikatur. Genau das, was beim anderen den Haß aufkochen läßt. Er nimmt dir diesen Verschwindetrick übel, und wie. Seine Augen verengen sich. Vor lauter Haß und Neid, ja, aber auch weil er sein eigenes unerwünschtes Verschwinden unter die Lupe nimmt... Gut, er stirbt nicht in einem Berg Fett. Er verschwindet nicht in einem Grab aus aufgeschwemmtem Fleisch. Er leidet nicht an Fettsucht... und trotzdem hält der Dicksack ihm mit seiner Vexierspiegelgestalt einen wirklichen Spiegel vor. So mager er selbst auch ist – er fühlt sich verspottet und lächerlich gemacht. Er fürchtet in der aufgedunsenen Person vor ihm den eigenen physischen Verfall. Der ist bei dem Fettleibigen offensichtlich und augenfällig genug, bei ihm selbst jedoch, wer weiß, langsam und schleichend... Jede Reaktion auf die Erscheinung eines Korpulenten... sei es Hohn, Schadenfreude, Verachtung oder Mitleid... läßt sich letztlich übersetzen in: ›Woher hat er die Stirn? Diese Dreistigkeit! Als ob ich nicht schon genug Probleme mit meinem eigenen unvermeidlichen Verfall hätte...!‹ Der Tod tritt in vielerlei Gestalt auf und wird längst nicht immer erkannt, doch als Schmerbauch auf Beinen ist er umwerfend. Garantiert ein Erfolg. Sobald er eintritt, in dieser Ausstaffierung von schwabbelndem Fett, werden alle garantiert unruhig. Der Haß macht sirrend die Runde...«

Bei aller Relativierung und Selbstironie überkam es Ernst jetzt doch für einen Moment. Albert sah, wie er fahl wurde vor Abscheu, als er plötzlich ausrief: »Oh, Albert, der *Ekel*, wenn dir auf einmal bewußt wird, daß du ein Gesetzen und

Willkür unterworfener Fleischkloß bist! ... etwas zwischen Aufbau und Abbau! ... irgendwo zwischen Geburt und Tod! Wie oft sagen wir nicht ›ich‹ ... ganz entschieden, ganz überzeugt ... aber dieses ›Ich‹ ist in dem nach Belieben anschwellenden oder schmelzenden verfetteten Fleischklumpen verankert. Reißt sich der Anker los, starrt der morsche Leib bedripst auf ein loses Tauende. Weg ist das ›Ich‹!«

»Der Haß des Dünnen gegen den Dicken ist vielleicht von derselben Art wie der instinktive Haß des Mannes gegen die Frau. Die Frau besitzt, zumindest potentiell, ein Wissen, das ein Mann niemals erwerben kann, da sie nun mal der Ursprung neuen Lebens ist und er sozusagen nur mit seinem Stock in der Erde herumstochert. So kommt auch der Dicke, sofern er genug unter seiner Korpulenz leidet, in den Genuß eines Wissens, zu dem sein leptosomer Antipode keinen Zugang hat. Ein Leben lang hin und her geschleudert zu werden zwischen Freßsucht und Fasten ... zwischen Gier und Selbstbestrafung ... So einer trägt die Welt in sich.«

»Du hast leicht reden, Albert, aber ich sag dir, die Deformierung wirkt sich nur in eine Richtung aus. Auf Ansetzen wird lauthals und triumphierend reagiert, wohingegen Abnehmen ... soviel Mühe und Verdruß es auch kostet ... gar nicht oder kaum bemerkt wird. Dickwerden bedeutet beunruhigendes Vom-Weg-Abkommen, wobei einem der Sand nur so um die Ohren fliegt. Abmagern dagegen ist Rückkehr ... zum ursprünglichen Bild, das noch immer etwas Vertrautes hat. Nicht der Rede wert also. Jemand, der mit der größtmöglichen Anstrengung seine alte Figur wiedererlangt ... was soll's? Interessant wird es erst wieder, wenn jemand verdächtig abmagert und dann genauso vogelfrei ist wie sein dicker Mitmensch. Ein wandelndes Gerippe, kurz gesagt. Das hängt auch mit dem zusammen, was du, glaube ich, mal unter der Bezeichnung ›Lob der Tratschsucht‹ zusammengefaßt hast. Abgesehen davon, daß die Karikatur beunruhigt, finden die Menschen auch Halt an ihr. Jede dicke oder magere oder sonstwie deformierte Person bietet sich selbst als Halbfabrikat für die totale Verketzerung an. Es geht um den Mythos, allerdings nicht den von Größe oder Schönheit, nein, die mythischen Proportionen gelten in diesem Falle der Mißgestalt. Na ja, dir brauch ich nichts zu erzählen. Du sprichst ja sogar der üblen Nachrede noch großen literarischen Wert zu.«

»Na ja ... Tratsch ist die literarische Schöpfung des Volkes, das selbst nicht die Feder führt. Ich finde es großartig. Klein sind nur die Menschen, die meinen, dich auf dem laufenden über das halten zu müssen, was ein anderer hinter deinem Rücken über dich zu klatschen hat. Das nenne ich ›Tratschen im Auftrag‹, und das ist niederträchtig. Aber um noch mal kurz auf deine Klage zurückzukommen, Ernst, daß du dich so beobachtet fühlst, wenn du dabei bist, auseinanderzugehen ... die verletzende Einmischerei anderer Leute ... Das hängt noch mit etwas anderem zusammen. Der metrischen Manie. Unsere Nachbarin in Nimwegen stand im Ruf, alles auf Pump zu kaufen. ›Buuf lebt auf der Latte‹, sagten die etwas weiter entfernt wohnenden Nachbarn auf gut Nimwegerisch dann wieder, die selbst auch nichts zu verschenken hatten. Das wurde so ein geflügelter Ausdruck zwischen Thjum und mir. ›Buuf lebt auf der Latte‹ ... aber wir meinten damit etwas ganz anderes als Pumpen. Sieh mal, Ernst, du in deiner Entfaltung behindertes Schwergewicht ... Wir bewegen uns alle zeit unseres Lebens entlang der Latte ... der Meßlatte ... und vergleichen unsere Maße. Alter, Körpergröße, Gewicht ... und so weiter ... Brustumfang, Taille ... und ein Jahr später wieder das Alter. Siehst du es vor dir? Wir wohnen in einem fragilen, windigen Gebilde aus Meßlatten ... horizontalen, vertikalen ... für Alter, für Größe, für alles andere. Darin gibt es einen schwankenden Boden aus Waagen. Bei jedem Schritt schlägt ein Zeiger aus ... springen digitale Ziffern ... Das macht sogar den Bewohner mit dem größten Übergewicht leichtfüßig ... zu einem Ballettänzer auf Spitzenschuhen ... *Hüpf, hüpf, hüpf.* Am liebsten würde er fliegen. Soziales Leben bedeutet: Maße vergleichen. Nicht mehr und nicht weniger. Und dabei sind wir in erster Linie damit beschäftigt, uns selbst die idealen Maße aufzuschwatzen. Alter, Taille, Gewicht... alles perfekt. Der Grünschnabel, das ist der andere. Der alte Sack, das ist der andere. Der Hüftspeck, das ist der andere. Das Negativ unserer eigenen Maße, das hat sich im anderen abgedrückt, dessen Lebenserwartung praktisch gleich Null ist, das ist doch klar. Die Meßlatte, das sind die Schienen zwischen Abfahrtsbahnhof und Endpuffer... zwischen Geburt und Tod... Irgendwo da steht der Prellbock, am Ende eines toten Gleises, im Nebel der Vergreisung. Gut, das ist alles die Außenseite, Pfahlwerk, der Rahmen unseres metrischen Bauwerks... unseres forensischen Dienstes... Drinnen finden noch alle möglichen Nebenberechnungen statt. Gehälter, Zinssätze, Gefängnisstrafen, Renten, Sozialleistungen... Alles, was sich vergleichend in Zahlen und Prozenten ausdrücken läßt. Auch: Blutdruck, Brillenstärke, Samenproduktion... und so weiter... Pulsschlag, Stuhlgang... Das Wichtigste bleiben die Körpermaße, und hier vor allem... bitte sehr, Ernst... vor allem das Gewicht. Eine sklavische Abhängigkeit vom metrischen System.«

Quispel war aufgestanden und zum Spiegel über dem Kaminsims gegangen. »Könnte ich nur so sein wie Tschitschikow, der sich vor dem Spiegel drehte und dabei auf den Bauch trommelte und dann sagte: ›So ein albernes Ding... wie eine Trommel... aber es gehört eben dazu.‹ Bevor ich mich im Badezimmer ausziehe, hänge ich lieber ein Handtuch über den Spiegel. Wie man das auch in einem Sterbehaus tut. Es gelingt mir höchstens zweimal im Jahr, mich ohne Widerwillen vor den Spiegel zu stellen.«

Er sah sich immer noch mißmutig an.

»Diese Pockennarbigkeit mußt du dir aber nicht zuschreiben, Ernst... das liegt am Spiegel. Er stammt aus dem Sperrmüll. Na komm schon, mach mal 'n bißchen freundlicheres Gesicht, das hilft mehr, als den Bauch über meinem Gasofen einzuziehen.«

Ernst zuckte mit den Achseln.

»Ach, na ja, unterm Strich betrachtet, war Schönsein ein größeres Kreuz. Das hat man mir mindestens ebenso eifrig aufs Butterbrot geschmiert wie jetzt mein Auseinandergehen. ›... und du *weißt* es selber. Deswegen diese Arroganz.‹ Das war in Haarlem. Mit diesem meinem Pfunde habe ich noch ganz gut wuchern können, meiner angeblichen Schönheit. Was sie aber tatsächlich wert war, zeigte sich, als ich nach Amsterdam zog. Durch dieses ganze Draufrumgehämmere in Haarlem hatte ich zumindest erwartet, daß mir gleich in der ersten Woche jemand einen Filmvertrag anbieten würde... einfach so, mitten auf der Straße, oder an einem Tisch im *Américain*... Schauspieltalent hin oder her. ›Mijnheer, wir lassen Sie einfach so, wie Sie sind, vor der Kamera auftreten. Mit einem Minimum an Text.‹ Aber von wegen. Niemand sprach mich an auf dem Leidseplein. Niemand sah auch nur auf, abgesehen von diesem oder jenem verwitterten Homo mit schwarzer Mütze. Es brachte mir gar nichts, was man mir in Haarlem immer so heftig unter die Nase gerieben hatte. Daß man mich überhaupt nicht beachtete, erfüllte mich nicht mal mit bitterem Stolz. Selbst das war mir nicht vergönnt. Erst wenn ich eine Art verzweifelten Mut aus dem Haarlemer Wissen... mittlerweile nicht mehr als ein banges Vermuten... schöpfte, daß ich gut aussah, und eine wildfremde Frau anzusprechen wagte, spürte ich das alte Mißtrauen wieder. ›Der glaubt sicher, er kann sich alles erlauben, mit seiner arroganten Visage...‹ Und dann wandte sie sich sozusagen ohne Argwohn wieder dem Pockennarbigen zu, der sie kurz zuvor angesprochen hatte. Eine schöne Frau und ein häßlicher Mann waren sich irgendwie ebenbürtig. Hab mich nie dran gewöhnen können, an dieses Gleichgewicht... dieses geheime Einvernehmen. Ich blieb ausgeschlossen.«

»Und jetzt wirst du mir natürlich als nächstes erzählen, daß dieses Ausgeschlossensein dich in die körperliche Deformierung getrieben hat... So langsam durchschaue ich dich, Ernst. Insgeheime Genugtuung über die unwirksame Makellosigkeit der Jugend... ja, ja...«

»Dem Anschein nach war es ein einziges Ach und Weh, und unzählige Versuche, abzunehmen. Aber wenn du weißt, daß die Beendigung des Fastens zu beschleunigtem Ansetzen führt, dann fragst du dich doch, ob all diese Traumdiäten nicht, zusammen mit dem Glas, eine hervorragende Waffe sind, um gegen die Wohlgeformtheit vorzugehen. Unter meinem schwachen Widerstand war offenbar ein starker Wille am Werk: die Erinnerung an meine *dancing days*... die kaum *dancing days* gewesen waren... diese Erinnerung mußte möglichst schnell gelöscht werden. Ja, lach mich ruhig aus... Ich hab dir erzählt, daß meine Hände morgens, wenn ich noch nicht ganz wach bin, völlig selbständig zu graben beginnen... sich durch die Fettschichten wühlen... auf der Suche nach dem versunkenen Leib des jungen Quispel... Offenbar müssen sie sich bei jedem Erwachen von neuem daran gewöhnen. Ungläubige Pfoten... Aber ich versichere dir, Albert, daß der ehrlichste Teil von mir dieses Zuviel an Körpergewicht hätschelt. Ich habe einen Damm aus Fett aufgeworfen... einen weichen Ringwall... um den Kern dessen, der ich mal war. So mit zwanzig, als ich noch ein verbummelter Student war, goß ich den Alkohol direkt über die Kehle in den schlanken jungen Mann, der ich damals war... und noch immer bin, denn er stellt mein Inneres dar. Er ist unantastbar, lediglich den Blicken entzogen.«

Ernst wandte sich vom Spiegel ab und setzte sich wieder in den Korbsessel, der unter seinem Gewicht knackte wie ein ganzes Schilffeld, das von einem plötzlichen Windstoß zu Boden gedrückt wird. Der Sessel, schätzte Albert, würde mindestens einen halben Tag brauchen, bevor er nach dem Aufbruch des Anwalts zu knacken aufhören würde. Das trockene Knallen, mit dem das Schilf sich vom Druck befreite, würde ihn möglicherweise am Schlafen hindern. Er durfte nicht vergessen, den Sessel nachher in das Nebenzimmer zu stellen, weit entfernt von seinem Bett...

»Ich kann ihn natürlich zum Leben erwecken, den Jüngling, indem ich seinen göttlichen Leib außerhalb von mir suche... ihn tanzen lasse und mich daran spiegele. Ich kann mich einem ganzen Schauspiel göttlicher Leiber hingeben, indem ich zu einem Fußballspiel gehe. Ich glaube, ich verstehe ein wenig von den Beweggründen all dieser dickbäuchigen Fans auf den Tribünen. Du hast mir mal so lange in den Ohren gelegen, bis ich *Die Geburt der Tragödie* las. Also, vielleicht ist es wie bei der Wechselwirkung zwischen dem Dionysischen und dem Apollinischen, die der junge, unbesonnene Nietzsche sah. So ein dionysischer, trübsinngetränkter, dickleibiger Weinsack von einem Griechen, der sich eine homerische Götterwelt von purer Schönheit und leichtfüßiger Anmut erschafft... Aus Notwendigkeit, weil sonst das Übermaß an Pessimismus überhaupt nicht zu ertragen wäre. Wir Heutigen müssen uns mit einem Stadion begnügen... einem umgekehrten Olymp. Schwermütig haben wir uns auf die Tribünen geschleppt... um uns von dem ausgetüftelten Getümmel der Götter da unten, auf dem Grunde der Schüssel, erregen zu lassen. Was kümmert es eine Gottheit denn schon, ob sie aus der Tiefe oder von oben bewundert wird?«

»Ernst, ich höre dich abwechselnd klagen und das Problem kleinreden. Aber ich höre nichts mehr von dem Wunder, das sich einmal im Jahr oder im Halbjahr einfach so, gratis vollzieht...«

»Ja, vielleicht ist es das, was alles erträglich macht. Eines Tages fährt eine unerklärliche Erregung in mich. Ich wehre mich dagegen, arbeite noch mehr, versuch's zu vergessen. Unterdessen kann ich nicht umhin zu konstatieren, daß mein Appetit schwindet und ich zusehends an Gewicht verliere. Nach Ansicht meines Hausarztes nehme ich sogar unverantwortlich schnell ab, aber ich kann nichts dagegen tun. Es passiert einfach. Ich versuche, Essen reinzustopfen, aber ich bekomme keinen Bissen mehr runter. Es gibt noch andere Anzeichen, daß ein Sturm im Anzug ist... bizarrere... ich kann sie nicht immer deuten. Erinnerst du dich an den ersten Satz in *The Lost Weekend* von Charles Jackson?«

»Mein alkoholischer Werdegang beginnt beim letzten Satz von *Under the Volcano* von Malcolm Lowry. Aber das ist wieder eine ganz andere Geschichte. Erzähl weiter.«

»Es ist eigentlich ein Satz aus einem Buch, das die Hauptfigur, ein bereits seit einiger Zeit trockener Quartalssäufer, zu

Beginn der Geschichte liest. ›The barometer of his emotional nature was set for a spell of riot.‹ Der Satz beinhaltet für ihn sogar mehr als nur ein Vorzeichen: einen Auftrag. Er gehorcht und stürzt sich in eine nie dagewesene Serie von Exzessen. Bei mir lassen sich alle Vorzeichen ebenfalls auf ein solches Gefühlsbarometer zurückführen, und es versagt nie. Ich führe exakt aus, was es anzeigt. Zwei Wochen, krank vor Glück, trinken. Frauen um mich, die ich nicht berühre. Noch eine Woche totaler Verlotterung. Danach Entzug und ein winselndes Verlangen nach all dem weichen Fleisch, das dann unerreichbar geworden ist. Der Gewichtsverlust hält noch eine Weile an. Zu guter Letzt gehe ich, bedeutend schlanker, wieder in mein Büro, und alles kann von vorn beginnen. Die monatelang sich steigernde Spannung ... der kneifende Hosenbund ... In diesen zwei, drei Wochen im Jahr, wenn ich am schmalsten bin, spielt sich mein Leben ab. Es ist mein Pendant zu deinem ›Leben in die Breite‹. Ich habe das Gefühl, bei jedem *spell of riot* leichter zu werden ... und je leichter und schmaler ich bin, um so intensiver erlebe ich diese paar Wochen, als ob sie sich ausdehnten zu diesem ganzen Jahr, in dem ich Geld verdiene und lahmarschig bin und mausetot ... Ich habe sogar versucht ... nein, lach nicht ... diese Erfahrung theoretisch zu untermauern. Als ich noch im Alter des *Kleinen Forschers* war, hab ich mal im Fernsehen den Film von einer sich im Zeitraffertempo öffnenden Blüte gesehen. Ich war hingerissen. Mein Vater, auch in seiner Eigenschaft als Erzieher und Spielverderber ... nicht nur in Berufungsverfahren wie dem von Mevrouw Avezaath ... mein Vater versuchte, mich eines Besseren zu belehren, aber so leicht gab ich das Wunder nicht preis. Schließlich hatte ich es mit eigenen Augen gesehen. Finger weg davon, Pa. Ich kam zu dem Schluß, daß die *Kamera* diese Blüte sich so schnell öffnen sah, und fragte mich, ob es auch ein Lebewesen geben könnte, das die Blütenblätter so schnell auseinanderweichen sah. Im Sommer ging ich in den Garten, um die Blumen aus der Nähe zu studieren, doch die Wespen jagten mich zurück auf den Plattenweg. Eine von ihnen verfolgte mich und ließ, im Zickzack um mich herumfliegend, nicht von mir ab. Meine Mutter hatte schon einmal einen Wespenstich in meinem Augenlid mit Essig behandelt, und ich wollte kein zweites Mal auf diesem Auge blind werden, also blieb ich stocksteif auf den Steinplatten stehen und preßte zur Sicherheit auch die Lippen fest aufeinander. So hatte ich reichlich Gelegenheit – *Der Kleine Forscher*, nicht wahr? – zu versuchen, in den Bewegungen des Insekts, die auf den ersten Blick völlig unkontrolliert wirkten, ein Muster oder eine Strategie zu entdecken. Mit einemmal, Albert, überlegte ich mir, und damit war ich *Der Kleine Forscher* geworden, daß diese Bewegungen auf dem Film der sich beschleunigt öffnenden Blüte ganz deutlich zu erkennen sein würden. Die Wespe würde sich, von derselben Kamera registriert, weniger schnell auf den Kelch zubewegen, als... als sie es vor meinen Augen in unserem Garten tat. Ich beschloß, daß die Reaktionsgeschwindigkeit... na ja, dieses Wort verwendete ich damals zwar noch nicht, doch es war in etwa das, was ich meinte... daß die Reaktionsgeschwindigkeit der Wespe in dem Film menschliche Ausmaße annehmen würde. Sie würde sich, anders ausgedrückt, träge wie ein Mensch über den Bildschirm bewegen. Andererseits, wenn die Wespe in der Wirklichkeit meines Gartens eine höhere Reaktionsgeschwindigkeit besaß als ich, könnte sie die Zeit vielleicht auch intensiver erleben. In dem Fall lebt die Wespe schneller als ich. Eine Sekunde dauert für sie länger als für einen Menschen. Jedenfalls war dies das vorläufige Ergebnis, zu dem *Der Kleine Forscher* kam. Die Sache ließ mich nicht los. Erlebten Wesen, kleiner als ich, die Zeit als langsamer? Ich las, lange bevor du dich um meine Lektüre gekümmert hast, *Gullivers Reisen*. Wenn den Liliputanern die Zeit träger vorkam als Gulliver, dann mußte sie für die Riesen schneller sein als für ihn selbst... und noch sehr viel schneller als für ihre zwergenhaften Antipoden. Diese unterschiedliche Zeiterfahrung ließe sich mit ihrem Körperumfang erklären. In einem großen, mit Wirbeln ausgestatteten Leib ist die Reaktion länger unterwegs als in einem, der unter der Fliegenklatsche noch winzigklein ist. Das gilt natürlich in weit geringerem

Umfang für einen dicken Körper im Gegensatz zu einem dünnen, doch die Illusion lasse ich mir nicht nehmen. In meinem alljährlich wiederkehrenden abgemagerten Zustand erlebe ich die Zeit intensiver, das streitet mir niemand ab. Vielleicht gibt es, als Gegenpol zu meiner Fettsucht, tief in mir das Bestreben, immer dünner und kleiner und zarter zu werden ... auf den Umfang eines Liliputaners, eines Insekts zu schrumpfen ... Erst wenn ich mich bis ins Unendliche verkleinert habe, kann ich die Zeit ins Unendliche dehnen. Damit käme ich dann endlich in die Nähe deines ›Lebens in die Breite‹.«

»Amen.«

Albert hatte ganz stark das Gefühl, Zeuge eines dieser Quispelschen »Vorzeichen« gewesen zu sein, das eine Zeit der Exzesse ankündigte; er konnte es früher deuten als der Quartalstrinker selbst. Es mußte mit irgendeiner Wende in ihrem Gespräch zusammenhängen, das sich immer mehr zu einem erregten Monolog entwickelte. Nun, da er Ernst etwas aufmerksamer betrachtete, fiel ihm auf, daß diesem der dunkelblaue Büroanzug lockerer saß als sonst. Es bereitete ihm Unbehagen, bei dem anderen etwas bemerkt zu haben, was dieser selbst noch nicht wußte. So etwas wie ein offener Hosenschlitz. Er hoffte, sich getäuscht zu haben. Der arme Ernst war vor noch nicht einmal einem halben Jahr zum letztenmal in die Knie gegangen, eine schlimme Geschichte, die, wenn Albert es richtig verstanden hatte, mit der schrecklichsten Melancholie an dem Tag geendet hatte, als *Hotel Polen* in Flammen aufging.

»Wart mal, Ernst ... hast du nicht gerade von einem Jantje Vlacq gesprochen, der in der Schule eine Bank vor dir saß und durch den du dich zum erstenmal als das sahst, was du in Wirklichkeit warst: ein molliges Kerlchen? Einer deiner Kompagnons heißt doch auch Vlacq, nicht wahr? Ein Verwandter ...?«

»Er selbst. Er hat sich später John genannt, aber er ist noch immer genauso dürr. Könnte es sein, daß mir jedes Talent zum Nachtragen abgeht? Ich habe ihn seinerzeit als Kompagnon akzeptiert, obwohl es Interessenten gab, die wesentlich rühriger und erfahrener waren...«

»Gut möglich, daß du kein großes Talent zum Groll auf andere hast... dafür aber auf dich selbst. Warum, glaubst du, hast du dir diesen John Vlacq als rechte Hand genommen? Nicht, weil er aus derselben Stadt kommt wie du und ein alter Klassenkamerad von dir ist, sondern um den fleischgewordenen Hohn neben dir zu haben... oder, na ja, Haut-und-Knochen-Hohn, noch besser.«

»Meinst du?«

Anfang September begegneten sich Albert und Ernst auf der Straße.

»Neulich hörte ich, wie John Vlacq zu einem Mitarbeiter von uns sagte: ›Ernst hat seinen Ballast mal wieder abgelegt...‹ Die Zwischentür stand offen, und ich sah, daß er auch noch eine Gebärde dazu machte... als würde er sich mit beiden Händen gleichzeitig die Schuppen von den Schultern wedeln. Ich schaute auf meine Kleidung, zog die Hose hoch... und da, die Daumen im Hosenbund, ging mir auf, daß John mein Übergewicht meinte. Ich hatte in wenigen Wochen mehrere Kilo abgenommen. Im selben Moment schickten meine Drüsen ihren Saft in meinen Mund. Schlucken, schlukken und noch mal schlucken... es ging erst vorbei, als ich im *Dopey's Elixir* einen doppelten Wodka dazugoß. Seitdem, es kommt bestimmt jeden Tag mal vor, mache ich vor dem Spiegel... so mit leichten Kribbelbewegungen... diese Gebärde von Vlacq nach, und dann sage ich laut zu mir selbst: ›Ernst hat seinen Ballast abgelegt...‹«

Die blaue Tür

Montag, 12. September 1977
(Flix Boezaardt)

Ach ja, und dann gibt es ja auch noch die Hausbesetzer von Nummer 205 und 207, die in ihrem verfehlten Optimismus diese rußigschwarze Kloake ein bißchen aufpeppen wollten, allen Widrigkeiten zum Trotz. Um so viel Grau zu übertönen, muß man schon die schreiendsten Farben aufbieten. In England kann man das sehen, in den Londoner Arbeitervierteln oder in den rußgeschwärzten Bergarbeiterdörfern von Wales: rosa und hellblau gestrichene Häuser, die trotz ihrer Babyfarben die Schmuddligkeit der Umgebung nur noch hervorheben. Die Farben sind bereits angegriffen, noch bevor sie aufgetragen sind, und das nicht, weil der Pinsel Ruß mitnimmt. Armut ist kein reiner Farbton vergönnt. Es ist wie bei den grasgrünen und rosaroten Hosenanzügen vom Ten-Kate-Markt, in die die Frauen aus dem Kinkerbuurt sonntags ihren dicken Hintern zwängen: Sie tun einem in den Augen weh, aber wenn man genau hinschaut, spiegeln sie nur die braune Einheitsfarbe von Oud-West wider. Nichts ist besser geeignet, um darin Pommes zu essen.

Es fing bei Nummer 205 an, wo Albert sein Schwager ein Atelier im dritten Stock hat, und griff rasch auf 207 über und sogar auf 209, erster Stock, obwohl die dort ganz normal Miete zahlen. Innerhalb einer Woche waren alle Fensterrahmen in den unterschiedlichsten Farben neu gestrichen: blau, dunkelrot, orangerot, lila, ockergelb ... und diese ganze verlogene Palette mußte es mit den aus dem neunzehnten Jahrhundert stammenden Grauschleiern ringsum aufnehmen. Die Farbe war noch nicht trocken, da wurde alles rund um die Fassaden schummrig vor Schmuddligkeit. Als hätte eine unangekündigte Sonnenfinsternis stattgefunden – eine, die nicht vorbeiging.

In der darauffolgenden Woche waren die Türen dran. Es

wurde September, die neue Jahreszeit fing an, und dann kriegen die Menschen es oft übern Kopp.

Eines Tages, ich war etwas früher aus Haarlem zurück, stellte ich fest, daß ich an meiner eigenen Haustür vorbeigegangen war. Ich merkte es erst einen halben Block später ... Ich rechtsum kehrtgemacht, und verdammt: Wieder lief ich automatisch an 209 vorbei, was ich erst auf der Höhe der Druckerei spitzbekam. Nur indem ich ganz genau auf die Hausnummern achtete, kam ich endlich zu der Tür, die ich schon seit vielen Wochen, ja, Monaten, mehrmals am Tag blindlings öffnete und schloß. Sie war nicht länger stumpfgrau. Sogar das Gekrakel, mit dem die Nachbarn ermahnt wurden, die Müllsäcke nicht zu früh hinauszustellen (DER MÜLLMANN KOMMT ZWEIMAL DIE WOCHE, ABER DIE RATTEN SIND JEDE NACHT DA), war unter einer glänzendblauen, noch feuchten Lackschicht verschwunden. Voller Nasen, voller hängengebliebener Haare aus einem alten Pinsel, ansonsten aber das schönste und strahlendste Blau, das sogar mein Künstlerherz sich nur wünschen konnte – ein Mittelding zwischen Himmel- und Knallblau. Es hatte noch keine Zeit gehabt, die Schmuddeligkeit der Umgebung anzunehmen.

Ganz vorsichtig, um die neue Farbe nicht zu beschädigen, schob ich den langen Schlüssel ins Schloß. Einen Moment lang hatte ich das Gefühl, ein anderes Haus zu betreten, aber dic fahlgraue Papierpampe am Fuße der Treppe machte alles wieder vertraut, genauso wie der zerrissene Läufer mit seinen falsch singenden Stangen.

An der herausziehbaren Klinke, die in Alberts Tür steckte, konnte ich erkennen, daß er nicht zu Hause war, sonst hätte er sie bestimmt mit in sein Zimmer genommen. Ich ging auf seiner Seite in die Wohnung, um schon mal einen Kessel Wasser aufzusetzen, für Tee. Es war halb vier und totenstill im Haus. Eine Zeit und eine Ruhe, so ideal zum Wichsen, daß man einfach den Dreh nicht fand.

Albert hatte eine ganze Reihe von alten Schuhen neben seinem ordentlich gemachten Bett stehen, alles Paare, allerdings nicht sortiert. Die warf er nachts, wenn er die Mäuse rascheln hörte, so gezielt wie möglich, manchmal aber auch nur auf gut Glück ins Zimmer – um sie wenigstens in die Flucht zu schlagen. Das Schuhbombardement hatte ihm nie einen Volltreffer beschert. Während ich darauf wartete, daß das Wasser kochte, sah ich sie mir eine Weile an ... so lange, bis der Anblick dermaßen absurd wurde, daß ich ihm besser den Rükken zukehrte.

»Stilleben des bettlägrigen Schusters«, erinnere ich mich noch, ganz in Alberts Stil leise gesagt zu haben, und ich mußte selber ein bißchen grinsen. Wenn jemand dabeigewesen wäre, hätte ich sicher noch hinzugefügt: »... hab ich mal unter dem Gemälde eines unbekannten Meisters gelesen.« Schön falsch bescheiden bleiben, ist meine Devise.

Mein Teewasser begann bereits leise im Kessel zu summen, aber ich blieb noch eine Weile mit geschlossenen Augen stehen und genoß die Ruhe im Haus. Albert war mit seinen Befragungen im Bijlmer zugange oder befand sich auf einem Routineflug nach Mailand, jedenfalls würde er erst am späten Abend zurückkehren, um von seinem Bett aus Schuhe ins Zimmer zu feuern, so daß es am nächsten Morgen so aussehen würde, als wären bei einem wüsten Ball alle Gäste aus den Schuhen geschlüpft und hätten sich davongemacht ... auf Strümpfen ... Die Leute unter uns, ein kinderloses Ehepaar, beide im Schuldienst, hatten noch bis vier Uhr Unterricht ... Und Mevrouw de Hoogh-Stey, ach, Mevrouw de Hoogh-Stey stand seit ungefähr zwei Wochen unter Hausarrest bei ihrem ältesten Sohn in Osdorp, nachdem die Schwiegertochter im Kühlschrank von Haus Nummer 209, dritter Stock, eine halbe Dose verdorbener Tomatensuppe gefunden hatte, die für den Abend auf dem Speisezettel gestanden hatte. Schlußfolgerung: schwere Selbstvernachlässigung. Albert und ich konnten wenigstens wieder jeden Morgen *de Volkskrant* lesen.

Ich konnte mich getäuscht haben, weil das Wasser jetzt laut brodelnd gegen die Kesselwand zu sprudeln begann, aber nachdem ich das Gas heruntergedreht hatte, hörte ich es wieder, und deutlicher: das Läuten der elektrischen Klingel im dritten Stock. Nach kurzer Stille war minutenlang die Dingdongklingel der Mieter unten drunter zu hören, klar und durchdringend wie ein komplettes Glockenspiel...

Körperhaltungen stellen unter dem, was man an einem Menschen als dämlich bezeichnen kann, alles in den Schatten. So stand ich, eine Hand über dem Kesselgriff, mit offenem Mund da, in den der hochwölkende Dampf drang, und wartete auf das Läuten unserer eigenen Anlage. Weil die elektrische Klingel von der Stadtverwaltung untauglich gemacht worden war und, wie sich herausstellte, auch nicht mehr zu reparieren war, hatte Albert im kleinen Nebenzimmer eine alte Kuhglocke aufgehängt. Das Ding hing an einem Stück goldener Gardinenschnur an der Decke, genau über dem Kopfende des Gästebetts; eine kunststoffbeschichtete Wäscheleine, die an dem Ring festgeknotet war, führte unter dem Schiebefenster (das immer einen Spalt offenbleiben mußte) hindurch über die Hauswand zur Eingangstür hinunter, wo sie, durch eine in den Türrahmen geschraubte Metallöse laufend, um ein Stück Gummi endete: Wer daran zog, hatte die Chance, eine etwas dumpf und müde klingende Glocke zum Läuten zu bringen. Was bei den Kindern der nahe gelegenen Schule äußerst beliebt war.

In der Tat hörte ich, wie an der Schnur gezogen wurde, aber die Kuhglocke wurde fast im selben Augenblick von etwas erstickt, woraufhin der kleine Klöppel noch kurze Zeit kraftlos weiterklöppelte. Ich stand noch immer in derselben Haltung da, wenngleich ich meinen dampfgefüllten Mund mittlerweile geschlossen hatte. Ein Geräusch in der Glockenstube: Das Schiebefenster wurde mit einem Rums zugeknallt, wodurch die Schnur, wie ich wußte, eingeklemmt wurde. Die Tür ging auf. Heraus trat, in einer Art improvisiertem Schlafanzug aus T-Shirt und Bermudashorts, Alberts Bruder Freek, mit tiefen Schlaffurchen im Gesicht.

»Es klingelt«, sagte er rauh und machte wieder rechtsum kehrt zu seiner Gashöhle, wo das Leck in der Leitung ihn durchschnittlich zwölf Stunden pro Tag am Grunde eines bodenlos tiefen Schlafes gefesselt hielt. Ehrlich gesagt, hatte ich ihn schon wieder vergessen. Ich hatte tagelang nichts von ihm bemerkt. In Amsterdam war er seit kurzem in Politologie eingeschrieben, aber in erster Linie spielte er Baßgitarre in einer Band, die von Mitternacht bis zum frühen Morgen in einem Nachtlokal in der Nähe des Rembrandtsplein auftrat.

»Er zieht sich wahrscheinlich mehr Kubikmeter rein als unser Durchlauferhitzer«, hatte Albert gesagt, »sogar wenn die gesamte Nachbarschaft duschen kommt...«

So ein muffiges Gesicht brauchte Freek also nicht zu machen: Das einen Spaltbreit geöffnete Fenster stellte wahrscheinlich seine Rettung dar, jedenfalls in Kombination mit dieser Alarmglocke, die regelmäßig geläutet wurde, so daß der Typ sich nicht allzu ungestört seinem lebensgefährlichen Schlaf hingeben konnte. Während ich auf das Treppenpodest hinausging, um die Haustür zu öffnen, mußte ich an den einzigen Dozenten an der Königlichen Akademie in Den Bosch denken, der mir etwas gebracht hat: Dick Duisberg. Vor knapp fünfzehn Jahren, als er noch unbedingt dazugehören wollte, war er Vorstandsmitglied der Künstlervereinigung De Kring und nahm diese Aufgabe so ernst, daß er selten vor vier oder fünf Uhr nachts nach Hause kam. Zu solch früher Stunde wollte sich Dick eines Sonntagmorgens, bevor er schlafen ging, noch ein Spiegelei braten (»mit 'nem braunen Rand«, wie er es mochte), kam aber nicht weiter als bis zum Aufdrehen des Gashahns. Die Streichholzschachtel in der Hand, sackte er, vom Alkohol benommen, auf dem Küchenfußboden zusammen. Die Nachbarin einen Stock höher roch etwas Verdächtiges und benachrichtigte die Polizei. Dick kam am Sonntagnachmittag im Wilhelmina Gasthuis wieder zu sich, unter einem Spannlaken. Diagnose: Selbstmordversuch.

»Laßt mich hier sofort raus!« schrie er auf den Arzt ein. »Es war ein Unfall...! Ich bin im Vorstand von De Kring! Ich hab die besten Referenzen! Leute, die für mich bürgen können...! Jan Cremer! Harry Mulisch...!«

Und noch ein paar große Namen. Doch der Arzt durchschaute diese bescheidene Variante des Napoleonsyndroms und sagte, wobei er die Gurte noch etwas straffer zog: »Ganz ruhig, Mijnheer Duisberg. Kommt alles wieder in Ordnung ... Jeder von uns hat manchmal so seine Probleme ...«

Ich zog an dem Seil. Die Haustür ging nach innen auf, und ich meinte einen bläulichen Widerschein auf der grauweißen Flurwand zu sehen. Niemand. Oder doch ... Mühsam kam jemand über die Schwelle geschlurft.

»Huhu«, klang es schwach und atemlos. »Huhu ... wissen Sie, wer ich bin?«

»Sie sind Mevrouw de Hoogh-Stey.«

»Boh, Sie kennen ja meinen Namen. Was für eine Überraschung. Darf ich raufkommen?«

»Was für eine Frage ... Haben Sie Ihren Schlüssel vergessen?«

Sie schloß die frischgestrichene Tür so vorsichtig hinter sich, daß ich bezweifelte, ob sie richtig ins Schloß gedrückt war.

»Schlüssel? Ich hab gar keinen Schlüssel von diesem Haus. Ich glaub, sie sind weg.«

Sie machte sich, noch behutsamer als sonst, an die Besteigung der untersten Treppe.

»Weg, wer?«

»Die Kinder. Meine Kinder. Die Kinder meiner Kinder ...«

Auf jeder Stufe ruhte sich das alte Frauchen eine halbe Minute aus. Mittlerweile war sie bis zur Tür der Leute unter uns gekommen, wo sie, mit wackelndem Kopf, den ich noch nicht an ihr kannte, etwas länger verschnaufte.

»Ich habe früher hier gewohnt«, sagte sie. »Ganz früher. Jetzt wohne ich in Amsterdam. Ich war neugierig, ob ich hier noch jemand finde, den ich kenne ... aber nein. Sie kenne ich jedenfalls nicht.«

Sie setzte ihren Fuß auf die unterste Stufe der nächsten Treppe, verlagerte aber noch nicht ihr volles Gewicht darauf.

»Aber Mevrouw ...«

»Ach, das ist auch alles so lange her ...«

Es dauerte ein paar Stufen, bevor sie, mit stöhnender Stimme, weitersprach.

»Meine Jungs, die haben mir übel mitgespielt. Sie haben mich entführt. In einem kleinen, kahlen Zimmer mußte ich hocken. Wie in Untersuchungshaft... Sie wollten mich bestimmt in ein Altweiberhaus schaffen. In ein kahles Zimmer... ohne meine Möbel... ohne meine Sachen... Da bin ich stiften gegangen. Heute morgen bin ich in den Bus gestiegen. Bestimmt in den falschen. Ich bin nicht, wo ich hinwollte... Eigentlich wohne ich in Amsterdam. In der van Ostadestraat...«

»Das hier *ist* die van Ostadestraat.«

»Ja, aber nicht in Amsterdam. Das hier ist Helmond. Hier bin ich geboren. Ich wohne in einer anderen van Ostadestraat, in Amsterdam. Hier habe ich früher gewohnt. Auch in Nummer 209... so ein Zufall!«

Sie hielt den Mund, bis sie die oberste Stufe der zweiten Treppe erreicht hatte und leise keuchend genau vor mir stand. Mevrouw de Hoogh-Stey ging schwankend ein paar Schritte über das Podest und schaute an der Treppe zu ihrer Wohnung nach oben.

»Hoffentlich bleiben sie nicht zu lange weg. Ich habe keinen Schlüssel.«

»Dann probieren Sie's doch mal mit Ihrem eigenen Schlüssel... Vielleicht paßt er.«

»Meinen Sie? Aber das ist doch nicht möglich...! Dann könnte ja jeder...«

»Probieren kann man's ja.«

Ich ging ihr voran ins Unbekannte. Oben gab sie mir, scheu um sich blickend, ihren Schlüssel, den ich ins Schloß steckte. Ich öffnete die Tür.

»Bitte sehr.«

»Das ist aber komisch... Taugen diese Sicherheitsschlösser denn gar nichts mehr? Kein Wunder, daß die Kriminalität immer mehr um sich greift...«

Ich ließ sie allein. Der Kessel war leer gekocht, stank aber noch nicht. Er zischte heftig, als ich frisches kaltes Wasser hineingoß. Ich stellte den vollen Kessel aufs Feuer und drehte das Gas hoch. Es klopfte. Mevrouw de Hoogh-Stey war keine zwei Minuten oben gewesen. Sie sah aufgeregt aus: funkelnde Augen in einem glühenden Gesicht, die Wangen blaurot marmoriert.

»Kommen Sie mal mit«, sagte sie gehetzt.

Schneller, als ich bei ihr gewöhnt war, ging sie die Treppe zu ihrer Wohnung hinauf und winkte mich ungeduldig hinter sich her.

»Sehen Sie?« krächzte sie, als wir kurz darauf in ihrem Wohnzimmer standen. »Sehen Sie, was ich meine?«

Ich sah dasselbe Interieur wie an ihrem Geburtstag vor einigen Monaten. Die Flasche Zwarte-Kip-Eierlikör stand noch unangerührt im Büfett.

»Mevrouw, ich verstehe nicht...«

»Meine Möbel! Meine Sachen! Alles, wo's hingehört...! Man hat sie hierhergebracht. Das müssen meine Jungs gemacht haben. Aber warum denn hinter dem Rücken ihrer Mutter? Ich erkenne keinen Unterschied zu meinem früheren Wohnzimmer. Alles ordentlich an seinem Platz. Sogar die Bilder hängen genau da, wo sie früher gehangen haben. Keinen Millimeter verrückt. Wie haben sie das bloß gemacht? Fotografisch oder so...? Ja, man hört ja so einiges über moderne Technik und alle diese Dinge...«

Mevrouw de Hoogh-Stey blieb eine Weile, die Hand am Kinn, stehen. Kinn und Unterlippe von sehr alten Menschen scheinen immer ein durch Scharniere verbundenes, herausnehmbares Segment darzustellen, genau wie bei Marionetten, die Sprechbewegungen machen können.

»Na ja, es ist zwar nicht mein Haus, aber wo meine Möbel hier stehen, soll's mir recht sein. Schauen Sie mal...« Sie ging zu ihrer Balkontür. »Sogar die Aussicht ist fast die gleiche wie in der anderen van Ostadestraat.«

Wir bewunderten die Aussicht auf das Kiesdach des Schuppens unter uns, der sich bis zur Rückseite der Häuser am Sarphatipark hinzog. Wie oft hatte Mevrouw de Hoogh-Stey nicht schon, wie jetzt, die Bewegungen der dreifarbigen Katze verfolgt, für die man an der Rückwand eines Hauses eine komplette zickzackförmige Treppe angelegt hatte? Das

Tier, als wäre es sich seines Privilegs bewußt (eine flehentliche holzgeschnitzte Bitte: Komm doch bitte wieder nach Hause), *schritt* immer, am liebsten mit erhobenem Schwanz, aus dem Garten zurück in den dritten Stock. Für Mevrouw de Hoogh-Stey war das neu.

»Ich glaube ...«, sagte sie nachdenklich, »ich glaube ... ich bleibe hier. Eine gute Idee.«

Ich ließ sie allein. Ja, das müssen doch intime Momente bleiben, wenn jemand Bekanntschaft mit einer neuen Wohnung schließt. Bereits auf der Treppe roch ich es: trockenkochender Kessel kurz vor dem Schmelzen. Der Aluminiummantel war schon völlig braun. Ich drehte das Gas aus. Als der von der Hitze verformte Kunststoffgriff so weit abgekühlt war, daß er sich mit Hilfe eines nassen Spüllappens anfassen ließ, hörte ich im Inneren des Kessels etwas rappeln. Ich schüttelte es durch die Öffnung ins Waschbecken. Kesselsteinbrocken. Immer mehr kamen heraus, vielleicht jetzt noch um so reichlicher, da ich mit einem Holzlöffel auf den Boden hämmerte. Ich dachte an die Tasse Tee, auf die ich mich so gefreut hatte, und spürte den Kesselstein schon zwischen meinen Zähnen knirschen. Wieder klopfte es. Ich öffnete die Klappe des Müllbehälters und ließ den Kessel auf die Salatreste fallen. Der Müllsack schmolz.

»Wo ich mich nun entschlossen habe, hier zu bleiben«, sagte Mevrouw de Hoogh-Stey munter, »will ich mich doch *meepersants* mal kurz vorstellen. Ich bin Mevrouw de Hoogh. Geborene Stey. Mijnheer de Hoogh ist verstorben. Aber bitte ... bloß kein Mitleid, hören Sie! Es war ein Hurratoter ...!«

Zu sagen, daß die Hand, die ich drückte, nicht mehr Volumen hatte als der dünne Stiel des Kochlöffels, den ich noch in der Linken hielt, wäre übertrieben, aber mehr als drei von diesen Stielen hielt ich nicht in der Hand, und gewichtlos waren sie außerdem.

»Boezaardt«, sagte ich, wie vor einem halben Jahr. »Felix Boezaardt.«

Dieses »meepersants« kannte ich noch von meiner Oma –

en passant, ein brabantisiertes Überbleibsel aus der französischen Zeit, genauso wie »avveseren« (sich beeilen) und eine weitere Handvoll Wörter, die die Franzosen hier damals ausgestreut haben.

»Haben Sie eigentlich einen Fernseher?« fragte sie, wie damals.

»Nein«, sagte ich, obwohl Albert inzwischen einen alten Schwarzweißkasten bei sich stehen hatte.

»Dann kommen Sie doch mal zu mir, gemütlich gucken... Ich hab einen mit Farbe. Ach, Jessesmaria, hoffentlich haben sie nicht vergessen, den anzuschließen...!«

»Daran haben sie bestimmt auch gedacht.«

Die nahm mich ja schon ganz schön in Beschlag, Mevrouw de Hoogh-Stey. Zum Schluß gab sie mir zwei Milkariegel, die sie die ganze Zeit in ihrer linken Hand umklammert hatte, allerdings ohne daß sie auch nur ein bißchen weich geworden wären.

»Hier, zum Tee. Zur Begrüßung... und weil Sie so ein nettes Gesicht haben.«

Am Fuße ihrer neuen Treppe, auf der sie ihren alten, vertrauten Läufer samt glänzend geputzten Stangen ausgelegt hatten, drehte sie sich noch einmal um.

»Gut, es ist nicht mein Haus«, sagte sie achselzuckend, »aber ich fühle mich hier wie zu Hause.«

Ich hatte an diesem Tag in Haarlem ein für allemal meine Kunsttheorie zu Papier gebracht und *spürte* die Entschlossenheit auf meinem Gesicht. Etwas, das in der Nähe der Nasenflügel zog... im Hals spannte... »Wenn die Uhr schlägt, behält dein Gesicht diesen Ausdruck«, sagte meine Oma früher, wenn ich Fratzen schnitt. Wenn ich mir vorstellte, daß ich für immer mit hochgezogener Nase herumlaufen müßte... oder mit blutroten Halbmonden unter den Augen... Ich hörte immer sofort damit auf, und wenn es zwölf nach vier war. Ein Uhrwerk konnte auch mal durcheinander sein und mir nichts, dir nichts plötzlich schlagen. Zwanzig Jahre später hat die Uhr mich doch noch ausgetrickst, und zwar in Gestalt einer Kuhglocke, betätigt von der alten Mevrouw de Hoogh-

Stey. Auch wenn das Bimmeln durch Zutun des fixen Freek kaum eine Chance bekam – ich spüre doch, daß die fanatische Grimasse dieses Tages auf meiner Fratze kleben geblieben ist, beziehungsweise auf meinem *Fretzken*, meinem »Frätzchen«, wie Oma es nannte. Ich merke es auch an Thjums und Alberts Reaktionen.

»Flix hat das Licht erblickt.«

»Ja, Flix ist Lux begegnet. Wenn das man gut endet.«

Ohne Fußnote

Donnerstag, 15. September 1977
(Freek Egberts)

Nächste Woche häng ich meine Gitarre an den Nagel oder, wie manche sagen, an die Weide. Vielleicht sollte man das ruhig mal wörtlich nehmen, einfach eine schöne Weide im Vondelpark aussuchen, eine Kopfweide am Wassergraben neben der Grünfläche, oder eine Trauerweide an einem der Teiche, und daran meine Baßgitarre hängen, aus dem Park gehen, am Leidseplein ein Taxi nehmen, das Gepäck abholen, mich nach Schiphol bringen lassen und dort in den Flieger zum ersten Etappenziel steigen: Südjemen. Verrückt, aber von dem Land hab ich mir bisher keine andere Vorstellung machen können als die einer kahlen, wüstenartigen Ebene mit einer hohlen Weide mittendrin, an deren toten Zweigen eine Kalaschnikow hängt, die ich nur runterzunehmen brauche, um... wolln wir mal sagen: um selig zu werden.

Gleich geht's los, selbst meine untröstliche Oma auf der anderen Seite weiß Bescheid. Sie greift nach Alberts Arm, allerdings fast gemütlich, nicht wie jemand, der Halt sucht, weil die Welt unter ihm weggleitet. Ihr Gazehandschuh hebt sich vom Ärmel seines schwarzen Jacketts ab wie bei einer Braut. Sie kneift ihn ein paarmal in den Oberarm, als wolle sie sagen: »Ich darf das, nicht wahr – bin doch schließlich deine Oma.« Oder: »Wir beide wissen Bescheid, nicht?«

Die Seile werden straffgezogen, die Querbalken weggenommen. O Gott, Mama sagt jetzt gleich was, nein, ruft was, schreit was... etwas Schreckliches, etwas Versengendes, wie es nur den sehr Bescheidenen einmal im Leben vergönnt ist. Schon ist sie einen Schritt vorgetreten. Sie sähe wütend aus, wäre sie nicht gleichzeitig so rotverheult, mit einem possierlichen Tropfen an der Nase. Der Sarg senkt sich an ächzenden Seilen in die Grube. Jetzt kommt es.

»Wieder einer, der nichts von seinem Leben gehabt hat...!«

Hinter meinem Rücken zählen meine Finger die Wörter. *Wieder. Einer. Der. Nichts. Von. Seinem. Leben. Gehabt. Hat.* Exakt neun hat sie für ihre Anklage benötigt, dann ist ihr Magazin leer, und sie läßt sich von Mariëtte aus dem Sandhaufen ziehen. Eine Anklage, bestehend aus neun Wörtern, die Finger reichen dafür aus, aber, mein Gott... was für eine Anklage! Allesdurchdringend und total. Davon kann ich mir 'ne Scheibe abschneiden... Im Vergleich zu ihrem Engagement ist das meine Herumgekrebse neben der Linie. Eine bessere Verteilung von Knete und Macht – nicht im Guten, sondern im Bösen, mit der Kalaschnikow als Zeigestock. Das Programm von Solid Air befaßt sich nicht mit existentiellen Fragen, es ist Freibeuterei mit solider Luft, die von Reich zu Arm fließen soll. Na ja, immer noch weniger unverbindlich als ein bequemes Politologiestudium in Amsterdam und abends in einer Band spielen – denn du kannst zwar deinen elektrischen Baß röhren, heulen und donnern lassen wie ein Maschinengewehr, doch was bringt es dir, wenn es letztlich nur der Begleitung irgendeines dämlichen Lovesongs im Kinderreimstil dient?

Wenn die Seile in den Händen der Totengräber schlaff durchhängen, bist du endgültig abgeschrieben. Albert trommelt mit den Fingern seiner freien Hand auf dem Gazehandschuh von Oma herum, die sich trotz ihres zitternden Kinns noch tapferer hält als Mama. Albert weiß von nichts – der glaubt wohl, ich laß mich bis zum Ende meines Studiums von ihm klein halten, in diesem Gaskabuff van Ostadestraat 209, zweiter Stock. Nächste Woche, Mittwoch nacht, geb ich mein letztes Konzert, und am Tag darauf flieg ich nach Aden, den möcht ich sehen, der das Ticket findet. Wenn ich gute Laune hab, häng ich morgens früh noch meine Rickenbacker an eine Weide im Vondelpark, mitsamt dem Koffer – also eigentlich auch eine Art Beerdigung. Wie ging diese Strophe gleich noch mal aus dem Lied »Für die Überlebenden« von Boudewijn de Groot? Was hab ich die früher durchs Haus geplärrt, als ich endlich eine akustische Gitarre zum Geburtstag bekommen hatte. Sogar meiner Mutter kam die Heftigkeit verdächtig vor.

Und jetzt bin ich groß
und wichtig und Student,
großer Bruder, bist jetzt tot,
hab dich nie als Freund gekannt,
bist ein schwerer Mann,
bist ein großer fremder Vater,
ein Herr, der's wissen kann,
aber für mich nur ein Verräter.

Ja, da steh ich nun, eine feuchte gelbbraune Kugel in der Hand. Mit Erde hat die Substanz nichts gemein. Es ist Sand. Wir betten Opa zur letzten Ruhe, und als erstes werfen wir ihm eine Handvoll Sand nach, wie ihn auch Pflasterer als Unterbau für Gehwegplatten benutzen. Service des Bestattungsunternehmers, der uns nicht gern mit Händen, schwarz von Erde, und mit Trauerrändern unter den Nägeln die Beileidsbekundungen entgegennehmen sieht? Oder steckt etwa Ein Gedanke oder Eine Idee dahinter? So tief wollen wir dich nicht unter der Erde haben, Alter … für uns bleibst du dicht unter dem Kopfsteinpflaster, in den Regionen des gelben Sands, so daß wir nur einen Stein hochzuheben brauchen, um dir ganz nahe zu sein … unsere Finger nur in den weichen Boden zu stecken brauchen, um dir die Hand zu geben …

Ruhe sanft, lieber Opa, ruhe so sanft wie möglich, aber diese eine kleine Sache nehme ich dir doch ein bißchen krumm. Früher hast du mir *Die Windrose* und *Das Große Ferienbuch* geschenkt, mit lauter Spielen und Rätseln drin. Die Lösungen standen hinten drin oder auf dem Kopf am Seitenende, so daß ich immer kontrollieren konnte, ob ich richtig gerechnet oder getippt hatte, und auch Mogeln nicht ausgeschlossen war. Also, wir haben dich zwar auf den Kopf gedreht da unten, aber das bedeutet noch nicht, daß ich jetzt die Auflösung deines hinterhältigen Rätsels an dir ablesen könnte. Ich weiß nicht, ob dir das in deinen letzten Stunden bewußt geworden ist, Opa, aber du liegst da ohne Fußnote. So schlecht beschuht, wirst du die Kälte noch schneller hochkriechen fühlen. Jahrelang war ich Zeuge, wie mein Bruder es büßen mußte, jedesmal wenn du vom WC kamst.

»Albert ...«

»Ja, Opa?«

»Du gehst doch zur Schule, nich ... du weißt doch 'ne Menge ...«

»Ja, Opa?«

»Dann paß mal gut auf. Wenn ich sage ›ich piß Farbe und Feuer‹, was mein ich damit? Denk mal gut nach ...« Und dann hast du deine Nase wieder in die Zeitung gesteckt, die manchmal nachdrücklich beiseite gelegt wurde, damit die Wiederholung deiner Frage in diesem einen Wort vorbei konnte: »Na?« Manchmal noch mit dem Zusatz: »Ich dachte, du *weißt* so viel?«

Albert blieb dir all die Jahre die Antwort schuldig – eine Schuld, die ich später von ihm übernahm.

»Freek ...«

»Ja, Opa?«

»Du bist der Beste in deiner Klasse, höre ich ... du weißt also 'ne ganze Menge ...«

»Geht so, Opa.«

»Paß auf. Was meine ich damit, wenn ich sage ›ich piß Farbe und Feuer‹ ...? Ich bin gespannt ...«

Wir sind immer noch keinen Schritt weiter, aber ich will jetzt reinen Tisch machen, Alter. *Ich piß Farbe und Feuer.* Das Mindeste, was man dazu sagen kann, auch ungeachtet der Bedeutung, ist, daß es heldenhaft klingt, jedenfalls für so einen Desperado wie mich. Nächste Woche fahre ich in ein geheimes Ausbildungslager für Kommandogruppen im Südjemen, schließlich müssen wir uns früher oder später der Praxis des Lebens stellen, nicht wahr, bevor die Praxis des Todes uns einholt. Dein Rätsel werde ich als Wappenspruch führen. Hört sich gut an, möglicherweise hilft es mir in kritischen Situationen, wenn's drauf ankommt. Es mag merkwürdig sein, ein Gut, das noch mit einer Schuld belastet ist, als Erbe anzunehmen, aber immer noch besser als deine nikotinverkrusteten Pfeifen, die nur deinen abgestandenen Atem festgehalten haben. Leb wohl, Opa, ich werde in der Wüste Farbe und Feuer pissen, in deinem Namen, alter Haudegen.

Und, ach ja, das hätte ich jetzt beinah vergessen … hier ist ein bißchen reiner Sand … dann kannst du schön nah bei uns bleiben …

Zwei Staubtücher

Montag, 19. September 1977
(Flix Boezaardt)

»Jetzt will ich doch mal schauen«, erzählte mir Mevrouw de Hoogh-Stey am nächsten Morgen, »ob ich nicht doch mein eigenes Haus finden kann. Bin gespannt.«

Es klang munter. Sie polterte die Treppe hinunter und blieb den ganzen Tag fort. Ich weiß das so genau, weil ich nicht in die Ateliers 63 nach Haarlem gefahren bin. Mein Chemiegenie kam vorbei, und wir haben den größten Teil des Tages an der Verbesserung der Gipsbinden gearbeitet. Sie waren mir noch nicht elastisch genug ... Die geschmeidigeren Binden, Resultat seiner Hexerei im Labor, habe ich an seinem Arm ausprobiert, aber keiner von uns hatte daran gedacht, den erst zu rasieren, so daß die Härchen beim Abnehmen auf äußerst schmerzhafte Weise mitgerissen wurden. Für den nächsten Versuch habe ich seinen Arm eingeseift und bin dann mit dem Messer drübergegangen, aber das war auch nix, denn es konnte ja kleine Wunden geben ... und wie würde sich das wohl anfühlen, Alaun auf dem Arm?

»Du Waschlappen, denk doch mal an all die Mädchen, die sehr viel edlere Teile mit der Gillette bearbeiten müssen ... alles um den Anforderungen der Pornoindustrie gerecht zu werden ... Ich hab sie nie über Alaun klagen hören.«

Am späten Nachmittag war ich das Gemaule – »Ich bin doch nicht dein Modell!« – so leid, daß ich diesen Scheißstudent ... also, beinahe hätte ich den Gips für eine Totenmaske benutzen können. Vielleicht gar nicht schlecht, das letzte Konterfei des Genies an der Wand des Universitätslabors, des Genies, das, noch nicht einmal fertigstudiert, so viel für eine größere Geschmeidigkeit von Gipsbinden getan hatte. Die Medizin durfte ihm dankbar sein ... Und was die Bildhauerkunst betrifft ... noch ein bißchen mehr Kautschuk in das Rohmaterial, und für die Kunst im allgemeinen und die

Bildhauerei im besonderen galt: Einpacken, und dann nichts wie fort...!

Als dieser Chemiestudent längst zu seinem Jugendschuppen an der Raamgracht verduftet war, für einen »verdammt angenehmen Pott Bier«, wurde lange und unbekümmert – Freek frühstückte gerade beim Chinesen – an der Kuhglocke gezogen. Während Mevrouw de Hoogh-Stey auf ihre übliche Weise die Treppe hinaufstieg, berichtete sie von der Suche nach ihrem früheren Haus.

»Ich habe gute fünfzig Jahre in der Pijp gewohnt... immer zu meiner Zufriedenheit... und dann noch ein Hurratoter... aber ich hab nicht gewußt, daß die Straßen hier so lang sein können. Die nehmen einfach kein Ende. Ich hab etwas entdeckt. Die sind so lang, diese Straßen, daß die Nummern plötzlich aufhören und wieder von vorn beginnen...! Was sagen Sie dazu, Herr Nachbar? Deshalb gibt es, aber das haben Sie bestimmt nicht gewußt, noch eine Nummer 209 in der van Ostadestraat. Da habe ich früher gewohnt. Das Haus steht jetzt leer. Sie haben meine Sachen hierhergebracht... warum, weiß ich nicht... Ich mache mir keine Gedanken mehr darüber, aber komisch ist es schon, wenn man genauer darüber nachdenkt. Zum Beispiel diese beiden Staubtücher... Ich hatte hier heute morgen zwei Staubtücher ausgewaschen und an die Leine gehängt... auf dem Balkon... Heute nachmittag hingen sie plötzlich in der *anderen* van Ostadestraat Nummer 209. Jetzt sagen Sie mir doch mal, wie ist das möglich.«

Sie blieb keuchend, mit weit aufgerissenen Augen vor mir stehen und wankte dann über das Podest zur dritten Treppe.

»Zwei Staubtücher«, wiederholte sie. »Auch noch neue. So gut wie neue.«

Ich sah mir ihren kleinen, verschrumpelten Kopf gründlich an. Ein Hauch von Logik flackerte da noch, der manchmal tief innen in der Asche etwas aufglühen ließ, so daß mit einem leisen Puff etwas fast Vernünftiges herauskam. Und ganz ab und zu, wenn man genau hinhörte, vernahm man die kleine Explosion, wenn ein dahinkümmerndes Feuer in dem halb aufgezehrten Holzblock noch auf einen Harztropfen oder eine Luftblase stößt, und dann sah man die Funkenfontäne in ihren Augen, bevor sie wieder von Schlacken und Asche verschluckt wurde.

Ich hatte keinen Grund, an der tieferen Wahrheit ihres Gefasels zu zweifeln. Durch die blaue Tür war sie in ihre Wahnwelt eingetreten und hatte mich angetroffen, eine zufällige Witzfigur in ihrem Haus der Schimären. Mevrouw de Hoogh-Stey hatte sich mich ausgedacht, ohne sich groß Gedanken darum zu machen. Ich hätte jedermanns Phantasieprodukt sein können, warum dann nicht das ihre? Sie erzählte mir, daß ich in einem ganz anderen Haus wohnte, als ich immer geglaubt hatte … in einer ganz anderen Welt, realistischer als die Wirklichkeit … genau was ich brauchte … Aus dem unheilverkündenden Geläute der Alarmglocke hörte ich, ganz kurz, heraus, daß alles sich zu verändern begann. Eine Totenglocke war es auch, die da bimmelte. Sie wurde abgewürgt von dem, den sie aus der tiefen Betäubung durch das städtische Gas geweckt hatte. Dem Klöppel allerdings war es noch gelungen, mit einem dumpfen Röcheln mein Gesicht einzufrieren. Von nun an war es ernst. Keine künstlerische Verbrämung mehr. Die Darstellung des Todes in höchsteigener Person. Treten Sie doch näher, mein Herr, dann lege ich Ihnen ein Tuch um. Rasieren und Haareschneiden? Scheitel links? Zu Ihren Diensten …

Seitdem begegne ich Mevrouw de Hoogh-Stey, vor sich hin murmelnd und frohe Verwunderung im Gesicht, immer häufiger in der van Ostadestraat. Manchmal sehe ich sie die Straße überqueren. Drüben angekommen, studiert sie die Hausnummern, dreht sich ein paarmal um sich selbst und weiß dann, ohne sich dessen bewußt zu sein, nicht mehr, in welche Richtung sie gehen wollte. In dem Wahn, immer derselben Route zu folgen, schlurft sie wieder und wieder, ohne es zu merken und unvermindert frohgemut, an ihrem Haus vorbei. Ich bin der letzte, der darüber spotten würde. Ich laufe selbst noch regelmäßig an der blauen Tür vorbei. An der

Unauffälligkeit der Farbe kann es nicht liegen, denn es ist ein Blau, das einem im Vorbeigehen einen vor den Latz knallt, nein, es ist schlichtweg so, daß ich mich zu sehr an das Grau gewöhnt hatte, das besser zum Rest paßte.

Am späten Nachmittag betätigt sie bei uns die Glocke, Mevrouw de Hoogh-Stey – und rettet damit Freekje Egberts unbeabsichtigt vor einem langsamen Tod durch Selbstvergasung auf Raten. Nicht, daß an dem Menschen F. E. viel verlorengegangen wäre ... Ich habe ihn noch nie leiden können, früher in der Textielstraat schon nicht und jetzt, mit seinen ungesunden *urban-guerrilla*-Ideen, noch weniger ... Aber einen guten Bassisten, ja, den hätte es weniger gegeben, wenn die alte Dame nicht regelmäßig geläutet hätte, das muß man, wenn man ehrlich sein will, schon sagen ... ein empfindlicher Verlust für die ohnehin darniederliegende niederländische Popmusik ... Obgleich ich im selben Atemzug sagen muß, daß ich ihn lieber heute als morgen verduften sähe, mit seinen ewigen Baßläufen um acht Uhr abends, genau wenn ich endlich Zeit habe zum Zeitunglesen. Sein Übungsverstärker bringt wattmäßig so wenig und wird auch noch dermaßen aufgedreht, daß jeder etwas tiefere Ton klingt, als würde jemand Pommes auf einer bis zum Zerreißen gespannten *snaredrum* schneiden, Himmelherrgottnochmal. Kann dieses viersaitige Genie mit seiner Hansaplastsucht nicht irgendwo ein leerstehendes Souterrain besetzen, anstatt hier meine Nieren mit dröhnenden Akkorden, die über die Stuhlbeine hochkriechen, zum Wandern zu bringen?

Die van Ostadestraat ist für Mevrouw de Hoogh-Stey in der letzten Woche langsam, aber sicher zu einem geschlossenen Kreis geworden. Exakt dem großen Kreis, dessen einer Teil die Straße mit ihrer leicht gebogenen Form ist und dessen Mittelpunkt irgendwo hoch über Amsterdam liegt. Sie braucht nur aus der Tür zu treten und immer geradeaus zu gehen, um einen halben Tag später wieder an exakt derselben Stelle anzulangen. Oder, besser gesagt ... an derselben Stelle, allerdings so, daß sie mit jedem vollendeten Kreis eine Stufe höher kommt. So beschreibt sie bei ihren täglichen atemlosen

Suchgängen keine zweimal denselben Kreis. Jeder nachfolgende liegt über dem vorigen und ist dennoch mit ihm verbunden. Unter Mevrouw de Hoogh-Steys zarten, müden Füßen entsteht, fast unhörbar summend, Ring um Ring die Spirale, entlang der sie der Pijp entsteigt... bis zu einem Punkt, an dem alle Extreme aufeinandertreffen... Gegenwart, Vergangenheit... 209 dritter Stock Amsterdam, 209 dritter Stock Helmond... das Mädchen, der Tod...

Bei jedem Zwischenstopp tritt sie erschöpft, befriedigt von dieser Wendeltreppe ohne Stufen durch eine strahlend blaue Tür, die während ihres bisherigen Erdendaseins nie anders als grau gewesen ist.

Nachts, wenn ich wieder mal durch das laute Gepolter eines Schuhs aus dem Schlaf geschreckt bin, den Albert ins Dunkel geschleudert hat, um die Mäuse zu verjagen, höre ich Mevrouw de Hoogh-Stey oft laut redend das Mobiliar hin und her schieben.

»Albert, ich bitte dich, hör mit dieser Rumschmeißerei auf. Das hilft doch nicht die Bohne. Leg dir lieber 'ne Katze zu... die hat keine Absätze.«

»Was geht da oben eigentlich vor sich? Hört sich verdammt noch mal an, als würde sie die Bude auf den Kopf stellen...«

»Sie sucht einen Ring... einen Ehering...«

»Den von ihrem Hurratoten? Den hat sie doch, wie es sich für eine anständige Witwe gehört, neben ihren eigenen Ring geschoben, oder nicht?«

»Nein, den Ehering ihrer großen Liebe... eines verheirateten Mannes...«

»Auch ein Hurratoter?«

»Kein Hurratoter.«

Schneenacht im September

Sux Cox, die Karbolmaus

Mittwoch, 21. September 1977
(Albert Egberts)

Verschiedene Leute traten kurz nacheinander durch diese himmelblaue Tür, nicht nur das verirrte Mevrouwtje de Hoogh-Stey. Gleich hinter der Tür, auf dem Holzfußboden am Fuße der Treppe, lag noch immer der mit Regenwasser vermischte fahlgraue Morast aus Reklame und Anzeigenblättern, der von all den ein und aus gehenden Füßen immer wieder von neuem zu einer Einheitspampe durchgemanscht wurde. Albert bildete sich ein, an den zumeist frischen Fußabdrücken ablesen zu können, wer als letzter nach oben gegangen war. Dreimal das neue *Echo* oder dreimal die jüngste Ausgabe des *Amsterdams Stadsblad*? Kein Problem: Sie weichten langsam auf, so daß sie schon vom ersten Schuhpaar, das über sie hinwegmarschierte, mehr oder weniger zu Papiermus zertreten werden konnten. Manchmal hinterließen die Logos der Blätter eine Spur Grün (*Echo*) oder Rot (*Stadsblad*) in der Pampe, ohne daß noch ein Buchstabe zu erkennen gewesen wäre.

Nicht lange nachdem zwei Herren von der Bank die blaue Tür dezent, mit lediglich einem leisen Quietschen und einem kurzen Klick hinter sich zugezogen hatten, stand Sux Cox vor ihr. Es war der Abend des einundzwanzigsten September. Ein Mittwochabend, einer von jenen, die nicht vergessen werden wollen.

Um den Sommer auszuläuten, und dazu noch den schönsten in Alberts Leben, zog Schwester Cox an dem Seil seiner Kuhglocke. Im Haus ertönte ein Geläute... buchstäblich herzzerreißend: Alberts armes Herz, nach all den Monaten endlich ein wenig zur Ruhe gekommen, stand für sein Gefühl sekundenlang still und beeilte sich dann stolpernd, die versäumten Schläge nachzuholen. Tatsächlich sollte es noch jahrelang weiter hinter sich her rennen. Möglicherweise legte

Sux' Glocke Alberts Herzschlag für den Rest seines Lebens fest...

Albert war zu verdattert, um sofort zu öffnen. Benommen blieb er an seinem Schreibtisch sitzen.

Tags zuvor hatte er die letzten Umfrageformulare ausgefüllt. Noch etwas über drei Wochen, und die U-Bahn würde offiziell den Betrieb aufnehmen. Den Mittwoch hatte Albert darauf verwandt, sein Honorar einzufordern und die dringlichsten Schulden zu begleichen. Auf die etwas weniger drängenden hatte er eine Anzahlung geleistet. Der Rest konnte warten. Er hatte sogar noch gute hundert Gulden übrigbehalten... Hundert Gulden »und ein paar Zerquetschte«. Jedenfalls war ein Hundertguldenschein dabei. Ein makelloser Hunderter, ein funkelnagelneuer Schein, druckfrisch, noch ohne Knick. Als die Glocke ging, fächelte sich Albert gerade mit diesem letzten, diesem allerletzten Schein, den er vor den Klauen seiner Gläubiger gerettet hatte, etwas Kühle zu. In Gedanken... zerstreut... denn ob es an diesem Tag besonders warm gewesen war, ließ sich bezweifeln: Der Herbst stand vor der Tür. Wahrscheinlich brauchte er gar keine Kühle, und dieses Gewedel geschah unwillkürlich. Und sollte es an jenem Mittwoch heiß oder schwül gewesen sein, dann verjagte Albert mit seinem improvisierten Fächer vollkommen zu Unrecht die letzten kostbaren Reste sommerlicher Wärme, genauso wie es Menschen gibt, die sich beim ersten Vorfrühlingssonnenstrahl sofort eine dunkle Brille aufsetzen. Der näherrückende Herbst sollte ihn lehren, daß er nicht irgendeinem Sommer, sondern *seinem* Sommer nachwinkte – eine Bewegung, die durch Suus' grobes Geläute abrupt abgebrochen oder, besser gesagt: abgerundet... vollendet wurde... und zwar gründlich. Es führte kein Weg mehr zurück.

Indem sie noch einmal läutete, läutete sie den Herbst ein, Sux Cox.

In dem kleinen Nebenzimmer, in dem die Glocke hing, hörte Albert seinen Bruder wettern. Die rauhen Flüche ertönten gleichzeitig mit dem zweiten Klingeln, das das Geschimpfe sozusagen instrumental unterstützte. In Freeks Band gab es ebenfalls eine Kuhglocke, aber die klang doch anders, eher wie ein hohler Amboß, auch weniger diffus...

»Himmel... Himmelherrgott... Himmelherrgottnochmal – her mit dem Ding!... Her damit, sag ich! Das ist doch die Höhe...!«

Als zum drittenmal an dem mit Plastik umhüllten Seil gezogen wurde (»Mensch, ich bin doch nicht taub, du Blödhammel!«), war deutlich zu hören, daß Freek die Glocke mit der ganzen Hand packte und festhielt: Der Klang wurde dumpf. Albert schloß die Augen und sah ihn für einen Moment als Kind auf einem sich aufbäumenden Karussellpferd sitzen. Immer wieder stand der kleine Kerl in den Steigbügeln auf, um nach der Quaste zu greifen, die, an einem Lederball festgemacht, über ihm tanzte und dann wieder von ihm wegschwang zu anderen emporgereckten Armen. Wem es gelang, die Troddel loszureißen, bekam eine Gratisfahrt.

Immer wieder griff seine Hand ins Leere.

Albert sah, wie der kleine Freek auf seiner letzten Runde an ihm vorbeikam... sah, wie er sich von ihm wegdrehte... Das Pferd aus unbemaltem Holz tauchte ohne seinen Bereiter wieder auf. Brüderchen hatte die Troddel erwischt, aber offenbar zu hoch gegriffen und war dabei aus dem Sattel gerutscht. Der eine Fuß hing noch im Steigbügel, und er hatte sich ordentlich weh getan. Auf einem ungefährlichen niedrigen Scooter absolvierte er seine Gratisfahrt – heulend.

An dem kraftlosen Rappeln des Klöppels erkannte Albert, daß die Glocke noch Widerstand leistete: eine gefangene Ratte, die ihren Schwanz bewegt. Das Geräusch hatte zur Folge, daß das Bild vom Karussell dem von August Schwantje als Chefschlachter des Geldroper Schlachthauses weichen mußte. Es war wohl die Müdigkeit, die ihm solche Vorstellungen aufzwang... Albert sah, wie Thjums Vater eine Kuh an ihrer Halsglocke zur Schlachtbank führte. *Klock! Klock! Klock!* tönte der Klöppel dumpf. Beim Ausholen mit dem langen Fleischermesser vollführte August den frivolen Hüftschwung eines Matadors, der im Begriff ist, den Gnadenstoß zu versetzen. Er steckte das Messer wie ein Stierkämpferschwert ins Genick der Kuh und trieb es hinter dem Schulterblatt in ihr Herz...

Reglos, verzaubert war Albert an seinem Schreibtisch sitzen geblieben, die Banknote steif in der erhobenen Hand. Er sollte nicht mal dazu kommen, sie zu falten... Vielleicht *wollte* er sie ja gerade falten, als die Kuhglocke seine Bewegungen gefrieren ließ. Nie mehr zu ergründen.

Im Treppenhaus polterte es. Freek kam im Pyjama herein. Der lange Schlaf hatte sein Haar zu einer Art zerknautschter Narrenkappe hochgedrückt. Ob es nun von der ungesunden Luft in seinem kleinen Zimmer kam, dem in heimtückischen kleinen Mengen entweichenden Gas... sein Gesicht wirkte tief zerfurcht. Obgleich er sechs Jahre jünger als Albert war, hätte er in diesem Moment ohne weiteres – na ja, vielleicht nicht für ihren Vater, aber immerhin für ihren jüngsten Onkel durchgehen können. Allein schon seine verlotterte Erscheinung hätte Albert sagen können, wie sehr alles... der Sommer, die glückselige Zeit mit Zwanet... wie sehr das alles dabei war, sich zu verändern. Wenn er nur ein Auge dafür gehabt hätte... Jetzt fühlte er nichts anderes als Spott in sich aufsteigen. Freek hielt die Kuhglocke in der Hand, die er während seines Ringens mit dem Läuter draußen offenbar von der Decke gerissen hatte; die alte Gardinenschnur hing noch dran. Es war nicht schwer, sich vorzustellen, wie die Person vor der Tür nun verdattert mit einem heruntergerauschten Stück Wäscheleine dastand.

»Freekje hat sich eine Gratisfahrt verdient«, sagte Albert. »Nächste Runde: Pferd oder Scooter?«

Es gab einen eindeutigen Gesichtsausdruck, um anzuzeigen, daß jemand zu weit ging und jetzt *sehr* vorsichtig sein mußte: das eine Auge halb zugekniffen, die Lippen hochgezogen, Luft zischend durch die aufeinandergebissenen Zähne gesogen... Für einen kurzen Moment zeigte Freeks Gesicht alle diese Merkmale, allerdings lahm, ohne rechten Schwung, und folglich stellte er den Versuch ein, wie kurz vor dem Explodieren auszusehen. Er wog die Glocke, in der der Klöppel gedämpft kollerte, auf der flachen Hand, räusperte sich und sagte ruhig und heiser: »Ich glaube, es läutet.«

An seinem gequälten Gesicht, auf dem noch die Spuren seiner inbrünstigen Verwünschungen zu erkennen waren, war abzulesen, wieviel Anstrengung es ihn kostete, diese simple Mitteilung in einigermaßen neutralem Ton zu machen. »Ich glaube, es läutet.« Himmelherrgottnochmal.

»Meinst du?«

»Mensch, stell dich nicht so dämlich an. Schau selbst, du Idiot.«

Freek ließ die Kuhglocke auf Alberts Zehen fallen – *klock!* (schwach) – und latschte über das Treppenpodest zurück in seine Gashöhle. Heute nacht mußte er mit seiner Band wieder auftreten.

Albert riß so heftig an dem Seil, daß die Tür unten gegen die Wand schlug, blau aufleuchtend in dem, was noch an Tageslicht übrig war. Es war Susan Cox, die über die Schwelle in den Papiermatsch trat. Sie blickte in den grauweißen Modder auf dem Boden, doch Albert erkannte die Krankenschwester an dem dünnen, glatten Haar, das ihr in unregelmäßigen Strähnen über Rücken und Schultern fiel, und besser vielleicht sogar an dem gekränkten Knick in diesem Rücken, der durch die ewig hochgezogenen Schultern noch betont wurde. Manche Menschen können leicht auf ein Gesicht verzichten und trotzdem, ohne anonym zu sein, durchs Leben gehen. Im Falle von Schwester Cox wäre das sogar vorzuziehen, überlegte Albert, als sie jetzt die unterste Treppe hinaufstieg und dabei das spitze, blasse Gesicht nach oben wandte. Sie schleifte einen großen Strauß eingepackter Blumen hinter sich her.

»Hallo!« rief sie. »Bist du das, Albert?«

Albert, fast ganz im Dunklen, war automatisch – oder aus welchem Selbsterhaltungstrieb auch immer – einen Schritt rückwärts gegangen und stand jetzt in dem kleinen Flur neben der Toilette. Noch konnte er die Tür schließen und Suus im ungewissen darüber lassen, wer an dem Seil gezogen hatte – vielleicht war's ja die altersschwachsinnige Dame einen Stock höher. Energisches Handeln wurde allerdings beeinträchtigt durch böse Gedanken über seinen Bruder. Warum ist ihm beim ersten Ruck an der Wäscheleine die Kuhglocke nicht auf den Dez gefallen und hat ihn im Schlaf bewußtlos gemacht? Dann hätte ich von nichts gewußt, und Cox wäre unverrichteter Dinge abgeschwirrt, die blöde Schnepfe.

»Hu-uh, bist du das, Albert?«

Zu spät. Sie ist schon auf der Hälfte der zweiten Treppe. Jetzt gibt's kein Zurück. Beim nächsten Mal schlag ich dich eigenhändig mit deiner Kalaschnikow-Baßgitarre bewußtlos, Freek, ich sag dir's. Möchtegern-Terrorist. Möchtegern-*Punk*.

»Leider.«

»Kannst du nicht mal Licht anmachen?«

»Hängt davon ab. Was willst du?«

Albert hörte, wie ihre Schuhspitzen gegen die Treppenläuferstangen stießen und diese, von ihren Ringen gehalten, zum Klingen brachten – ebenfalls eine Musik, die nicht viel Gutes verhieß, sofern man ein Ohr dafür hatte.

»Dir gratulieren.«

Laut und vernehmlich setzte sie, vom Treppensteigen keuchend, den Fuß auf den Flur.

»Mir gratulieren? Was gibt's bei mir zu gratulieren?«

»Ach, mein Schnuckelchen ... du weißt also gar nicht, wie alt du morgen wirst?«

Hör sich das einer an. Die hat ja noch immer diesen affigen Tonfall, den sie einer Freundin abgelauscht hat ... Mensch, wie hieß die noch gleich ... die mit den zurechtgestutzten Titten. Drohte kopflastig zu werden, wie eine Stehaufpuppe umzufallen, weil ihre Brüste einfach weiterwuchsen. Unaufhaltsam. Selbst in Elefantengröße nichts mehr zu kriegen, worin sie sie verpacken konnte. Als sie ihrem Kerl mal den Rücken zuwandte, um ihn den größten BH, den es gab, aufmachen zu lassen, fetzte der Gummi ihm ins Gesicht und der Verschlußhaken riß ihm 'ne Mordswunde quer übers Kinn. Der ist zwei Wochen lang bei der Begründung geblieben, sich »ein bißchen rasiert zu haben beim Schneiden, haha«. »Rasier ich mich schon mal naß ...« Wachstum ohne Grenzen, also läßt sie sich operieren. Brustverkleinerung. Die Versicherung will für den Eingriff nicht aufkommen: »Fällt unter kosmetische Chirurgie.« Steffie, ja, so heißt sie, Steffie nimmt Rache. An allem und jedem, vor allem aber an den Männern, die Witze über ihre Möpse gerissen haben. Steffie geht als Animierdame in einer Topless-Bar arbeiten, sobald die Fäden gezogen sind. Susan, mit dem Kinderstimmchen ihrer Freundin: »Das find ich so irre mutig von Stef! *So-oo* irre tapfer ...!«

Um zu verhindern, daß die Krankenschwester ihn, als Gratulation oder einfach so, küßte, drehte Albert sich um und ging ihr voran ins Zimmer, das sofort vom Duft der Schnittblumen erfüllt wurde.

»Gratulieren, hä?« wiederholte er mit dem Rücken zu ihr.

»Gratulieren, ja«, sagte sie munter, immer noch leicht keuchend.

Zusammen mit Susan hatte er Steffie mal in der Topless-Bar besucht, kurz nach deren Dienstantritt. Auf der Theke, über die Steffie sich zu Suus beugte, ruhten die größten Brüste, die Albert je zu Gesicht bekommen hatte. *Waren* sie denn operiert? Um in dem rötlichen Schummerlicht des Animierschuppens ihre Narben zu orten, kniff Albert seine kurzsichtigen Augen ein wenig zusammen, ließ das aber gleich wieder bleiben, als Steffie mit ihrer perversen Kindfraustimme sagte: »Also, wenn du einem Paar Brüsten zuzwinkerst, mußt du das schon mit beiden Augen tun.« Weitere Nachforschungen erübrigten sich, denn Steffie hob jetzt, während sie sich mit ihren langen perlmuttfarben lackierten Nägeln in Nippelnähe kratzte, zu einer Klage über das Jucken ihrer heilenden Narben an.

»Die Hölle, Suus. Den ganzen Abend kratz ich an meinen Titten rum. Schon nicht mehr normal. Und was das Schlimmste ist... von dem ganzen Gereibe und Gekrabbel richten sich meine Nippel auf. Ja, die Kerle finden das natürlich toll... die denken, es ist für sie... Aber ich, ich krieg einen Anpfiff nach dem anderen vom Geschäftsführer, weil, also... so 'n harter Nippel, weißt du, der verrät Emotionen. Und das dürfen wir ja gerade nicht zeigen. Der Kunde muß seine eigenen Emotionen auf uns projizieren können, deswegen müssen wir immer lächeln. Und unsere Titten... die lächeln mit. Wie hat der Geschäftsführer das gleich noch mal so schön ausgedrückt? ›Zaubere um jeden Nippel ein geheimnisvolles Mona-Lisa-Lächeln, Steffie, aber kein breites Lachen, denn das stößt den Kunden ab oder zieht ihn zu sehr an, und beides ist verkehrt.‹ Und jetzt das. Lauf ich doch neulich mit einem vollen Tablett rum, und plötzlich juckt es mich irrsinnig, hier rechts. Ich laß also das Tablett, was ich sonst nie tue, auf der linken Hand balancieren und grab mir die Nägel schön tief ins Fleisch. Und was glaubst du, Suus? Der Juckreiz springt rüber auf die andere Brust. Ich das Tablett also förmlich in die andere Hand *geworfen*. Das Verkehrteste, was ich machen konnte! Alles knallt auf den Boden. Totaler Bruch...!«

Freek hatte seine Baßgitarre eingestöpselt und begann Läufe zu üben, die eigentlich alle klangen wie *Fuchs, du hast die Gans gestohlen*. Die tieferen Töne waren als angenehmes Kribbeln in den Fußsohlen zu spüren.

»Musik haben wir auch schon«, sagte Susan, die den Strauß hinter ihrem Rücken zu verbergen versuchte, genauso dilettantisch wie Marike seinerzeit am Tag seines mündlichen Vordiploms. »Das Fest kann beginnen.«

»Fest...«

Ende August hatte Albert sie zum letztenmal gesehen, im *Dogshit City*, wo sie nach ihrem Abenddienst im Onze-Lieve-Vrouwegasthuis direkt hingegangen war. Albert hatte Zwanet nach Hause gebracht, war dann aber zurückgekehrt, um noch mit seinem Bruder und mit Paddy zusammenzusitzen, der in einer früheren Band von Freek Sologitarre gespielt hatte. Mittlerweile war Paddy Profi-Musiker, mit einem *Wahwah*-Pedal und Mädchen im Hintergrund, die mitsangen und zwischendurch mit dem Hintern wackelten, wodurch er genug Geld verdiente, um die beiden Brüder für den Rest der Nacht freizuhalten. Weil Paddy nicht wußte, welche Rolle die junge Frau spielte, die sich ungefragt zu ihnen gesetzt hatte, ließ er sie an seinem Überfluß teilhaben, und Schwester

Suus blieb bei ihnen hängen. Obwohl Albert sie völlig ignorierte, ging die Karbolmaus, als das *City* schloß, ganz selbstverständlich mit zu Paddys Sportwagen, stieg seelenruhig ein und fuhr zusammen mit den Herren zu einem Shoarma-Laden im Halvemaansteeg. Wie Albert bestellte sie sich ein Kebabbrötchen und ein Glas Karottensaft. In den Saft spritzte sie noch etwas Tabasco, rührte das Glas jedoch nicht an, genausowenig wie das Brötchen, das senkrecht, an allen Seiten quoll Fleisch hervor, in einem kleinen Korb stand. Anstatt zu essen und zu trinken, redete sie, wieder mit dem Stimmchen von Titten-Steffie, eindringlich auf Albert ein. Es lief darauf hinaus, daß sie in dieser Nacht, notfalls zum letztenmal, bei ihm schlafen wollte, und zwar richtig, das heißt: überhaupt nicht schlafen. Nachdem das heraus war, begann Albert, sie nach Strich und Faden zu triezen.

»Du fandst mich doch so *soft*«, erinnerte er Suus an ihre eigenen Worte, »und meine Nase nicht prononciert genug, was angeblich darauf hindeutet ...«

»Davon hab ich doch kein Wort ernst gemeint. Das hab ich doch bloß so dahergequasselt. Purer Frust. Im Gegenteil, du bist sehr männlich. Weißt du selbst. Tut mir leid, daß ich ...«

»Warum gehst du nicht zu Wim Mix?«

(Eine Zeitlang hatte sie überall herumposaunt, daß sie mit Wim Mix, dem bekannten Verfasser kulinarischer Kolumnen, im Bett gewesen war. »Ich bin aber ein bißchen saddemasso«, hatte Wim Schwester Cox zufolge gesagt. »Ist das schlimm für dich?« »Ach nee«, gab das Karbolmäuschen schlagfertig zurück, »Hauptsache, du bist es nicht beim Zusammenstellen der Rezepte.« Es war im Gegenteil *supertoll* gewesen, alles, und spannend – nicht weniger als fünf Gänge, von einem warmen Horsd'œuvre bis zum Grand dessert, man kann schon sagen: süßen Finale, und nur ein klitzekleiner angenehmer Schmerz während des Hauptgangs, als Mix, schwer in Fahrt, ihr mit einem Schuß Champagner unter dem Tischtuch Feuer in der Fut gemacht hatte.)

»Also, warum gehst du nicht zu Wim Mix? *The finest pain in the ass is shampain in the ass.*«

»Ich will dich.«

»Ich kann keinen Dritten dabei brauchen.«

»Dritten?«

Karbolmaus sah mißtrauisch zu den beiden Musikern. Paddy spielte gerade auf einer imaginären Gitarre. Mit einer zotigen italienischen Gebärde griff seine Linke in die Luft, während die Rechte hingebungsvoll am Hosenschlitz zupfte. »Wah... wah... wa-ah«, machte sein Mund, und sein Fuß pumpte auf einem ebenso imaginären Pedal herum.

»Haben die Mädels das noch überschreien können?« fragte Freek lachend.

»Mensch, da hab ich erst gemerkt, was für eine Lautstärke die haben. Klangkörper, gegen die Caruso mit seiner goldenen Kehle ein Witz war.«

»Einen Dritten?« wiederholte Suus.

»Dein Patschhändchen.«

Schwester Cox wurde blutrot. Ihre rechte Hand, die neben dem Korb mit dem kaltgewordenen Kebab gelegen hatte, verschwand unter dem Tisch, kam aber ebenso schnell wieder zum Vorschein, als ihr offensichtlich aufging, daß eine versteckte Hand Alberts Äußerung nur noch anschaulicher machte. Die Konsequenz davon war, daß sie gar nicht mehr wußte, wo sie sie lassen sollte, die folglich platt gedrückt, verletzt zwischen den Soßenschälchen herumflatterte wie eine, die zwischen zwei aufeinandergepreßten Bäuchen eingeklemmt gewesen war. Ein kleines Tier, welches das sich unermüdlich aus der Falle Losreißen noch nicht abgeschüttelt hatte.

Weil Albert nun fast Mitleid mit ihr bekam, versuchte er, die Aufmerksamkeit von ihrer Hand abzulenken und auf ihren Mund zu richten. Kleider machen Leute, Namen machen den Menschen, Spitznamen machen den Menschen *anders*. Um zu sehen, wie sie sich vor seinen Augen veränderte, gab Albert Susans Spitznamen preis.

»Sux Cox.«

»Das hast du dir eben erst ausgedacht, du Miststück.«

Nein, Sux, das ist keine Erfindung. Um sie noch härter zu

treffen, enthüllte Albert auch den Namen der Kneipe, in der ihr Spitzname wie ein getrockneter Schleimbatzen an der Wand der Herrentoilette klebte. Schon seit Monaten. Vielleicht sogar Jahren.

»Im *De Luis*. Deiner Stammkneipe.«

Dort verbrachte sie ganze Abende, und Abend für Abend hatten junge Männer ihren Hocker verlassen und waren, diesen Namen im Kopf oder auf der Zunge oder bereits auf den Lippen, zurückgekommen. Wahrscheinlicher noch war der Name selbst für sie ein Kopf mit einem Mund, einer Zunge, Lippen, ein Name, der auch, nachdem sie den Hosenschlitz zugemacht hatten, weiter an ihnen knabberte, lutschte, kaute. In demselben Raum, in dem Suus vor ihrer Kognakcola saß, hatten die Herren den Namen, den sie nie anders gelesen hatten als mit dem Schwanz in der Hand, grienend weitergesagt, zusammen mit anderen gelungenen oder weniger gelungenen Klosprüchen. Sux Cox. Abend für Abend hatte der Name sie, Suus, gesucht, ohne sie zu finden. Flüsternd war er an ihr vorbeigestrichen, leise knisternd wie ein Katzenschwanz, gelegentlich auch schmatzend und schluckend an ihr Ohr gedrungen, als Onomatopoetikon... Nichts hatte sie davon gemerkt, taub, wie sie war für ihren eigenen Beinamen, das Schätzchen.

»Dreckskerl. Wer sagt, daß sich das auf mich bezieht?«

»Das ist eine Frage der Etymologie, meine Liebe. Susanna, die Frau von Constantijn Huygens, hieß zum Beispiel für gewöhnlich Sulx. Damit sind wir der Sache schon ganz nahe.«

Bei Patrick, wußte Albert, hatte der Name in einer Vision, die ebenso lange dauerte wie das Pinkeln (letztendlich gegen die Wand), für einen kurzen Moment, und nicht einmal überzeugend, das Versprechen eingelöst, dessen Ausdruck er war. Dabei hatte er unwillkürlich an seine alte Flamme, die Amerikanerin Emily, denken müssen, die ihre quasi-entrüsteten Geschichten immer reichlich mit den Worten *»fuck, you know...«* spickte. Sie benutzte sie nicht als Füllsel, es war keine abgedroschene Phrase oder leere Floskel für sie, sondern ein lebensnotwendiger Halt in ihrer Konversation und ihren Monologen. »*Fuck, you know!*« Dieser kurze Satz wurde, immer wieder, mit größtmöglicher Überzeugungskraft ausgestoßen. Für die katholische Emily stellte er nicht weniger als die denkbar kürzeste Formulierung einer Heiligen Dreifaltigkeit dar: Die erste (*Fuck!*), zweite (*You!*) und dritte (*Know!*) Person Gottes. Dagegen kam kein »Sucks Cocks« an, und Patrick war unverrichteter Dinge in die Schankstube des *De Luis* zurückgekehrt, wo er Albert die Beinamen von Gott dem Vater, dem Sohn und dem Heiligen Geist enthüllte.

Es war ein wunderlicher Anblick, die Karbolmaus mit dem Namen ringen zu sehen, der bereits definitiv von ihr Besitz ergriffen hatte. Sie versuchte ihn auszuspucken, aber klatschnaß flog er ihr immer wieder ins Gesicht. Die Empörung gab ihren Lippen nun gerade die O-Form, die so organisch zu dem Namen paßte. Der Name war Fleisch geworden, und mit jedem Abstreiten bestätigte sie ihn mehr und mehr.

Verdammte Weiber: Als er sie brauchte, kamen sie nicht. Anfangs gab es eine Zeit, die Phase seiner Impotenz, in der sie ihn bedrängten und er ihnen nicht gewachsen war, stärker: sich von ihnen bedroht fühlte. Nach seiner Heilung und der Schwermütigkeit, die sie nach sich zog, blieben sie plötzlich auf Distanz. Die Ära Zwanet, die seines Glücks, wirkte wieder als Magnet, obwohl er sie jetzt gerade nicht brauchte, die Frauen.

Warum zog sie nicht Leine, die Sux?

Er hatte alles herausgequetscht, was sich herausquetschen ließ, und trotzdem versuchte er seinem Haß neue Nahrung zu geben, indem er sich ihre letzte geschlechtliche Vereinigung in Erinnerung rief. Sux war falsch gebaut. Ihr zu schmaler – oder schmächtiger – Oberkörper war auf einen breiten, hochhüftigen Unterleib geschraubt, ein Versehen des Schöpfers, eine Verwechslung beim Zusammensetzen der Einzelteile. Sie blubberte bei der Penetration. Manchmal prustete sie los. Ein durch und durch erkältetes Geräusch ... Sie nieste. »Du hast 'ne Rutschbahn unter der Nase«, hieß es früher in der Schule, wenn einem die Nase lief. Sux Cox hatte

Rutschbahnen zwischen den Pobacken. Mordserkältet war sie.

Als ihr bewußt wurde, daß sie keine Chance hatte, stand sie auf und fragte mit einem vielsagenden Blick auf Paddy und Freek, von welchem sie nicht einmal wußte, daß er Alberts Bruder war: »Ist dir eigentlich schon mal der Gedanke gekommen, daß du homophil sein könntest?«

So, das saß.

»Was erwartest du jetzt von mir, Sux Cox? Daß ich dich mitnehme, um dir das Gegenteil zu beweisen? Ich habe mir angewöhnt, Leuten wie dir immer recht zu geben in ihrem Urteil. Also, du hast es erfaßt. Es ist mir eine wahre Erleichterung, daß es endlich ausgesprochen ist.«

Wütend wollte sie das Lokal verlassen. Albert rief ihr nach, daß er nicht vorhabe, für sie zu zahlen. An der Kasse knallte sie die Münzen für ihre unangerührte Bestellung hin. Als sie draußen war, machte sich Albert genüßlich über ihr kaltgewordenes Kebabbrötchen her.

Die Stadt und die Höhlen

Mittwoch, 21. September 1977
(Zwanet Vrauwdeunt)

»Und trotzdem war es ein armer Teufel, den man erschossen hat, während er im Hemd auf seiner Bettkante saß und sich die Füße massierte, bevor er unter die Decke kroch.«

So endete der letzte Maigret aus dem Schrank ihres Vaters, den sie noch nicht gelesen hatte. *Maigret en inspecteur Nurks*, aus der Zwarte-Beertjes-Reihe. Es gab ihr ein Gefühl leichter Verlassenheit, nun alle sechsundsiebzig Bände gelesen zu haben, ohne die Aussicht, einen neuen entdecken zu können, denn Simenon, so wußte sie von ihrem Vater, hatte vor fünf Jahren die Maigret-Reihe abgeschlossen. Ja, er hatte noch über hundert andere Bücher geschrieben, psychologische Romane, und davon standen Dutzende in niederländischer Übersetzung im Bücherschrank ihres Vaters, ebenfalls Zwarte Beertjes, keck in einer Reihe nebeneinander – aber sie war in erster Linie an den Maigrets interessiert. In einem alten Interview mit dem Autor hatte sie einmal etwas über ein Komma im letzten Satz eines solchen *roman dur* gelesen, wie Simenon dieses psychologische Genre selbst bezeichnete. Es handelte sich um *Les anneaux de Bicêtre*, einen ziemlich schonungslosen Bericht über die Genesung und völlige Wiederherstellung eines Mannes, der einen Schlaganfall erlitten hat. Er zieht Bilanz, stellt sich unter anderem die Frage, was von seiner zweiten Ehe, mit Lina, noch übrig ist. In dieser alten *Combat*-Ausgabe zitierte Simenon den letzten Satz seines Romans: »Un jour, il ira voir son père à Fécamp, avec Lina.« Der Autor erklärt, welches Kopfzerbrechen ihm vor allem dieses letzte Komma bereitet hat. »Wenn ich das Komma stehenlasse, bleibt Maugras (die Hauptfigur in *Les anneaux de Bicêtre*) allein, und der Roman geht schlecht aus.« (Daraus schloß Zwanet, daß das Einfügen dieses Kommas der Tatsache, daß Lina ihren Mann zu dessen altem Vater begleitet, etwas Obligates, Förmliches gab, nichts, was aus Liebe unternommen wurde.) »Wenn ich es wegstreiche, kehrt Lina zu ihm zurück, es gibt einen Neuanfang, und der Roman endet gut.«

Und wofür haben Sie sich entschieden?

»Ich habe es gestrichen. Lediglich ein kleiner Ausrutscher des Bleistifts, und man hat einen völlig anderen Roman…«

Daß das Unglück eines schlechten Ausgangs in etwas derart Kleinem wie einem Komma stecken konnte…! Beeindruckt von soviel subtilem Können hatte Zwanet die niederländische Ausgabe auf der letzten Seite aufgeschlagen. »Te zijner tijd zal hij zijn vader in Fécamp gaan opzoeken, met Lina.« Das Komma stand da, doch das konnte ein Fehlgriff des Übersetzers sein. Sie bestellte die französische Ausgabe in der Universitätsbibliothek. »… à Fécamp, avec Lina.« Konnte es sein, daß Simenon in dem Wahn befangen war, einen Roman mit einem Happy-End geschrieben zu haben, während er sich durch lediglich einen Ausrutscher seines Bleistifts den Weg dazu versperrt hatte? Oder war es einem Menschen mit einer derart tragischen Betrachtungsweise, ob der Wille nun da war oder nicht, ganz und gar unmöglich, eine Geschichte zu schreiben, die ein gutes Ende hatte?

Die Entdeckung hatte Zwanet verwirrt und leicht verärgert, und es lag an diesem einen Komma, daß sie sich nie so recht mit den *romans durs* hatte anfreunden können. Und jetzt war zudem mit *Inspecteur Nurks* Schluß mit den Maigrets, die sie so gemocht hatte.

Zwanet nahm einen Stapel von vier Heften aus der einzigen Schublade ihres kleinen Schreibtisches – zwei graugrüne und zwei dunkelviolette, das Graugrün und das Violett des Einwickelpapiers, in das manche Streichholzmarken im Dutzend verpackt waren. Sie mochte diese altmodischen, leicht muffigen Hefte sehr. Auf jedem der Aufkleber mit dem schlichten roten Zierrand stand in ihrer Schrift – beziehungsweise ihrer »Sauklaue«, wie sie sie selbst fast liebevoll nannte: *In den Achselhöhlen der Stadt*, numeriert *1*, *2*, *3* und *4*. Im vierten Heft waren erst zwei Seiten beschrieben. Zwanet nahm einen dunkelroten Kugelschreiber, in dessen Schaft die drei Kreuze des Stadtwappens eingraviert waren – in Gold. Sie klickte den Kuli ein paarmal ein und aus und schrieb dann auf die dritte Seite unter der Überschrift »DELIRIUM TREMENS«: »Beschwerden über Ungeziefer auf Alkoholmißbrauch des Beschwerdeführers zurückzuführen.« Und unter der Überschrift »KEIN DELIRIUM TREMENS«: »Beschwerden im Anwesen Roemer Visscherstraat über Weiße-Mäuse-Plage. Im zweiten Stock öffnet Mann, Schlange um den Hals. Sammlung exotischer Reptilien, zusammen mit Bruder. Züchten als Futter weiße Mäuse. Wohnzimmer verwandelt in Dschungel. Verwahrlost. Keine ›Jane‹ anwesend. Defekter Kühlschrank voller Mäuseleichen.«

Zwanet schloß das Heft und strich auf allen Aufklebern energisch *In den Achselhöhlen der Stadt* durch. Der Titel, ein Einfall ihrer Freundin Hillechien, hatte ihr zuerst sehr gefallen, sie dann aber zu irritieren begonnen, seit immer mehr Leute aus irgendeinem Werbespot für Spray oder Monatsbinden die abstoßenden Worte »dritte Achsel« in ihren Sprachgebrauch übernahmen. Was konnte man sich darunter schon vorstellen als eine Achsel mit einer tiefen Fleischwunde, die einfach nicht heilen wollte und in der das Blut und die übrigen Wundsekrete mittels eines Tampons gestillt werden mußten? Mit dieser schönfärberischen Schweinigelei hatten sie ihren Titel beschädigt. Demnächst, wenn irgendein stimulierender Fingerhut auf den Markt gebracht werden sollte, würden sie ebenso heuchlerisch von der »dritten Brustwarze« sprechen – nicht wahr, meine Herren Werbetexter, da staunen Sie, was mir so alles einfällt. Pack.

Auf alle vier Aufkleber schrieb Zwanet unter den durchgestrichenen Titel: *Die Stadt und die Höhlen*. Der stammte von Albert und war auch gut, vielleicht sogar noch mehr to the point durch den suggerierten Kontrast zwischen der Zivilisation, die durch das Wort Stadt unterstellt wurde, und den (Tier-)Höhlen, die man trotzdem in ihr graben konnte. In diesen Heften notierte Zwanet, meist im Telegrammstil, die Erlebnisse ihres Vaters, der beim Städtischen Gesundheitsamt in der Abteilung Schädlingsbekämpfung arbeitete. Aufgrund von Beschwerden wegen Gestank oder Ungeziefer eröffneten sich ihm bei den Nachbarn der Beschwerdeführer oft nie vermutete Welten. Das Obergeschoß in Oud-West, in dem sich ein vereinsamter Mann mit sieben Schäferhunden eingeschlossen hatte: Der Bretterfußboden sah aus wie ein dick mit Mist bestreuter Acker, inklusive herausragender Strohhalme. Der Mann war nach langem Klopfen (die Klingel funktionierte nicht mehr) in Unterwäsche an der Tür erschienen – während die Dreckspampe zwischen seinen Zehen hervorquoll... Oder in Amsterdam-Oost eine Arche Noah voll unfachmännisch ausgestopfter Tiere, von jeder Art zwei, die zu stinken begonnen hatten und alle möglichen Insekten beherbergten, von denen es dort wesentlich mehr gab als lediglich zwei von jeder Art.

»Das Ende der Zeiten ist nahe, Mijnheer. Ich mußte das tun.«

Oder das Dachzimmer des Junkiemädchens in De Pijp, deren anfangs zahme Ratten eine immer größer werdende blutrünstige Kolonie gegründet hatten, nachdem sie infolge Vernachlässigung bereits gezwungen gewesen waren, ihre beiden Kaninchen in Stücke zu reißen.

So millimeterkurz sein Haar aus hygienischen Gründen auch war, weigerte sich Vrauwdeunt beim Nachhausekommen doch, seine Tochter zu begrüßen, solange er nicht ausgiebig unter der Dusche gestanden hatte. Erst wenn er den Geruch von Schimmel und Leichen abgeschrubbt hatte, kam er in Kleidern, die er bei der Arbeit nie tragen würde, um Zwanet zu umarmen. Ohne zu wissen, daß sie es später aufschreiben würde, erzählte er ihr die wichtigsten Erlebnisse des Tages. Vom Aussterben bedrohte exotische Tierarten, die in der Marnixstraat, dritter Stock, hinten hinaus, Schutz genossen. Eine Dreizimmerwohnung als Müllhalde, der Müll fein säuberlich pro Zimmer sortiert. Speckkäfer. Deutsche Kakerlaken, die in Deutschland natürlich Russische Kakerlaken hießen. Und heute eine wahrhaftige Leiche, die infolge von Mumifizierung bereits weniger stank, als es nach Aussage der Umwohnenden bis dahin der Fall gewesen war. Den Draufsprechern zufolge waren die sterblichen Überreste dort, im Kriechkeller eines abbruchreifen Hauses, von anderen deponiert worden.

»Draufsprecher, was ist das?«

»Ermittlungsbeamte mit Recordern. Über ein Mikrofon sprechen sie alles, was sie dort sehen, auf Band. Du machst dir keine Vorstellung, was das heißt, so ein brummender Trupp um dich rum. Einen hörte ich die Anzeichen aufzählen, anhand deren er erkennen konnte, daß die Leiche dorthin geschleppt worden war.«

»*Mann*, was für eine Spürnase.«

Hinter jeder Tür wieder ein neues menschliches Drama, das sich in Dreck und Ungeziefer und scheußliche Gerüche umgesetzt hatte. Trotz der widerwärtigen Details waren Zwanet diese kleinen Zusammenkünfte mit ihrem Vater vor dem Essen unendlich lieb geworden. Sie bildete sich ein, daß sie, würde er sie nicht an ihnen teilhaben lassen, ihn weiterquälen, ihm den Fernsehabend vergällen, seine Nachtruhe beeinträchtigen würden.

»Verschimmeltes *gefundenes Fressen* für einen Romanschriftsteller, würde ich sagen«, hatte Albert einmal gerufen, als er von der Tätigkeit und den Erfahrungen ihres Vaters hörte. »Nein, im Ernst: Über so einen Angestellten des Städtischen Gesundheitsamtes als Sprachrohr, dem sich im wahrsten Sinne des Wortes die Türen zu Gestank und Verwesung öffnen ... zu Maden und Ratten ... Menschenskinder, über so jemanden könnte einer, der auch nur ein bißchen schreiben kann, doch in Romanform zu einer Katalogisierung aller möglichen menschlichen Methoden der Entartung ... völligen Verlotterung ... absoluten Einsamkeit ... kommen. Schade, daß Patrizio alles vergolden will. Blattgold hilft einem nicht weiter, wenn man eine Welt voller Scheiße und Mistkäfer schildern muß. Ich wüßte schon, wie.«

Seitdem hatte Zwanet den heimlichen Ehrgeiz (nur Albert und Hillechien wußten davon), eine Art Maigret-Reihe von den Abenteuern ihres Vaters zusammenzustellen. Erzählungen oder kurze Romane um stets dieselbe maigretähnliche Hauptfigur – jemand, den die Leser mit der Zeit mögen würden, ohne daß er sich selbst völlig zu entblößen bräuchte. Einer, der die Handlung nur anstößt, aber nicht ohne innere Beteiligung zuschaut. Keine Fortsetzungsgeschichte: Er würde in jedem Band eine andere Geschichte in Gang setzen müssen. Sie war nicht so naiv, zum x-tenmal mit einem Polizeikommissar daherzukommen. Das wäre wenig überzeugend in einer Zeit, in der Verwaltung und Computer die Aufgaben einer verständnisvollen, oft mutterseelenallein operierenden Seele von Kommissar übernommen haben. Simenon ließ seinen eigenen Kommissar in den Maigrets aus den sechziger Jahren regelmäßig darüber klagen: »Die Zeiten ändern sich ...« Trotzdem mußte es jemand sein, der mühelos in die Wohnungen der Leute gelangte, legitimiert, mitunter auf Widerstand stoßend ... Kein Handelsreisender, kein Pastor, kein Revierpolizist, kein Interviewer, kein Privatdetektiv, kein Einbrecher, kein ... Einer von der Abteilung Schädlingsbekämpfung des Städtischen Gesundheitsamts würde ihre Hauptfigur sein, der sich in seinem kleinen Auto vom Hygienedienst in die Höhlen der Stadt vortastet, jemand, der mit einer psychologischen Neugier ausgestattet sein mußte, die über das rein Berufliche hinausging. Er müßte stets von neuem auf fast schon obsessive Weise von dem menschlichen Drama fasziniert sein, das der Mäuseplage vorausging und der Herrschaft von Gestank und Unflat. Nur so könnte jede nachfolgende Geschichte die Form einer Rekonstruktion bekommen.

Und darin bestand nun gerade der große Unterschied zu ihrem Vater: Der tat seine Arbeit, erzählte seiner Tochter von all den Sonderlingen dieser Erde, schüttelte mitunter melancholisch den Kopf und zuckte dann mit den Achseln. Weiter beschäftigte er sich nicht damit.

»Ist doch klar«, hatte Albert gesagt, »deine Hefte stellen, zusammengenommen, deine Liebeserklärung an deinen alten Herrn dar. Du hebst ihn aufs Podest des großen Psychologen, für den diese Arbeit nichts anderes ist als eine Art Suche nach dem Grund der menschlichen Seele. Und nur diese großartige Projektion kannst du lieben.«

»*Mann*, eine Eifersucht.«

»Von mir aus. Aber ich vermute, ich wäre noch um einen Grad eifersüchtiger, wenn du ihm ganz einfach in herzlichem Ton sagen würdest, wie toll du es von ihm findest, daß er sich weigert, in deine Nähe zu kommen, solange er noch diesen Leichengeruch an sich hat. Das nämlich ... dieses ganze Shampoo, dieser ganze Duschschaum ... ist seine Liebeserklärung an dich. Und du möchtest hartnäckig einen Leichenfledderer in ihm sehen, der dir auf seiner gummibehandschuhten Hand ... noch mit angelegtem Mundschutz ... das verwesende Geheimnis zeigt ...«

Sehr gut, Albert. Jetzt, wo ich alle sechsundsiebzig Maigrets durch habe, wird es vielleicht Zeit, mich an *Die Stadt und die Höhlen* zu machen. Aber heute abend noch nicht, denn gleich holen mich Hil und Git und Jol zum Tanzen im *Dogshit City* ab, was im übrigen auch eine lehrreiche Suche sein kann.

Freiweg aus dem Kopf

Mittwoch, 21. September 1977
(Albert Egberts)

Und jetzt, ungefähr vier Wochen später, war sie wieder da, die Sux – aber was wollte sie mit ihren giftgelben Blumen? Rache nehmen?

In der Tat, sie nahm Rache, allerdings ohne sich dessen bewußt zu sein. Es war eine derart subtile Rache, daß sie sich ihrer gar nicht bewußt sein *konnte*, das war noch das Schönste daran. Sie brauchte sie, unwissend, nur dieses eine Mal zu üben, leichthin, achtlos, und die Rache würde völlig autonom ihren Weg von Tod und Verderben gehen. Stärker noch, die Rache hatte sich bereits verselbständigt, bevor Schwester Cox sie an Albert hatte nehmen können. Sie brauchte sie, die Freundin Rache, ohne von ihrer Begleitung zu wissen, lediglich zu Albert zu führen. Sie verbarg sich in ihrem Blumenstrauß. Als Suus hereinkam, hatte ihre Rache sich schon in Alberts Zimmer eingenistet. Sie hatte sie mit den Worten – »Bist du das, Albert?« – hinaufgeschickt, vom Dunkel ins Licht. Dort lag ihre Rache nun wie ein unsichtbarer Hund und harrte einer weiteren Erklärung ihrerseits, um aktiv zu werden. Ein Hund wie aus Andersens Märchen *Das Feuerzeug*, mit »Augen, so groß wie Teetassen«.

Gratulieren... *Du weißt also nicht, wie alt du morgen wirst.* Vor knapp fünf Monaten, am Königinnentag, hatten sie noch gemeinsam seinen Geburtstag gefeiert. Selbst damals schon hätte er Sux Cox lieber nur von weitem gesehen, aber sie hatte ihn eingeladen, und das war schließlich auch etwas wert. Ein teures Essen im *L'Entresol* an der Geldersekade. Hinterher – die Rechnung belief sich auf 99,50 Gulden – hatte sie ihn gedemütigt, indem sie einen Hundertguldenschein auf den Teller legte mit den Worten: »Wenn du vielleicht das Trinkgeld übernimmst, Albert...« Diese Scheißtussi. Albert, der sich mit exquisiten Restaurants nicht auskannte, geschweige denn mit Trinkgeldern, hatte, nachdem er seinen linken Schuh ausgezogen hatte, ganz unten in der Socke, wo er zum Schutz vor Taschendieben sein Geld aufbewahrte, noch ein Zweieinhalbguldenstück gefunden und dieses mit einem wohlklingenden Ticken auf den Teller gelegt. Was aber hatte Schwester Cox, Möchtegern-Dame-von-Welt, affig dazu bemerkt, und nota bene noch mit dem Stimmchen von Steffie, die ihre Trinkgelder wahrscheinlich in Fünfundzwanzigguldenscheinen unter dem natürlichen Briefbeschwerer an ihrem Herzen aufbewahrte?

»Ich hatte... so an fünf Gulden gedacht.«

Mit anderen Worten, sie konnte unmöglich vergessen haben, daß er damals siebenundzwanzig geworden war. Andererseits... so viele hatten schon seinen Geburtstag vergessen, der wie immer spurlos im Nationalfeiertag aufgegangen war.

Die Blumen, rot und gelb bunt gemischt, hingen als schwerer Fasanenschwanz hinter ihr zu Boden, bis sie den Strauß hervorzog und Albert wie ein kleines Mädchen mit gespielter Verlegenheit überreichte.

»Bitte schön. Für dich. Mit meinen Glückwünschen. Alles Gute.«

Albert behielt die Hände in den Taschen, und der Strauß blieb zwischen ihnen in der Luft. Es schien, als bekämen die Blumen einen roten Kopf.

»Aha, du hast also wieder mal vergessen, wann mein Geburtstag ist. Wundert mich nicht.«

»Im Gegenteil«, sagte sie heftig und fügte geheimnisvoll lächelnd hinzu: »Wenn ich dein Geburtsdatum nicht kennen würde, wüßte ich nicht, wie alt du morgen wirst.«

Himmelnochmal, das wieder. Die hat mich ja schon öfter durch Sternbilder und Aszendenten zur Weißglut gebracht, diese mystisch angehauchte Karboltussi mit ihrer Astro-Macke. Überraschende Rechenmätzchen, die nur dazu dienen, dem Rechner ein Gefühl höchster Pfiffigkeit zu geben. Samstagnachmittaglangeweile vor der Zeitungsseite mit den Kryptogrammen und Kreuzworträtseln. Ich muß zusehen, daß ich sie hier so schnell wie möglich rauskriege, sonst werde ich noch richtig sauer.

»Ich sterbe vor Neugier.«

»Heute, der einundzwanzigste September 1977«, hob sie feierlich an, »ist der neuntausendneunhundertneunundneunzigste Tag deines Lebens.«

Jetzt bist du baff: So sah sie ihn an. Albert verzog keine Miene, doch es war nicht ausgeschlossen, daß bereits in diesem Moment etwas in ihm – nein, nicht zu jubeln, aber zumindest zu kribbeln begann.

»Spürst du das Schwangere an dieser Zahl?«

Albert reagierte nicht. Die Karbolmaus glaubte wohl, ihn mit ihren symbolgeschwängerten Zahlen beeindrucken zu können. Aber das war noch nicht alles. Sux begann, ihm ebenso begeistert wie geduldig vorzurechnen, sein »wievielter Tag« es morgen sei.

»An deinem Geburtstag hast du mir erzählt, daß du so um Mitternacht herum geboren bist. Ich habe vom ersten *vollen* Lebenstag an gezählt, so macht man das nämlich. Also, wenn der 1. Mai 1950 dein erster voller Lebenstag war, ist heute dein neuntausendneunhundertneunundneunzigster. Und was bedeutet das?«

Hab ich gerade die Rechnerei von dieser dämlichen Umfrage hinter mir, da raubt Sux Cox mir den letzten Nerv mit ihren Zahlenspielchen. So krieg ich nie wieder 'nen klaren Kopf.

»Komm grad nicht drauf.«

»Daß du morgen«, rief sie triumphierend, »exakt zehntausend Tage alt bist!«

Nach dem Mord an Präsident Kennedy hatte sich Albert bei seinem Freund Willy Knotten die neuesten Nachrichten im Fernsehen angeschaut. Ein niederländischer Korrespondent in Bonn berichtete mit Leichenbittermiene von der niedergeschlagenen Stimmung in der Bundesrepublik. Seine Stimme klang heiser vor Ergriffenheit. Nachdem er seinen ernsten Bericht beendet hatte und sich wieder im Off wähnte, wurde das gesamte niederländische Fernsehpublikum Zeuge, wie sich das Gesicht des Mannes auf dümmliche Weise erhellte und er, während er sich an die Stirn tippte, sagte: »Na, wie hab ich das gemacht? Und alles freiweg aus dem Kopf.«

»Wie hast du das bloß hingekriegt, Suus? Und alles freiweg aus dem Kopf?«

»Ich hab es schon damals, am Königinnentag ...«

»An meinem Geburtstag.«

»... an deinem Geburtstag ausgerechnet. Im *L'Entresol*, wo du rumgemotzt hast, wie schrecklich es ist, an so einem Feiertag Geburtstag zu haben. Fast sind dir die Tränen in die Kerbelsuppe geflossen, so ein Mitleid hattest du mit dir selbst, armes Kerlchen. Auf der Toilette, nach dem Hauptgang, hab ich es ausgerechnet. Aber ich habe absichtlich bis heute damit gewartet, es dir zu erzählen. Damit es eine Überraschung ist. Ich war mir sicher, daß du selber dieser Sache nie nachgegangen bist.«

»Ich bin kein so 'n Rechengenie.«

»Überlassen Sie das ruhig uns, Mijnheer. Also, was ist, willst du mich nicht einladen ... zum Beispiel von dem, was du da in der Hand hältst? Alter Miesepeter. Schließlich wirst du nicht jedes Jahr zehntausend Tage alt. Damit du die nächsten zehntausend feiern kannst, mußt du schon warten, bis du so an die sechzig bist. Und wer sagt, daß du das schaffst, mein Lieber, bei deiner Lebensweise ... Weißt du noch, daß ich dich am Königinnentag eingeladen habe?«

»Was Wunder. Du hattest gerade dein Gehalt gekriegt und ertrankst fast in Überstundengeld. Ihr verdient euch ja dumm und dämlich an anderer Leute Leid.«

»Widerling.«

Soweit sie nicht von dem Blumenstrauß verdeckt wurde, konnte Albert erkennen, daß Susan sich für diesen Anlaß ordentlich aufgebrezelt hatte. Irgendein Spray, nicht mal unangenehm, übertönte den Lysolgeruch ihrer Chemietoilette fast völlig. Sie war beinahe hübsch. Offenbar hatte sie fest damit gerechnet, mit ihm auszugehen, aber damit war sie an der falschen Adresse. Albert machte noch immer keine Anstalten, den Strauß anzunehmen.

»Okay, dann stell ich ihn eben selbst ins Wasser.«

»Bist du ja gewöhnt. All diese antizipierenden Trauersträuße auf den Nachttischen ...«

»Hast du irgendwo eine Vase?«

»Unter der Spüle steht ein Eimer.«

Auf seinem Brotbrett, das sie fürsorglich umgedreht hatte, schnitt Schwester Suus mit einem Obstmesser ihre Blumen schräg ab und stellte sie in den Plastikeimer, den sie mit lauwarmem Wasser gefüllt hatte. Weil sie nicht gleich einen geeigneten Platz fand, schob sie ein paar Papiere beiseite und stellte den Eimer auf Alberts Schreibtisch.

»So, und was machen wir jetzt, Brummbär? Gehen wir was trinken, oder wie ham wir's?«

»Ausgeschlossen. Ich bin heute abend verabredet.«

»Oh ... ist sie hübsch?«

»Bildhübsch. Bloß ... es ist keine Sie, sondern ein Er. Ich habe mich bei näherer Betrachtung doch zur Homosexualität bekehrt. Mehr oder weniger auf deinen Rat hin. Und, wer weiß, vielleicht auch ein bißchen durch dein Zutun. Durch dich, Suus, habe ich mich an etwas Hartes und Knochiges zwischen zwei Bäuchen gewöhnt ... Ich bin, wie man so sagt, ein spät Berufener.«

Albert sah, wie sie ganz kurz erstarrte, doch sie fing sich rasch wieder und sagte leichthin: »Na ja, nix zu machen. Dann feier eben mit *ihm* deinen Zehntausendsten.«

»Ausgeschlossen. Er ist siebzehn, der Engel, und ich habe ihm weisgemacht, daß ich vierundzwanzig bin.«

Girls' talk

Mittwoch, 21. September 1977
(Zwanet Vrauwdeunt)

Zwanet war Zwaantje, kleiner Schwan, für ihre Eltern, ihre Freundinnen aber teilten sich auf in die »Net«-Sager (das weniger intime Lager) und die »Zwan«-Sager (die wahren Intimi). Viola, Birgitta und Hillechien, die Zwanet gegen zehn in der van Eeghenstraat abholten, gehörten alle zum Lager der »Zwanner«, und unter diesen war Hillechien die absolute Busenfreundin.

Zwan hatte eine eigene Klingel, aber sie drehte ihre Stereoanlage in der Regel so laut auf, daß sie das Läuten oft nicht hörte. Mevrouw Vrauwdeunt öffnete den drei Freundinnen die Tür und schickte sie weiter in das Zimmer ihrer Tochter, wobei sie in deren ansteckendes Lachen einfiel.

»Ich wollte, ich wäre noch zwanzig«, rief sie den Mädchen in ihrem russischen Akzent nach.

»Na, Zwan kann froh sein, wenn sie in Ihrem Alter noch so gut aussieht«, rief Viola zurück.

»*Mann*, was für eine Schleimerei«, kicherte Mevrouw Vrauwdeunt. »Flunker nicht so, Jol.«

Wer Viola »Vi« nannte, konnte allenfalls eine Bekannte sein. Die beiden, die jetzt mit ihr die Treppe hinaufpolterten, waren zusammen mit Zwan auserwählte »Joller«. Hillechien ihrerseits war »Hil« für die engen Freundinnen und »Chien« für den Rest, wobei ab und an einer, der sie haßte, sich hundsgemein für die französische Aussprache entschied.

In ihrem Zimmer nahm Zwanet Hillechien kurz beiseite an ihren Schreibtisch, wo sie die Schublade aufzog. »Das Herz hat mir geblutet, Hil, aber ich konnte nicht anders ... Schau, ein neuer Titel. Seit diese dritte Achsel im Fernsehen rumschwirrt, hab ich falsche Assoziationen bei deinem. *Mann*, das stinkt mir vielleicht ...«

»Dir vielleicht. Mir nicht. *Die Stadt und die Höhlen* ... nicht schlecht.«

»Morgen fange ich mit der ersten Geschichte an.«

»Wollen wir's hoffen, Zwan.«

»*Mann*, diese Ungläubigkeit. Nein, im Ernst, Hil, ich schieb's jetzt nicht länger vor mir her.«

»*Mann*, ein Getuschel«, sagte Birgitta. »Natürlich wieder über die Herren der Schöpfung.«

»Besten Dank«, sagte Hillechien. »Heute zur Abwechslung mal nicht. Wir gehen einfach zu viert tanzen. Weiter kein Gedöns.«

»Albert kommt noch kurz ins *City*«, sagte Zwanet. »Aber der ist doch zu faul zum Schwofen. Ich speis ihn einfach mit 'ner Cola Rum ab.«

»Oh, bitte«, sagte Viola müde. »Unter uns gesagt ... ich hab so die Nase voll von ihrem kindischen Geseier. Letzten Mittwoch ...«

»Es sind eben kleine Kinder, Jol«, warf Birgitta eilig ein, als wolle sie eine bestimmte Geschichte nicht noch einmal hören. »Erst machen sie in die Hose, und sobald sie endlich stubenrein sind, machen sie's in ihr Taschentuch. Vom Regen in die Traufe.«

»Am Allertragischsten an dieser ganzen Masturbiererei bei den Männern finde ich noch«, sagte Hillechien, »daß sie den ganzen Krempel rausschaffen müssen ... und das, wo sie doch überhaupt nicht exhibitionistisch veranlagt sind. Na ja, bis auf den einen oder anderen Aufknöpfer.«

»Die Exhibitionisten, das sind wir«, sagte Zwanet. »Jedenfalls in Gedanken.«

»Okay«, sagte Viola, »aber wir können's auch gut verbergen. Stelzen zusammengesucht – und aufgestanden. Alles schön weggesteckt. Männer können nichts verbergen. Die rennen immer mit ihrem Bammelding rum, und das, obwohl sie eigentlich total schüchtern sind und das Ding am liebsten ganz tief wegstecken würden ...«

»Sie können ihn ja nur in einer Frau wegstecken«, sagte Hillechien schnaubend.

»Jetzt haben wir's«, stellte Zwanet fest. »*Mann*, welch ein Triumph.«

Das Gespräch drehte sich nun eine Weile um den gewaltigen Unterschied allein schon bei den Möglichkeiten, erwischt zu werden.

»Also, eine Frauenhand macht höchstens mal einen kleinen Luftsprung vor Schreck oder so 'ne Bewegung, die zu ... so 'ner Art Verneigung gehört ...«

»Einem Knicks?«

»... einem Knicks. Das Gummiband ist dann schon längst wieder zurückgeschnalzt. Aber was machen die Kerle, wenn ihre Mutter zur Tür reinkommt? Den Kram kriegst du doch nie im Leben wieder so schnell in die Klamotten rein, Gummiband hin oder her. Und wo läßt du das Tuch? Ich würd ja sagen, steck dir's schnell in die Brusttasche. Bloß – wer trägt heutzutage denn noch ein Jackett?«

»Ach, das sind ja gerade die Dinge, die sie trotz ihrer großen Klappe so ... so *vulnerable* machen.«

»Darum rühren sie mich auch immer wieder, ob ich will oder nicht.«

»Ja, geht mir genauso, gerade wegen dieser unhandlichen Dinger ... Eigentlich komisch.«

»He, wollen wir nicht langsam los? Sonst hat Fafa die schönsten Platten schon gespielt.«

Helpwillemus

Mittwoch, 21. September 1977
(Albert Egberts)

Sux Cox war noch nicht ganz aus der Tür (natürlich erhobenen Hauptes), da begann Albert, mehr oder weniger im Takt von Freeks E-Baß-Geklimper, durchs Zimmer zu tigern. Seine Hand umklammerte noch immer den ungefalteten Hundertguldenschein, der wie von selbst zu flattern begann.

Zehntausend Tage ... Er hatte es rasch, fast begierig nachgerechnet, noch bevor die Karbolmaus verduftet war. »Und alles freiweg aus dem Kopf.« Ach, würde wohl stimmen. Seine Dankbarkeit gegenüber Suus schlug fast in Rührung um, die ihm um so leichter fiel, als sie das Feld geräumt hatte und ihn mit dieser schönen runden Zahl allein ließ. Zehntausend Tage ... Wirklich eine Menge für jemanden, der es darauf angelegt hatte, »in die Breite« zu leben, jeden Moment so auszuschöpfen, daß die Zeit zum Stillstand käme oder zumindest *beinahe* ... Zehntausendmal vierundzwanzig Stunden: Es gab keinen besseren Beweis, daß Die Zeit sich einen Dreck um sein Leben in die Breite geschert, sondern sich einfach stoisch weiter in die Länge entrollt hatte, wobei sie Albert, wie im übrigen jedes andere Lebewesen auch, gnadenlos mit sich schleppte, bis daß der Tod eintrat.

In einem beflügelten – oder besser gesagt: entflogenen – Moment hatte Albert Gott als den definiert, Der Sich Anderen In Den Weg Stellt, als Totalen Widerstand In Der Welt, als Sammelbegriff für alles, was zu dessen großem Verdruß stärker war als der Mensch. Ein Gott, vor dem man das Haupt bis in den Staub beugte, nicht aus Ehrfurcht oder Demut, sondern weil Sein Fuß auf dem Nacken der Menschen stand wie der Fuß eines Jägers auf dem Nacken eines erlegten Bären. Der Mensch war das Fell vor Gottes offenem Kamin, samt grimmigem Kopf, der Rest degradiert zum Fußabtreter. Ein

Aspekt dieses Gottes war die Zeit, ein großer Zeiger, scharf wie ein Fallbeil, das sich mit äußerster Präzision auf ebendiesen, bereits mit einem perfekten Bleistiftstrich markierten Nacken zubewegte. Da half kein Bitten und kein Flehen – und auch kein Leben in die Breite.

Wie hätten die aufeinanderfolgenden Kulturen ohne diese sich immer weiter verfeinernde Zeitrechnung ausgesehen, ohne den Kalender mit seinen stets wiederkehrenden Gedenk- und Feiertagen? Vielleicht hätte man noch nicht einmal von einer Kultur sprechen können, obwohl natürlich sowohl im einen wie auch im anderen Fall, Uhr hin, Uhr her, ob Kalenderblätter nun fielen oder nicht, Die Zeit einfach ihren zerstörerischen Gang fortsetzte.

Mit seinem Geburtstag am 30. April, der jedes Jahr in einem Fest zu Ehren einer anderen unterging, war Albert sich oft wie eine Kultur ohne Kalender vorgekommen. Existierte man denn überhaupt als moderner Mensch, wenn man nie Geburtstag gehabt hatte?

Ja, das hatte sie gut behalten, die Sux: Der 1. Mai 1950 war der erste volle Tag seines Lebens gewesen. Mit Ach und Krach. Er wurde am 30. April ganz kurz vor Mitternacht geboren, gerade eben noch. Für seine Mutter mußte es ein Akt äußerster Willenskraft und Muskelbeherrschung gewesen sein. Sie wollte mit aller Gewalt ein Kind am Geburtstag der Königin, wie jemand anders sein Kind in der Weihnachtsnacht auf die Welt würde bringen wollen. Mädchenträume, jenseits von Hollywood.

»Ende April kommt es«, hatte der Arzt gesagt. »Hundertprozentig.«

Albert drohte zu früh zu kommen, doch seine dem Königshaus treu ergebene Mutter schaffte es, ihn noch ein paar Tage bei sich zu halten. Nicht undenkbar, daß sie sich zu sehr bemühte: Bei Anbruch des Nationalfeiertags gelang es ihr nicht, sich zu entspannen. Mit oder ohne Wehen, sosehr sie auch preßte, der Tag verstrich. Sie ließ die Pendeluhr auf dem Kaminsims nicht aus dem Auge.

»Wenn du wieder eine kommen spürst, dann schnapp sie

dir, Mädchen«, rief die Wochenpflegerin, die die Hebamme vertrat.

Gerade noch vor Mitternacht schnappte sie sich eine, und was für ’ne Prachtwehe. Albert schoß mit solcher Kraft hervor, daß die Gitterstäbe am Fußende ihn aufhalten mußten. Dort lag auch der Kopf seines Vaters, der, die Schuhe auf dem Kissen, seinen Rausch ausschlief. Im selben Augenblick begann die Uhr zu schlagen. Nach dem Schmerz- (oder Triumph-)Schrei seiner Mutter war dies, das Schnarchen seines Vaters übertönend, das erste, was Albert von der Welt zu hören bekam: die zwölf Schläge von Opas Pendeluhr, die ihn gemächlich willkommen hießen. Es war der 1. Mai. Tag der Arbeit. Auf geht’s. Genug herumgetobt da drinnen.

Nur sein Vater war nicht wach zu kriegen.

Nicht am Königinnentag, doch stets wenn er, wo auch immer, nachts die Uhr zwölfmal schlagen hörte, hatte er seiner Geburt gedacht. Das hieß, fast täglich. Es war also gar keine so schlechte Idee von Sux Cox, sein Alter mal in Tagen auszurechnen.

Nach dem zwölften Schlag ertönte, laut und verzerrt, das Wilhelmus aus dem Radio der Nachbarn. In Alberts Ohren klang die Nationalhymne nie anders als falsch und entstellt. Eines Tages waren Mitglieder des Königshauses unerwartet im Concertgebouw aufgetaucht, als Willem Mengelberg sich gerade anschickte, eine Mahler-Sinfonie zu dirigieren. Das Protokoll schrieb vor, daß in dem Fall zuerst das Wilhelmus zu spielen sei. Ganz zu Diensten, Majestät, aber wie ging das noch gleich, das Wilhelmus ... Willem Mengelberg verhaute sich völlig, was das Orchester aber so gekonnt ausbügelte, daß Ihrer Majestät samt Gefolge keine einzige Note der Nationalhymne vorenthalten wurde. Von Stund an hieß das Wilhelmus innerhalb der Mauern des Concertgebouws »Help Willem ’s«, »Hilf Willem mal«. So nannte auch Albert, nachdem er die Anekdote irgendwo gehört hatte, das Wilhelmus fortan Helpwillemus: Es drückte genau die Verformung in seinem Kopf aus.

Wie dem auch sei, nach jenem ersten Helpwillemus am

Ende des Königinnentags 1950 begann Albert Egberts senior, ein Riesentrara um den genauen Zeitpunkt der Geburt seines Sohnes zu machen. Er behauptete steif und fest, das Kind sei am Tag der Arbeit zur Welt gekommen, und so wünschte er ihn auch im Standesregister eingetragen zu sehen. Doch die Mutter gab, ungewöhnlich heftig für ihre Verhältnisse, nicht nach, und so kam Albert schon gleich am ersten Tag um seinen Geburtstag. Oder, wie er es in einer seltenen vertraulichen Anwandlung zu Sux Cox gesagt hatte: »Wenn mein Alter etwas mehr Überredungskunst an den Tag gelegt und etwas weniger Kopfschmerzen gehabt hätte, wäre ich heute ein anderer Mensch. Schon damals bestimmte seine Trunksucht mein Leben.«

Schon sehr früh, die Kronprinzessin war noch nicht einmal volljährig, setzte Albert alle Hoffnung auf einen Thronwechsel. Später sah er der Geburt der kleinen Prinzen bangen Herzens entgegen. Es brauchte nur einer am selben Tag ... Aber nein, Mr. Pieter van Vollenhoven, der Luftikus von Schloß Soestdijk, blieb der einzige, dessen Geburtstag mit dem der Königin zusammenfiel. Aus dieser Ecke drohte keine Gefahr: Er würde wohl nie König werden ... nicht einmal ein König des Jazz, und wenn man ihn an einen goldenen Flügel setzte ... Seine Ängste waren sinnlos. Die amtierende Monarchin konnte ihren Pflichten noch ebensogut bis zu ihrem hundertsten Geburtstag nachkommen. Ihrer damaligen Hofzauberin Greet Hofmans zufolge würde sie einhundertzwölf Jahre alt werden. Lang und glücklich. Ein Märchen. Albert begann zu fürchten, ihre Regierungszeit werde sein Leben bei weitem überdauern.

Neuntausendneunhundertneunundneunzig ... Noch ein paar Stündchen, und der zehntausendste Tag seines Lebens brach an. Wenn Sux Cox ihn nicht so nachdrücklich, mit Blumen und so, angekündigt hätte, wäre er vorbeigegangen gleich allen neuntausendneunhundertneunundneunzig anderen Tagen, die ihm wie Sand durch die Finger geronnen waren. Manche dieser Tage konnte er sich mühelos, oft lückenlos, in Erinnerung rufen. Die mit Milli zum Beispiel. Auch einige Wochenenden, an denen sein Vater völlig über die Stränge geschlagen hatte, waren, Stunde um Stunde, in seine Erinnerung geätzt, und in sein Herz, in die Seele, alles mit Nadel und beißender Säure. Der Rest jedoch ... Trotzdem hatten ihn die vergessenen Tage ebenso geformt wie jene, an die er sich noch sehr wohl erinnerte. Sicherlich lag der größte Teil der entscheidenden Tage in irgendeinem Reich des Vergessens ...

Die Vorstellung eines alternativen Geburtstags wurde mit jeder Minute verlockender, und schließlich – das mußte er Sux Cox lassen – befand er sich in einem Zustand höchster Erregung. Hundert Gulden zum Auf-den-Kopf-Hauen ... Heute nacht würde er seinen zehntausendsten Lebenstag feiern. Mit Zwanet. Mittwochs abends ging sie immer mit ihren Freundinnen im *Dogshit City* tanzen: Dort würde er sie finden, sehr bald, nach Mitternacht ... sollte sie sich erst mal eine Weile in Stimmung schwofen ...

Vor dem Spiegel reckte er das Kinn und schob mit gespreizten Fingern seine Nägel aufwärts durch die Stoppeln, die aufgrund ihrer Länge bereits weich waren. Ein Fünftagebart ungefähr. Es hatte ihn immer weniger gejuckt, wenn er, seine Umfrageformulare in der Hand, wie ein Penner bei den Leuten vor der Tür stand. Es war ein Stoppelbart, dem die Klinge gerade eben noch beikommen konnte. Ein elektrischer Rasierapparat nicht, egal, ob es einer mit zwei oder drei Scherköpfen war ... der würde die Haare schmerzhaft ausreißen ... Außerdem, die schuppige Haut, die er hinterließ ... die Bartflechte, die man riskierte, wenn Dritte den Apparat benutzt hatten ...! Nein, dann mit der Klinge! Die blanke Haut, die sie freilegte ... Nicht nur die Härchen wurden abgeschabt, auch die Schatten und Falten. Es war, als leuchte die Jugend wieder kurzzeitig auf und beginne zu strahlen, und das konnte am Vorabend des zehntausendsten Lebenstags wahrlich nicht schaden. Man traute sich ja wieder, sich in mehreren Spiegeln gleichzeitig von allen Seiten zu betrachten ... Nachdem die überschüssige Rasierseife abgewischt war, sah man, wie sich die Gesichtshaut straffte ... die Wangen wirkten schon weniger schlaff… die Augen lagen klarer im Gesicht. Wer die Klinge richtig angesetzt hatte, durfte sich kurzzeitig wieder wie ein kleiner Gott fühlen. Rasieren war eine heilige Tat. Selbstreinigung… Auch der Geist wurde sauberer und klarer davon, so schien es, als würde selbst dort angetrocknete Rasierseife, gesättigt mit Bartstoppeln, weggespült…

Albert achtete während des Duschens darauf, Wangen, Kinn und Hals schon mal mit normaler Seife zu massieren und so auf die Rasur vorzubereiten, die ihnen noch bevorstand. Mit Wohlbehagen spürte er, wie das warme Wasser an ihm herabrann. Er sah den Abend und die Nacht wie einen schwarzen Läufer ausgerollt vor sich liegen, noch nicht betreten, Lämpchentrauben in allen Farben zu beiden Seiten – und schaute entzückt darauf. Seinetwegen durfte dies bereits die Mitte seines Lebenswegs sein.

So eilig hatte er es, den ersten Schritt auf diesen Läufer zu setzen, daß er, nachdem er sich nachlässig abgetrocknet hatte, irgendwas anzog, ein Sammelsurium von Klamotten, seine gewöhnliche Kluft – und erst draußen bemerkte, daß er vergessen hatte, sich zu rasieren.

Der irrende Ritter aus dem Vondelpark

Mittwoch, 21. September 1977
(Zwanet Vrauwdeunt)

»Deine Strecke durch den Park, Zwan?«

»Prima. Hauptsache, ich muß sie auf dem Rückweg nicht allein nehmen. Langsam geht mir dieser komische Astronaut mit dem Helm auf den Geist. Er hat schon ein paarmal was zu mir gesagt, aber ich versteh nie was anderes als *hlwoh, hlwoh*.«

»Der irrende Ritter aus dem Vondelpark. Jemand hat sein Schwert in den Teich geworfen.«

»*Hlwoh, hlwoh.* Ist doch klar, sein Mopedhelm sitzt fest. Er fragt dich jedesmal ganz höflich, ob du ihm helfen kannst, ihn abzukriegen.«

»*Mann*, wie witzig.«

Schlitten fahren

Mittwoch, 21. September 1977
(Albert Egberts)

Wie aber feierte man so etwas wie den zehntausendsten Tag seines Lebens? Selbst auf diese Frage hatte Albert keine andere Antwort, als in die Stadt zu ziehen, von einer Kneipe zur nächsten, um sich langsam vollaufen zu lassen. Die Lust darauf verging nie, genausowenig wie die Reue danach.

Er hatte keine Eile. Sein »Tag« begann erst in gut zwei Stunden. Nicht gleich in das Labyrinth der Innenstadt... es langsam angehen lassen im eigenen Viertel De Pijp, in den äußeren, sich erst schwach krümmenden Ringen des Grachtengürtels... Im *Bierenbroodspot*, an der Ecke Eerste van der Helst/Govert Flinck, war alles gefliest: der Boden, die Wände, die Theke, alles. Eine Kneipe wie ein Bad, ein Klo. Tagsüber war hier immer viel los. Händler vom Albert-Cuyp-Markt, die hier schnell ein Bier zischten... Um die Essenszeit, am frühen Abend, leerte es sich, und gegen Mitternacht trat noch einmal eine kleine Belebung ein. In den Stunden dazwischen blieb es ruhig. Nur ein paar Engländer, die nun mal daran gewöhnt waren, daß ein Lokal um zehn oder elf schloß, und ansonsten eine Handvoll alter Männer, deren Schnapsgläser sich nie wahrnehmbar leerten, auf einen Augenwink hin aber doch immer aus einer Flasche nachgefüllt wurden, die in der Stille schnurrte...

An diesem Mittwochabend waren nicht nur alle Tische besetzt, sondern es standen auch noch Leute an der Theke. Als Albert eintrat, trank gerade jemand unter allgemeinem Gelächter den kleinen Plastikeimer mit dem wäßrigen Abfallbier aus, der immer unter dem Zapfhahn stand. Es ging vermutlich um irgendeine Wette, stimmte Albert jedoch wehmütig, da er an den Kirmesbären denken mußte, der früher in der Stammkneipe seines Vaters die Mischung aus Wasser und abgestandenem Bier trinken durfte, die in einem großen weißen Emailbecher mit angeschlagenem blauen Rand aufgefangen wurde. Nachdem der Bär stehend getrunken hatte, war sein Brustfell klatschnaß.

»Nächstes Mal doch lieber wieder *'n büschen* Honig«, hatte er jemanden sagen hören, bevor er – unverrichteter Dinge, denn sein Vater wollte noch nicht nach Hause – die Kneipe verließ. Draußen traf er Flix, der mit den Boshond-Kindern gerade dabei war, eine gefangene Fledermaus anzuzünden.

Der unerwartete Hochbetrieb gab Albert das vage Gefühl, zu Ehren seines zehntausendsten Geburtstages sei hier eine Party für ihn organisiert worden. Am großen runden Tisch neben der Tür saß zwischen Kunstmaler Karel, der aufgrund seiner Glubschaugen und wilden Locken dem Komiker Marty Feldman täuschend ähnlich sah, und dem namenlosen alten Regisseur mit dem einen mattschwarzen Brillenglas ... Arend-Jan Baartscheer. Die Joppe offen, so daß Albert sehen konnte, daß er darunter sein in Deutschland bestelltes Hemd von der Viking-Jugend trug. Es war noch zu früh am Abend, um mit den Runen am Ärmel zu prunken ... Erst mußten die Leute sich einen ansäuseln, bevor sie bereit wären, das Emblem zu küssen, oder zu drohen, ein kaputtes Bierglas darüberzuziehen, was Baartscheer im übrigen egal war. Aufmerksamkeit bleibt Aufmerksamkeit, das allein schon war's wert. Er begrüßte Albert mit einem Grinsen und einem kurzen Emporrecken seines Kinns, wobei das Licht der Deckenleuchte in seine Brillengläser fiel.

Ihm gegenüber saß Helman, dessen Gesicht in der Zwischenzeit noch mehr Furchen aufwies. Er versuchte, die Geschichte von seiner Begegnung mit J. C. Bloem an Arend-Jan loszuwerden.

»... eine Kneipe am Oosterpark. Da kam Bloem damals rein, Baskenmütze auf dem Kopf und 'ne kleine Flasche in der Hand. ›Geben Sie mir bitte ein Viertel jungen Genever.‹ Und fügte hinzu: ›Zur Brustpflege.‹ Nur so groß ...« (Helman gab mit der Hand in Kinderhöhe die Größe von Bloem an.) »Ich schwör's dir ... Der größte Dichter der Niederlande. Man hätte ihm 'nen Cent gegeben.«

Doch Baartscheer hatte kein Ohr dafür. Er behielt aufmerksam einen Tisch mit zwei Marokkanern im Auge, von denen sich der eine immer wieder zu zwei Frauen umdrehte, einer älteren und einer jüngeren, beide auf die gleiche Art blondiert und toupiert und gemeinsam das Spielchen spielend »Wetten, man sieht nicht, wer von uns die Mutter ist und wer die Tochter«.

»Sagt der Kneipenwirt zu Bloem: ›Bleiben Sie heute abend nicht hier?‹ ›Nein‹, sagt Bloem. ›Gestern abend ist es auch schon so spät geworden. Ich hatte mein warmes Essen verpaßt, aber meine Vermieterin hat mir noch einen Teller vor meine Zimmertür gestellt. Ich krieche mit letzter Kraft die Treppe hinauf, und da stoße ich im Stockdunkeln auf das Essen. Kalt natürlich, aber doch nett von der Frau. Ich schling das Zeugs runter und geh schlafen. Heute morgen bring ich den Teller zurück. Bißchen fad, sag ich zu ihr, aber sonst sehr schmackhaft. Stellt sich raus, daß ich einen Teller Hundefutter gegessen habe. Schlachtabfälle oder so.‹ *Komm, füll die Gläser und vergiß, wie perfid / Und schnell die unhaltbare Zeit entflieht. / Gestern ist tot, Morgen noch nicht geboren – / Was soll's, wenn uns das Heute genießen sieht?*«

Baartscheer grinste abwesend, während er die Marokkaner nicht aus dem Auge ließ. Über seinen Kopf hinweg versuchten Kunstmaler Karel und der namenlose Regisseur (der manchmal nach seinem Hauptleiden Ischias genannt wurde), sich gegenseitig mit ihren früheren Gefängnisstrafen zu überbieten. »Am gräßlichsten fand ich das Masturbieren.« Sie wurden in ihrer Diskussion von einer jungen Frau mit Barett gestört, die ins Lokal gehinkt kam. Sie hatte ein liebes, etwas sorgenvolles und zugleich nachsichtiges Gesicht. Ganz sanft legte sie Karel eine Hand auf die Schulter.

»Ka, kommst du noch nicht mit, Ka?«

»Ab in deine Bude, Humpelstilzchen!«

Traurig lächelnd hinkte sie wieder hinaus. Ischias packte die Gelegenheit beim Schopf, eines seiner Lieblingsthemen anzuschneiden: wie man den Minister (»das Köpfchen macht knacks«) dazu bewegen könne, die Abtreibung freizugeben.

Weshalb der ehemalige Regisseur eine halbe Sonnenbrille trug, war Albert nicht ganz klar; zwar hatte er mal irgendwas mitgekriegt von Objektiv-von-fahrender-Kamera-ins-Auge, doch was nun genau passiert war – kreuzendes Wild oder Kieselstein auf der Schiene – war ihm entgangen.

»Ja, ich hab einen Plan, ja«, sagte Baartscheer aufreizend langsam, ohne die Marokkaner aus dem Auge zu lassen. »Ich bin gespannt, was ihr davon haltet, ja. Der sieht folgendermaßen aus… In der Heilig Landstichting überwachen wir, was seine Tochter so treibt. Wenn sie in die Drogerie geht, um Monatsbinden zu kaufen, können wir ganz genau ausrechnen, wann sie in ihrer kritischen Phase ist. Ja. Sobald sie vor Fruchtbarkeit stinkt, lassen wir zwei bestochene Surinamer auf sie los, die sie sich mal ordentlich vornehmen dürfen, ja. Der eine hat 'n Mordstrumm von hartem Schanker, der andere 'nen Tripper wie der Niagarafall, und beide zusammen haben genug Sackläuse, um das gesamte Amazonasgebiet kahlzufressen. Ja. Hm. Ja. Dann werden wir schon sehen, wie schnell das neue Abtreibungsgesetz durch ist…«

Sein Plan wurde am Stammtisch mit fröhlicher Begeisterung begrüßt. Baartscheers Züge verhärteten sich. Sein Schädel wurde quadratisch.

»Im übrigen bin ich gegen die unbeschränkte Freigabe der Abtreibung, das ist ja wohl klar, ja.« Er sprach die Worte schmerzhaft exakt aus. »Wir müssen die Weltbevölkerung *selektiv* auf dem richtigen Niveau halten. Ja.«

Gleichmäßige Zahnreihen in einem Gesicht, rot vom Suff. Die Deckenleuchte verkleinerte sich in seiner Brille. Albert hatte den Mann nie anders als grinsend gesehen – ein Grinsen, bei dem sich die Augen in dem leicht aufgeschwemmten Gesicht zu Schlitzen verengten.

»Ach, *Herr Eckberts*, hol dir *doch mal* 'nen Hocker ran und… *nehmen Sie doch Platz, Herr Eckberts*. Obwohl… es ist kein Hocker mehr frei. *Schade*. Übrigens… wie gefällt dir die Smith & Wesson .35? Ich sag das jetzt nicht, weil sie noch nicht abbezahlt ist, ist doch klar. Hm. Ja.«

»Ein Revolver auf Raten... eigentlich total verrückt«, sagte Albert, um irgend etwas zu sagen.

»Pistole«, korrigierte ihn Baartscheer.

»Okay, Pistole auf Raten. Eine Schnapsidee.«

»Wenn du noch Patronen brauchst...«

»Ich bin versorgt. Sie ist geladen, und dabei soll es bleiben.«

»Man kann nie wissen. Ja... Auf der Straße ist es heutzutage ganz schön unsicher, ja.«

Baartscheer richtete seine Aufmerksamkeit wieder auf die Marokkaner und die blondierten Frauen. Albert drehte sich zur Theke um und bestellte ein Bier. Der leergetrunkene Eimer stand wieder unter dem Zapfhahn und beschwor erneut das Bild von dem Tanzbären herauf, der sich nach dem Trinken mit dem Tatzenrücken über die Schnauze fuhr. Irgend etwas war im Gange im Umkreis des Tisches, an dem die beiden Marktweiber saßen, Mutter und Tochter. Baartscheer rief von Zeit zu Zeit einem der Kartenspieler an wieder einem anderen Tisch etwas zu, einem kleinen, vierschrötigen Mann mit schwerer Kieferpartie, der sich bemühte, sich auf das Spiel zu konzentrieren, aber immer öfter giftige Blicke auf die Frauen und ihre Bedränger warf. Aus Baartscheers Bemerkungen konnte Albert schließen, daß der Mann, der jetzt rot anzulaufen begann, der Gatte beziehungsweise Vater der beiden war. Die Kartenspieler waren Händler vom Albert-Cuyp-Markt, die nach dem Abbau ihrer Stände im *Bierenbroodspot* versackt waren, wo sich später auch ihre Frauen mit den Einkäufen einfanden. Aus ihren Taschen hatten sie längst die Tüten mit feinen Fleisch- und Wurstwaren und Schnittkäse hervorgekramt, und nun wurde ungeniert zugelangt. Die Damen besaßen ja noch den Anstand, ihre Scheibe Fleischwurst zu einer Rolle zu drehen, die Herren dagegen ließen sich die Roastbeefscheiben wie loddrige Heringe in den Mund gleiten, selbstverständlich erst nachdem sie sie auf dem Tisch ausgebreitet hatten, um mit den Fingernägeln Falten hineinzumodellieren.

»Mann, macht mich richtig scharf.«

»Einmal Mösendorf und zurück.«

Es sah so aus, als würde der jüngere der beiden Marokkaner versuchen, sich an die Tochter des Markthändlers ranzurobben, aber in Wirklichkeit machte sie ihn eher scharf, so daß er nicht mehr zurückkonnte. Der Hals des Vaters, der von Baartscheer und dem Verhalten der beiden Frauen noch mehr auf andere Gedanken gebracht wurde, schwoll an. Mutter und Tochter waren auch ähnlich gekleidet, altmodisch-schlampig, weiße Pullis, durch die ein gepanzerter BH schimmerte... etwas, das nach Rüschengardinen und mit Kitsch vollgestopfter Dreizimmerwohnung roch... Nur an dem gelblichen, faltenübersäten Gesicht der einen ließ sich erkennen, wer die Mutter war. Die überquellenden Einkaufstaschen hatten sie ein Stück weit unter den Tisch geschoben. Die Mutter rollte eine Käsescheibe zusammen, nachdem ihre lackierten Fingernägel die dünne Rinde abgeknibbelt hatten. Die Tochter hatte eine Pappschale mit hundert Gramm Roastbeef aus der Tüte gezogen, stieß ihre Mutter an und nickte in Richtung des leicht zerknautschten Fleisches.

»Dieser Schlachter, so ein frecher Kerl aber auch«, rief sie mit kreischendem Lachen, und zu dem jungen Marokkaner, quasi-strafend: »Nicht hinschauen, Achmed.«

Die Marokkaner wurden scharfgemacht, wahrten in ihren vornehmen Kammgarnanzügen jedoch den Anstand, und das enttäuschte die Kartenspieler sichtlich. Baartscheer hatte vom runden Tisch aus, wenngleich bedeckt, doch etwas anderes prophezeit, und jetzt mußte dafür gesorgt werden, daß seine Prophezeiung sich bewahrheitete. Ihr Anstand würde die jungen Männer teuer zu stehen kommen. Sie mußten so lange provoziert werden, bis sie sich gemäß dem Bild benahmen, die die Wut dieser rechtschaffenen Amsterdamer plausibel machte.

Der mit Achmed Angesprochene hatte seinen Stuhl um neunzig Grad gedreht und legte – leicht, scherzend – den Arm um die Schulter der Tochter.

»Wir verloben«, sagte er grinsend zu seinem Freund.

»Ja, wir verloben uns«, sagte die junge Frau ernsthaft. Und

nach einer kurzen Pause fügte sie hinzu: »Wir verloben uns, ja, wenn Ostern und Pfingsten auf denselben Tag fallen.«

Der junge Mann, der den Ausdruck nicht verstanden hatte, strahlte. Mutter lachte gemein auf. Arend-Jan Baartscheer feuerte weiter kurze, bissige Bemerkungen auf den Vater ab, die Albert vom Ton her erstaunten, denn er hatte ihn nie anders als träge-triezend reden hören. Der Mann knurrte, versuchte, von seinem Spiel zu retten, was noch zu retten war.

Trotz ihres harten Spotts war die Tochter nicht eindeutig abweisend. Sie hatte schon Lust, mochte dies aber nicht offen eingestehen. Dadurch bekam ihre Haltung etwas zusätzlich Doppeldeutiges, was den jungen Mann auf die falsche Spur lenkte. Sein Oberhemd stand weit auf; im schwarzen Brusthaar hing eine goldene Kette. Breit grinsend wiederholte er: »Wir verloben.«

»Ja, sag ich doch: wenn Ostern und Pfingsten auf einen Tag fallen.«

Der Scherz, ein ums andere Mal wiederholt, dröhnte wie ein Refrain durch den Raum.

»Verloben?« brüllte der Vater mit einemmal. »Verloben mit *meiner* Tochter? Dann müssen wir aber vorher erst mal kontrollieren, ob er was vorzuweisen hat...!«

Achmed nickte breit lachend. Der Vater knallte die Karten auf den Tisch und drehte sich mitsamt seinem Stuhl in Richtung des Marokkaners.

»Na, dann laß ihn mal sehen, wenn du so scharf darauf bist, dich mit meiner Tochter zu verloben.«

Die anderen Spieler, die jetzt ebenfalls ihre Karten hinlegten, begannen, Achmed lauthals zu ermutigen. »Los, laß ihn sehen, Achmed...!« Baartscheer brauchte schon längst nicht mehr zu hetzen: Die Herren waren jetzt gut in Schwung. Die weiteren Regieanweisungen erfolgten in Form eines Grinsens. Der Freund, der offenbar besser Niederländisch verstand, erklärte Achmed flüsternd, worum es ging. Dieser schüttelte, noch immer breit lachend, den Kopf.

»Nicht sehen lassen?« schrie der Vater. »Dann auch nix Verlobung.«

Achmed machte, über das ganze Gesicht strahlend, abwehrende Gebärden. Der Markthändler erhob sich und warf mit voller Wucht seinen Stuhl hinter sich um.

»Wolln wir doch mal schaun, ob du'n sehn läßt oder nicht!«

Er zog seine Brieftasche aus der hinteren Hosentasche und nahm zwei Fünfundzwanziger heraus. »Da. Zwei Gelbe, wennden sehn läßt.«

Auch die anderen Kartenspieler zogen ihr Portemonnaie hervor.

»Ich setz 'nen Hunni ein. Weil er's is.«

»Hier, nochen Gelber. Unnen Zehner dazu.«

Der Vater ging mit der Mütze herum. Sie füllte sich rasch: zwei Zehner hier, ein Fünfziger da, und noch ein Hunderter – nicht der von Albert. Als der Ledervorhang vor der Tür beiseite geschoben wurde und Ernst Quispel hereinstolperte, wurde ihm sofort, ohne irgendeine Erklärung, die Mütze hingehalten. Mit erstauntem, leicht einfältigem Gesicht, das die Spuren müder Betrunkenheit zeigte, zog er träge einen Fünfundzwanziger hervor. Als er Albert sah, verloren seine Augen etwas von ihrem dumpfen Ausdruck. Schwankend blieb Quispel vor ihm stehen.

»So kenn ich dich nicht, Ernst.«

»Du, Albert ... du reali ... du kriegstes hin, drei Wochen im Jahr dies – wie nennstu das noch gleich – dies Leben in die Breite zu reali ... sieren. Den Rest vom Jahr verpfusch ... vergeudestu nur deine Zeit. Du suchsten Rausch ... einfach so, ach ... achtlos. Bei mir isses genau umgekehrt, Albert. Das ganze Jahr lang aufmerk, ich meine ... die Aufmerksamkeit angespannt lassen. Hundewache am Tor zur Welt. Und dann einmal im Jahr ... drei herrliche Wochen ... den totalen Rausch. Nur, in diesem Jahr isses schon das zweite Mal. Halleluja. Der Bogen, Albert ... der Bogen ... Kursivierung von mir, E. Q.«

»Also ist jeder von uns im Grunde die Ergänzung des anderen ... oder das Negativ ... wie sollen wir's schimpfen?«

»Brüder sind wir, das isses. Was führt dich her, zu Bier und

Brot und Spielen? Wollte in die Breite leben, aber konnte ... die Nebentür nicht finden.«

»Wollen wir mal sagen, ich feiere hier so was wie meinen Geburtstag.«

»Schmerzlichen Glückpunsch. Ganz allein? Ohne deine hübsche Jeanette?«

»Zwanet.«

»Zwanet ... genau.«

»Ich treff sie nachher, im *Dogshit City.*«

»Gut, ich komm mit. Feiern wir alle zusamm dein Burtstach. He, schau mal, Haufen Geld.«

Die Tochter hatte die Kasse. Sie hielt braune, rote und blaue Geldscheine wie einen Fächer in der Hand. Sie versuchte, neutral zu lächeln, doch unter diesem Lächeln kämpfte alles mögliche miteinander. Der Vater, drauf und dran, seine Tochter zu verheiraten, nahm ihr das eingesammelte Geld ab, legte es auf dem Tisch der Marokkaner zu einem kleinen Stapel zusammen und stützte sich mit den Fingerspitzen darauf.

»Alles für dich, Achmed ... wennsten sehen läßt.«

Auch Achmed bemühte sich, ein würdiges Lächeln aufzusetzen, doch sein Gesicht drückte sämtliche Stadien eines Zwiestreits aus. *Die* ganze Knete ... nur, um sein Geschlecht zu zeigen. Es wurde still in der Kneipe. Das Personal griff nicht ein. Arend »Streepje« Jan Baartscheer erhob sich von seinem Hocker, ging zum Tisch der Kartenspieler und angelte sich eine letzte Roastbeefscheibe aus einer Papiertüte, die in der Stille unangenehm raschelte. Er breitete das Fleisch vor Achmed auf der Tischdecke aus.

»So«, sagte er, nachdem er noch etwas daran herumgetatscht hatte, »vielleicht wirkt das ja stimulierend. Wir meinen's gut mit dir.«

Mit einemmal ging Albert auf, daß das ganze Spektakel für Baartscheer aufgeführt wurde – zwar von ihm vorbereitet und inszeniert, dann aber ihm zu Ehren auf die Bühne gebracht.

Der junge Mann schaute nicht auf das Fleisch. Er hatte nur Augen für den Stapel Banknoten unter diesem Briefbeschwerer aus schwieligen Fingerspitzen, auf den sich sein Schwiegervater in spe mit vollem Gewicht zu stützen schien. Albert *sah* ihn plötzlich denken: Sollen diese prüden Holländer doch gleich aufkreischen, für so viel Kohle bin ich gern bereit, mich ein ganz klein bißchen erniedrigen zu lassen. Das Geld hatte ihm zu diesem Zeitpunkt die natürliche Scham bereits abgekauft. Noch bevor die Hand seines Freundes ihn wieder hinunterdrücken konnte, hatte Achmed sich, den Reißverschluß aufziehend, von seinem Stuhl erhoben, und ... da sprang das purpurne Ding schon, vor Habsucht halb geschwollen, zwischen dem Tischrand und (Porno frisch vom Stadtschlachter) dem feuchten Roastbeef heraus. Nicht einmal eine Sekunde lang sahen die Gäste es zucken wie eine Wünschelrute, die auf Gold gestoßen ist, und schon war es wieder verstaut, als habe der junge Mann sein Geschlecht nun, da es von keiner Hose vor den Blicken geschützt wurde, mit purer Schnelligkeit bedecken wollen. Fast genauso schnell, in *einer* fließenden Bewegung, die von Mann zu Mann ging, wurde das Geld den einzelnen Verschwörern zurückgegeben, während der Vater der Braut rief: »Ätsch! Er kannich sehen! Er hat ja keine Glupscher ...!«

Die ganze Operation war so gut getimt, daß sie bis in die kleinsten Kleinigkeiten hinein geprobt wirkte. Wie, beispielsweise, konnte jeder mit so großer Treffsicherheit seinen eigenen Einsatz zurückerhalten, wo es doch um ganz verschiedene Beträge ging? Die einzigen, die nichts bekamen, waren Albert und Arend-Jan, die ja beide auch nichts eingezahlt hatten. Baartscheer war der Spiritus rector, blieb aber aus dem Spiel. Quispel blickte verwundert auf den Fünfundzwanziger in seiner Hand.

»Da darf man gar nicht dran denken, Ernst ... was ein Trinker alles blecht, einzig und allein um sich einer *Strafe* zu unterziehen. Er zahlt gutes, sauer verdientes Geld, um in ein schwarzes Loch zu taumeln, krank zu werden, Abscheu auf sich herabzurufen ... was noch ... sich einen psychischen Klaps einzuhandeln ... Es ist nicht so, daß ihm das einfach widerfährt. Er hat dafür bezahlt. Auf Dauer sichtbar wird das investierte Geld erst in dem Fett, das er ansammelt ...«

»Trinken«, sagte Ernst, »ist eine langsame Form der Selbstverstümmelung. Die fünfzehn Kilo, die ich zuviel mit mir rumschleppe, sind der Beweis meiner mangelnden Eignung zum Alkoholiker. Auch eine Art von Selbstverstümmelung, allerdings eine falsche ... Mein Körper hätte an den Kalorien aus dem Alkohol, auch ohne Essen, schon genug, und dann könnte die Verstümmelung sich nach innen richten. Aber ich esse, denn ich habe eine Heidenangst davor, daß der Alkohol zuviel Vitamin B aus meinem Gehirn schwemmen könnte. Zuwenig Talent also, um der vorbildlichste Trinker der Stadt zu werden. Meine Talentlosigkeit hängt in Fettwülsten an mir.«

»Das ist wirklich kein Anblick«, sagte Albert, »ein Märtyrer mit Embonpoint.«

»Es sei denn, er trinkt, ißt nicht und geht trotzdem auf. Dann kann er sich mal Gedanken über seine Leber machen ... die ist mit ziemlicher Sicherheit hinüber ... Auch ein Zeichen von Talentlosigkeit, übrigens. Der richtige Trinker hat es auf sein Hirn abgesehen.«

»Für mich ist das eine teure Form von Selbstmord. Und eine langsame. Eine Flasche Hochprozentiges kostet locker fünfundzwanzig Gulden, inklusive Alkoholsteuer. Ein Schnaps in der Kneipe: zweieinhalb Gulden. Du zahlst also für den Tod, wie du für die Erhaltung des Lebens bezahlst. Notfalls leihst oder stiehlst du Geld für den Tod ... Außer für seinen Lebensunterhalt, der ja ganz normal weiter anfällt, muß der Alkoholiker auch noch für seinen Todesunterhalt aufkommen.«

»Da weiß man ja kaum, wo einem der Kopf steht ...«, sagte Quispel, dessen Blick wieder stumpfer wurde.

Das Geld war erneut in Portemonnaies und Gesäßtaschen verstaut. Das ganze Drama von Betrug und Erniedrigung hatte sich in fünf Sekunden abgespielt. Achmed war einigermaßen betäubt auf seinen Stuhl zurückgesunken, neben die beiden fröhlich kreischenden Frauen.

»Der kannich sehen, sagt Papa ... der hat ja keine Glupscher ... Halt mich fest!«

Der junge Mann verstand den Sprachwitz nicht, machte jedoch eine Miene, als wüßte er den Jux durchaus zu schätzen. Achmeds Freund hatte sich eine Hand vor die Augen gelegt wie einer, der plötzlich von unerträglicher Migräne heimgesucht wird. Er unternahm keinen Versuch, dem anderen das Wortspiel zu erklären, das auch er wahrscheinlich nicht ganz verstand.

Baartscheer triumphierte. Es war, als grinsten sogar seine Brillengläser.

Albert nutzte das Hohngelächter und Getrampel, das sich gegenseitig Auf-die-Schulter-Schlagen und Stühlegescharre, um grußlos die Kneipe zu verlassen. Als er den Arm bereits durch den Vorhang vor der Tür gesteckt hatte, ließ er seinen Blick noch einmal flüchtig durch den Raum schweifen und sah zwei Dinge, die noch eine ganze Weile auf seiner Netzhaut flimmern sollten:

1. Den jungen Marokkaner, der lächelte, als berühre ihn das alles nicht mehr, obwohl die Demütigung augenfällig in seine Schultern gekrochen war;

2. Baartscheer, der seine Joppe auszog und so das Runenzeichen auf dem Ärmel seines Uniformhemds entblößte.

Reglose Paarung

Mittwoch, 21. September 1977
(Zwanet Vrauwdeunt)

Als Kind konnte Zwanet lautlos schleichen. Sie ließ sich brav, mit viel Geschmuse, ins Bett bringen und vorlesen, um dann eine Viertelstunde später geräuschlos die Treppe hinunterzugehen und sich hinter dem Sofa zu verstecken, auf dem ihre Eltern saßen und fernsahen. Zwischen ihren Köpfen hindurch sah sie sich dann begierig und buchstäblich atemlos verbotene Sendungen an wie *The fugitive*, *Peyton Place* und *The long, hot summer*. Manchmal tauschten ihre Eltern dabei, ohne die Augen vom Apparat zu lösen, Zärtlichkeiten aus. Die Hand ihres Vaters fuhr dann, sich liebevoll vortastend, unter den Rock ihrer Mutter. Sich unbeobachtet wähnend, sank diese mit derb gespreizten Beinen tiefer in die Polster und ließ ihn, leise und kehlig russische Worte wimmernd, gewähren. Manchmal zog sie auch die Knie hoch und stemmte, Rock und Oberschenkel in heftiger Bewegung, die Fersen gegen die Sofakante – bis sie die Beine mit einem Miauen schlagartig schloß. Zwanets Vater schien immer geduldig zu warten, bis er seine plattgedrückte Hand zurückziehen konnte, was nie geschah, ohne daß ihre Mutter zuvor ganze Serien zarter Küsse auf seine Fingerspitzen gedrückt hatte.

Bei der kleinen Zwanet, die doch in erster Linie auf den Bildschirm schaute, gingen Vorder- und Hintergrund eine geheime Verbindung ein. Ihre jungen Eltern ergänzten das, was auf dem Fernseher *nicht* gezeigt wurde. Tagsüber führte sie, als ziemlich autoritäre Regisseurin, zusammen mit Kindern aus der Nachbarschaft eine Art kleiner Theaterstücke auf, eine Mischung aus den Melodramen im Fernsehen und dem, was ihre Eltern an geheimnisvollen Handlungen verrichteten.

Schon sehr früh war sie auf das ruchlose Mysterium vorbereitet, das eines Tages kommen würde. Ein starkes Bedürfnis bereits als kleines Mädchen, sich betrachten und betasten zu lassen. Niemand legte soviel Phantasie an den Tag beim Sich-Ausdenken von Spielen. Das Aneinanderpressen von Mündern in langen Küssen ohne Beteiligung der Zunge, alles im Duft warmen Heus ... Eine Szene in einem Zelt ... gesiebtes Licht ...

Ihre Entdeckung der leicht klebrigen Absonderung: Wenn man mit der Fingerspitze darin herumrieb und dann in der Stille die Ohren spitzte, machte es manchmal knisternde Geräusche wie ein kleiner Knackfrosch, nur viel, viel leiser. Sie und ihre Freundinnen wurden nicht müde, sich gegenseitig ihre verborgenste Falte zu zeigen, die bei keiner von ihnen gleich aussah – bei einigen war sie etwas weiter oben eingekerbt, bei anderen mit geschlossenen Schenkeln unsichtbar.

Als sie sechzehn war, rückten Bücher an die Stelle der Fernsehserien.

Albert war es als Junge mit *Lady Chatterley* so ergangen, nachdem sein Vater es in einer alkoholseligen Anwandlung einem Kneipenkumpel hatte mitgeben wollen. »Hier, ein *scheens* Buch für dich, wo du doch Junggeselle bist. Da stehn Sachen drin, also, ich sag dir ...« Seine Mutter hatte es zu verhindern gewußt und das Buch in den Mittelteil des Büfetts zurückgestellt, der im Hause Egberts als »Giftschrank« fungierte. Albert, durch die Worte seines Vaters angespornt, wußte, wo er suchen mußte. »Du hast bestimmt schon mal davon gehört ... Süchtige, die bei der Ankunft in einer fremden Stadt schnurstracks ins anrüchige Viertel gehen, wo sie das bekommen, was sie brauchen. Wie durch Radar gesteuert ... Also, in meinem Fall war die fremde Stadt ein unbekannter Roman. Ich war elf oder zwölf ... Vielleicht nicht vom Radar, aber doch von einer zuckenden Wünschelrute wurde ich unfehlbar zu den richtigen Stellen geleitet. Zu Sätzen wie: ›Die zarte, warme, verborgene Haut ihrer Taille und Hüfte‹ ... ›Ihr Schlüpfer‹ ... ›Während doch ihr Schoß offen war und weich und sanft nach ihm schrie‹ ... ›Als sein Samen hervorspritzte‹ ... Als ich das Buch später ganz las, stellte sich heraus, daß ich bei diesem ersten groben Geblätter keine einzige fleischliche Szene überschlagen hatte. Die Geschichte selbst enttäuschte mich übrigens. Was mir davon noch am deutlichsten in Erinnerung ist, ist der erotische Duft eines feuchten Nadelwalds...«

Zwanet war es so mit einer Passage aus *Die Glocken von Bicêtre* ergangen, die sie so oft gelesen hatte, daß sie eine Art Ikone für sie geworden war, ein heiliges Bild, das mit einem Blick zu erfassen war und bei ihr die entsprechenden Gefühle auslöste. Die Passage handelte von einem Ausflug des Helden mit dessen erster Frau – eine Erinnerung aus dem Krankenhausbett.

»Von der Hitze schläfrig, haben sie sich im Sand zwischen dem rauschenden Schilf ausgestreckt.

Er sieht noch die Flasche Wein, wie er sie in den Fluß taucht, wobei nur ihr Hals herausragt. Er hatte seine Jacke ausgezogen und seinen Schlips abgebunden. Marcelle hatte Schuhe und Strümpfe abgestreift. Nachdem sie ins Wasser gewatet war und versucht hatte, ihn zu bespritzen, hat sie sich neben ihm ausgestreckt. (...)

Seine fast brennende Haut hatte den guten Geruch, den der Schweiß auf dem Lande annimmt. Alles roch gut, das Schilf, die Erde, der Fluß. Und der Wein schmeckte, nachdem er abgekühlt war, so wie ihm Wein seitdem nie wieder geschmeckt hat.

Auf dem Rücken liegend, die Hände im Nacken verschränkt, hat er an einem Grashalm gekaut und ins Blau des Himmels geblickt, an dem bisweilen ein Vogelschwarm flog.

Hat er geschlafen? Wahrscheinlich nicht, aber ein wohliger Friede war in ihm. Es ist auch unwahrscheinlich, daß sie miteinander gesprochen haben. Er erinnert sich an eine Geste, an seine Hand, die zur Seite tastete, Sand und dann Marcelles Körper berührte. Er war so träge, daß er eine ganze Weile gebraucht hat, bis er sich entschloß und sie in seine Arme nahm. (...)

Sie haben lange fast reglos dagelegen, wie gewisse Insekten, die sich paaren, und er spürte die Sonne auf seinem Rücken, hörte das Plätschern des Wassers, das leise Rauschen des Schilfs.

Er war nicht betrunken, hatte aber doch so viel getrunken, daß sein Körper von Kopf bis Fuß empfänglicher wurde. Der Geruch von Speichel und Samen hat sich mit den anderen Gerüchen vermischt.

Das ist alles. Danach haben sie die Flasche ausgetrunken. Sie haben versucht, sich von neuem auszustrecken, diesen Zustand der Gnade wiederzufinden, den sie gerade erlebt hatten, ohne ihn gesucht zu haben.

Der Zauber war gebrochen. Die Luft ist kühler geworden.«

Es hatte lange gedauert, bevor Zwanet klar wurde, worin für sie der Zauber dieser kläglichen Übersetzungsprosa lag. Es war die Reglosigkeit des Beieinanderliegens dieser beiden Menschen. Seit ihr das bewußt geworden war, war Zwanet besessen von der bewegungslosen Paarung. Heute abend ... ja, heute abend würde sie allen Mut zusammennehmen und Albert vorschlagen, sich auf das Experiment der körperlichen Erstarrung mit ihr einzulassen. Eine Umschlingung, die bis zum Höhepunkt keine andere Bewegung kennen würde als das Pochen seines Blutes an ihrer Gebärmutter, das Pochen ihres Herzens in ihrer linken Brust und das Pochen seines Herzens an ihrer rechten Brust ... Aber um auf diese Weise zum Sättigungspunkt zu gelangen, würden sie sich bei vollem Sonnenlicht in der freien Natur ausstrecken müssen, am besten irgendwo an der Amstel, denn die Sonne mußte Alberts Rücken massieren, und sie wiederum brauchte das murmelnde Wasser, das knackende Schilf und den klappernden Vogel als eine Folge streichelnder und erregender Bewegungen außerhalb ihres eigenen Körpers.

Sie würde sich endlich trauen, ihn zu fragen. Es war gerade noch möglich. Wenn sie auch kürzer waren, so würden in diesem Spätsommer doch warme, duftende Tage kommen, davon war sie überzeugt.

Schattenhandlungen

Mittwoch, 21. September 1977
(Albert Egberts)

Für einen festlichen Abend hatte er den falschen Weg gewählt, auch jetzt wieder. Während er die Erniedrigung des jungen Marokkaners noch in seinen Wangen und Händen, zwischen den Beinen und im Portemonnaie brennen fühlte, ging er auf den Albert Cuyp beziehungsweise Alberto Cupido, wie Patrick den Markt nannte. Jetzt, da die Verkaufsstände abgebaut und die Leute in alle Richtungen geschwärmt waren, schien die Straße schwindelerregend hoch und breit. Viel zu geräumig für eine Straße in De Pijp, und so löste sie auch keine Erleichterung bei ihm aus, sondern eher Beklemmung. Kurz nach halb elf war es, und die Leere und Stille waren ungeheuer, fast beängstigend unter den Lampen, die an Kabeln zwischen den Häusern in einer Brise schaukelten, die bereits etwas Herbstliches hatte. Sogar die Möwen, die sich nach fünf Uhr immer mit großem Geschrei auf die Fischreste stürzten, waren zum größten Teil verschwunden, nachdem die Reinigungskolonne die gröbste Arbeit getan hatte. Zwei oder drei segelten noch an den dunklen Fassaden entlang, schneeweiß am Abend, lautlos. Hunde trotteten im Zickzack durch die restlichen Abfälle, während Katzen sich dem Müll wieder auf ihre Art näherten ... Ganz in der Nähe lief eine Ratte über die Straße, so groß und fett, daß Albert den Körper, den er sonst nur mit Geraschel verbinden würde, *pflatschpflatsch* auf dem nassen Asphalt aufkommen hörte, ein Geräusch wie von einem Seehund, der sich im Zoo über den Beckenrand auf den Mann mit dem Eimer zubewegt ...

Albert blieb stehen und schaute die lange Straße in Richtung der van Woustraat hinunter. Er versuchte sich vorzustellen, was sie an diesem Tag gewesen war und was sie am nächsten Tag wieder sein würde, ein langes, leicht gekrümmtes Füllhorn zwischen der van Wou und der Ferdinand Bolstraat, der Länge nach durchzogen von einer doppelten Ameisenspur, innerhalb deren sich kleine Gruppen mäandernd von Verkaufsstand zu Verkaufsstand bewegten. Aber wenn man etwas genauer hinschaute: Was suchten sie wirklich, die Menschen? Sie fuhren mit der 16 oder der 25 zum Cuyp, stiegen dort aus, um einzukaufen... vielleicht, um an einem basarähnlichen Stand für jemanden ein kleines Geburtstagsgeschenk zu erstehen... Doch womit beschäftigten sie sich in solchen Momenten *wirklich*? Waren derlei alltägliche Handlungen – zum Beispiel, ein Stoffstück gegen das Licht zu halten und auf kleine Schönheitsfehler zu kontrollieren – die sichtbaren, motorischen Metaphern dessen, was sie *wirklich*, in der Tiefe, bewegte und antrieb? Was genau sah man, wenn man beobachtete, wie eine Frau mittleren Alters in dunkelroter Kunstledermopedjacke grüblerisch Pfirsiche oder Avokados drückte? So etwas wie eine tastende Suche im Dunkel des Lebens, in der Unterwelt?

Wiederholten die Menschen auf diese Weise tagtäglich das gleiche anderthalb Dutzend Metaphern?

Traf dies zu, erhielten ihre alltäglichsten Handlungen eine Aura rätselhafter Poesie, da hatte man's wieder. Mit bedrückter Miene die reifsten Bananen, die größten Äpfel aussuchen... es bedeutete vielleicht eine Steigerung, eine Verschlimmerung der dunklen Suche, die unaufhörlich in uns stattfand.

»Wieviel macht das?« fragte jemand. Und ein anderer: »Was kostet das Stück?«

Und sie meinten, zumindest echote es so im Abgrund ihrer Seele: »Wie weit sind wir? Wie lange noch? In welche Richtung? Kriechend oder purzelnd...?«

Wenn das alles so war, was für eine Schattenhandlung würde er, Albert Egberts, dann verrichten, wenn er, konkret gesprochen, lediglich im Begriff war, im *Ferdy* in der Ferdinand Bolstraat einen Hunderter auf den Kopp zu hauen?

Eine Flitspritze

Mittwoch, 21. September 1977
(Zwanet Vrauwdeunt)

Flix und Thjum. Die hatte sie ja noch nie im *Dogshit City* gesehen. Die beiden wurden gerade vom Türsteher hinausgelassen, als Jol auf die Klingel drücken wollte. *Mann*, was für ein glücklicher Zufall! Thjum, den fand sie süß. Vor Flix hatte sie ein wenig Angst, aber sie war so erfüllt von *In den Achseln der Stadt*... ach nein, *Die Stadt und die Höhlen*... daß sie auf einmal den Mut fand, ihm zu erklären, an was für eine Serie von Kurzromanen sie dachte.

»Wie stellst du als Künstler dir so eine Reihe vor... in bezug auf die Gestaltung? Der Sammeltitel, *Die Stadt und die Höhlen*, muß der auf den Umschlag... mit der jeweiligen Nummer, meine ich... oder besser innen rein?«

Flix hatte sich ihre Pläne, ungeduldig die Achseln zuckend, mit sarkastischer Miene angehört, und Zwanet bereute es bereits, ihn daraufhin angesprochen zu haben. Thjum stand unbewegt daneben.

»Von mir aus klebst du ihn verkehrt herum auf den Schutzumschlag... am besten auch noch spiegelbildlich, dann glauben sie sicher, daß es bös russisch sein soll... Was wolltest du denn eigentlich hören?«

»Ich hab mir überlegt, ob du vielleicht Ideen für den Umschlag hast. Etwas mit Wiedererkennungseffekt, das man bei jedem weiteren Band der Reihe abwandeln kann... nur so zum Beispiel...«

»Ein zeitgenössischer Rattenfänger von Hameln, wäre das nicht was?« schlug Thjum vor. »Oder für jeden Band ein anderer Quadratzentimeter... stark vergrößert... von einer stinknormalen Mäusefalle...«

»Nein, ich weiß was Besseres«, höhnte Flix. »Wir nehmen eine Flitspritze, das ist eine hübsche Variante zum Vergrößerungsglas von Sherlock Holmes und zur Pfeife von... wie heißt dieser andere große Schnüffler gleich noch mal ... Maigret ... und damit ist die Sache geritzt. Ideen wie Sand am Meer, und auch noch gratis. Ein bißchen hab ich ja übrig für die Freundinnen meiner Freunde. Also dann, tschüs. Wir müssen zum Zug nach Den Bosch. Grüß Albert von uns.«

Der Sonntagsdichter

Mittwoch, 21. September 1977
(Albert Egberts)

Albert bog nach rechts in die Ferdinand Bolstraat. Auf dem namenlosen kleinen Platz an der Kreuzung lümmelten sich die Fahrer am Taxistand, auf Kundschaft wartend, so schwer über ihre offenen Türen, daß die Autos schief im Rinnstein hingen. Sie trugen noch die Sonnenbrillen von einem gut gelaufenen Sommer, hatten aber schon lange keinen Gesprächsstoff mehr.

Albert ließ eine fast leere Straßenbahn der Linie 25, die am Hauptbahnhof noch ein paar Zugreisende abzuholen hoffte, vorbeifahren, und ging zum *Ferdy* hinüber Ecke Bol/Daniël Stalpert. Leere Straßenbahnen rollten leichter und zugleich schwermütiger über die Schienen als volle und klangen auch anders, nicht zuletzt weil die Straßen auf ihrer Strecke meist ausgestorben waren.

Das *Ferdy* war, wie das Aushängeschild anzeigte, eine 8-2-Kneipe. Im Tausch gegen diese eine zusätzliche Schankstunde – wochentags bis zwei Uhr nachts, an den Wochenenden bis drei – verzichtete der Wirt auf eine Lizenz, die es ihm erlaubt hätte, bereits ab zehn Uhr vormittags zu öffnen. Es war allerdings eine goldene Stunde: Von weit her kamen die Nachtschwärmer aus ihren zur üblichen Zeit schließenden Stammkneipen gekrochen, um sich im *Ferdy* in der noch verbleibenden knappen Dreiviertelstunde den Rest zu geben. Übrigens keine Zeit für Gemütlichkeit. Hier wurde ernsthaft getrunken, harte Arbeit, bei der sich die Leute gegenseitig auf die Füße traten und anschnauzten wie auf einem japanischen Börsenparkett … Gerieten sie selbst nicht in eine Rauferei, dann ihre Hunde.

Als Albert die Kneipe um Viertel vor elf durch den Eingang an der Ecke betrat, konnte von explosivem Gedränge noch keine Rede sein. Der Schankraum war ungefähr so leer wie die

25, die gerade die Gläser auf der Theke zum Klirren gebracht hatte. Auch Albert kam hier sonst nur während der Absakkerstunde her. Er staunte, wie gut die Schulter-an-Schulter-Kundschaft das Interieur immer den Blicken entzogen hatte. Ja, das grüne Licht über der Theke gab den Trinkern in der unmittelbaren Umgebung unberechenbare Draculagesichter, das war ihm nicht entgangen, aber die riesige hypermoderne Jukebox, die, zentral wie ein Altar, mit ihrem Heiligenschein aus pfauenblauem Licht die ganze Kneipe beherrschte, fiel ihm erst jetzt auf, ebenso der fußballplatzgroße Billardtisch im Hintergrund.

Aus der Jukebox kam keine Musik, am Billardtisch wurde nicht gespielt.

An der Theke, in der am weitesten vom Eingang entfernten Ecke, hockten drei Leute. Ein lockenköpfiger Mann mit hochgezogenen Schultern saß beziehungsweise hing noch gerade so eben an der langen Seite des Tresens, den Rücken der Tür zugewandt. Die kurze Seite war von einem dunkelhaarigen Mädchen und der älteren falschen Blondine besetzt, die immer zur Stoßzeit, stets gut gelaunt, am Zapfhahn stand. Es war das erste Mal, daß Albert sie außerhalb der Thekenummauerung sah. Ihr Platz wurde jetzt, ohne daß es vorläufig nötig war, von einem blonden Mädchen eingenommen, das sich weit zu den dreien vorbeugte, so daß das übereinandergetürmte Glaswerk leise unter ihren Brüsten knackte.

»... ohne daß mein Hemdchen fällt«, hörte Albert die ältere Frau sagen, als er das Lokal betrat: das Ende einer Bemerkung, von der sie selbst einen Lachanfall bekam, der in einem blubbernden Raucherhusten erstickte.

Tante To, Ende Fünfzig und immer fröhlich, Typ altmodische Puffmutter, völlig unschuldig. Albert hatte sie nie anders als in einem grelltürkisfarbenen Hosenanzug gesehen, den sie auch jetzt trug. Ihre weißblonde Perücke bestand aus einem Wust falscher Korkenzieherlocken, die ihr bis weit auf den Rücken herabhingen. Darin staken alle möglichen mit unechten Diamanten besetzten Klemmen sowie Häkel- und Stricknadeln, des weiteren besonders angespitzte japanische Eßstäbchen, die erst bei einem plötzlichen Kopfschwenken eine Gefährdung bedeuteten, was aber selten vorkam, weil Tante To höllisch aufpaßte, daß ihr veredelter Heuhaufen nicht in Unordnung geriet. Von ihren Brillenbügeln hing eine Messingkette mit viel zu großen Gliedern, wie die an einem WC-Spülkasten, senkrecht auf ihren Busen herab ... vom eigenen Gewicht straffgezogen ... Jeder verfolgte, wie die beiden Teile, sich über den großen Brüsten kringelnd, wieder hinaufführten und unsicher, in Haarnadelkurven, über die Schultern liefen, um schließlich in ihrem Nacken, irgendwo im Verborgenen des Lockenwusts, sozusagen in der Wirrnis, zusammenzukommen. Ihre langgezogenen Ohrgehänge baumelten astrein parallel zur Kette. Im übrigen saß die Brille, der Grund für dieses ganze Geschleuder, zu hoch auf ihrer Nase und sah fast aus wie ein Herrenmodell. Die dick nachgezogenen Augenbrauen waren hinter den Brillengläsern verzerrt sichtbar, so daß sie außerhalb der Fassung in einer gebrochenen Linie weiterzulaufen schienen. Grasgrüne Schminke, die sich aufreizend mit dem Türkis ihres Hosenanzugs biß, war nicht nur auf den Lidern, sondern auch auf den Tränensäcken aufgetragen und zog sich, obschon in abgeschwächter Form, bis zu den Schläfen und fast bis zu den Wangen. In schönem Kontrast dazu trugen die Lippen eine silbrige Farbe, die tragischerweise die Furchen um ihren Mund noch vertiefte, so daß die Leute sie eher auf Mitte Sechzig als auf Ende Fünfzig schätzten (»He, altes Reff, noch drei Gläser!«), auch wenn sie so weit entfernt standen, daß es fast unmöglich war, eine Bestellung aufzugeben.

Tante To. Von ihr erzählte man sich, daß sie ihren Kerl vergiftet hatte, aber »aus Mangel an Beweisen« freigesprochen worden war. Wie dem auch sei, Tante To sang, während sie unentwegt Pils zapfte, ganze Reihen auf einmal, über die sie dann den Spatel flutschen ließ, immer laut und ungezwungen die Schnulzen aus den großen Lautsprechern mit und im übrigen auch die normalen Tophits. Und ja, wer einen Blick dafür hatte, konnte deutlich erkennen, daß sie sich von etwas ganz Gräßlichem befreit hatte.

»So sagt man doch?« wiederholte sie, nachdem sie sich von ihrem Hustenanfall erholt hatte. »Ich kann reimen, wie bestellt... ohne daß mein Hemdchen fällt.«

In dem Moment ließ der Schließer die Tür ins Schloß klakken, und bei diesem Geräusch blickte der Lockenkopf flüchtig, mit routiniert argwöhnischem Gesichtsausdruck, über die Schulter zu Albert. Er trug einen Schnäuzer, und bei diesem Anblick fühlte Albert erneut mit einem Anflug von Bedauern die kribbelnden Bartstoppeln an seinem Hals: daß er sich nicht rasiert hatte, schien seinem Festabend etwas Vorläufiges und Unverbindliches zu verleihen.

Wieder brach Tante To in lautes Gelächter aus. Dann, nach einem Zug an ihrer Zigarette, wieder ernst, bedächtig: »Nee, Reimen, Dichten... nix für mich, nee. Das krieg ich nie hin.«

Albert setzte sich ein paar Plätze von dem Schnäuzer entfernt auf einen Hocker. Niemand beachtete ihn.

»Na ja«, sagte das dunkelhaarige Mädchen neben der Matrone, »zu Nikolaus schaff ich es ja gerade noch mal, was zusammenzureimen... jedenfalls früher. Jetzt laß ich mein Hemdchen fallen, und die Poesie kommt von ganz allein. Und bringt auch noch Money in die Dose. Reimt sich das oder reimt sich das nicht?«

»Doppelt und dreifach«, sagte die Blonde, die sich lachend und mit fragend hochgezogenen Augenbrauen Albert zuwandte.

»'n großes Pils.«

Der junge Mann, der nicht in das Lachen der Frauen einfiel, warf Albert noch einmal einen Blick von der Seite zu. Abgesehen von dem borstigen Schnäuzer war er frisch rasiert; an dem bläulichen Schimmer seiner Haut erkannte Albert, daß er einen Rasierapparat benutzt hatte. Möglicherweise lag es an den Augen, deren äußere Winkel nach unten wiesen, daß er in seinem Gesicht etwas hatte, das Alberts Mutter früher immer »ganovenhaft« genannt hatte, womit sie meinte: »... wie diese Leute, die ihre Wohnwagen am Kanal stehen haben.« Im Aufspüren von »Ganovengesichtern« war sie unfehlbar. Es ging um eine Mischung aus Geschlagenheit und Schläue, die sich in der Gesichtsform eingenistet hatte, und dieser Lockenkopf schien ein perfektes Beispiel zu sein, auch wenn er seinen Wohnwagen wahrscheinlich nicht am Kanal stehen hatte.

»Och, bitte noch eins, Nelis«, sagte Tante To mit einer gewissen Rührung in der Stimme. Sie meinte damit nicht etwas zu trinken und auch keine Zigarette, denn sie fügte, fast träumerisch, hinzu: »Ich hör dich so gern, wenn du so bist.«

(»Nelis« war es nicht genau, was Tante To sagte. Der Name sollte Albert, obwohl er ihn eine Nacht lang benutzen sollte, später entfallen. In Erinnerung sollte ihm lediglich das Bäurische des Namens bleiben, der genausogut Nelis wie Krijn oder Tinus lauten konnte. Wenn es wirklich nicht ohne Namen ging, sollte er den Mann als »Krijn« bezeichnen, da sich das auf »kwatrijn«, Quatrain, reimte und ebenso auf Katrijn, eine Variante des Namens seiner Mutter.)

»Also gut, noch eins«, sagte Krijn und legte sich die Zeigefingerspitzen an die Schläfen, wobei er gleichzeitig die Augen fest schloß. Albert brauchte sich nicht lange zu fragen, worauf der Mann sich konzentrierte, denn dieser entspannte sich wieder und begann, ein Gedicht zu rezitieren, wobei er mit seinen mageren Fingern in die Luft griff, als klaube er dort die Worte heraus.

Klang und Rhythmus kamen Albert bekannt vor, muteten zumindest vertraut an, doch die Worte, sofern er sie verstand, konnte er nirgends einordnen. Die Frauen lauschten andächtig, amüsiert und ein wenig ungläubig, wobei sie, um sich nicht ganz geschlagen geben zu müssen, leicht spöttisch lächelten. Krijn hatte die richtige Stimme. Beim Deklamieren wandte er Albert bei Passagen, die der Betonung bedurften, das Gesicht mit stechendem oder sich verdunkelndem Blick zu, je nachdem, wie es das Bild oder die Emotion erforderte. Das Gedicht hatte ein zwingendes Metrum und reimte sich nach einem traditionellen Schema. Auch nach den letzten Worten fixierte Krijn Albert unverwandt mit seinen Karfunkelaugen.

»*Ich* find es toll«, sagte Tante To seufzend. »Von wem hat

er das bloß? Von seinem Vater bestimmt nicht... der war nicht so dichterisch veranlagt. Es sei denn, er hat seine Begabung mit ins Grab genommen.«

»Von wem ist das?« fragte Albert und schlug die Augen als erster nieder.

»Nein, schau mich an«, sagte Krijn eindringlich. (Oh, dachte Albert, so einer bist du, und sah dem Despoten unerschrocken in die Augen.) »Wieso, von wem ist das?«

»Von wem ist das Gedicht, das du gerade vorgetragen hast? Kam mir bekannt vor.«

»Wie meinst du das, von wem ist das Gedicht...?«

»Von welchem Dichter... Welcher Dichter hat es geschrieben?«

Schau mich an. Aber er spielte das Spielchen »Wer schlägt als erster den Blick nieder« mit. Keiner von beiden, in diesem Fall.

»Ich selbst«, sagte Krijn. »Ich selbst natürlich. Von mir ist es. Von wem sonst?«

Sich mit der einen Hand an der Messingstange der Theke festhaltend und mit der anderen sein Longdrinkglas voll Whisky mitnehmend, rückte er ein paar Plätze bis zu dem Hocker neben Albert auf, und das alles, ohne daß sie die Blicke voneinander gelöst hätten.

»Ich hab es selbst gemacht. Wer sonst?«

»Es kam mir vertraut vor. Ist es veröffentlicht?«

»Veröffentlicht...!« zischte Krijn geringschätzig.

Ach, natürlich, *le poète maudit* läßt seine Verse nicht drukken. Er wirft das Manuskript verzweifelt aus dem Fenster – in der Hoffnung, daß es auf dem Gehweg des nächsten Jahrhunderts gefunden wird.

»Na ja, du wirst doch wohl irgendwas auf Papier festgehalten haben... Darf ich's mal lesen?«

»Nix Papier, nix lesen.« Krijn hatte eindeutig *Glupscher*, und dazu welche mit unangenehm stechenden *pinpoint pupils*. »Entsteht alles hier drin.« Er klopfte sich mit den Fingerknöcheln an die Stirn, Fingerknöcheln, die so weiß waren, daß man nicht nur auf eine bis zum Äußersten geballte Faust schließen konnte, sondern auch auf eine gerade noch unterdrückte Wut, mit der er sich leicht ein Loch in den Kopf hätte schlagen können. »Und das bleibt auch alles hier drin. Veröffentlichen ... das find ich so was von zum Kotzen. Meine Poesie muß man hören, sonst nix. Ich schreib nie ein Wort auf. Absolut nie. Das Gedicht bildet sich in meinem Kopf. Stück für Stück. Hier ein Wort und da ein Wort. Und irgendwann ist es fertig, und dann vergeß ich's nie mehr. So kann es auch nie verlorengehen.«

»Darf ich noch eins hören?«

Diesmal verzichtete er darauf, sich erst theatralisch zu konzentrieren. Ohne zu zögern, begann er mit einem neuen Gedicht. Mit diesen zwei schwarzen Kugelschreiberkügelchen im Zentrum seiner beiden Iris schrieb er die Worte direkt in Alberts Seele. Andererseits war es ebendieser stechende, so willentliche und gekünstelte Blick, der Albert daran hinderte, die Bedeutung aufzunehmen. Der Blick schien die Worte für sich zu beanspruchen, so daß sie unterschlagen werden konnten, während Klang und Rhythmus dadurch an Kraft gewannen ... Die Augen gaben den Verszeilen Flügel ... Flügel, auf denen sie in einen Bereich flogen, jenseits aller Verständlichkeit. Brauchte Krijn seinen lügnerischen Blick, um den Zuhörer vergessen zu lassen, daß sein wunderschönes Gereimsel doch von einem anderen stammte?

Trotz der Tatsache, daß die Bedeutung des Ganzen ihm bis auf einzelne Bilder entging, traute Albert seinen Ohren nicht. Klang, Rhythmus, Reim ... und dann diese Diktion ... es war berauschend. Wie konnte es sein, daß er diesen Gedichten noch nie irgendwo begegnet war, gedruckt oder in Form von Schallwellen? An diesen zwei Gläsern Bier konnte es nicht liegen ... Albert ließ sich vom Rhythmus der Sätze wiegen. Obgleich er noch nicht einmal halb glaubte, daß die Gedichte von Krijn stammten, war es ihm mittlerweile ziemlich egal: Die Vortragenden waren oft größere Dichter als jene, die die Verse niederschrieben ...

Hier wehte die Poesie aus einer anderen Ecke als im *Bierenbroodspot*!

Plötzlich begriff Albert, was in Jean Cocteau gefahren war, als Jean Genet ihm in einem Pariser Straßencafé sein neues Gedicht *Le boxeur endormi* vorgelesen hatte. Wie Cocteau prustete Albert los, und wie Cocteau seinerzeit bei Genet hatte auch er die größte Mühe, seinen Dichter, der mitten in einem Vers steckengeblieben war, davon zu überzeugen, daß er *unwillkürlich* lachen mußte, und zwar wegen der fast unglaubhaften Perfektion des Vorgetragenen. Jetzt fühlte Albert sich erst richtig unbehaglich unter Krijns oder Tinus' oder Nelis' perforierendem Blick, und er zog rasch sein Portemonnaie hervor, um zu zahlen.

»Bravo«, sagte er. »Hier komm ich noch mal her.«

»Bist du dann genauso hübsch wie jetzt?« fragte der Dichter und kam mit seinem Ganovengesicht ganz dicht an das von Albert heran.

Albert erschrak und strich sich mit den Fingerspitzen über die Bartstoppeln, eine Geste, die er selbst verabscheute, die er aber erst dann unterlassen konnte, wenn Wangen, Kinn, Oberlippe und Hals drangekommen waren – im Grunde ein flüchtiges, putzendes Streichen, bei dem ein Tischgenosse, ganz aus dem Konzept gebracht, einmal gefragt hatte: »Oh, hab ich gespuckt?«

Hübsch? Hab ich das nicht schon vor langem irgendwo hinter mir gelassen, das Frätzchen, das die Tanten früher so entzücken konnte, daß zumindest ihr Mund feucht wurde? Über das die Freundinnen meiner Schwester nicht aus dem Schwärmen rauskamen, im übrigen ohne daß es mir je eine spannende Affäre eingetragen hätte? Ist meine *gueule d'amour* denn nicht weit hinter mir, in einem Hotelzimmer oder auf einer Kneipentoilette, in irgendeinem trüben Spiegel hängengeblieben und zusammen mit diesem zu Bruch gegangen? Oder auf dem Boden einer Flasche klebengeblieben, die Lippen in Blasstellung um die Seele gestülpt? Jedenfalls höre ich niemand mehr ein Wort darüber verlieren. Nur Sux Cox hat Ende August noch was dazu gesagt, aber nur, um sich aus einer bedrängten Lage herauszureden. He, was hat dieser Sonntagsdichter mit mir vor – will der mich verarschen?

Also, der sieht mich ja nicht mal mehr an, der schaut ja schon in mich *rein*. Ekliges Gefühl, wie er so in mich eindringt, mit diesem Blick. Wenn ich Jungfrau bleiben will, muß ich die Augen jetzt niederschlagen.

»Nein, nicht wegschauen. Sieh mich an.«

Ich will weg. Ich hau mich jetzt davon, würde Flix sagen. Zu blöd aber auch: Im *Bierenbroodspot* ist mein letztes Kleingeld fürs Bier draufgegangen. Jetzt werd ich warten müssen, bis die Blonde da, wahrscheinlich mit saurer Miene, meinen Hunni gewechselt hat.

»Laß stecken«, sagte Krijn. »Das Bier geht auf mich. So 'n Schein ohne Knick kann uns noch gute Dienste leisten. Ich hab selbst nur verknüllte.« Und er fuhr die Blondine an: »Gib dem Herrn hier 'nen Whisky... Nein, so 'n Glas wie ich. Voll. Und ein bißchen dalli. Das ist ein Freund von mir. Nein, weiter... bis zum Rand, ja, gut so...«

Gleichgültig füllte sie ein Longdrinkglas bis zum Rand mit Johnny Walker *Black Label*, eine Flasche, die sie unter der Bar hervorgeholt hatte, und goß der Form halber auch ein paar Tropfen in Krijns Glas, das noch ganz voll war.

»Die müssen tun, was ich sage. Der ganze Laden hier gehört mir, samt Inventar. Das da ist meine Mutter...«

Nicht schlecht, wenn deine Mutter die Drecksarbeit für dich erledigt und nicht du den eigenen Vater um die Ecke bringen mußt. Gar nicht schlecht.

»Die zwei da sind meine Pferdchen«, fuhr er fort und nickte in Richtung der beiden Frauen. »Und noch drei andere. Wenn's gerade paßt, stell ich sie hier an die Theke. Mann, ich bin so was von Millionär. Sogar meine eigene Mutter arbeitet für mich.«

Wieder dieses Empfinden, daß er log. Doch das Märchen war zu schön, um nicht daran zu glauben: Zuhälter mit poetischer Begabung... Es konnte am Abend liegen, doch etwas in Albert wollte Krijn von vornherein glauben, alles, was er sagte oder noch zu sagen hatte, sosehr er auch bei jedem Wort seine Augen wie Hörner in Alberts Augen stieß.

»Wenn du Lust hast«, sagte Krijn, »dann kann ich dafür

sorgen, daß sie sich mal ein halbes Stündchen für dich freimachen. Gratis natürlich. Von mir aus auch länger. Ein Freundschaftsdienst. *Any time*.«

Er versuchte, Albert mit seinem Blick zu zwingen, ja zu sagen.

»Später mal. Gern.«

»Magst du Schnee?«

Schnee... Albert dachte schon an ein neues Gedicht, mit einem Kernwort, das ihn wehmütig an den heute zu Ende gehenden Sommer erinnern würde. Krijn zauberte eine Art Weiß-Kreuz-Pulver hervor: ein professionell gefaltetes Briefchen aus halbtransparentem Papier, durch das weiße Körner schimmerten. Er öffnete es mit einer Umsicht, die schlecht zu ihm paßte. Ach so, *die* Form von Schnee... nicht einmal die Eskimos hatten eine genauere Bezeichnung dafür... Auf einen Schlag hatte Krijn, der Dichter, der Zuhälter, mit seiner abgedroschenen Ganovensprache Alberts Argwohn aufs neue geweckt.

»Möchtest du 'nen Sniff?«

Albert bekam die gleichen Krämpfe in der Bauchgegend wie früher, wenn auf einer Fete ein Joint, so groß wie eine qualmende Fackel, von Hand zu Hand ging und unvermeidlich auch er dran war... Vorbeigehen lassen oder als Nichtraucher riskieren, daß Hanfschwaden in seinem Magen landeten, mit der Folge, daß er sich womöglich übergab...? Angst und Erregung zugleich, unterhalb des Nabels.

»Jetzt nicht, danke. Ich trink gerade Whisky.«

»Das genau mein ich ja. Mit 'nem guten Sniff intus kannste so viel Whisky trinken, wie du willst. Schnee neutralisiert den Alkohol.«

Krijn griff in seine Hosentasche und zog eine Handvoll zusammengeknüllter Geldscheine hervor. Hunderter, hier und da sogar ein Tausender, sah Albert auf die schnelle.

»Siehst du? Alle zerknittert. Nicht zu gebrauchen. Ach, Mann, ich geh dermaßen schludrig mit Geld um... Kann ich mir mal deinen Schein leihen?«

Krijn öffnete ein Klappmesser, schob mit der Klinge etwas Kokain auf die Bar und formte das Häufchen mit der Schneide zu zwei parallelen Linien. Albert gab ihm seinen ungefalteten Hunderter. Krijn rollte ihn zu einem Röhrchen zusammen, das er sich in das eine Nasenloch steckte, während er gleichzeitig das andere mit dem Daumen zudrückte. Das weiße Pulver verhielt sich wie Eisenspäne in der Nähe eines Magneten. Auch das zweite Nasenloch wurde bedacht.

»Jessesnochmal, ich heb gleich ab«, sagte er.

Mit der Spitze des Messers legte er, diesmal etwas weniger sorgfältig, zwei weitere Linien.

»Jetzt du. Los.«

Albert steckte sich das noch trockene Ende des Papierröllchens ins linke Nasenloch, drückte das rechte zu und schnupfte. Tatsächlich: wie Schnee in der Sonne ... Röllchen ins rechte Nasenloch. Drücken. Schnupfen.

»Das kann uns heute abend noch gute Dienste leisten«, sagte Krijn, während er Albert den Hundertguldenschein aus der Hand nahm und aufgerollt in seine eigene Brusttasche schob. »Reg dich nicht auf: Heute abend zahl ich. Verknautschtes Geld ist auch Geld. Mann, ich bin so was von Millionär.«

Das Kokain war nicht das einzige, das wie Schnee in der Sonne schwand: Binnen weniger Minuten waren Alberts Müdigkeit, die düstere Stimmung und sogar die Angst vor Krijns stechendem Blick verschwunden, einfach futsch. Das Glücksgefühl des letzten halben Jahres, der Frühling und Sommer mit Zwanet, flammte wieder lichterloh auf. Sein Herz weitete sich – durch den heißen Strudel in seinem Kopf.

»Du verstehst was von Poesie«, sagte Krijn, zweifellos aus dem gleichen Strudel heraus. »Machst du selbst Gedichte?«

»Alle denken immer, daß ich Gedichte schreibe. Sogar meine besten Freunde ... Die müßten's besser wissen. Ich komm mir allmählich vor wie Gösta Berling, in dem Roman von Selma Lagerlöf ...«

»Ey, jetzt komm mir bloß nicht mit dieser intellektuellen Masche, ja? Das kotzt mich immer so was von an, dieses intellektuelle Getue ...«

»Ein trunksüchtiger Pfarrer... und die Frauen denken schwärmerisch, daß er ein Dichter ist. So geht's mir auch. Als ich zwölf oder dreizehn war, hab ich mal spätabends aus meinem Dachfenster geschaut und gesehen, daß Vollmond war, oder jedenfalls fast. ›Die Nacht ist ein einäugiger schwarzer Kater‹, sagte ich plötzlich laut. Hab selber 'nen Schreck gekriegt. Ist mir einfach so rausgeflutscht. Und hat nach mehr geschmeckt. Ich also gewartet und gewartet... aber nix, da kam keine zweite Zeile. Im Grunde warte ich noch immer drauf, bis zum heutigen Tag. Obwohl, ist ja schon was Einmaliges, ein Dichter mit nur einer Verszeile...«

»Wart mal«, sagte Krijn. Er massierte sich die Nasenwurzel mit Daumen und Zeigefinger, so daß Albert schon glaubte, ein Schneeflöckchen stecke quer, doch Krijn unternahm tatsächlich so etwas wie Anstrengungen zu dichterischer Konzentration, denn schon klaubten seine Hände wieder Reimworte aus der Luft. Bei diesem Gedicht setzte Krijn seinen stechenden Blick nicht ein. Er ließ die Augen sogar fest zugekniffen, um von der Innenseite seiner Lider die neu entstandenen Verse ablesen zu können. Albert spürte mit einemmal einen Krampf in der Herzgegend, als er in der zweiten Strophe hörte:

die Mondnacht ein einäugiger schwarzer Kater

und noch etwas über die Kinder des Polyphemos, die Katzengejaule nachahmen, und einen »blinden neuen Mond«. Sosehr sein Kopf auch ruckend zum straffen Metrum von Krijns Sätzen mittanzte, wie ein Ballon, der am Handgelenk eines spielenden Kindes festgebunden ist – Albert war einfach nicht überzeugt von ihrer Authentizität. War dieser dichtende Loddel ein Naturtalent, eine Perle des Volkes sozusagen, oder handelte es sich hier um einen koksenden Willy Alfredo, der aus jeder hingeworfenen Zeile ein fix und fertiges Gedicht machen konnte?

»So ein Westentaschenloddel«, sagte Albert kurz darauf kichernd zu seinem Spiegelbild, als er unter blauem Neonlicht pinkelte. »So ein Westentaschendichter.«

Die blauen Röhren, eine Maßnahme gegen Fixer, waren ja

die reinste Frechheit, wenn man gesehen hatte, wie sich der Chef selber in aller Öffentlichkeit die Nase vollstopfte. Albert hielt etwas sehr Bleiches in der Hand, in dem nicht länger blaue Adern zu erkennen waren. Allesentseelendes Licht, das ihn zu einer urinierenden Leiche degradierte. *Ich piß Farbe und Feuer.* Die einzige Verszeile, die er je aus dem Munde seines Großvaters aufgezeichnet hatte, ohne sie enträtseln, geschweige denn fortführen zu können. Für alle Zeit zu spät. Fast hätte er Krijn diesen kleinen Satz zur Vervollständigung präsentiert, doch letztlich siegte die Erinnerung an den tief verehrten Opa van der Serckt über die ordinäre Neugier, was ein dichtender Zuhälter wohl daraus machen würde.

Hatte er auf seinem Weg zur Toilette Dinge übersehen, oder war er dort, in sich hineinkichernd und laut mit seinem eigenen Spiegelbild redend, so lange hängengeblieben, während das tödliche blaue Licht die Zeit anders verrinnen ließ? Wie auch immer, *plötzlich* waren viele Leute in der Kneipe, wenngleich noch kein Hochbetrieb herrschte. Die Uhr über der Theke zeigte zwölf. Es war ihm egal, daß Krijn ihn unverwandt spöttisch, fast mit Verachtung ansah: Albert vertraute ihm feierlich an, daß in dieser Minute sein zehntausendster Lebenstag anbrach.

»Kneipenzeit«, sagte Krijn. »In Wirklichkeit ist es erst Viertel vor zwölf. Du hast also noch eine Viertelstunde von der alten Zeit ... Ist ja egal, was man feiert, also warum nicht das zehntausendste Mal von diesem oder jenem? Auch gut. Wart, ich besorg uns ein Taxi.«

Die Frauen standen nun alle drei hinter der Theke und konnten kaum mehr den Andrang bewältigen, doch Alberts neuer Freund drängte sich autoritär in den engen Raum. Er begann ein erregtes Gespräch mit der Blonden, wobei er ihr dann und wann verbissen ins Ohr blaffte. Danach wandte er sich der Dunkelhaarigen zu, die nur gefügig nickte.

»So, das wär geregelt«, sagte Krijn, als er zurückkehrte.

»Das Taxi ...«

»Ja, das auch. Genauso wie der Whisky für unterwegs. Aber eigentlich mein' ich, daß ich mir meinen Platz im Bett gesichert hab. Es gibt nix Schöneres, als frühmorgens nach Hause zu kommen und zu seinem Schätzchen ins Bett zu schlüpfen. Mal zum einen, mal zum anderen. Und wenn ich noch so müde bin, ich frag sie immer erst nach der Kundschaft...«

»Am Ende der Nacht machst du noch mal Kasse?«

»Nein, ich will wissen, was die Typen mit ihr getrieben haben, alles. Auch die alten Kerle... Sonst kann ich nicht schlafen, Mann.«

»Das heißt, wenn du mir mal 'ne Nummer spendierst... bei der Blonden zum Beispiel... dann fragst du sie hinterher aus, wie es war... was ich gemacht hab, und so?«

»Klar doch, bei dir auf jeden Fall. Vielleicht sag ich ihr ja, sie soll's ohne Kondom machen... Dann schnüffel ich sie von Kopf bis Fuß ab. Ich mach kein Auge zu.«

Die Blonde füllte die Longdrinkgläser mit Eis und Whisky und kippte, als Krijn nicht schaute, auch noch einen ordentlichen Schuß Wasser dazu. Während sie eingoß, spähte sie hinaus.

»Da isses schon«, sagte sie.

»Was machen wir mit den Gläsern?« fragte Albert.

»Die nehmen wir mit«, sagte Krijn. »Dafür sind sie da.«

Die Blonde beugte sich weit über die Theke zu Krijn. Sie versuchte erst gar nicht, so zu reden, daß Albert sie nicht verstehen konnte.

»Laß dich nicht zu sehr ausnutzen, Schatz. Ich meine, du *bist* schon in so 'ner Spendierlaune... Paß auf, daß andere auch mal was bezahlen.«

Krijn nickte ernst, wie ein Schuljunge, der seiner Mutter Besserung gelobt.

Mit dem Whisky in der Hand rutschten sie auf die Rückbank des Taxis.

»Keine vollen Gläser in meinem Wagen«, sagte der Fahrer entschieden, als sie saßen. »Ich brauch nur kurz mal bremsen, und das Zeug flutscht, *platsch*, über die Polster. Austrinken... vorher fahr ich nicht los.«

»Jeder einen ordentlichen Zug«, sagte Krijn und stieß so kraftvoll mit Albert an, daß die Polster nicht ganz verschont blieben.

Sie tranken die Gläser leer, vom Taxifahrer grinsend im Rückspiegel verfolgt. Krijn, der rechts saß, nahm Alberts Glas und stellte es zusammen mit seinem auf die Bordsteinkante. »Zum Leidseplein.« Die Tür war noch nicht ganz zu, da wendete der Wagen schon und fuhr in Richtung Innenstadt. Mitgelockt durch das Rätsel der unbekannten Gedichte, war Albert bereit, diesem Loddelverschnitt überallhin zu folgen.

Leicht wie ein Shuttle

Donnerstag, 22. September 1977
(Albert Egberts)

Da sie eine so große Whiskymenge hastig getrunken hatten, gerieten sie schon während der nur fünfminütigen Taxifahrt in einen Zustand beträchtlicher Angetrunkenheit, so daß der Zeitpunkt, an dem sein zehntausendster Tag begann, Albert entging. Auch Krijn erinnerte ihn nicht daran oder höchstens, indem er ihm etwas anbot.

»Junge, ich bin nicht nur so was von Millionär, ich bin auch Mitglied im De Kring. Ich kenne da sämtliche Dichter. Weißt du was, ich stell dich da jetzt gleich ein paar Dichtern vor... Hallo! Zum Kleine-Gartmanplantsoen bitte!«

Albert fragte sich, ob ihm dieser eine Dichter, ein um so größerer, als er sich auch noch mit Frauen und Schnee befaßte, vorläufig nicht reiche. Auf dessen dubioser Poesie wollte er sich in dieser Nacht treiben lassen. Richtige Dichter, namhafte und berühmte sogar, interessierten ihn im Moment nicht... Es gelang ihm nicht, den Gedanken zu Ende zu denken. Vor allem in den Kurven betätigten sich ihre Mägen als Cocktailshaker. Da, auf dieser Rückbank, überschlugen sie eine Trinkphase. Nüchtern waren sie ins Taxi gestiegen, betrunken rollten sie heraus. Krijn bezahlte die Fahrt – aber nicht mit Alberts Hunderter.

»Von diesen Stufen«, sagte Krijn, während sie die steile Treppe zum Klub hinaufgingen, »sind schon eine Menge berühmter Schriftsteller runtergekegelt. Besoffen und nicht besoffen. Krasser gesagt, du bist in der niederländischen Literatur niemand, solange du nicht von dieser Treppe runtergedonnert bist.«

»Was hält dich zurück?«

»Was hält *dich* zurück? Ich hab's schon hinter mir. Runter*geschmissen*, um genau zu sein. Ausgerutscht auf dem Schnee, bildlich gesprochen.«

»Na, ich werd's gleich mal probieren. Sofern ich dann noch in die niederländische Literatur reinplatzen will.«

Auch Krijns Mitgliedschaft durfte nicht zu wörtlich genommen werden.

»Es kann sein, daß er noch nicht da ist«, hörte Albert ihn zum Türsteher sagen, »aber wir sind heute abend die Gäste von Remco Campert.«

»Is ja stark«, sagte der Mann mit dünner Stimme, die schlecht zu seinem furchterregenden, bulligen Äußeren eines Rausschmeißers in einer Provinzdiscothek paßte. »Herr Campert hat schon seit zwei Jahren seinen Mitgliedsbeitrag nicht mehr gezahlt. Und auch wenn du dir was Besseres hättest einfallen lassen – dich will ich hier drinnen nicht mehr sehen, blöder Hund.«

Hinter dem Portier entdeckte Albert die ewige Nappalederjacke von Patrick Gossaert. Dieser unterhielt sich, den Rücken zur Tür, mit einem gedrungenen, etwas vierschrötigen Schriftsteller, dessen verwitterten Kopf, allerdings in einer etwas jüngeren Version, Albert von Buchumschlägen her kannte. Der Schriftsteller ließ seinen jungen Kollegen nur zu Wort kommen, um mit den gespitztesten Lippen, die Albert je gesehen hatte, etwas Genever aus seinem Glas zu saugen. An seinen Wangenbewegungen konnte man genau erkennen, wie oft er das Getränk um seine Zunge spielen ließ, bevor er es hinunterschluckte und wieder auf Patrick einzureden begann. Albert versuchte, über den Schriftsteller hinweg Gossaerts Aufmerksamkeit auf sich zu lenken. In einer Woge süßlich nach Whisky schmeckender Gefühlsduselei wollte er wissen, was Patrick mit dem zerbrochenen Stechpaddel gemacht habe.

»Patrick«, rief er über den kahlrasierten Sträflingsschädel des Türstehers hinweg, »Patrick, mach mit dem Boot, was du willst... aber es muß schon so etwas wie das Wappen von Amsterdam dabei rauskommen. Mit weniger geben wir uns nicht zufrieden.«

Die letzten Worte waren bereits an die zufallende Tür gerichtet. Albert hatte gerade noch gesehen, wie der Schriftsteller, im übrigen ohne seinen Monolog zu unterbrechen, unter einer weit hochgezogenen Braue zum Eingang schaute.

»Wenn wir uns jetzt beide hinunterrollen lassen«, sagte er zu Krijn, »dann werden wir vielleicht auf einen Schlag Vollmitglieder.«

So unvorsichtig wie möglich, sich gegenseitig an der Kleidung zerrend, stürzten sie die steile Treppe hinunter, doch sie kamen nicht zu Fall.

»Dieser Schriftsteller, den du da gesehen hast«, sagte Krijn, »das ist wieder eine ganz andere Geschichte. Der ist in seinen jungen Jahren mal mit zwei, drei Sätzen diese Treppe runtergesprungen. Ein Rivale, glaube ich, der ihn umbringen wollte. Ist jetzt selber tot. Daher traut er sich jetzt wieder her.«

Neben dem Eingang der Discothek in der Korte Leidsedwarsstraat motzten zwei junge Schwarze herum, weil sie nicht reingelassen würden. Krijn klingelte.

»Wenn ihr jetzt hier tanzen geht«, sagte der eine, »dann beteiligt ihr euch genauso an der Diskriminierung.«

Albert sah Arend-Jan Baartscheer wieder vor sich, wie er im *Bierenbroodspot* grinsend dagesessen hatte, aber es berührte ihn schon nicht mehr. Krijn hatte sein Herz in einen Schneeball verwandelt, einen, aus dem alles Weiß herausgepreßt war und den er einmal in Geldrop mit solcher Wucht ans Ohr bekommen hatte, daß er mitten auf der Straße zu heulen anfing. Der Türsteher öffnete, und Albert mußte fast über die Skrupellosigkeit kichern, mit der er über die Schwelle trat.

»Vor fünf Minuten war der Laden noch voll«, rief der andere Schwarze. »Wir gehen jetzt auf der Stelle zur Polizeiwache an der Lijnbaansgracht.«

»Vielleicht ist der Laden dort auch voll ... mit Typen wie euch«, sagte der Türsteher, bevor er wieder schloß. »Viel Glück.«

Bis auf das Personal war die Disco vollkommen leer. Albert und sein Sonntagsdichter hatten die Tanzfläche für sich allein, aber sie tanzten nicht. Sie tapsten lediglich ein wenig unter der Spiegelkugel herum, die eine Unmenge kleiner weißer Flecke, träge wie Schneeflocken, herumtrudeln ließ. Krijn steckte Albert ein Knäuel Geldscheine zu.

»Hier. Zwei doppelte Whisky.«

Als Albert mit den Gläsern zurückkam, war Krijn dabei, auf einem Taschenspiegel noch ein paar Linien zu legen. Der Hunderter tauchte unversehrt aus Krijns Brusttasche auf.

»Da. Kann uns der Alkohol schon nichts mehr anhaben.«

Nach zweimaligem Sniefen drehte sich der Spiegelball in Alberts Kopf. Die pulsierende Musik nahm ihn von ganz allein auf und verlieh ihm Flügel – etwas zu wörtlich, denn auf einmal traten seine Füße in der Luft, ohne auf den Boden zu kommen. Ein Rausschmeißer hatte ihn, eine Hand am Hosenbund und die andere am Kragen, hochgehoben und trug ihn über die Tanzfläche in den Gang. Sein Kollege tat das gleiche mit Krijn. Albert machte Gehbewegungen und hatte das Gefühl, er bewege sich wie ein schwereloser Ballettänzer auf Spitzenschuhen. Er kicherte, der Beginn eines Lachkrampfs, und fast hätte er mit hoher Stimme gerufen: »Nicht, laß das, du alberner Kerl . . .!«

Der Barmann, der vorausgeeilt war, öffnete die Eingangstür, und federleicht wie ein kleiner Shuttle flog Albert über die Steinstufen hinaus, wo er, weich in den Knien federnd, auf dem Kopfsteinpflaster landete, auf dem Fuße gefolgt von Krijn. Schweigend von den beiden jungen Schwarzen beobachtet, stießen sie sich vor lauter Gaudi gegenseitig in die Rippen und brachten vor Lachen kein Wort heraus. Ein Lachen, das alles, was Knochen und Muskel war, wegfraß, bis selbst das Knuffen ihnen zu mühsam wurde und sie sich jetzt doch noch zu Boden fallen ließen.

Unschuld vom Lande

Donnerstag, 22. September 1977
(Albert Egberts, Ernst Quispel, Zwanet Vrauwdeunt)

»Komm ruhig rein, Albert«, sagte der Türsteher im *Dogshit City*, »aber ohne den linken Typ da. Dieser feine Herr steht uns bis hier.«

Er hielt seine Hand knapp oberhalb der Nase.

»Nein, nicht ohne ihn. Ich laß keine Freunde hängen.«

»Wär aber sehr gesund für dich, wenn du so 'nen Freund hängenlassen würdest. Los, komm rein. Heute ist Herbstanfang. Ich laß die Tür nicht länger offen, als unbedingt nötig ist. Zwanet wartet schon auf dich.«

Ernst Quispel trat gerade in den Vorraum und steckte dem Türsteher einen Zehner zu. Er sah seltsamerweise weniger betrunken aus als noch vor einiger Zeit im *Bierenbroodspot*. Möglicherweise hatte er sich ein Stündchen aufs Ohr gehauen.

»Laß ihn doch rein, Lucas. Ich verbürge mich für den Knaben. Ich bin sein Anwalt.«

»Der kommt hier auf gar keinen Fall rein.«

»Ach, Albert, laß diesen Straßendealer doch«, sagte daraufhin auch Quispel. »Er ist es nicht wert, daß du dir den Fuß in der Tür zerquetschst.«

»Nein, nur wenn er auch reindarf.«

»Gemeinsam aus, gemeinsam nach Haus«, grinste der Dichter mit viel Gespür für Anfangsreim, sich sonst aber nicht ganz wohl in seiner Haut fühlend.

»Dann geht man schön gemeinsam nach Haus«, sagte der Türsteher über sie hinwegspähend, als sähe er auf der anderen Straßenseite irgend etwas Auffälliges. »Wir haben auch so schon genug Ärger mit den Bullen. Die Kids da drinnen halten sich auch ohne Vim die Nase sauber.«

Albert erlebte wieder das wohlige Gefühl des sanft in den Knien Federns, und damit kehrte auch das haltlose Lachen zurück, das sofort auf Krijn übersprang. Sich aneinander festhaltend gingen sie den Hellebaardsteeg hinunter.

»Ist ja eigentlich total daneben, so wie Zwanet tanzt«, hörte Ernst das eine Mädchen zum anderen sagen. »Das ist so ein richtiger Mischmasch aus verschiedenen Stilen. Ein bißchen Jazzballett ... ein paar Schritte Klassik ... hops, schnell mal steppen, na ja, ohne daß man was hört ... und schon sind wir mitten in einer Tanzrevue oder einem Musical. Und gleich danach erinnert sie sich wieder daran, daß wir hier in einer Disco sind.«

»Ja, Git, aber immerhin tanzt sie, oder?« sagte das andere Mädchen. »Und zwar full power. Wer achtet dann noch auf Stil?«

»Tanzen tut sie, aber hallo. Aber wie sie manchmal ihren Bauch so in die Höhe stößt, also, das find ich doch ein bißchen ... na ja, Jol, ich muß schon sagen.«

»Wir ham's gerade nötig! Wir sind hier die Mauerblümchen. Und nicht mal Kletterrosen, so wenig bewegen wir uns heute abend.«

»Sieh's nicht so schwarz, Jol. Wissenschaftler haben rausgefunden, daß das Wachsen von Pflanzen auch eine Art Tanz ist ... in einer anderen Zeitdimension.«

»Schrei nicht so, Git. Wir werden belauscht.«

»Vielleicht ist der Herr ja einer von diesen Wissenschaftlern ...«

Ernst mußte an sein Gespräch mit Albert denken, irgendwann Anfang August, über die Beziehung zwischen dem »Leben in die Breite« und dem Körperumfang. Die sich beschleunigt öffnende Blüte ... die Reaktionsgeschwindigkeit des Insekts ... Er kniff sich oberhalb seiner rechten Hüfte. Das Fett war noch nicht wieder ganz da. Als er an seinen Besuch in Alberts Wohnung mit dem pockennarbigen Spiegel und den ächzenden Korbstühlen zurückdachte, sah er sich schwammig hereinkommen und um viele Kilo leichter wieder gehen. Im nachhinein schien sich auch das Gespräch selbst über Tage, Wochen hingezogen zu haben ... Als Klagelied begonnen, hatte es in Jubel geendet. Anders war es gar nicht möglich: Dort und damals hatte die Verwandlung stattgefunden. Etwas war in Gang gekommen (nicht nur der Gewichtsverlust), das jetzt wieder zu Ende zu gehen drohte... es sei denn, er hielte den Niedergang auf.

»Weißt du, was das ist mit Zwan, Jol? Sie mag es nicht, mit einem Blick erfaßt zu werden, das ist es. Diese ständigen Wechsel beim Tanzen, die einen verrückt machen... diese sich ständig ändernde Frisur... Zwan ist immer irgendwas Undeutliches zwischen einem Kamel und einem Löwen, wenn du verstehst, was ich meine. Vor zwei Wochen, mit ihrem Pferdeschwanz, war sie noch ein Backfisch, wie meine Mutter sagen würde. Zu ihrer Zeit der Gipfel an Keßheit... o la la...! Mittlerweile spricht man schon wieder von einem *braven* Backfisch. Und wenn sie sich die Haare aufsteckt, sieht sie gleich adlig aus. Die Königin des Tierreichs in Person. Vorige Woche... du warst nicht dabei... hat sie sich's von Hil ein bißchen stylen lassen. Mit ich weiß nich was für 'nem Klebkram. Vielleicht war's nur normale Stärke... Da sah sie auf einmal total *punkig* aus. Na ja, die gepflegte Version, ohne Sicherheitsnadeln... Und jetzt peitscht sie mit ihrem Zopf rum, als ob es ein Foltergerät wär. Und ich sag dir: Als nächstes legt sie ihn sich um den Kopf und ist plötzlich die Unschuld vom Lande. Nicht zu glauben, was für ein Chamäleon unsere Zwan ist.«

»Also, Git, von allen Tieren, die du da aufzählst, finde ich ihre Sphinx noch am gelungensten. Echt. Muß sie sich von ihren Katzen abgeschaut haben. Augen halb geschlossen, und schon fängt sie an zu schnurren... du hörst nichts, und trotzdem schnurrt sie... die molligen Pfötchen vorgestreckt. Herrlich. Das macht dich selber ganz schläfrig, diese halb geschlossenen Augen und dieses Geschnurre.«

»Wenn du mich fragst, Jol, brütet sie dann ihre Geschichten aus. *In den Achseln der Stadt*, du weißt schon. Was die alles im Kopf hat, da kommen wir nicht mit. Daran ist nur dieser Albert schuld, ich schwör's dir. Der steckt alle an. Läßt sich von Zwanet bei Omnilabor die besten Jobs rauspicken ... fliegt in der halben Weltgeschichte rum ... Kriegt selber nix auf die Reihe, macht aber andere so lange verrückt mit seinen Geschichten, bis sie anfangen zu schreiben. Zum Beispiel Patrick ... Patrick Gossaert ... den hat er so lange beschwatzt, bis er so 'ne Art Sekretär für ihn wurde. Ich bitte dich! Schreibt alles auf, was Monsieur Egberts ihm aufträgt. Und das nächste Opfer: Zwanet.«

»Oh ja, das wollte ich dir noch erzählen ... Du kennst doch Hilde? Die wohnt ein paar Häuser neben diesem Gossaert, an der Wittenkade. Sie hat eine jüngere Schwester, Louise ... Ouiesje ... und die hat sich in Patrick verknallt. Jedenfalls aus der Ferne. Sie wohnt noch bei ihren Eltern, aber sie kreuzt neuerdings immer öfter bei Hilde auf. In der Hoffnung, einen Blick auf seine gelbe Jacke zu erhaschen ... Er selbst weiß von nix.«

»Wo du gerade von erhaschen sprichst, Jol ... wenn du mich fragst, dann will dieser aufgemotzte Typ was von Zwanet.«

Albert hätte längst hier sein müssen. Wie baut man einen Blick auf die Armbanduhr in einen Tanz ein, ohne daß der Typ da gleich denkt, ich langweile mich und warte nur, daß der Laden hier dichtmacht? Ich hab schon ein paarmal versucht, ihm in einem angeblich achtlosen Wirbeltanz eins mit meinem Zopf überzuziehen, aber er steht eine Idee zu weit weg, der Sack. Das ist dieser Quispel, der Anwalt, ein Freund von Albert ... na ja, Freund, ich weiß nicht mal, inwieweit ... Ich hatte ihn nicht gleich erkannt. Er ist bei weitem nicht mehr so korpulent wie beim letzten Mal. Außerdem ... irgendwas ist komisch mit seinem Gesicht. Es gibt ja solche Trinker, die ihren Suff gut zu verbergen verstehen. Die gehen kerzengerade, verraten sich dann aber doch durch ein falsches Grinsen ... eine beim Öffnen ihres Mundes plötzlich verknautschte Visage. Unser Freund da scheint mir so einer zu sein. Albert hat mir von wochenlangen Exzessen erzählt, denen sich Meester Quispel im Frühling hingegeben hat. Mein Vater kam auch mal mit so 'ner Geschichte von 'nem Quartalssäufer. Lief alles bestens... guter Job, nette Familie... und ungefähr dreimal im Jahr zieht er sich wochenlang mit Flaschen in ein Zimmer zurück, das er heimlich gemietet hat. Ist dann angeblich auf Geschäftsreise. Einmal dehnt er's um eine Woche aus, bekommt eine Serie von kleinen Gehirnblutungen (wie die Obduktion später ergab), trinkt weiter und... tja, das war's dann. Ansonsten das Übliche: Vermißtenmeldung, Geruchsbelästigung, Auffinden der Leiche. Steht irgendwo in meinen Heften für *Die Stadt und die Höhlen*. Ich weiß noch nicht, ob ich's verwende.

Blöd, wie der Typ dasteht und mir zuschaut. Letzte Woche war ich auch die einzige, die tanzte, aber da saßen so an die fünfzehn Jungs rund um die Tanzfläche. Da hab ich es erst geschafft, ein bißchen locker zu werden, als ich die Augen schloß, was mir das Gefühl gab, mit allen gleichzeitig zu tanzen. So 'ne Art Gruppentanz, das Geilste, was ich je gemacht hab.

Ernst, so heißt er. Ich glaube, ich hab noch immer was gegen ihn, weil er gerade vorbeiradelte, als ich aus der Ambulanz im Binnengasthuis kam und merkte, wie ich mich darüber freute, daß Albert da auf mich wartete. Quispel, der rief was. Albert erzählte mir, daß das ein Anwalt sei, den er kenne. Da hab ich mich versprochen und irgendwas über Aberglaube gesagt... ein Mann und eine Frau verabreden sich zum erstenmal, und in dem Moment kommt ein Anwalt vorbei... irgend so was. Ist schon wieder fast ein Jahr her, und da steht er nun, der Herr Anwalt, und weit und breit keine Spur von Albert.

He! Zwanet, hör auf! Blöde Kuh!

Ah, Rettung naht. Meine Freundin im Rollstuhl will wie jede Woche mit mir tanzen. Vielleicht schlägt das ja den Glupscher in die Flucht... Ihr Schwabbelkinn ruht auf der schmalen, völlig besabberten Brust, und auch sonst bewegt sich nur ihre Hand, die rasend schnell die Schalter auf der Armlehne bedient. So hoppelt der Wagen mit mal so und mal so einschlagenden Rädern vor mir rum, und ich tanze automatisch ein bißchen eckiger, merke ich.

Da fällt doch mitten in Santana die Musik aus. Natürlich wieder ein Fehlgriff von Fafa, da, in seinem Glaskasten. Der ist um diese Zeit auch nicht mehr ganz klar im Kopf. Also, Fafa, da bleib ich jetzt nicht stehen und warte, mit diesem Quispel so in der Nähe. Wollen wir wetten, daß er gleich auf mich zukommt? Zum Glück fährt meine *Ironside*-Tanzfreundin zwischen uns durch, so daß ich ungehindert zu Jol und Git komme. Hil ist sicher oben in der Kneipe ...

Das Tapfere Aufschneiderlein

Donnerstag, 22. September 1977
(Albert Egberts)

»Lob der Tratschsucht«, wiederholte Krijn, nachdem er eine Weile konsterniert verstummt war. »Jetzt nimm mal kein Blatt vor den Mund, Albert, und sag mir, was du von ihm hältst. Unumwunden. Ich meine ... was kennzeichnet ihn denn nun am besten, das Arschloch?«

»Ihn, ihn ... Wen meinst du? Keine üble Nachrede ohne Namen.«

»Ihn. Uns. Den Menschen. Das Wesen, das wir sind. Wen sonst?«

»Ach so, den.«

»Tu nicht so. Was stellt er denn nun dar, dieser ... dieser Angeber?«

»Gott ja, da fragst du was ...«

Nachdem sich der Türsteher vom *Dogshit City* geweigert hatte, Krijn einzulassen, hatte ich mit ihm und einer Gruppe von Theaterleuten, Bekannten von Thjum, die zufällig reinschneiten, im *Klopstock* gesessen, bis sie zumachten; von dort ging es in einer kleineren Gruppe weiter in die Durchsumpfpinte *De Idolatrie*, wo der Sonntagsdichter, vom *Schnee* befeuert, so richtig loslegte. Es gelang ihm nicht immer, seiner Pose des Intellektuellenhassers treu zu bleiben.

»Nein, nicht zu lang nachdenken, Albert. Und vor allem nicht zu tief. Raus mit der Sprache. Frisch gewagt ist halb gewonnen.«

Seine Frage war zweifellos durch einen höchst ungewöhnlichen Niederschlag ausgelöst worden, der – aus dem Nichts kommend, so schien es anfangs; das Lokal hat vier Wände und eine Decke – unsere Gesellschaft erreichte und in Form von Klumpen und Fäden in Haaren und Kleidern hängenblieb. Die Frauen kreischten vor Abscheu. Der runde, einbeinige Tisch, an dem wir auf Barhockern saßen, hatte sich mit einem Schlag in einen Pilz voll rosigweißer ovaler Sprenkel verwandelt, die als kleine Erhebungen auf dem platten Hut lagen. Ich blickte auf die Ärmel und Aufschläge meines Jakketts: Aus ihm war ein Clownskostüm aus schwarzem Stoff mit großen weißen Noppen geworden. Der Geruch, der aus unserer Mitte aufstieg, offenbarte schon bald die Wahrheit – auch über den bleichen jungen Mann, den ich, ohne ihn weiter zu beachten, kurz zuvor ins Lokal hatte stolpern sehen. Er war schwankend zwischen den vordersten Tischen stehengeblieben und hatte auf eine merkwürdige Art, wie vor einem theatralischen Niesanfall, den Kopf in den Nacken gelegt, aber ich hatte weiter nicht auf ihn geachtet. Er mußte sich tatsächlich, und zwar mit großer Kraft, in Richtung der Decke übergeben haben, sonst hätte sein Mageninhalt unmöglich so flockig und weitgestreut die Entfernung zu meiner Gruppe überwinden können.

Bevor mir wirklich aufging, woher dieser laue, nasse Schnee kam, war der Urheber – offenbar auf dem Weg zur Toilette – bereits an unserem Tisch vorbeigeschlüpft.

Eine Frau, deren Frisur besudelt worden war, hielt jammernd die Hände mit weit gespreizten Fingern in Ohrenhöhe, traute sich aber nicht, ihr Haar anzufassen, genausowenig wie sie den Mut aufbrachte, ihren Kopf zu bewegen. »Ist es schlimm? Ist es *sehr* schlimm?« Eine zweite, deren schwarzes Kleid unbeabsichtigt ein bizarres Perlmuttmuster erhalten hatte, glitt völlig aufgelöst, fast weinend, vom Barhocker, um sich in der Toilette zu säubern. Schon nach wenigen Schritten wich sie schaudernd zurück: Der gesamte Weg zwischen der Bar auf der einen und der Tischreihe auf der anderen Seite war *eine* glitzernde Kotzespur. Der einzige, der scheinbar unbefleckt geblieben war, war der Komponist Seijffardt; später stellte sich heraus, daß sein Regenmantel, der über einem freien Hocker hing, bös was abgekriegt hatte.

Plötzlich, ohne daß jemand ihn von den Toiletten hatte zurückkehren sehen, war er wieder da, der Kotzer. Nicht weit von unserer Gruppe hing er, Kinn auf der Brust, an der Bar – ganz unscheinbar, halb so klein wie vorher, hätte man meinen können: als hätte die grandiose Kotzorgie ihn schrumpfen lassen. Aus dem Magen senkrecht in die Luft, wie eine Fontäne, aus einem marmornen Fischmaul … wie bekam ein Mensch das hin? Na ja, es war auch kein kontinentales Sich-Übergeben, sondern die angelsächsische Variante, echt britisch – so ergab sich aus dem Kreuzverhör, dem der Regisseur und sein Assistent den Täter unterzogen.

»Can't understand a bloody word«, kam schließlich heraus, nasal wegen der noch festsitzenden Brocken. Von seiner eigenen Kleidung war nicht einmal ein Knopf beschmutzt.

»Ach ja, natürlich, ein Engländer«, sagte der Regisseur. »Kein Wunder. Diese Kreideköppe werden sich nie an die großzügigen Öffnungszeiten der Amsterdamer Kneipen gewöhnen. Und immer volltanken, von drei Uhr nachmittags an. Abends Punkt zehn breit wie sonstwas.«

»Ein Rätsel bleibt nur«, warf der Assistent ein, »warum so jemand in eine Kneipe geht, um zu kotzen. Die umgekehrte Richtung wäre doch näherliegend, oder?«

»Vielleicht auch typisch britisch«, meinte der Regisseur. »Hauptsache, wir bleiben weiterhin tolerant gegenüber den Sitten und Gebräuchen anderer Völker.«

Nach langem Zögern vor dem funkelnden Pfad aus Erbrochenem, der sich im Halbdunkel vor mir erstreckte, ergriff ich als erster die Initiative, um zur Toilette zu gehen und dort zu versuchen, mit Wasser und Papier meinen Alltagssmoking wieder ein wenig auf Vordermann zu bringen. Als mein Schuh schon zum dritten oder vierten Mal in dem Zeugs ausgerutscht war, sagte ich mir: *Nicht* auf die Herrentoilette, für kein Gold der Welt, denn die hat er natürlich auch versaut; zu den »Damen«, ein Fall von höherer Gewalt …

Ich öffnete die Tür der Damentoilette. Bis zur Decke hinauf (auch hier mußte der Brite den Kopf in den Nacken gelegt haben) waren die Kachelwände mit Kotze verschmiert. Meine Verblüffung war erst einmal größer als mein Abscheu: Mein Gott, wie konnte ein Menschenmagen nur so viel halbverdaute Nahrung bergen … genug, um einem ganzen Lokal einen stinkenden neuen Anstrich zu verpassen?

Nachdem ich mit Toilettenpapier den größten Schmierkram von meinem Jackett entfernt hatte, suchte ich meine Runde wieder mit dem unwirklichen Gefühl auf, soeben in jemandes Eingeweide hinabgestiegen zu sein, um jetzt, nach einem Besuch im geleerten Magen, über die mißbrauchte Speiseröhre in den Lichtkreis jenseits des Gaumenzäpfchens zurückzukehren. Ich selbst war mir so voller Widerwillen der Anwesenheit einer Person in verludertem Zustand bewußt, daß es mich nicht wunderte, Krijn seine Frage stellen zu hören. »Erzähl mir mal, was du von ihm hältst.« Der *Mensch*, ach du meine Güte ... Ich sah mir den geschrumpften Kotzchampion an. »Nicht zu lang nachdenken.« Hier war so ein Exemplar der Spezies, deren Seelengrund Krijn, wenn ich ihn richtig verstanden hatte, gegen das Kneipenlicht gehalten sehen wollte.

»Na?« drängte er. »Jetzt sag mal genau, was ihn deiner Meinung nach am besten kennzeichnet.«

»Ja, was willst du hören? Du bist mir schon zuvorgekommen. Mit ›Angeber‹ hast du's schon ganz gut getroffen, finde ich. Aufschneiderei, das ist meiner Meinung nach sein hervorstechendstes Merkmal. Das Tapfere Aufschneiderlein, frei nach Grimm.«

»Nicht eher das, *womit* er angibt?«

»Nein, das Prahlen an sich.«

»Aber wem oder was gegenüber denn bloß, Himmelherrgottnochmal?«

»Nichts und niemand. Höchstens sich selbst gegenüber. Es ist Selbstüberschreierei. Prahlerei, weiter nichts. Aus Angst, Unsicherheit. Offenbar verhindert ein großes Maul, daß wir uns ständig in die Hose scheißen.«

»Wieso ist er denn so unsicher, dieser Hosenscheißer?«

»Das ist doch wohl sonnenklar, Krijn! Sein Platz! Sein Platz unter der Sonne! Er kennt seinen Platz nicht!«

»Und darum ...«

»... darum fordert er mit großer Bravour einen Platz für sich. Und nicht irgendeinen x-beliebigen. Nein! Der hockt sich mit seinem Hintern, wer will mir schon was, schön bequem mitten in die Welt. ›Ins Zentrum des Kosmos‹, wie er es selbst so pedantisch nennt. Die Sternensysteme hängen wie Festgirlanden um ihn herum. Um *seine* Pracht und Herrlichkeit zu steigern. Und dabei bleibt es nicht. Nachdem er mit seinem breiten Arsch im Zentrum des Universums Platz genommen hat, macht er sich zum Maß aller Dinge.«

»Der Prahlhans«, gab Krijn zu.

»Das Tapfere Aufschneiderlein, nicht wahr. Sieben auf einen Streich. Er blufft. Muß er wohl. Kann gar nicht anders. Das liegt an seinem Minderwertigkeitskomplex. Er ist das entartetste Geschöpf der Welt, mußt du dir vorstellen.«

»Das arme Schwein.«

»Kann man wohl sagen. Eine Form von Aberration ... von Abgeirrtsein ... Eine unnötige Abschweifung des Kosmos. Mit allem schuldigen Respekt vor dem Kompositionsvermögen ebendieses Kosmos. Ein entartetes Ding, kurzum. Ein komplizierter Fehlgriff. Ein Monstrum.«

»Er ist zielstrebig, höre ich manchmal«, sagte Krijn. »Das scheint ihm auf eine phantastische Weise eine Sonderstellung zu geben, dem Arschloch.«

»Oh, er macht sich aber auch alles mögliche weis. Zielstrebig genug. Bah, es gibt nichts Drolligeres als jemanden, der ›weiß, was er will‹ oder so tut als ob. *'nen Genauen,* nannte mein Vater so jemanden früher. ›Das issen Genauer, so einen mag ich nicht.‹ Zielstrebigkeit ... Als ob die Karriere eines Menschen nicht eher *hinter* ihm läge als vor ihm. Er ist selber die außer Kontrolle geratene Karriere einer ambitionierten Welt. Na ja, ambitioniert ... Eine Karriere, die sich blind entrollt hat. Ohne Plan. Ohne Ziel.«

»Sei nicht so hart mit uns, Albert. Denk dran, wir werden auch nur gesteuert.« Mit diesen Worten mischte der Regisseur sich in das Gespräch. Äußerst mild für jemanden, der soeben ganz Großbritannien auf seinen Platz verwiesen hatte.

»Fragt sich nur, von wem«, sagte Krijn.

»Von Gott, meinetwegen.«

»Also«, höhnte Krijn, »das ist jetzt wieder so eine typisch bequeme Antwort für einen Regisseur. Für einen, der davon ausgeht, daß er alle Fäden in der Hand hält... der denkt, er selber ist Gott.«

»Wer dann? Sag' schon, wenn du's so gut weißt«, fauchte der Regisseur.

Krijn schwieg.

»Das weiß keiner«, kam ihm der Komponist zu Hilfe. »Das ist ja gerade der Witz. Man hat uns mit einem verblüffend funktionierenden Gedächtnis ausgestattet, das reinste Wunder, aber an unsere Herkunft können wir uns nicht erinnern. Nimm Albert zum Beispiel. Phantastisches Gedächtnis, der Junge. Erinnert sich an alles von früher, bis hin zu seiner Geburt. Kennt sämtliche Einzelheiten seiner Herkunft, kann sich aber an nichts, an rein gar nichts von unserer *gemeinsamen* Herkunft erinnern. Gut, diesen blinden Fleck in unserem Gedächtnis, dieses schwarze Loch in der Erinnerung, haben wir ›Gott‹ genannt, von mir aus. Reine Mutmaßung, ein Vorstoß, der leider manchmal viel zu feierlich endet... mit dem Kreuzzeichen... Ein kleiner Versuchsballon, dieses ›Gott‹, als genierten wir uns für einen Rausch, der die Erinnerung an die Stunden nach Mitternacht ausgelöscht hat. So daß wir, was die Ereignisse nach dem Schließen des Lokals angeht, einfach ins Blaue hinein raten.«

»Aschermittwoch«, sagte ich, ein wenig gespielt verträumt. »Du erkennst auf der Straße mit Ach und Krach das Mädchen wieder, das dich zu Karneval hinter dem Festsaal der Elwibar in die Liebe eingeführt hat. Oder das im letzten Moment doch nicht getan hat. Du hast ›auf ewige Treue‹ mit ihr getrunken oder dich über eine ruinierte Strumpfhose gestritten, das läßt sich absolut nicht mehr feststellen. Großes Gestammel natürlich. ›Hallo, Yvonne, wie geht's, wie steht's?‹ Wo sie wahrscheinlich Toke oder Greetje heißt. Alles Prosa. Und so sieht sie auch aus, am Aschermittwoch, wie Toke oder Greetje. Nur als Beispiel.«

»Wo wir gerade davon sprechen, Albert, ich hab schon mal gedacht: Dieses schwarze Loch, könnte das nicht die vieldiskutierte Erbsünde sein? Ein sehr lokaler Alzheimer...«

Dieser Seijffardt, der brachte einen auf Ideen.

»Oh, es gibt noch mehr Erbsünden. Jedenfalls sind wir durch deinen blinden Fleck gezwungen worden, alles neu zu schaffen. Eine Ordnung mit Gesetzen und so. Mit allem Drum und Dran. Die Zeit! Die Einheit der Welt! Was für eine Heidenarbeit für die Vorstellungskraft... Die größte Architektenaufgabe aller Zeiten! Großartige Reißbrettarbeit! Erfindungen, haarscharf mit dem Lineal gezogen! Und das Erfinden überhaupt: ein *Ziel*, um nicht völlig verrückt zu werden. Beim Entwerfen eines Ziels haben wir uns in die Irre führen lassen – Arthur, ich freß deinen verkotzten Regenmantel, wenn das nicht stimmt –, in die Irre, ja, von allen möglichen willkürlichen Naturphänomenen und ihren scheinbaren Gesetzmäßigkeiten, die wir unbewußt als eine Art Metapher verstanden haben. Die Schwerkraft, um nur ein Beispiel zu nennen. Der Stein rollt, bis er seinen tiefsten Punkt erreicht hat. Ruhe. Gleichgewicht. Haben wir aus solchen Vorgängen nicht auf metaphorischem Weg den voreiligen Schluß gezogen, auch *das Leben selbst* habe ein Ziel?«

»Ja, wenn der Tod in seinem Schützenloch so ein tiefster Punkt ist, dann hat das Leben tatsächlich ein Ziel«, sagte Krijn. »Aber *eine* Schwalbe macht noch keinen Sommer, und Ziel heißt noch nicht Sinn.«

»Ich will mal so sagen: Zu den überspannten Schöpfungen des Menschen, zu seinen größten Taten der Selbstüberschätzung gehört doch sicherlich auch die Installierung eines Ziels. Ziel hier im Sinne eines Ankers, der das Schiff vor dem Abtreiben bewahren soll. Von diesem Anker bezieht er seine Selbstherrlichkeit. Alles außerdem noch in einem Jägerlatein formuliert, das zum Himmel schreit. Bah. Da sind wir wieder beim tapferen und doch so bangen Aufschneiderlein. Auf so viel Selbstüberschätzung und Wichtigtuerei müssen wir trinken, Krijn.«

»Du meinst, deine Kehle ist momentan zu trocken, um unserem Thema gehörig sein Fett zu geben?«

»Mit dir kann man reden.«

Nicht nur bei diesem britischen Kotzer, sondern auch bei sich selbst hielt er es für ein kleines Wunder, daß man ihn ins *Idolatrie* eingelassen hatte. Im Sommer hatte Albert mit all seiner vermeintlichen Sanftmut eine hysterische Frau, die Zwanet beleidigt hatte, beim Schlafittchen (genauer: an Kragen und Schritt) gepackt und quer über die Theke gelegt, wo sie kreischend, wie eine Muttersau, der man die Ferkel wegnimmt, auf dem Bauch, einigermaßen ausbalanciert, liegenblieb. Auf beiden Seiten des Tresens fielen Gläser zu Boden. So ließen sie sie liegen, denn Albert wurde vom Personal, nicht einmal unfreundlich, aufgefordert, das Lokal zu verlassen; ohnehin war die Polizeistunde bereits überschritten. Zum erstenmal hatte er Zwanet wütend erlebt – eine Wut, die sich nicht gegen das niederträchtige Weib richtete, sondern gegen ihn.

»Jemand so zu demütigen...!«

Albert hatte *De Idolatrie* seither, all die Wochen, beschämt gemieden, und jetzt, da er endlich wieder drin war, fühlte er sich nicht wohl in seiner Haut. Jeden Moment erwartete er eine Hand auf seiner Schulter: »Sie verstehen ja wohl, daß Sie hier nicht länger willkommen sind...«

Es ergab sich so, daß Albert, als er die versprochenen Getränke holte (Krijn, der den makellosen Hunderter nicht herausrücken wollte, hatte ihm so etwas wie ein Taschengeld mitgegeben), auf den Barmann stieß, unter dessen Augen er Anfang Juli die Bekloppte über die Theke gelegt hatte. Albert knüpfte ein Gespräch mit ihm an, um dessen Stimmung auszuloten. Der Mann blieb freundlich, hatte sogar so etwas wie Respekt in den Augen, bis diese durch etwas unruhig hin und her zu schießen begannen, was sich hinter Alberts Rücken abspielte. Albert drehte sich um und sah die Hexe hereinkommen. Sie ging schnurstracks auf ihn zu, immer noch mit demselben Ausdruck von Wahnsinn auf dem häßlichen Gesicht. Jetzt kommt die Rache...! schoß es ihm durch den Kopf, und dem Barmann war anzusehen, daß er ähnliches dachte. Albert streckte eine Hand aus, um sie abzuwehren. Dankbar ergriff das Weib sie, während sie Albert durch einen Schleier des Wahnsinns auf einmal verliebt, mit etwas

Schwärmerischem und Schwülem im Blick, ansah. Erkannte das Weibsbild seinen Aggressor nicht, oder war ihr Verhalten Ausdruck einer verliebten Dankbarkeit gegenüber dem Mann, der sie so genüßlich gepackt und hochgehoben hatte? (Albert fühlte die molluskenartige Weichheit ihrer Scham noch immer in seinen Fingerspitzen kribbeln. Sie hatte eine dünne Wollhose getragen.) Hatte sie in ihrem Wahn in den vergangenen Wochen womöglich von nichts anderem geträumt, als, den Arsch nach oben, mit ihrem Wabbelbauch auf einem Nagelbrett aus Kronkorken zu liegen, während ihr die Glasscherben um die Ohren flogen?

Albert würde es möglicherweise nie erfahren, denn der Barmann, völlig fertig mit den Nerven, verließ sein Territorium und begann, die Hysterikerin in Richtung Ausgang zu schieben. »Jetzt ist aber Schluß, hörst du? Nicht noch mal! Raus mit dir …! Jetzt reicht's!«

Sie kreischte erneut los wie ein Schwein, wenngleich weniger laut als beim vorigen Mal. Albert pries sich glücklich, daß Zwanet nicht dabei war, aber ob er sich hinterher genauso glücklich pries, daß er dem *Dogshit City* den Rücken gekehrt hatte, weil Krijn dort nicht willkommen war …? Das *City* war noch mindestens anderthalb Stunden geöffnet …

Der Barmann kehrte erleichtert von seinem Rausschmeißerjob zurück, und während er großzügig Whisky in die Gläser goß, kam alles heraus. Wie dankbar sie Albert gewesen waren, weil er getan hatte, was sie sich einfach nicht trauten. Kurz gesagt: eine Herkulestat. Seit Wochen hatte die Verrückte sich nicht mehr blicken lassen … sie hatten schon geglaubt, sie endgültig los zu sein …

»Die beiden Whisky gehen aufs Haus.«

So wurde sein Taschengeld natürlich nie alle. Albert schob sich vorsichtig, um im glitschigen Erbrochenen nicht auszurutschen, mit den beiden Gläsern durch den Mittelgang zu Krijn und der Theatergruppe zurück. Ins *City* konnte er immer noch … Erst mußte er seine Faszination für diesen komischen Sonntagsdichter befriedigen, jetzt, da das Schneegestöber in seinem Kopf ihn so schön in Schwung gebracht hatte.

Zwanet war so verständnisvoll, sie würde auch das verstehen. Ganz in ihrem Stil würde sie sagen: »Du bist dem verlorenen Dichter in dir selbst begegnet, Albert. Logisch, daß du dich von ihm ins Schlepptau hast nehmen lassen. *Mann*, was für eine Nacht der Poesie ...!«

Die Viola

Donnerstag, 22. September 1977
(Zwanet Vrauwdeunt)

»Und jetzt ein Bier«, sagte sie zu Jol und Git. »Und nicht zuwenig. Ich bin ganz ausgedörrt.«

»Das kommt davon, Zwan, wenn du immer allein rumtanzt. Da fliegen nur Tropfen von dir, ohne daß du von einem anderen was zurückkriegst.«

»*Mann*, wie appetitlich. Jetzt reicht's aber, Gittigitt.«

»Es sieht so aus«, sagte Jol, »daß deine Schweißarbeit doch noch belohnt wird. Der Herr da ist uns zuvorgekommen.«

Der Anwalt kam mit einem Tablett voller Biergläser von der Bar. Für sich selbst hatte er ein kleines Glas, das sehr unschuldig aussah, aber wahrscheinlich ein als Glas Eiswasser getarnter doppelter Wodka war.

»Du tanzt traumhaft«, sagte er zu Zwanet. »Jetzt noch ein Diamant in deinem Nabel, und ...«

Siehst du wohl: Ihre Mutter wollte es nicht zugeben, aber das Oberteil dessen, was zusammen mit dem Rock ein Flamencokleid darstellen sollte, war bereits bei der ersten Wäsche so eingegangen, daß beim Tanzen ihr Nabel zu sehen war. Worauf wollte dieser Wichtigtuer eigentlich hinaus? Wieder so ein Gesülze über Salome? Dem würde sie's zeigen.

»... und dann von dir verlangen, daß du aus dem Automat an der Ecke einen abgehackten Kopf holst ...«

»Ich bin Anwalt, nicht Staatsanwalt ... und schon gar kein Henker.«

»Für mich ist es keineswegs ausgemachte Sache, daß sich in einem Anwalt nicht auch ein Henker verbirgt.« Zwanet tat ihre Bemerkung sofort leid. Quispel war ein guter Freund von Albert und hatte ihn als Anwalt mehr als einmal rausgepaukt ... kostenlos.

Das darauf eintretende Schweigen war um so peinlicher, als Fafa in seiner Glaskabine die Anlage nicht zum Laufen kriegte. Quispel sog hörbar die letzten Reste verdünnten Wodka zwischen den Eiswürfeln heraus. Weil er ein Mann war, der in diesem Zustand reden *mußte*, wandte er sich mit seinen verqueren Komplimenten an die arme Jol.

»Viola heißen Sie doch richtig, nicht wahr? Sie ähneln immer mehr Ihrem Namen ... und damit meine ich nicht an erster Stelle dieses zarte Blümchen in den Vorortvorgärten ... das Veilchen ... Nein, ich meine damit vor allem, wie samtig und mattschimmernd die Viola klingen kann, die Bratsche, vor allem bei Mozart, in seinen Streichquintetten ... und auch in einigen Passagen des Klarinettenquintetts ... Ich habe es nicht nur an der Form Ihres Körpers gesehen, beim Tanzen ... ich habe es auch an Ihrer Stimme bemerkt ... dieses Schmachtende ...«

Die Musik setzte wieder ein. Santana.

»Mijnheer«, sagte Jol, »ich fühle mich außerordentlich geehrt durch dieses geschönte Bild, das Sie von mir zeichnen ... aber getanzt, Mijnheer, habe ich heute abend noch nicht. Doch ich denke, das tu ich jetzt mal. Git?«

Hand in Hand gingen sie zur Tanzfläche, auf die jetzt mehr Leute strömten. Zwanet bekam Mitleid mit dem Anwalt, der sich entsprechend gekleidet hatte, um mal richtig einen draufzumachen, aber ständig in Fettnäpfchen trat. »Tut mir leid, daß ich ein bißchen schnippisch war, aber ich hab Sie nicht gleich erkannt.«

»Bin ich mir heute abend so wenig ähnlich?«

»*Mann*, diese Selbsterkenntnis.«

»Im Urlaub sehe ich nicht nur anders aus, dann hab ich's auch lieber, wenn man ›du‹ zu mir sagt.«

Der Zustrom zur Tanzfläche hatte den Discjockey offenbar ermutigt, die Musik noch lauter aufzudrehen. Sie mußten schreien, um sich verständigen zu können.

»Komm mit ...!« rief Zwanet in Richtung seines Ohrs. Seinem verwirrten Geschrei nach zu urteilen dachte Quispel: weg hier, in einen anderen Schuppen. Er nickte viel zu begierig. Sie deutete zur Decke. »In die Kneipe hier oben ... Ich muß auf Albert warten.«

Quispel rief etwas, worin Albert vorkam. Sie verstand ihn nicht und schob ihn am Ellbogen vor sich her in Richtung Halle, wo eine Treppe zu der Kneipe im ersten Stock führte. Dort war es fast leer. Hil saß mit einem unbekannten Jungen an einem der Tische vor der Spiegelwand. Sie hockten sich an die Bar. Quispel hob schon wieder die Hand, um etwas zu bestellen, doch Zwanet war schneller.

»Das gleiche Rezept... doppelter Wodka incognito, getarnt als Glas Wasser mit Eis?«

»Wie soll ich das jetzt verstehen, Zwanet? Eben schienst du mich nicht zu erkennen... und jetzt tauchst du auf einmal bis auf den Grund meiner Seele.«

»*Mann*, was für ein Crashkurs in Menschenkenntnis. Was wolltest du mir von Albert erzählen? Er müßte schon längst hier sein...«

Albert, nein, da müsse er sie enttäuschen. Er selber habe sich hier mit ihm verabredet... sie hätten sich an der Tür getroffen, aber Albert sei weitergezogen, weil sein Freund nicht mit reindurfte. Freund, was für ein Freund? Der Name sagte Zwanet nichts, und wenn es ein Zuhälter und Kokaindealer war, wie Quispel behauptete, dann hatte Albert in seiner Gesellschaft nichts zu suchen. Das war wohl wieder eine von diesen Angeberstories, mit denen der Herr Anwalt sich nun schon seit einer halben Stunde an sie ranzurobben versuchte. Albert schlechtmachen... um daraus einen Vorteil für sich zu ziehen. Gut, daß sie darauf nicht reinfiel. Nur... wo blieb Albert?

»Hör zu, Zwanet, du *brauchst* mir nicht zu glauben. Schau dich um... Siehst du ihn irgendwo? Ich gebe dir nur weiter, was ich heute abend an der Tür erlebt habe...«

»Ausgerechnet heute abend...«

»Heute abend ausgerechnet was?«

Ausgerechnet heute abend... wo sie Albert die reglose Paarung hatte vorschlagen wollen. Aber das sagte sie Quispel natürlich nicht.

»Ich mache mir Sorgen... Ich bin keine von diesen Gänschen, die bei jeder Kleinigkeit sofort Schutz bei anderen sucht, aber jetzt... Ich fühle mich schon seit ein paar Wochen bedroht, und das hatte ich heute abend Albert endlich erzählen wollen... damit er sich mal die Mühe macht, mich nach Hause zu bringen...«

»Er bringt dich, wenn ihr aus wart, normalerweise nicht nach Hause? Zu diesem kleinen schnauzbärtigen Ganoven war er vorhin galanter...«

»Albert findet es gräßlich, mich bei meinen Eltern abzuliefern und dann nicht mit reinzudürfen... Deshalb.«

»Darf ich fragen, worin diese Bedrohung besteht? Vielleicht weiß ich eine Lösung...«

Sie erzählte ihm mit einem Gefühl der Befreiung, was sie, abgesehen von ihren Freundinnen, nur Albert hatte erzählen wollen. Ihr geheimnisvoller Verehrer mit dem Helm... das herabgelassene Visier... Der irrende Ritter aus dem Vondelpark, der Hil zufolge sein Schwert verloren hatte... Der Mann wußte genau, wann sie in der Nacht von Mittwoch auf Donnerstag aus dem *Dogshit City* nach Hause kam, denn er lauerte schon seit Wochen am Ausgang des Parks an der van Eeghenstraat. Noch wahrscheinlicher war es, daß er dort Abend für Abend, auf gut Glück, herumlungerte, in der Hoffnung, daß sie zufällig vorbeikam... Gestern abend zum Beispiel radelte sie um elf Uhr vorbei. Er war auf ihren Gepäckträger gesprungen. Sie hatte ihn mit dem Kettenschloß vertrieben, das am Lenker hing... Seitdem fühlte sie sich ernsthaft bedroht. »In Zukunft meide ich den Park wie die Pest, das kannst du mir glauben. Aber auch in der van Eeghenstraat fühle ich mich nicht mehr sicher. Wir wohnen da ganz in der Nähe des Ausgangs...«

»Darf ich dir dann meinen Schutz anbieten?« Vielleicht weil er das etwas hochtrabend fand, fügte er mit fadem Lächeln hinzu: »DE PIJP & DE WET... kennst du diese Rechtsberatungsstelle in der Kuipersstraat? Hab ich mitgegründet. Da drüber wohne ich... Sicherer geht's nicht.«

Zwanet schüttelte den Kopf. Sie sah, wie sich Quispels Miene verdüsterte.

»Findest du mich zu dick?«

»Du hast ordentlich abgenommen ...«

»Oh, das hat nichts zu bedeuten. Begleiterscheinung des periodisch wiederkehrenden Leidens namens Dipsomanie. Sobald ich die Medizin stehenlasse, verschwinden nach ein paar Wochen die Nebenwirkungen ... nicht nur der Kater und der mangelnde Anstand, sondern auch der Gewichtsverlust. Dann geht's wieder los ... mit meiner Arbeit und mit meinem Fett.«

»Ist die Medizin nicht das größere Problem?«

»Ich hab mal einen sehr dicken Mann gekannt ... gut und gern zweihundertfünfzig Pfund Nettogewicht ... der dachte oft voller Wehmut an die Schlankheit seiner Jugend zurück: ›Damals war ich noch ein Strich in der Landschaft von zweiundneunzig Kilo ...‹ Die Jahre des Leugnens, das ist das Schlimmste. Die Jahre, in denen man dem eigenen Gefühl nach immer noch der schlanke junge Mann ist, der sich für die Jahreszeit etwas zu dick eingepackt hat. Er glaubt, er bewegt sich noch immer so geschmeidig wie früher auf der Straße, und spürt nicht, daß er genauso mühsam mit seinem eigenen Körperfett herumwatschelt wie jemand, der bis zum Hals durchs Wasser marschiert. Liebe macht blind, heißt es. Liebe kann einem aber auch die Augen öffnen. Ich hab tatsächlich die Augen zugemacht, als eine Frau, mit der ich schon lange was im Sinn hatte, mich ›hübsch‹ nannte ... und sie öffneten sich ganz von allein wieder, als sie hinzufügte: › ... wie ein von der Decke gefallener Posaunenengel.‹ Da gab's nichts mehr zu leugnen.«

»Nein, es ist nicht, weil du ein von der Decke runtergefallener Posaunenengel bist, warum ich nicht mit dir mitgehe ...«

»Ich werde sehr zart zu dir sein. Ich habe zehn Finger und eine Zunge ... alles für dich.«

»Das enttäuscht mich aber, daß du mir nicht auch noch deine zehn Zehen anbietest ... als Extrabonbon beim ersten Mal.«

Sie sah ihm in die Augen. Sein Gesicht wurde hart.

»Die brauche ich, um mir die Socken auszuziehen, wenn ich alle Hände voll mit dir habe.«

»Hör, hör … der Dichter.«

»Aussichtslose Sache.«

»Fein beobachtet.«

»Kuipersstraat Nummer dreißig. Merk's dir.«

»Es wundert mich nicht im geringsten, daß deine Visitenkarten alle sind.«

Urlaub im Nichts

Donnerstag, 22. September 1977
(Albert Egberts)

In der Absackerkneipe *De Idolatrie*, diesem Vorzimmer zum nächtlichen Versumpfen, mußte auf jeden Fall der letzte Pferdewechsel erfolgen, sonst landete man im äußersten Höllenkreis von Lokalen, die einen nur noch in Elend und sprachlosen Suff stürzen konnten und obendrein mit der Nase auf den Grund des Portemonnaies stießen.

Nutzlose Einsicht. Sperrzeit im *De Idolatrie*, und der völlig überdrehten Gesellschaft reichte es immer noch nicht. Also auf zur Peripherie der Nachtlokale: *Le Loup*, wie dieser »exklusive« Halsabschneiderschuppen am Singel hieß. Die Idee MENSCH. Während wir den Muntplein überquerten, gingen wir so richtig zur Sache.

»Megalomanie der Kleinheit, Krijn, auch so ein menschlicher Charakterzug. Wie oft hört man nicht jemanden sagen:

›Eigenwillig, wie ich bin, ging ich ...‹

›Du kennst mich ja: Da laß ich nicht locker.‹

›Nun ja, ich bin ziemlich eigensinnig, also ...‹

›Ich bin ja nicht auf den Mund gefallen, folglich ...‹

Und so weiter und so fort.

Ich weiß nicht, wie das bei dir ist, aber ich seh dann gleich einen Arschkrümel vor mir in der unermeßlichen, donnernden und blitzenden Welt. Schatten prähistorischer Monster fallen über ihn her.

›Eigenwillig, ich.‹ ›Eigensinnig, ich.‹ ›Keß, ich.‹ ›Frech, ich.‹

Aufgrund wovon? Mit welchem Recht? Und vor allem: mit welchem Resultat? Alles nur Großsprecherei. Ängstliche Megalomanie. Selbstüberschreierei. Große Klappe, vorgeschickt vom Herzenherz. Rührt die große Trommel mit den Fäusten auf der Brust, zuckt aber unter den Schlägen vor Schmerz zusammen. Schnappt nach Luft ...«

Nicht nur Krijns *Schnee*, sondern auch seine Fragen, stechende Fragen mit Blutrinne, machten mich dermaßen überdreht.

»Was bleibt denn noch übrig, Albert, wenn wir allen Unfug an ihm... um ihn herum gestrichen haben?«

»Der Mensch ist bestenfalls ein plump verzierter Rahmen um das Loch, aus dem er seinen Abfall in die Welt drückt.«

So, da hatte er erst mal sein Fett weg. Krijn, und in einem Aufwasch auch der Mensch an sich.

Plötzlich: ein radikaler Perspektivenwechsel. Er fuhr von der Schule nach Hause, allein, und auf einmal *sah* er, wie er von der Schule nach Hause radelte, und zwar aus so großer Höhe, daß die Begriffe »Schule« und »Zuhause« komplett wegfielen und zu A und B wurden oder B und A. Und noch höher stieg sein Blick, der durch ein umgedrehtes Fernglas zu schauen schien, so daß er sich nicht einmal mehr von einem Punkt zum anderen zu bewegen schien, sondern sich nur noch *bewegte*, entlang einer bestimmten Linie – und auch das immer weniger, denn obwohl er noch nie in einem Flugzeug gesessen hatte, wußte er, daß es, aus solcher Höhe betrachtet, aussah, als kämen die Dinge da unten kaum voran.

Alles, was er an diesem Tag noch tun mußte (Hausaufgaben), alles, was er noch tun wollte – erschien ihm infolge der veränderten Perspektive als äußerst nichtig. Der Perspektivenwechsel machte seine Last schwerer und zugleich leichter. Alle Kraftanstrengung war auf nichts gerichtet. Seine hoffnungslose Verliebtheit, ob unbeantwortet oder nicht, auch sie gehörte nun zu den nichtigen Dingen.

Jahrelang schaute er so – durch ein umgedrehtes Fernglas. Die Erdoberfläche sah er nie anders als kugelförmig, und über diese gewölbte Fläche krochen träge die Wirbelinsekten, von Nichts nach Nirgendwo. Ihre Linien schnitten sich auf eine abstrakte Weise – das war alles. Wenn sich jemand über ihn aufregte, fiel sein Blick senkrecht wie bei einem Raubvogel (nach dem Rütteln) in die Tiefe der Himmel, und von dem

Hitzkopf war schon bald nicht mehr zu sehen als ein – kaum wahrnehmbares – Gewimmel von Insektenbeinchen.

Im *Le Loup* tanzten Krijn und ich Tango … aber nicht wirklich.

»Dichter, Philosophen, Krijn … wer noch einen Funken Liebe für den Menschen verspürt, kann nicht anders, als ihn ganz zu demontieren, ihm all seine Illusionen und seinen Dünkel zu nehmen, und vor allem: ihm seine selbstgewählte zentrale Position im Kosmos zu entreißen … um sie im folgenden Stück für Stück, Stein für Stein, Holz für Holz wieder aufzubauen – nun allerdings aus der Einsicht heraus, die durch die Demontage entstanden ist. Er wird sich den Mittelpunkt aufs neue erobern müssen, da kein anderer Platz für ihn denkbar ist.

Und sofern jemand den Mut selbst aufbringen kann, durch dieses Tal der Selbstverachtung und Selbsterniedrigung zu gehen, wird er am Ende diesen Mittelpunkt wieder für sich reklamieren müssen – aus Selbsterhaltungs-, aus Überlebenstrieb, allein schon, um seinen Selbstwert zu erhalten. Außerdem hat er, rein logisch betrachtet, gar keine andere Möglichkeit. Auch diese Selbstentäußerung zugunsten des weit größeren Mysteriums des Kosmos geschieht im Grunde aus seiner zentralen Position heraus. Sogar wenn ich an dem Menschen als dem ›Maß aller Dinge‹ zweifle, selbst wenn ich mich selbst als Maßstab ausschalten will, geschieht das mit Hilfe ebendieses Maßstabes. Der Mensch kommt nicht um sich selbst herum. Er ist, ob er will oder nicht, auf einer Holzspule im Zentrum der Welt festgespießt.

Aber wenn er nach der Selbstverleugnung, nach der Sintflut der Selbstauslöschung mit seinem schmaler und knochiger gewordenen Hintern wieder auf seinem zentralen Sitz Platz nimmt, wird dieser Sitz kein selbstzufriedener dicker Sessel mehr sein, sondern ein gerader Küchenstuhl aus hartem Holz.

In ebendiesem Moment, Krijn, sitzen Tausende von Frauen vor ihrem Toilettenspiegel und schminken sich das

Gesicht. Das Gesicht ist das Gegebene ... das Selbstverständliche ... das unerschütterliche Fundament ... Es braucht nur noch so betont zu werden, daß es wohl oder übel seine Schönheit preisgibt. Augen, Nase, Mund, Ohren ... niemand zweifelt an den Grundgegebenheiten des Gesichts. Wenn ich als braver kleiner Junge meiner Oma einen Kuß geben wollte, verbarg sie ihre Rührung, indem sie mich fest in die Nase kniff. Infolge ihrer Schwerhörigkeit hatte sie eine Stimme aus schartigem Blech, und mit dieser rief sie dann: ›Paß nur auf, du, ich pflanz dir deine Nase zwischen die Ohren!‹ Dieser oft wiederholte Ausruf hatte etwas Beängstigendes für mich. Der Witz bestand natürlich darin, daß sie meine Nase dort hinsetzen wollte, wo sie bereits war. Gerade dadurch wurde an der Selbstverständlichkeit des Gesichts herumgemurkst ... gerieten die Organe an ihrem festen Platz ins Wanken ... Ich begann, die Gesichter der Menschen zu sehen, wie manche Menschen, befremdet, die verdrehten Gesichter auf Picasso-Bildern betrachten. Den ganzen Tag über zogen entstellte Gesichter an mir vorbei, bei denen eine bösartige Großmutter die Nase äußerst exakt ... und zugleich völlig willkürlich ... zwischen die beiden Ohren gesetzt hatte.

Solange wir nicht über bestimmte Horizonte hinausschauen können, bleibt uns wohl nur die Schlußfolgerung, daß der Mensch das am weitesten vorangetriebene Experiment des Kosmos ist, inklusive aller sich daraus ergebenden Willkür. Eine Nase zwischen zwei Ohren. Es war ein Experiment ohne Ziel, ins Blaue hinein, ein blindes Tasten und Suchen. Aufgrund seiner Herkunft könnte man sagen, der Mensch tauge nur noch fürs Labor, als Experiment. Nein, nicht im Sinne genetischer Manipulation oder ähnlichen selbstherrlichen Unfugs. Der Mensch als Experiment des Menschen, in dessen selbstgeschaffenem Labor. (Die moderne Metropole eignet sich ausnehmend gut dafür.) In diesem imaginären Arbeitsraum darf er sich selbst analysieren, zerlegen, in soundsoviel Teile Gas und soundsoviel Teile Wasser auflösen.

Experimente im Verkommen und Verludern, um zu sehen,

was nach allen Schlägen und Schweinigeleien an ›Menschlichem‹ übrigbleibt. Wirf ihn die Treppe hinunter, stoß ihn in eine Schlucht und schmeiß ihm einen toten Hund nach; drück ihn unter Wasser, bis seine Lungen bersten ... und schau, was von ihm übrigbleibt. Provoziere sein Gehirn, verstümmele sein Denken ... Laß ihn sich ausziehen, sich in ein härenes Gewand hüllen, in Jute. Laß ihn sich Asche aufs Haupt streuen, Heuschrecken essen, in die Wüste ziehen. Und dann auf ins Bordell für eine Portion venerischer Krankheiten.

Gut, was bleibt übrig nach diesem weit getriebenen Experiment? Was findet sich nach allen Erschütterungen, aller Wut, allem Kummer, allen Schlägen auf dem Grund seiner Seele? Was bleibt vom Menschen übrig?

Wie gesagt: Mindestens ist er der ziemlich plump verzierte Rahmen um das Loch, aus dem sein Schmutz in die Welt tropft ... und bestenfalls ebendieser Rahmen, allerdings um den Spiegel seines Geistes.

Ja, dieses bißchen Geist kann man ihm nicht absprechen. Es ist das Schönste, was er in seinem Schaukasten hat. Das, was ihn ... auf angenehme oder unangenehme Weise, wer kann das schon sagen ... von anderen Geschöpfen unterscheidet.

Oder entdecken wir nach allem Herumexperimentieren, daß der Mensch nichts weiter ist als *dieses sinnlose Experiment an sich*? Es muß wohl so sein, denn auch mit seinem Gehirn, diesem Gottesgeschenk, experimentiert er weiter. Ja, der Mensch ist das Resultat eines blinden Experiments, das vom Menschen selbst in die Hand genommen und genauso blind weiterentwickelt wird. Er stellt Aufbau und Abbruch in endloser Abwechslung dar; er wird komplizierter und dann wieder simpler. Hoffnung und Resignation in sinnloser Abfolge ...

Der rüde Umgang des Menschen mit seinem Geist ist ein mindestens ebenso großes Rätsel wie der Geist selbst. Warum muß diese strahlende Lampe ständig heruntergedreht werden? Oder höhergedreht, so daß sie anfängt zu qualmen? Warum muß in die Kerzenflamme, die hoch und hell brennt, *geblasen* werden? Warum muß das menschliche Gehirn und dieses überaus ingeniöse System der Sinne regelmäßig betäubt, gedämpft, benebelt, deformiert, in die Irre geführt, umgeformt, ›erweitert‹, stimuliert, verstümmelt werden? So geht es schon seit Jahrhunderten, mit Mitteln, die je nach Zeit, Ort und Kultur wechseln. Alkoholische Getränke, Kokablätter, Opium, Haschisch, Heroin ... Hauptsache, der Geist schlüpft in ein anderes Gewand. Warum?

Manche Menschen, ich weiß nicht, ob ich sie als Optimisten oder Pessimisten bezeichnen soll, scheinen das Leben als Verschnaufpause vom großen Nichts zu betrachten, als einmaligen Urlaub auf Erden, und zwar als ›Aktiv‹-Urlaub.

Wieder andere Pessimisten, oder Optimisten, betrachten den Menschen als *zum Leben verurteilt* – na ja, solange es eben währt. Jedenfalls kann er sich nicht eine Weile frei davon nehmen. Er kann, anders ausgedrückt, nicht eine Zeitlang Urlaub im Nichts machen.

Sehr bitter. Er ist dazu verdammt, ein Leben zu führen, das früher oder später endet, doch in diesem Punkt braucht er nicht fatalistisch zu sein: Schließlich hat er auch noch so etwas wie einen Willen, mit dem er es beenden kann, das Leben. Aber *eine Zeitlang* weg, das ist nicht möglich. Das Nichts ist kein Urlaubsort, von dem man zurückkehren kann. Wir werden lernen müssen, damit zu leben. Obwohl ... Die tiefe, melancholische Sehnsucht, mal ganz weg zu sein, die bleibt natürlich.

Ist das der Grund, weshalb wir uns mit allen möglichen Surrogaten behelfen? Die Betäubung suchen, den Rausch?

Umsonst. Der Schlaf, der Rausch, die Trunkenheit kennen ihre Dämonen, denen man nicht entfliehen kann. Der Geist, so verstümmelt und in die Mangel genommen er auch sein mag, versagt nie, absolut nie. Er dringt, getarnt, durch alle Türen in den Schlaf ein, wo er Verstandsmonster gebiert. Er kann sich durch tiefe Trunkenheit vielleicht eine Zeitlang auslöschen lassen, kehrt aber im Morgengrauen beängstigend verzerrt wieder, um uns das Fürchten zu lehren. Er ist der Henker, der, eine Maske auf dem Gesicht, kommt, um uns für unseren Fluchtversuch zu strafen. Das Gehirn gibt die Dinge falsch weiter, flüstert mit einer anderen Stimme, furchteinflößend. Aber zurückkehren, das tut er. *Punishment day.*

Es kommt zur Versöhnung. Zum Waffenstillstand. Das verstümmelte, gemarterte, grün und blau gequetschte Gehirn erholt sich; ich gönne es ihm. Der Geist wird wieder klar, ich bilde mir ein, daß ich diese Klarheit genieße. Bis ich diesem kalten Neonlicht erneut entfliehen möchte – um Spinnweben in den Ecken zu befestigen.

Ich krieg ihn nicht unter.

Oder dient dieses Malträtieren des Geistes noch einem anderen Zweck als dem, einen Ersatzurlaub im Nichts zuwege zu bringen?

Wenn wir, bald nach dem Aufbruch zu unserem Urlaubsziel, wieder auf die Erde zurückgeworfen werden und das Bewußtsein wiedererlangen, zeigt der Geist uns andere Dinge als die gewohnten. Oder vielleicht sollte ich sagen: Der Geist läßt uns durch die vertrauten Dinge hindurchschauen.

Die Dinge um uns herum, so willkürlich und absurd sie an sich auch sind, haben die lästige Neigung, eine große Vertrautheit anzunehmen. So wunderlich dieser Vorgang ist, wir gewöhnen uns an sie, hängen mit der Zeit sogar an ihnen. Nur aufgrund dieser ›Vertrautheit‹ können wir uns allem um uns herum geschlagen geben.

Worauf aber beruht diese Vertrautheit? Auf nichts anderem als allmählicher *Gewöhnung* und auf dem Umstand, daß wir manche Dinge selbst geschaffen haben – nach unserem Ebenbild oder zumindest nach unserem Geschmack oder unseren Bedürfnissen.

Es kommt darauf an zu lernen, hin und wieder durch diese allzu vertraute Umwelt hindurchzuschauen, die völlige Beliebigkeit hinter den Dingen zu erkennen, ihre Fremdheit, dieses ganze in Scheinordnung gehüllte Chaos, das Ekelerregende an allem. Nur so kann man sich selbst wieder seinen Platz zuweisen oder, besser gesagt: sich selbst beweisen, daß man keinen Platz beanspruchen kann. Wir sind einander nur zufällig ausgeliefert, die Dinge und ich.

Der Kater, der *richtige*, eignet sich bestens für einen solchen Röntgenblick, für so einen verzerrenden Blick auf die Dinge um uns herum. Andere Mittel sind Hunger, Armut, Streit, Wut, Melancholie – kurz gesagt: all die Empfindungen, gegen die wir uns zu Unrecht bis zum äußersten wehren und deren Bekämpfung schon längst in das Krankenkassenleistungspaket des Versorgungsstaats aufgenommen ist. Das In-guter-Kondition-Halten der menschlichen Psyche ist eine Forderung unserer sich in alles einmischenden Gesellschaft – und der Mord an tieferer Erkenntnis. Im übrigen führt auch die Wissenschaft mit ihrer einseitigen Kultivierung des Verstandes zu einer Verstümmelung des Gehirns, so daß neben den Türen der Erkenntnis, die sich quietschend öffnen, andere Türen sich verklemmen. Da hilft auch keine Ölspritze mehr…«

Wir saßen auf hohen Hockern mit dem Rücken zur Bar und schauten uns die Show an. Nur ein alter Homo neben mir stützte sich auf die Theke, wo sein Zierhündchen vom Ober eine Portion Leberwurst vorgesetzt bekam. Er hatte, aus Gewohnheit oder aus Schikane, einen Klecks Senf dazugetan. Nachdem der Pudel daran geleckt hatte, zeigte er sich höchst verstimmt: Nervös knurrend ließ er seine brennende Zunge heraushängen. Genau in dem Moment löste die Tänzerin den Verschluß an ihrem Glitzer-BH, schwenkte ihn über ihrem Kopf, so daß jeder die Glöckchen bimmeln hören konnte, und ließ ihn dann los. Er segelte in unsere Richtung und landete am Rand des Podiums, gleich neben der Bar. Das nervöse Hündchen sprang bellend von der Theke auf den Schoß seines Herrchens und von dort aufs Podium, schlug die Zähne in das Kleidungsstück und schüttelte den Kopf, wie große Hunde es mit einem Lappen oder einem Pappkarton tun, den man ihnen zuwirft. Der BH schepperte wie ein Glockenspiel und mußte den kleinen Zähnen vom rot angelaufenen Herrchen entwunden werden.

Der Mann hatte sich mir gerade als »Marcus, Buchhalter in einem mittleren Betrieb« vorgestellt. Für eine so unterbezahlte Funktion sah er viel zu chic aus. Aber es ist ja nichts Neues, daß einer, der von den großen Dieben dazu angestellt wurde, die kleinen Diebe zu belauern, mit der Zeit – von zwei Seiten auf eine Idee gebracht – selbst zum Dieb wird, und sei es auch nur zu einem mittleren, nicht wahr? Ich habe immer viel Sympathie für diese ganz kleinen, gelblich vertrockneten Buchhaltertypen empfunden, die schon seit Menschengedenken in ein und derselben Firma arbeiten und bei denen erst um die Zeit, da sie ihr 25jähriges Dienstjubiliäum feiern, herauskommt, daß sie in den letzten fünfzehn Jahren die Kasse um eineinhalb bis zwei Millionen erleichtert haben. Der Verbleib des Geldes ist nicht mehr zu ermitteln, denn sie haben ein zweites Leben in Nachtclubs geführt, wo der Champagner nur so floß und merkwürdige Damen sich zum Kitzeln anboten und was der Dinge noch mehr sind. Ihrer Alten daheim sagten sie, sie gingen noch schnell mit dem Hund raus, einem Pudel, der eine »Portion Pâté auf Kosten des Hauses« vorgesetzt bekam und auf der Theke frei herumspazieren durfte, solange er nichts umstieß. Am nächsten Morgen trug das arme Tier noch immer die blaue Schleife am Schwanz, die die Flasche geschmückt hatte. Ständig im Kreis um sich selbst herumlaufend, versuchte es, sich ihrer zu entledigen. Doch der einzige Kommentar der zahnlosen Medusa im Morgenmantel am Frühstückstisch dazu war: »Wo hat er das nur wieder her? So ein verrücktes Viech.«

Die Tänzerin ließ sich dadurch nicht aus dem Konzept bringen. Sie zupfte sich die silbernen Sterne von den Brüsten – und was zum Vorschein kam, waren keine menschlichen Nippel, sondern eher die Zitzen eines Tiers. Dunkelbraune Schachfiguren von mindestens zweieinhalb Zentimeter Länge. Sie ragten kerzengerade vor – in den Saal. Wenn die Frau sich lässig über die Brüste strich, um sie zu liebkosen oder vorübergehend zu bedecken, traten die schrecklichen Dinger zwischen ihren Fingern hervor. Sie knetete sie, machte sie immer härter, wie schnelltrocknenden Ton ... Als die Musik verhaltener wurde, rief sie in ihrem harten Akzent: »Wer will meine Mandarinchen ...?«

Sie tanzte am äußersten Rand des Podiums entlang, streifte fast die Tische der Gäste in der ersten Reihe. Allen Männern in Reichweite streckte sie ihre Zitzen entgegen, manchmal so heftig, daß es schien, sie wolle jemandem die Augen ausstechen. »Jetzt nimm doch schon meine Mandarinchen ...«

Rasch zupackenden Händen verstand sie allerdings geschickt auszuweichen. Sie war eine Meisterin im Beiseiteschwenken und Wegtauchen.

Zwischen den Tischen bewegten sich Soldaten im Tigerschleichgang, von Zeit zu Zeit mit unbequem verdrehtem Hals emporschauend, um einen Blick auf die spanische Möse zu erhaschen. Die Tänzerin stampfte auf. »Ihr zu Piep in das Schoo gehen. Kosten Guldens. Niex mehr.«

Jetzt schwenkten die Euterzitzen plötzlich in unsere Richtung. »Du Mandarinchen mögen?« Sie hielt Krijn ihre Tentakel hin, der erfahren grinste. Dann streckte sie sie mir hin. »Und du ... du wollen meine Mandarinchen? Dann du küssen meine Mandarinchen.«

Sie sah mich so aufmunternd an, daß ich in Verwirrung geriet. Ging es nicht doch um ...? Die Gumminippel sprangen unter ihren massierenden Fingern immer wieder vor. Ich umschlang die Tänzerin und zog sie an mich. Da sie zu flüchten versuchte, landete mein Kuß jedoch irgendwo auf ihrem Bauch. Die Frau riß sich los und stolperte, völlig aus dem Takt gekommen, auf die Piste. Die Band spielte übereilt den Schlußakkord, die Spanierin verneigte sich, sozusagen wieder unnahbar ... Das Publikum lachte und klatschte. Meinetwegen ... Der Erfolg hauchte meinem künstlichen Glück dieser Nacht neues Leben ein.

Aufgüsse dessen, was eigentlich schon vorbei ist, sind immer widerlich. Meine Euphorie schmeckte im Grunde nach nichts und war genauso unecht wie der »Geburtstag«, den ich in Gesellschaft eines Möchtegernzuhälters feierte.

Die ganze Nacht hindurch gab es die Energie, und nichts als diese Energie, die uns zu sinnloser Aktivität aufpeitschte ...

Der letzte Rest bestand aus einer wirbelnden, bunten Aufeinanderfolge immer wieder anderer Kneipen, Tanzbars, Nachtclubs ... Krijn fand sich überall bestens zurecht. Nirgends hielt er es lange aus, was die Nacht noch unruhiger machte. Er war der reinste Nimmersatt, der denkt, nebenan ist es *noch* besser ... Er zahlte alles; mein Hunni leistete weiter beim Sniffen seinen Dienst.

Waren größere Entfernungen zurückzulegen, dann ließen wir uns mit der rasch schrumpfenden Theatergruppe im Taxi befördern. In einer Art endlos verlangsamter Spiralbewegung bewegten wir uns von der Leidseplein-Gegend über die Wallen zum Rembrandtsplein. Hier und da, unter anderem in *Sally's Oude Herbergh*, wurde Krijn der Zutritt verweigert. »Du darfst rein«, sagte der Türsteher zu mir, »aber den da will ich hier nicht mehr sehen. Er weiß schon, warum.«

So wurde das Bild vom dichtenden, sniffenden Zuhälter, das er von sich selbst gezeichnet hatte, zuweilen bestätigt, um gleich darauf wieder in die Brüche zu gehen. Einen zweiten Besuch im *De Kring* zögerte er zum Beispiel immer wieder hinaus. »Später. Da ist jetzt noch nichts los. Die hocken alle noch an der Schreibmaschine.«

Als wir dort endlich eintrafen und die Treppe hinaufrannten, sahen wir durch die Glastür, daß die Stühle bereits auf den Tischen standen: So hießen sie dort den Morgen willkommen.

»*Mann*, so 'ne Ernüchterung«, ahmte ich Zwanet nach.

Häufig geht es Hand in Hand: Klagen über die niederschmetternde Nüchternheit des Daseins – und ein Mangel an Vorstellungskraft, um dem Tod ins Auge zu sehen. Ein Trost für die Klagenden: Der Tod, sofern wir ihn nicht unerkannt vor der Tür stehen lassen, macht jedes Leben zu etwas Exotischem, auch das alltäglichste, *gerade* das alltäglichste. Bitte ihn herein in den Kohlgeruch, und sofort wird daraus der Geruch des Geheimnisses.

Wir dürfen uns daher auch nicht wie der Saufbold, dem keine Ausrede einfällt, vollaufen lassen, um der »nüchternen Wirklichkeit« zu entrinnen, denn die ist nicht nüchtern, niemals. Es geht vielmehr um das Betäuben des Bewußtseins, das mit seiner Laterne in einem fort sein Licht über die todeswurmstichige Wirklichkeit scheinen lassen muß.

Kurzum: Urlaub im Nichts, und rechtzeitig wieder zurück.

Die Überwältigung

Donnerstag, 22. September 1977
(Zwanet Vrauwdeunt)

»Würden Sie freundlicherweise absteigen, Juffrouw?«

In der Leidsestraat, wo Zwanet mit zu Boden gerichtetem Blick vorsichtig zwischen den Straßenbahnschienen radelte, wurde sie von zwei Polizisten angehalten.

»Nicht nur, daß Radfahren hier verboten ist – Sie fahren auch noch ohne Licht.«

»Sagen Sie das auch den Zuhältern, die hier nachts durchbrettern? Oder sind Sie dann nur damit beschäftigt, auf die Seite zu springen?«

»Wir müssen Sie bitten, abzusteigen und zu Fuß weiterzugehen, Juffrouw.«

»Gestern fuhr hier noch ein schwarzer Mercedes lang... mit so 'nem vertrockneten Grabkranz vom Keukenhof auf der Motorhaube. Angeblich hatte er sich verfahren... Nett, daß ein Kollege von Ihnen dem Typ den Weg erklärte... in seinem besten Schuldeutsch. Der Arschkriecher.«

»Gute Nacht, Juffrouw.«

Vor Zorn die Schuhe mit halbhohem Absatz aufstampfend, schob Zwanet ihr Rad die Straße hinunter bis zum Leidseplein, wo sie wieder aufstieg und, feste in die Pedale tretend, um die verlorene Zeit aufzuholen, weiterfuhr. Vor lauter Wut kam es ihr nicht einmal in den Sinn, den sicheren Umweg zu nehmen. Auf kürzestem Weg durch den Vondelpark zur van Eeghenstraat und schlafen, und diesen Quispel vergessen, und Albert dazu. Morgen allen Ärger fruchtbar machen für *Die Stadt und die Höhlen*.

Vor dem Eingang zum Vondelpark stand, halb auf dem Gehweg, ein wartendes Taxi mit eingeschalteter Warnblinkleuchte. Gerade als sie, sich mit einem Fuß vom Boden abstoßend, um das Auto bog und durch das Tor fahren wollte, tauchte Alberts Bruder Freek aus dem nebligen Halbdunkel des Parks auf.

»Hallo, Zwanet. *Dogshit City*, was?«

»Was sonst?«

»Albert schon nach Hause?«

»Falls ja, und du siehst ihn da, dann sag ihm ... ach, vergiß es. Gute Nacht.«

Während sie in den Park fuhr und durch die kühle Morgenluft spürte, daß ihre Augen naß waren, hörte sie, wie hinter ihr die Taxitür zuschlug. Tagsüber begegnete man Leuten, und dann schienen ihre Wege, selbst wenn sie nur so herumschlenderten, immer etwas Logisches und Zielgerichtetes zu haben. Nachts war das anders. Warum ließ Freek Egberts, der um diese Uhrzeit in irgendeinem Nachtlokal am Rembrandtsplein Baß spielen sollte, aus einem totenstillen, verlassenen Park kommend, am Eingang ein Taxi mit laufendem Motor warten? Ach, vielleicht ähnelten ihre Fragen ja allmählich zu sehr denen in den Heften von *In den Achseln* ... nein, von *Die Stadt und die Höhlen*. Freek hatte das Taxi halten lassen, weil er dringend pinkeln mußte, das war alles.

Wo fing der eigentliche Vondelpark an? Beim Tor hinter ihr oder erst jenseits der Überführung? Der Asphaltweg, den sie jetzt entlangfuhr, war im Grunde nichts weiter als eine Allee mit breiten Randstreifen – die zugegebenermaßen immer breiter wurden und vor allem rechts immer dichteres Strauchwerk aufwiesen. Sie kam an der Jugendherberge vorbei, die wie ihre Umgebung in tiefer Ruhe lag. An die Überführung, an der die van Baerlestraat über den Park geleitet wurde, hatte sich Zwanet nie gewöhnen können. Im Sommer ähnelte sie, tagsüber, mitunter einem breiten Stadttor, mit Straßenmusikanten, die sich die Akustik dort zunutze machten. Doch ihr Getrommel und Gerassel klang unheimlich, und sie war immer froh, auf die andere Seite zu kommen, wo der Park sie mit weit offenen Armen empfing.

Nachts war die Überführung ein öder Tunnel, vor allem jetzt, wo er auch noch in leichtem Nebel lag. Ein einsames Auto dröhnte über ihren Kopf hinweg. Danach war es wieder still, bis auf das Echo des Geräuschs ihrer Pedale, von denen das eine bei jeder Umdrehung den Rahmen streifte. Als Zwanet, bereits auf der anderen Seite, unter der Überführung rennende Schritte hörte, dachte sie sofort an Freek Egberts ... etwas, was er ihr noch sagen wollte oder so ... und darum erschrak sie nicht. Es war das dumpfe Geräusch dicker, weicher Sohlen, das, gebrochen und verstärkt durch das Gewölbe über ihr, beängstigend hätte sein können, wenn Zwanet nicht gerade wegen der Straßenmusikanten an die täuschende Akustik gedacht hätte.

Noch bevor sie sich umdrehen konnte, plumpste ein Körper schwer auf ihren Gepäckträger. Ihrer hohen Geschwindigkeit war es zu verdanken, daß das Fahrrad nicht sofort umfiel. Als sie nach ihrem Kettenschloß greifen wollte, um sich zu verteidigen, langte eine Hand unter ihrem Arm hindurch und riß den Lenker herum. Das Rad machte eine scharfe Biegung nach links, kam vom Weg ab und rauschte in die Sträucher. Zwanet landete, das Rad halb über sich, nicht einmal hart auf der Erde zwischen den Büschen. Sie versuchte, sich sofort aufzurichten und sah erst da den glänzenden Mopedhelm, dessen undurchsichtiges Visier heruntergelassen war. So schreckensstarr sie auch war, seltsamerweise hatte der Helm etwas Beruhigendes: Die Person, die sich darunter verbarg, war schließlich schon am Abend zuvor bei ihr auf den Gepäckträger gesprungen und hatte sich da mühelos verjagen lassen.

»Idiot ...!«

Aus dem Helm drang als Antwort ein hohles Geräusch, nicht zu verstehen. Es gelang Zwanet, wieder auf die Füße zu kommen, doch der andere griff nach ihr und zog sie wieder zu Boden, während er gleichzeitig das Rad mit den Füßen von sich stieß. Der Mann warf sich auf sie, berührte mit dem Helm ihr Gesicht, und dadurch war es einen Moment lang so, als sei sein ganzer Körper ein Zylinder aus hartem Kunststoff, der über sie hinwegwalzte. Die Hand des linken Arms, dessen Ellbogen ihren rechten Arm zu Boden drückte, lag über ihrer Kehle, die so zugedrückt wurde.

»Ruhig«, drang es nun erstickt und keuchend aus dem Helm.

Als wolle er sich von der Anstrengung erholen, lag der Mann eine Weile nahezu reglos auf ihr. Zwanet begann jetzt doch, durch den weichen Stoff eines Trainingsanzugs hindurch das Relief eines Männerkörpers zu spüren. Aus dem schweren Helm zwischen ihrem Kopf und ihrer Schulter hörte sie ein Geräusch, das sie wegen der Nähe und der Verzerrung zunächst nur schwer einordnen konnte. Es war, als bearbeite der Mann einen Nahrungsbissen im Mund. Der käut etwas wieder, der Idiot, schoß es ihr durch den Kopf; auch das hatte einen Moment lang etwas Beruhigendes, weil es vage Gedanken an schwer zu befriedigende Abartigkeiten auslöste... das Bild eines Mannes, der über einem Eimer schäumendfrischer Milch ejakuliert... Er spielt die Kuh, sagte ein dünnes Stimmchen in ihr; gleich höre ich ein Blubbern in all seinen Mägen, ertönt ein unendlich trauriges Muhen aus seinem Helm, und er findet Befriedigung an vier Zitzen gleichzeitig...

Da der Kerl bereits zwischen ihren Beinen lag, die sie sehr weit hochgezogen hatte, um mit den Hacken (den linken Schuh hatte sie verloren) möglichst fest zuzutreten, konnte er ihren Slip nicht hinunterstreifen. Er glitt mit den Fingern seiner freien Hand an ihrem Oberschenkel bis zu der Stelle hoch, wo ihr Slip am schmalsten war, schob sie unter den Gummi und versuchte, ihn zu zerreißen.

Es ist einer der drei Qualitätsslips, dachte Zwanet, aus der goldenen Geschenkschachtel mit der Rose... den zerreißt er nicht so leicht... Das Gummiband schnitt ihr an verschiedenen Stellen schmerzhaft in die Haut, bevor die Naht riß und der »Qualitätsslip« ihr nur noch als ein lotteriges, ausgefranstes Stück Straps um den einen Oberschenkel hing. *Wie soll das gleich gehen, ohne Höschen? Ohne etwas zum Auffangen?*

Durch diesen zerrissenen, knapp zwei Zentimeter breiten Baumwollstreifen kam Zwanet sich plötzlich völlig nackt vor. Erst jetzt spürte sie, wie die kühle Nachtluft ihr über Beine und Bauch strich, als zöge es da vertrackterweise. Die Erde, und vor allem dieses eine Büschel Unkraut, fühlte sich feucht an ihrem Hintern an. Hämisch leierte ein Werbeslogan für Pampers mitten in ihre Angst: NICHT ZU GLAUBEN, DIE POBÄCKCHEN SIND PRAKTISCH TROCKEN. Noch ein anderer Gedanke meldete sich mit medizinischer Nüchternheit zu Wort. Das gibt eine Blasenverkühlung... vielleicht sogar eine Entzündung... Und das alles trat einen Moment lang hinter der Besorgnis zurück, sie könnte vielleicht gegen ihren Willen feucht und weit werden. Sie sah ihre hexenhafte Rivalin Susan vor sich, die häßliche Susan Cox, deren Hand in einem eingeseiften Waschlappen steckte... Zum erstenmal erlitt Zwanet die Angst des wehrlosen Mannes im Krankenhaus, und in ihr echote seine flehentliche Bitte: Penis, halt Glans und Glorie verborgen!

Das Gesabbere im Helm wurde lauter. Da war ein Bild von früher, eine Gruppe dreizehnjähriger Jungen aus der Nachbarschaft, die sich ihr und ihren Freundinnen gegenüber nur so zu verhalten wußten, indem sie in einem fort auf die Erde spuckten. Es war ein warmer Tag, der Speichel war aufgebraucht, und lange Zeit sah und hörte sie nichts anderes als das Mahlen ihrer Kiefer, wobei die Wangen rhythmisch eingesogen wurden. So wurde neue Spucke produziert, die beim Auftreffen auf den Gehwegplatten dichter und weißer als die vorigen Batzen war, und auch spärlicher. Später kam ein etwas älterer Junge, der die Faust vor seinem Hosenstall auf und ab bewegte und dabei ein paarmal hintereinander mit großer Kraft und Präzision einen kleinen schneeweißen Speicheltropfen an seiner Hand entlang auf den Gehweg zielte, passend herausgeschleudert durch den Spalt zwischen seinen Schneidezähnen.

Hinter der doppelten Wand von Mopedhelm und Mundhöhle hörte Zwanet Speichel glucksen, und so, glucksend wie ein nur zum Teil gefüllter Eimer, schwang der Helm aus der Nähe ihres Kopfes weg. Der Mann kniete jetzt zwischen ihren gespreizten Beinen. Seine Hände waren so groß, die Finger so lang, daß er ihre beiden Handgelenke mühelos mit einer Hand umklammern konnte, während er mit der anderen seine Jogginghose und den Slip herunterzog. Über dem

Gummibund seiner Unterhose sprang ein kaum zur Hälfte versteiftes Glied hervor, das bläßlich nachschwang.

Die Art, wie er mit seiner freien Hand das Visier des Helms ein kleines Stück hob und etwas Speichel in seine Handfläche laufen ließ, erinnerte sie an die achtlose Weise, in der jemand auf einer öffentlichen Toilette an einem Griff zieht, um ein wenig flüssige Seife in seine Handfläche tropfen zu lassen. Es war, als zöge sich rund um diese weiße Substanz, die auf dem Weg vom Mund zur Hand nur einen Moment lang zu sehen war, alles, der ganze in Nacht getauchte Park, in körniges Grau zurück. Ein Schwall pures Mondlicht schien in den Speichel gefallen zu sein, so hell, sogar blendend, leuchtete er auf.

Zwanet, in der Fessel seiner Hand, erschlaffte, konnte sich nicht mehr bewegen. Als die andere Hand ihre Scham erreichte, war der Speichel, der ausgiebig in und über ihre Falten geschmiert wurde, in der Nachtluft bereits kalt geworden – und das, wo sie im Innersten etwas Zischendes und Glühendes erwartet hatte, das bei der Berührung einen Geruch von versengter Haut und verbranntem Haar freisetzen würde. Die Erniedrigung hinderte sie nicht daran, in einem ganz anderen Teil ihrer selbst, tief in ihr, ein empörtes und beleidigtes Mädchen zu sein. *Als ob ich, um schön feucht zu werden, den Speichel eines unbekannten Mannes bräuchte*. Es waren zwei Arten von Erniedrigung, die sich im Weg standen, sich knirschend übereinanderschoben wie Schollen sich auftürmenden Eises.

Die Kaugeräusche im Helm hörten nicht auf. Als der Mann seine Hand erneut hochnahm, meinte Zwanet den Geruch alter Spucke zu riechen, vor dem sie sich schon als Kind so geekelt hatte, daß sie nasse Küsse von Tanten wie die Pest mied. Der Geruch verdorbener Milch. Jetzt war sie selbst ein Gefäß voll abgestandener Spucke. Noch kälter als zuvor fühlte sie die Morgenluft über ihre Schenkel und den Bauch streichen, wo speichelnasse Haarbüschel in die Höhe standen.

Der Mann besorgte sich einen neuen, aus dem Helm geholten Batzen, worauf er, da sein Geschlecht noch immer nicht völlig steif werden wollte, mit Daumen und Zeigefinger eine Schnippbewegung rund um die Vorhaut machte, genauso mechanisch, wie Zwanet es bei einem Schauspieler in einem Pornofilm gesehen hatte, der der Sache damit ein wenig auf die Sprünge helfen wollte. Dadurch stieg wie eine Art innerer Speichelgestank, übel und durchdringend die Angst erst richtig in ihr auf. Wenn der Mann nicht von einem rein animalischen Trieb, stärker als er selbst, getrieben wurde ... wenn er sich mit einer popeligen Geste des Geldzählens selbst in die Ausgangsposition zum Genuß versetzen mußte ... was um Himmels willen hatte er dann noch mit ihr vor?

Als er fertiggezählt hatte und ein schwankender Stapel Wechselgeld durch die Dunkelheit wogte, schob er sich mit einer Langsamkeit und Vorsicht in sie hinein, die im Widerspruch zu der brutalen Kraft zu stehen schienen, mit der er sie noch immer zu Boden drückte. In einer tieferen Schicht ihres Fleisches, wohin die Jauche aus seinem Mund noch nicht hatte vordringen können, mußte er sie aufdrücken, aber auch das tat er mit weniger Gewalt, als ihr Körper, der sich mit allen Fasern gegen den Schmerz anspannte, fürchtete.

Hatte sie geschrien ... auch schon vorher? Sie versuchte es, aber es kam kein Laut. Es war, als habe der Mann, indem er sie an der Kehle packte, ihre Stimme ausgeschaltet. Mit der einen Hand hielt er noch immer ihre Handgelenke umklammert und tastete, während er reglos, das Geschlecht, wie sie merkte, bereits wieder schlaffer werdend, in ihr liegenblieb, mit der anderen durch ihre Kleider nach ihren Brüsten. Die Angst mußte sie betäubt haben, wie Müdigkeit nach zwei schlaflosen Nächten einen betäuben kann: Das eintönige Dröhnen eines Zuges auf den Gleisen wurde zu einer vielstimmigen Sinfonie, Geplauder im Abteil kam an als halluzinatorischer Theatertext ... So glaubte Zwanet das Wort »Hirschknubbel« zu verstehen.

»... bekommt schon kleine Brüstchen«, sagte der Helm mit hohlem Geflüster. »Und auch schon etwas Flaum.«

Der Mann begann sich leicht zu bewegen, doch es war schmerzhaft genug, denn in der Tiefe blieb sie trocken. Je regloser sie sich verhielt, um so weniger Schmerz verspürte sie. In einem Moment der Bewegungslosigkeit, in dem auch ihr Bedränger sich kaum noch rührte, hörte Zwanet die Schalmei – so jedenfalls nannte sie das Instrument des alten Mannes im Park. Mit seinem scharfen Profil vor den Bäumen entlangeilend, bewegte er sich immer auf einem Lastenfahrrad weiter, bis er wieder irgendwo ein hübsches Fleckchen zum Musizieren fand. Manchmal konzertierte er auch am Teich mit einem Mädchen, das Querflöte spielte ... auf der Wiese bei der Picasso-Skulptur *Die Fische* mit einem Gitarristen ... Vor einer Woche, bevor Zwanet begonnen hatte, den Park nachts zu meiden, hatte sie ihn im Licht der aufgehenden Sonne auf einer Bank sitzen sehen, der Kopf reglos wie der eines Reihers, die Schalmei quer im Schoß ...

Wie hatte der Mann ohne Kopf so leicht in sie eindringen können, alles in allem? Bis in die kleinsten Details sah Zwanet ihren Fahrradsattel vor sich ... das altmodische Modell ... die federnde eiserne Spirale, die den schmalen Teil ein klein wenig anhob ... die feinen Risse im Leder ... Sie zwang sich fast, sich zu erinnern, daß sie, während sie darauf saß, an etwas sehr Schönes gedacht hatte, nur woran ...? Da war sie, die Welle des Abscheus über diese Kollaboration ihres Körpers mit dem Feind, ohne daß ihr Wille eingegriffen hätte.

Wie ein abflauender Protest glühte ganz in der Tiefe ein feiner Schmerz nach. Mit ihrem ganzen Körper versuchte sie, ihn am Leben zu erhalten, so groß war die Angst, die kollaborierenden Kräfte könnten einen gewissen Genuß, und sei er noch so gering, aufbieten, um diesem Brennen ein Ende zu bereiten. Damit der Schmerz nicht nachließ, begann sich Zwanet heftig zu wehren. Mit ihren Hacken, der eine beschuht, der andere nackt, trat sie erneut auf die Waden des Mannes ein. Es war unausbleiblich, daß dieser auf gut Glück hinter sich griff, denn sie spürte, wie ihre schmalen Fußknöchel auf Anhieb in dieser Pranke zusammengepreßt wurden, während die andere Hand weiterhin ihre Handgelenke zusammendrückte. So hing Zwanet wie ein lebendes Stück Wild an dem Stock, den seine nach vorn und nach hinten ausgestreckten Arme bildeten; die Waffe stand in ihrem Bauch. Sie dachte nur noch: Solange er die Hände voll hat mit meinen Armen und Beinen, kann er mich nicht erwürgen.

Während der Mann sie so festhielt, begann er, in seinem Helm keuchend und knurrend, sich mit kurzen, unregelmäßigen Stößen zu bewegen. Der Schmerz war noch da, wie ein scharfer Ring, der bei jedem Stoß tiefer in ihr Fleisch getrieben wurde. Sie hörte, wie auf jede seiner dumpf knurrenden Bewegungen ein kurzer hoher Schrei folgte, bis ihr bewußt wurde, daß dieser aus ihrer eigenen Kehle kam. Als Antwort setzte in dem Baum hoch über ihrem Kopf ein Vogel ein, und Sekunden später schmetterte der ganze Park so, daß die Schalmei übertönt wurde. Für Zwanet hörte es sich wie ein lautes, anfeuerndes Jubeln für den Mann an, der auf ihr seine Befriedigung suchte, und gleichzeitig wie ein höhnendes, haßerfülltes Gepfeife über ihre Niederlage.

Ganz in der Tiefe, weit jenseits ihres Willens, Abscheus und ihrer Erniedrigung, zersprang etwas, gab etwas nach... Wenn es Genuß gewesen wäre, hätte er sich von Scham nicht unterscheiden lassen, und an dieser Kombination wäre sie auf der Stelle gestorben. Nein, es war der Schmerz, der sich in eine andere Art von Schmerz verwandelte, erst rot-, dann weißglühend. Sie versuchte, ihn in den Griff zu bekommen, doch auf einmal war es vorbei. Der Mann ließ ihre Hand- und Fußgelenke los und zog sich mit so etwas wie einem Würgegeräusch aus ihr zurück. Sein vom eigenen Speichel und vom brutal angeeigneten Schleim glitzerndes Geschlecht mit beiden Händen umfassend, spritzte er seinen Samen neben Zwanet ins wilde Gras. Tau auf Tau.

Anstatt daß dieses Sich-Zurückziehen kurz vor dem Samenerguß die Schändung ihres Körpers gemildert hätte, löste es erneut zwei Arten von Erniedrigung aus, die nicht miteinander in Einklang zu bringen waren... sich widersprachen... sie aber trotzdem gleichzeitig niederschmetterten.

Der Behelmte erhob sich sofort, wobei er seine schlitzlose Hose zugleich mit der Unterhose hochzog und in letztere noch einmal griff, um sein Geschlecht in eine bequemere Lage zu schieben.

»Besten Dank, nä«, ertönte es hohl und heiser aus dem Helm.

Zunächst rückwärts, dann in seitlicher Richtung ging der Mann langsam davon. Erst unter der Überführung kehrte er Zwanet den Rücken und verschwand im Zuckeltrab. Er brauchte keine Anfeuerung mehr seitens der Vögel. Hoch und schrill pfiffen sie nur noch Zwanet aus, wie sie zuvor den Schalmeispieler weggescholten hatten. Zwanet erhob sich ungefähr so, wie ein männliches Geschlechtsteil sich aufrichtet, langsam, mit kleinen Rucken, ohne Zutun des Willens... sich aber dennoch mit Kraft füllend, vor Zorn ballend. Hier erhob sich eine andere Frau als die, die man dort zu Boden geworfen hatte.

Zwanet schlüpfte in den wiedergefundenen Schuh, hob ihr Fahrrad auf und schob es zum Weg zurück, ohne die Überführung aus dem Auge zu lassen. Sie hörte noch rennende Schritte, sah aber niemand mehr. Vielleicht hatte der Mann den Weg hinauf zur van Baerlestraat gewählt. Schnell... sie mußte so schnell wie möglich die van Eeghenstraat erreichen, bevor er sich dort wieder am Ausgang des Parks postieren konnte.

Der Lenker stand schief, aber man konnte noch fahren. Das Vorderrad rieb sich am verbogenen Schutzblech, und das vom Dynamo losgerissene Kabel ratterte an den Speichen. Weil sie vergessen hatte, den Lenker wieder zurechtzubiegen, fuhr sie in Schlangenlinien um den Teich herum – weg, nur weg von diesem Brandfleck im Gebüsch.

Am Ausgang, an der van Eeghenstraat, glaubte Zwanet ihn neben einem Torpfosten stehen zu sehen, reglos wie ein Standbild, der Helm stumpf vom Nebel. Wie konnte der Mann zu Fuß so schnell über die van Baerlestraat hergekommen sein, und dann auch noch mit diesem schweren Ding auf dem Kopf? Sie fuhr schnell weiter in Richtung des *Melkhuis* und auf der anderen Seite des Teichs zurück. An einer Kopfweide nahe dem Wasser sah sie im ersten fahlen Tageslicht eine Gitarre hängen, ein modernes E-Modell mit flachem weißem Korpus. Der Hals mit einem Kopf und vier Wirbelschrauben ragte schräg in die Höhe, es sah aus, als wäre ein Schwan auf den Baum geklettert. An seinem Fuße lag der aufgeklappte Kasten, mit schimmerndem rotem Samt ausgekleidet.

Auf der Seite der Vondelkirche verließ Zwanet den Park und radelte durch die Vondelstraat zum Leidseplein zurück. Als sie bei der Stadsschouwburg links, Richtung Polizeipräsidium, abbiegen wollte, sah sie von weitem den Behelmten auf der Marnixstraat näher kommen. Sie stellte sich auf die Pedale und fuhr schnell in die Leidsestraat, wo jetzt natürlich kein Polizist zu sehen war. Sie spürte ein Flattern an ihrem sich auf und ab bewegenden Oberschenkel. Unter dem Saum ihres beschmutzten Rocks, der sich beim Radeln hochgeschoben hatte, flatterte ein Teil des zerrissenen Höschens hervor. Wie dieser »Qualitätsslip«, so kam sie sich vor: losgerissen, das Innere nach außen gestülpt... Etwas, das durch rohe Einwirkung von außen die Fasson verloren hatte... Ihre tretenden Beine setzten den Speichelgeruch zwischen ihren Schenkeln frei, und so wurde ihr bewußt, daß sie nackt, mit entblößter Scham, die Straße entlangfuhr. Von diesem Tag an sollte der Vondelpark nicht länger nach Herbst riechen, und einige Zeit später würde auch nicht der Blütenduft des neuen Frühjahrs über ihm liegen, nein, der Park würde nur noch nach *seiner* sauren Spucke stinken. Er würde diesen Gestank über die ganze Stadt ausstoßen, wie eine versteckte Chemiefabrik.

Sie mußte sich bedecken, sich einen Mundschutz machen, um *seinen* schlechten Atem abzuhalten... Zwanet blickte über die Schulter zurück. Niemand folgte ihr. Der Behelmte konnte den Leidseplein noch nicht erreicht haben... Sie stoppte auf der Brücke über die Keizersgracht und schob, das Rad zwischen den Beinen, den zerfetzten Slip, so gut es ging, zurecht. Hätte sie nur weniger Vorbehalte gegenüber der Punkerkluft gehabt, dann hätte sich sicherlich irgendwo in ihrer Kleidung eine Sicherheitsnadel finden lassen. Jetzt mußte sie mit den Fingern die zerrissenen Enden des Höschens durch den Rock hindurch festhalten.

So, mit der einen Hand den schiefen Lenker steuernd, radelte Zwanet rasselnd und in Schlangenlinien weiter. Der Behelmte brauchte nur seinem Gehör zu folgen. Ein paarmal geriet sie mit dem Vorderrad in eine Straßenbahnschiene und mußte sich dann kurz mit dem Fuß abstützen, um nicht zu stürzen.

Eine weiße Baßgitarre ... wie ein Schwan in einem Baum ...

Ätherische Öle

Donnerstag, 22. September 1977
(Albert Egberts)

»Du bist so angespannt«, sagte Krijn. »Was du brauchst, ist 'ne geile Nummer mit einem von meinen Mädels. Mein Angebot gilt noch immer.«

»Sehr spendabel«, sagte Albert, »aber ich glaube nicht, daß mein Körper noch richtig mitspielen würde.«

»Wenn du passiv bleiben willst – auch gut. Machen wir 'ne Massage draus. Ich verordne dir die besten Öle. Überlaß das nur mir.«

»Hobbemakade«, sagte er zum Taxifahrer. »*Chez Bellamy*, Sie wissen schon. Da ist für Sie dann auch noch 'ne schöne Provision drin.«

Als im letzten Sommer in Geldrop die Abwesenheit von Marike und den anderen ihn quälte, hatte Albert zwei Anzeigen aus *De Telegraaf* ausgeschnitten. Die eine gab zu verstehen, daß eine Dame »Sie, mein Herr« bei sich zu Hause empfing, die andere pries »prickelnde« Massagen an. Aus einer Telefonzelle rief er die Nummer aus der ersten Annonce an, eine im Ortsnetz Eindhoven. Am anderen Ende wurde ganz kurz der Hörer abgenommen und wieder aufgelegt: bei der Arbeit. Was er sich als ganz gewöhnliche Hausfrau vorgestellt hatte, die sich dann und wann etwas dazuverdienen wollte, eine Frau, die ihn vielleicht leicht verlegen und unbeholfen empfangen würde, nun, das war natürlich nichts weiter als eine gewiefte, routinierte Hure. Nein, dann schien ihm die andere Adresse schon besser: zweifellos eine verheiratete Frau, die mit Wissen ihres Mannes in einem Nebenzimmer eine Art Arztliege plus Handtuch aufgestellt hatte, angeblich für eine entspannende Massage, die sich jedoch nach einiger Zeit auf die – wie sie es in ihrem Eindhovener Dialekt nennen würde – »ärrogeen Zoon« ausdehnen würde, möglicherweise unterstützt von allen möglichen Vibrationsgeräten. Ja, genau das brauchte er: streichelnde und knetende Frauenhände, am liebsten noch leicht rauh von der montäglichen Wäsche, und zum Schluß der befreiende Orgasmus, wonach er sich wieder ungetrübten Blickes seinem Lernstoff würde zuwenden können.

»Wannsen Taxi nehm', könns' innem Viertelstünnchen hier sinn.«

Die angegebene Adresse befand sich, wie erwartet, in einem aus lauter Reihenhäusern bestehenden Vorort von Eindhoven. Das Fenster auf der Straßenseite bot keinerlei Einblick. Die Tür, mit einer Scheibe aus gelbem Bläschenmattglas, war anders als die Türen der Nachbarn. Aus dem gleichen Glas war auch die Laterne, die an einer aufwendig gestalteten schmiedeeisernen Konstruktion hing. Auf Alberts Klingeln hin öffnete eine häßliche, männliche Frau mit kurzgeschnittenem strohigem Haar. Aller Mut verließ ihn. Wie sollte dieses Mannweib, egal welch ingeniöses Instrumentarium sie auch verwendete, ihn je erregen können? Er war sogar zu mutlos, auf der Stelle kehrtzumachen.

»Warten Sie hier mal 'nen Moment.«

Die Frau führte ihn in ein kleines Nebenzimmer, das in gar nichts dem überhellen Behandlungszimmer eines Arztes glich, das er sich vorgestellt hatte. Es war halbdunkel, gedämpft erhellt von einer Schirmlampe, in die man eine rote Birne gedreht hatte. Ein surrender Projektor warf einen zittrigen Schwarzweißfilm an die Wand – vielleicht Porno. Die sich bewegenden Gestalten waren in so etwas wie wackelnde Riesenohren aus Licht verpackt, wodurch irgendwelche Handlungen nicht zu erkennen waren. Das Strohdach kam wieder zurück.

»Ich mach Sie jetz mal mitn paar von unsren Mädels bekannt.«

Eine nach der anderen kamen sie in den kleinen Raum, insgesamt vier.

»Hallo, ich bin Geertrui.«

»Hallo, ich bin Marjan.«

»Hallo, ich bin ...«

Sie machten einen Knicks dazu, als wollten sie zu Boden sinken, um Kartoffeln zu roden. Albert war in einem waschechten Brabanter Puff gelandet.

»So, und jetz die letzte. Moniek.«

Die Hexe von Puffmutter grinste zum Zeichen, daß auch die Mädchen auf dem Flur kichern durften. Albert erinnerte sich noch, welche Frage ihm dabei durch den Kopf gegangen war: Lachen sie nun, weil Moniek heute schon jedesmal an der Reihe gewesen ist oder weil die überrumpelten Männer fast immer »die letzte« wählten, egal, welche der vier es war? Wie dem auch sei, es war nicht mehr als eine Hygienemaßnahme gewesen, bei der er sich in erster Linie an das klinische Geraschel eines schludrig übergestülpten Kondoms erinnerte.

»Eine gute Massage mit ätherischen Ölen«, sagte Krijn, »und du wirfst deine ganze Anspannung auf einmal raus. Und dann geh'n wir uns wieder einen abhotten.«

Der Taxifahrer ging mit ihnen hinein, um seine paar Prozent Provision einzustreichen, doch dafür mußte die Puffmadam erst wissen, was der Kunde (Albert) wünschte. Krijn, der mit »Ha, Krijn« von ihr begrüßt worden war, wurde offenbar nicht als Kunde betrachtet.

»Ist Chantal frei?« fragte Krijn.

»Bei ihr geht gerade jemand weg.«

»Gut, unser Hübscher hier möchte eine Massage von Chantal.«

»Sonst noch was?« So fragte die Schlachtersfrau auch immer.

»Sonst nichts«, sagte Albert. Der Alkohol jagte ihm heiß durchs Blut, und das Kokain dröhnte in seinem Kopf. Er fühlte sich wie zwischen zwei Steinelefanten, die ihn aufrecht hielten.

»Geht aufs Haus«, sagte Krijn.

Die Puffmutter machte sich eine Notiz. Der Taxifahrer blickte belemmert auf den geringen Betrag in seiner Hand. Er sagte zu Albert: »Wenn's doch aufs Haus geht, warum dann nicht noch 'ne Doppelnummer dazu? Ich muß auch leben.«

Krijn steckte ihm noch ein Papierknäuel aus einem Zehner und einem Fünfer zu.

»Merci, Chef.« Die Geschäftsführerin begleitete den Fahrer zur Tür.

»Ich komm mal eben mit, um Chantal hallo zu sagen«, sagte Krijn und ging Albert durch einen langen Flur voran bis zu einem kleinen Zimmer an der Rückseite des Hauses. Darin stand eine Arztliege aus grauem Skaileder, und hinter rosa Tüll gab es noch eine Art Alkoven. Chantal war keins der beiden hübschen Mädchen, die Albert am Abend von Krijn angeboten worden waren. In ihrem kurzen silbrigen Hemd war sie mollig, mit weit nach hinten herausstehendem Hintern, und das Gesicht unter den dunkelbraunen Locken war von Akne geschunden.

»Das ist Albert«, sagte Krijn. »Freund von mir. Ein Mann mit philosophischen Ansichten... gib ihm also eine subtile Massage. Daß heißt, nicht so 'n Rumgedrücke, mit dem man Tote wieder zum Leben erweckt. Er hat keinen Herzinfarkt, ist aber ziemlich angespannt.«

»Ganz wie der Herr wünscht. Darf auch intim sein. Dann kommen allerdings dreißig Gulden dazu.«

»Es ist für mich, Tally. Erst mal ein bißchen massieren. Aber nicht mit diesem Altöl... mit gutem Zeug... Danach sehen wir weiter.«

»Oh, bist du wieder mal großzügig, Krijn... mit dem Körper von 'nem anderen? In anderer Leute Soße rührt sich's gut, nicht wahr? Okay, aber dann nicht wie beim letzten Mal, daß ich in puncto Geld in die Röhre guck...«

»Schatz, wenn du's richtig gut machst, bekommst du noch was extra. Versprochen.«

Chantal breitete ein Badetuch auf dem Behandlungstisch aus.

»Dann ziehen Sie sich mal aus. Ich heiß übrigens Chantal.«

Albert schaute zu Krijn, der sich umdrehte, aber nicht aus dem Zimmer ging. Der Alkohol und das Coke hatten auch Alberts natürliches Schamgefühl zu einem guten Teil betäubt. Er zögerte keine Sekunde und zog sich aus. Als er nackt dastand, fühlte er den Stoppelbart wieder über sein Gesicht kriechen. Chantal hatte Hemdchen und Slip ausgezogen und ging nun ohne die geringste Anmut vor dem Waschbecken in der Ecke ein wenig in die Knie, nachdem sie einen Waschlappen, so groß wie eine Einkaufstasche, naß gemacht und eingeseift hatte. Sie fuhr sich ein paarmal unsanft zwischen den Schenkeln durch und richtete sich dann auf. Unter dem Hahn spülte sie den Lappen aus, in dem ihre Hand noch immer Schnappbewegungen machte.

»Kommen Sie grad mal? Waschen.«

Albert erschrak. So ein rauhhaariger Lappen würde die Lust, mit der er in dieser Nacht ohnehin schon so knapp bedacht war, auf der Stelle ersticken.

»Ich hab grad erst geduscht.«

Krijn gab ein zischendes Kicherlachen von sich. »Monsieur ist so blitzeblank wie meine Handfläche, Tally. Hör auf zu nerven.« Er drehte sich wieder um.

»Oh, *so* sauber? Dann hab ich nichts gesagt. Legen Sie sich hin... Nein, erst auf den Bauch, hatt' ich eigentlich gedacht.«

Albert streckte sich auf der hohen Liege aus und wunderte sich über die Ungeniertheit, mit der er seine Beine leicht spreizte. Er hatte das Gefühl, daß seine Gesäßbacken unter Krijns Blicken aufgingen wie Brote. Über seinen Rücken lief eine Fliege, aber als er sie mit der Hand verjagen wollte, merkte er, daß es ein dünner Ölstrahl war, den Chantal zwischen seine Schulterblätter tröpfelte. Reibend und knetend wanderten ihre Hände von seinem Nacken abwärts. Als sie bei den Oberschenkeln angelangt waren, berührte ihr Daumen während der kreisenden Bewegungen jedesmal raffiniert sein Skrotum.

»Sehr gut, Tally«, sagte Krijn.

»Bleibst du jetzt die ganze Zeit da und schaust mir auf die Finger?«

»Eigentlich müßte ich mich ja zurückziehen, aber ich kann mich einfach nicht satt sehen... wie du das machst... Wenn du Farbe an den Fingern hättest, könnten wir erst so richtig sehen, was für Figuren du den Leuten auf den Körper malst.«

Jetzt, da sie mit ihrem Kopf so dicht über Albert war, hörte er ihre mahlenden Kiefer: Kaugummi. Etwas weiter unten keuchte sie leicht, vor Anstrengung.

»Drehen Sie sich mal um.«

Als Albert auf dem Rücken lag, sah er, daß die Zimmerdecke aus einem großen Spiegel bestand, was ihm nicht so recht war: Zu dieser Uhrzeit hatte er nicht viel Lust auf sich selbst. Mit diesen von Bartstoppeln verschatteten Kiefern schien der Alkohol seinem Gesicht einen noch verformenderen Stempel aufgedrückt zu haben als nach früheren Trinkgelagen, doch dazu könnte auch der Schnee das Seine beigetragen haben. Sein Geschlecht lag träge, kaum geschwollen, in seiner Leiste.

»Siehst du, Krijn? Der Herr hat nix davon, wenn du ihm so auf die Pelle rückst.« Chantal goß einen Ölstrahl aus der Flasche über Alberts Brust, Bauch und Geschlecht.

»Dann tu was dagegen«, sagte Krijn. »Das ist dein Beruf.«

»Es riecht zwar köstlich, dieses Zeugs ... aber es schmeckt gallebitter. Probier mal.«

»Das wiederum ist nicht *mein* Beruf.«

Als Chantal sich bückte, um die Flasche auf einem niedrigen Tischchen abzustellen, sah Albert, daß ihr weit nach hinten vorstehender Hintern unten mit zartem schwarzem Flaum bedeckt war. Er wußte, er mußte ihn anfassen.

»Ist es dir recht, Chantal«, fragte er, als sie seine Brust zu massieren begann, »wenn ich dich ein bißchen berühre, während du mich massierst?«

»Dafür ist sie da«, sagte Krijn, wie er an einer reich gedeckten Tafel gesagt hätte: »Es ist alles da.«

»Schon okay«, sagte Chantal. Es waren nicht einmal ihre Worte, die so grausam gleichgültig klangen. Es waren ihre Kiefer, die den Kaugummi zermahlten, ohne ihn hinunterschlingen zu können. »Mach, was du willst. Krijn zahlt.«

Mit dem Handrücken, den er zwischen ihren massierenden Armen hindurchstreckte, berührte Albert flüchtig ihre kleinen Brüste, deren Nippel sich zu seiner Überraschung sofort aufrichteten. Ein mechanischer Körperreflex – ob sie wollte oder nicht? Oder konnte eine Hure nach jahrelangem abstumpfendem Dienst noch genauso empfindlich sein wie jede andere Frau? Er ließ seinen Handrücken über ihren Bauch gleiten, der ein symmetrisches Spiel mit dem Hintern spielte und, fettgesättigt, weit vorquoll. Es war lediglich ein einleitendes Gestreichel, im Vergleich zu der verhaltenen Gier, mit der seine Fingerspitzen über den Flaum unter ihren Gesäßbacken wanderten. Er fühlte sich gröber an, als er in dem gedämpften Licht ausgesehen hatte. Ein wenig wie die haarige Schale einer Kokosnuß, vor allem wenn er gegen den Strich fuhr. Genau diese unerwartete Grobheit erregte ihn. Ihre einzige Antwort auf sein Streicheln war, daß sie noch größere Gleichgültigkeit an den Tag legte, indem sie den Unterkiefer beim Kauen in einer laut schmatzenden Schleuderbewegung noch weiter fallen ließ. Als seine Hand zur anderen Backe hinüberwechselte, nahm seine Fingerspitze einen klebrigen Tropfen ihrer Feuchte mit, und er begriff, was sie mit diesem verzweifelt mahlenden Mund zu unterdrücken versuchte. Die unverkennbaren Reaktionen eines leicht entflammbaren Mädchens in Verbindung mit der rhythmisch gähnenden Gleichgültigkeit bewirkten, daß Alberts Geschlecht steif wurde, noch bevor ihre geölten Hände dort angekommen waren.

»Endlich was für unser gutes Geld«, hörte er Krijn halblaut sagen.

»Alles recht so?« fragte Chantal mit tödlicher Lässigkeit.

»Ja ja. Obwohl... ich würde gern etwas mehr von dir sehen.«

»Hast du das gehört, Krijn? Dann mußt du aber was drauflegen. Fünfundzwanzig Gulden.«

»Ist mir scheißegal«, sagte Krijn. »Zeig ihm deine Schatzinsel.«

»Also dann mal ins Himmelbett?«

Eigentlich sagte sie: »Also dann mal ins Himmelreich?« – woraus Albert schloß, daß sie diese muffige Nische, in der die Gerüche seiner Vorgänger hängengeblieben waren, das »Himmelreich« nannte. Himmelreich oder Himmelbett, sie streckte sich wieder ohne die leiseste Anmut, sogar ohne die geringste professionelle Koketterie darauf aus und öffnete die Beine. Sie klappte sie einfach auf, das Mahlen ihrer Kiefer unterbrach sie auch nicht für einen Moment. Vielleicht wegen ihres groben Gesichts, in dem zu früh ausgedrückte Pickel zahllose Narben hinterlassen hatten, hatte Albert erwartet, daß sie auch zwischen den Schenkeln grob und unförmig sein würde. Aber nein, was er da zwischen seinen Daumen aufgehen sah, war ein Gefüge straffer Linien. Bildersprache, auf die nicht einmal Marike aus Nimwegen ihn je gebracht hätte: Sie hatte messerscharfe Schamlippen. Schwer vorstellbar, daß eine Hure ihre vielbenutzten Falten so gut in Form zu halten verstand.

»Na, was meinst du, Albert? Da ist noch nichts ausgeleiert, was?« Krijn, hinter ihm, sagte es mit verhaltenem Stolz. »Greif zu. Genier dich nicht.«

Es wunderte Albert einigermaßen, daß Chantal, oder Tally, bei der wie bei allen Huren Küssen zweifellos tabu war, ihm ohne weiteres gestattete, sie mit seiner Zunge zu streicheln. Möglicherweise war es der Straffheit ihres Geschlechts zu verdanken, das auch unter seinem Speichel nicht in Formlosigkeit zerglitt, daß das Lecken geräuschlos vor sich ging. Hingegen drängte sich das schmatzende Kaugummigekaue immer lauter in den Vordergrund und schien an den Platz der genierlichen Geräusche zu treten, die das Lecken meist mit sich brachte. Da wurde verbissen auf etwas herumgekaut, das nicht kaputtgehen wollte. So merkte Albert, daß die Nutte, die mit abgewendetem Kopf gelangweilt zu der satinbespannten Wand blickte, sich eindeutig auf einen Orgasmus hinführen ließ. Es steckte in der Schleuderbewegung ihres Kiefers. Krijn zerstörte diesen mahlenden Ausdruck ihres Genusses, den nur Albert mitbekam.

»He, Tal, geht's nicht ein bißchen leiser mit dem Stimorol? Der Kunde verliert ja seine ganze Konzentration.«

Nun kaute sie zwar noch, allerdings mit geschlossenem Mund, fast geräuschlos. Sie verstand ihren Orgasmus so gut zu verbergen, daß Albert erst merkte, daß sie gekommen war, als er seiner Zunge eine kurze Pause gönnen wollte und seine Fingerspitze an ihre Klitoris legte. Möglicherweise berührte er sie mit seinem Nagel. Chantal schoß hoch und schlug seine Hand weg.

»Nicht mit dem Nagel, Mensch... da bin ich sensibel.«

»Sag mal, Tal«, sagte Krijn plötzlich scharf und aggressiv, »du willst mir doch wohl nicht erzählen, daß du hier genüßlich... Denk dran, der Genuß ist für den Kunden während der Arbeitszeit und für dich nach der Arbeitszeit.«

»Ach, Mann, glaubst du denn wirklich, deine Freunde, die hier mit 'ner Alkoholfahne herkommen, könnten mich soweit kriegen? Dafür müssen sie schon früher aufstehen.«

»Nur, daß du es weißt. Und jetzt mach deine Arbeit zu Ende.«

Albert streckte sich wieder auf dem Handtuch aus. Chantal, die nur pro forma noch etwas Öl in ihre Handfläche goß, massierte nun gezielter, wieder mit weit aufklappendem Mund, in dem deutlich zu sehen war, wie der weiße Kaugummistreifen sich wieder und wieder um die Zunge schlang. Nur wegen dieses Schmatzens, in dem sich ihrer beider geheimes Einvernehmen verbarg, gelang es Albert, durch das Feuer von Alkohol und Kokain hindurch seinerseits das Plansoll zu erfüllen. In dem Moment, in dem Tally den Kaugummi mit der Zunge an die Innenseite ihrer Lippen drückte und sich vor ihrem Mund, ohne daß sie kräftig blies, nur auf dem Strom ihres Atems eine kleine Blase bildete, spritzte Albert seinen Samen hoch in die Luft, bis in sein Brusthaar.

»That's my boy«, sagte Krijn.

Die Verbrüderung

Donnerstag, 22. September 1977
(Albert Egberts)

Nach dem Besuch bei Chantal, oder Tally, nahmen Albert und Krijn ein Taxi zurück zum Rembrandtsplein. Die Theatergesellschaft wartete dort noch auf sie in dem Club, in dem zu einem früheren Zeitpunkt in dieser Nacht die Band von Freek aufgetreten war. Als sie hereinkamen, wurde das Equipment gerade gegen das einer anderen Gruppe ausgewechselt, die anscheinend zwei Schlagzeuger hatte, einen Drummer mit einer Kombination aus zwei Drums, und einen Perkussionisten mit einem ganzen karibischen Souvenirladen voll exotischer Rhythmusinstrumente ... Tamburine ... Schellen und Rasseln ... einem Glockenspiel aus dünnen Röhren, die dicht wie ein Fliegenvorhang nebeneinanderhingen ... Albert fragte einen Tontechniker, der Freeks Verstärker hinter die Kulissen rollte, wo sein Bruder sei.

»Seine Baßgitarre an den Nagel hängen ...«

»Nein, mal im Ernst. In der Garderobe?«

»Ich sag doch: Seine Baßgitarre an den Nagel hängen. Vor einer halben Stunde haut er hier plötzlich ab ... wir mußten noch die Zugaben spielen ... und sagt bloß: Ich häng jetzt meine Baßgitarre an den Nagel. Das ist alles, was ich weiß.«

Albert suchte Krijn und fand ihn mühelos mitten im Trubel. Die Linien auf dem Taschenspiegel erinnerten Albert an die Leuchtstreifen seiner ersten Armbanduhr, die er zu seinem zwölften Geburtstag bekommen und endlos unter der Decke bewundert hatte. Die Schneespuren waren das einzige, was noch Licht gab in diesem letzten dunklen Teil der Nacht. Mit einem Gefühl, als sei es sein letzter Tanz ... danach hört es auf, bin ich zu alt, zehntausend Tage ... gab er sich den Rhythmen der Karibikgruppe hin. Er kam mit allen mühelos zurecht. In seinen Lenden flog eine bleierne Kugel hin und her, rasselte von einer Hüfte zur anderen. Sie hielt ihn im

Gleichgewicht, würde ihn bis zum Schluß vor dem Hinfallen bewahren... oh nein, er war noch lange nicht an seiner Grenze für heute nacht. Aber es war das letzte Mal, daß er so tanzen würde, darum mußte er rausholen, was ging, die Bleikugel keine Sekunde lang zur Ruhe kommen lassen... Kein betrübtes Bewußtsein, daß dies sein letzter Tanz war... er fühlte, daß sein Tanz die Musik dieses Abends überleben würde... das gesamte Repertoire der Gruppe... ja, wenn die Gruppe schon lange nicht mehr existierte, völlig vergessen war, würde sein Tanz noch immer auf der Welt sein, nie mehr wegzudenken, auf immer spürbar für jeden, nicht nur für das Publikum dieses Abends... Gleichzeitig war da die Angst, sein Körper könnte nicht mehr aufhören. An die Stelle der Bleikugel trat ein schwerer Hundeschwanz, der am unteren Ende seines Steißbeins hing und mit peitschender Geschwindigkeit wedelte. Albert hatte sein Perpetuum mobile gefunden. In ihm war keine Schwere mehr, keine Reibung, nicht der geringste Widerstand... Endlich hatte er die Leichtfüßigkeit erreicht, die dem Menschen vorbestimmt war und die im besten Einklang mit der Wirkweise seines Geistes stand. Er tanzte wie auf Wasser.

Der Sänger, der singend auf der Bühne herumgerannt war, steckte sein Mikrofon auf den Ständer und trat ab. Auch die Gitarristen verschwanden hinter den Kulissen, nachdem sie ihre Instrumente hier und da gegen die Boxen gelehnt hatten. Nur der Drummer und der Perkussionist machten weiter, und dadurch kam es Albert, der die Augen fest zugedrückt hielt, so vor, als sei er der einzige, der noch auf der Tanzfläche war. Nur die Schlagzeuger und er. Letzte Runde des Gefechts.

Schlagzeug spielen, das hätte Albert als Junge auch gefallen, aber es war nie Geld für Musikunterricht da, geschweige denn für ein Instrument. Ja, für einen geringen Beitrag konnte man in den örtlichen Spielmannszug eintreten, und völlig kostenlos war der Eintritt in den Knabenchor der hl. Lydwina-Pfarrei, doch das waren Musikformen, die er nicht wollte. Nun war es so, daß sie in der Textielstraat eine Nachbarin hatten, die Albert sehr zugetan war. Ihr einziges Kind war ein

Mädchen, und sie hätte so gern noch einen Jungen gehabt, und der kam nach langem Beten auch, starb aber schon kurz nach der Geburt. Albert hatte geholfen, ihn zu begraben, in kurzer Hose und mit einem grauen Umhang – kurz und gut, seitdem war Albert ihr Liebling. Sie rühmte seine Zeichnungen, seine Leistungen in der Schule, alles, was sich zum Loben anbot. Eines Tages war Albert nicht länger zu halten: Er war Musiker, er wollte Musik machen. Er schleppte etliche Margarinekartons zu dem Bretterzaun, der den gepflasterten Platz hinter ihrem Haus von dem der Nachbarn trennte, und sägte einen alten Mopstiel seiner Mutter entzwei. Die Kartons gruppierte er, die Böden nach oben, wie die Trommeln eines Schlagzeugs um sich herum und begann dann, auf einem umgedrehten Zinkeimer sitzend, mit den Hälften seines Stiels draufloszutrommeln. Es hörte sich nach nichts an, wie er selber fand, aber irgendwie war er davon überzeugt, das Geballer und Getrommel würde, durch die Mauer gesiebt, als rhythmisch ausbalancierte Schlagzeugmusik bei der Nachbarin ankommen. Sie würde nach anfänglichem Sträuben (»Kind, in meinem Alter ...«) der Versuchung nicht widerstehen können und, wie von selbst in den zwingenden Rhythmus aufgenommen, hüftenwiegend dazu tanzen.

Nachdem er in dieser Nacht doch noch der Plumpheit der Pappkartons entronnen war, sniffte Albert von Krijns kleinem Spiegel das nächste Teilstück der Schienen, die ihn immer schneller dem Morgen entgegenjagten. In Gestalt des makellosen Hundertguldenscheins war Zwanet die ganze Nacht mit ihm gereist: Sie hatte ihm tags zuvor den Schein zusammen mit etlichen zerknitterten Scheinen in einer durchsichtigen Lohntüte überreicht. Es war eine ganz normale Geste gewesen, die zu ihrer Arbeit gehörte und ihn jetzt, mit diesem heißen Gestrudel in seinem Kopf, zutiefst rührte. Früher, wenn sein Vater am Ende der Woche seiner Frau die braune Tüte mit dem Lohnstreifen gab, war es dem kleinen Albert jedesmal seltsam leicht im Kopf geworden. Ganz gleich, was passierte ... das Haushaltsgeld war auf jeden Fall da. Durch Zwanets umgekehrte Geste war er sich auf einmal sicher: Sie sollte seine Frau werden... ob bei R. A. B. B. I. T. oder irgendwo anders, er würde für sie arbeiten, Geld verdienen... und jede Lohntüte würde so durchsichtig sein wie ihre Stirnen, hinter denen sie die Gedanken des anderen lasen... genauso transparent wie ihre Herzen... ihre Seelen... Es macht nichts, mein liebes Mädchen, daß wir uns gestern abend verfehlt haben. Dahinter steckte ein geheimer Zweck: *Dies* war es, was ich entdecken mußte, hier, auf dem Grunde der Nacht. Mein Leben... für dich... Kinder. Eine Apfelsinenpresse. Zu Weihnachten Kerzen auf dem Tisch...

Nach einer letzten Zugabe aus der Karibik nahm Albert seinen Regenmantel am Saum, also verkehrt herum, von der Garderobenfrau entgegen, wobei der Ring mit seinen Hausschlüsseln verlorenging. Er hörte sie laut klirrend irgendwo aufkommen, doch im folgenden erwiesen sie sich als unauffindbar, auch für seine Freunde dieser Nacht, die... miauend oder bellend, je nach Temperament... auf Händen und Füßen in der Eingangshalle herumkrochen. Nur Seijffardt, der Komponist, blieb aufrecht stehen und sang mit seiner versagenden Tenorstimme immer wieder dasselbe Fragment aus *La Bohème*:

Cercar che giova?
Al buio non si trova.
Ma per fortuna è una notte di luna,
e qui la luna l'abbiamo vicina.

Ob es eine *notte di luna* war, ließ sich draußen nicht mehr ausmachen. Das Tageslicht rückte näher, und von einem Mond war weit und breit nichts zu sehen. Albert glaubte seinen Schlüsselbund in einer anderen Tasche gefunden zu haben, aber der entpuppte sich als die Reserveschlüssel von Thjums Zimmer am Grimburgwal, die ihm einmal für den Fall anvertraut worden waren, daß Thjum passieren würde, was ihm jetzt selbst widerfahren war. Freunde für *eine* Nacht... am Taxistand ließ Albert ihr unartikuliertes Gequassel guter Ratschläge über sich ergehen.

»Albert, wenn du bei dir zu Hause nicht reinkommst, dann kannst du ...«

»Mann, verpiß dich doch, du, mit deinem Feldbett. Ich hab ein richtiges Gästezimmer.«

»Es gibt ja auch immer noch das Regenrohr. Albert hat Saugnäpfe ... wie eine Eidechse. Wußtet ihr das?«

Nur Krijn beteiligte sich nicht daran. Er stand etwas abseits und wartete ungeduldig auf Albert, den er noch, »aber ohne die ganze Bande«, zu einem Frühlokal in der Paardenstraat mitnehmen wollte. Taxis kamen und fuhren weg, und die Gesellschaft der Theaterleute schrumpfte. Aus den Augenwinkeln sah Albert, daß Krijn sich mit böser Miene von Zeit zu Zeit schon mal unauffällig ein paar Meter in Richtung Amstelstraat bewegte, von der die Paardenstraat abging. Nachdem Albert Arthur Seijffardt, der als letzter übriggeblieben war, in ein Taxi geholfen hatte, lief er hinter dem Sonntagsdichter her.

»Woher auf einmal diese Eile?«

»Mensch, kapier doch. Ich hab da noch ein paar Kunden, und die will ich nicht an jemand anders verlieren.«

Albert verstand. Krijn hatte es geschafft, sein gesamtes zu Knäueln zusammengedrücktes Geld zu verjubeln, bis zum grünen Knäuel ... Nur der ungefaltete Hunderter, der ihnen solche guten Dienste dabei erwiesen hatte, den Whisky niederzuhalten, war noch da, allenfalls ein wenig mitgenommen vom Schleim aus ihren Nasen ...

»Deine Sniffs, Krijn, helfen ausgezeichnet gegen die Müdigkeit. Aber von so 'nem ganzen Abend und 'ner ganzen Nacht unter Leuten werde ich noch auf andere Weise müde ... und das müßte ich auch anders bekämpfen ... Nimm zum Beispiel mal diese Theaterleute. In einem Gespräch mit denen wird so häufig ... verzweifelt, desperat ... ›ich‹ oder ›ick‹ gesagt, daß es schon fast klingt wie das Hicksen eines Betrunkenen. Wer sich anhören muß, wie der Besoffene einen Hickser nach dem anderen rausschleudert, wird selbst todmüde und ihm wird kotzübel davon. Hick auf flämisch, so möchte ich es nennen, weil die sich ja ein bißchen schwertun, ein H auszusprechen. Von dem Hickser, den wir bekommen, wenn wir zuviel trinken, wollen wir alle möglichst schnell wieder erlöst werden. Dafür gibt es verschiedene kleine Tricks. Eine Minute lang den Atem anhalten. In einer vollen Kneipe auf einen Stuhl steigen und das Wilhelmus singen. Vornübergebeugt Wasser trinken mit den Lippen auf der falschen Seite des Glasrands... Wenn wir zu lange nüchtern bleiben, bekommen wir den ›ick‹, mit einem noch viel schrecklicheren Krampf und Geschleuder, nicht in der Speiseröhre, sondern in der Luftröhre... und noch irgendwo anders, in der Seele, die nicht länger unter dem Korken des *ick* gefangen bleiben will. Um das ›ick‹ loszuwerden, reicht es nicht, auf einen Stuhl zu steigen... dafür braucht es schon kompliziertere Manöver...«

Alles in der Kneipe verwies auf den Namen der Straße, Paardenstraat. Viel Pferdegeschirr und viele Hufeisen an der Wand... auch Futterraufen, vollgeworfen mit den Mänteln der Gäste... eine Vertäfelung aus sägerauhen Rundhölzern... Barhocker, überzogen mit gefleckter Schimmelhaut, echt oder Imitation, das ließ sich im gelblichen Licht der Stallaternen nicht ausmachen. Albert flehte Krijn an, die Tristheit des Interieurs mit einem Gedicht zu vertreiben... dem letzten, Krijn, dann laß ich dich in Ruhe... Doch Krijn wandte sich so fanatisch und habgierig seinen Geschäften zu, daß die Poesie den kürzeren zog. Albert ließ sich in dem Gedränge absichtlich von ihm wegtreiben.

»Laß mich gefälligst in Frieden, Krijn«, hörte er noch jemanden, offenbar einen alten Abnehmer, in scharfem Ton sagen. »Ich bin jetzt clean.«

»Ja«, ertönte Krijns Stimme, »das hat mein Klo heute morgen auch gesagt, nachdem ich es geschrubbt hatte. Ich bin jetzt clean. Komm, wieviel brauchst du?«

Es war das letzte, was Albert an Poesie aus Krijns Mund auffing. Monate später sah er ihn noch einmal aus der Ferne, wie er die Ferdinand Bol zu seinem *Ferdy* überquerte, und das war's. Das Rätsel der Gedichte sollte für immer ungelöst bleiben.

Oben, am Ende der rohen Holztreppe, bei den Toiletten, versuchte Albert, ein Gespräch mit einem Mädchen anzuknüpfen, das gerade herauskam. Seine Zunge, die die ganze Nacht über schwer in Aktion gewesen war, ließ ihn jetzt im Stich. Das Mädchen bohrte ihm den Zeigefinger in den Bauch, das heißt ... sie durchstach den Hohlraum, der in seinem von den Hüften hochgerutschten, aus irgendeinem steifen synthetischen Zeug gemachten Pullover entstanden war.

»Alle Männer meines Alters sind zu dick«, sagte sie, obwohl sie doch hauptsächlich Luft gefühlt hatte. Am schlimmsten war die Beiläufigkeit ihrer Geste und Worte. Zum erstenmal in dieser Nacht, seit er Krijn und seiner Apotheke begegnet war, schwappte eine Welle von Traurigkeit und Ohnmacht über ihn, die alles andere zu überspülen, auszulöschen drohte ... »Alle Männer meines Alters sind zu dick.« Albert verspürte das Bedürfnis, sich zu verteidigen. Er würde ihr erklären, daß das Material seines Pullis zu lediglich zwanzig Prozent aus Wolle bestehe und der Rest aus ... aus ... ihm fiel der Name des synthetischen Stoffs nicht ein. Beim Treppensteigen habe sich der Pulli gebauscht. Deshalb.

Albert öffnete den Mund, doch es kam lediglich eine Art Quietschen oder Piepsen heraus. Bevor das Mädchen die Treppe hinunterging, stach sie noch einmal mit dem Finger auf die synthetische Luftblase ein. »Alle Männer meines Alters sind zu dick. Ach so.«

Auf der Toilette wollte er sich vergewissern, daß sie sich irrte. Sein Gesicht hing blutleer und entseelt im Spiegel, wie das einer Leiche auf der Suche nach einem Daumen, um die Augen zuzudrücken. Albert sah zur Decke. Blaues Licht, wie im *Ferdy* ... Hier hatte man eine blaue Birne in die Fassung geschraubt. Blaues Licht, nicht weniger als ein Rattenvertilgungsmittel ... Albert sollte die ausgezehrten Jungs noch kennenlernen, die ganz vorsichtig, als transportierten sie Eier, mit einer Hundert-Watt-Birne am Herzen herumliefen, die sie vorübergehend gegen die blaue Birne in der Toilette austauschen konnten, wenn Not am Mann war ... Auf der heruntergeklappten WC-Brille stehend, streckten sie die Arme, gegen Schwindelgefühle ankämpfend, über ihren Kopf... wobei sie manchmal, in jeder Hand eine Lampe, das Gleichgewicht verloren...

An der Bar, über der aus Rundhölzern und echten Ziegeln ein Vordach gebaut war, saßen nicht die größten Trinker, auch wenn sie wie richtige Durchsumpfer mit krummem Rücken über dem Tresen hingen. Die meisten hatten eine Cola oder einen Orangensaft vor sich stehen, wovon kaum getrunken wurde, höchstens genippt, als sei ihnen dieser Mindestkonsum eigentlich zu teuer. Die von Krijn versorgten Kokssniefer, die sich wahrscheinlich bereits auf dem Weg zur Arbeit befanden, sahen deutlich besser aus und waren auch besser gekleidet als diese passiven, düsteren Menschen in ihrem fahlen Outfit, das fast aus Lumpen bestand. Mit dem Rücken an einen Pfosten gelehnt, der das Vordach stützte, stand in ihrer Nähe, als wolle er von dem Kontrast profitieren, ein auffallend gut gekleideter und gepflegter, etwa dreißig- bis fünfunddreißigjähriger Mann. Er trug einen dreiteiligen Sommeranzug, kognakfarben, vielleicht noch etwas heller, mit einer einfarbigen himmelblauen Krawatte. Sein schwarzes Haar war an den Schläfen und am Stirnansatz ein wenig grau, wie dies bei noch jungen dunkelhaarigen Menschen auftreten kann. Sein dünner Oberlippenbart hatte etwas Skizzenhaftes, was jedoch daran liegen mochte, daß Albert sich die ganze Nacht Krijns grobe Bürste hatte ansehen müssen. Der Mann hatte die Art von Teint, die manchmal als olivfarben beschrieben wird, jedenfalls kam er von weiter her als nur Italien... vielleicht aus dem Libanon... aus Syrien... Er sprach mit niemandem. Er hatte etwas subtil Melancholisches an sich, eine chique Art *ennui*. Whisky und Kokain rannten hintereinanderher durch Alberts Blut, und in seiner angeschlagenen, alles verzerrenden Stimmung bekam er Lust, den Mann aufzumuntern. Nicht die bleichen, unrasierten Trübsalblaser an der Theke, nein, ihn dort, mit seinem Bartschatten, der allenfalls der *five o'clock shadow* von fünf Uhr morgens sein konnte.

Für den Rest seines Lebens sollte es Albert ein Rätsel bleiben, warum er ausgerechnet diesem Unbekannten so ausführlich und lyrisch von seinem Kokaindebüt dieser Nacht zu berichten begann. Als Albert ihn ansprach, hob der Mann fragend den Kopf: Er verstand ihn nicht.

»Ich bin Türke«, sagte er auf deutsch. »Sprechen Sie Deutsch? Deutsch verstehe ich gut.«

Albert wechselte sofort zu seinem besten Schuldeutsch. Die letzte Person, mit der er lange Deutsch gesprochen habe, erklärte er dem Türken, sei Die Ratte gewesen, ein Mädchen aus Dortmund. Ihren Namen habe er vergessen, aber sie wurde von ihren Freunden Die Ratte genannt. Vierzehn Jahre, und in einen Sexskandal verwickelt ... nein, nicht als Beteiligte, als Zeugin ... Genaueres weiß ich nicht. Sie liebte Whisky, Motorräder und verlangte von ihrer Mutter zwei komplette warme Mahlzeiten am Tag, so klein und zart sie auch war. Reicht das aus für ein Porträt? Nun denn, sie hatte die Augen eines Huskys, und an ihrer Wange klebte Sand, nachdem sie bestimmt eine Stunde lang regungslos an mich geschmiegt am Strand gelegen hatte ... nachts ... er klumpte an ihrem Mundwinkel ... nein, irgendwo südlich von Barcelona ...

Der Türke hörte höflich zu, angemessen amüsiert, mit (wo nötig) einem gewissen Verständnis im Blick. Whisky und Schnee ... Albert erzählte ihm von dem Wunder ... wie zwei so verschiedene Stoffe sich gegenseitig im Körper abwechselnd aufputschten und in Zaum hielten. Der Türke nickte. Er lächelte traurig, zeigte sich aber dankbar für die Zuwendung, die der Fremde ihm schenkte. Er hörte zu, abwesend, als seien seine Gedanken bei wichtigeren Dingen. Nachdem Albert ihm seinen Namen genannt hatte und den Mann nach dessen Namen fragte, schrak dieser aus seiner Zerstreutheit auf.

»Äh ... Ali ... Ali.« Entschuldigend fügte er hinzu: »Ein ganz gewöhnlicher Name. Viele Männer bei uns heißen so. Ali ...«

Nun, da sich herausstellte, daß der Mann einen solch farblosen Namen hatte, bedauerte Albert es sofort, selbst keinen blumigeren genannt zu haben. Maurice Katan ... einen, den er häufiger benutzte, zum Beispiel wenn er sich beim Kennenlernen eines Mädchens für dieses dröhnende Bert Berts schämte. Nicht, daß er das »Ali« des Türken noch mehr hätte verblassen lassen wollen ... im Gegenteil, er wollte lediglich, in Wort und Klang, seinen Überfluß über diese sympathische Person ausschütten. Oder bezog sich sein Bedauern auf noch etwas anderes? Spannte sich tief in ihm eine letzte Faser an, die auf der Hut war, so wie er, wenn er in der Straßenbahn beim Schwarzfahren erwischt zu werden drohte, das Maurice Katan keineswegs als schöne Klanggirlande, sondern als unerläßlichen Tarnnamen in sich hochkommen hörte?

Erinnerte dieser freundliche, verletzliche Mann Albert an den Marokkaner, den man am Abend im *Bierenbroodspot* gedemütigt hatte? Ströme glühender, buchstäblich übelkeiterregender Sympathie jagten ihm durch die Brust. Fast mußte er sich übergeben. Er hätte es nicht schlimm gefunden, sein Erbrochenes vor die glänzend geputzten Schuhe des Türken legen zu müssen ... es hätte stark nach Blumen geduftet ... so sehr liebte er in diesem Augenblick die Menschheit. In raschen Sätzen begann er, Ali von einer Zugreise durch Sizilien zu erzählen. Ein Grieche, der die Luft im Abteil mit seinem Körpergeruch bereits gründlich verpestet hatte, verstärkte den Gestank noch, als er seinen Pullover hochzog, um Albert die stacheldrahtähnliche Narbe an seiner Seite zu zeigen. Schau, Mister, hier ... hier haben mir die Toerkies eine Kugel zwischen die Rippen gejagt, als ich an meinem Fallschirm hing ... vollkommen wehrlos, Mister ... Verstoß gegen die Genfer Konvention, aber mach denen das mal aus der Luft weis, den Toerkies ... Der libanesische Reisegefährte des Griechen war ein Christenschoßhündchen, das bei jeder Kirche, an der der Zug vorbeifuhr, nicht nur mit seiner Pfote ein Kreuz schlug, sondern auch eine Verwünschung kläffte: »Toerkies no good ... Jewish people no good ... Palestinians no good ...«

Zu zweit hatten sie auf die Türken geschimpft, und auch Albert hatte, als die Atmosphäre in dem Abteil so richtig von Gestank und Haß erfüllt war, seinen Teil dazu beigesteuert.

Nicht weniger als eine Beichte legte er jetzt Ali gegenüber ab, die ganze Zeit mit dieser süßlichen Übelkeit in Magen und Speiseröhre sowie Tränen aus Zuckerwasser, die seine Lider klebrig machten. Er bat um Vergebung, nicht nur für seine eigene Voreingenommenheit, sondern auch für die des Griechen und des Libanesen. Hier ... hier in Amsterdam wartete die Verbrüderung.

Ali verzieh ihm mit leichtem Schulterzucken, ohne daß sein trauriges Lächeln verschwand. »Sie sprechen gut Deutsch, Albert«, sagte er.

»Sie auch«, sagte Albert. »Wo wohnen Sie eigentlich?«

Für gewöhnlich in West-Berlin. In Amsterdam, wo er niemanden kenne, fühle er sich verloren. Er sei in einem Hotel abgestiegen ... habe sich nur ein wenig umsehen wollen, finde sich aber nicht zurecht in der Stadt ... Was, Amsterdam sei ihm fremd? Dann würde Albert dafür sorgen, daß er die Stadt kennenlerne, kein Problem. »Sehr nett von Ihnen. Gerne.« Was Ali von morgen abend halte ... also heute abend? »Ausgezeichnet.«

Bereits seit einiger Zeit war Albert sich einer Art Gezischels aus der Richtung der Bar bewußt ... eines nachdrücklichen, wortlosen Geflüsters, das von den müden Typen am Tresen kam ... Es lenkte ihn ab. Fragend sah er Ali an, der bereits etwas weniger traurig lächelnd mit den Achseln zuckte. Ohne die Stimmen zu dämpfen, vereinbarten sie, daß Ali mit seinem Auto zu Albert kommen sollte, um ihn für einen Abend in der Stadt abzuholen. Dafür brauche er dann aber eine Adresse ... Albert beugte sich über einen freien Hocker zum Barmann vor und bat um einen Stift.

»Alles schön und gut«, sagte der Barmann, »aber ich hab Sie noch nichts bestellen hören. Sie können hier Geschäfte machen, soviel Sie wollen, kein Problem, aber nicht ohne Verzehr.«

In diesem Augenblick wurde ihm bewußt, daß er keinen Cent in der Tasche hatte. Die ganze Nacht hindurch war Krijn im Tausch gegen den makellosen Hunderter ein wandelndes Portemonnaie für ihn gewesen. Albert sah sich um.

Nirgends eine Spur von Krijn. Ali, der Gentleman, hatte bereits verstanden. »Was trinken Sie, Albert?« hörte er hinter sich. »Whisky?« Ein Whisky kam ihm etwas zu happig vor, hier, in diesem teuren Laden. »Bier.« Ali bestellte ein Pils und einen Orangensaft, und Albert bekam den gewünschten Stift. Er setzte sich auf den freien Hocker und nahm einen trockenen Bierdeckel von der Bar. Der Filz war bis auf einen halbzentimeterbreiten Rand auf beiden Seiten bedruckt, so daß Albert gezwungen war, seine Adresse mit kleinen Buchstaben in Kreisform aufzuschreiben.

»He, du Arsch, du weißt doch wohl, was du tust?« sagte der Junge links von ihm, ohne den Kopf zu Albert zu wenden.

»So ein blöder Hund...«, zischte ein pickliges Mädchen ein Stück weiter.

»Was... was ist?« Albert hörte auf zu schreiben. »Meint ihr mich?«

»Ja, du Hornochse...!« ertönte es von noch weiter weg.

»Dir ist doch wohl hoffentlich klar, was du da tust, oder?« sagte jetzt der Junge zu seiner Rechten. Alles wurde in einem aggressiv zischenden Flüsterton gesagt.

»Aber was habe ich denn getan?« Albert hörte seine eigene, etwas feigweinerliche Stimme. »Jemand beleidigt oder was...?«

»Ach, du blöder Sack... mach doch die Augen auf, Mann. Du Blindfisch.«

»Ich versteh wirklich nicht...«

»Nein, du dumme Sau, du verstehst wirklich nichts! Verpiß dich, du Blödmann...!«

Albert drehte sich zu Ali um, der gerade mit einem Plastikstäbchen ein paar Kerne aus seinem Orangensaft fischte und nicht den Eindruck machte, das Geschimpfe mitverfolgt zu haben. Er faßte kurz auf deutsch zusammen, daß man ihm etwas vorwerfe, ohne daß er wisse, was.

»Ist egal«, sagte Ali wieder mit diesem melancholischen Lächeln. »Die irren sich. Kümmern Sie sich nicht darum... Schreiben Sie lieber Ihre Adresse auf.«

Albert beugte sich wieder über den Bierfilz. Es fiel ihm schwer, die kleinen Buchstaben auf den weichen Karton zu bekommen. Immer wieder rutschte der Stift aus.

»Jetzt sieh dir das bloß an, diese bodenlose Naivität«, hörte er die Stimme des pickligen Mädchens wieder. »Nicht zu fassen, so ein blöder Hund.«

Sein Fehltritt war offenbar bis ans Ende des langen Tresens weitergegeben worden, denn in einiger Lautstärke erreichten ihn jetzt auch von weiter her Verwünschungen und Schimpfworte. Es erhob sich ein ganzer Chor von Knurr- und Zischlauten, aus dem sich nur hin und wieder verständliche Schimpfworte lösten. »Scheiße auf den Augen ... in den Ohren ...« »Dämlicher Kerl ...« »Blöder Hund ... nicht wert, daß man ihn tottritt.«

Jedes Wort verwundete ihn. Genau in dem Moment, in dem er drauf und dran war, die Welt zu versöhnen, begannen die Menschen ihn zu beschimpfen. Hatte er möglicherweise etwas getan, was ihm als versuchte Anmache ausgelegt wurde, zum Beispiel bei diesem ungesunden Mädchen mit dem Aknegesicht ...? Sie gehörte eindeutig zu dem Jungen, der neben ihr saß ... Albert wollte etwas gutmachen, richtigstellen ... aber was? Noch einmal wollte er fragen, worum es eigentlich ging, jedoch brachte sein Mund lediglich Schnappbewegungen gegen den Chor hervor. Sie schimpften ungerührt weiter, doch behielt ihr Schelten, so viele sie auch waren, etwas Gedämpftes bei, als sei es heimlich ...

Er drehte sich noch einmal zu Ali um, der den Kopf schüttelte und dem fälschlich Beschuldigten seine blanken Handflächen entgegenhielt. Dazu machte er ein Gesicht, als wolle er sagen: Ich verstehe dieses Verhalten nicht, will es aber nicht im voraus verurteilen ... es kann etwas durch und durch Niederländisches sein ... Schließlich zuckte auch Albert die Achseln, allerdings mit Schmerzen an den Stellen, wo er die heiße Sympathie so versengend hatte strömen fühlen. Während er den Bierfilz unter seinen Fingerspitzen langsam kreisen ließ, schrieb er, ganz präzise, den Rest seiner Adresse auf. Unter zischendem Protest schloß sich der Kreis aus Wörtern.

Das Nachspiel

Donnerstag, 22. September 1977
(Zwanet Vrauwdeunt)

Erst auf dem Koningsplein wußte Zwanet, zu wem sie, in der falschen Richtung, auf dem Weg war. Daß er sie heute abend im Stich gelassen hatte, bedeutete ja noch nicht, daß sie nicht Schutz bei ihm suchen konnte. Sie würde sich leise, ganz leise bei ihm ausheulen, so daß sein Bruder im Nebenzimmer nichts hören konnte.

Als sie in der van Ostadestraat vom Fahrrad stieg, mußte sie die losen Enden ihrer zerrissenen Unterhose wieder loslassen. Sie spürte, wie sie zerfetzt und fransig an ihrem Oberschenkel herabhingen. Es war, als wären sie länger als vorhin... als reckten sie sich... bis sie eine beschämende Schleppe hinter ihr bilden würden... losgegangene Hosenträger in einer amerikanischen *comedy*, nun aber wachsend, wachsend... bis jeder darauf treten konnte... sie so aufhalten konnte...

Zwanet sah im zweiten Stock kein Licht. Nicht bei Freek und auch nicht bei Flix, aber der hielt sich ja mit Thjum in seinem Haus in Den Bosch auf... Ob bei Albert Licht brannte, konnte sie von der Straße aus nicht sehen. Wie traurig, wie unendlich wehmütig klang die Kuhglocke durch die Stille der Nacht zwischen den hohen Häuserblocks...!

Die Tür ging nicht auf.

Obwohl es heller wurde, glitten von allen Seiten Schatten auf sie zu. Sie traute sich nicht, dort stehenzubleiben. Es war demütigend genug, doch der einzige Beschützer, der ihr sonst einfiel, war dieses Ekelpaket Quispel. Vielleicht schlief er noch nicht. Er wohnte über einer Rechtsberatungsstelle, die natürlich jetzt nicht offen war. Es war gleich um die Ecke. Sie klingelte. Erst während sie wartete, begann Zwanet am ganzen Leib zu zittern. Ernst würde immer behaupten, er sei zu diesem Zeitpunkt bereits zu Hause gewesen, doch die Tür ging nicht auf. Sie klingelte noch einmal. Niemand öffnete. Sie mußte irrsinnig dringend pinkeln – natürlich weil sie sich die Blase erkältet hatte. Speichel würde sie pissen … schaumige weiße Flocken …

Von der van Woustraat her näherte sich schnellen Schrittes auf leisen Sohlen der Vergewaltiger – ohne Mopedhelm. Nein, Gott sei Dank: Es war der Anwalt, der natürlich bis zur Sperrstunde und noch weit darüber hinaus im *City* hängengeblieben war. Als er sie da stehen sah, verzog er das Gesicht zu einer häßlichen Grimasse.

»Ach, wen haben wir denn da«, sagte er lustlos.

»Ernst, es ist nicht, was du denkst …«

»Was denke ich denn?«

»Das weißt du genau …«

»Was kann ich für dich tun?«

»Mich zumindest mal kurz reinlassen, damit ich aufs Klo kann.«

»War das Klo bei dir zu Hause verstopft? Deswegen brauchst du doch nicht so zu zittern. Ich bin nicht deine Lehrerin von früher, die nicht an kleine Geschäfte glaubte …«

»Ernst, bitte. Ich erklär's dir oben.«

Er ging ihr voran in das Stockwerk über der Rechtsberatungsstelle.

Zwanet holte tief Luft und hatte ihre Stimme einigermaßen in der Gewalt (jetzt bloß nicht heulen), als sie so ruhig, so nüchtern wie möglich sagte: »Ernst, ich bin gerade vergewaltigt worden. Im Vondelpark.«

Lag es an den doppelten Wodkas, daß er jetzt bösartig wurde? Leckte er Blut? »Hättest du nicht gleich, schon im *City*, sagen können, daß du bei mir pennen willst, anstatt dir so eine komplizierte Geschichte auszudenken? Oder törnen dich solche krankhaften Umwege erst richtig an? Was willst du jetzt? Daß ich dich nach Einzelheiten frage? Die kann ich mir selber ausdenken, und zwar entschieden bessere.«

So standen sie eine Weile voreinander und schauten sich schweigend an – er sie aggressiv, provozierend, sie ihn müde, traurig. Zwanet schlug die Augen nieder. Sie spürte, wie der zerrissene Slip, nicht mehr als ein ausgeleiertes Strumpfband, ihr wieder in die Kniekehle rutschte. Sie hob ihr Bein und zog sich den Fetzen über den Schuh.

»Hast du solang eine saubere Unterhose für mich?«

»Du hast aber auch an alles gedacht, was? Bist ja gut vorbereitet.«

Trotzdem ging er zu seinem Wandschrank und gab ihr einen seiner Tangaslips, der nach Biotex roch. Nach der »Handwäsche« hatte er – nachlässig wie alle Männer – das Biotex nicht gründlich genug ausgespült, wodurch der Stoff beim Trocknen steif geworden war.

Zwanet ging auf die Toilette, wo es auch ein kleines Waschbecken gab. Ihr Urin war fast farblos, was auf eine beginnende Blasenerkältung hindeuten konnte. Sie zog ihr Kleid aus: an der Rückseite grüne Streifen und Erdflecke. Mit einem Waschhandschuh von Ernst, den sie erst gründlich ausspülte (Git hatte sich mit so einem benutzten Waschlappen einmal eine Pilzinfektion zugezogen), beseitigte sie den Speichelgeruch – zumindest pro forma; sie würde ihn weiterhin riechen, den ganzen nächsten Tag, immer ...

Als sie ins Zimmer zurückkehrte, in einem viel zu weiten Herrenslip, ihr besudeltes Kleid gegen die Brüste gedrückt, lag Quispel bereits in seinem Einpersonenbett. Auf dem Rücken, die Hände unter dem Hinterkopf verschränkt. Er machte ein böses Gesicht, lud sie aber trotzdem ein, zu ihm ins Bett zu kommen. Als sie neben ihm unter der Decke lag, begann sie wieder zu zittern. Lautlos weinend lag sie da und schaute zur Decke hoch.

»Zwanet, so beruhige dich doch.«

Sogar jetzt, als Quispel sich bemühte, nett zu sein, klang es noch gereizt. Er legte ihr die Hand auf den Bauch. »Zwanet, liebe Zwanet ... soll ich vielleicht noch einmal so zärtlich wie möglich wiederholen, was ... was dieser andere so grob bei dir gemacht hat? Soll ich es noch einmal machen ... mit Liebe ... damit du das Schlimme vergißt?«

Zwanet gab keine Antwort. Sie leistete auch keinen Widerstand. Was der Mann tat, ging an ihr vorbei. Sie kam sich vor wie eine große Brandblase: innen Schmerz, außen gefühllos, betäubt. Sie spürte Quispel nicht, sie spürte den anderen. Sie merkte lediglich an einem leichten Schnauben, das fast klang wie insgeheimes Geschmunzel, daß er kam. Er zog sich aus ihr zurück. Die Vorstellung von einem Tier, das sich nach der Paarung neben dem Weibchen hinlegt, war so stark, daß sie einen Moment lang glaubte, die Zunge des Mannes, lang und gebogen und dampfend wie bei einem Hund, im Dunkeln aus seinem Maul hängen zu sehen.

»Wenn einleitende Vergewaltigungsgeschichten dich so erregen«, sagte Quispel, »dann hätte ich aber mehr Action von dir erwartet. So macht's wenig Spaß.«

Zwanet erwiderte nichts. Ernst schlief schon bald darauf ein, den Rücken ihr zugewandt, und schnarchte leicht. Zwischen den Vorhängen, die nicht ganz zugezogen waren, drang der neue Tag herein. Um sieben stand sie auf. Quispel wurde davon wach. »Was machst du?«

»Ich muß los. Anzeige erstatten.«

»Anzeige weswegen?«

»Wegen der Vergewaltigung.«

»Ich *hab* dich nicht vergewaltigt. Willst du mich etwa vor den Kadi zerren?«

»Du Dummkopf. Ich spreche von der Vergewaltigung im Park.«

»Du hast das also ernst gemeint ...«

»Preise dich glücklich, daß du nicht so leichtgläubig bist wie die meisten Menschen.«

»Verdammt noch mal.« Er schrie jetzt. »Hättest du mir nicht klarmachen können, daß das Ernst war? Ich hab geglaubt, es ist irgendeine an den Haaren herbeigezogene faule Ausrede. Oder daß du solche Geschichten brauchst ... zur Stimulierung ... Jetzt hab ich vielleicht 'nen Tripper, wenn nicht was Schlimmeres ... Und du läßt mich, verdammte Scheiße noch mal, seelenruhig den Schlammreiter spielen.«

»Hör, hör ... der Dichter.« Sie versuchte, es wie im *City* so sarkastisch wie möglich zu sagen, aber in ihrer Stimme zitterte etwas. »Deine Unterhose bekommst du zurück. Nett,

Arbeit über die Republik der Südmolukken auf Eis gelegt, nachdem die Zugentführung im Juni ein so blutiges Ende gefunden hatte. Das erste Mal, daß seit dem Zweiten Weltkrieg in den Niederlanden ein Zug aus der Luft beschossen wurde... davon konnte man wirklich eine Schreibblockade bekommen...

Albert befand sich bereits, sich in einem fort umblickend, ob nicht schon eine Straßenbahn Linie 4 kam, in der van Woustraat auf dem Weg zu Thjums Wohnung, als er sich an die nicht eingehaltene Verabredung mit Zwanet erinnerte. Es war weniger eine Erinnerung als vielmehr das physische Empfinden sich zusammenziehender Eingeweide, die Galle und Magensäure in seinen Mund brachten. Das Wechselgeld aus der Paardenstraat, ein Zehner, den Ali ihm zugesteckt hatte, mußte für ein Taxi reichen. Er rannte über das Westeinde zum Frederiksplein und stieg am Taxistandplatz in den einzigen dort wartenden Wagen. »Van Eeghenstraat bitte... Höhe Eingang Vondelpark.«

Fast hätte er den Fahrer gebeten, den Kaugummi aus dem Mund zu nehmen, obwohl der Mann doch sehr zivilisiert mit geschlossenen Lippen und nahezu geräuschlos kaute. Es war weniger die völlig austauschbare Chantal... oder Tally... sondern vielmehr Krijns Anwesenheit in dem prätentiösen Bordellzimmer mit Himmelbett, die ihm das Gefühl gab, Zwanet auf nicht wiedergutzumachende Weise betrogen zu haben. »That's my boy.«

Die Fassade des Vrauwdeuntschen Hauses sah abweisend aus, doch Albert ließ das Taxi nicht warten. Er durfte es sich nicht zu leicht machen. Er mußte Buße tun. Als er mit leicht schwankendem Oberkörper vor der teilnahmslosen Haustür stand, traf er mit sich selbst, die Worte leise aussprechend und ihnen mit dem Finger Nachdruck gebend, eine strenge Abmachung. Zwanet hat doch ihre eigene Klingel, nicht wahr? Ein leiser Summton, den ihre Eltern nicht hören können, sie selbst aber oft genug auch nicht. Gut, ich gebe mir eine Chance... eine kleine, aber faire.... Ich werde *ein*mal kurz klingeln... nicht öfter... Hört Zwanet die Klingel, dann weiß sie, daß ich es bin, und muß ... ob sie nun böse ist oder nicht ... entscheiden, ob sie mir aufmacht oder nicht. Bleibt die Tür geschlossen, dann fahre ich mit der 2 zum Spui oder mit der 16 zum Rokin und schlaf über der Galerie de Moker an der Ecke Grimburgwal/Oudezijds Voorburgwal.

Albert drückte kurz auf die Klingel neben dem Namensschild ZWANET. Daß nicht sofort geöffnet wurde, hieß nichts. Die Tür war noch verriegelt, und dann funktionierte der Summer nicht, so daß Zwanet im Morgenmantel alle Treppen hinuntermußte, um den Riegel zurückzuschieben ... Hinter seinem Rücken, im Park, machten die Vögel einen Heidenlärm ... Plötzlich aufschreckend, wurde Albert sich bewußt, daß er eine Weile, die Nase an den Türrahmen gedrückt, geschlafen hatte. Niemand war aufgetaucht. Er hielt sich an seine selbstauferlegte Abmachung und klingelte nicht noch einmal. Seine Nasenspitze fühlte sich tot an.

Aber Moment mal ... wenn Zwanet nicht allzu böse ist, dann kommt sie nachher bestimmt in der van Ostadestraat vorbei. Stumme Glocke ... sie wird nichts verstehen. Abscheuliches Schreibgerät, ein Kugelschreiber, doch diesmal kommt es mir sehr gelegen, daß ich ihn dem Barmann nicht zurückgegeben habe. Orangensaft ... 1 Bier ... 1 Summe ... f 15,–. Wie komme ich zu der Rechnung, die Ali bezahlt hat? Ein anderes Papier, um eine Nachricht zu schreiben, habe ich nicht dabei. Zwanet wird Bier ... 1 als Albert identifizieren und Orangensaft ... 1 als die Frau, derentwegen er sie versetzt hat. Sei's drum.

Die Haltestelle der Linie 2 sah so abweisend aus, lauter Nebel in Richtung Koninginneweg, daß Albert zu der der Linie 16 weiterging. Die Lairessestraat lag lang und gerade und leer da, ohne daß eine Straßenbahn auch nur ihr Surren vorausschickte. Wieder schlief er kurz, diesmal mit dem Hinterkopf an der Glaswand des Wartehäuschens. Er wurde wach vom kurzen Bimmeln einer frühen Straßenbahn, die direkt aus dem Depot kommen mußte. Die Türen öffneten sich zischend und empfingen den ersten Fahrgast des Tages. Das ansonsten leere Fahrzeug, das auf unfehlbaren Schienen durch den Morgennebel glitt, verkörperte die Materialisierung seines einzig verbliebenen Gedankens: quer durch die Stadt... am Rokin aussteigen... über der Galerie de Moker schlafen... schlafen...

Alte Wodkaschlampe

Donnerstag, 22. September 1977
(Zwanet Vrauwdeunt)

Sie radelte schnurstracks zum Polizeipräsidium an der Elandsgracht.

»Ich möchte eine Anzeige erstatten«, sagte sie zu dem Beamten am Schalter.

»Diebstahl?«

»Ähm ... Notzucht.«

Der Beamte sah flüchtig auf.

»Vergewaltigung, meine ich.«

Erst jetzt betrachtete er sie genauer.

»Im Namen von jemand anders? Oder für Sie selbst?«

»Es wundert mich, daß Sie nicht auch noch die Möglichkeit in Betracht ziehen, daß ich der Vergewaltiger bin.«

Der Polizeibeamte setzte eine saure Miene auf. »Hätten Sie nicht besser zu Ihrem unerwünschten Verehrer so bissig sein können? Hier, den Gang lang. Letzte Tür links.«

»Wo?« »Um wieviel Uhr?« »Was haben Sie in der Zwischenzeit gemacht?«

Der Hauptwachtmeister, der sie befragte, sprach konsequent von »Angreifer«, als hielte er *Vergewaltiger* für eine zu große oder zu voreilige Beschuldigung.

»Kannten Sie den Angreifer?«

»Das weiß ich nicht.«

»Man kennt jemand, oder man kennt ihn nicht.«

»Er trug einen Mopedhelm. Mit runtergelassenem Visier. Aus so 'nem Polaroidzeugs.«

»Ach so. Wieso sind Sie sich dann so sicher, daß es ein *er* war?«

»Es war nicht gerade ein Godemiché ... den *sie* in mich reingesteckt hat.«

»Nur ein kleiner Scherz.«

»Ja, das sagte der Vergewaltiger auch zu seinem Opfer: ›Nur ein kleiner Scherz‹.«

»Was Ihnen auch passiert ist – die Sprache hat's Ihnen nicht verschlagen. Aber gut, Sie sind sich also nicht sicher, daß Sie ihn bestimmt *nicht* kannten?«

»Ich weiß es nicht, er kam mir irgendwie schon vertraut vor. So wie man jemanden zum Beispiel am Gang erkennen kann, noch bevor man sein Gesicht gesehen hat.«

»Woher kamen Sie so spät?«

»Aus dem *Dogshit City.* Eine Studentendisco.«

»Was haben Sie da gemacht?«

»Getanzt.«

»Mit wem?«

Sie nannte ein paar Namen, darunter die von Hil und Git und Jol. Der Hauptwachtmeister, ein Morgenmuffel, wie er im Buch steht, notierte sie, zusammen mit den Adressen, soweit bekannt.

»Und woher kommen Sie jetzt?«

»Von einem Bekannten.«

»Haben Sie bei ihm geschlafen?«

»Ohne ein Auge zuzutun.«

»Mit ihm?«

»Wenn Sie es so nennen wollen.«

»Verkehr?«

»Einseitig, ja.«

»Wollen Sie damit sagen, daß Sie so kurz nach der Vergewaltigung Geschlechtsverkehr mit jemand anders hatten?«

»Ich hoffe, Sie betrachten das nicht als Untreue.«

»Nein, aber das beeinträchtigt natürlich Ihre Glaubwürdigkeit. Außerdem erschwert es die Untersuchung des Spermas.«

»Sie werden ... ich meine, wer das untersucht, wird nur das Sperma des zweiten Vergewaltigers vorfinden. Das des ersten wurde dem Gras geopfert.« *Der zweite Vergewaltiger ...* es war heraus, bevor sie wußte, wie ihr geschah.

»Sie behaupten, daß auch die zweite Person Sie vergewaltigt hat?«

»Ein Zweifelsfall. Gegen ihn werde ich keine Anzeige erstatten.«

Der Hauptwachtmeister rief einen Polizeiarzt an, zu dem sie eine halbe Stunde später gehen konnte. Er hieß sie Platz zu nehmen wie für eine gynäkologische Untersuchung. Es fühlte sich an wie ein Abstrich. Zwanet ließ alles über sich ergehen, müde und herabgewürdigt wegen des Gesprächs mit dem Hauptwachtmeister.

»Wissen Sie genau, daß die Vergewaltigung schon vor drei Stunden stattgefunden hat? Wie spät war es da?«

»Das war, als die Vögel anfingen.«

»Hm.«

»Herr Doktor, da ist doch nichts beschädigt, oder?«

»Da drin jedenfalls nicht.«

Sie lag nun zum drittenmal in knapp drei Stunden, ohne selbst Genuß zu verspüren, mit weitgespreizten Beinen da. Es war abscheulich. So besudelt hatte sie sich noch nie gefühlt. Sie hatte noch immer den Speichelgeruch des Vergewaltigers in der Nase. Der Arzt roch nach Speichel. Die Beamten im Polizeipräsidium hatten nach Speichel gerochen. Nie mehr würde ein Mann nach etwas anderem riechen. Säuerlich getrocknete Spucke. Der Samen eines Vergewaltigers kam aus seinem Mund.

Der Arzt tat seine Arbeit. Der eine beschmutzte sie innerlich, der andere kratzte etwas davon weg, um es unter einem Mikroskop zu betrachten. Sie wollte nicht weinen, ließ die Laute nicht nach außen, aber trotzdem fühlte sie, wie der Weinkrampf in ihr Gesicht zog: in Mundwinkel und Nase. Es war ein altes Gefühl: So hatte sie als Kind geweint, untröstlich.

Zwanet stellte ihr Fahrrad in den Flur, sehr vorsichtig, als habe sie Angst, es noch mehr zu beschädigen. Das Vehikel war das perfekte Bild dessen, was ihr in dieser Nacht zugestoßen war. Während sie in Richtung Wohnzimmer ging, streichelte sie im Vorbeigehen über Sattel und Lenker.

Sie fand ihre Mutter im Morgenmantel vor.

»Schon auf?« fragte Zwanet.

»Du wagst mich das zu fragen? Ich hab die ganze Nacht auf dich gewartet.«

Nie hatte sie ihren russischen Akzent ganz verloren, diese ehrgeizige Frau, die ihre schäkerhaften Backfischträume in ihrer Tochter in Erfüllung gehen zu sehen glaubte.

»Wenn du das nicht läßt, zieh ich aus.«

»Jetzt erzähl mir doch mal ...«

»Ich gestehe alles. Diskussion beendet.«

»Ich dachte, es ist für uns beide gut, wenn du noch eine Weile zu Hause wohnst. Aber da bin ich mir jetzt nicht mehr so sicher. Was treibst du denn bloß die ganze Nacht lang?«

Zwanet war nicht danach, von ihrer Vergewaltigung zu berichten.

»Sex, drugs and rock'n'roll.«

»Steht dir gut zu Gesicht.«

»Danke, alte Wodkaschlampe.«

Das Klappern des Briefschlitzes unterbrach das Streitgespräch. Post fiel schwer auf die Matte. Die Mutter ging, um sie aufzuheben. Wie gewöhnlich stieß sie sich an dem Fahrrad. (Sie, die Russin, hatte nie Fahrradfahren gelernt, Niederländisch dafür um so besser. »Schmerzlichen Glückpunsch«, sagte sie immer und bis zum Überdruß, wenn sie jemandem gratulieren wollte. Sie wollte zeigen, daß sie Niederländisch bis in den Humor hinein beherrschte. So sagte sie auch bei jedem Glatzkopf: »Hühnerficker aufs Klavier.« Das bezog sich auf irgendeinen dämlichen Witz über einen kahlgerupften Papagei, der es mit Hühnern trieb. »Damen links, Herren rechts, Hühnerficker aufs Klavier.«)

»Was ist denn mit deinem schönen Fahrrad passiert? Du paßt aber auch auf gar nichts auf.«

Sie hob die Post auf.

»Da. Ein Brief für dich. Von einer psychiatrischen Klinik. Wurde aber auch Zeit.«

Zwanet las den Brief. Der Psychiater hatte einen jungen Mann ihres Alters in Behandlung, einen Pädophilen. Dieser habe sie als sieben- oder achtjähriges Mädchen gekannt, habe

»Spielchen« mit ihr gespielt; der junge Mann habe sie nach vielen Jahren, von weitem, in der Stadt gesehen und *das Kind von damals* wiedererkannt. Ob sie bereit sei, bei der Therapie mitzuarbeiten.

Verdammt noch mal, wie wagte ein Psychiater es, sie um ihre Hilfe zu bitten. Sie brauchte selbst dringend Hilfe. Wütend zerriß sie den Brief.

Unter der Post war auch ein Zettel ohne Umschlag, in fast unleserlicher Krakelschrift: *Schlafe über Galerie de Moker (Grimburgwal/Ecke Oudezijds Vbw, 2. Stock).* Nicht unterschrieben. Zwanet kannte die Galerie de Moker: In deren Schaufensterscheiben hatte sich der Anfang ihrer Romanze mit Albert gespiegelt, nachdem sie auf der gegenüberliegenden Straßenseite ihr Auge hatte behandeln lassen. Jemanden, der darüber wohnte, kannte sie allerdings nicht.

Als ihre Mutter sie kurz darauf in einem Herrenslip von ihrem Zimmer ins Bad gehen sah (vorn die leere Wölbung), sagte sie: »Ich glaube, so langsam kapiere ich etwas. Wer ist der Glückspilz?«

»Der Glückpilz, Mama, bin ich. Siehst du das nicht?«

Zwanets Mädchenzimmer hatte ein vertikales Muster, so schien es. Das kam von den unzähligen senkrecht herabhängenden Gürteln und Glitzerschals, alle grellbunt. Ihre geliebten Sachen. Die Katze in den Armen, versuchte sie dieses selbstmitleidige, untröstliche Weinen wieder hervorzulocken – das einzige, so schien ihr, was die ihr beigebrachte grauenvolle Wunde lindern konnte. Denn sie hatte nicht länger eine Scheide, die in Freiheit empfing, sondern an dieser Stelle eine Wunde, in der sie mit ihren groben Dolchen herumgefuhrwerkt hatten, die Männer. Doch die Tränen waren nicht auf Abruf verfügbar.

Nicht den tröstlichen Geschmack von Tränen schmeckte sie auf ihrer Zunge, sondern Galle, richtige Galle. Sie stieß die Katze von sich. Das Tier verstand das nicht, sah flehentlich zu ihr auf, strich bettelnd um ihre Beine. Wo waren jetzt ihre streichelnden Hände? Sie versetzte der Katze sogar einen

Erleichterung darüber, daß sich die Tür nicht geöffnet hatte, bereits Konkurrenz bekam von seiner Empörung, daß sie geschlossen geblieben war.

Wieder hatte er es versäumt, auf dem Schild nachzusehen, welche Linie dies war.

In der Straßenbahn saß, die kleinen Augen gegen die tiefstehende Sonne zugekniffen, nur eine alte Dame. Albert, stark ernüchtert, erkannte sie augenblicklich: die alte Kämpin von der Wittenkade.

»Tante Nel...« Sie war in der Woche zuvor nicht bei der Beerdigung ihres Bruders gewesen.

»Gott, Albertchen, was bist du groß geworden. Donnerwetter. Setz dich doch, mein Junge.«

Sie sagte das, als biete sie ihm einen Platz in ihrem Wohnzimmer an, und in gewisser Weise traf das auch zu, denn sie verbrachte schon seit Jahren den größten Teil des Tages in der Straßenbahn. Mit dieser oder jener obskuren leeren Flasche fuhr sie kreuz und quer durch die Stadt auf der Suche nach dem richtigen Lebensmittelhändler, der bereit war, ihr das Pfandgeld zu erstatten. Oft hatten diese kleinen Geschäfte kaum länger bestanden als die Marke der Flasche, aber dann und wann existierte noch eines, und dann zeigte sich der Ladenbesitzer durchaus bereit, Tante Nel ihre fünfzehn Cent zurückzuerstatten. Diesmal transportierte sie in ihrem Einkaufsnetz zwei leere Lodaline-Flaschen, die eine mit Deckel, die andere ohne.

»Für die eine bekommst du kein Pfand mehr, Tante. ›Die Mütze muß noch draufsein‹, haben wir früher immer gesagt.«

»Doch, doch. Überlaß das mal deiner alten Tante Nel, du kleiner Frechdachs. Mich kriegen sie nicht klein. Gestern erst... wollten sie mich in der Siebzehn bestehlen. Du mußt wissen, mein Brillenetui sieht einer Brieftasche zum Verwechseln ähnlich... Und auf einmal ist es weg. Hatte obendrauf auf meinen Einkäufen gelegen. Gut, daß es nicht mein Portemonnaie war. Das lag ganz unten... Angeschmiert.«

»Wieviel war da drin?«

»Na ja, bestimmt fünfundzwanzig Gulden.«

»Und was hast du für die Brille bezahlt?«

»Zweihundert.«

»Angeschmiert, kann man wohl sagen. Übrigens, wo ich dich grad sehe, Tante ... was kann mein Großvater wohl sein Leben lang mit dem Ausdruck gemeint haben: ›Ich piß Farbe und Feuer‹?«

»Och, das war auch so ein typischer Quatsch von meinem Bruder Pau ...«

Albert fiel auf, wie wenig sich seine Großtante Nel in all den Jahren ihres Kampfes mit den Behörden, um ihre kleine Wohnung an der Kostverlorenvaart behalten zu dürfen, verändert hatte. Ihre asthmatische Stimme, die dann und wann noch ein paar bröcklige Reste Den Boscher Dialekt an den Tag brachte, eignete sich bestens für das singende Amsterdamerisch, das sie sich im Laufe von vierzig Jahren zugelegt hatte. Mit ihrer gedrungenen Gestalt, den goldenen Eckzähnen und dem noch fast schwarzen Haar hatte sie etwas Zigeunerhaftes, was aber gewiß auch daher kam, weil sie früher »so gern Geige gelernt hätte«.

»›Ich piß Farbe und Feuer.‹ Früher in Den Bosch haben wir unseren Urin an so einen Aufkäufer verkauft. Für ein paar Cent im Monat, schätze ich, viel war es nicht. Wir mußten den Topf immer in spezielle Tonnen leeren, und die wurden dann abgeholt. Der Aufkäufer verkaufte den Urin wieder an Färbereien weiter ... wo Stoffe gefärbt werden. Den konnte man, wie es hieß, dafür brauchen. Also hat dein Opa Farbe gepißt, kapiert, Albertchen? Und das war nicht das einzige. Feuer hat er auch gepißt, denn der Aufkäufer kratzte den ... was war es noch gleich ... den Schwefel, den Phosphor aus seinen Tonnen und verkaufte ihn dann an die Streichholzfabrik. Für die Streichhölzer. Typisch Pau, so was zu sagen, der verrückte Kerl. ›Ich piß Farbe und Feuer.‹ Er hat schon immer so was Rebellisches gehabt ... so was Sozialistisches ... Wenn meine Mutter mal 'nen Cent übrig hatte für ein hübsches buntes Stöffchen und daraus Kleider machte für mich und meine Schwestern ... oder wenn mein Vater zu Ostern ein Streichholz anzündete, um so 'ne nachgeklebte Willem-II.-Zigarre anzustecken... und wenn jemand dann zu sagen wagte: ›Was haben wir's doch gut‹, weißt du, was Pau, dein Opa, dann gesagt hat? Was glaubst du, Albertchen?«

»Würd ich gern wissen, Tante.«

»›Wieso gut?‹, hat er dann gesagt. ›Farbe und Feuer. Ihr kauft vor lauter Armut eure eigene Pisse zurück.‹«

Der Fahrer stieg ein und installierte seinen Kasten mit dem Wechselgeld, was an diesem stillen Morgen und in der nahezu leeren Straßenbahn wie ein widerhallender Pistolenschuß klang. Der »rebellische« Pau van der Serckt hatte seinen Enkelkindern zwar das Rätsel seiner Armut aufgegeben, sich aber aus weiß der Himmel welcher geheimen Scham nie getraut, selber die Antwort zu geben. Jetzt, eine gute Woche nach seinem Tod, hielt Albert endlich die Lösung in der Hand. Die Straßenbahn setzte sich in Bewegung, wobei die kleine Dame ihm gegenüber hart gegen die Rückenlehne gedrückt wurde und die Lodaline-Flaschen zwischen ihren Beinen aneinanderschlugen. Tante Nel, du bist eine Heilige. Ich weiß, warum du all die Jahre darum gekämpft hast, weiter in der Wittenkade Nr. 12 zu wohnen, entgegen allen Sanierungsplänen. Du mußtest dort, ohne dir dieser Aufgabe bewußt zu sein, den Fundort des geheimen Wappens von Amsterdam bewachen und, soweit es ging, versuchen, ihn im alten Zustand zu erhalten. Du bist der außergewöhnlichste Wärter von Amsterdam. Du selbst hast sie nicht gesehen, die drei Jungen in ihrem morschen Ruderboot, mit ihrem zerbrochenen Stechpaddel, aber das Drama hat sich unter deinem Fenster abgespielt, und du hast es, ohne es zu wissen, in Ehren gehalten. Du bist eine Heilige. Jetzt, wo du nicht länger auf deinem Posten bleiben kannst, wird Patrick die Szene für uns verewigen – meinetwegen mit Blattgold.

»Wir fahren«, sagte Tante Nel. »Ich kann keine zwei Meter weit sehen, aber meine fünfundzwanzig Gulden, die habe ich noch.«

Inhalt

Prolog

Die schwarze Mitra des Wahnsinns

Schneenacht im September